国家社科基金重大招标项目、四川省重大文化工程《巴蜀全书》系列成果《巴蜀思想家与〈文心雕龙〉》

教育部人文社科重点基地四川师范大学巴蜀文化研究中心重点资助项目《巴蜀学者与〈文心雕龙〉》

四川省哲学社会科学重点研究基地四川思想家研究中心重点资助项目《四川思想家与〈文心雕龙〉》

四川省2021—2023年高等教育人才培养质量和教学改革项目："推动中华优秀传统文化创造性转化创新性发展"
国家一流专业汉语言文学人才培养体系探索与实践（项目号：JG2021-917）

《文心雕龙》文学地理批评研究

巴蜀文学篇

王万洪　吴恙　周姝 ◎ 著

新 华 出 版 社

图书在版编目（CIP）数据

《文心雕龙》文学地理批评研究.巴蜀文学篇／王
万洪，吴恙，周姝著.—北京：新华出版社，2021.11
ISBN 978-7-5166-6131-4

Ⅰ.①文… Ⅱ.①王… ②吴… ③周… Ⅲ.①《文心
雕龙》—古典文学研究②地方文学—文学研究—四川
Ⅳ.①I206.2②I209.971.1

中国版本图书馆 CIP 数据核字（2021）第 234676 号

《文心雕龙》文学地理批评研究.巴蜀文学篇

作　　者：王万洪　吴　恙　周　姝

责任编辑：赵怀志
封面设计：顽瞳书衣

出版发行：新华出版社
地　　址：北京石景山区京原路 8 号　　　邮　　编：100040
网　　址：http://www.xinhuapub.com
经　　销：新华书店
购书热线：010-63077122　　　中国新闻书店购书热线：010-63072012

照　　排：北京人文在线文化艺术有限公司
印　　刷：三河市龙大印装有限公司
成品尺寸：170mm×240mm　1/16
印　　张：24.75　　　　　　　　字　　数：368 千字
版　　次：2023 年 1 月第一版　　　印　　次：2023 年 1 月河北第一次印刷
书　　号：ISBN 978-7-5166-6131-4
定　　价：90.00 元

/序　言/

一

2012年秋，经四川大学、西南民族大学、湖南大学、湘潭大学联合倡议，决定在四所大学轮流举办"巴蜀文化与湖湘文化高层论坛"，每年一届，当届论坛于12月初在湖南大学岳麓书院举行。在这所驰名中外的千年书院，我于瞻仰先贤遗风、聆听时贤宏论之外，还得到两大收获：一是结识了文质彬彬的田君师兄，他指导了我一些有关古代音乐的知识；二是写成并提交了《汉代巴蜀文学三杰与〈文心雕龙〉》的小论文。在分论坛小组交流的时候，评议人谭继和教授说：汉代巴蜀文学三杰的说法小了一点，加上严遵，应该是汉代四杰，可以讨论四杰对《文心雕龙》成书的影响。我在会后向谭老请教了关于严遵的一些问题之后，咨询谭老说：《文心雕龙》中并没有论及严君平，这该怎么写？谭老告诉我：严君平是扬雄的老师，就算《文心雕龙》中没有他，但他对扬雄思想观点有影响，则是必然的；更进一步，不止汉代，你要往上，先秦时期，古蜀文明是很发达的，比如大禹，在《文心雕龙》里面有没有？禹夏五百年历史，按常理推断，是应该有的，你可以留心一下。也就是说，从巴蜀文化的角度入手，可以试一下。我深为谭老深厚的历史文化修养和创新研究意识所折服，同时意识到：《文心雕龙》体大思精，仅从文学、写作、经学角度来研究是远远不够的，其真正根基，应该在历史、文化、政治、哲学思想方面；也就是说，《文心雕龙》博大精深，几乎包括了所有与写作相关的活动类型，不做这样的宽度扩容和精度深推，我要想在名家辈出、名作如林的"《文心雕龙》学"研究界搞出点儿动静、拿出点儿东西来，是绝不可能的。这就注定了研究《文心雕龙》必然坐冷板凳，有没有追新的机缘和创新的可能性？很不好说。因此，聪明的中国文论研究者，一般不碰《文心雕龙》，我的硕士、博士导师对我执迷不悟地沉迷于《文心雕龙》研究表示不可理喻、不能理解。用我们四川话说：这娃儿哈戳戳的，不晓得哈好（傻子一枚，不知好歹）！

2013年11月，第二届"巴蜀文化与湖湘文化高层论坛"由西南民族大学承办，在成都武侯祠开了整整三天，非常扎实，水平很高。对我个人而言，最大的收获是聆听了谭先生夫人祁和晖教授所作《华夏儿女的人文故乡："江源"胜地历史回顾——并说大禹开启古代中国人的"小康梦"》的主题报告，祁老师从《史记》等正史文献的"明明白白的记载"出发，阐述了五帝世系特别是黄帝、颛顼到大禹等与巴蜀文化的密切关联，他们是或联姻巴蜀，或出生于巴蜀，或从巴蜀走向全国的帝王，是中华民族几千年历史文化中最伟大的人物。我当场激动到搓手手，《文心雕龙》记载的历史比《史记》还久远，第一个有名有姓的伟人是三皇时代的伏羲——尽管他的出生地实际上已不可考，但天水也好，阆中也好，不都在古巴蜀文化区域范围之内吗？从文化区域角度入手，从巴蜀文化区域空间入手，研究《文心雕龙》，不就是一种创新吗？至少在研究思路上是吧？

古人有句名言："听君一席话，胜读十年书。"我从2005年9月在川师大读研开始，即自发地选择以《文心雕龙》为读写对象，到聆听祁老师报告时，已经8年了，其间虽然磕磕绊绊地完成了研究《文心雕龙》的硕、博士论文，并得了省优论文奖，但从来没有考虑过从巴蜀文化这个地域文化的角度（实则文学地理学的角度）入手来研究《文心雕龙》，更没有在思想认知上将上古神话时期、原始时期的历代先圣与启蒙状态下的各类文学体裁作为研究对象！而且，我所提出的雅丽思想，尽管论证其为《文心雕龙》贯通全书的文学思想，但实际的起点是孔子，也就是说，时间的起点在公元前500年左右，而大禹时代是在公元前2000年以前，之上的尧舜时期、五帝时期乃至伏羲时代，则尚有数千年乃至上万年的时间，是我根本未曾涉猎的处女地。谭老、祁老都谦称自己是研究《文心雕龙》的外行，川大的杨明照先生才是头把手，但是他们的话有道理呀，真是一语点醒梦中人：我为什么不做一番这样的尝试呢？

翻开《史记》《孔子家语》《大戴礼记》等四部文献中的名著可知：五帝世系中的黄帝，与西陵氏女嫘祖联姻，所生长子玄嚣和次子昌意的降居地江水（今岷江流域）、若水（今金沙江、雅砻江流域）都在蜀地；昌意又与蜀山氏女嫘仆联姻，生子颛顼，后至中原，继承了黄帝的帝位，并传帝位于族子帝喾……其后的尧舜禹，整个五帝世系与禹夏奴隶制国家，实际上都是黄帝后裔，一脉相承而来。这尽管很可能是后代儒家、正统史学家通过为政权统治服务而虚构的理想化历史脉络，赞美先王，主推正统，讴歌德政，历代以来对此已经有不少反对的声音，但在几千的主流历史文献中，特别是儒家为主的经学文献中确实是这样记载的，我们现在做研究，应该尊重这样的主流文献，在此基础上提出创新的研究观点。

其后，我又得到舒大刚教授和导师郭齐教授的若干指导意见，或多或少，都鼓励我继续做。而呈现在各位读者眼前的这本小书，就是以谭老、祁老当时的启发为起点，以当年那股冲劲儿为基础，经过大幅度深化、拓展、上推而成的结果，又经四川大学文新学院吴恚博士、周姝博士深度参与，合作研究，专论上古神话传说人物伏羲、大禹以及五帝世系部分人物，并加上信史时代名垂青史的汉代蜀地文学家司马相如、王褒、扬雄、李尤而成。感谢谭老、祁老启发，感谢两位学友参与！

二

通观《文心雕龙》全书，以超越时俗的远大世界观和宇宙意识，将天地、自然、万物均视作"郁然有采"的形文与声文，将人类的写作视为模仿自然而得来的情文。而刘勰论述写作的人文起点，是上古神话传说中的始祖伏羲。于是，伏羲成为人类历史上第一个通过仰观俯察的方式，创立人文（八卦）的始祖。其后的黄帝、尧、舜、大禹、伯益、后稷、文王、周公、孔子，顺次而出，各自为人文的发展立下了不朽功勋。上述人物有一个共同的特点：他们都不是今天文学、审美意义上的作家，而是建立了不朽功勋的帝王、政治家和最杰出的思想家，刘勰以这样的标准来选择进入《文心雕龙》特别是《原道》篇的卓越人文创造者，即便孔子，也被称为"素王"。所有帝王、政治家、思想家进行人文创造的起点和依据，都是同一个东西——《易》。根据传说，伏羲始画八卦，文王推演之，孔子定其书——这样看来，《文心雕龙》主张一切的人文均原始于《易》；伏羲以其开天辟地的伟大创举，成为中华民族的人文始祖；孔子以其删述六经的伟大创作，成为人文领域的真正素王。而本书采用伏羲为巴人祖先的说法，也就是说，将本书的研究对象，将巴蜀文化名人对《文心雕龙》成书的影响，在谭老启发的禹夏时代、祁老启发的五帝时代基础上，上推到了伏羲时代。

《文心雕龙》的"征圣"对象是历代圣人，始于伏羲，终于孔子，核心在《易》。顺次，《文心雕龙》全书的组织体系也随之建立起来：《序志》说："位理定名，彰乎大衍（易）之数，其为文用，四十九篇而已。"其说渊源于《周易·系辞上》："大衍之数五十，其用四十有九。"《文心雕龙》之所以是五十篇，《序志》之外，之所以还专列四十九篇来研讨各类写作问题，是向《易》取法得来的结果。这就从根本上否定了《文心雕龙》主导思想的佛学主导说、道家主导说、三教合一说等意见，《文心雕龙》的主导思想只能是儒家思想。其依据是：《文心雕龙》以伏羲为人文始祖，以《易》为原道之始，以儒家圣人为主体作家群，以儒家经典为各类文体之源，并归宗于周公和孔子。儒家思想是中国文化之根，《文心雕龙》宗经征圣，以汉代儒家地位迅速上升和儒家著作称经为立论起点，必然以儒家思想为根本。

而与巴蜀文化密切相关的伏羲、五帝系列人物、大禹、夏代文学名家名作、汉司马相如、王褒、扬雄、李尤、三国诸葛亮、西晋陈寿等，居于《文心雕龙》重要的素材来源之列，是全书论述文学起源、文学审美、文学范式、创作纲领与经典作家、优秀作品、创作技法、文学史论、文学批评的核心对象。在文学地理学批评视野下，巴蜀文学区系奉献出的上述著名广义文学作家，与齐鲁、三晋、关陇、中原、江汉等文学区系作家群一起，构成了《文心雕龙》历时数千年的璀璨作家群。

三

在当代，怎样创新地投入《文心雕龙》的研究，是一个严峻的问题。

说严峻，是因为这本享誉世界的名著，已经有了数百部研究著作、上万篇专题论文、数亿字研究文字，全世界取得的成果之多，几乎已将该书版本、校勘、注释、今译、范畴研究、理论研究、批评研究乃至外译工作做到了"山重水复疑无路"的地步，后人要想再从《文心雕龙》研究中沿袭前人之路，实在是难以走通了。

于是，必须进行研究思路、研究方法的更新和转变。

据李建中教授介绍说：2007 年的"龙学"年会上，他与陶礼天教授曾进行过深入长谈，从那以后，李老师专注于从关键词角度切入研究，陶礼天教授专注于从文学地理学角度展开研究——这两个角度，是目前"龙学"研究界最新的视野，取得了转变思路、拓展空间、创新方法、立项课题、推出成果的瞩目成就。①

联系李建中教授的上述言论：2007 年李老师提出关键词研究法时，我刚刚进行完硕士论文的开题报告答辩；2017 年现场聆听李老师的报告时，我只是第二次参加"龙学"年会的初学者；这十年，是我在四川闭门造车的十年，也是我慢慢进入《文心雕龙》、意欲展开深入研究的十年，它对我的学术工作来说，主要属于储备的性质。

我的硕士学位论文《风趣刚柔，数穷八体——〈文心雕龙〉风格类型理论研究》、博士学位论文《〈文心雕龙〉雅丽思想研究》，带有鲜明的"关键词视野"的研究意味，事实上，我也正是在懵懂之中，运用电脑检索关键范畴、关键术语"刚柔""典雅"等词汇的方式，对《文心雕龙》的风格理论术语进行了穷尽式的搜集、整理、归纳与分类，才能略有新意地将所思所得写成硕士论文，并以此为基础，深入探究贯通其书的雅丽文学

---

① 2017 年 8 月 6 日下午，中国《文心雕龙》研究学会第十四次年会在内蒙古师范大学举行闭幕式，李建中教授在专题发言中做了《"龙学"研究四通》的学术报告，其中提到本段文字所述的内容。

思想，完成了博士论文的写作任务。能取得前述的一点点成果，居然与李建中教授提倡的关键词研究不谋而合——从2005年到现在，我一直在做这个事情，也许这就是冥冥之中的天意，虽然之前我并不知道李老师的新主张，但无意间进入李老师提倡的研究视野中去，这是幸运的。

2012年12月问世的《汉代巴蜀文学三杰与〈文心雕龙〉》那篇论文，则在无意之中与陶礼天教授主张的"文学地理学批评"有一定程度的一致性——尽管该文主要是从巴蜀地域文化角度切入研究的，所论也不过是《文心雕龙》书中的三位以文学创作、特别是辞赋名家的蜀地作家——但与文学地理学有关，则是毫无疑问的。

那么，我是不是一个能撞大运的幸运儿呢？还是说，我的《文心雕龙》研究思路，以及由此而来的空间拓展、延伸研究，是必然如此的呢？

仔细思考，我认为是后者。

《文心雕龙》的研究，必须，也必然返本归宗，从历史文献、古籍文献中去探究其根本渊源。这一说法，有以下依据：第一，持续数十年的源出儒家、道家、玄学、佛学群说或三家合一诸说，早已产生了数百篇专题论文、十余部相关著作，从主导思想异同、哲学思想渊源角度深入研究之，目前仍在继续，且成果越来越多。第二，美学、文学、范畴研究，无一不探究根源，阐释新意，从百年"龙学"发展史上的著名大家范文澜、杨明照、詹锳、牟世金等文献专家到当代的刘纲纪、詹福瑞、戚良德、李平、陶礼天等研究名家，莫不如是。第三，版本、校勘、注释、今译研究，无不刨根究底，探本溯源，所以，李老师提出的关键词视野研究思路，正是上述研究现状的更往上溯源、探本、证史的研究，是从诸子思想、历史文献文本本身，再向上探究文学根源、深究文明之美的本源研究。简单概括之，是寻根。从这个角度出发，将于四部文献中深入浅出，非有数十年工夫不可，而一旦打通，则一定会成为一个文化学者，一个思想家，一个汇通各家各派的深渊式学者。所以，《文心雕龙》难于研究，难出成果，根本原因在这里；很多人怕了，走了，转移了，深层原因也在这里。

相比较而言，陶礼天教授主张的"文学地理学批评"，则带有思路创新、阵地转移的意味。《文心雕龙》书中确确实实包含着极为丰富的文学地理学因素，除了《神思》《体性》《养气》等抽象性、普适度极高的专题，其余各篇，是文学史上少有的文学地理学素材宝库。陶老师以独到的眼光，开启了这方面的研究之门。

简单地说：李老师的主张能够多出成果，但是难度大；陶老师的主张能够新出成果，因为视野新。

然而我现在做的，是从地域文化视野角度切入。这根源于国家民族复兴、文化自信的国策，是地域文化研究兴盛发展的历史机遇造成的，最直接的动因，就是舒大刚教授国家社科基金重大项目、四川省重大文化工程《巴蜀全书》获得立项，我恰好在当年闯入川大古籍所进行博士后研究，想都不用想，就可以直接在前人艰苦论证的基础上，从巴蜀地域文化角度展开研究。也就是说，前人栽树，后人乘凉，我们是直接摘桃子的人。感谢四川大学！感谢舒老师！

因此，本书集中笔力于先秦、两汉巴蜀段，聚焦于伏羲、大禹、五帝世系相关人物与司马相如、王褒、扬雄、李尤等著名文学家，以实事求是的研究而不是臆测证明了在《文心雕龙》研究领域内创新进行文学地理批评的合法性和创新性。下一步还将借此为起点，将拓展进行齐鲁、中原等区域文化研究与文学地理区系研究之中，推出创新成果。

四

因为我早年靠自学起步，是野路子，文献和文论功夫并不到家，所以特别邀请到具有深厚文论功底和比较文学研究积累的四川大学文新学院吴恙博士、周姝博士两位学友参与到本书的写作中来。吴恙博士任教于四川大学，对川大的《文心雕龙》研究历史非常熟悉，在中外文论的比较研究方面建树颇多，是川大文新学院重点培养的博士生；周姝博士在西藏大学工作，同时就读于四川大学，精于比较文学和诗学理论研究，常有大作问世，对《文心雕龙》等中国文论下过很深的功夫。她俩都是很有水平的科研达人，特别在中外文论的比较研究方面，非我所能及。世人皆知：在

"龙学泰斗"杨明照先生杰出弟子曹顺庆先生的带领下，四川大学的比较文学、古典文献学居于全国第一，文新学院的《文心雕龙》研究具有世界声誉！两位学友严谨的态度，精深的功力，令我受益良多，同时提升了本书的研究质量。

最后说明一点：对书中研究对象籍贯、活动的一些论证，并不带有先入为主的"我们是四川人，就硬要把他们归于巴蜀"的主观意识，而是根据文献记载与客观研究，实事求是地说话。但我们三位作者学力有限，研究能力不够，所以本书存在的问题一定不会少，特别是关于伏羲等上古传说人物籍贯的争议本来就很多——实际上现在谁也无法确证——我们也无法圆满解决这个问题，只能根据文献记载，在论出有据的前提下各取所需。盼望各位读者朋友不吝指教，指出我们的错误与问题所在，帮助我们修改和成长，谢谢你们！

王万洪

岁在辛丑，暮春之初

/ 目 录 /CONTENTS

《文心雕龙》文学地理批评研究——巴蜀文学篇

一、文学地理学及其当代发展概说

文学地理学，是以文学与地理环境之关系为研究对象的一门新兴学科。"文学地理"这个概念，由近代学者梁启超先生首次提出。文学地理学融合了文学与地理学研究、以文学为本位、以文学空间研究为重心的新兴交叉学科或跨学科研究方法，其发展方向是成长为相对独立的综合性学科。文学地理学中的地理层序，依次包括作家籍贯地理、作家活动地理、作品描写地理、作品传播地理，通过对这四个层序动态的、立体的、综合的分析研究，不仅可以使我们更真切地了解文学家的生态环境，复原经过文学家重构的时空场景，揭示隐含于文学家意识深层的心灵图景，而且还可以由此探究文学传播与接受的特殊规律。

文学地理学以文学空间研究为重心，其目的首先在于重新发现长期以来被忽视的文学空间，其次是从文学空间的视境重释与互释文学时间，最后则是重新构建一种时空并置交融的新型文学史研究范式，这对于推动中国文学研究的学术创新——无论在个案研究的微观方面，还是在文学史研究的宏观方面，都有重要意义与价值。文学地理学对于文学空间研究形态的拓展与深化，既在理论层面上更符合构建一种时空并置交融的新型文学史研究范式的内在需要，同时也可以在现实层面上反思与补救当前中国文学研究现状的部分缺失。

中国文学地理的萌芽与实践源远流长。《诗经》十五国风即为北方文学地理分野的成熟结果，屈原的《楚辞》则为南方文学地理与中国作家文学成熟的标志。在史传中，东汉班固《汉书·地理志下》所论《诗经·国风》的地域特点，注重以风俗为中介探讨地理环境与文学作品的关系，堪称早期地理与文学交叉研究的典范表述。《隋书·文学传·序》"江左宫商发越，贵于清绮；河朔词义贞刚，重乎气质"① 的南北地域风格论，带有鲜明的文学地理学整体特征的总结意味。此后，关于文学地理或区域文学的论述，在历代的文集、诗话、笔记等中屡屡出现，但多随感而发，缺少必要的逻辑推绎与理论阐述。到了 20 世纪，在首尾两次略为相似的"文化热"的激发下，传统的文学地理研究先是在世纪初伴随西方文化地理学理论与方法的传入而发生近代转型，其代表性成果主要有刘师培的《南北文学不同论》、汪辟疆的《近代诗派与地域》等；继之则在世纪末再现复兴局面，除了日益增多的单篇论文之外，还陆续出现了以曾大兴先生的《中国历代文学家之地理分布》、胡阿祥先生的《魏晋本土文学地理研究》、李浩先生的《唐代三大地域文学士族研究》《唐代关中士族与文学》等为代表的一批学术专著。袁行霈先生的《中国文学概论》也曾列专章《中国文学的地域性与文学家的地理分布》予以讨论。此外，杨义先生的《中国古典文学图志》虽然不属于纯粹的文学地理研究著作，但在文学与民族学、地理学研究的结合上有新的拓展之功。这些都对中国文学地理研究的成果累积做出了重要贡献。

梅新林教授经过长期的学术积累，率先完成了中国文学地理学学术体系的建构，提出了具有原创性意义的"场景还原"与"版图复原"之"二原"说。梅新林教授指出：体系建构标志中国文学地理学学科形成的核心成果。从决定和影响中国文学地理的最为关键的要素来看，首先是文学家籍贯分布，然后依次为流域轴线、城市轴心、文人流向，最后归结为区系轮动。中国文学地理的空间分布与时间演变大致可以归结为"内圈"秦陇、三晋、齐鲁、巴蜀、荆楚、吴越、燕赵、闽粤八大文学区系与"外圈"东北、北部、西北、西南四大文学区系的轮动与互动。在总体趋向上从西到东，从北到南，先后经历了五次循环往复运动，也由此划开了中国文学地域区系五帝至商代、周代、秦汉至南北朝、隋唐两宋、元明清五个阶段的轮动。其轨迹与规律，作为中国文学地理形态与演变的最终结果，是始于

---

① （唐）魏徵等：《隋书》（影印本），北京：中华书局1997年版，第1730页。

文学家籍贯地域，中经流域轴线之"动脉"、城市轴心之"心脏"、文人流向之"灵魂"三个关键环节的接力与互动而逐步形成的。① 梅新林教授的研究是创造性的，视野宏阔，结论深邃，代表了当前文学地理学理论研究的最高成就。但是，梅教授将巴蜀文学区系置于上述五次运动主流之外，这表明巴蜀文学至今不被重视的现实。根据文献记载，巴蜀文学区系不仅在五次运动中突出地涌现出一系列名垂青史的著名人物、著名作家，如五帝世系中的少昊与颛顼，夏代大禹与夏启，汉代司马相如、王褒与扬雄，唐代陈子昂与李白，宋代以三苏为代表的璀璨群星，明代杨慎，清代张问陶与李调元，现代巴金与郭沫若，当代周克芹与阿来等，他们作品的质量居于全国第一流的水准。特别在汉代、唐宋与现当代，巴蜀文学与秦陇、中原等各个文学区系在地理上紧密相关，是全国文学创作、传播的主流区系，是文学史、文学批评理论著作的重要内容。

其后，文学地理学研究深入展开，先后出版有曾大兴先生《文学地理学研究》、杨义先生《文学地理学会通》等力作。② 华中师大邹建军教授则是文学地理学研究方法论的较早倡导者，他指出：文本解析、实地考察、图表统计、动态分析、比较对照、理论建构是文学地理学研究的主要方法。

2011 年，中国文学地理学学会成立，吸纳了一大批著名学者和中青年才俊加入，至今已连续召开了十届学术年会与六届硕博论坛，不仅取得了丰硕的研究成果，扩大了学术影响力，还作为一种新兴的研究方法，在其他研究领域产生了积极影响，比如文学理论界、《文心雕龙》研究界等。

综上所述，文学地理学是一门有机融合文学与地理学研究、以文学为本位、以文学空间研究为重心的新兴交叉学科。当今时期，在源远流长、积淀丰厚而又背负着沉重历史包袱的文学研究不断面临学科交融、学术创新的严峻挑战之际，建立文学地理学这一新兴交叉学科，具有重要的理论与实践意义，是基于对目前文学研究现状诸多缺失的反思以及如何构建一

① 梅新林：《中国古代文学地理形态与演变》（上、下），上海：复旦大学出版社，2006.
② 曾大兴：《文学地理学研究》，北京：商务印书馆 2012 年版；杨义：《文学地理学会通》，北京：中国社会科学出版社 2013 年版。

种时空并置交融的新型文学史研究范式的双重选择的结果。

二、文学地理学视野下的《文心雕龙》国内外研究现状

在《文心雕龙》的研究历史上，从文学地理学角度入手展开研究，是一种全新的研究视野。在时间上，运用这一新兴学科于《文心雕龙》的研究，其发端与展开还只是近二十来年的事情，在成果上，整体看并不多。在国外，目前还没有学者明确地从文学地理学角度研究《文心雕龙》，亚洲的日本、韩国，欧洲的意大利、法国、俄罗斯、英国，美洲的美国、加拿大等国家，都有《文心雕龙》原著的该国语言翻译本出版，也有部分研究该书在不同国家传播与影响的成果问世，但以上情况主要属于语种翻译与版本流传，大体上属于传播学的范围，除了日本、美国、意大利和俄罗斯，尚未有深入的、有影响的"龙学"理论研究成果出现；海外"龙学"以日本为代表，在《文心雕龙》理论研究、版本研究、传播研究等方面取得了较多深入的、创造性的成果。在中国，台湾、香港、澳门的"龙学"研究在文学地理学视野下也尚未展开；运用这一创新方法的研究成果集中于中国大陆，主要实践者有汪春泓、乔守春、陶礼天教授等人，代表学者是陶礼天教授。

其中，汪春泓先生的《梦随仲尼而南行：论刘勰的"北人意识"》认为：南朝经学沦丧，儒道式微，刘勰主张对北方中原儒学的复兴，是为了救弊当下文学创作的讹滥，刘勰有明显褒赞北方经学的用意。① 对此，乔守春先生持有同样的看法，认为刘勰具有的强烈"北人意识"。② 而陶礼天先生则与之相反，认为"刘勰在这个'随仲尼而南行'的梦中，主要表现的是其时政治上的'褒南贬北'的倾向"。③ 不论刘勰是"褒南贬北"还是"褒北贬南"，其以儒家思想为主导、以经学为主导的指导思想是肯定的。

---

① 中国《文心雕龙》学会编：《〈文心雕龙〉研究》（第一辑），北京：北京大学出版社 1995 年版，第 205 页。
② 乔守春：《刘勰二梦论析》，《北京青年政治学院学报》，2008 年 02 期。该文指出：《文心雕龙·序志》篇"七龄"之梦和"齿在逾立"之梦的插入，有着广泛的"托梦示意"时代背景，寄寓了作者具有写作《文心雕龙》技术和以儒家思想为写作引擎的主观目的；客观上，不独可以窥析刘勰具有的强烈"北人意识"，而且亦能推算出他的生年。
③ 陶礼天：《文化传统与〈文心雕龙〉之性质略论》，《学术前沿》，2008 年 01 期。

主张经学，儒家主导，这就为《征圣》篇"圣文雅丽"说的提出梳理清楚了思路，在前代研究者的基础上更近了一步。事实上，这几篇文章的基本理论依据都是《隋书·文学传·序》"江左宫商发越，贵于清绮；河朔词义贞刚，重乎气质"①的南北地域风格论，共同主张质实、雅正的文风。同时，这几篇文章没有重视到的问题是：刘勰为什么要以美轮美奂的云彩为依托来写出自己对孔子的崇拜之情？除了乔文所谓"自命不凡""展示文才"之外，这其实与《文心雕龙》"郁然有采"的自然物色之美是暗合一致的。《原道》以为："云霞雕色，有逾画工之妙；草木贲华，无待锦匠之奇。夫岂外饰，盖自然耳。"②天上的云彩美丽多姿，是大自然赋予它们的天然之色。又说："形立则章成"，"无识之物，郁然有采"。③这些本于自然的"形文"，具有美轮美奂的文采。因此，刘勰说自己两次做梦，一次在多彩的云霞之巅，一次是朱红的礼器在手，梦到孔子，随行而南，绝不只是"北人意识"那么简单。"北人意识"尚雅正，尊经典；云霞多姿则有重文采、尚美丽的意思在内。孔子不仅是儒家的伟大圣人，更是一位"删述经典"的伟大作家，所以，经他删述而成的五经圣文才会"衔华佩实"，以"雅丽"（《征圣》）著称。

从《文心雕龙》的雅丽之美生发开来，"雅丽"审美论的另一种主要意见是南北地域差异说。国平先生《浅谈南北地缘美学对唐代诗歌的影响》一文讨论到南北美学的地缘差异，文章认为北方美学的风格是豪迈雄壮，质朴淳厚，而南方美学则秀丽婉美，浪漫热烈。从地域特征、文化差异、政治格局、战乱影响、移民影响等角度论述了"雅"与"丽"的地域差异，因为魏晋时期北人之南迁而渐趋统一。这是南朝雅丽文学思想起源的一种新解。

陶礼天教授是全国较早主张文学地理学研究方法的学者，1997 年在华文出版社出版了文学地理学著作《北"风"与南"骚"》，1998 年在《北

---

① （唐）魏徵等：《隋书》（影印本），第 1730 页。

② 杨明照：《增订文心雕龙校注》，北京：中华书局 2000 年版，第 1 页。按：本书所引《文心雕龙》原文语句，若无特别说明者，皆出杨先生本书，此后引用时只注明作者、书名、页码。特作说明。

③ 杨明照：《增订文心雕龙校注》，第 1 页。

大中文研究》创刊号上发表了《文学与地理——中国文学地理学略说》①。而在《文心雕龙》第十三次昆明年会与第十四次呼和浩特年会上，陶先生相继主张运用文学地理学的研究方法对《文心雕龙》进行研究。在《〈文心雕龙〉文学地理批评研究（上篇）》中，陶教授指出：

> 本文是第一次明确提出《文心雕龙》文学地理批评思想的研究，这就首先需要简要论述如下两个问题：第一，从文学地理学看问题，先秦至六朝时期的文学地理批评发生发展情况如何？第二，依照对文学地理学的建构与阐释，《文心雕龙》的文学地理批评思想包括哪些？是否符合其实际？②

在这篇可以明确称为《文心雕龙》文学地理学研究理论主张的论文中，陶教授详细回答了引文中提到的两个问题，其论据贯通了《文心雕龙》全书，并举证若干材料，为自己运用文学地理学理论的主张于该书研究的实际操作和创新学术视野进行证明。

与明确的文学地理学这一称谓在名称上不同，但切入视角比较近似的研究，是从区域文化分野的角度进行的《文心雕龙》构成要素研究。2012年12月，王万洪在首届"巴蜀文化与湖湘文化高层论坛"提交了《汉代巴蜀文学三杰与〈文心雕龙〉》的长篇论文，指出：《文心雕龙》是我国古代文学理论的巅峰之作，汉代巴蜀文学家司马相如、王褒、扬雄以其杰出的文学创作、学术成就和文艺理论成就对《文心雕龙》做出了重要的贡献，这些贡献贯通全书，在序论、枢纽论、文体论、创作论、批评论中都有所体现。巴蜀三杰作为《文心雕龙》阐释文学思想、作家作品、创作得失、理论批评的经典代表，具有重要的地位。③ 这是从区域文化分野角度研究《文心雕龙》的第一篇论文。其后，该文入选了朱汉民教授主编的《湖湘文化与巴蜀文化》与舒大刚教授主编的《四川大学古籍整理研究所建所三

---

① 按：该文为陶礼天教授《北"风"与南"骚"》一书的第一章全文。
② 陶礼天：《〈文心雕龙〉文学地理批评思想研究（上篇）》，《中国〈文心雕龙〉学会第十四次年会论文集》，2017年8月，呼和浩特。
③ 参见《第一届巴蜀文化与湖湘文化高层论坛论文集》，2012年12月，长沙。

十周年纪念文集》。① 随着巴蜀文化这一广阔的地理视野的纳入，王万洪还从《文心雕龙》书中大力征引的巴蜀名人扬雄文学作品、文学思想、审美得失等角度入手，专文论述了扬雄对《文心雕龙》成书的影响；推而论之，还对《文心雕龙》奉为圣人的孔子及其思想对该书成书的影响进行了初步探究，② 但尚未在该探究中明确齐鲁文化的地理区域概念。

综上，作为世界性显学的《文心雕龙》研究，在文学地理学这一全新研究视野中，目前处于刚刚起步的阶段，有限地集中于国内的几位学者，学术群体尚不壮大，研究成果还不多，其展开空间还很大。

三、《文心雕龙》的构成要素

《文心雕龙》是一部写作学著作③，涉及有关写作问题的方方面面，因此，这本名著的构成要素主要包括时间上以下几个方面的内容：

第一是以时间为纵向脉络的写作历史。《文心雕龙》全书论述有关写作问题的历史时，从天地自然开始，人类源生于天地之间，经过若干岁月的发展演化之后，才有了模仿自然而作图像文学的创举，实现这一创举的代表作家是伏羲，其代表作品是先天八卦。这是上古旧石器时代原始人类仰观俯察、取法自然而创制文学作品的起点，事见《原道》篇。自此以后，《文心雕龙》记述的人类写作历史历经三皇、五帝、三代、秦汉、三国、两晋、南北朝（未完），在齐梁成书之际，号称"九代"之文，事见《才略》《时序》等篇。其纵向的时间轴，大约有一万年历史。因为具有这样宏大深远的宇宙意识和历史意识，使得作者刘勰能够在博大的历史视野下纵意渔猎、深刻比较、取精用宏，使《文心雕龙》在古今中外的同类著作中居于理论全面、体系严谨、成就最高的位置。

第二是以空间为横向坐标的文学区域。当代学者将中国的主要文化区

---

① 朱汉民：《湖湘文化与巴蜀文化》，长沙：湖南大学出版社2013年版；舒大刚：《四川大学古籍整理研究所建所三十周年纪念文集》，成都：四川大学出版社2013年版。

② 参见《扬雄对〈文心雕龙〉成书的影响》，《蜀学》第九辑；《孔子思想对〈文心雕龙〉的影响初探》，《儒藏论坛》第七辑。

③ 关于《文心雕龙》的性质，曾有文学理论著作、文学批评著作、子书、审美心理学著作、哲学著作、艺术学著作、写作学理论著作等多种不同的说法。根据其包含数十种文体且绝大部分为应用文体裁、讨论有关写作的方方面面的问题等基本内容，笔者采用写作学理论著作的说法。

域划分为中原文化、齐鲁文化、关陇文化、江汉文化、巴蜀文化等八大块，将八大块反推到《文心雕龙》，我们会发现，该书对当代文学地理学界提出的秦陇、三晋、齐鲁、巴蜀、荆楚、吴越、燕赵、闽粤八大文学区系皆有涉及，而以位于黄河、长江流域的前六者为主要空间区系。当然，在《文心雕龙》成书的时代，并没有今天八大块的说法和区分，但刘勰身处南北朝对立的特殊历史时期，他本来就是一个国家分裂、区域分野的历史见证者。在《文心雕龙》中，论述到三皇、五帝、夏、商、周、春秋、战国、前汉、后汉、晋室南迁以及江左、皇齐文学的时候，带有鲜明的区域分野的意味，特别是《诗经》十五国风与《楚辞》，不仅有内容、写法、风格等差异，仅从命名上看，其地域区别就尤为明显——《物色》篇就指出：屈原《楚辞》创作的成功，很大程度上是得到了外在的"江山之助"！

第三是有关写作的各个方面的内容。美国文学理论家艾布拉姆斯认为：文学具有四大要素，分别是世界、作者、作品与读者，这四个要素之间是相互渗透、相互依存、相互促进的。[①] 这一理论在世界文学研究中都广有影响。但是，将四要素论与《文心雕龙》的写作理论体系放在一起比较的时候，在向上的理论高度和向下的操作性方面，它们就显得比较薄弱而且笼统了。《文心雕龙》论述到涉及写作的方方面面的问题，比如：

1. 写作起源论。写作起源于天地自然，事见《原道》篇。

2. 写作审美论。写作天然具有审美的属性，一切文章都具有美的属性、美的创造、美的风格，事见《原道》《情采》等，散见于全书各篇。

3. 写作历史论。从伏羲到齐梁，众多的时代、作家、作品构成了精彩的写作学史，事见《原道》《通变》《才略》《时序》等篇。特别是《时序》，可称第一篇中国文学史。

4. 写作思维论。集中于《神思》篇，散见于文体论、技法论等其余篇章。

---

① ［美］M. H. 艾布拉姆斯著，郦稚牛等译：《镜与灯：浪漫主义文论及批评传统》，北京：北京大学出版社 1989 年版，第 5—6 页。

5. 写作过程论。即"物—意—文"的写作行为论①，见于论述"三准"说的《镕裁》等篇章。

6. 写作修养论。集中于《体性》《养气》《程器》等篇，要求作家具有才、气、学、习的综合写作能力，先天禀赋与后天修养都有较高要求，平时注意涵养身心，培养写作状态，并在品德高度、写作动力与"为文有用"等方面提出了严格要求。

7. 写作风格论。集中于《体性》《风骨》《通变》《定势》《情采》等篇，散见于文体论诸篇与技法论诸篇，综合论述了刚柔、八体等共时风格与作家情性风格论、作品文体风格论、时代风格论、风格理想等诸多问题。

8. 写作枢纽论。以《宗经》为核心，原道征圣，尊经抑纬，提倡骚体之新变，得出合观诗骚的雅丽文学创作纲领②，事见《征圣》《宗经》《辨骚》等篇。

9. 文体创作论。专列文体论二十五篇，讨论三十余大类、八十余小类的诸多文体及其历史演变、成败得失与创作要求。事见《明诗》到《书记》诸篇。

10. 写作技法论。集中于《镕裁》到《总术》十九篇，综合论述到了有关写作的诸多技法，以裁剪、声律、篇章、对偶、比兴、夸张、用字、语病、引用、对比等为主，鲜明地体现了本书写作学著作的性质归属问题。

11. 写作批评论。集中于《知音》《才略》《程器》等篇，散见于全书各处。

12. 写作对象论。集中于《物色》篇，作为《原道》《情采》之补充与《时序》之另一侧面。

13. 写作目的论。集中于《序志》篇，阐明作者刘勰为文不朽的著书目的与内在动力。

14. 主导思想论。集中于《序志》与枢纽论诸篇。本书以儒家思想为

---

① 在当代写作学界，写作过程论也称写作行为论，研究写作从前到后的全过程，主要有"物、意、文"的双重转化说、三级飞跃说、知行递变说、三阶段说（前写作、显写作、后写作）等理论成果。

② 创作纲领一说，由王运熙先生提出，是指《文心雕龙》序言中论述的"文之枢纽"，即写作的核心指导思想与创作原则规范。

主导，广泛吸收了先秦道家、魏晋玄学等哲学思想与书画、音乐等艺术理论，在万千作家作品中独尊儒家，显示了作者在六朝儒学式微大环境下复归商周，宗法两汉的思想观、文论观。

15. 组织体系论。以《序志》篇提出的"大衍（易）之数五十，其为文用，四十九篇而已"为理论基础，与之对应的是全书共分五十篇，其中具体内容四十九篇，序言一篇。由此可知，《周易》是《文心雕龙》组织体系的方法论渊源所在。

16. 思维方法论。主要指写作全书采用的"折中"思维方法论，在这一方法论指导下，全书客观公正地取法百家，正反对比，合观统照，从而独出机杼，创新立论，这是我们今天研究该书、写作论文时都必须要注意采纳的方法，这一方法的主要来源，是儒、道、兵、法等先秦诸子名著中的中和思维方法论，也包括后来的佛典思维方法论。

上述若干方面，实际上只是《文心雕龙》论述较多、体现较为鲜明的内容，还有许多涉及写作问题的细小方面，限于叙述局限，不再全部展开。

通过以上分析，我们可以发现：《文心雕龙》的写作理想，在远景上，是想复归商周"丽而雅"的文风，因为这是儒家礼乐制度建立的时代，是儒家五经"圣文雅丽，衔华佩实"的主要产生时代；在近源上，是突出乃至独尊汉代思想与汉代文学，因为汉代是儒家地位上升、孔子称圣人、儒家著作称经的历史转折时期，也是真正意义上的作家文学成熟并大量涌现的时期，其得失，为刘勰提供了正反两面的批评依据。没有这两个前提，儒家思想及其代表人物、代表著作不可能在中国历史上居于优越的先在位置，不可能拥有两千余年的特殊地位，《文心雕龙》也就不会独立地、坚定地展开自己注经不成、改为文章的立言不朽的写作理想。

所以，本节讨论《文心雕龙》的成书构成要素，需要在商周、汉代这两个时段上体现出主导历代的历史视野和文学史论意识，在儒家思想、孔子地位、儒家著作上体现出独尊的优先标准。尽管这一史论意识与优先标准并不符合文学发展的历史真实情况，但作为《文心雕龙》这一特定对象所表现出来的"一家之言"，我们在研究的时候，要理解并尊重这一事实。

回到有关写作的属性上来。写作，最核心的是作家与作品，是历代各类文体的名家与名作，在《文心雕龙》中，伏羲、尧、舜、伯益、后稷、大禹、周文王、周公与孔子，是《原道》篇论述上古文明史、上古写作学史举证的最有代表性的作家。显然，他们不是今天纯文学意义上的作家，主要的身份应该是政治家、思想家，时间跨度从原始社会早期到两周交汇之际，但刘勰认为他们才是最伟大的作家。在《征圣》篇中，刘勰认为写作应该"征之周孔"，周公与孔子是最优秀的代表作家，周公制定礼乐制度，孔子删述儒家六经，仍然以政治、思想为写作的主要内容与批评标准。在《宗经》篇"文出五经"的定论之后，我们发现：一切上古名作均汇聚到五经之中，一切后代文体都从儒家经典中生发出去，五经成为渊薮。这样，前述著名政治家、思想家，成为儒家典籍中的代表，成为写作上的著名作家。儒家思想统摄了《文心雕龙》各方面的写作要素，特别是作家与作品，被确立为全书鲜明的主导思想。

这样的统摄，有利也有弊，仅以"文出五经"为例说明之。我们从《易》经中可以看到源自伏羲、历经文王、成于孔子的《易》学历史渊源，以及《文心雕龙》组织全书的思想体系与关键范畴，诸如通变、刚柔、八体等，这是全书的组织结构与理论范畴之源；从《书》经中可以看到尧、舜、禹与夏、商、周的政治得失与历史事件；从《诗》经中可以看到夏、商、周的区域国别诗歌、音乐文学、风格差异和孔子选定诗篇的中和标准；从《礼》经中可以看到儒家先贤早已将伏羲、五帝、大禹、夏、商、周的历代著名政治领袖纳入自身体系之中，在全书主导思想、作家作品与理论地位上，这就没有其他诸子什么大事可言了；从《春秋》经及其三《传》中，我们可以看到以齐鲁儒学、中原文化为核心的历史观、思想观与政治观：一句话，上古一切皆我源，后代一切皆我有！包括几十种文体及其写作技法、美学特点的千百变化，虽万变而不能离其宗，这个宗，即儒家思想。这是其有利的一面。在齐梁政治动荡、军事不振、佛教昌盛、儒学衰微、文体讹滥、审美流弊的时代背景下，《文心雕龙》远溯先秦、近取两汉，高举儒家思想理论大旗，其目的，就是要归正文学发展的不正之风，使之健康、有序、雅丽地发展下去，那就必须坚定立场，复古返本，归正于儒。

通观文学发展史，我们知道，刘勰坚定持有的"文出五经"的观点，源头上始自孔子，历经荀子，汉代王充等众多思想家都有明确的论述，但只能在儒家思想体系中才能成立。因为这一观点带有强烈的规定性色彩，这种规定性是建立在汉代儒学为宗的政治思想体制及其影响之下的。刘勰所举的五经与集大成的作家孔子，并不能代表文学发展的真实状态。以《易》为例：据《帝王世纪》等诸多文献记载，伏羲画八卦之后，历代皆有其学，神农氏重之为六十四卦，黄帝、尧、舜重而申之，分为二《易》；在夏代因炎帝曰有《连山》，商代因黄帝曰《归藏》，周文王广六十四卦，著九六之爻，是谓《周易》①；孔子的集大成之作，也远未穷尽，比如郭沫若先生就以为《易传》最终成于战国荀子。至少在《文心雕龙》成书之前，汉代、魏晋时期的《易》学，是学术界的显学，是《易》学史上的两大高峰时段。刘勰对汉魏《易》学成果多有征引，比如《声律》篇"声有飞沉"之说，即有京房易学"飞伏论"的理论背景；其余"四象精义以曲隐""余味曲包"、刚柔、八体、风骨、隐秀等，皆有明显的上古易学与汉魏易学成果在内。但他不予承认，不便提及，只肯将孔子作为《易》学的最高峰，实际上终结了、否定了易学的后续发展。这是其弊端与局限性。

既然从主导思想到具体的写作内容，《文心雕龙》在宏观与微观层面均以儒家思想为宗法，那么，它的核心写作理论，或曰主导文学思想，就应该是与儒家经典一致的文学思想——"圣文雅丽，衔华佩实"。笔者曾对此有过一定程度的研究，提出并证明了这一大胆假设。

综上所述，《文心雕龙》的构成要素主要是：①时间上纵论从古至今的写作历史；②空间上总论历代不同的区域版图；③内容上涉及有关写作的方方面面；④指导思想上以儒家思想为宗，并能化合百家，为我所用；⑤创作、审美与批评上以雅丽文学思想为核心。

四、《文心雕龙》的文学地理构成要素

《文心雕龙》在文学地理学批评的构成要素方面，主要包括以下内容：

第一是全书著名作家的地理籍贯。尽管《文心雕龙》在写作时并不是

---

① （晋）皇甫谧撰：《帝王世纪》，沈阳：辽宁教育出版社1997年版，第3页。

从地理籍贯划分的角度来选择作家的，但该书所论述的主要作家的地理籍贯是确定的，比如孔子是山东曲阜人，周公是岐山周原人，陆机、陆云兄弟是江东大族子弟，王褒、扬雄是西汉蜀郡人士，这是没有争议的一种。另一种情况是有所争议的类型，比如《原道》篇论述了多位上古杰出部落联盟首领、政治家、思想家，伏羲的籍贯就有四川说、甘肃说、山东说等，大禹的籍贯也有四川说、青海说、陕西说、河南说乃至东北说等。从文学地理学的角度考证这些名人的地理籍贯，是很有意义的。

第二是以空间为横向坐标的文化区域。当代学者将中国的主要文化区域划分为中原文化、齐鲁文化、关陇文化、江汉文化、巴蜀文化等八大块，将八大块反推到《文心雕龙》，我们会发现，该书对当代文学地理学界提出的秦陇、三晋、齐鲁、巴蜀、荆楚、吴越、燕赵、闽粤八大文学区系皆有涉及，而以位于黄河、长江流域的前六者为主要空间区系。当然，在《文心雕龙》成书的时代，并没有今天八大块的说法和区分，但刘勰身处南北朝对立的特殊历史时期，是一个国家分裂、划江而治的历史见证者。在《文心雕龙》中，论述到三皇、五帝、夏、商、周、春秋、战国、前汉、后汉、晋室南迁以及江左、皇齐文学的时候，带有鲜明的区域分野的意味，特别是《诗经》十五国风与《楚辞》，不仅有内容、写法、风格等差异，仅从命名上看，其地域区别就尤为明显，《物色》篇就指出：屈原《楚辞》创作的成功，很大程度上是得到了外在的"江山之助"！

第三是全书有关写作的各个方面的地理内容。美国文学理论家艾布拉姆斯认为：文学具有四大要素，分别是世界、作者、作品与读者，这四个要素之间是相互渗透、相互依存、相互促进的。[①] 这一理论在世界文学研究中都广有影响。但是，将四要素论与《文心雕龙》的写作理论体系放在一起比较的时候，在向上的理论高度和向下的操作性方面，它们就显得比较薄弱而且笼统了。《文心雕龙》论述到涉及写作的方方面面的问题，这些问题不仅包含了"世界"这一因素，而且在作者选择、作品断代与读者批评方面，与文学地理学关系都很密切。

---

① ［美］M. H. 艾布拉姆斯著，郦稚牛等译：《镜与灯：浪漫主义文论及批评传统》，北京：北京大学出版社 1989 年版，第 5—6 页。

（1）《文心雕龙》写作动力论。在《序志》篇中，刘勰自述创作《文心雕龙》这本书的目的是想树德建言，立论不朽。一千多年的历史证明，他确实做到了！在萌芽了写作本书流传后世的想法时，刘勰记述了两个梦："予生七龄，乃梦彩云若锦，则攀而采之。齿在逾立，则尝夜梦执丹漆之礼器，随仲尼而南行。旦而寤，乃怡然而喜，大哉！圣人之难见哉，乃小子之垂梦欤！"① 第一个梦，是一个高飞彩云的美丽之梦，表明了作者内心的崇高理想和文学美丽的精神品格，这是与南朝崇尚文学、为文华丽的时代风气息息相关的。第二个梦，是梦见孔子，"执丹漆之礼器，随仲尼而南行"，举着周代大红的礼器，代表的是本书在儒家雅正的礼乐制度规范下的主导思想选择。我们知道，刘勰原籍山东，祖辈在战乱中迁徙江东镇江，他在梦中跟随孔子从北向南，实际上是自己从黄河流域的齐鲁大地来到长江南岸的吴越之地的写照。向孔子取法，这是他将孔子当作自己的精神导师、决心传播雅丽的文风、写作《文心雕龙》这本书的根本动力！这个内在动因，就有鲜明的南北地理地域因素在内。

（2）**文学起源论。**文学起源于自然，与天地并生，与日月、山川、草木、云霞、林籁、泉石、龙凤、虎豹等自然事物同时存在，而且采集其精华，在天、地、人三才共同作用下，在从西部地区的伏羲、大禹、周公到东部地区的孔子等上古杰出人才的共同努力下，经历了从自然物色的形文、声文到人类社会的人文等不同形态与不同阶段的漫长发展。从文学地理学视野来看，《原道》篇论述的文学地理空间，包含了从宇宙空间到自然景物、从地理实质到形式附着这两个大类，是实体性自然地理空间和虚拟性作家意识空间共同作用的结果，也就是说，是现象学意义上的主客体空间互动生成的结果。因为最初的人文——八卦——是这两类空间意识共同激发、创生的产物，乃天地之文，因此不仅具有很大的功能，"为德也大矣"，而且天然地具有了自然万物华美的属性，这是《文心雕龙》全书尚美尚丽的理论起点。在刘勰看来，一切文章都具有美的属性、美的创造、美的风格。需要指出的是，地理空间与意识空间二者当中，前者是文学起源的基础物质条件和外在激发性因素，后者是文学起源的智能意识条件和内在决

---

① 杨明照：《增订文心雕龙校注》，第 610 页。

定性因素，也就是说，天地人三才中的人——作家，感知、模仿地理环境及其形式之美才是文学起源最重要的动因。没有上古伏羲仰观俯察、化成八卦、创始人文的伟大创举，不独地理空间与自然景象虽然存在而不能直接转化为文学作品，其美轮美奂的形式之美也不能催生文学作品具有审美的本质属性。

（3）**文学史论**。从伏羲时代到南朝齐梁年间，众多的时代、作家、作品构成了精彩的文学史，其中的"江左"等历史阶段，本就是文学地理的代表性词汇，而刘勰的祖父辈即是从齐鲁地区南渡来到镇江生活的北人。在贯通数千年的文学历史发展中，将全中国地域空间范围内的文学发展历史拉通梳理，这是《文心雕龙》的独创。事见《原道》《通变》《才略》《时序》等篇。特别是《时序》，可称第一篇中国简明文学史，其中的"九代文学"，概述数千年，包含历朝历代，稍微考察一下从伏羲到皇齐时代的部落联盟所处的核心地理空间或都城，就可以发现：今河南、河北、山西、山东所在的黄河中下游地区，是历代文学发展的主要地理时空；而长江中下游地区，则是"近代文学"不断转移、变化的新的时空区域。比如，在谈到春秋战国时代的整体文学面貌时，刘勰说："春秋以后，角战英雄，六经泥蟠，百家飙骇。方是时也，韩魏力政，燕赵任权；五蠹六虱，严于秦令；唯齐楚两国，颇有文学。齐开庄衢之第，楚广兰台之宫；孟轲宾馆，荀卿宰邑，故稷下扇其清风，兰陵郁其茂俗。邹子以谈天飞誉，驺奭以雕龙驰响；屈平联藻于日月，宋玉交彩于风云：观其艳说，则笼罩雅颂。故知晔烨之奇意，出乎纵横之诡俗也。"[①] 韩魏力政，燕赵任权、五蠹六虱，严于秦令、齐楚两国，颇有文学诸语，挫英雄于笔端，抚七雄于措辞。七国文学的重点，是齐楚两国，刘勰特别提到"齐开庄衢之第，楚广兰台之宫"与"稷下扇其清风，兰陵郁其茂俗"，以孟子、荀子、邹子、屈子、宋玉为代表的外来学者和本土作家，一起促成了齐国和楚国文学的鼎盛局面。曾大兴教授等人认为：应该将文学地理学独立出来，作为一门与文学史双峰并峙的二级学科，得到广泛传播和研究。仅从本段论述来看，我们就可以明确地看到这一意见的正确性，研究春秋战国文学史，如果不从区

---

① 杨明照：《增订文心雕龙校注》，第 539 页。

域国别入手，不从地理空间切入，就无法讨论作家在不同国家之间自由切换的行踪轨迹，无法探究作品在不同空间环境和社会背景下创作出来的具体原因，无法做出屈、宋楚辞之"昈烨之奇意"是怎样"出乎纵横之诡俗"的正确理解。因此，纵向的文学史书写，需要在时间轴上进行横向的空间带进，否则，文学史上战国七雄、齐楚文学、稷下学派这样从大到小的面、线、点的关系将不能阐释清楚，反之亦然。

（4）写作对象论。在《文心雕龙》中，一切用文字记录下来的东西都是广义的文学写作，因此其写作对象极为丰富，包括天地、星辰、自然、风景、生活、社交、政治、军事等一切内容。在广泛的写作对象群体中，有许多是文学地理学研究所重视的文学景观，虚拟性文学景观与实体性文学景观并存，特别是实体性文学景观非常突出，有的还具有文化景观的深刻意味。①《原道》篇论述文学的起源和审美本质，向天地星辰、自然事物取法，自不待言。《物色》篇则以"春秋代序，阴阳惨舒；物色之动，心亦摇焉"的外物感染论为文学创作的起点，将引发写作情思、灵感、激情的因素归于"天高气清""霰雪无垠""清风与明月同夜，白日与春林共朝"，于是"诗人感物，联类不穷。流连万象之际，沉吟视听之区。写气图貌，既随物以宛转；属采附声，亦与心而徘徊"，《诗》由此而生，继而"离骚代兴，触类而长；物貌难尽，故重沓舒状"，发展到汉代，"长卿之徒，诡势瑰声；模山范水，字必鱼贯"，从先秦北方《诗经》到南方《楚辞》，再到汉代辞赋大作，最著名的诗赋文学，莫不是描写自然景物的产物。而自"近代以来，文贵形似，窥情风景之上，钻貌草木之中"，则走向了片面、肤浅的景物描写之途。对于地理、山川、景物的描写，贯通了整个文学发展的历史，是全部文学体裁重要的取材对象，其成败得失与当代发展，正是《文心雕龙》得以建构文学批评理论的重要内容之一：必须归正商周，取法丽则，摆落丽淫。其中，以"长卿之徒"为代表的辞赋创作是最主要的作品批评对象；蜀人扬雄在《法言·吾子》中提出的"诗人之赋丽以则，辞人之赋丽以淫"的辞赋审美论，被刘勰拿过来演化为"诗人丽则而约言，辞人丽淫而繁句"，成为诗赋对比、文学批评的核心标准。从

---

① 曾大兴：《文学地理学概论》，北京：商务印书馆 2017 年版，第 233—234 页。

这个意义上，我们可以说：《文心雕龙》总结了历代以来对自然风物的描写传统，提炼了相应的美学批评标准，是南朝文学自觉时代对文学景观进行理性研究的先声。

文学地理学研究重视对文学景观的探究，不仅在理论上强调文学景观的历史性、风物性、文学性，在研究中更强调文学景观的现地性、可视性和生成性，台湾地区简锦松教授采用现地研究法，在唐宋文学研究中取得了许多别开生面的成果，比如对李白的名作《独坐敬亭山》，简先生认为李白不是在陆地上或敬亭山上坐着看，而是坐着船去慢慢看的。① 这一结论十分新颖，令人叹服，表明了文学景观现地研究法的重要意义。除此以外，笔者认为，对文学景观的强调和研究，还有助于解决以下疑难问题：自陆机开始，"物—意—文"的写作过程论思维就被正式提炼了出来，刘勰在《物色》《原道》等篇中描写的自然景物触发文学创作情思的过程，实际上就是对陆机思维原理的具体化，而直到二十世纪八十年代，中国写作学界都不能在创作思维理论研究领域超越这一原理，不仅因为这一原理在静态思维层面确实是正确的，还因为研究者提不出新的、有活力的、自明性的写作过程论思维原理。现在，从文学景观论角度出发来看问题，我们就会发现，"物—意—文"原理不仅在静态思维层面存在，更在动态思维层面具有不同变数与可操作性，这一原理具有新的阐释价值和生命力：在被作家具体感知之前，自然风物是独立存在的；在吸引了作家注意之后，自然风物与作家之间构成了互动的现象学主客体关系，当作家调动情思——这一情思可能萌发、成形并顺利措辞，也可能随时变动、推翻重来，还有可能被迫阻塞或思如泉涌——外化措辞而成文之后，文学景观由此产生，随着时间的沉淀或作家名气的增减，特定文学景观将随历史而沉浮，有的还会上升为文化景观。《封禅》篇论述历代帝王于泰山举行封禅大典及其代表作家作品，泰山成为庄严肃穆、敬天法地的著名的文学景观和文化景观。而在屈原的楚辞系列创作中，外在的"江山之助"与香草美人承载了描写对象、情感寄托、象征比喻、善恶区分、托物言志等不同功能，屈子流放地、

① 参见简锦松先生《李白〈独坐敬亭山〉现地研究》一文所述，《中国文学地理学会第八届年会论文集》，汉中，2018 年 10 月。

屈子涉江地、屈子徘徊处、屈子绝命处，早已经超越了山川江流的意义，成为后人缅怀的千古名胜，不独为文学景观的代表，更是文化景观的代表。这类楚辞系列作品中的实体性文学景观成为屈子精神的象征，在文学史上成为爱国精神与个人命运交织互动的经典，千年以降，历久弥光。

（5）**文之枢纽论**。《文心雕龙》以《宗经》为核心的前五篇，刘勰称之为"文之枢纽"，褒扬经典"六义"，批评"楚艳汉侈"，原道征圣，尊经抑纬，提倡骚体之新变，得出合观诗骚、折中雅丽的文学创作纲领，这是褒美"郑伯入陈""宋置折俎"的区域国别文学、融合《诗经》《楚辞》南北文风、化合以诗骚为代表的古今各类文体、创造全新理论的总结性成果。《正纬》篇论述纬书之起源，与经典共同"原道"而来，而"河出图，洛出书，圣人则之"，河洛之地成为上古文学发展的核心起源地。发展到北方儒家经典之后的楚辞体裁，特别是屈原的一系列作品，在内容上"论山水，则循声而得貌；言节侯，则披文而见时"，它们作为后代辞赋作家的模仿对象，"吟讽者衔其山川，童蒙者拾其香草"，不仅有地理区域与国别差异，而且是具体写作内容的操作性体现。

（6）**文体创作论**。从《明诗》到《书记》，《文心雕龙》专列"论文叙笔"的文体论二十篇，讨论三十余大类、八十余小类的古今文体及其历史演变、成败得失与创作要求，处处体现着文学地理的各类因素。事见《明诗》到《书记》诸篇。《明诗》中提及的建安文学、江左篇制、宋初文咏，均为地理区域极为鲜明的时代文学代表，诸如此类的论述，满布于文体论的二十篇之中，有很多的例证。比如《乐府》，该篇开头就说道："乐府者，声依永，律和声也。钧天九奏，既其上帝；葛天八阕，爰乃皇时。自咸英以降，亦无得而论矣。至于涂山歌于候人，始为南音；有娀谣乎飞燕，始为北声；夏甲叹于东阳，东音以发；殷整思于西河，西音以兴：音声推移，亦不一概矣。"① 乐府，简单地说，即官方音乐文学，主要是和乐的诗歌，黄帝"钧天九奏"，据传地点在今河南省平顶山市郏县钧天台，宋代蜀人三苏父子坟墓对面，这是天地之正中，暗示着河南是中原之腹地，上古文明之核心。大禹的妻子涂山氏女娇，唱出了候人之歌，始为南音；

① 杨明照：《增订文心雕龙校注》，第82页。

有娀氏的两个女儿唱出了飞燕之谣，始为北声；夏代的孔甲发出了东阳之叹，东音以发；殷整讴歌了西河之思，西音以兴——以上以东、南、西、北为地理空间，以夏代音乐文学为时代背景的先民歌谣，虽然是传说中的东西，但包含着最为鲜明的文学地理学因素，则是实实在在的。而继续深入思考，即可发现：涂山氏女娇，有娀氏之女、孔甲之歌、西河之思，这与位于中原腹地的夏代文学有关：女娇为大禹之妻，而大禹为古蜀人，夏代是大禹之子夏启建立起来的，夏启为古巴人，往上推论，刘勰在本篇所举之夏代音乐文学例证，暗中还与古巴蜀文学区系有着直接的关系。在《乐府》篇中，还多次出现《韶》《夏》雅乐与郑、卫俗乐的对比论述，刘勰本着尚雅贬俗的态度，对郑、卫之声多次批评指责，直到建安曹氏父子文学之作，也被视为不雅之作。这是在历代乐府音乐文学发展历史上的审美批评运用，雅丽思想在此极为鲜明地表达了出来。在之后十八篇的文体论中，文学地理因素层出不穷，比如以下随处可见的典型论述：

《诠赋》：原夫登高之旨，盖睹物兴情。①

《颂赞》：夫化偃一国谓之风，风正四方谓之雅。②

《哀吊》：贾谊浮湘，发愤吊屈。③

《杂文》：犹骋郑卫之声，曲终而奏雅。④

《谐隐》：楚庄齐威，性好隐语。⑤

《史传》：后汉纪传，发源东观。⑥

《诸子》：七国力政，俊乂蜂起。⑦

《论说》：汉定秦楚，辨士弭节。⑧

《诏策》：皇帝御宇，其言也神。⑨

---

① 杨明照：《增订文心雕龙校注》，第 97 页。
② 杨明照：《增订文心雕龙校注》，第 108 页。
③ 杨明照：《增订文心雕龙校注》，第 168 页。
④ 杨明照：《增订文心雕龙校注》，第 181 页。
⑤ 杨明照：《增订文心雕龙校注》，第 195 页。
⑥ 杨明照：《增订文心雕龙校注》，第 206 页。
⑦ 杨明照：《增订文心雕龙校注》，第 229 页。
⑧ 杨明照：《增订文心雕龙校注》，第 247 页。
⑨ 杨明照：《增订文心雕龙校注》，第 264 页。

《奏启》：李斯之奏骊山，事略而意迂。①

《议对》：洪水之难，尧咨四岳。②

以上所举之例证，不仅有关于文学功能、文学体裁、具体作品、审美批评、创作技法方面的论述，还遍布有宇宙意识、区域国别、山川河流、自然方位的直接说明。刘勰对地理空间意识的自觉运用，对自然山水的功能概括，将各体文学最著名的代表作家、代表作品、创作要求、成败得失、审美批评熔于一炉，阐述不同文体原道而来之起源、敬天法地之功能、流布四方之传播、历时千年之脉络，大大提升了二十篇文体论的理论地位。

（7）**写作技法论**。集中于《镕裁》到《总术》十九篇，综合论述到了有关写作的诸多技法，以裁剪、声律、篇章、对偶、比兴、夸张、用字、语病、引用、对比等为主，鲜明地体现了本书写作学著作的性质归属问题。这些技法，有许多是与地理区域密切相关的，不仅时时可见"昔谢艾、王济，西河文士"（《镕裁》）等区域分类极为清晰的文句，而且有许多长句与宏论，带有鲜明的文学地理内容，任举数例证明之：

《声律》：《诗》人综韵，率多清切；《楚辞》辞楚，故讹韵实繁。及张华论韵，谓士衡多楚，《文赋》亦称知楚不易：可谓衔灵均之馀声，失黄钟之正响也。③

《章句》：二言肇于黄世，《竹弹》之谣是也；三言兴于虞时，《元首》之诗是也；四言广于夏年，《洛汭之歌》是也；五言见于周代，《行露》之章是也。六言七言，杂出诗骚；两体之篇，成于西汉。④

《丽辞》：造化赋形，支体必双；神理为用，事不孤立。夫心生文辞，运裁百虑；高下相须，自然成对。⑤

《比兴》：楚襄信谗，而三闾忠烈，依诗制骚，讽兼比兴。⑥

① 杨明照：《增订文心雕龙校注》，第317页。
② 杨明照：《增订文心雕龙校注》，第332页。
③ 杨明照：《增订文心雕龙校注》，第432页。
④ 杨明照：《增订文心雕龙校注》，第441页。
⑤ 杨明照：《增订文心雕龙校注》，第447页。
⑥ 杨明照：《增订文心雕龙校注》，第456页。

《夸饰》：自天地以降，豫入声貌，文辞所被，夸饰恒存。①

《练字》：文象列而结绳移，鸟迹明而书契作。②

《隐秀》：隐之为体，义主文外；秘响傍通，伏采潜发：譬爻象之变互体，川渎之韫珠玉也。故互体变爻，而化成四象；珠玉潜水，而澜表方圆。③

以上例证既有写作技法规律论和技法渊源论，比如《丽辞》《夸饰》《练字》《隐秀》技法之来源与天地自然、本质属性与坤象品格等；也有区域与国别文学论，比如《诗》、《诗》人、楚国、《楚辞》、《洛汭之歌》等；还有文学发展脉络论与写作技法传承论，比如"依《诗》制《骚》"说；更有写作对象的取材，比如对天地、川渎等地理空间与自然内容的直接描述——表明了《文心雕龙》对地理空间的重视，以及借助地理空间来阐述写作技法的创新思路。从推进《文心雕龙》研究的方法论意义来看，这些内容不仅是阐述写作技法的重要组成部分，还启示我们逆向思考，从创作论的十几篇文章中提炼精华，总结各类技法的运用原则，回归到"文之枢纽"论，可以发现以下事实：刘勰认为，《诗经》的起源与传播主要在北方，具有内容充实、语言雅正、文辞美丽、功能巨大等优点；楚辞这一"奇文"的起源与传播主要在南方，与经典比较，有四同和四异，创新优点与弊端缺点并存；二者作为北方文学与南方文学的代表体裁前后相生，它们的整体写作技法虽不相同，但楚辞位于《诗经》之后、汉赋之前，是从《诗经》中流变出来的，所以也有《诗》、辞互动的一面。于是《文心雕龙》主张诗骚并举，各取优势，从《诗经》中看到了雅正之美，从楚辞中提取了华丽之风，创造性地提出折中诗骚、雅丽成文的新论。《辨骚》篇曰："若能凭轼以倚《雅》《颂》，悬辔以驭楚篇，酌奇而不失其贞，玩华而不坠其实，则顾盼可以驱辞力，欬唾可以穷文致，亦不复乞灵于长卿，假宠于子渊矣。"④ 王运熙先生称赞刘勰的这一总结性论述为《文心雕龙》

---

① 杨明照：《增订文心雕龙校注》，第 465 页。
② 杨明照：《增订文心雕龙校注》，第 484 页。
③ 杨明照：《增订文心雕龙校注》，第 495 页。
④ 杨明照：《增订文心雕龙校注》，第 51 页。

创作论的总纲，① 笔者则进一步将这一折中雅正与华丽文风的创见称之为雅丽文学思想。② 实际上，无论总纲也好，雅丽思想也罢，其总结提炼的依据，主要不是从文学史的角度，而是从南北地域、文章体裁、写作技法的角度来论诗骚，是对《文心雕龙》十九篇创作论的高度浓缩和逆向回归。重视地理空间、结合南北差异是得出上述研究意见采用的主要的方法论。

（8）以上全书序论一篇、枢纽论五篇、文体论二十篇、技法论十余篇、文学史论一篇、写作对象论一篇，就已经占到了全书五十篇之中的四十篇以上，而考察剩下的风格论、作家论诸篇，仍然包含着非常鲜明的文学地理因素。比如，《定势》论文体风格说："势者，乘利而为制也。如机发矢直，涧曲湍回，自然之趣也。圆者规体，其势也自转；方者矩形，其势也自安：文章体势，如斯而已。"③ 这是《孙子兵法》所论述的"兵势"对《文心雕龙》产生的直接影响，以行军作战之阵势，比喻文章写作之笔势，方圆兼备，体现的是"文源于道"的"自然之趣"。《才略》篇总结全篇讨论的九十多位著名作家时说道："观夫后汉才林，可参西京；晋世文苑，足俪邺都。然而魏时话言，必以元封为称首；宋来美谈，亦以建安为口实。何也？岂非崇文之盛世，招才之嘉会哉？嗟夫，此古人所以贵乎时也！"④ 其中的后汉、西京、晋世、邺都、魏时、元封、宋来、建安，是对数百年文学史时空交织的高度概括，表明了地域、朝代的变化和更迭，也揭示了文学历史承前启后、通变发展的内在规律。

上面简单讨论的若干方面，实际上只是《文心雕龙》论述较多、体现较为鲜明的文学地理学批评内容，其他次要或细小方面的内容，限于叙述局限，不再全部展开。

综上所述，《文心雕龙》的文学地理学构成要素主要是：①时间上纵论从古至今的写作历史；②空间上总论历代不同的区域版图；③内容上涉及有关写作的方方面面；④创作、审美与批评上以折中诗骚的雅丽文学思想

---

① 参见王运熙先生《文心雕龙探索（增补本）》所论，上海：上海古籍出版社 2006 年版。
② 参见笔者《文心雕龙雅丽思想研究》所论，北京：中华书局 2019 年版。
③ 杨明照：《增订文心雕龙校注》，第 406 页。
④ 杨明照：《增订文心雕龙校注》，第 576 页。

为核心。关注地理与区域，关注空间与历史，将是《文心雕龙》研究的新思路。

五、研究的价值

本书认为：成书于南朝齐梁之际的《文心雕龙》，是我国文学理论的巅峰之作，也是一部汇聚了丰富的文学地理批评内容的著作。本书从巴蜀文学角度且如系统的《文心雕龙》文学地理批评研究，将在内容上综合民间传说、历史文献、当代研究、考古实证的成果，选取与巴蜀文化区关系密切的伏羲、五帝世系人物、大禹等上古传说中的著名部落首领、政治家、思想家，以及实有其人的西汉著名作家、思想家司马相如、王褒、扬雄、李尤为研究对象，集中论述他们对《文心雕龙》成书所产生的巨大影响。书末附录了相关名家名作及史书记载，作为本书立论的支撑证据。

将本书及研究内容置于《文心雕龙》文本构成与当前"龙学"研究现状之中来看，其研究价值主要在于：

第一，本书是文学地理批评方法论在"龙学"研究中的第一次系统研究运用。本书中的"巴蜀文学"，是一个多民族融合而成的集体创造的称谓，还是一个地理概念，一个文学概念，一个历史概念，在研究中运用的主要是文学地理批评方法。本书不仅从文学作家角度论述汉代司马相如、王褒、扬雄、李尤等人，而且从广义文学（写作学）角度将上古出自巴蜀文化区的伏羲、五帝世系杰出代表、大禹等人在《文心雕龙》中所处的重要位置、所起到的重大贡献揭示出来，附带夏启与夏代文学。这是"龙学"研究第一次从区域文化角度和文学地理学角度所取得的研究成果。

第二，为文学地理学批评方法论全面运用于"龙学"研究打下基础，打开局面。笔者有一个长远的打算：从齐鲁、中原等不同的区域文化分野入手，将《文心雕龙》论述到的各个区域文化之特点、重大历史事件、著名文学家、思想家、著名作品、文学理论以历史先后、分家分类的方式梳理出来，将其对《文心雕龙》的成书贡献一一揭示出来，这是"《文心雕龙》文学地理学批评研究"的长远目标，也是下一步要展开的主要方向。比如，齐鲁文化区产生的孔子、孟子，是先秦儒家的主要代表人物，特别是孔子，是刘勰敬仰的精神导师，是《文心雕龙》全书以儒家思想为宗的核心人物，是全书高举的作家作品第一旗帜——孔子的生平、言行、抱负、意志品质、删述经典的壮举与树德立言的不朽精神追求，是《文心雕龙》得以写成的第一内在动力！当然，这样的讨论是下一步的事情，本书首先将集中于巴蜀文学名家名作上，展开尝试，取得经验，打下基础。

第三，突出地表明在以儒家思想为主导的《文心雕龙》中，巴蜀作家作品具有重要的地位，以此为基础，证明巴蜀文学在当代文学地理学的理论版图中不应该处于缺失的状态，而应该处于在场的状态。当代文学地理学主体理论体系的建构将巴蜀文学区系置于中国文学史的五次运动主流之外，这是与文学史不相符合的，这表明巴蜀文学至今不被重视的现实。巴蜀文学区系不仅在历史上涌现出一系列名垂青史的著名作家，如司马相如、王褒、扬雄、陈子昂、李白、三苏、杨慎、张问陶、李调元、巴金、郭沫若等，而且，他们作品的分量，在文学史上居于全国第一流的水准，有的还具有世界性的影响，特别在巴蜀文学纳入汉文学体系之后的汉代、唐宋与现当代，不仅与秦陇、中原等各个文学区系在地理上紧密相关，而且是创作、传播的主流区系，是任何文学史、文学批评著作不可能绕开的重要内容。本课题将以扎实的论证来证明这一观点，为文学地理学理论体系建构的完善出力。

第四，具体论述巴蜀历代多民族著名作家、作品对《文心雕龙》构成要素做出的贡献。以汉代儒家地位上升和儒家著作称经为基点，以《文心雕龙》全书内证为依据，纳入传说中的伏羲、五帝相关人物、大禹与汉代司马相如、王褒、扬雄、李尤，客观公正地分章论述他们对《文心雕龙》成书做出的贡献。研究指出：上述巴蜀文化区奉献给中国文化、中国文学的名人与名作，每每出现于《文心雕龙》论述"文之枢纽""论文叙笔""剖情析采，笼圈条贯"的重要位置，作为《文心雕龙》全书阐释文学起源、文学思想、作家作品、创作得失、写作技法、审美批评的经典代表，其政治功德、文学创作或文艺思想，是刘勰创作该书的重要取材对象。

第五，综合运用文学地理学、历史文献学、文化诗学、文艺美学等学科的研究方法，深入论证数千年历史背景中与《文心雕龙》成书关系最为密切的名家名作，在国内外《文心雕龙》研究中，首次从地域分野、名作分家的角度进行论证，具有拓展《文心雕龙》研究思路、创新研究方法、推动研究向前发展的意义。

第六，继承四川作为"龙学"研究重镇数百年传承下来的既朴实严谨又创新研究的优良学风，特别是杨明照先生开创的《文心雕龙》研究方法与研究特色，严谨实证，并推陈出新，为当代四川"龙学"研究的发展出力，这是选题的鲜明特点。"龙学"作为显学，其研究起点是明代新都杨升庵状元用五色彩笔批点的《文心雕龙》，这是公认的第一部"龙学"研究著作，开启了明清两代以批点、评论形式开展"龙学"研究的先河，对曹学佺、纪昀、黄叔琳、章太炎等后代名家有很大影响。杨升庵先生之后，四川《文心雕龙》研究在 20 世纪结出了累累硕果，这些成果主要以四川大学为中心取得：首先是感悟批点形式的成果双璧，刘咸炘先生早年著《文心雕龙阐说》，庞石帚先生晚岁著《文心雕龙杂记》，特别是刘咸炘先生之《阐说》，汇通古今，结合中西，许多见解发人深思。其次为举世公认的校注双璧，王利器先生著《文心雕龙校证》，此书一出，被誉为"龙学始有可读之书"；杨明照先生推出《文心雕龙校注》，在海内外产生了巨大影响；此后数十年，杨先生继续耕耘，相继推出《文心雕龙校注拾遗》《文心雕龙校注拾遗补正》《增订文心雕龙校注》等巨著，并发表了数十篇《文心雕龙》研究论文，结集为两本论文集出版，杨先生的成果具有世界声誉，他本人被誉为"龙学泰斗"，并多年担任中国《文心雕龙》学会主要领导人——以上名家名作，奠定了四川作为"龙学"研究重镇的特殊地位。但进入 21 世纪之后，随着杨明照先生的仙逝，研究人才开始青黄不接，成果数量大幅减少，影响力也明显下降了。从四川走出的名家也很多，如牟世金先生、王叔岷先生等，俱为大家。选题作者立志以《文心雕龙》研究为学术生涯的核心，立志复兴四川在"龙学"研究史上的重镇地位，渐次更新研究方法和写作思路，本课题采用文学地理学的新方法，就是这一宏观思辨状态的产物。

六、相关说明

在展开研究之前，需要对以下三点作出相关说明：

第一，《文心雕龙》以儒家思想为宗，不仅是宗法汉代独尊儒术与儒家著作称经的国家政治、文化制度，也不仅是从孔子开始建立的儒家哲学学派，还将复古商周特别是周代礼乐制度作为该书的一大思想倾向，于是，"商周丽而雅"的历代文风核心准则建立起来，"圣文雅丽，衔华佩实"的儒家经典文风确立起来，并以之为贯通全书创作、审美、批评的主导文学思想。在上述核心内容下，刘勰继续上推，在《原道》等篇章中以或称经，或理政，或仁德，或著述的各种理由，将从伏羲开始，历经大禹，直到孔子的上古最著名的"圣人"型政治家、思想家纳入儒家思想体系之中，在文学源头上、发展脉络中、全书内容里坚定地保持这一特色。那么，本书主要论述到的伏羲、五帝世系相关人物、大禹等上古名人与西汉文学三杰司马相如、王褒、扬雄及东汉辞赋大家李尤，就将主要地在儒家思想体系中出入。大禹等人是《尚书》《大戴礼记》等儒家经典重点论述的儒家杰出代表，他们在这一体系中，是德政、仁政、为民、亲民的最理想榜样。汉代名家司马相如表面上在创作中以辞赋虚构为主、在生活上不够严谨、在个性上放诞不羁，具有道家、神仙家特点，但是，他在整体的文学创作上、在内在的思想皈依上、在开通西南夷的政治成就与忠言进谏汉武帝等方面，都体现了一个儒家思想主导下的文学家壮怀进取、为政扬名的特点，他与儒家思想并不冲突。这一点，在李凯教授等学者的若干论文中已经清晰辨明①。王褒、扬雄等人，毫无疑问是正宗的儒家学者与文学家；特别是扬雄，他是汉代辞赋、小学、哲学、文艺美学领域的大家，有"汉代孔子""西道孔子"之称；尽管扬雄在学术思想上折中儒道，制作《太玄》《法言》，但他主要是援道入儒，开创新路，后被魏晋玄学哲学体系尊为宗师。以上巴蜀名家名作，是《文心雕龙》儒家思想体系指导下的写作构成要素中的重要内容，这是需要说明的第一点。

第二，古巴蜀地区，是一个相对宽泛的地理空间，也是一个多民族杂居的地区，选题的研究将适度注意到这一特点。蜀人、巴人等主导力量之外，还有很多民族聚居于此，其中彝族、藏族、羌族等历史久远的民族，

---

① 参见李凯教授《司马相如与儒学》（《四川师范大学学报（社会科学版）》，2008 年 03 期）、《司马相如文艺思想与儒家文艺思想大相径庭吗?》（《重庆师范大学学报（哲学社会科学版）》，2012 年 01 期）等论文。

是这片土地上至今人数众多的民族。仅以今日四川居民为例：其主体是由古代多民族融合而成的汉族，还有多个少数民族，其中5000人以上的有彝族、藏族、羌族、回族、蒙古族、傈僳族、满族、纳西族、白族、布依族、傣族、苗族、土家族。四川有中国第二大藏区、最大的彝族聚居区和唯一的羌族聚居区。彝族是境内人数最多的少数民族，主要聚居在大小凉山与安宁河流域；藏族居住在甘孜州、阿坝州和凉山州的木里县等高原地区；羌族是中国历史最悠久的民族之一，主要居住在岷江上游的茂县、汶川、北川等地。藏、羌、彝族聚居的地域，岷江、大渡河、雅砻江、金沙江奔腾而来，是古蜀人沿横断山脉进入蜀地、未到成都平原之前逐水而居的核心区域，是嫘祖所在、黄帝联姻、玄嚣降居、昌意降居、颛顼诞生、大禹诞生的地方①，其中的主导民族，是羌族。② 加上传说中生于阆中的巴人始祖伏羲，先祖入蜀的汉代司马相如和扬雄，以上名人构成了课题研究的主要对象。本书中的"巴蜀文学"，是多民族融合而成的集体创造的称谓，是一个地理、文学、历史的概念。

第三，本书不仅可以与《文心雕龙》在时间、空间、名家、名作等方面对应起来，其中的著名文学家还是《文心雕龙》各类写作构成要素的重要取材对象。比如：《原道》论上古文学的起源与发展，即从伏羲开始，历经大禹，并以伏羲法河图而创八卦、大禹得洛书而立《洪范》为人文之源和政令之先；《宗经》论"六义"，评楚汉，以扬雄文艺美学思想为要；《辨骚》论"枢纽"，以长卿（司马相如）、子渊（王褒）为最著名的代表作家；《才略》论九代之文，以司马相如、王褒、刘向、扬雄为汉代四百多年文学史的断代高标，巴蜀文学家四占其三，这是了不起的成就；文体论二十篇，司马相如、王褒、扬雄及其博通众体的各类创作成果，是刘勰征引、评论的主要对象，他们的文艺、美学理论是建立《文心雕龙》文体创

---

① 《史记·五帝本纪》记载说："黄帝居轩辕之丘，而娶于西陵之女，是为嫘祖。嫘祖为黄帝正妃，生二子，其后皆有天下：其一曰玄嚣，是为青阳，青阳降居江水；其二曰昌意，降居若水。昌意娶蜀山氏女，曰昌仆，生高阳，高阳有圣德焉。黄帝崩，葬桥山。其孙昌意之子高阳立，是为帝颛顼也。"黄帝到颛顼帝的谱系，清楚完整，而大禹为北川人，故有此说。

② 2017年6月、7月，笔者先后电话采访四川大学彭邦本教授和刘琳教授，得到这一指导意见。中国西部地区生活的众多民族中，最先是以羌族为主导力量和领袖力量的，黄帝、五帝世系、大禹皆羌人，或从羌人发展而来。在古蜀，羌人是蜀地各部中最大的一支。

作论、审美论、批评论的重要来源；在全书下篇的思维论、风格论、风骨论、通变论中，司马相如、扬雄是刘勰建构上述重要范畴、描述各类写作原理的最重要对象；在《情采》《物色》《比兴》《夸饰》等诗骚对举、批评辞赋的重要篇章中，司马相如、扬雄、王褒及其创作得失是刘勰最重要的征引来源与批评对象；在其余各类写作技法论中，比如声律、章句、对偶、用典、练字、指瑕等，都以他们的作品与主张为重要内容；在《时序》论史、《才略》论才、《程器》论德、《知音》批评中，也以他们为主要的取材对象——巴蜀三杰从枢纽论到批评论贯通全书，一直被评论到《程器》篇才结束，没有他们的杰出成就，《文心雕龙》找不出同等分量的文学大家和批评对象。而伏羲、大禹等上古传说中的巴蜀人物，也在书中时时出现，是枢纽论、文学史论、体裁创作论、审美批评论中征引、评论的重要对象。

综上所述，本书将从巴蜀地域文化与上述名人的籍贯考证、身份归属、历史成就、创作贡献、理论贡献、审美批评、历史影响等方面入手，分家论述，将他们及其作品、思想、理论对《文心雕龙》成书所产生的巨大影响揭示出来。具体的考辨证明与研究论述，将在后文一一展开。

第一章

《文心雕龙》巴蜀文学概论

第一节 汉代三杰：巴蜀文学作家作品的代表

成书于南朝齐梁之际的《文心雕龙》，是我国文学理论的巅峰之作，围绕《文心雕龙》的成书时间、主导思想、体例结构、审美范畴等问题，学术界进行了深入而全面的研究，并形成了一门专门的学科——"龙学"。据武汉大学李建中教授统计，每年所发表的"龙学"研究论文，在比例上占到了全部古代文论研究论文的 40% 以上，与"红学"研究一样，堪称显学。①

有研究指出：中国文学作家的第一人是屈原，《楚辞》是审美意义上的文学作品。以此为起点，中国文学进入文学作家、文学作品的时代②。通观《文心雕龙》全书，对汉代著名文学作家司马相如、王褒、扬雄及其作品的论述非常之多，巴蜀三杰③每每出现于"文之枢纽""论文叙笔""剖情析

---

① 李建中：《文心雕龙讲演录》（附光盘），桂林：广西师范大学出版社 2007 年版。

② 司马迁《史记》为文学家列传，屈原是第一人，《离骚》是第一篇作家署名的纯文学作品。蜀中文学家司马相如则独自占据了一个专篇，而且是《史记》中篇幅最长的专文。由此可知：至少在司马迁看来，屈原、司马相如分别是战国、汉代最优秀的文学家。在他们之前，纯文学作品如《诗经》等，并没有署名的文学作家。自此，应用文与纯文学开始分野。

③ 刘勰在《文心雕龙·诠赋》篇中称荀况、宋玉、枚乘、司马相如、贾谊、王褒、班固、张衡、扬雄、王延寿十人为"辞赋之英杰"，顺此，有研究者简称司马相如、王褒、扬雄三人为汉代"蜀中辞赋三英杰"。实际上，从三人的创作成果目录与《文心雕龙》的实际征引来看，准确的称呼应为"汉代巴蜀文学三英杰"，因为他们的创作远远不止辞赋体裁，在散文等领域同样成就卓越。

采，笼圈条贯”的重要位置，作为《文心雕龙》全书文学思想、作家作品、创作得失、理论批评的经典代表，其文学创作或文艺思想是刘勰创作该书的重要取材对象。具体来说，王褒主要以文学创作成就影响到文心雕龙的文体论与辞赋观，司马相如与扬雄则不仅以其丰富的创作成果成为划时代的经典作家代表，在文心雕龙的枢纽论、文体论、思维论、风格论、修辞论、作家论、鉴赏论、时序论、通变论中占有极为重要的位置，而且以其文艺理论思想深刻地影响到了刘勰文心雕龙的文学思想、美学观念与创作目的。在以往的"龙学"研究中，对汉代蜀中三杰的杰出贡献还少有人关注之，笔者曾对此略做探讨，草创急就之章，将汉代巴蜀著名文学家司马相如等三杰对《文心雕龙》成书所做的巨大贡献简要揭示出来。

《文心雕龙》全书五十篇，清人章学诚以"体大思精"目之，被"龙学"研究界公推为定论。在《序志》篇中，刘勰自述其书之结构体系曰：

> 盖《文心》之作也，本乎道，师乎圣，体乎经，酌乎纬，变乎骚：文之枢纽，亦云极矣。若乃论文叙笔，则囿别区分，原始以表末，释名以章义，选文以定篇，敷理以举统。上篇以上，纲领明矣。至于剖情析采，笼圈条贯，摛《神》《性》，图《风》《势》，苞《会》《通》，阅《声》《字》，崇替于《时序》，褒贬于《才略》，怊怅于《知音》，耿介于《程器》，长怀《序志》，以驭群篇，下篇以下，毛目显矣。位理定名，彰乎大衍（易）之数，其为文用，四十九篇而已。①

刘勰以为，《文心雕龙》主要可以分为四个部分：从《原道》至《辨骚》这五篇以"文之枢纽"目之，可称为枢纽论；从《明诗》到《书记》的二十篇属于"论文叙笔""囿别区分"的文体论；从《神思》到《程器》的二十四篇属于全面的"剖情析采，笼圈条贯"部分，学术界一般将其分为创作论（《神思》至《总术》十九篇）与批评论（《时序》至《程器》五篇）；最后是总纲性质的《序志》一篇，称为序论。② 实际上，在具体阅读或研究的时候，一般将序论放在最前面，枢纽论紧随其后，文体论、

---

① 杨明照：《增订文心雕龙校注》，第 610—611 页。
② 这样的板块划分，起自范文澜先生，在过去的百年"龙学"研究中对此多有论述。本书主要参考的是王运熙先生的划分意见。

创作论、批评论作为展开的主体，放在后面。这样安排顺序的好处是由小到大，还原《文心雕龙》所建构的理论体系从缘起、枢纽、纲领到"毛目"论述的脉络顺序。

仔细阅读《文心雕龙》的五大部分内容可知：有许多巴蜀本土作家、思想家、政治家被作者刘勰写进了《文心雕龙》，比如大禹、司马相如、王褒、扬雄、李尤、陈寿等人，另有诸葛亮、张载等著名入蜀政治家、作家入选。上述杰出代表中，大禹是上古帝王之一，开创夏朝，是中华儿女得以称为"华夏儿女"的始祖之一，治水定天下，德政声誉隆，开启夏王朝数百年的基业，是中国历史从原始部落向奴隶社会过渡并完成转变的关键人物；司马相如以其卓越的文学创作、政治贡献、小学成就和辞赋理论，被称为"赋圣""辞宗"，在中国文学史、文明史、文化史上占据着重要的地位，是《文心雕龙》全书从前到后引以为范例的最著名作家之一；王褒是西汉蜀中文学奇才，是汉代大赋向抒情小赋过渡的代表作家，他的散文创作也有很高的成就，是《文心雕龙》全书从前到后不断征引、点评，并树立为两汉断代文学高标的经典作家；扬雄不仅是汉代最负盛名的辞赋作家，还精通哲学，折中儒道，是著名的大学者，是魏晋玄学在汉代的理论开启人，被后人尊为"汉代孔子""西道孔子"，《文心雕龙》不仅以之为最著名的作家和理论家之一，还将其杰出的思想成果和文学理论征引过来，作为树立雅丽文学思想的主要理论渊源之一；[①] 李尤以其杰出的各体文学创作，多次被刘勰品评，是汉代文学的一位大师，特别在铭体和赋体文学创作上，是历史上最著名的作家之一；巴人陈寿创作了著名的《三国志》，其书与注释不仅是刘勰写作《文心雕龙》的重要素材来源，还为史传文学树立了一个高标，是千年史传体裁的著名代表作家。入蜀著名政治家诸葛亮在政治治理之余，写出了许多流传千古的佳作美文，是教体文章和章表体裁的杰出代表作家；张载的《剑阁铭》是流传天下的杰出铭文作品，被晋武帝下诏镌刻于名山，流传天下。

以上巴蜀英才和入蜀名家，为《文心雕龙》的成书做出了重要贡献，在枢纽论、文体论、创作论、批评论这几个板块中占据了至关重要的地位，

---

① 参见笔者《文心雕龙雅丽思想研究》，北京：中华书局 2019 年版。

是刘勰极力标举的上古圣人、经典作家与文学理论家；司马相如、王褒和扬雄是枢纽论部分重点推崇的最优秀作家代表；他们创作的各体作品是文体论部分的扛鼎之作，这些作品成为所属该体文章的基本标准，《文心雕龙》折中诗歌和辞赋的文学理论及其审美标准，源于孔子，而以扬雄为皈依；在创作论中，上述巴蜀作家是思维论、风格论、审美论、通变论、修辞技法、文字小学的典型代表，他们的成败得失，是所有文学创作取法或扬弃的对象；在批评论部分，他们成为文学史论、知音鉴赏、作家品评、学术道德的核心论述对象；以司马相如"锦绣宫商"与扬雄"丽则丽淫"为代表的汉代辞赋创作理论，是《文心雕龙》追求的雅丽文学思想之半壁江山；扬雄丰富精彩的文艺思想，诸如"心声心画""自然之道""征圣宗经""丽则丽淫"与名德思想等，成为刘勰征引吸收、建立《文心雕龙》理论体系的重要取材对象。

在上述人物中，司马相如、王褒、扬雄是《文心雕龙》论述较多，且历史影响很大的文学作家。[①] 三人之中，又以司马相如文学成就最高，为汉代辞赋四大家之首，是《史记》中专篇列传论述的西汉唯一作家，是汉代文学作家当之无愧的最著名代表；以扬雄成就最为全面，在文学创作、哲学思辨、文艺理论、文字小学等方面居于西汉最杰出代表之列，他们的贡献，影响着《文心雕龙》成书的方方面面。蜀中三杰之所以在文学史上各占高标，主要是因为他们在赋体文学发展史上的各开先河之功与所在领域最高的创作成就。无论是他们身前还是身后，无论是《文心雕龙》还是当代评价，都是如此。可以说，没有蜀中三杰——尤其是扬、马二人的创作成就、学术贡献与理论推动，《文心雕龙》不仅将失去最值得依赖的征引取材对象，而且提不出贯通全书枢纽论、文体论并指导创作与批评实践的雅丽文学思想。因此，以蜀中三杰为代表，占据了《文心雕龙》半壁江山的辞赋创作与辞赋理论，对《文心雕龙》的文学思想的提炼、产生有重大影响。

三杰集中出现于西汉，不是偶然的，这是《文心雕龙》成书之前，巴

---

① 文学作家，指各体兼通的作家，这里的"文学"是一个宽泛的概念，既指后代的纯文学，也包括应用文体裁。

蜀地区被纳入中原文化体系、继承发展蜀地生活方式之后最富强的历史时期，与西汉国力、蜀地经济大发展和文翁兴蜀学相适应，各类人才大量涌现，文学名家随之而来，这是文学发展的历史规律。秦灭巴蜀之后，迁徙了大量关中居民来到蜀地，李冰父子修建都江堰水利工程，遂使成都平原成为千里沃野，"天府之国"，改变了古蜀文明的构成与特点，带来了富足的农、商生活，是秦灭六国的兵源、粮源基地。秦灭六国之后，迁徙数万户六国豪强入蜀定居，中原文化、北方文化的进入，再一次增强了蜀地文明的厚度、强度和力度。西汉建国前，巴蜀大地是刘邦汉国的核心基地，汉兴置益州，是西汉五大名城之一；文翁化蜀之后，蜀地经济、文化、政治、学术全面繁荣起来，有"比肩齐鲁"之称；汉武帝以此为基地，委派唐蒙、司马相如等为代表，向西南夷广开边路，使西南少数民族也逐渐融入全国政治体系之中。到唐代时，成都工商、经济之繁荣，有"扬一益二"之美称，玄宗、僖宗时两次国家大乱，均入蜀避乱而安。元代双流人费著的《岁华纪丽谱》曾说："成都游赏之盛，甲于西蜀，盖地大物繁而俗好娱乐。"俗尚游乐是巴蜀人自古以来的一大特点。所以，巴蜀很早就兴起了旅游习俗，到唐宋时达到顶点。以成都而论，全年的固定的游乐活动就有23次之多，或游江，或游山，或游寺，或游郊野，而且往往是群体出游，并与歌舞娱乐、体育竞技、商贸活动结合在一起，具有很丰富的文化内涵，这一特点一直传承到今天，且更为丰富。在本课题中，汉代巴蜀文学三杰司马相如的《子虚赋》《大人赋》《天子游猎赋》是以上述蜀地生活特点为现实基础之一的极大夸张与虚构之推演，在丰富的想象力中创立了汉代苑囿大赋的体裁，没有蜀地所见所闻与生活方式的耳濡目染，没有汉帝国强盛的国力和广袤的山川、富饶的物产，是不可能完全凭空虚构而成的。王褒的《洞箫赋》是汉代抒情小赋的代表，悠然安适、作乐享受，是迄今四川人的一大生活方式特点；而《僮约》中记载的戏谑态度、茶文化、吵闹对抗，正是四川人日常生活的精彩缩影。扬雄生长于蜀地中心的郫都区，不仅在辞赋创作上继承发展了司马相如大赋的体裁与写法，还以成都为参照蓝本，写出了汉代京都大赋的首创名篇《蜀都赋》；蜀地以小学、《易》学研究名重于中国学术界，扬雄就是蜀地学者在西汉的最杰出代表，在老师严遵精研《易》学的基础上，扬雄折中儒道，深思厚积，发为《法言》《太玄》，被魏晋玄学推为开山祖师。以上文学、哲学、文字学成就的取得，与蜀地历史文化传统、日常生活方式与悠闲富足之乐，是密不可分的。

从文学作家、作品和审美角度来看，《文心雕龙》论述到的巴蜀汉晋诸家之中，当以汉代三杰为核心代表。

第二节　从伏羲到大禹：上古先圣的各类写作

但是，仅从以汉代文学三大名家为代表的作家文学入手是不够的，向上追溯，《文心雕龙》以儒家思想为宗，其成书，离不开上古先圣的德政与美誉，离不开历代著名的文学作品及其传播、影响，作者刘勰对他们有着最崇高的讴歌与赞美，列出《征圣》《宗经》等专门篇章，来树立以先圣德政为基础、以周公和孔子为代表的儒家圣人之丰碑，从而建立起全书的主旨依据和文学思想。这就要求必须往文化学、历史学、哲学等方面思考探索，在经、史、子、集中渔猎取舍，而且只能是广种薄收。

《文心雕龙·原道》篇有一段话，是这样说的：

> 人文之元，肇自太极，幽赞神明，易象惟先。庖牺画其始，仲尼翼其终……若乃河图孕乎八卦，洛书韫乎九畴，玉版金镂之实，丹文绿牒之华，谁其尸之？亦神理而已。自鸟迹代绳，文字始炳，炎皞遗事，纪在三坟……唐虞文章，则焕乎始盛。元首载歌，既发吟咏之志；益稷陈谟，亦垂敷奏之风。夏后氏兴，业峻鸿绩，九序惟歌，勋德弥缛。逮及商周……文王患忧……重以公旦多材……至夫子继圣，独秀前哲……爰自风姓，暨于孔氏，玄圣创典，素王述训，莫不原道心以敷章，研神理而设教，取象乎河洛，问数乎蓍龟，观天文以极变，察人文以成化。①

这一段话中，出现了中国古代最著名的部分政治家、思想家，包括上古传说中的伏羲、炎帝、尧、舜、禹、伯益、后稷以及确证有其人的周文

---

① 杨明照：《增订文心雕龙校注》，第1—2页。

王、周公旦、孔子，时间跨度从原始社会的旧石器时代、新石器时代到奴隶社会的夏、商、周三代。按照《文心雕龙》的说法：人文从原初之产生到后代之发展，主要是经过上述先圣的贡献与积累而成，始自伏羲，终于孔子。考察其思想皈依，是将上古最有作为的著名人物及其言行、作品，统统归于全书宗法的儒家思想体系之内。从写作方式和体裁角度看，以上先贤创造有模仿自然的图像文学、有言谈得出的口语文学、有重大事件的叙事文学、有铭刻发布的政令文学、有诗歌音乐等审美文学，他们是中国文学从原始到成熟上万年演进历史中的最杰出代表。

李建中教授以为：《文心雕龙》充满了史学意识，本篇即可看作一篇简明的上古文明史。[①] 笔者对此深以为然。如果我们对上述杰出人物的籍贯和建功立业的地理位置稍作考察，即可发现如下情况：

伏羲，传说生于今四川阆中，一说甘肃天水，或说山东泗水。

炎帝，传说生于今陕西宝鸡。

尧帝，传说生于今山西临汾，黄帝长子玄嚣后裔。

舜帝，传说生于今河南范县，黄帝次子昌意后裔。

大禹，传说生于今四川北川，一说河南禹州，或说陕西，或说青海。

伯益，传说为秦人先祖，为《山海经》撰述人之首。

后稷，传说为周人始祖，葬于都广之野。

周文王，起于今陕西宝鸡之岐山周原。

周公旦，同上。

孔子，生于今山东曲阜。

上述名人中，伏羲至后稷等人的实际籍贯并无定论，实际上也不可能有定论，我们只能根据传说、文献记载和考古发现进行一个大体位置的概说。古文献中，籍贯明确记载于巴蜀的有伏羲（今四川阆中）和大禹（今四川北川）。帝尧、帝舜均为黄帝后裔，源出玄嚣与昌意，而玄嚣与昌意是黄帝与西陵氏女嫘祖联姻后所生的长子与次子，分别降居江水（今岷江流域）与若水（今金沙江、雅砻江流域），玄嚣部落最有名的后代是帝喾，

---

① 2017 年 8 月初，中国《文心雕龙》学会第十四次年会在内蒙古师范大学举行，在 8 月 6 日下午的大会报告中，李建中教授作了《龙学研究四通》的报告，其中提到了上述观点。特作说明。

为尧帝之父，昌意部落最有名的后代是颛顼，为舜帝六世祖，那么，尧帝与舜帝，均有部分蜀人血统。传说中伯益为秦人始祖，他撰述的《山海经》以记述南方特别是古巴蜀文明、地理、传说为主，国家社科基金重大项目、四川省重大文化工程《巴蜀全书》编纂将其列为首批规划项目之首，称为巴蜀第一文献；传说中后稷为周人始祖，逝世后葬于"都广之野"，事见《山海经》等①，《华阳国志》等古文献认为：都广即广都，在今成都平原双流区一带，后为古蜀国都城，古时蜀人以广都、新都、成都为三都；后稷部落因后代兴起为周朝而最为著名，周文王、周公归属于此。那么，从伏羲到周公，或多或少，都与古巴蜀这一地域空间有一定关联。事实是否如此呢？

刘勰举证的这些名人，贯穿了传说中的原始社会旧石器时代的三皇时代与奴隶制社会的三代时期，新石器时代的五帝世系部分人物，其中的伏羲、炎帝早已不可按照今天的科学事实来进行个案考证，因为他们很可能不是具体的个人，而是所在部落或部落联盟的名称，这些部落，也有通过多种方式（如战争、迁徙等因素）消长、融合为一体才成为部落的可能，其后的五帝世系也应作如是观。② 至于后来周人聚居于今陕西宝鸡岐山，周文王出，周公旦出，成为有明确记载的具体个人，则是从部落联盟之中剥离开来的个体首领。

如此，除了孔子，前述名人的地理籍贯有一个很重要的信息：自身或先祖，均出秦岭山水及其近邻山水体系之中。在秦岭这座著名的大山中，向北流出了洛水，这是传说中大禹发现洛书的河流，洛水右折，在洛阳注入黄河，河洛之地位于中原腹地，是上古大部分名人如尧、舜、禹等建功

① 《山海经·海内经》曰："西南黑水之间，有都广之野，后稷葬焉。爰有膏菽、膏稻、膏黍、膏稷，百谷自生，冬夏播琴。鸾鸟自歌，凤鸟自儛，灵寿实华，草木所聚。爰有百兽，相群爰处。此草也，冬夏不死。"关于都广之野，全国有多处地方在争论，根据原文记载，笔者采用成都平原一说。这种说法不仅有文献依据和地理学依据，更有成都平原富饶美丽的历史依据。

② 传说中伏羲的母亲华胥、伏羲的妹妹女娲，是母系氏族社会向父系氏族社会过渡的部落代表，不应该看作是具体的人名，而是部落或部落联盟之名。传说中五帝世系的黄帝及其后代，虽然在时间上发展进步了几千年，但大体上也类同于此。比如传说黄帝部落曾战胜炎帝部落，统治炎帝部落之后，再联合其他部落击败蚩尤部落，逐渐成为中原各部落联盟首领。其后，有关于黄帝—少昊—蟜极—帝喾—后稷的世系传承，少昊即玄嚣，降居江水（今岷江流域），娶蜀女，生蟜极，蟜极生帝喾，帝喾生后稷，是为周人始祖，这些都是部落。

立业的地方，北方文明核心区域；向南流出了嘉陵江，在汇合源出甘肃天水的西汉水之后，成为巴人的母亲河，而《路史》等记载伏羲生于嘉陵江中断的阆中地区，被称为巴人始祖，或说出生于嘉陵江左源的天水成纪，那么，伏羲的主要活动区域，是在这条大江的源头与中断；向东流出了汉水，这是今天的汉族人的母亲河；秦岭西南方向的岷山，源起今甘肃岷县，主体部分蜿蜒至于四川，岷山向南流出了岷江，这是黄帝世系一再联合、控制的蜀人的母亲河，并且，在明代之前的历史记载中，岷江一直被认为是长江的上源，有江源之称，《尚书·禹贡》即有"岷山导江"的记载；天水向东北，发源出了黄河最大的支流渭河，在宝鸡附近，孕育出了炎帝、黄帝①、周文王、周公，是炎帝部落、黄帝部落和周人的母亲河，而渭河上源鸟鼠山段有一个非常巴蜀化的名称：禹河，《山海经》云："鸟鼠同穴之山，其上多白虎、白玉渭水出焉。"相传大禹凿通鸟鼠山，导渭水出山，这座鸟鼠山，即在天水定西。天水向东北流出了渭河，向东南流出了嘉陵江，中间夹着的，正是秦岭。

山水体系之外，按照今天的行政省区来看，秦岭向西是甘肃、青海，向南是四川、重庆，向北是陕西，向东是湖北、河南；在秦岭和大巴山之间，还有一块著名的土地——汉中，这里不仅是战国时期秦楚两国反复争夺的沃野，还是楚汉争霸时期刘邦赖以起家的大本营，秦灭巴蜀，汉据巴蜀，都是以此作为征伐天下的重要根据地，汉中还是汉王朝四百年基业的发源地。《原道》篇中尊崇的孔子，需要感谢汉王朝立国之后建立起来的儒家为宗的思想政治体系，才能有影响两千余年的圣人之称。

这样，我们完全可以把中国南北方分界线标志的秦岭作为上古中华文明的摇篮看待。这样说，不仅因为有关于上述名人的神话传说或民间传说流传至今，更因为上古文献的记载也如此。《山海经》被越来越多的学者认为是有科学依据和事实依据的古文献，《史记》《竹书纪年》《帝王世纪》《路史》等史传文献与儒家著名经典《尚书》《大戴礼记》等也有着很多这

---

① 关于黄帝的生地，目前至少有五种意见：一是甘肃天水，因为黄帝是少典之子，伏羲之后，故有此说；二是陕西宝鸡，传说黄帝生于姬水，即今宝鸡岐水，炎帝生于姜水，炎黄同源；三是陕西黄陵，因为黄陵是黄帝归葬之地；四是河南新郑，因有"黄帝居于轩辕之丘"的记载，而轩辕之丘，一说即为河南新郑；五是山东曲阜，古称寿丘，黄帝陵墓碑刻有此说。

样的记载。而不断取得进展的考古发现，以出土实物为雄辩明证，也为这一说法增添着越来越多的证据，比如"禹出西羌"等，今天已逐渐成为定论。

《尚书·禹贡》曰："华阳、黑水惟梁州。岷、嶓既艺，沱、潜既道。"华阳，一说为华山之阳，即华山南面；黑水，一说为岷江上游支流黑水河，一说即雅砻江，古称若水，彝族语音中，"若"指黑色，华阳、黑水之间的方位，大体上在今陕西华山南面到四川雅砻江之间的地理位置。其中的岷、嶓二山，即今岷山、嶓冢山①。《禹贡》记载，导山："导嶓冢至于荆山。"导水："嶓冢导漾，东流为汉。"《山海经》记载说：大时山再向西三百二十里的地方，叫作嶓冢山。汉水发源于此，向东南流入沔水。嚣水也发源于此，向北流入汤水。于是，我们可以推论嶓冢山即在今秦岭山系的中心位置，或者即大秦岭之古称。

在以岷、嶓二山特别是秦岭为核心区域的这一块地方，在古代没有今天陕、甘、青、宁、川、渝、鄂、豫行政区划的情况下，是属于巴蜀文化区的。四川大学林向教授指出："事实上陇南的西汉水流域、陕南的汉水流域汉中盆地、江汉平原西部、湘鄂五溪流域、云贵高原北部等地，都是巴蜀文化的分布范围。"② 那么，在这一广义的巴蜀文化区地域范围内，在刘勰的笔下，在《文心雕龙》最重要的开篇之作《原道》篇论述到的上古圣人之中，就有伏羲、炎帝、伯益、后稷、大禹、文王、周公直接生长于斯，传承于斯，就有帝尧与帝舜之先祖发源于斯，降居于斯，只有孔子不是。所以说，上古文明史，是以这一区域中心位置建构起来的。

从地理位置上看，秦岭隔断了四川、重庆与陕南、甘南的空间联系，但这是可以克服的，而不是绝对阻碍古人交流与迁徙的。我们可以从巴蜀

---

① 一名嶓山。《尚书·禹贡》："嶓冢导漾，东流为汉。"实际上，漾水乃今西汉水之上源，故班固《汉书·地理志》陇西郡西县谓："《禹贡》嶓冢山，西汉所出。"唐杜佑《通典·州郡四》遂认为嶓冢山有二：（1）秦州上邽县（今甘肃天水市），"嶓冢山，西汉水所出，今经嘉陵曰嘉陵江，经阆中曰阆江"。（2）汉中郡金牛县（今陕西宁强县东北），"嶓冢山，禹导漾水，至此为汉水，亦曰沔水"。今宁强县北之嶓冢山，土人名汉源山，当为《禹贡》"嶓冢导漾"之嶓冢山。

② 林向：《"巴蜀文化"辨证》，《华中师范大学学报（人文社会科学版）》，2006 年 07 月第 4期，第 92 页。

文化这一地理位置鲜明的名词内涵来解释这一现象。详细论述参见下一节内容。

在古巴蜀文化地理空间之前，蜀人大禹在历史上第一次明确划分了中国版图的位置区域：九州。九州是中国古代典籍中所记载的夏、商、周时代的地域区划，后成为中国的代称。大禹治水成功之后，将全国划分为九个区域，即九州。① 根据《尚书·禹贡》的记载，九州分别是冀州、徐州、兖州、青州、扬州、荆州、梁州、雍州和豫州。《禹贡》虽然是战国后期学者所作，但所记载的大禹划定九州之事，是真实可信的。

《尚书·禹贡》曰："禹别九州，随山浚川，任土作贡。"其中，"华阳、黑水惟梁州。"华阳，指华山之阳；至于黑水，则有众多歧说。唐杜佑《通典·古梁州·上》云："《禹贡》曰：'华阳、黑水惟梁州'，孔安国以为东据华山之南，西距黑水也。又曰：'导黑水，至于三危，入于南海。'孔安国注云：'黑水自北而南，经三危，过梁州，入南海。'郑玄云：'按三危在鸟鼠之西，而南当岷山，又在积石之西，南当黑水祠，黑水出其南胁。'此云经三危，彼云其出，明其乖戾。又按《汉书·地理志》：'益州郡滇池有黑水祠，而不记山之所在，即今中国无之矣。'又按郦道元注《水经》，锐意寻讨，亦不能知黑水所经之处。顾野王撰《舆地志》，以为至僰道入江，其言与《禹贡》不同，未为实录。至于孔、郑通儒，莫知其所，或是年代久远，遂至堙涸，无以详焉。"② 也就是说，历代都没有将黑水位于何处搞清楚过。今四川黑水县，因黑水得名，黑水为岷江上游的支流之一，比较其方位，不太可能是梁州之黑水边界。而四川的另一条大江：雅砻江，古称若水，当地彝族同胞呼"黑"为"若"，从语音、地理位置以及黑水"自北而南，经三危，过梁州，入南海"的归属来看，或许"若水"雅砻江即古"黑水"，也未可知。

梁州，起自华山、黑水，涉及陕西、四川、甘肃、青海，地为黑色松散的土。向北是雍州，起自黑水、西河，涉及陕西、内蒙古、宁夏、甘肃、新疆，地为最上等的黄壤。古时雍梁二州又有合并为一的情况。《通典》

---

① 另一种说法为黄帝始定九州。
② （唐）杜佑撰，王文锦等点校：《通典》，北京：中华书局 1988 年版，第 4574 页。

曰："自汉川已下诸郡，皆其封域。舜置十二牧，梁州其一也。以西方金刚，其气强梁，故曰梁州。周礼以梁州并雍州。梁州当夏殷之闲为蛮夷之国，所谓巴、賨、彭、濮之人也。"又曰："周末，秦惠王使司马错伐蜀，有其地，于天文兼参之宿，亦秦之分野，（汉之巴、蜀、广汉、犍为、武都、牂柯、越嶲等郡，今通川、潾山、南平、涪陵、南川、泸川、清化、始宁、咸安、符阳、巴川、南宾、南浦、阆中、南充、安岳、盛山、云安、犍为、阳安、仁寿、通义、和义、资阳、南溪、武都、河池、同谷、顺政、阴平、江油、益昌、普安、巴西、梓潼、遂宁、蜀郡、德阳、蒙阳、唐安、临邛、卢山、通化、临翼、越嶲、云南等郡皆是。汉之弘农郡西南境，今上洛郡。）又得楚之交。（汉之汉中，今汉中、洋川、安康、房陵等郡，并宜属楚。）秦平天下，置郡为汉中、（今汉中、洋川、安康、房陵等郡地也。）……"① 从这一详细的地理位置界定与巴、賨、彭、濮等民族构成可知：梁州即后来的巴蜀地区。再根据林向教授巴蜀地域的界定反推，古巴蜀地区正在这一以梁州为主、雍州为辅的范围之中，与秦岭山水体系具有很大程度的重合性。

对这一问题，记载最为详细、历史脉络最为清楚的是《华阳国志》，在《巴志》之开篇，作者常璩为我们详细梳理了巴蜀地域文化区的前世今生：

> 昔在唐尧，洪水滔天，鲧功无成。圣禹嗣兴，导江疏河，百川蠲修，封殖天下，因古九囿，以置九州；仰禀参伐，俯壤华阳，黑水、江、汉为梁州。厥土青黎，厥田惟下上，厥赋惟下中，厥贡璆、铁、银、镂、砮、磬、熊、罴、狐、狸、织皮。于是四隩既宅，九州攸同，六府孔修，庶土交正，底慎财赋，成贡中国。盖时雍之化东被西渐矣。
>
> 历夏、殷、周，九州牧伯率职。周文为伯，西有九国。及武王克商，并徐合青，省梁合雍，而职方氏犹掌其地，辨其土壤，甄其贯利，迄于秦帝。汉兴，高祖借之成业，乃改雍曰凉，革梁曰益，故巴、汉、庸、蜀属益州。至魏咸熙元年平蜀，始分益州巴汉七郡置梁州，治汉中。以相国参军中山耿黼为刺史。元康六年，广汉还益州，更割雍州

---

① （唐）杜佑撰，王文锦等点校：《通典》，北京：中华书局1988年版，第4574页。

之武都、阴平、荆州之新城、上庸、魏兴以属焉。凡统郡一十二，县五十八。①

本段文字详细记述了上古大禹时代的梁州、雍州之别与雍州逐渐与梁州合并的史实。在汉高祖时，"改雍曰凉，革梁曰益，故巴、汉、庸、蜀属益州"。三国归魏之后，"分益州巴汉七郡置梁州，治汉中"。晋惠帝司马衷元康六年时，"广汉还益州，更割雍州之武都、阴平、荆州之新城、上庸、魏兴以属焉。"顺着这个清晰的历史地理脉络，秦岭山水属于汉代益州、魏国梁州，于元康六年复归益州，于是，这一区域属于古巴蜀文化区，可成定论。

在《原道》篇中，刘勰认为："河图孕乎八卦，洛书韫乎九畴。"伏羲在黄河中根据河图创立了八卦，这是人类图像文学之始；大禹在洛水中根据洛书收获了洪范，这是国家有序治理之本——于是，从人类文学的起源到后代文学的巨大功能，从蒙昧的感悟体会到理性的政教指令，从仰观俯察的创造形式到逻辑严整的政治制度，都产生并形成了，这是中华文明发展史上最重要的两个标志性事件。而在中原河洛完成这两大壮举的伏羲和大禹，正是古巴蜀文化区奉献出来的两位巨人。

如果我们在刘勰的论述中补全以下三类部落及其首领人物，则可以收获更多的信息：

一是三皇世系。三皇是没有准确定论的旧石器时代部落或部落联盟首领，但无论怎样变，其中有伏羲，则是肯定的。向上，传说伏羲之母为华胥，生伏羲、女娲，那么，华胥作为旧石器时代母系氏族社会阶段著名的部落首领，女娲则有可能是其部落在过渡阶段的继任者，伏羲则是发展到父系氏族社会阶段的重要代表人物。有关他们三人的传说和相关的文献记载，实际上是中华上古文明在旧石器时代发展的数千年历史的缩影：华胥是公认的人文初母，伏羲则是公认的人文始祖，这不仅是汉民族的认识，更是中华多民族文明史的共识。华胥的出生地（或华胥部落的主要活动地），一说四川阆中，一说陕西蓝田，一说山东泗水。而华胥诞生伏羲的地

① （晋）常璩撰，刘琳校注：《华阳国志新校注》，成都：四川大学出版社2015年版，第1—4页。

方，一说四川阆中，一说甘肃天水，一说山东泗水——笔者主要采用前两种说法，其中心区域，即在林向教授前述指出的巴蜀文化区。

二是五帝世系。黄帝部落发展于黄土高原，联姻于蜀地西陵氏，领袖于中原各部，传承于少昊、颛顼、帝喾、帝尧、帝挚、帝舜等部落。五帝世系之渊源与发展，在《史记》《帝王世纪》《路史》《华阳国志》等史书文献与《尚书》《孟子》《大戴礼记》等儒家经典的记载中无不与前述之巴蜀文化区息息相关，详见本文第三章的论述，在此，仅以当代考古成果实证之。根据最新的考古发现，对黄帝世系在蜀地的影响有了更深入、更准确的认识，这一认识与五帝世系在时间上基本一致。《华阳国志·蜀志》所说的"蜀之为国，肇于人皇"，是指人皇兄弟九人分掌九州，各立城邑。其中一人建立了蜀国。今成都平原腹地考古发现的宝墩古城，是人皇兄弟之一在公元前2550年建立的蜀国都城。宝墩古城被废弃的年代在公元前2300年。这两个起讫年代的碳14检测数据，和三皇五帝年表给出的人皇在位年、黄帝在位年完全吻合。三皇五帝年表的年代数据是用天文回推计算独立得到的。人皇属于良渚文化，四川考古发现的新石器时代晚期良渚文化玉琮应该就是三皇时代古蜀国的遗物。三皇古蜀国灭亡后，黄帝部落的一支进入成都平原，另建了一个新的古蜀国，世代传承，屡有废立兴灭，难以叙述。

以前，我们只能通过简略的文献记载了解古蜀文明和历史，比如有关蚕虫纵目、鱼凫神化、杜宇化鹃、开明复活等传说，虽然早已为人所熟知，但苦于没有实物证据，使古蜀历史蒙上了神秘色彩。"蚕丛及鱼凫，开国何茫然！尔来四万八千岁，不与秦塞通人烟"，伟大的浪漫主义诗人李白在唐代这样描述着古蜀国的历史，虚无缥缈的传说一直就是古蜀的全部。但是，随着近百年来成都平原若干重大考古发现的实证与相关研究成果证明，以上历史传说是真实的。1929年，四川广汉三星堆的农民燕道诚无意中发现了大量的玉璋、玉璧等，经过相关专家鉴定和初步发掘证明，三星堆就是古蜀文明的中心区域，由此开始了几代考古人的寻梦之路。广汉三星堆（1986）、新津宝墩龙马古城、都江堰芒城、郫都区古城、温江鱼凫城（1996）、温江金沙遗址（2001）等连续的重大考古发现，初步勾勒出了古蜀文明大致的轮廓，从而揭示出它深邃而令人怦然心动的历史文化内涵，地下实物的出土，与众多的神话传说、文献记载相符合或大体一致，在这三重证据合力证明之下，古蜀文明开始揭开神秘的面纱，逐渐清晰地呈现在大众眼前。目前，考古工作者经过不懈努力，基本把握住了古蜀文明发展演进的脉络：以成都平原史前城址群（距今 4500 年—3700 年的 8 座古城遗址）为代表的宝墩文化（下限 2700—1800 年 B. C.）—以三星堆遗址为代表的三星堆文化（下限 1800—1200 年 B. C.）—以成都金沙遗址为代表的十二桥文化（下限 1200—500 年 B. C.）—以成都商业街船棺、独木棺墓葬为代表的战国青铜文化（下限 500—316 年 B. C.）—秦灭巴蜀，辉煌壮美的古蜀文明最后融入汉文化圈，成为中华文明的重要组成部分。

由此可见，古蜀文明实则早于或至少不晚于以黄帝世系为代表的中原文明，二者同步平行发展的可能性是有的。如果不是这样的话，黄帝父子就不会两代人都主动与蜀部落通婚，更不会选择蜀地出生、成长的后裔颛顼继承帝位①。

三是夏世系。传说中大禹娶妻涂山氏女，名女娇，生夏启。启灭伯益，建立夏朝，中华文明史正式从原始社会进入奴隶社会。大禹是西羌人，涂山氏一说居于今重庆市，夏启大约出生于今重庆市奉节县一带，② 那么，夏启是蜀地羌人与巴人后裔无疑。不管他是巧取豪夺还是天下归心，夏启或是攻灭伯益，或是接受伯益之主动让贤，自立为王，建立夏朝，开辟了中华文明的历史新阶段，这是历史事实。夏朝是巴蜀人领导建立的奴隶制王朝，也是可以得出的推论。

这样，华胥、女娲、伏羲等旧石器时代的著名部落首领，其后的黄帝、颛顼帝、帝喾、帝尧、帝舜、帝禹等著名的新石器时代部落联盟首领，直到夏启及其建立的第一个奴隶制国家夏朝——上述杰出的人物、部落或朝代，都是以上述秦岭山水体系为核心的巴蜀文化区为地理依托的，或起源

---

① 颛顼帝为黄帝嫡孙。据《史记》《帝王世纪》等文献记载：其父昌意是黄帝与西陵氏女嫘祖（今四川省盐亭县人）联姻所生的次子，昌意降居若水，娶蜀山氏女昌仆为妻，生颛顼。颛顼帝生而聪敏，十岁时即辅佐大伯父玄嚣（黄帝与嫘祖长子，降居江水），玄嚣即少昊，在颛顼二十岁时，将帝位传给他。

② 李诚：《古蜀神话传说与中华文明建构》，《巴蜀文化研究》，第 1 辑。

于此（伏羲、炎帝、颛顼、大禹、夏启等），或联姻于此（黄帝），或降居于此（少昊、昌意等），或成长于此（颛顼等），在这一区域发展、壮大起来之后，他们逐渐向中原、华北地区迁徙，并建功立业，名垂青史。那么，可以说：广义的巴蜀文化区，是整个中华民族重要的文明起源地之一，而且是核心起源地之一。刘琳、彭邦本教授指出：这个核心区域的主导民族，是羌族。

综合上面的论述可知：

在历代以来最著名的圣人中，上古三皇中的伏羲是《文心雕龙》论述的人文第一人，而有一种说法是伏羲及其母亲华胥、妹妹女娲出自今四川阆中。华胥是上古时期母系氏族社会杰出的部落女首领，其生地有陕西蓝田说、山东泗水说、四川阆中说；华胥生伏羲，完成了母系氏族社会向父系氏族社会的过渡，伏羲的生地，也有甘肃天水说、四川阆中说、山东济宁说等不同的说法。对于华胥与伏羲部落的发源地，如果暂不考虑遥远东方的山东说，那么，陕南、甘南、川北这一大块以秦岭、岷山、大巴山为核心的三角形山水地带，即巴蜀文化区，作为上古圣人伏羲的生地，或伏羲部落的发祥地，是可资成立的。

往下发展，经考古证实早于黄帝部落的炎帝部落，炎帝魁隗氏发祥于秦岭常羊山，兴起于赤水（今贵州赤水市），建帝都于陈仓（今陕西宝鸡），传七帝而失政，被炎帝神农氏取而代之。炎帝神农氏，始生地在姜水（今陕西宝鸡），据当代学者阳国胜研究：炎帝所出生的华阳之常羊山，其华阳指巴蜀地区，因为不论是赤水，还是宝鸡，均在巴蜀文化区之内。如此，则炎帝部落源起于巴蜀文化区。

其后，五帝世系中的黄帝娶妻西陵氏之女嫘祖，生的两个儿子青阳氏玄嚣降居江水（今四川岷江），昌意降居若水（今四川雅砻江）；昌意娶蜀山氏之女昌仆（一作嫘仆）为妻，生高阳氏，后来继承黄帝帝位，是为颛顼帝；帝喾是玄嚣的孙子，颛顼帝的侄儿，据《史记·三代世表》等历史文献记载，帝喾在继承颛顼帝位称帝之后，派遣子孙返蜀，继续掌控蜀地部落，其后建国，称蚕丛[1]；帝喾传位于儿子帝挚，帝挚禅位于弟弟放勋，即帝尧[2]；帝尧传帝舜，帝舜为颛顼帝六世孙；帝舜传帝禹，而帝禹为黄帝嫡系子孙，出于西羌，生地在今四川省北川县[3]；帝禹传伯益，其后出生于涂山（今重庆奉节一带）的夏启推翻伯益，终结了之前流传有序的原始社会部落联盟首领更迭的禅让制度，建立起历史上第一个奴隶制国家，中国历史从原始社会进入全新的奴隶制社会。

综上所述，巴蜀文化区是古代中华文明的发源地之一，而且是核心发源地之一。这一推论早已有了几十上百的论文、著作成果和当代崭新的考古成果证明之，笔者不再赘述。在广义的巴蜀文化区范围内产生的伏羲、炎帝、五帝世系部分人物、大禹、伯益、夏启、文王、周公等杰出的政治家、思想家，是《文心雕龙》在写作时极力赞美、尽力褒扬、歌功颂德的主要对象。上古传说中的圣王，以其卓越的政治功绩、伟大的发明创造、亲民的教化事业、优秀的文学创作，为《文心雕龙》的成书提供了评论对象、征引源泉、道德高标和文本体裁。筚路蓝缕的古代文化与写作发展之路，经过数千年的历史，在《文心雕龙》成书的齐梁时代，已经极大丰富、成熟起来，到了一个需要总结、回顾历史、开拓未来的关键点，史称"文学自觉"。《文心雕龙》在这个关键的自觉时代完成，除了时代风气确实推动了文学自觉，理论发展催生了文论总结，作者刘勰以宏观的历史视野，以贯通全书的雅丽文学思想为准绳，衡量文学发展史，在源头上取法上古圣人，为全书的写作奠定了坚实基础。

而本书采用伏羲为巴人祖先的说法，也就是说，将本书的研究对象，

① 直到唐代，这一说法仍然被记录在历史著作之中，杜佑《通典·州郡典·州郡五》记载"古梁州"时说："或曰：蜀之先帝喾封其支庶于蜀，其后称王，长曰蚕丛，次曰伯雍，次曰鱼凫。"这是对古蜀历史传说的记载，如今早已被考古发现所证明。

② 皇甫谧《帝王世纪·第二》曰："帝挚之母，于四人（按：指帝喾四妃）之中其班最下，而挚年兄弟最长，故得登帝位。封异母弟放勋为唐侯。挚在位九年，政软弱，而唐侯德盛，诸侯归之。挚服其义，乃率其群臣造唐朝，而致禅回委，至心愿为臣。唐侯于是知有天命，乃受帝禅，而封挚于高辛氏。事不经见，汉故议郎东海卫宏所传云尔。"

③ 皇甫谧《帝王世纪·第二》曰："伯禹夏后氏，姒姓也，其先出颛顼。颛顼生鲧，尧封为崇伯，纳有莘氏女，曰修己，见流星贯昴，梦接意感，又吞神珠薏苢，胸坼而生禹于石纽。"石纽，即今四川省北川县。同篇又说："（大禹）长于西羌，为西夷人。"此即"禹出西羌"之义。

将巴蜀名人对《文心雕龙》成书的影响，在禹夏时代、五帝时代基础上，上推到了伏羲时代。

笔者以为：没有司马相如等最经典的文学作家，《文心雕龙》在写作理论的建构与影响上将黯然失色；没有伏羲、大禹这样仁、德、贤、才兼备的最伟大的上古圣人及其德政美誉，《文心雕龙》将失去文化根基和理论建构的说服力，其地位与影响将大打折扣。

如此，本书的研究价值就彰显了出来：不仅从纯文学角度论述汉代司马相如、王褒、扬雄等人，而且从写作学角度将上古出自巴蜀文化区的圣人伏羲、五帝世系杰出代表、大禹等人在《文心雕龙》中所处的重要位置、所起到的重大贡献揭示出来，附带夏启与夏代文学。这一从广义的巴蜀文化区入手的写法，首开国内《文心雕龙》研究从地域文化入手的先河，[①]是文学地理学在"龙学"研究中的第一次综合运用。[②]

第三节　巴、蜀与巴蜀文化

一、巴

巴，是一个象形字，大小篆均象蛇形，其本义指一种传说中的大蛇，简称巴蛇，《说文解字》曰："巴，虫也，或曰食象蛇。"故有"巴蛇吞象"的传说。[③]

① 四川大学古籍所舒大刚所长主持国家社科基金重大招标项目、四川省重大文化工程《巴蜀全书》编纂，笔者曾在所内做脱产博士后，以此为契机，申报这一项目，是无意间从全国八大块区域文化角度研究《文心雕龙》的第一次尝试。
② 中国《文心雕龙》学会秘书长陶礼天教授多年来积极主张从文学地理学角度研究《文心雕龙》，并产生了部分论文成果。在2017年8月初的第十四次"龙学"年会上，笔者于大会茶歇期间向陶先生汇报了本课题的构思情况，陶先生明确表态支持笔者的研究构思。在文学地理学角度推出的"龙学"论文之外，本书是该研究视野下产生的第一部"龙学"专著。
③ 有人认为，甲骨文中巴像一个人大手长臂之人。显然，这是善攀爬者的体型特征。也就是说，巴是攀爬者。巴人生活的区域，多是丛林崖壁，攀爬是基本技能，由此进化出大手长臂。自篆文以后，巴字结构演化，逐渐面目全非。

小篆巴字

从这个本义出发，中国地理位置的杭州湾像鸟，长江像蛇，蛇为北方水物。勾践建都琅玡，历时两百多年，江北地区被称作巴越。彼时江东金属工业（烹鼎金石）发达，丹（朱砂）原料来自江淮。所以《说文》认为："丹，巴越之赤石也。"由于江北地区相对贫困，因此上海人口中的巴含有蔑视的意味，把江北到上海的人称为乡巴佬。

其后指古巴族，兴起于今湖北省西部，后逐渐迁徙到今重庆市和四川东北部。在巴人建都之后，巴又成为古国名，在今重庆全境、四川东部、陕西南部、湖北西部、贵州北部、湖南西北部一带。武王伐纣时，巴师勇锐，立下大功，周朝分封在该地区的诸侯国叫巴国。公元前316年，趁巴、蜀攻伐之际，秦惠文王派遣司马错与张仪率兵灭巴后，改置巴、蜀、汉中三郡，巴国灭亡。

关于巴人的祖先，见于古籍文献记载者当推《山海经》与《路史》。《山海经·海内经》曰："西南有巴国，大皞生咸鸟，咸鸟生乘厘，乘厘生后照，后照是始为巴人。"与《山海经》此语类似，《路史·后记》曰："伏羲生咸鸟，咸鸟生乘厘，是司水土，生后照，后照生顾相，（降）处于巴，是生巴人。"① 稍有不同的是，《路史》将《山海经》中的"大皞"改成了"伏羲"，并又在"后照"之后加进一"顾相"，认为"顾相是生巴人"。除了前引《山海经》于《路史》记载的太皞伏羲氏之外，还有一种关于巴人祖先的说法，也是黄帝，《华阳国志·巴志》云：

---

① 袁珂：《山海经校注》，上海：上海古籍出版社1980年版，第453页。

《洛书》曰：人皇始出，继地皇之后，兄弟九人分理九州，为九囿，人皇居中州，制八辅。华阳之壤，梁岷之域，是其一囿，囿中之国则巴、蜀矣。其分野：舆鬼、东井。其君上世未闻。五帝以来，黄帝、高阳之支庶世为侯伯。①

《华阳国志》明确记载巴人为"黄帝、高阳之支庶"，是五帝以来一直居住在巴地的古老民族。于此可知，黄帝在以中原地区为政治中心的同时，向西南蜀地、巴地辐射，使巴蜀少数民族的历史文化传统，全部纳入以五帝世系为中心的中原文化传统中去。

向下发展，在大禹治水、大禹称王、大禹生夏启等重大的历史事件中，巴人与蜀人紧密联系，一起出现：

及禹治水，命州巴、蜀，以属梁州。禹娶于涂山，辛壬癸甲而去，生子启，呱呱啼，不及视，三过其门而不入室，务在救时——今江州涂山是也，帝禹之庙铭存焉。禹会诸侯于会稽，执玉帛者万国，巴、蜀往焉。②

江州即今重庆，涂山的地理位置大约在今奉节县一带。也就是说，与早先的黄帝联姻蜀山氏大体相当，不管是出于政治目的还是治水所需，大禹联姻江州涂山氏，治水成功，生子夏启，最后会盟诸侯于会稽，在大禹建功与最终称王的整个历史过程中，巴蜀都是他依托的最主要对象。

夏商之后，周武王集合各个部落，组成联军，攻打商纣王，巴蜀出兵，帮助武王伐纣，而且立下大功：

周武王伐纣，实得巴、蜀之师，著乎《尚书》。巴师勇锐，歌舞以凌殷人，前徒倒戈。故世称之曰"武王伐纣，前歌后舞"也。武王既克殷，以其宗姬封于巴，爵之以子，——古者远国虽大，爵不过子，故吴、楚及巴皆曰子。③

在武王伐纣的过程中，得到巴、蜀之师的帮助，特别是巴师，不仅勇

---

① （晋）常璩撰，刘琳校注：《华阳国志新校注》，成都：四川大学出版社2015年版，第5页。
② （晋）常璩撰，刘琳校注：《华阳国志新校注》，第5—6页。
③ （晋）常璩撰，刘琳校注：《华阳国志新校注》，第6页。

锐——这是三千年来历史与军事的共识——而且气势旺盛，以"巴渝舞"临阵表演，使得武王联军大振军威，以凌殷人，为取得最终胜利立下了大功。后来，武王封宗室于巴地，以"公侯爵子男"五级分封制中的"子"授以爵位，这已经是远国之中最高的爵位了。

二、蜀

蜀，是一个会意字，从罒，从勹（音 bāo），从虫。罒即网，勹指包裹，虫指活物，三个部件联合起来表示网包活物。其本义是指用带孔眼的网罩包裹住活动物体。《说文解字》中，蜀字指"葵中蚕也"。从虫，上目象蜀头形，中象其身蜎蜎。葵，《尔雅·释文》引作桑。诗曰："蜎蜎者蠋，蒸在桑野。"《毛传》曰："蜎蜎，蠋貌，桑虫也。"《毛传》言虫，许慎《说文》言蚕者，因蜀似蚕也。

小篆蜀字

除了指蚕，蜀字还有多个义项：可以指鸡，《韵会》："鸡大者谓之蜀鸡。"可以指野兽，《山海经》："杻阳之山有兽焉，其状如马而白首，其文如虎而赤尾，其音如谣，其名曰鹿蜀。佩之宜子孙。"还可以指高峻独拔的大山，《尔雅·释山》："独者，蜀。"《疏》曰："山之孤独者名蜀。"其后，因独拔之高山众多，这一地带称为蜀地，生活在蜀地的部落称为蜀人，或蜀族，《史记》等称为蜀山氏。这一义项，是古代蜀山氏部落得名的本源，也表明了蜀地群山独拔、山势险峻的特点，间接表明了生活在此地的蜀人艰苦卓绝、不畏艰险、战天斗地的勇敢精神。

而后，因蜀山氏部落、氏族发展建立古蜀国。当代考古发现，古蜀文明的起源距今 6000 年以上，早于中原文明的起源。古蜀人先祖为蜀山氏，有观点认为：蜀山氏与蚕丛氏是从岷江上游兴起的，是古羌人的一个分支。蜀国不只拥有单独一个王朝，在秦灭蜀之前，蜀分别由蚕丛氏、柏灌氏、鱼凫氏、开明氏诸族统领。开明五世之前，蜀国的都城建于广都樊乡（即今天的双流区）。到了开明九世建都于成都。开明十二世时五丁力士开辟了石牛道，打通了从蜀至秦的通道。公元前 316 年秦惠王在位时秦国灭掉了蜀国，蜀地从此成为秦国的粮仓，为秦统一六国奠定了基础。秦灭蜀后，蜀人残部一支在王子安阳王带领下辗转南迁，最后到达交趾，在现今越南北部建立了一个新的王朝，并持续了一百多年。

秦灭蜀国后，置蜀郡，即西汉益州地。后来，蜀又成为三国时蜀汉的简称，公元 221—263 年，刘备所建，在今四川和云南、贵州北部以及陕西汉中一带。在刘氏集团蜀汉国之外，历史上还有汉代、晋代、五代时期建立的不同命运的地方割据势力蜀国。往后，蜀成为四川省的代称。

在历史记载中，曾有蜀族为黄帝后世的传说，《世本》说："蜀之先，肇于人皇之际。无姓。相承云，黄帝后。"① 黄帝部落源起于西北黄土高原，属于"迁徙往来无常处"的游牧、游居部落，属于氐羌族人。其后有一支南下，定居在岷江流域。对此，除了司马迁《五帝本纪》的明确记载之外，《史记·三代世表·正义》引《谱记》曰："蜀之先肇始于人皇之际。黄帝与子昌意娶蜀山氏女，生帝喾，立，封其支庶于蜀，历虞、夏、商。周衰，先称王者蚕丛。国破，子孙居姚、嶲等处"② 《谱记》记载与司马迁记载相冲突的是：昌意娶蜀山氏女，生颛顼，而不是帝喾，帝喾是颛顼之族子，即侄儿。类似于此的记载，在古代的其他典籍中还有很多，比如：《山海经·海内经》："黄帝妻累祖生昌意。昌意降处若水。"《竹书纪年》："昌意降居若水。"《世本·居篇》："若水允姓国，昌意降居为侯。"同书《姓氏篇》："婼，姬姓之国，黄帝之子昌意降居若水为诸侯，此其后也。"凡此等等，均表明蜀人为黄帝部落之后，或是与黄帝部落中的一支融合而成，是有文献依据的。

---

① （汉）宋衷注，（清）秦嘉谟等辑：《世本八种》，北京：国家图书馆出版社 2008 年版，第 333 页。
② （汉）司马迁：《史记》（影印本），北京：中华书局 1997 年版，第 507 页。

笔者以为：古蜀人早在黄帝与妻子昌意联姻于蜀地之时就已经存在，并早已发展为一个强大的区域部落，否则，皇帝不可能联姻于此，并立西陵氏女嫘祖为正妃，更不可能将地位传给蜀人颛顼。所以，蜀人不是黄帝之后，而是黄帝团结、结盟的强大部落，是帮助黄帝参与中原争霸、确立中原部落联盟首领位置的重要统战对象和辅助力量，早于黄帝部落而存在。其后，一直与黄帝世系（如颛顼、帝喾及其子孙等）团结发展、联盟发展。

对蜀人与黄帝世系的历史融合关系，晋人常璩《华阳国志·蜀志》的记载最为细致，曰：

> 蜀之为国，肇于人皇，与巴同囿。至黄帝，为其子昌意娶蜀山氏之女，生子高阳，是为帝颛顼；封其支庶于蜀，世为侯伯。历夏、商、周，武王伐纣，蜀与焉。其地东接于巴，南接于越，北与秦分，西奄峨嶓。地称天府，原曰华阳。故其精灵则井络垂耀，江汉遵流。《河图括地象》曰："岷山之地，上为井络，帝以会昌，神以建福。"《夏书》曰："岷山导江，东别为沱。"泉源深盛，为四渎之首，缎拗为九江。其宝则有璧玉、金、银、珠、碧、铜、铁、铅、锡、赭、垩、锦、绣、罽、氂、犀、象、毡、耗、丹黄、空青、桑、漆、麻、纻之饶，滇、獠、賨、僰僮仆六百之富。其卦值坤，故多班采文章；其辰值未，故尚滋味；德在少昊，故好辛香；星应舆鬼，故君子精敏，小人鬼黠；与秦同分，故多悍勇。在《诗》，文王之化，被乎江汉之域；秦豳同咏，故有夏声也。其山林泽渔，园囿瓜果，四节代熟，靡不有焉。①

"蜀之为国，肇于人皇，与巴同囿。"蜀人是人皇的后代，与巴同处于一个地方。"至黄帝，为其子昌意娶蜀山氏之女，生子高阳，是为帝颛顼；封其支庶于蜀，世为侯伯。"帝颛顼高阳氏为蜀人。这样，在三皇、五帝世系中，蜀人占有重要地位，上古巴蜀文明与中华文明关系密切。"《夏书》曰：'岷山导江，东别为沱。'"岷江泉源深盛，为四渎之首，此乃古人对岷江为"江源"的最早认识，这一认识一直到明朝中期才被

① （晋）常璩撰，刘琳校注：《华阳国志校注》，成都：巴蜀书社 1984 年版，第 175—176 页。

纠正过来。

回到前文。在记述了蜀地久远的历史、富饶的物产、杰出的人才之后，《华阳国志》于《蜀志》篇尾总结道：

> 譔曰：蜀之为邦，则天文，井络辉其上；地理，则岷嶓镇其域；五岳，则华山表其阳；四渎，则汶江出其徼。故上圣，则大禹生其乡；婚姻，则黄帝婚其女。显族，大贤，彭祖育其山；列仙，王乔升其冈。而宝鼎辉光于中流，离龙、仁虎跃乎渊陵。开辟及汉，国富民殷，府腐谷帛，家蕴畜积。《雅》《颂》之声，充塞天衢，《中穆》之咏，侔乎《二南》。蕃衍三州，土广万里，方之九区，于斯为盛。固干坤之灵圈，先王之所经纬也。[①]

"故上圣，则大禹生其乡；婚姻，则黄帝婚其女。显族，大贤，彭祖育其山；列仙，王乔升其冈。"五帝之首的黄帝，看到蜀人实力雄厚，于是与西陵之女婚姻，生子降居于蜀，其后，颛顼帝继承黄帝帝位；五帝之后，大禹"生其乡"，为西羌岷山人，家在岷江上游的北川县；大禹在继承大舜帝位之后，其子夏启立国，于是，中国历史正式进入奴隶制国家阶段。这是对古代中华帝王世系的明确记载。

常璩（约291—361），字道将，蜀郡江原（今四川崇州市）人，东晋史学家，出生于西晋末年。常璩比当代人早约一千七百年，他的记载也许并不完善，但比我们能够看到的历史文献材料要更近、更多、更真实，因此，就算有关人皇、黄帝世系的脉络只是属于神话传说中的事情，无法确证，但本段记载表明：巴蜀大地自古以来就是人杰地灵的，"故上圣，则大禹生其乡；婚姻，则黄帝婚其女"；作为"江源"的岷山与岷江地区，是中国古代文化的重要发祥地之一。

三、巴蜀文化

巴与蜀，在地理空间上东西并列，并称为巴蜀，由此产生了巴蜀文化。巴蜀文化这一区域文化名称首见于20世纪40年代。巴蜀是一种特定的称谓，在战国以前，巴与蜀是分称的，泾渭分明。巴的古义为吞食大象的巨

---

① （晋）常璩撰，刘琳校注：《华阳国志校注》，成都：巴蜀书社1984年版，第330页。

蟒，中心区域为重庆、川东及鄂西地区，涵盖陕南、汉中、黔中和湘西等地；蜀的古义为葵中之蚕，主要地理位置涵盖四川盆地中西部平原地区。由是观之，巴蜀的核心区域即为如今的四川省和重庆市。巴文化以重庆为中心，巴人在夷城（今湖北长阳土家族自治县境内）建立了巴国第一个首都，后活动于重庆全境、湖北西部、四川东部、陕西南部及贵州北部地区。蜀则由三个古族融合而成，后成为西周封国，相传"蜀与夏同源"，而"禹兴于西羌"，于是我们可以推论大禹实际上是古蜀人，蜀地包括今川西、陕南、甘南、滇北一带。巴、蜀交融已是战国之后。商至西周时，蜀人与黄河流域民族已有文化交流。巴蜀出土的商代后期陶器如深腹豆形器、高柄豆、小平底钵等，虽具地方特色，但铜镞、铜戈、铜矛却为黄河流域常见器形；出土的西周至春秋的玉石礼器与中原所出者一致。

四川盆地虽为高山和高原所环抱，但山原之间的若干河谷却成为巴蜀得天独厚的对外交通走廊。盆地的西部是岷江、雅砻江、大渡河和金沙江流域，它们穿行于横断山脉，其中可通行的河谷，成为古氐羌民族迁徙的南北走廊。盆地的东部有长江三峡作为出口。盆地北部既有剑门蜀道（古金牛道）直通秦陇，又有嘉陵江河谷直通汉中，从汉中沿着濂水谷道和巴江谷道，乃古代陕西汉中翻越米仓山入蜀之古道，即米仓道。而盆地以东的清江流域又北与江汉平原相通，南与湘西山地相连。正是依据这样的地理特点，自古巴蜀先民就兼容了南、北、东、西文化，使四川盆地成为荟萃农耕、游牧文化的聚宝盆。川西高原上群山争雄、江河奔流，长江的源头及主要支流——岷江在这里孕育古老与神秘的文明。

巴蜀盆地在地形上为四塞之国，古代交通甚为困难，故李白发出"蜀道之难，难于上青天"的感叹。这一封闭地形对巴蜀文化作为农业文明所必然带来的封闭性肯定会有较大影响。但正因如此，又反过来激励起巴蜀先民向外开拓、努力改善自身环境的决心和勇气。于是，环境与文化相交融，造就了巴蜀先民封闭中有开放、开放中有封闭的历史个性。随着时代的推移，开放和兼容成为巴蜀文化最大的特色。

巴蜀文化同秦陇文化的沟通，最大的障碍是北方的高山——秦岭。但巴蜀先民以惊人的勇气，创造了高超的栈道技术，打破了盆地地缘的封锁，克服了狭隘的封闭性。蜀王派遣五丁力士开道，迎接秦惠文王所送金牛和五个美女的神话故事，就是上古时代开山通道进行文化交流的生动体现。栈道是巴蜀人的一大发明。司马迁认为巴蜀四塞之国的封闭性是靠"栈道千里，无所不通"来达到开放的，这是很精到的史家眼光。逢山必须开道，遇水必须造桥，古蜀先民为了突破封闭，在发明了栈道的同时，又发明了笮桥。笮桥即绳桥，有多种类型，至今尚可见到的藏区的溜索和编网的藤桥、岷山上的竹索桥、滇西北的编网篾桥、都江堰早期的珠浦桥以及攀枝花早期的铁索桥，都是巴蜀先民向外部世界开放的智慧体现。

巴蜀文化又具有很强的辐射能力，除与中原、楚、秦文化相互渗透影响外，主要表现在对滇黔夜郎文化和昆明夷、南诏文化的辐射，还远达东南亚大陆地区，在金属器、墓葬形式等方面对东南亚产生了深刻久远的影响。远在四千年前，四川盆地就存在着几条从南方通向沿海，通向今缅甸、印度地区的通道。一些重要的考古发现，如三星堆出土的海贝、象牙，大溪文化的海螺和象牙，茂汶和重庆涂山出土的琉璃珠，都不是本地所产，而是来自印度洋北部地区的南海，这些都充分证明巴蜀先民与南方世界有所交通和交流。《史记》记载：张骞在大夏时，看到中国邛山（今四川荥经西）的竹杖和蜀地的细布在市场上出售，很觉奇怪。一问商人，得知是从身毒买来的。身毒在大夏东南数千里，那里的百姓骑象打仗，临近大海。大夏国远离汉朝一万二千余里，位于中国的西南方，而身毒国又位于大夏国东南几千里，竟有蜀地产物，可见离蜀地不远。他估计从蜀走身毒到大夏，必是快捷方式，又可免匈奴的阻击。他建议武帝打通西南夷道。武帝采纳了他的建议，命蜀郡、犍为郡派使者分别从駹、莋和邛、僰等四路并出，打开西南通道。但各路使者为昆明夷所阻，未能如愿。而经滇国、夜郎等使者在滇一带活动，取得成效，为武帝经略西南夷奠定了基础。事见《张骞传》《西南夷列传》。这说明巴蜀到古身毒国（古印度）再到西亚之间，早就存在一条为中原王朝所不知晓的商贸通道。这条通道，现代史学家沿用张骞所打通的丝绸之路称呼的惯例，称之为"南方丝绸之路"。

"南方丝绸之路"主要有两条线路：一条为西道，即旄牛道。从成都出发，经临邛（邛州）、青衣（雅安）、严道（荥经）、旄牛（汉源）、阑县（越西）、邛都（西昌）、叶榆（大理）到永昌（保山），再到密支那或八莫，进入缅甸和东南亚。这条路最远可达滇越乘象国，可能到了印度和孟加拉地区。另一条是东道，称为五尺道。从成都出发，到僰道（宜宾）、南广（高县）、朱提（昭通）、味县（曲靖）、谷昌（昆明），以后一途入越南，一途经大理与旄牛道重合。根据目前所能见到的文献资料，最早走这条线路的古蜀先民的知名人物是秦灭蜀后南迁的蜀王子安阳王。安阳王率领兵将3万人沿着这条线路进入了越南北部红河地区，建立了瓯雒国，越南历史上又称之为蜀朝。历史上，早在《史记·张骞传》中就有关于今"南方丝绸之路"的明文记载，根据后代学者考证：成都正是东西两条南方丝绸之路的地理起点。在国家"一带一路"宏伟蓝图的建设、执行之下，巴蜀文化必将得到越来越深入的研究，巴蜀地区必将为国家建设、民族复兴做出越来越多的贡献。

　　有的学者曾以为：嘉陵江左源的天水到巴蜀，山高路遥，古人难以逾越。那么，对比一下张骞在战争状态下打通"丝绸之路"、发现"南方丝绸之路"所走过的千山万水，沿途崇山峻岭、大河阻绝、民族众多、千难万险，再回头看看古蜀人与古巴人逐水而居，翻越岷山、秦岭、大巴山的壮举，是完全可以做得到的。

　　上古时期，与蜀人深有联系的是五帝世系；其后，蜀人大禹及夏朝、周朝与巴人深有联系。在巴蜀大地这块多民族聚居、富饶繁荣、物产富足的土地上成长、走出来的著名人物，包括伏羲、颛顼、大禹、夏启、司马相如、王褒、扬雄等人，他们是中国历史上最杰出的政治家、文学家、思想家，他们的政治成就、生平事迹、创作实践、文学作品和思想理论成果，为《文心雕龙》的成书做出了巨大贡献。

第四节　巴蜀文学名家的甄选

　　与巴蜀文化密切相关的伏羲、五帝世系相关人物、大禹、夏代文学名作、汉司马相如、王褒、扬雄、李尤、三国诸葛亮、西晋陈寿等，居于《文心雕龙》最重要的素材来源之列，是全书论述文学起源、文学审美、文学范式、创作纲领与经典作家、优秀作品、创作技法、文学史论、文学批评的核心对象。因此，本书的研究，以事实证明了选题的合法性和创新性，如能借此为起点，将文学地理学引入《文心雕龙》的研究之中，则善莫大焉。

限于本书篇幅、人物身份、历史影响以及《文心雕龙》的写作学性质，本书在此暂时不讨论以下两类作家、思想家：

一是历史影响很大，但没有文学作品流传的玄嚣、昌意、颛顼等上古圣贤；二是出现较少、文学影响稍小的汉代李尤以下各家。

而将主要精力放在对以下各家的研讨上：一是籍贯明确定位于巴蜀境内，且在《文心雕龙》书中有较多论述的伏羲、大禹、夏启，以及他们开创的上古图像文学与夏代文学；二是汉代巴蜀文学三杰——司马相如、王褒、扬雄与他们博通众体的卓越文学创作。

笔者才学积累与写作能力有限，对历史上影响很大，但《文心雕龙》书中论述不多、影响不大的诸葛亮、陈寿等人，本书暂不展开深入研究，特作说明。

第二章

伏 羲

第一节　伏羲与八卦

关于太昊伏羲的文字记载至迟在春秋战国时期即已出现，《左传》《管子》《周易》《庄子》《荀子》《列子》《战国策》《国语》《世本》《逸周书》《山海经》等先秦典籍都有关于伏羲的表述。在正史中，司马迁《史记》从五帝之首的黄帝记起，未为伏羲立传，但他在《太史公自序》中说："余闻之先人曰：'伏羲至纯厚，作《易》八卦。'"肯定了伏羲的文化贡献。东汉班固的《汉书》则将上古帝王世系从黄帝推至伏羲，伏羲开始登上官定正史。《汉书·古今人表》中首叙伏羲，次列炎、黄；《汉书·律历志序》引《左传·昭公十七年》"郯子来朝"诸语，认为"稽之于《易》，炮牺、神农、黄帝相继之世可知。"并以太昊伏羲为历史源头，确定他三皇之首、百王之先的地位："庖牺继天而王，为百王先。首德始于木，故帝为太昊。"这就是说，在古帝王系统中，只有太昊伏羲氏是"继天而王"的，因而他是百王之先，炎、黄诸帝继伏羲而王。

晋代皇甫谧所著《帝王世纪》，是一部专述帝王世系、年代及事迹的史书，所叙上起三皇，下迄汉魏，三皇首列伏羲，次为女娲、炎帝。梁代肖绮《〈拾遗记〉序》中说："文起羲、炎"。其后唐高祖《修六代史诏》和唐太宗《修晋书诏》均以伏羲为中华文化的肇始者，所谓"伏羲以降，因秦斯及，两汉继绪，三国并命，迄于晋宋，载笔备焉"。至唐开元间，司马贞为

《史记》补写《三皇本纪》，综述、补充前世有关伏羲的文献材料，成一篇较为完备的史传。至此，伏羲在历史古代典籍中历史化的过程全部完成。

上古创世神话中的伏羲、女娲①，是古代传说中最早的人文始祖，是中国古籍中记载的最早的王②，有研究指出：伏羲是古巴人族群首领。据《山海经·海内经》记载：

> 西南有巴国。大皞生咸鸟，咸鸟生乘厘，乘厘生后照，后照是始为巴人。③

这段话的意思是：西南方有个巴国，大皞生了咸鸟，咸鸟生了乘厘，乘厘生了后照，而后照就是巴国人的始祖。这位大皞，也称大昊，即太昊，郭璞、吴任臣、郝懿行等学者都释为伏羲。推论可知，伏羲是巴人的祖先。伏羲"蛇身人首"，伏羲部落崇拜的图腾是蛇。"巴"是蛇的象形文字，《说文》十四云："巴，虫也。或曰食象蛇。象形。凡巴之属皆从巴。"④ 意思是说，"巴"字是体型大的虫，或者是能够吃大象的蛇。大巴山古名蛇山，是巴人的居住地。《路史》卷十对此有近似的记载：

> 伏羲生咸鸟，咸鸟生乘厘，是司水土，生后照。后照生顾相，夅处于巴，是生巴人。巴灭，巴子五季流于黔而君之，生黑穴四姓。赤

---

① 伏羲、女娲的记载出自多个古文献，记载伏羲女娲名称的多是同音异形字。据考证，关于女娲的记载，最早的文献是《楚辞·天问》和《山海经》。屈原在《天问》中感慨："女娲有体，孰制匠之？"《山海经·大荒西经》曰："有神十人，名曰女娲之肠，化为神……"而在四川简阳鬼头山的题记中，人首蛇身图像题榜为"女娃"。"娲"与"娃"同音不同形。在《山海经·海内经》中伏羲以大皞之名出现："有九丘，以水络之……有木，青叶紫茎，玄华黄实，名曰建木……大皞爰过，黄帝所为""西南有巴国。大皞生咸鸟……乘厘生后照，后照是始为巴人"。后来，郭璞、吴任臣、郝懿行等人根据文献记载推测出大皞、伏羲为同一位神。在《法言·问神》中为"伏犧"、《易·系辞下》中为"包牺"、《汉书·古今人名表》中为"炮牺"、《汉书·律历志下》中为"宓犧"、《水经注·渭水》中为"庖牺"、《管子·封禅》中为"虙羲"等。在山东武梁祠中，题记为"伏戏"。"牺""犧""牺""羲""戏"同音不同形。现在所用伏羲之名，概依据《太史公自传》而定。

② 伏羲（生卒不详），风姓，相传伏羲人首蛇身，与女娲兄妹相婚，生儿育女，他根据天地万物的变化，发明创造了占卜八卦，创造文字结束了"结绳记事"的历史。他又结绳为网，用来捕鸟打猎，并教会了人们渔猎的方法，发明了瑟，创作了曲子。伏羲是古代传说中华民族人文始祖，是中国古籍中记载的最早的王。伏羲是我国第一个伟大的哲学家、生态学家、发明家、政治家、音乐教化者。

③ 袁珂：《山海经校注》，上海：上海古籍出版社1980年版，第453页。

④ 柴剑虹，李肇翔主编：《说文解字》（上下），北京：九州出版社2001年版，第861页。

狄巴氏服四姓，为廪君。有巴氏、务相氏。①

《路史》在《山海经》记载的基础上，将伏羲、咸鸟、乘厘、后照、巴人的世系脉络中增加了一个顾相，于是其完整世系演变为：

伏羲→咸鸟→乘厘→后照→顾相→巴人

需要注意的是，此处的顾相，不是不同部落首领，他是"降处于巴"，与《史记》等文献中记载的黄帝长子玄嚣"降居江水"、次子昌意"降居若水"是一个性质，顾相是帝王之后，被封到巴地，担任诸侯之职，管理这一方土地及其人民。顾相的先祖乘厘，担任的是"司水土"的工作，管理伏羲部落中与水土有关的事物，类似于今天水利部、自然资源部部长的职权。在巴国被秦国攻灭之后，巴人贵族流落到今贵州境内，继续称王，这与蜀国被灭之后，蜀国贵族的一支流落到云南、越南继续称王是一样的命运。由此可知：伏羲是巴人祖先，巴人在历史演进的长河中，曾有不同的王和不同的巴国地域。

据《山海经》《淮南子》《路史》《蜀中名胜记》等古籍文献的记载与巴蜀文化研究专家蒙文通、徐中舒、袁庭栋、彭邦本等学者的研究成果：伏羲的母亲华胥，是今四川阆中人，伏羲与女娲生于巴地。古蜀人纵目，与中原人相异，以蜥蜴为图腾，蜥蜴即纵目，伏羲之名，或许即从此而来。还有学者根据考古实证研究指出：伏羲是古巴部落的领袖，巴蜀文明起源早于中原文明，伏羲开创了中华文明的源头。②

---

① （宋）罗泌撰，（清）永瑢、纪昀等编纂：《文渊阁四库全书·史部·路史》，上海：上海古籍出版社 2003 年版，第 7 页。

② 有研究指出：伏羲故里在巴。古楚西之国庸为大，庸之西接于巴，巴接于蜀，巴则为伏羲故里。《华阳国志》言："阆中有渝水。"史学家蒙文通先生在《古族甄微》中言："渝水巴山悉在阆中，巴歌渝舞之所自出，此巴古国也。于后巴子或治江州（重庆），或治垫江（合川），或治平都，或治阆中。……以阆中上流之渝，名江水下流之渝，亦也阆中之巴名江州之巴。"阆中曾为古代巴国中心。《山海经·海内经》云："西南有巴国，皞太生咸鸟，咸鸟生乘厘，乘厘生后照，后照是始为巴人。"《吕氏春秋·孟春纪》云："其帝太皞。"高诱注"太皞，伏羲氏。"所以阆中巴人，为伏羲之后代。《补史记·三皇本纪》云："太皞庖羲氏，风姓，代隧人氏继天而王，母曰华胥：履大人迹于雷泽，而生疱羲。"《山海经》云："雷泽中有雷神，龙身而人头。"而《补史记·三皇本纪》称，伏羲为"蛇身人首，有圣德。"古代龙、蛇不分，"巴"字象蛇，巴人以蛇为图腾，故巴人皆为龙族。《路史》注："所都国有华胥之渊，盖因华

传说中，女娲是伏羲之妹，也是一位杰出的部落首领。《路史》卷十一《女皇氏》记载说：

> 女皇氏娲，云姓，一曰女希。她身牛首，宣发。太昊氏之女弟。出于承匡，生而神灵，亡景亡，少佐太昊，祷于神只，而为女妇，正姓氏、职昏因、通行媒，以重万民之判，是曰神媒。
>
> 太昊氏衰，共工为始作乱，振滔洪水，以祸天下：惰天纲、绝地纪、覆中冀。人不堪命，于是女皇氏役其神力，以与共工氏较。灭共工氏，而迁之。然后四极正，冀州宁，地平天成，万民复生。娲氏乃立，号曰女皇氏。①

根据记载，女娲是太昊伏羲氏之"女弟"，即妹妹，后兄妹通婚，"为女妇"，女娲管理能力很强，"正姓氏、职昏因、通行媒"，被尊为神媒。

胥居之而得名，乃阆中渝水（即嘉陵江古称）之地。"《路史》反驳雷泽之说曰，伏羲"生于仇夷"；《蜀中名胜记》引《遁甲开山图》曰："仇夷山四面绝立，太昊（即伏羲）之治也，即今仇池，伏羲之生处，地与成纪、彭池皆西土，知雷泽之说妄也。"《路史》言："女娲，伏希（羲）之妹。"卢仝《与马异结交诗》云："女娲本是伏羲妇"。《文选·鲁灵光殿赋》云："伏羲鳞身，女娲蛇躯"，言华胥所生子女皆为龙族；川北一带塑像群中，伏羲女娲皆为人首，两者以蛇身相交。《淮南子·览冥篇》高诱注，"女娲、阴帝，佐虑戏治者也"。古书对伏羲的称呼，有包羲、疱牺、宓羲、宓戏、炮牺、伏戏等，言女娲为女帝后，佐伏羲治理天下；可以看出当时是由母系社会到父系社会的过渡时代。《世本》张澍粹集补注本称："女娲作笙簧"，笙簧又称芦笙，只有西南苗族、侗族才有，而芦笙音乐和爱情有关。西南少数民族每年春上二、三月，男女相率吹芦笙跳月，至情投意合时，退至幽静处，谈说情爱，发展为婚姻关系。马锡《中华古今注》说"上古音乐未和而独制笙……乃女娲即伏羲之妹……人之生而制其乐，以为发生之象。"女娲制笙，证明为长江流域之人，阆中即属长江流域；以笙为媒，促男女结合，是为媒神；发展为今川北一带民间所敬的"送子娘娘"。综上所述，伏羲与巴蜀关系密切，也就顺理成章了。《蜀中名胜记》引《学斋占毕》云"资州地（在蜀）掘得汉碑，有伏羲仓精，初造工业，画卦结绳，以理海内"等语；所谓"初造工业"，当然是指伏羲在巴蜀画卦、结绳之事。道出了巴蜀文明起源比中原早，和后人对伏羲创造发明的崇敬。《皇图要览》云："伏羲化茧，西陵氏养蚕。"化者，"化育""化生"也，即孕育之意。伏羲在"远取诸物"中，发现了桑上野蚕。而《淮南子·说林篇》云："黄帝生阴阳，上骈生耳目，桑林生臂手，此女娲所以七十化也"。言黄帝别男性和女性，上骈之神生耳目，桑林社神生手臂；在创造人类过程中，女娲承担了化育的工作。桑林为西陵氏黄帝元妃嫘祖的社树，嫘祖在桑林之社将伏羲所发现之野蚕家养，发展为我国丝绸文化。嫘祖西陵氏故里在巴蜀间之盐亭，盐亭距阆中直线距离不到100公里；因伏羲在阆中发现桑上野蚕，西陵嫘祖在盐亭桑林（即西陵）之社将野蚕家养，被世尊为先蚕，使盐亭成为中国丝绸文化源头，成为南、北丝路起点。故伏羲开拓了巴蜀文化之先河。

① （宋）罗泌撰，（清）永瑢、纪昀等编纂：《文渊阁四库全书·史部·路史》，上海：上海古籍出版社2003年版，第12页。

后来，伏羲部落衰落了，共工作乱，危害天下，女娲挺身而出，"役其神力，以与共工氏较。灭共工氏，而迁之。"将共工之乱镇压下去，"然后四极正，冀州宁，地平天成，万民复生。"女娲担当起了一个中兴伏羲部落的重任，扮演的是中兴救主的角色。因为女娲有功，于是在伏羲之后，被立为"女皇氏"。

在上古神话中，华胥的儿女伏羲与女娲，都是杰出的部落首领，具有超强的个人领导才能、杰出的政治治理能力、卓越的部落发展功勋，女娲还具有指挥作战、镇压反叛的军事才能，是伏羲部落得以继续发展的首功之臣。

当然，这一传说，是上古先民生存发展过程中相互接触、相互争夺、相互融合的神话演绎，不具有人物、事件真实对应的性质，而是上古若干部落迁徙、战争、融合、发展过程中的许多人物、事件、历史集于一体的演进过程。在这一过程中，后来被尊为汉民族始祖的伏羲与女娲，成了被神化、被纪念、被记录的正面人物形象，而共工等战败部落首领，被描述为凶残、贪婪、搞破坏、无美德的反面人物。于是我们可以推论出来"成王败寇"的历史规律，早在万年之前的原始社会早期就已经建立起来了。其后，黄帝部落战胜炎帝部落、灭掉蚩尤部落并丑化他们、驱逐他们的历史，不过是伏羲、女娲、共工神话故事的翻版罢了。

伏羲、女娲出生地的神话之一为四川阆中，阆中位于嘉陵江中段。嘉陵江源出秦岭，为长江上游支流，因流经陕西凤县东北嘉陵谷而得名。一说来源《水经注》二十《漾水》载："汉水南入嘉陵道而为嘉陵水。"发源于秦岭北麓的陕西省凤县代王山。干流流经今陕西省、甘肃省、四川省、重庆市，在重庆市朝天门汇入长江。主要支流有：八渡河、西汉水、白龙江、渠江、涪江等。嘉陵江全长 1345 千米，干流流域面积 4 万平方千米，流域面积 16 万平方千米，是长江支流中流域面积最大、长度仅次于雅砻江、流量仅次于岷江的大河。

传统上，嘉陵江有左右两源：东源为陕西省凤县代王山的东峪河，西源为甘肃省天水市秦州区齐寿乡齐寿山的西汉水，2011 年 10 月长江水利委员会确认东源陕西省凤县秦岭代王山为正源。陕西省境内，嘉陵江流经凤县，入甘肃再回陕西，经略阳县和宁强县出陕。在甘肃省境内，古称西汉水，自陕西凤县在两河口入甘肃省境，再西南流，经两当县和徽县，在吴王城复出省境至陕西略阳县。在四川省境内，嘉陵江干流自陕西凤县向南与西汉水汇合后流经略阳县、阳平关入川；过广元市，在昭化区接纳白龙江，南流至阆中市，东河自左岸来汇；在南充市，于南部县和蓬安县接纳西河。在重庆市境内，至合川区，渠江、涪江分别在左、右岸汇入，于朝天门注入长江。

明代曹学佺是入蜀名家中的四川通，著有许多关于四川的书籍，在《蜀中名胜记·川北道·保宁府一》中记载说：

> 《寰宇记》云："嘉陵水，一名西汉水，又名阆中水。"《周地图》云："水源出秦州嘉陵，因名嘉陵，经阆中，即阆中水。"又云："阆中水亦曰渝水。"……《路史》云："太昊伏羲氏母华胥，居于华胥之渚，孕十有二岁而降神，生于仇夷，长于起城。"注云："所都国，有华胥之渊，乃阆中渝水地也。"……《文纬书谶》："巴西郡治，有彭泽大池。"……《遁甲开山图注》云："仇夷山，四面绝立，彭池、成起皆西土，是伏羲生处。"①

曹学佺的记载，为我们讨论以下问题找到了文献依据：

一是嘉陵江的得名，来自左源秦州嘉陵。

二是嘉陵江在四川境内的异名，在阆中段叫作阆中水，又叫作渝水。

三是重庆市简称渝，即源于嘉陵江之称渝水。

四是华胥"居于华胥之渚"，是根据居住地命名的原始部落，在水中小岛上居住，显示了她们部落所处的阶段是逐水而居的渔猎时期，还不是农耕时期，这是早期母系氏族社会的典型生活方式，也为其后代伏羲的沿江上溯迁徙埋下了伏笔。

五是华胥是太昊伏羲氏的母亲，伏羲"生于仇夷，长于起城"，起城，即成起，也叫成纪，"皆西土也"，是伏羲生长的地方。《路史》卷十《太昊纪上》对此有较为详细的记载：

① （明）曹学佺撰，刘知渐点校：《蜀中名胜记》，重庆：重庆出版社1984年版，第357页。

（伏羲）母华胥，居于华胥之渚，尝暨叔嬉，翔于渚之汾，巨迹出焉，华胥决履以践之。意有所动，虹且绕之，因孕。十有二岁，以十月四日降神，德亥之应，故谓曰岁。生于仇夷，长于起城，龙身牛首，渠肩达掖，山准日角，奓目珠衡，骏毫翁鬣，龙唇龟齿。长久尺有一寸，望之广，视之专。继天出震，聪明睿智，盖承岁而王以立治纪，而万世循用之。肇修文教，为百王典以载德。自木，木实丽，东道不可尚，同乎元气，是偶太昊。得乎中央，别而全宿，而有成因号伏羲，自有句而应世，故又曰有句氏。①

本段文字详细地记载了伏羲母亲华胥的居住地、孕育伏羲的经过、伏羲得名的原因、别称为氏的变化，是比较全面的神话传说记载。显然，古代原始社会早期的伏羲氏，不是一个具体的人名，而是一个部落，或者是部落联盟。从这条记载，我们得到的信息是：伏羲部落源出华胥部落，实现了从母系氏族社会向父系氏族社会的历史转变，在部落生活的地理位置上，从嘉陵江中段的阆中沿着这条江水向上迁徙，来到源头的甘南成纪，即今甘肃天水，发展壮大。促使伏羲部落迁徙的一个原因，是渔猎生活方式，随着人口增加，原生地阆中已经食物不足，于是逐水而居。

以上是关于华胥、伏羲传说地理位置的一种记载，即四川阆中说。支持这一说法的文献记载与研究成果还有很多，在此不一一列举。②

① （宋）罗泌撰，（清）永瑢、纪昀等编纂：《文渊阁四库全书·史部·路史》上海：上海古籍出版社，第1—2页。
② 据笔者实地考察，彭池即阆中嘉陵江南之"南池"，位于彭城（池）坝，故称彭池，此处即为"华胥之渚"，亦即华胥生伏羲之处。徐中舒教授在《巴蜀文化论》中云："伏羲龙身，这居于水滨低地之濮族，伏羲即良挚的对音。"《华阳国志·巴志》云："其属有濮、苴、共（龚）、奴（卢）、獽、夷、蜑之蛮"，濮族在巴地，而不在甘肃成纪。阆中人范目募土著族（巴族之一部），助刘邦出定之秦，后封慈凫侯。《华阳国志》称，慈凫乡侯之慈凫，是凫慈的倒读，凫慈即良挚的转音。闻一多《伏羲考》亦言，慈凫倒过来即伏羲。阆中古有慈凫乡，故范目才被封为慈凫侯。今阆中城南的彭城（池）镇七里坝，即为古之慈凫乡，范目就住在彭池南岸。《巴渝舞初探》亦云："阆中当伏羲降生之地"。范目宅旁长青山上一长青古寺，有伏羲殿，内塑伏羲像，为巴人纪念其先祖而建，故古代命名慈凫（伏羲）乡。《阆中县志》载："太皞伏羲之母华胥，居于华胥之渚，孕十有二载，而降生于仇夷。"《蜀中名胜记》指出，伏羲兄妹是四川阆中人，生于阆中城南嘉陵江边之"仇夷"，"仇夷"即彭池，亦名南池，南池在今阆中城南七里坝。

从陇南的西汉水流域、陕南的汉水流域、汉中盆地、今四川东北部一直到重庆市，嘉陵江蜿蜒近三千里，阆中正在这条大江的中间位置，向上即为汉中、陇南，与陕西蓝田流传的华胥故里①、甘肃天水流传的伏羲故里，何其相近！在这一片三角形地带之中，隔着秦岭、大巴山，看起来是"难于上青天"的，然而，山岳、大江并不能阻断古人迁徙的脚步，彭邦本教授说："千万不要低估上古人类为了生存环境的改变而做出的沿山顺水进行迁徙的努力。"②

实际上，我们今天在这里争论传说中的华胥、伏羲的故里，并不是完全从科学事实的角度来谈问题的。华胥是人文祖母，伏羲是人文始祖，谁争到了他们的故里、籍贯，毫无疑问，就在当代文化复兴的时代大环境下占据了软环境的绝对优势，顺次而来，历史寻根、文化再现、旅游开发、经济收入，当"扶摇直上九万里"哉！比如甘肃伏羲城的建立与开发就是这样。所以关于华胥、伏羲生地的陕西蓝田说、甘肃天水说、四川阆中说、山东泗水说等说法才会争议不断，谁都想争到属于自己的省区范围内来。

然而上古时代并没有今天的行政区域（比如省区）划分，华胥生于陕西、四川、山东也罢，伏羲生于甘肃、四川、山东也罢，黄帝生于陕西、河南、东北也罢，大禹生于四川、青海乃至河南也好，这些都是宋元时期才有的地理概念。即使上古九州，也是在大禹治水成功、登上帝位之后才划定的区域。历史上有了关陇、川陕等地理行政区域的划分之后，还经过无数次的变动，许多地方，曾分属今天不同的省区。比如四川与陕西，在元代还是属于同一个行中书省。具体地点的归属情况更为复杂，以汉中为

---

① 陕西蓝田有灞河，灞河属于渭河最大支流，沿着渭河上溯，可至炎、黄二帝与周人故里宝鸡，再向上追溯，即可到达渭河源头甘肃天水。天水向南发源了长江的大支流嘉陵江，向北流出了黄河的大支流渭河。

② 四川大学历史文化学院彭邦本教授对笔者说："不要忘记，我们这一代大学生都是当过知青的，早年艰苦的知青生活，在四川的崇山峻岭之中，每天担着上百斤的担子，来回走个几十里路，那简直是家常便饭，尽管条件十分艰苦，但是，我们那一代人，进了大学之后，就知道什么是幸福。遥想古人，为了生存，拖儿带女，翻山越岭，对他们来说，还不是必要的工作，而是必须完成的生存任务，所以，翻一座或几座山，进行百里乃至千里的迁徙活动，实在是必须的，谈不上什么困难不困难。谈翻山困难的，是今天坐在温室里长大的奶娃娃。你们这一代研究者没有经过艰苦，不要对古人的意志力妄加怀疑，我和你导师同一年进川大读研究生，都是知青，多艰苦，多困难?! 根本就吃不饱，还不是过来了? 现在的年轻人，哪里走得过我们?"对彭老的意见，笔者深以为然：条件虽苦，地理虽难，只要恒心在，一定能突破。

例：夹在秦巴山区之间的汉中，历史上是公认的益州属地，秦国拿下汉中，再取巴蜀，为灭楚战争奠定了绝对地理优势条件。刘邦被项羽封为汉中王，封地大体为汉中、巴、蜀地区，建都南郑，以此为基础，打败项羽，建定汉朝。刘备蜀汉政权中，汉中由大将魏延驻守。但汉中今天是陕西省的一个市，《石门颂》《石门铭》等著名摩崖书法也一并属于陕西省现存的国宝文物。这些历史上的物质、非物质文化遗产，就都成了陕西的东西。因此，以当下的地理区域为桎梏，上推八九千年甚至上万年，去争论华胥、伏羲是今天的陕西人、甘肃人还是四川人，本身就是错误的。因此，采用"巴蜀文化区"这一更为宽泛的地理概念，更为妥当。

伏羲在上古文明史上的一大成就是画制八卦。皇甫谧《帝王世纪》曰："伏羲氏仰观象于天，俯观法于地，观鸟兽之文，与地之宜，近取诸身，远取诸物，于是造书契以代结绳之政，画八卦以通神明之德，以类万物之情。所以六气、六府、六藏、五行、阴阳、四时、水火升降，得以有象；百病之理，得以有类。"[①] 八卦是伏羲观察天地自然事物，从人与自然中抽象其理创制出来的，其功能"以通神明之德，以类万物之情"，人情与自然得以有象，百病之理得以有类。《路史》卷十将这一过程进行了更为详细的论述，其曰：

> （伏羲）征显阐幽、章往察来，于是申六画，作十言，以明阴阳之中，以厚君民之德，于以洗心，退藏于密。观象之变、爻之动，于是穷天墬之用，极数之原，参天两地，而倚数以成变化，而行鬼神八卦，而小成因，而重之以尽生生之理，而天墬之蕴尽矣。
>
> 所谓先天易也，原始反终，神明幽赞，于是神蓍着地，灵龟出洛，乃穷天墬之赜，极天下之动。以龟为策，以蓍为筮，献南占之一十八变而成卦，以断天下之吉凶。出言惟辞，制器惟象，动作惟变，卜筮惟占，政治小大，无废取于易者。绗离象法，蟇狐作，为网罟以畋以鱼，化蚕桑为穗帛，因罔罟以制都市，给其衣服。霾龙时瑞，因以龙纪官，百师服，皆以龙名作，为龙书，以立制号而同文。稽夬象，肇

---

① （晋）皇甫谧撰：《帝王世纪》，沈阳：辽宁教育出版社1997年版，第3页。

书契，以代结绳之政，百官以治，万民以察，而文籍由是兴矣。①

伏羲创立的伏羲八卦被称为先天八卦。

经历代发展，周文王在前代基础上演绎出文王八卦，又叫后天八卦，并撰写出《易经》，也称之为《周易》。清严可均辑《全上古三代文》卷一载有伏羲"十言之教"，其文曰："干、坤、震、巽、坎、离、艮、兑。"（《左传》定公四年《正义》引《易》云："伏羲作十言之教。"）② 我们知道，伏羲时代是没有文字的，主要是通过图像记事，所以，所谓"十言之教"，当为后人伪托之作。

从民族文化的形成上来说，传说伏羲始画八卦，开启了我们的民族文化之源。《周易》《史记》等典籍记载了伏羲"作八卦"的重要贡献。《论衡·齐世》："故夫宓牺之前，人民至质朴，卧者居居，坐者于于，群居聚处，知其母不识其父。至宓牺时，人民颇文，智欲诈愚，勇欲恐怯，强欲凌弱，众欲暴寡，故宓牺作八卦以治之。"③ 描述了伏羲时代"上世之人，质朴易化"的民风状况与伏羲作八卦的社会政教目的。《礼记·礼运》注引《中侯握河纪》谈到与伏羲关系密切的"河图洛书"以及八卦："伏羲氏有天下，龙马负图出于河，遂法之画八卦。"伏羲八卦中所蕴含的"天人谐和"的整体性、直观性的思维方式和辩证法思想，是我们民族思想方式的基础。所以，可以说，伏羲开启了中国传统文化之先河，是中华文化的原点。

八卦和《易经》是我国传统文化的精华，在政治、军事、科学、文化等多方面对后世产生了巨大的作用和影响。著名学者荣格在英文版《易经》再版序中说："人类的唯一智慧宝典，首推中国的《易经》。在科学方面，我们所得的定律，常常是短命的，或被后来的事实所推翻，唯独中国的《易经》亘古常新，相延6000年之久仍然具有价值，而且与最新的原子物理学颇多相同的地方。"西方学者认为，太极八卦是东方精神宝库中的瑰

---

① （宋）罗泌撰，（清）永瑢、纪昀等编纂：《文渊阁四库全书·史部·路史》，上海：上海古籍出版社，第2—3页。

② （清）严可均辑：《全上古三代文》，北京：中华书局1958年版，第1页。

③ 黄晖撰：《论衡校释》（附刘盼遂集解），北京：中华书局1990年版，第806页。

宝，是中国四大发明之前的最伟大的发明。《周易·系辞下》第二章说：

> 古者包牺氏之王天下也，仰则观象于天，俯则观法于地，观鸟兽之文，与地之宜，近取诸身，远取诸物，于是始作八卦，以通神明之德，以类万物之情。作结绳而为网罟，以佃以渔，盖取诸离。包牺氏没，神农氏作，斫木为耜，揉木为耒，耒耨之利，以教天下，盖取诸《益》。日中为市，致天下之民，聚天下之货，交易而退，各得其所，盖取诸《噬嗑》。神农氏没，黄帝、尧、舜氏作，通其变，使民不倦，神而化之，使民宜之。《易》穷则变，变则通，通则久。是以自天祐之，吉无不利。黄帝、尧、舜垂衣裳而天下治，盖取诸干、坤。刳木为舟，剡木为楫，舟楫之利，以济不通，致远以利天下，盖取诸涣。服牛乘马，引重致远，以利天下，盖取诸随。重门击柝，以待暴客，盖取诸豫。断木为杵，掘地为臼，臼杵之利，万民以济，盖取诸小过。弦木为弧，剡木为矢，弧矢之利以威天下，盖取诸睽。上古穴居而野处，后世圣人易之以宫室，上栋下宇，以待风雨，盖取诸大壮。古之葬者，厚衣之以薪，葬之中野，不封不树，丧期无数。后世圣人易之以棺椁，盖取诸大过。上古结绳而治，后世圣人易之以书契，百官以治，万民以察，盖取诸夬。①

伏羲"始作八卦"，是伏羲氏用八种符号对自然万物的观察和概括，后经文王、孔子等人的演绎，由八卦而六十四卦，由六十四卦而三百八十四爻，形成了中华文化博大精深的《周易》哲学。"造书契，以代结绳之政"，标志着伏羲时代人们已开始创制文字，准备接受文明的洗礼，告别结绳记事的历史。从伏羲到黄帝、尧、舜，一直都在遵循着八卦，按照八卦来治理和工作，享受着八卦运行规律所带来的好处。文字与文学产生并发展，到了后代，就越来越兴盛了。

有着深奥哲理的伏羲八卦到底是在什么地方受到什么启发创造出来的？这至今仍是一个无确凿实证的未解之谜。比较通行的说法有以下两种：

---

① （魏）王弼等注，（唐）孔颖达等正义：《周易正义》，上海：上海古籍出版社1992年版，第86—87页。按：本书中《周易》之称，也简称为《易》，特作说明。

一说伏羲在河南洛阳附近的黄河里降伏了一只头似龙、身似马、满身鬃毛卷成无数个旋涡的妖怪，人们按它的形状称之为龙马。伏羲发现龙马身上鬃毛形成一个奇怪的图案，经过八八六十四天，研究出了八卦图。如下图所示：

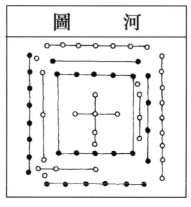

河图图示

　　另一说伏羲在甘肃天水市的卦台山创造出了八卦。现在山上有画卦台，与之隔河相望有龙马山，山上有龙马洞。据传说，当年伏羲在此"仰则观象于天，俯则观法于地"。通过仰观俯察，了解自然万物，然后画出了八卦图。

　　现在又有了第三种说法。据《路史》记载，苍溪、阆中（苍溪古属阆中）一带是伏羲母亲华胥的故里。华胥在这里孕育了伏羲、女娲兄妹。晋人葛洪《抱朴子》说："伏羲坐于方台，上受八方之风，乃作八卦"。葛洪说的方台，就是指今天的苍溪云台山。① 他说伏羲在云台山作八卦，是否可

---

①　云台山古称灵台山，是繁体字形近之变。云台山呈自然太极八卦山势，景观天下一绝，有少部分属于现阆中市。历史上，苍溪曾属阆中管辖，故有的史书说云台山在阆中境内，有的史书说云台山在苍溪境内。云台山是著名道教圣地，道教创始人张道陵曾在此修行，并得道飞仙，至今留存张道陵衣冠冢和许多道教遗迹。云台观是中国道教著名道观，距今已有1860多年的历史。中国道教研究所所长、张天师第六十五代嫡系传人、中国道教协会副会长张继禹道长为云台山题词："天师道二十四治之苍溪云台山"。1995年，山西师范大学美术系教授袁有根来此实地考察，发现：云台山全貌竟与"太极阴阳八卦图"惊人相似！云台山黛青的山体呈鱼形，"鱼头"所在叫"舍身崖"，据传当年张道陵命弟子王长、赵升在此投身绝壑以取仙桃，由此脱去凡躯，得以升仙；白雾缥缈的山侧空谷亦呈鱼形，"鱼眼"为谷底一天然清泉，泉水清澈甘甜，冬暖夏凉。两"鱼"一黑一白，一动一静，一实一虚，一阴一阳，首尾相交，浑然相合。主山体周围还有八个山丘，分别为紫阳山、铜鼓山、博树垭、文成山、双山垭、文笔垭、北斗山、冒火山，构成"八卦"。

信呢？

首先，苍溪云台山位于大巴山区，是巴人生活过的地方，根据《山海经》的记载，伏羲为巴人祖先。因此，云台山与伏羲发生"仰观俯察"之关系，是顺理成章的。

其次，云台山古称灵台山，"灵""云"的繁体字字形相近，或有曲读。《华阳国志·巴志》曰："阆中县，郡治。有彭池大泽，名山灵台，见文纬书谶。"[1] 刘琳先生注曰："灵台山，在今阆中市东北，苍溪县东南。《御览》卷四四引《十道记》：灵台山，在（阆中）县北，一名天柱山，高四百丈，即汉张道陵升真之所。《寰宇记》卷八六亦云：灵台山，一名天柱山，在苍溪县东南三十五里，高四百丈，上方百里，有鱼池，宜五谷。按：此山又称云台山，今仍为旅游胜地。"[2] 曹学佺《蜀中名胜记》曰："（苍溪县）其著者，东南三十五里，有云台山。《寰宇记》云：一名天柱山，高四百丈，上方百里，有鱼池，宜五谷，无恶毒，可度灾。"[3]

彭池大泽与灵台之山，"见文纬书谶"，这不正是《文心雕龙·正纬》篇阐释的纬书产生之源泉吗？河图、洛书，实则自然天象也，正是谶纬神秘文化产生的本源。在伏羲时代，可没有后来的经、纬之分，伏羲据此画制八卦，在道理上是讲得通的。

再次，东晋著名画家顾恺之撰写的《画云台山记》是我国美术史上一篇非常重要的理论文章，记述了张道陵在云台山七试弟子赵升的故事，把云台山"神明之居"的"幽、奇、雄、险"描绘得惟妙惟肖。20 世纪 90年代，山西师范大学艺术系袁有根教授在研究顾恺之《画云台山记》的过程中，涉猎了大量关于云台山的资料，并 3 次专程到苍溪云台山考察。袁先生听说当地群众发现云台山呈太极八卦图形，便到实地察看，画出了云台山形势草图，果然是标准的太极八卦图形：山的主体和山谷组成阴阳鱼，山的周围均匀地分布着八个小山：紫阳山、铜鼓山、博树丫、文成山、双山丫、文笔丫、北斗山、冒火山。如果说上古时期的伏羲是在呈太极八卦

① 刘琳：《华阳国志新校注》，成都：四川大学出版社 2015 年版，第 40 页。
② 刘琳：《华阳国志新校注》，成都：四川大学出版社 2015 年版，第 41 页。
③ （明）曹学佺撰，刘知渐点校：《蜀中名胜记》，重庆：重庆出版社 1984 年版，第 359 页。

图形的云台山绘出了伏羲八卦，是可信的。

还有学者认为：伏羲八卦哲学思想多源于阆中故里的地理环境。阆中小盆地开阔，如太极浑然一圈；嘉陵江从西北南流，如太极之阴鱼；自南而东流向东北，如太极之阳鱼；站在盆中之太极中心点之蟠龙山上，眺四周层层围绕之低峦，环列如八卦。

伏羲龙族，头枕蟠龙山北，是登嘉陵江南之锦屏山，形成南北中轴线。这种"含之为一"的动静交汇，即化生万物，变化无穷。而此哲理，乃按阆中小盆地之"天地定位，山泽通气，雷风相薄，水火不相射"之生态环境的结构、功能而上升成的。因伏羲思维敏捷多变，故姓风。太极八卦实为一种地形、地貌生态学，具天、地、生、人系统的有机循环观念，有"天人合一""天人感应"的哲学内涵，可资研究"气""势""理""形"等问题，是中国人独特的环境观。

这种哲理孕育了西汉阆中民间天文学家落下闳，创造了"太初历"，形成了新莽时的阆中任文公父子天文学家和蜀汉周群祖孙三代天文学家。东汉道教创始人张道陵，晚年来到云台山，修道登仙，至今留下衣冠冢和许多遗迹。唐之李淳风、袁天罡，亦于阆中研究天文，认为阆中蟠龙山为北极紫微，七里坝乃北斗七星，彭池乃七星之斗，死后亦葬于斗柄，今尚留天宫院。宋代仙人吕纯阳至阆，亦恋此"风水宝地"，于锦屏山修炼。

综上，笔者认为：伏羲、女娲等是上古神话传说中的圣人，是否为阆中人，无法定论，但根据神话传说、文献记载、历代研究以及巴蜀文化区关于他们的民间传说故事，伏羲生于巴地阆中，可备一说。① 我们推论三皇时代的伏羲、女娲与古巴蜀地区有关：

伏羲、女娲——人文始祖

---

① 伏羲领导定嫁娶、做网罟、画八卦、造琴瑟、设官职，巴蜀地区留下了大量关于伏羲的神话传说。《山海经》记载伏羲为巴人祖先；女娲补天的神话传说，一种说法是源起于四川雅安碧峰峡。笔者按：以上神话传说，虽然看不到肯定的文献记载，但作为推论，可备一说。

第二节 《文心雕龙》的伏羲评论

《文心雕龙》以伏羲为古今第一位实有其名的作家，全书在不同结构部分的不同篇章对伏羲做出了如下评述：

1.《原道》：人文之元，肇自太极，幽赞神明，易象惟先。庖牺画其始，仲尼翼其终。而干坤两位，独制文言。言之文也，天地之心哉！若乃河图孕乎八卦，洛书韫乎九畴，玉版金镂之实，丹文绿牒之华，谁其尸之？亦神理而已。

2.《原道》：自鸟迹代绳，文字始炳。炎暤遗事，纪在《三坟》，而年世渺邈，声采靡追。

3.《原道》：爰自风姓，暨于孔氏，玄圣创典，素王述训，莫不原道心以敷章，研神理而设教，取象乎河洛，问数乎蓍龟，观天文以极变，察人文以成化；然后能经纬区宇，弥纶彝宪，发辉事业，彪炳辞义。故知道沿圣以垂文，圣因文而明道，旁通而无滞，日用而不匮。《易》曰："鼓天下之动者存乎辞。"辞之所以能鼓天下者，乃道之文也。

4.《宗经》：皇世《三坟》，帝代《五典》，重以《八索》，申以《九丘》。岁历绵暧，条流纷糅。

5.《正纬》：夫神道阐幽，天命微显，马龙出而大《易》兴，神龟见而《洪范》耀，故《系辞》称河出图，洛出书，圣人则之，斯之谓也。

6.《明诗》：赞曰：民生而志，咏歌所含。兴发皇世，风流《二南》。神理共契，政序相参。英华弥缛，万代永耽。

7.《乐府》：乐府者，声依永，律和声也。钧天九奏，既其上帝；葛天八阕，爰及皇时。

8.《史传》：及孝惠委机，吕后摄政，班、史立纪，违经失实，何则？庖牺以来，未闻女帝者也。汉运所值，难为后法。牝鸡无晨，武王首誓；妇无与国，齐桓著盟；宣后乱秦，吕氏危汉；岂唯政事难假，亦名号宜慎矣。

9.《养气》：夫三皇辞质，心绝于道华；帝世始文，言贵于敷奏。

10.《时序》：降及灵帝，时好辞制，造皇羲之书，开鸿都之赋，而乐松之徒，招集浅陋，故杨赐号为欢兜，蔡邕比之俳优，其余风遗文，盖蔑如也。

上述例证表明：伏羲出现的次数虽然不多——这是因为他所在的时代太过久远，历史蒙昧——但得到的评价是很高的。伏羲是《文心雕龙》乃至后代帝王眼中最远古的帝王，伏羲画卦是文明的起点，代表着原始、古老、质朴的文学原创时代、启蒙时代的开始，具有源头性质。

第三节　伏羲画卦：人文之源与审美滥觞

《文心雕龙》把伏羲的地位放得最高，认为他是人文始祖。《原道》篇说：

人文之元，肇自太极，幽赞神明，易象惟先。庖牺画其始，仲尼翼其终。而干坤两位，独制文言。言之文也，天地之心哉！若乃河图孕乎八卦，洛书韫乎九畴，玉版金镂之实，丹文绿牒之华，谁其尸之？亦神理而已。①

人类文章的开端，起源于天地未分之前的一团元气，深刻地说明这个神理的，要算《易经》的卦象最早。那时伏羲画了八卦的图像，孔子最后加上辅助性的解说《十翼》。而其中的《干》《坤》两卦，孔子特地用《文言》加以解释。可见语言要很有文采，才算是顺乎天地自然的心灵吧！至于传说中黄河里有龙献图，伏羲氏效法《河图》画出了八卦，洛水里有龟献书，夏禹根据《洛书》酝酿出包含九类治国的大法，还有玉石书版的金字内容，绿色简牒上丹红文字的文采，这些又是谁在主宰着呢？是神妙的启示罢了。

---

① 杨明照：《增订文心雕龙校注》，北京：中华书局 2012 年版，第 1 页。

伏羲从河图中参悟出八卦，大禹从洛书中启发出九畴，《尚书·洪范》记载了大禹治国的若干政治措施。于是，伏羲通过仰观俯察，以其杰出的智慧，勘破大自然的"神理"，为中华民族创立了八卦图像，所以刘勰赞美说："人文之元，肇自太极，幽赞神明，易象惟先。"这是由"庖牺画其始"的伟大壮举！《原道》篇赞语也说："龙图献体，龟书呈貌。"自此，人类有了文学发展的原始起点和创作起点，在从图像化时代逐步迈入文字化时代之后，人类文学经过数千年的发展，才有了今天的状态。伏羲是整个中国文化的始祖，是中国文学的始祖。

尽管伏羲创作的不是今天审美意义上的文学作品，但是，天地自然存在了亿万年，却没有人能像他那样独创"文明"：

> 夫玄黄色杂，方圆体分，日月叠璧，以垂丽天之象；山川焕绮，以铺理地之形：此盖道之文也。仰观吐曜，俯察含章，高卑定位，故两仪既生矣。惟人参之，性灵所钟，是谓三才。为五行之秀，实天地之心。心生而言立，言立而文明，自然之道也。①

《易·说卦》曰："昔者圣人之作《易》也，将以顺性命之理。是以立天之道，曰阴与阳；立地之道，曰柔与刚；立人之道，曰仁与义。兼三才而两之，故易六画而成卦。"② 以上是说有阴阳然后有天地，有天地然后有万物，有万物然后有人类，《周易·系辞上》曰："易有太极，是生两仪，两仪生四象，四象生八卦，八卦定吉凶，吉凶生大业。"③ 八卦是古代汉民族的基本哲学概念，是古代的阴阳学说，所谓八卦就是八个卦相，八卦是由太昊伏羲氏画出的，八卦其实是最早的文字符号。它在中华民族文化中与阴阳、五行一样是被用来推演世界空间时间各类事物关系的工具。而在天地万物之中，唯人类乃"性灵所钟"，所以与天地并列为三才。④ "性

---

① 杨明照：《增订文心雕龙校注》，北京：中华书局 2012 年版，第 1 页。
② （魏）王弼等注，（唐）孔颖达等正义：《周易正义》，上海：上海古籍出版社 1992 年版，第 93—94 页。
③ （魏）王弼等注，（唐）孔颖达等正义：《周易正义》，上海：上海古籍出版社 1992 年版，第 82 页。
④ 《后汉书·张衡传》注："三才，天地人。"白居易《与元九书》："夫文，尚矣，三才各有文。天之文，三光首之；地之文，五材首之；人之文，《六经》首之。"

灵"，指人的智慧，伏羲在这里就是古代先民"性灵"的代表。

刘勰指出："丽天之象"的日月星辰，是天之文；"理地之形"的山川河流，是地之文；天地之文，被称为"道之文也"；加上玄黄各色、动物植物与天籁声响，自然界的形文、声文早就已经具备了。这个时候，需要出来一个杰出人物，在天地两仪之间，形成天、地、人三才的生存方式，以人类独有的性灵，通过"仰观吐曜，俯察含章"的途径，走向"心生而言立，言立而文明"的人文创造之源——伏羲，做到了。

而且，《文心雕龙》论述伏羲仰观俯察，创立八卦的过程，与"物—意—文"的写作行为理论①符合：

物—意—文

自然万物—仰观俯察—人文之元

《文心雕龙》论述文学起源的哲学立意，是迄今为止中外文论中站得最高的一种说法。刘勰怀着深厚的敬意，以充满宇宙意识的世界观，寥寥几笔，将原始先民仰观俯察、取法自然、制作图像的万年生活史、进化史勾勒出来，阐明天地之间，人最伟大的道理。有了人，文学自然而然就产生了，就像日月有光彩、动植物有美纹、大自然有声响那么自然。并准确地找到伏羲这个支撑点，又突出了杰出人物对人类进化与文明创造的不可替代的作用。将普适性规律与偶然性规律结合起来，成为理论能服人、实践能操作的文学起源论。

接着，《原道》篇又从文学发展的历史角度出发，来谈伏羲对中国文学发展的巨大贡献：

> 自鸟迹代绳，文字始炳。炎皞遗事，纪在《三坟》，而年世渺邈，声采靡追。……爰自风姓，暨于孔氏，玄圣创典，素王述训，莫不原道心以敷章，研神理而设教，取象乎河洛，问数乎蓍龟，观天文以极

---

① 在当代写作学界，写作行为论又称为写作过程论，是争论最大、研究成果最多的写作理论之一。在古代写作理论中，归纳出"物—意—文"这一过程原理的最早文献是陆机《文赋》。《文心雕龙》在《镕裁》篇明确提出的"三准"说，是高于陆机写作过程理论的深刻表述。

変，察人文以成化；然后能经纬区宇，弥纶彝宪，发辉事业，彪炳辞义。故知道沿圣以垂文，圣因文而明道，旁通而无滞，日用而不匮。《易》曰：鼓天下之动者存乎辞。辞之所以能鼓天下者，乃道之文也。①

风姓，指伏羲，伏羲为风姓。玄，远；玄圣，远古的圣人，指伏羲。本段指出：自从仓颉创造出文字，代替了结绳记事，文字的作用开始彰显。炎帝神农氏和太皞伏羲氏的事迹，记载在《三坟》这部古书上，可是年代太久远了，事迹渺茫，文章文采也已无从追寻。……从伏羲到孔子，前者开创，后者发挥，没有不根据自然之道的精神来进行创作的，也没有不钻研精深的道理来设置教化从事教育的。他们效法《河图》《洛书》，用蓍草和龟壳来占卜问谒事物未来的变化，观察天文以穷究各种变化，学习过去的典籍来完成教化；然后才能治理天下，制定出恒久的根本大法，发扬光大圣人的事业，使文辞义理发挥最大的作用。由此得知，自然之道是依靠圣人而表现于文章著作，圣人也通过文章著作才得以阐明自然之道，到处都行得通而无所阻碍，天天运用也不会觉得匮乏。《周易·系辞上》里说："能够鼓动天下的东西，主要在于文辞。"文辞之所以能够鼓动天下，就是因为它是符合自然之道的。

伏羲在《原道》篇中最大的贡献有二：一是作为文学起源的始祖；二是作为文学审美的始祖，而这两方面的贡献，都是通过《易》来进行的。

第一是文学之源。通观《文心雕龙》全书，以超越世俗的远大世界观和宇宙意识，将天地、自然、万物视作"郁然有采"的形文与声文，将人类的写作视为模仿自然而得来的情文。而刘勰论述写作的人文起点，是上古神话传说中的始祖伏羲。于是，伏羲成为人类历史上第一个通过仰观俯察的方式，创立人文（八卦）的始祖。其后的皇帝、尧舜、大禹、伯益、后稷、文王、周公、孔子，顺次而出，各自为人文的发展立下了不朽功勋。上述人物有一个共同的特点：他们都不是今天文学、审美意义上的作家，而是建立了不朽功勋的帝王、政治家和最杰出的思想家，刘勰以这样的标

---

① 杨明照：《增订文心雕龙校注》，北京：中华书局 2012 年版，第1—2页。

准来选择进入《原道》篇的卓越人文创造者，即便孔子，也被称为"素王"。所有帝王、政治家、思想家进行人文创造的起点和依据，都是同一个东西——《易》。传说伏羲始画八卦，文王推演之，孔子定其书——这样看来，《文心雕龙》主张一切的人文均源始于《易》；伏羲以其开天辟地的伟大创举，成为中华民族的人文始祖；孔子以其删述六经的伟大创作，成为人文领域的真正素王。

第二是征圣之始。《文心雕龙》的"征圣"对象是历代圣人，始于伏羲，终于孔子，具体分析见本书《绪论》部分。

第三是宗经核心。《文心雕龙》主张原道、征圣、宗经的文学发展模式，宗经的核心，是尊崇儒家经典；儒家经典之首，是伏羲创立、文王演变、孔子确定的《易》。《易》推演出万事万物，所以五经之核心在《易》。

第四，《文心雕龙》全书的组织体系也随之建立起来。《序志》说："位理定名，彰乎大衍之数，其为文用，四十九篇而已。"其说渊源于《周易·系辞上》："大衍之数五十，其用四十有九。"《文心雕龙》之所以是五十篇，《序志》之外，之所以还专列四十九篇来研讨各类写作问题，是向《易》取法得来的结果。这就从根本上否定了《文心雕龙》主导思想的佛学主导说、道家主导说、三教合一说等意见，《文心雕龙》的主导思想只能是儒家思想。其依据是：《文心雕龙》以伏羲为人文始祖，以《易》为原道之始，以儒家圣人为主体作家群，以儒家经典为各类文体之源，并归宗于孔子。儒家思想是中国文化之根，《文心雕龙》宗经征圣，以汉代儒家地位高度上升和儒家著作称经为立论起始点，必然以儒家思想为根本。

第五，全书的审美理论范畴和理论体系建立起来。在专论风格的《体性》篇中，刘勰提出了"刚柔"与"八体"两大类风格类型理论，其中的"刚柔"说源自《易》之气有刚柔，"八体"说源自《易》之八卦原理，二者合起来，成为刘勰论述的情性风格论。对此，詹锳、马白、王小盾等前辈学者已有论述，戚良德先生也有专文提及；笔者硕士学位论文也专论于此，此处不再赘述。在《定势》这一专论文体风格的专篇中，刘勰多次提出"自然之趣""自然之势"，为文源于道寻找卖方市场。

第六，在全书具体的创作技法论中，也时时以《易》之观念或原理为依据，证明这是文学技法的基础。比如声律、章句、丽辞、夸饰、隐秀等专门的技法论专篇之中，就一再提到"自然成对""夸饰恒存""自然会妙"等论点，其理论渊源，均上溯到天地自然。在比兴、物色等以写景、抒情为主的专论之中，将《原道》篇自然之道的观念直接转移到写作对象与技法选取上。而在《情采》篇中，则直接将形文、声文、情文总结出来，作为《原道》之补充论述。

第七，在全书的写作思维方法论上，刘勰以"折中"为主要技法，在整体上公平地评价历代文学、理论经典的基础上，又能在正面褒赞和反面批评上形成创造性的新见，从而写成本书。而折中的思维方法，正是《易》一以贯之的阴阳、刚柔对立统一的核心思维方法。

第八，鲜明的史论意识和继承发展的通变观念。《序志》篇说：论文叙笔部分，每一篇的写作之始，均是"原始以表末"，即从文体发展源头到当代的现状，进行分体文学史的历史梳理，这一观念即渊源于《易》之"原始要终"的观念。在几十种文体发展历史的梳理基础上，《文心雕龙》列出《时序》篇专论文学发展史，将文学发展的背景因素、名家名作、时代风气纳入其中；而《通变》篇以历史继承和时代新变为基本立论观点，简述历代文学发展的独特时风与承前启后的共性规律，其理论基础，即为《易》"变则通，通则久"的会通观念。

综上，伏羲最伟大的成就是创立了八卦，开启了整个中华民族的文明历史。《易》不仅是中华民族共有的奇书、人文之始，还是刘勰创作《文心雕龙》的基本理论渊源，更是我们开启《文心雕龙》阅读与研究法门的精彩蓝图。

在这样伟大的背景下，伏羲的籍贯，还有什么值得再去争论的意义呢？他是伟大的先圣！这就够了。

第四节　《易》与《文心雕龙》的文学理论建构

而随着伏羲窥破天象，开创八卦，开启人文起源和审美滥觞以后，《文心雕龙》论述伏羲的文句和篇章并不多，这些论述可以分为间接论述和直接论述两大类。

间接论述的内容主要有两种情况：一是直接提出三皇的说法。比如《养气》篇所作"三皇辞质，心绝于道华"的论述，其中的"三皇"，即明确了上古伏羲时代文学质朴、不求华美的基本时代特点。二是提出与三皇时代同义的其他代称，比如皇世。在《宗经》篇中，曾有间接谈到伏羲与早期文学作品的话："皇世《三坟》，帝代《五典》，重以《八索》，申以《九丘》。"《明诗》篇赞语说到诗歌的早期发展是"兴发皇世，风流《二南》。"《乐府》篇论述上古音乐文学的起源有"葛天八阕，爰及皇时。"这其中的皇世，指传说中的三皇时代，包含伏羲在内。《史传》篇有"《本纪》以述皇王"之说，但应该不是指伏羲三皇时代，因为《史记》从《五帝本纪》开始写起，并未论述到上古三皇时代；《诏策》篇赞语"皇王施令，寅严宗诰"同此；《诸子》篇中曾提出"风后"之说，伏羲虽风姓，但此处是指传说中黄帝臣子之一的风后，非关伏羲也。

直接论述伏羲的话主要集中于《原道》篇，其后仅在《正纬》《史传》《时序》中有三处论述。首先见于《正纬》篇论述纬书特点之时：

> 若乃羲农轩皞之源，山渎钟律之要，白鱼赤乌之符，黄金紫玉之瑞，事丰奇伟，辞富膏腴，无益经典，而有助文章。[1]

羲农轩皞，是指伏羲、神农、黄帝、少昊四位上古传说中的杰出部落首领，他们始自伏羲，具有时间上的前后关系。刘勰以为，纬书中关于伏羲、神农、黄帝、少昊等人的传说，"事丰奇伟，辞富膏腴"，内容奇特，文辞华美，对正统经典无益，但对其他文章的写作是有帮助的。"是以后来辞人，采摭英华"，古往今来的作者，有许多都从纬书中吸取写作营养。这就表明：纬书具有其存在的独特价值，只要能辩证看待、合理运用，就是有益处的。

其后见于《史传》篇中对伏羲的论述，体现出了刘勰男尊女卑的保守立场：

> 孝惠委机，吕后摄政，班、史立纪，违经失实，何则？庖牺以来，

① 杨明照：《增订文心雕龙校注》，北京：中华书局 2012 年版，第 41 页。

未闻女帝者也。汉运所值，难为后法。牝鸡无晨，武王首誓；妇无与国，齐桓著盟；宣后乱秦，吕氏危汉：岂唯政事难假，亦名号宜慎矣。①

刘勰以为：司马迁的《史记》和班固的《汉书》，都把"吕后摄政"一事公然写入"本纪"之中，这是"违经失实"的严重错误，必须要特别提出来进行批评。刘勰的第一论据是"庖牺以来，未闻女帝者也。"这句话大约包含三层意思：第一，伏羲之时，根据传说，本有女娲，当时人间遭难，他们是兄妹成婚，后代子孙传为中华儿女，据此可以反推：刘勰是不承认女娲是女性的。那么，只能解释女娲是当时的一个部落或部落联盟，伏羲部落和女娲部落之间，曾经相互通婚。然而，传说伏羲之母华胥，即为父系氏族社会之前、旧石器时代的母系氏族首领，这不是"女帝"是什么？只不过历史发展的车轮不能逆回，自伏羲时代开始，除了武则天，历史上确实是"未闻女帝者也"。第二，刘勰站在男权至上的立场，既不承认女性可以称帝，也完全不能接受汉初吕太后代为执政的事实。第三，刘勰坚定维护儒家经典的地位，因为经典上从未出现过女性称帝之事实，"牝鸡无晨"，只有雄鸡才会打鸣，即使史书上有关于杰出女性政治家的记载，也是"宣后乱秦，吕氏危汉"，秦宣太后与汉吕太后执政，是乱，是危，不是好事。在坚持"妇无与国""名号宜慎"的思想立场基础上，《文心雕龙》的史学意识是牢固的儒家立场，维护了正统统治者的政治利益，否定优秀女性政治家的杰出贡献。

然后是在《时序》篇论述汉代文学发展到汉灵帝时的情况：

降及灵帝，时好辞制，造皇羲之书，开鸿都之赋，而乐松之徒，招集浅陋，故杨赐号为欢兜，蔡邕比之俳优，其余风遗文，盖蔑如也。②

刘勰谈到的汉灵帝刘宏"造皇羲之书"一事，是指汉灵帝曾作《皇羲篇》五十篇，其中的皇羲，即指伏羲。原来汉灵帝不仅雅好经典，诏令刻制了历史上第一部石经《熹平石经》，还喜好辞赋，作有《皇羲篇》《追德赋》《令仪颂》《招商歌》等。我们知道，辞赋"多用奇字"，不是普通作

---

① 杨明照：《增订文心雕龙校注》，北京：中华书局 2012 年版，第 206 页。

② 杨明照：《增订文心雕龙校注》，第 540 页。

家能做好的事情，写作辞赋的前提之一，是要有坚实的文字学功夫，特别是古代篆书的修养。比如蜀地名家司马相如、扬雄等，莫不是当时最杰出的文字学名家，并编写有专门的文字学著作，所以他们的辞赋才会写得那么好！汉灵帝于是效仿前人，"好文学，自造《皇羲篇》五十章"，召纳许多"能为文赋"与擅长"尺牍及工书鸟篆者"，并待制鸿都门下，"无行趋势之徒"（一些品行不端、趋炎附势的家伙），"帝甚悦之，待以不次之位"。刘宏的本意，是在带动一种风气，欲为他统治之时的辞赋创作和文学发展贡献力量，这显然是在向汉武帝、汉宣帝等杰出帝王学习，他不仅亲自参与编订著作，还大开鸿都门学，① 西汉雄强宏大的气象，激励着身处衰微之世的汉灵帝的文学细胞。可笑的是，他找来的文学家们尽是些不端之徒、跳梁小丑，灵帝一朝的文学，最终成了笑料。其根本原因，在于刘宏在位期间，大部分时间施行党锢及宦官政治，又设置西园，巧立名目搜刮钱财，甚至公开标价卖官鬻爵，以用于自己享乐，而且自驾驴车游荡，口称大臣为"狗官"，在位晚期爆发了黄巾起义，而凉州等地也陷入持续动乱之中。所以，文学岂能昌盛？伏羲在汉灵帝那里的作用，就是装点门面，而且是被丑化了的象征性符号。

但是，《文心雕龙》虽然以伏羲之名展开论述的内容不多，但运用自然之道、神理阐幽、神道难摹之说，从写作方法论角度，将伏羲仰观俯察的方法推演、拓展开来，全书对此进行了多角度、多侧面、多层次的论述。

比如运用"自然"一词，在《原道》中直接提出了"自然之道"，同篇认为动物、植物皆有本质文采，"夫岂外饰，盖自然耳。"《丽辞》论述骈偶技法，刘勰认为，这是天地自然"造化赋形，支体必双"的结果，是

---

① 光和元年（178 年），汉灵帝设置鸿都门学，并将孔子及其七十二弟子的画像悬挂其中。在这所学校里，并不是研究儒家经典，实际上是探讨辞赋、书法这类灵帝感兴趣的学科。灵帝重用出自鸿都门学的学生，他们出任刺史、尚书、侍中，甚至还有的封侯。太学的儒生往往鄙视这些人，拒绝与其为伍。鸿都门学一时非常兴盛，学生多达千人，但延续时间不长。一因士族猛烈地攻击；二因黄巾起义，鸿都门学随着汉王朝的衰亡而结束。鸿都门学有其积极意义；不仅是中国最早的专科大学，而且是世界上创立最早的文艺专科大学。在独尊儒术的汉代，改变以儒家经学为唯一教育内容的旧观念，提倡对文学艺术的研究，是对教育的一大贡献。它招收平民子弟入学，突破贵族、地主阶级对学校的垄断，使平民得到施展才能的机会，也是有进步意义的。鸿都门学的出现，为后来特别是唐代的科举和设立各种专科学校开辟了道路。

"自然成对"的必然选择。其后，刘勰将大自然之本义，拓展到写作行为、写作能力、写作要求的自然、自由状态。《明诗》指出："人禀七情，应物斯感，感物吟志，莫非自然。"诗歌是人们感情自然而然的流露。《诔碑》论述东汉晚期蔡邕碑制高妙"察其为才，自然而至矣"。《体性》论述汉魏十二文章名家，指出他们各自风格不同的原因，是"自然之恒资，才气之大略"，中国古代文学理论中的情性风格论由此得到最高程度的表述。《定势》篇论述文体风格，各体文章各有体势，乃"自然之趣也"，效法经书典雅之风与模仿楚骚艳丽之美，必然会形成差异明显的风格特点，是为"自然之势也"，是必然不同的结果。《隐秀》以为，文章中杰出的特色警句，是应该有的，是必然与众不同而且文采华美的："故自然会妙，譬卉木之耀英华；润色取美，譬缯帛之染朱绿。"

而"神理""神道"之说，则带有神秘色彩，使《文心雕龙》对自然之道的描写，增添了神妙之美。

我们先看全书对于"神理"的运用。首先用来阐释人文之起源与发展：《原道》指出："爰自风姓，暨于孔氏，玄圣创典，素王述训，莫不原道心以敷章，研神理而设教，取象乎河洛，问数乎蓍龟，观天文以极变，察人文以成化。"[1] 从伏羲到孔子，都根据自然之道来写作文章，根据神妙的道理来进行教化。《周易·系辞上》："河出图，洛出书，圣人则之。"《汉书·志·五行志》曰："刘歆以为虙羲氏继天而王，受河图，则而画之，八卦是也；禹治洪水，赐雒书，法而陈之，《洪范》是也。"[2] 又曰："初一曰五行，次二曰羞用五事，次三曰农用八政，次四曰协用五纪，次五曰建用皇极，次六曰艾用三德，次七曰明用稽疑，次八曰念用庶征，次九曰向用五福，畏用六极。凡此六十五字，皆雒书本文，所谓天乃锡禹大法九章常事所次者也。以为河图、雒书相为经纬，八卦、九章相为表里。昔殷道弛，文王演周易；周道敝，孔子述春秋。则干坤之阴阳，效洪范之咎征，天人之道粲然著矣。"[3] 刘勰"取象乎河洛，问数乎蓍龟"之论，正同此说，要

---

① 杨明照：《增订文心雕龙校注》，北京：中华书局 2012 年版，第 2 页。
② （汉）班固：《汉书》（影印本），第 1315 页。
③ （汉）班固：《汉书》（影印本），第 1316 页。

达到的目的，乃是"效洪范之咎征，天人之道粲然著矣"的原道与政治效果。仔细推测，则班固所记刘歆之意，与汉代谶纬神学相近，因为他不可能知道大禹洛书本来的文字是什么，这是一种神秘主义色彩很浓的传说。回归论题，本则中之"神理"之谓，实则"道心"的另一说法，指的都是自然之道。

对于自然之道的"神理"，《文心雕龙》书中还有多处论述，比如《原道》篇赞语曰："道心惟微，神理设教。"其文其意，皆与"原道心以敷章，研神理而设教"句相同。向下发展，具有这一含义的论述还有《明诗》篇赞语"神理共契，政序相参"。意指诗歌应该和自然之道一致，并和政治秩序相结合。这与《原道》篇的论述意见完全一致，将普适性的文章写作规律，具体化到了诗歌体裁的发展与写作要求之中，是从抽象到具体的论述。在《情采》篇中，刘勰指出：

> 立文之道，其理有三：一曰形文，五色是也；二曰声文，五音是也；三曰情文，五性是也。五色杂而成黼黻，五音比而成《韶》《夏》，五性发而为辞章：神理之数也。①

以上由五色构成的"形文"、由五音构成的"声文"、由五性构成的"情文"，是自然界与人类社会的三大类基本文体，其中，"五色杂而成黼黻"，具有华丽的形态美；"五音比而成《韶》《夏》"，具有雅正的声律美；"五性发而为辞章"，具有天然的文采美——上述三类文体与特点，都是"神理之数"，即自然之道的产物，这与《原道》篇的论述多么相似！而且，是对《原道》篇整体论述的具体化，在写作活动发生、审美的基础上，进行分类阐释，继续主张文出自然的起源和天然华美的属性。

向下发展，《文心雕龙》将这一属性具体化到创作技法论部分，骈偶的修辞技法就最具有这种天然属性，《丽辞》曰："造化赋形，支体必双；神理为用，事不孤立。夫心生文辞，运裁百虑；高下相须，自然成对。"大自然创造自然万物，必定遵循成双成对的基本规律，那么，源自自然之道的文辞运裁，一定具有对偶成双的语言表达特点，一定是"自然成对"的。

---

① 杨明照：《增订文心雕龙校注》，北京：中华书局 2012 年版，第 415 页。

这就将六朝盛行的骈文之源起，直接越过文学发展史，上推到自然之道的哲学高度，为骈文与骈偶修辞技法找到了最高、最具有说服力的哲学依据，直接体现了刘勰对骈体文章的重视程度，也是《文心雕龙》一书主要运用骈体技法写成的理论依据。

回到枢纽论中来，在确立了《宗经》的正统地位之后，《正纬》篇开始反面批判与经典同源的纬书，指出纬书有四个方面的"伪作"原因："按经验纬，其伪有四：……经显，圣训也；纬隐，神教也。圣训宜广，神教宜约。而今纬多于经，神理更繁，其伪二矣。"① 在刘勰看来，经典是圣训，而纬书是神教。经典显赫，圣训宜广，纬书该隐，神教宜约，总之，纬书本是经典的附庸，怎么可能"纬多于经"？怎么可能"神理更繁"？那不是本末倒置了吗？于是，在数量上多于经典，也成了纬书"伪"之证据。从这里我们可以看到，刘勰主张纬书也是从神理中演化而来的，这与河图洛书的起源一致；但在说不通道理的时候，他就会强行压制经典之外的其他著作，必须体现出"文出五经"的根本性要求，这是片面的，甚至是错误的。

此外，全书多次运用"神道"一词，作为"神理"的同义词汇，代指神妙的自然之道。《正纬》篇论述伏羲根据河图创制八卦、大禹根据洛书创制《洪范》的传说时说："夫神道阐幽，天命微显，马龙出而大易兴，神龟见而洪范耀，故系辞称河出图，洛出书，圣人则之，斯之谓也。"这两个传说记载在上古经典《易》之中。《易》为五经之首，刘勰的意思是说：河图洛书的传说是真实的，因为经典中有记载！然而，因为时代久远，真伪莫辨，在经典之外，还有其他书籍记载了这些传说中的圣人之事——经典记载为真，纬书记载是假。这就从文学起源的角度将真假尊卑区分开来，纬书是先天不足的，即便能够"配经"，也不过是作为补充，只能是经典的附庸。实际上，刘勰这里也是在强词夺理，河图洛书乃千年万年以前之事，本就神秘莫测，何来真假之分？只是因为《易》有记载而已！而传说中的《易》，源于伏羲，历经文王，成于孔子，这些是不可否认的圣人，他们创制的名作，岂能有假？

---

① 杨明照：《增订文心雕龙校注》，北京：中华书局 2012 年版，第 40—41 页。

向下发展，《文心雕龙》在剖情析采的写作技法论部分，讨论到许多刘勰时代广为运用的方法，比如声律、骈偶等技法，夸张技法是从古至今任何文学作品都广泛使用的，《夸饰》篇开篇即说："夫形而上者谓之道，形而下者谓之器。神道难摹，精言不能追其极；形器易写，壮辞可得喻其真；才非短长，理自难易耳。故自天地以降，豫入声貌，文辞所被，夸饰恒存。"① 刘勰直接将夸饰技法的起源拔高到"天地以降，夸饰恒存"的时代，这远比伏羲仰观俯察而创制八卦的时代要久远得多，竟至于无穷，夸饰技法的合法性胜过一切写作技法的合法性，这是天地自然的本质属性，有天地，有神道，就有夸饰！

其后，《文心雕龙》还广泛使用"神明""机神"等术语，作为"神理""神道"之同义或近义词汇，来论述各类写作现象。比如《原道》篇论述人文原始之《易》："人文之元，肇自太极，幽赞神明，易象惟先。庖牺画其始，仲尼翼其终，而干坤两位，独制文言。言之文也，天地之心哉！"② 其中太极、神明之说，含义相同，均指自然之道，《易》是伏羲始创、孔子成书的，是对天地自然长久观摩而创作的第一部人文经典，其地位无与伦比。其后，在《祝盟》《声律》《附会》等篇章中还多次出现神理之论，在《征圣》《论说》等篇章中多次出现机神之说，其大体运用，不离自然之道或由此衍生的近似含义。文多不赘。

至于专论写作思维的《神思》篇，称思维为"神思"，将难以捉摸和具体描述的思维问题神秘化、神妙化，这是《文心雕龙》的自然之道—神道—机神—神思这一话语建构体系中独拔而出的特殊贡献，其论说根源，还是在于神秘而基础的《原道》篇中。

① 杨明照：《增订文心雕龙校注》，北京：中华书局 2012 年版，第 415 页。
② 杨明照：《增订文心雕龙校注》，北京：中华书局 2012 年版，第 1 页。

第三章

五帝世系相关人物

第一节　五帝世系与巴蜀

　　根据《史记》《大戴礼记》《帝王世纪》《竹书纪年》等古籍文献的记载，上古五帝与巴蜀地区有着紧密的关系：他们或联姻于此，如黄帝；或诞生于此，如颛顼帝；或传承于此，如黄帝子玄嚣、昌意；或派遣子孙返居于此，如帝喾；或祖源为蜀人，如帝尧、帝舜等。因此，从巴蜀文化区入手来看五帝世系的发展与传承，再来讨论五帝世系对《文心雕龙》成书的影响，是有意义的。尽管五帝世系杰出首领的千年传承，及至大禹、夏启等人，他们建功立业、名垂青史的主要地域是中原文化区，但本章讨论他们的传承脉络，不仅不会冲淡中原文化区的主导地位，反而会更增加中原文化区的分量，因为黄帝世系源出关陇文化区，联姻巴蜀文化区，主导中原文化区，这更符合上古时期中华民族多民族融合、团结、发展的真实面貌。①

　　五帝世系与巴蜀文化区的关系极为密切，以《史记·五帝本纪》的记载为例：

---

① 有学者将五帝世系、大禹、夏启等全部考证为中原文化区（主要是今黄河流域的河南省）以嵩山、郑州为核心地域的人物，他们将江水、若水、蜀山氏、西陵氏均考证为属于该地域的水系与部族，表面上为该地域争得了中华民族的全部伟人，争得了中华民族的发源地，然而，实际上缩小了中华民族的源起、发展、融合、形成的广袤地域，这应该是全国性的。河南、黄河流域，只是中华民族多民族共生、发展的核心区域之一。

> 黄帝者，少典之子，姓公孙，名曰轩辕。……黄帝居轩辕之丘，而娶于西陵之女，是为嫘祖。嫘祖为黄帝正妃，生二子，其后皆有天下：其一曰玄嚣，是为青阳，青阳降居江水；其二曰昌意，降居若水。昌意娶蜀山氏女，曰昌仆，生高阳，高阳有圣德焉。黄帝崩，葬桥山。其孙昌意之子高阳立，是为帝颛顼也。帝颛顼高阳者，黄帝之孙而昌意之子也。静渊以有谋，疏通而知事；养材以任地，载时以象天，依鬼神以制义，治气以教化，诚以祭祀。北至于幽陵，南至于交趾，西至于流沙，东至于蟠木。动静之物，大小之神，日月所照，莫不砥属。帝颛顼生子曰穷蝉。颛顼崩，而玄嚣之孙高辛立，是为帝喾。帝喾高辛者，黄帝之曾孙也。高辛父曰乔极，乔极父曰玄嚣，玄嚣父曰黄帝。自玄嚣与乔极皆不得在位，至高辛即帝位。高辛于颛顼为族子。……帝喾娶陈锋氏女，生放勋。娶娵訾氏女，生挚。帝喾崩，而挚代立。帝挚立，不善，而弟放勋立，是为帝尧。帝尧者，放勋。其仁如天，其知如神。就之如日，望之如云。富而不骄，贵而不舒。……虞舜者，名曰重华。重华父曰瞽叟，瞽叟父曰桥牛，桥牛父曰句望，句望父曰敬康，敬康父曰穷蝉，穷蝉父曰帝颛顼，颛顼父曰昌意：以至舜七世矣。自从穷蝉以至帝舜，皆微为庶人。[1]

据此可知：

黄帝，传说为少典之子，今陕西宝鸡人，战胜炎帝、蚩尤部落之后，成为中原各部落联盟共主，居于轩辕之丘，去世后归葬于今陕西黄陵县桥山。黄帝是五帝之首、关陇文化区的杰出代表。

黄帝正妃嫘祖为西陵氏女，今四川省绵阳市盐亭县人。西陵氏为古蜀部落之一。

玄嚣，为黄帝与嫘祖联姻之长子，降居江水，号青阳氏，也称少昊，金天氏。

---

[1] （汉）司马迁：《史记》（影印本），北京：中华书局1997年版，第10—14页。按：司马迁写作《五帝本纪》主要取材于《世本》《大戴礼记·五帝德》和《尚书》。五帝的传说，几千年来深深扎根于中华民族人民的心里，被当作贤君圣主的楷模历代传颂。"炎黄子孙"早已成为凝聚中华民族人民的亲切称呼。本书对《史记》的征引，自此以下，不再注明出版社，特作说明。

昌意，为黄帝与嫘祖联姻之次子，降居若水。

颛顼，为昌意与蜀山氏女昌仆之子，号高阳氏。颛顼帝为蜀人，后接替黄帝帝位①。

帝喾，为玄嚣之孙，颛顼帝族子，接替颛顼帝帝位。

帝挚，帝喾与娵訾氏女之子，接替帝喾帝位。

帝尧，名放勋，为帝喾与陈锋氏女之子，后接替兄长帝挚帝位。

帝舜，为颛顼帝六世孙。

以上人物是黄帝世系中最杰出的代表，其中的上古七位帝王（按：需加上少昊金天氏与帝挚）中，黄帝为始祖，颛顼帝为蜀人，少昊有一半蜀人血统，帝喾、帝挚、帝尧、帝舜等，均或多或少具有蜀人血统。《通典》记载"古梁州"时说："蜀之先帝喾封其支庶于蜀，其后称王。"② 故知帝喾虽非蜀地出生，但仍然分封子孙后代于蜀地，将蜀地作为可靠的政治力量掌控起来。

因此，笔者以为，五帝世系与巴蜀文化区具有密切的关联，这种关联不仅是血缘关系上的，还有政治关系上的。在《五帝本纪》的结尾，司马迁总结说："自黄帝至舜、禹，皆同姓而异其国号，以章明德。故黄帝为有熊，帝颛顼为高阳，帝喾为高辛，帝尧为陶唐，帝舜为有虞。帝禹为夏后而别氏，姓姒氏。契为商，姓子氏。弃为周，姓姬氏。"③ 自黄帝至夏商周三代，所有杰出的部落首领，全部被纳入黄帝世系之中。《古本竹书纪年》曰："黄帝至禹，为世三十。"世，父子相继为一世，黄帝传位到大禹的时候，已经过了三十世了，表明黄帝世系延续的时间久远，而帝位更迭频繁。这是符合历史事实的，继续往下，夏商周三代，又有1800余年的历史，其中的夏部落首领大禹为西羌北川人，周部落首领弃为岐山周原人，那么，五帝、三代时期，与巴蜀有直接或间接的关联，是可以成立的说法。

有研究指出：远古时代各部落中特别杰出的首领往往以宗神的化身出现，而且往往袭用其名，所以华夏族的部落联盟中，曾有过杰出的首领黄

---

① 《古本竹书纪年》曰："黄帝死七年，其臣左彻乃立颛顼。"《帝王世纪》等记载，颛顼是从大伯父玄嚣手上接替的帝位，时年二十岁。

② （唐）杜佑撰，王文锦等点校：《通典》，北京：中华书局1988年版，第4574—4575页。

③ （汉）司马迁：《史记》（影印本），第16页。

帝、鲧、禹等。同盟部落中有炎帝，后来由东方融合来的又有颛顼、帝喾、尧、舜、皋陶等。有关他们先神的神话和其本人的传说完全净化为历史后，便被司马迁采录入本篇。

《史记》之外，类似的记载多次出现在《竹书纪年》《帝王世纪》《路史》等文献之中，比如《世本·帝系》记载说："黄帝娶西陵氏之女，谓之嫘祖，产青阳及昌意。"《路史》卷十四曰："元妃西陵氏，曰儽祖（嫘祖），生昌意、玄嚣、龙苗。"① 这与《史记》的记载一致。有人批评司马迁记录不实，又以为《帝王世纪》晚出（晋代），而《路史》及其续篇更晚（宋代），于是认为关于五帝、三代的记载是假的。笔者以为：在司马迁时代，五帝时代早已远去两三千年以上，岂能苛求？如果说汉代史书与晋宋史书记载并非正统，或有可原，那么，成书于汉代的儒家经典文献《大戴礼记》，其记录五帝、三代之世系更为明确清晰，他们与巴蜀关系之密切，则远胜于《史记》等文献的记载。

在《大戴礼记·五帝德第六十二》中，有这样的记载：

> 宰我请问帝颛顼。……孔子曰："颛顼，黄帝之孙，昌意之子也，曰高阳。"
>
> 宰我曰："请问帝喾。"孔子曰："元嚣之孙，蟜极之子也，曰高辛。"
>
> 宰我曰："请问帝尧。"孔子曰："高辛之子也，曰放勋。"
>
> 宰我曰："请问帝舜。"孔子曰："蟜牛之孙，瞽叟之子也，曰重华。"
>
> 宰我曰："请问禹。"孔子曰："高阳之孙，鲧之子也，曰文命。"②

本篇记载了宰我向孔子请教关于五帝事迹的对话，赞扬了五帝德才兼备的事迹，详细论及黄帝、颛顼、帝喾与尧、舜、禹三王，并特别提到帝尧是帝喾高辛氏之子，大禹是高阳之孙，这就将尧、舜、禹全部纳入源出黄帝之世系中来了。传说黄帝降生在一条称作"姬"的河边，于是形成了

---

① （宋）罗泌撰，（清）永瑢、纪昀等编纂：《文渊阁四库全书·史部·路史》，第57页。
② （清）王聘珍撰，王文锦点校：《大戴礼记解诂》，北京：中华书局1983年版，第117—125页。

姬姓。黄帝有 25 个儿子，分别得到了 12 个姓，其中就有姬姓。后来的五帝少昊、颛顼、尧、舜、禹以及夏禹、商族的祖先、周族的祖先等，都是黄帝的后裔。周朝的贵族是黄帝的后代，所以周文王又叫作姬昌，周武王叫作姬发。西周初年大封诸侯，其中姬姓国就有 53 个。整体上看，其脉络与世系，完全是黄帝的子孙后代：

黄帝→颛顼→帝喾→尧→舜→禹→夏→商→周

而在《大戴礼记·帝系第六十三》中，不仅将有关上述杰出人物的传承世系完全明确下来，而且有着与之相关人物的更为详细的谱系传承记载：

少典产轩辕，是为黄帝。

黄帝产元嚣，元嚣产蟜极，蟜极产高辛，是为帝喾。

帝喾产放勋，是为帝尧。

黄帝产昌意，昌意产高阳，是为帝颛顼。

颛顼产穷蝉，穷蝉产敬康，敬康产句芒，句芒产蟜牛，蟜牛产瞽叟，瞽叟产重华，是为帝舜，及产象，敖。

颛顼产鲧，鲧产文命，是为禹。

黄帝居轩辕之邱，娶于西陵氏之子，谓之嫘祖，氏产青阳及昌意。青阳降居泜水，昌意降居若水。

昌意娶于蜀山氏，蜀山氏之子谓之昌濮，氏产颛顼。

颛顼娶于滕氏，滕氏奔之子谓之女禄，氏产老童。

老童娶于竭水氏，竭水氏之子谓之高绹，氏产重黎及吴回。

吴回氏产陆终。

陆终氏娶于鬼方氏，鬼方氏之妹谓之女隤，氏产六子；孕而不粥，三年，启其左胁，六人出焉。其一曰樊，是为昆吾；其二曰惠连，是为参胡；其三曰钱，是为彭祖；其四曰莱言，是为云郐人；其五曰安，是为曹姓；其六曰季连，是为芈姓。

季连产什祖氏，什祖氏产内熊，九世至于渠，娄鲧出。

自熊渠有子三人，其孟之名为无康，为句亶王；其中之名为红，为鄂王；其季之名为疵，为咸章王。

昆吾者，卫氏也；参胡者，韩氏也；彭祖者，彭氏也；邻人者，郑氏也；曹姓者，邾氏也；季连者，楚氏也。

帝喾卜其四妃之子，而皆有天下。上妃有邰氏之女也，曰姜原，氏产后稷；次妃有娀氏之女也，曰简狄，氏产契；次妃曰陈隆氏，产帝尧；次妃娵訾氏，产帝挚。

帝尧娶于散宜氏之子，谓之女皇氏。

帝舜娶于帝尧之子，谓之女匽氏。

鲧娶于有莘氏之子，谓之女志氏，产文命。

禹娶于涂山氏之子，谓之女憍氏，产启。①

以上众多人物中，只有"青阳降居泜水，昌意降居若水"与《史记》中青阳降居江水，昌意降居若水的记载不同。② 如果加上更早的神话传说人物华胥、伏羲与女娲，那么，上古三皇、五帝、三王至夏代，与巴蜀相关人物的完整谱系为：

华胥→伏羲、女娲→黄帝→颛顼→帝喾→帝挚→帝尧→帝舜→禹→启

由此可知，商周以前的中华文明史，多与古巴蜀地区直接或间接相关。

尽管《大戴礼记》所述的人物、事迹在时间上无法具体考证，人物身份有待确认，甚至某些说法不一定正确，③ 但该书与《尚书》等记录五帝世系的书籍一样，作为儒家经典著作存在，是中国古代最为正统的文献资料，也是司马迁《五帝本纪》的重要材料来源之一，是我们当代人可读之

① （清）王聘珍撰，王文锦点校：《大戴礼记解诂》，北京：中华书局1983年版，第126—130页。

② 泜水，即今泜河，在河北省南部，源出内丘西北，东流入滏阳河。但在同类古籍中，记载玄嚣的降居地为江水者居于绝对多数，比如皇甫谧《帝王世纪·第二》尽管记载玄嚣之母为女节，但玄嚣仍"降居江水，有圣德"。凡此等等，例证甚多，不赘。

③ 比如说："颛顼产穷蝉，穷蝉产敬康，敬康产句芒，句芒产蟜牛，蟜牛产瞽叟，瞽叟产重华，是为帝舜，及产象，敖。颛顼产鲧，鲧产文命，是为禹。"照此推论，颛顼帝第六代后才产舜，三代后即产禹，而实际上大禹在舜帝之后，这在时间上就站不住脚。又如彭祖、帝喾娶陈隆氏的记载等，与其他文献抵牾甚多。笔者以为，上古神话传说，不能像今天以科学态度仔细考证，大体上有这个事情，就可以了。

书、可资征引的古籍文献，当无异议。①

第二节　相关梳理与推论

根据第一节的文献记载，我们可以作出以下梳理与推论：

黄帝正妻嫘祖为蜀人，西陵氏女。黄帝和嫘祖的两个儿子玄嚣和昌意②，均"降居"③蜀地江水与若水；昌意娶蜀山女，生高阳氏颛顼帝，那么颛顼无疑是蜀人；继承颛顼帝位的是他的"族子"、玄嚣之孙高辛氏，是为帝喾。

史载黄帝有四妃，正妃为嫘祖，嫘祖为"西陵氏之女"，是今四川省绵阳市盐亭县人，是中国蚕文化的始祖④。《路史》卷十四说："（黄帝）命西陵氏劝蚕稼月，大火而浴种，夫人副袆而躬桑。乃献丝，遂称织维之功。因之广织，以给郊庙之服。"⑤嫘祖是一个亲民、低调、能吃苦的女子，亲自采桑养蚕、纺丝织布，以给郊庙之服。黄帝与嫘祖成婚，表明黄帝时代的巴蜀地区是非常发达的，作为黄帝及其子几代联姻争取的强大力量，是中华民族的发祥地之一，这在《史记》等文献中有明确记载，也为当代的

---

① 有一种说法是：司马迁《五帝本纪》与《大戴礼记·帝系》的资料来源，主要是先秦历史典籍《世本》，根据《世本》所之黄帝世系内容来看，这个说法是站得住脚的。其后，两汉学者如刘向、班固、王充、郑玄、赵岐诸人，亦对该书多所称引。

② 皇甫谧《帝王世纪·第一》的记载于此有异："黄帝四妃，生二十五子。元妃西陵氏女，曰嫘祖，生昌意；次妃方雷氏女，曰女节，生青阳。"青阳即玄嚣，这是关于青阳的第二种出生说法。

③ 关于降居，通行的理解有三种：一是贬谪迁居，郭沫若先生认为降居就是谪居。二是指天子之子出为诸侯。三是指神性的出生或受天命而生，由甄英军在《关于"降居""辨秩"与"五帝"——〈史记·五帝本纪〉的研究》（广西师范大学硕士学位论文，2013）中提出。笔者采用第二种说法，依据是史书《帝王世纪》的记载："昌意虽黄帝之嫡，以德劣，不足绍承大位，降居若水为侯。"昌意不足以继承黄帝之位，于是出为诸侯，到若水（今雅砻江流域），实为黄帝安排昌意到彝族群居之地，进一步积蓄力量，向周围扩展。

④ 嫘祖，一作累祖，中国远古时期人物。为西陵氏之女，轩辕黄帝的元妃。她发明了养蚕，史称嫘祖始蚕。嫘祖出生于西陵（今四川盐亭县）。神话传说中把她说成养蚕缫丝方法的创造者。北周以后被祀为"先蚕"（蚕神）。唐代著名韬略家、《长短经》作者、大诗人李白的老师赵蕤所题唐《嫘祖圣地》碑文称："嫘祖首创种桑养蚕之法，抽丝编绢之术，谏净黄帝，旨定农桑，法制衣裳，兴嫁娶，尚礼仪，架宫室，奠国基，统一中原，弼政之功，殁世不忘。是以尊为先蚕。"中国是世界上历史悠久的文明大国，先民创造了著称于世界的灿烂文化。嫘祖是我们先祖女性中的杰出代表，嫘祖首倡婚嫁，母仪天下，福祉万民，和黄帝开辟鸿蒙，告别蛮荒，功高日月，德被华夏，被后人奉为"先蚕"圣母，与黄帝同为人文始祖。

⑤ （宋）罗泌撰，（清）永瑢、纪昀等编纂：《文渊阁四库全书·史部·路史》，第54页。

历史文化研究者所认同。① 嫘祖的儿子一个是玄嚣，另一个是昌意，分封在江水与若水，这两条水流在哪里呢？就在四川省的岷江、金沙江和雅砻江。

著名巴蜀文化研究专家、西南民族大学祁和晖教授指出："黄帝与江水、若水皆关系深厚。乃至高辛氏帝喾渊源于青阳之江水系，高阳氏帝颛顼、帝舜渊源于昌意若水系。而大禹则兴起于西羌江源。"② 考查黄帝与嫘祖子孙的发展脉络为：嫘祖生玄嚣、昌意。昌意娶蜀山氏女而生高阳颛顼帝。玄嚣之子蟜极③，蟜极之子为五帝之一的帝喾，帝喾是颛顼帝的侄儿。

据考证：今四川省盐边县即颛顼故里。除了《史记·五帝本纪》："昌意降居若水。昌意娶蜀山氏女，曰昌仆，生高阳。……是为帝颛顼也"的

---

① 西南民族大学文学院祁和晖教授认为，黄河、长江都从四川省流过，四川位于江、河上游，属于"江源"所在，巴蜀文化区是古代中华民族的核心文化区域之一，而不是二十世纪部分学者宣称的边缘文化区域。四川师范大学文学院李诚教授曾深入研究古蜀神话，得出的结论之一是：古代中国的许多神话传说，是从蜀文化区域萌生并影响全国的，特别是在商周中期以前，巴蜀文化是整个中华文明的发祥地和核心区域之一。笔者按：成书于巴蜀地域的《山海经》，尽管其神话记载不同于科学或事实，但可资证明巴蜀文化区是早期华夏文明的核心区域之一，当无异议。

② 2013年11月中旬，第二届巴蜀文化与湖湘文化高层论坛在成都武侯祠举行，西南民族大学祁和晖教授提交了《华夏儿女的人文故乡："江源"胜地历史回顾——并说大禹开启古代中国人的"小康梦"》的专题论文，并作大会宣讲，祁老认为："江源"古今理解有差别。今人皆知：长江有两大上源，一为流程长的金沙江、雅砻江系；一为水量大的岷江、大渡河系。我国古人、典籍中所称"江源"则多指岷江源。如先秦荀子云："江出于岷山，其始出也，其源可以滥觞焉。"晋郭璞《岷山赞》曰："岷山之精，上络东井，始出一勺，终至森溟。作纪南夏，天清地静。"《水经》云："岷山在蜀郡氏道县，大江所出。"《尚书·禹贡》"岷山导江"句下，集注曰："江水出蜀西南徼外，东至岷山，而禹导之。"唯《史记》独持卓见，将"江水"（岷江）、"若水"（金沙江、雅砻江）并列称述。"纪"黄帝降封长子青阳于江水，降封次子昌意于若水。按《史记》纪述意向，黄帝与江水、若水皆关系深厚。乃至高辛氏帝喾渊源于青阳之江水系，高阳氏帝颛顼、帝舜渊源于昌意若水系。而大禹则兴起于西羌江源。该文后来发表于《地方文化研究》第8辑。

③ 《史记》作"乔极"。蟜（jiǎo）极：少昊次子。相传黄帝去世后，炎黄部落联盟的成员非常悲痛，他们推大嗓门的玄嚣当了部落联盟首领。玄嚣虽然当上炎黄部落联盟首领，仍带着本氏族住在江地（按：即岷江），后来生子蟜极。玄嚣与世长辞，被氏族成员埋在江地。大家推举昌意的儿子颛顼当部落联盟首领，炎黄部落联盟改称为颛顼部落联盟。颛顼住在高阳，大家又叫他高阳氏。蟜极十四岁时，颛顼替他举行成人礼，帮他娶了陈锋氏之女衰，衰履大迹而孕，生子帝喾。笔者按：蟜极姓名的得来，当与有蟜氏相关，有蟜氏是上古时代汉神话族传说中炎黄二帝的母族，位于河南洛阳嵩县境内。《国语·晋语四》："昔少典娶于有蟜氏，生黄帝、炎帝。"有蟜氏是以蜜蜂为图腾的部族，居住在平逢山，长期与有熊部落通婚，洛阳孟津县横水镇张庄村平逢山是炎帝和黄帝出生的地方。这种婚姻关系，从上一代到下一代，往往具有延续性和正统性，比如：黄帝娶蜀山氏女为妻，他的两个儿子玄嚣和昌意，都降居蜀地，娶蜀山氏女为妻，子孙后代中的颛顼帝就出生在蜀地；同此，蟜极娶陈锋氏女为妻，生子帝喾；帝喾也娶陈锋氏伊侯之女庆都为妻，生子放勋，即帝尧。这些都是古代有强大实力的部落之间的政治联姻活动。

记载外，《帝王世纪》里对这段历史记录得更为翔实："帝颛顼高阳氏，黄帝之孙，昌意之子，姬姓也。母曰景仆，蜀山氏女，为昌意正妃，谓之女枢。金天氏之末，瑶光之星贯月如虹，感女枢幽房之宫，生颛顼于若水。首戴干戈，有圣德。父昌意虽黄帝之嫡，以德劣（不足绍承大位），降居若水为诸侯。及颛顼，生十年而佐少昊，十二年而冠，二十年而登帝位。"①金天氏、少昊，即玄嚣。颛顼在正式继承帝位之前，十岁时辅佐过少昊，二十岁时登上帝位。笔者认为，这是皇甫谧五帝世系之首不是黄帝，而是少昊的归属，他将黄帝列入三皇体系之中，而以少昊为五帝之首。这一体系与《史记》之五帝体系不同，按照《史记》所记五帝体系来看，更可能是少昊在颛顼年幼时代理帝位，在颛顼成年之后，再将帝位传给他，这与后来的周公辅佐成王相似。《大戴礼记·帝系第六十三》载："昌意娶于蜀山氏，蜀山氏之子谓之昌濮氏，产颛顼。"②昌濮，即昌仆。《吕氏春秋·古乐》载："帝颛顼生自若水，实处空桑，乃登为帝。"③《水经注》卷三十六载："若水沿流，间关蜀土，黄帝长子昌意，德劣，不足绍承大位，降居斯水，为诸侯焉。娶蜀山氏女，生颛顼于若水之野，有圣德，二十登帝位，承少皞金官之政，以水德宝历矣。"④颛顼帝在《古本竹书纪年·五帝纪》中还有另一个名字，曰："昌意降居若水，产帝干荒。"⑤干荒称之为"帝"，只能是颛顼。在这些语言比较朴实的文献记载之外，《山海经·海内经》中有一段比较特殊的记载："流沙之东，黑水之西，有朝云之国、司彘之国。黄帝妻雷祖，生昌意。昌意降处若水，生韩流。韩流擢首、谨耳、人面、豕喙、麟身、渠股、豚止，取淖子曰阿女，生帝颛顼。"⑥这段话直译过来就是：在流沙的东面，黑水的西岸，有朝云国、司彘国。黄帝的妻子雷祖

① （晋）皇甫谧撰：《帝王世纪》，第11页。
② （清）王聘珍撰，王文锦点校：《大戴礼记解诂》，第128页。
③ 本篇记载颛顼帝制作音乐的事迹：惟天之合，正风乃行，其音若熙熙凄凄锵锵。帝颛顼好其音，乃令飞龙作，效八风之音，命之曰承云，以祭上帝。乃令鱓先为乐倡。鱓乃偃寝，以其尾鼓其腹，其音英英。
④ （北魏）郦道元著：《水经注》，长春：时代文艺出版社2001年版，第267页。
⑤ 李民、杨择令、孙顺霖、史道祥：《古本竹书纪年译注》，郑州：中州古籍出版社1996年版，第1页。
⑥ 袁珂校注：《山海经校注》，上海：上海古籍出版社1980年版，第442—443页。

生下昌意。昌意自天上降到若水居住，生下韩流。韩流长着长长的脑袋、小小的耳朵、人的面孔、猪的长嘴、麒麟的身子、罗圈的双腿、小猪的蹄子，娶淖子族人中叫阿女的姑娘为妻，生下帝颛顼。这一段记载之所以特殊，是因为其中有五个方面的信息：

一是与若干文献不同的是，颛顼帝不是昌意的儿子，而是昌意儿子韩流之子。《山海经》主要记载我国南方特别是巴蜀地区的事物与传说，在笔者看来，颛顼帝为昌意之子，或韩流之子，是不可能有严谨的考证结果的。晋代郭璞注曰："干荒即韩流也，生帝颛顼。"毕沅注："韩、干声相近，流即荒字，字之误也。"①

二是韩流是一个集合各种动物突出特点的怪物，是一个已经异化了的、具有特殊外形体态的人物，比较像猪，这与司彘国名称大体相符。猪是农耕文化野兽圈养的主要家畜，这暗示着韩流部族已经实现了农业耕种与野兽家畜化，脱离了游牧或渔猎的生活方式，在文明程度上是很高的。

三是韩流娶的是淖子族姑娘阿女。郝懿行笺疏："蜀，古字通浊，又通淖，是淖子即蜀山子也。曰阿女者，《初学记》九卷引《帝王世纪》云：'颛顼母曰景仆，蜀山氏女，谓之女枢。'是也。"② 按照这一理解，淖子即蜀山子，蜀山氏的女子。③ 淖与蜀，是汉字繁体简化以后字形的差异。

四是颛顼帝的母亲（或母族）至此已经在不同文献中出现了多个名称：昌仆、嫘仆、女枢、阿女、景仆，以上名称是否同指一人？已经无法考证。

五是韩流既是人名，也是其所在氏族的名称。韩流氏族是从昌意族中分化出来的，这个氏族便以韩为姓，第一批韩姓人由此产生。"韩"字从"韦"，"韦"字形状与龙山文化时期的水井结构十分相似。韩流族有可能是因为发明了水井而被称为韩流，"韩"字的古义为井垣就说明了这一点。

宋代罗泌写成的《路史》卷十七中说："帝颛顼，高阳氏，姬姓，名颛顼，黄帝氏之曾孙，祖曰昌意，黄帝之震适也。行劣不似，逊于若水。取蜀山氏，曰景仆。生帝干荒，擢首而谨耳，豕喙而渠股。是袭若水，取蜀山氏曰枢，是为河女，所谓淖子也。感瑶光于幽防，而生颛顼，并干、通眉、带午，渊而有谋，疏以知远，年十五而佐小昊。封于高阳。都始孤棘，二十爰立，乃徙商丘，以故柳城卫仆，俱为颛顼之虚。逃迹高阳，故遂以高阳氏。黑精之君也，以名为号，故后世或姓焉。绍小昊金天之政，乘辰而王，以水穷历，故外书皆称玄帝。"小昊，即少昊，金天氏；颛顼在这里变成了黄帝之曾孙，昌意之孙。昌意娶蜀山氏女景仆，生干荒帝；干荒帝娶蜀山氏女河女，所谓淖子族女也，而生颛顼。这段记载与《山海经》的记载有大部分是重合的：

一是颛顼帝之辈分，为昌意之孙。

二是《山海经》中昌意的儿子叫韩流，《路史》中昌意的儿子叫干荒。干荒实际上是《古本竹书纪年》中的干荒，"干"与"干"相通假，不过《古本竹书纪年》中干荒即颛顼，在这里干荒是颛顼的父亲。

三是颛顼之母，是淖子族的姑娘，只不过《山海经》中她的名字叫阿女，《路史》中变成了女枢、河女；而女枢在《帝王世纪》中是昌意的正妃，也叫昌仆。这样，昌仆、嫘仆、女枢、阿女、景仆、河女，不仅名字乱了套、辈分乱了套，连配偶是谁、儿子是谁，在我们将这些记载罗列出来比较之后，也已经搞不清楚了。但归结起来，颛顼帝无非两种辈分：要么是昌意的儿子，要么是昌意的孙子。由此可见，所谓古史传说，在后代文献的作者笔下，实际上也是一个"任人打扮的小姑娘"。

上述若干记载相互结合，告诉我们这样的隐含信息：

远古时候，黄帝为了扩大自己的统治范围，或者想借助西陵氏的部落力量，不仅自己首先与古蜀部落结成政治联盟性质的婚姻关系，娶西陵氏女嫘祖为妻，并立为他四个妃子中的正妃，这就表明了黄帝对西陵氏部落力量的高度重视和借助之意。之后，还指派其与嫘祖所生的两个儿子玄嚣和昌意，向古蜀大地扩张，"青阳降居江水"，① 指其落籍地在岷江一带，这是玄嚣母亲嫘祖的故里，是西陵氏的大本营；而"昌意降居若水"，② 指其落籍在今天雅砻江中下游一带，这是蜀山氏的大本营。人们即使是在今天交通极其便利的条件下，要去到岷山与岷江上游、雅砻江与雅安十万大山之中，也不是一件容易的事，但几千年前的黄帝及其儿子，为了政治统治与力量发展的需要，就已经完成了这一壮举。其后，颛顼帝的侄儿帝喾在称帝之后，又命令自己的子孙返回祖先的源起地——蜀，继承蜀部落的领袖职责，《通典·州郡典·州郡五》记载"古梁州"时说："或曰：蜀之先帝喾封其支庶于蜀，其后称王，长曰蚕丛，次曰伯雍，次曰鱼凫。"③ 蚕丛、伯雍、鱼凫，是古蜀国的历代统治者，或统治部落。黄帝部落通过两代人与蜀部落通婚的方式，不仅将自己部落的势力与蜀地主要部落的力量结合起来，增强了本部落力量，帝喾继位之后，还通过子孙返蜀称王的方式，将蜀部落长时间控制在自己手上，获得了强大的依靠力量。

笔者以为，这里的蜀山氏，绝非一个部落，而是古蜀大地上共存的若干部落形成的联盟，这个部落联盟叫作蜀山氏。因为玄嚣降居江水，这里是蜀，可以确定；而昌意降居若水，这里是彝族部落之所在，也被称为蜀山氏。由此可知：蜀山氏是古蜀部落联盟，至少还包括了蜀族、彝族等民族或部落在内。比如玄嚣降居的江水，今阿坝州岷江，就是羌、藏、汉多民族聚居的地方。

---

① 江水即岷江。高万须先生认为江水指河南沘水、潍水，现名沙河；还有部分史学家认为江水在山东五湖一带。按：岷江与河南、山东，一在长江流域，一在黄河流域，二者不仅在地理空间上相隔甚远，而且并无必然联系。类似的情况还有很多，比如：伏羲之母华胥，一说蓝田人，一说阆中人，一说山东人。其实，这些说法是上古羲和部落与东夷部落融合、迁徙造成的，也是长江流域、黄河流域文明之间融合、交会之后形成的意见，这恰好说明了中华文明源头的多元化特征和历史上各民族不断融合的特征。而且，伏羲、黄帝等上古帝王，更多的可能，是部落之间的联盟首领；再进一步，它们或者不是某一个具体的人名，而是某一个占据领导地位的部落的名称。

② 若水，即雅砻江，其与金沙江合流后的一段，古时亦称若水。《水经注》卷三十六曰："若水出蜀郡旄牛徼外，东南至故关，为若水也。"《山海经·海内经》曰："南海之内，黑水之间，有木（山）名曰若木，若水出焉。"高万须先生则认为若水即河南北汝河；据载黄帝二十九年（公元前2839年），嫘祖于若水（若水，即北汝河）生昌意。黄帝七十七年令昌意降居若水，即分封昌意驻守于若水（河南汝州），号称都国（若国）。文见高先生博客《黄帝次子昌意降居若水（汝水）》。笔者暂不采纳这一意见。

③ （唐）杜佑撰，王文锦等点校：《通典》，第4574—4575页。

于是，父系为西北黄土高原轩辕氏、母系为岷江上游蜀山氏的昌意来到了若水畔的盐边一带定居下来，① 并同世居于当地的土著人"蜀山人"昌仆②实现了父亲之后的第二度的民族间通婚，后生下了颛顼。颛顼十岁时就开始协助其叔父少昊（玄嚣）管理部落事务，二十岁时，继承帝位，成为中原部落联盟之首领。史载颛顼生鲧，鲧生禹，禹生启，依此推论，生于蜀地的颛顼帝，还是后来第一个奴隶制国家夏朝的祖先。四川大学童恩正教授经文献研究与考古实物证明：古蜀人，实际上是氐羌人后裔，主要是氐部落之后，经历代迁徙，从北到南，最终到了地势相对低洼的岷

---

① 雅砻江绵延千里，有什么依据说明流经盐边一带的河段才称为"若水"呢？弄清这些问题要从两方面入手：一是要从民族语言学彝语支系中来寻找答案。"若"系彝语"黑色"的意思，与"诺、泸"字发音相通。雅砻江水从远处看去呈黑色，故彝族人称之为"黑水"。时至今日生活在攀西地区的彝族人仍将流经境内的雅砻江称为若矣、诺矣或泸矣，"矣"字为彝语"水"的意思。从雅砻江流域民族聚居分布状况和行政隶属关系来看，在行政隶属上，盐边（古称大笮县）历史上归越巂郡管辖，而越巂郡自古就是彝族人的主要聚居地，他们的语言乃至对地域、河流的称谓理所当然就成了这一区域的主流派，也就是代表着当地的官方的权威称谓。另据史书《汉志》记载："若水亦出徼外，南至大笮入绳。"大笮即盐边，为汉武元鼎六年做设置的邑县，既然若水（雅砻江）到大笮后汇入绳水（金沙江），那么两江合流后也就自然不称为若水了，因为若水是绳水的支流，"若水亦出徼外"说的是雅砻江发源于甘孜，而生活在甘孜乃至雅砻江流域中上游一带的主要是藏民族，他们语言发音的"黑"字绝不与彝族人的"若、诺、泸"相同。历史上一条江流经不同地域因其民族语言的原因称谓不同的也不乏范例，如金沙江在流经攀枝花上游的丽江境内就称丽江，《蜀水考》载："入云南塔城关名金沙江，至丽江府亦曰丽江。"又如，澜沧江下游称为湄公河，怒江下游称为萨尔温江等等。二是要从有关史载和出土文物考证方面来分析，昌意部落原系居住在西北黄土高原的氐羌游牧民族，《史记·秦本纪》说："秦之先帝，颛顼之苗裔。"说明秦在春秋前属古代氐羌族，《帝王世纪》《水经注·若水》诸史都有"昌意德劣，降居若水"的记载，结合二十世纪八九十年代在对即将被二滩库区淹地文物进行抢救性发掘时在盐边老县城住地的三源河台地渔门乡地界出土了石棺墓群落，经专家现场考证确定为古代氐羌民族的墓葬形式。我们将这一结论同诸史中"昌意降居若水"的记载联系起来，说昌意部落南下的最终落籍地就在盐边是有事实依据的，不然在离西北黄土高原千里之遥的盐边怎么会出土群落式游牧民族氐羌人的石棺墓葬呢？而从对攀枝花（原属盐边地界）境内的几个早期、晚期人类遗址发掘考察看，均属元谋人的后裔，其丧葬用的棺木是木质棺材，而非石片棺墓，这说明在盐边出现的氐羌游牧民族是迁徙而来，正好与《史记》中"昌意降居若水"一说吻合。既然说"昌意降居若水"的落籍地是盐边，而颛顼帝又是他与蜀山氏女所生，盐边也就当然地成为一代帝王的故里。

② 《帝王世纪》称昌仆为嫘仆，蜀山氏女。笔者以为这是皇甫谧故意为之的结果：黄帝正妃曰嫘祖，蜀山氏女；那么，他的儿子昌意远赴雅砻江畔娶妻，当然应该是正宗的蜀山氏女，而且叫作嫘仆，显得与嫘祖关系极为亲近。这样写，会使昌意娶妻的合法性及取得蜀部落实权的政治目的更为合理。

江流域。① 那么，在根源上，与黄帝轩辕氏同出一脉，都是氐羌人。② 四川大学刘琳教授指出：羌人在古代中国是一个实力非常强大的部落，是上古时期中国的实际统治者。黄帝世系的历代帝王（或称历代部落联盟首领），加上后来西羌民族身份明确的大禹，都可以算是羌人治华的代表。

后来，帝喾娶陈锋氏女，③ 生放勋，是为帝尧；帝喾又娶娵訾氏女，④ 生挚；帝喾崩，而挚代立。帝挚立，不善，而弟放勋立；因此，在帝尧之前，他的同父异母哥哥挚也曾称帝，据说时间是九年。黄帝至尧的五帝为：

黄帝→帝颛顼→帝喾→帝挚→帝尧

上述先圣之后，大舜、大禹等原始社会晚期的部落首领同样与巴蜀地区关联极为密切，大舜禅位于大禹，是看中了大禹的美好品质和卓越能力，《史记·五帝本纪》曰：

> 此二十二人咸成厥功：……唯禹之功为大，披九山，通九泽，决九河，定九州，各以其职来贡，不失厥宜。方五千里，至于荒服。南

---

① 童恩正：《古代的巴蜀》，重庆：重庆出版社1998年版，第61—66页。
② 在人类学视野下，氐羌既可以看作是羌族人，也可以泛指生活在中国古代分布在今陕西、甘肃、青海、四川西部的民族。
③ "陈锋"二字，甲骨文里面都没有。因此，有必要找到"陈锋"的本字。"陈"的发音是"臣"，对应的天星是辰，对应的方位是东。相对三星堆文化而言，良渚文化地处东方，而其北上之移民就是东夷。东夷之首是太帝蚩尤，他决战逐鹿，落败而死。黄帝之子玄嚣，率伍部之鹞部，追赶蚩尤之残部，最后到达太湖流域。这里的夷族首领就是陈锋氏，因臣服于王室之黄氏，也成了"和夷"。可见，在黄帝入主中原之前，陈锋氏地处夷族的大本营。华夏5000年前的版图：北有龙族，南有凤族……龙族的代表人物就是黄帝，凤族的代表人物就是丰氏。丰氏，也写作风氏、凤氏、锋氏、封氏，是早于黄帝的中国第一姓氏。其供奉的天星是辰星，因为后来臣服于黄帝，故称"臣丰氏"。尧天子是首位龙凤之子，他的母亲是臣丰氏，联合本族蜀山氏，废了挚天子，挚天子的母亲是印欧族的娵訾氏。东封臣丰氏和西封蜀山氏，相互制衡，形成了华夏的"丰山"政体。丰＝受封于天，山＝禅让于继。此后汉武帝的封禅大典，封在峰顶，禅在山底，已经少了"受封于天，禅让于继"的本质。
④ 娵訾氏女，帝喾妃。"娵"或作"陬"。《史记·五帝本纪》曰："（帝喾）娶娵訾氏女，生挚。"司马贞索引皇甫谧云："女名常仪也。"按《路史·后纪九》罗苹注引《刘敬叔异苑》云："陬訾氏生而发与足齐，堕地能言。及为帝室，八梦日而生八子，世号八元：伯奋、仲堪、叔献、季仲、伯虎、仲熊、叔豹、季狸也。"据此，则娵訾氏又即《拾遗记》所谓"邹屠氏"。

抚交阯、北发，西戎、析枝、渠廋、氏、羌，北山戎、发、息慎，东长、鸟夷，四海之内咸戴帝舜之功。于是禹乃兴九招之乐，致异物，凤皇来翔。天下明德皆自虞帝始。

舜……封弟象为诸侯。舜子商均亦不肖，舜乃豫荐禹于天。十七年而崩。三年丧毕，禹亦乃让舜子，如舜让尧子。诸侯归之，然后禹践天子位。尧子丹朱，舜子商均，皆有疆土，以奉先祀。服其服，礼乐如之。以客见天子，天子弗臣，示不敢专也。①

从黄帝一脉而下，五帝之后，舜帝渊源于昌意若水系，而大禹则兴起于西羌江源②。司马迁指出，"自黄帝至舜、禹，皆同姓而异其国号"，是传承有序的。发展到大禹，作为大舜时代最重要的大臣，"唯禹之功为大，披九山，通九泽，决九河，定九州，各以其职来贡，不失厥宜。方五千里，至于荒服。南抚交阯、北发，西戎、析枝、渠廋、氏、羌，北山戎、发、息慎，东长、鸟夷，四海之内咸戴帝舜之功。于是禹乃兴九招之乐，致异物，凤皇来翔。天下明德皆自虞帝始。"最终，大舜禅让帝位于大禹。

蜀人大禹之子启生于巴地江州（今重庆市），是大禹和巴地"涂山氏之女"的儿子，启之生地属于古巴蜀地域范围之内。"帝禹为夏后"，继承了大禹的地位，建立了夏朝，开始了家天下的历史，终结了中国数千年的原始社会形态，而正式进入"国家"这一阶级社会形态。从此以后，夏、商、周三代成为中国奴隶社会的主要历史阶段。

如此，则五帝之前的伏羲、女娲，五帝世系内的黄帝、颛顼、帝喾，五帝之后的尧、舜、禹等，以及至少夏商周三代中的夏朝，古代中华帝王与古蜀文明有着密切关联。李诚教授指出：至少在商周中期以前，古蜀文

① （汉）司马迁：《史记》（影印本），第43—45页。
② 关于大禹的故里，学术界研究成果众多，有陕西户县、河南禹州、四川北川、甘肃广河等不同说法，近年来又有青海、东北诸说。虽有争议，但根据百余年来出土文献、文物的实证，结合古籍文献、历代研究的成果来看，一般认为是在今四川省绵阳市北川县禹里镇。参见《大禹史汇编》《大禹及夏文化研究》《海峡两岸大禹文化研究会论文集》等大禹及夏文化研究著作和张伦敦《试论禹与蜀地之渊源关系——边缘视野下"禹兴西羌"考辨》、鲍义志《再说大禹故里》等论文。

明是中华文明的主要源头之一。① 所以，在本课题的研究之中，必须要涉及这一部分内容。

所以，五帝世系，与古蜀文化关系极为密切，这里是其起源地之一。只是他们的主要政治活动，是东进至中原、华北、华东地区，建立了炎黄子孙早期的政治功绩。李诚教授指出："古文献中所反映出的古代中华文明，其主体部分应该来源于古蜀文明。……古代中华帝王多能与古蜀帝王相叠合。……他们族属同出一源。……其中最主要的交会地域，是在岷山与岷江。"② 上述意见，是建立在严格考证与科学推论基础上的。

第三节　《文心雕龙》的五帝论述

《文心雕龙》对五帝及其相关时代的著名作家、文学作品、时代风格等的论述有许多，可以分为直接论述和间接论述两大类。

其中，直接论述到五帝名称的比例不多，除了对黄帝的几次重要论述外，在《颂赞》篇论述颂体之范例时，举了帝喾命咸黑制作《九招》之事，这是对五帝极少的明确了身份和作品的个案。③《颂赞》以颂体文章开头，其先祖出自巴蜀的帝喾是第一个指导创作这一体裁的圣人：

---

① 2014—2019 年，笔者向四川师范大学李诚教授请教相关问题时，李老师阐述了他多年研究神话（屈赋神话、楚辞神话、古蜀神话、先秦神话）得出的这一整体结论。

② 李诚：《古蜀神话传说与中华文明建构》，《巴蜀文化研究》第 1 期。李诚教授指出：约 1700 年前，蜀人秦宓曾说过这样一段话：蜀有汶阜之山，江出其腹。帝以会昌，神以建福，故能沃野千里。淮、济四渎，江为其首，此其一也。禹生石纽，今之汶山郡是也。昔尧遭洪水，鲧所不治，禹疏江决河，东往于海。生民已来，功莫先者。此其二也。天帝布治房心，决政参伐，参伐则益州分野。三皇乘只车出谷口，今之斜谷是也。秦宓，乃有以古蜀文明为天下先，以古蜀文明为古中华文明之源的意思。

③ 究其原因，其实很好回答：五帝时代，中国的文字属于初创阶段，通过文字记载下来的事迹虽多，但能保存下来的却很少，绝大部分还是通过结绳记事、堆土（堆石）记事或图画记事等原始手段来保存，这些东西或者失传，或者不能识别与识读，或者尚未发现；至于通过口耳相传方式传承的历史事件，或者失传，或者变异，早已泯灭在历史长河中，不能复现。这与后来通过文字记载流传的传播途径相比，稳定性差了很多，而且很多是后人时隔几千年后记录下来的，不排除伪造的可能性，比如，《明诗篇》记录有"昔葛天氏乐辞云，玄鸟在曲；黄帝云门，理不空绮"的话，而这些记载的较早出处，是在《吕氏春秋》之中，已经隔了近三千年了。

　　"四始"之至，颂居其极。颂者，容也，所以美盛德而述形容也。昔帝喾之世，咸黑为颂，以歌《九招》。……夫化偃一国谓之风，风正四方谓之雅，雅容告神谓之颂。风雅序人，故事兼变正；颂主告神，故义必纯美①。

　　《吕氏春秋·仲夏纪第五·大乐》曰："凡乐，天地之和，阴阳之调也。"刘勰在本篇论述颂体文章的特点时说："颂者，容也，所以美盛德而述形容也。"颂是《诗经》风、大雅、小雅、颂四种体裁之一，是功能巨大的远古文体，其功能与风雅不同，风雅有正风、正雅与变风、变雅，而颂体则相对一致，"雅容告神谓之颂……颂主告神，故义必纯美。"他以"帝喾之世，咸黑为颂，以歌《九招》"为例，作为历史上第一篇颂体文章的范例，这是巴蜀先王成为中原部落首领之后，在颂体上的第一篇专文。《吕氏春秋·仲夏纪第五·古乐》曰："帝喾命咸黑作为声，歌九招、六列、六英。有倕作为鼙、鼓、钟、磬、吹苓、管、埙、箎、鼗、椎、锺。帝喾乃令人抃，或鼓鼙，击钟磬、吹苓、展管箎。因令凤鸟、天翟舞之。帝喾大喜，乃以康帝德。"② 生动地体现了原始部落时代歌谣、乐器、舞蹈三者合一的特点。

　　同篇还记载了生于巴蜀的五帝之一颛顼帝制作音乐的事情："帝颛顼生自若水，实处空桑，乃登为帝。惟天之合，正风乃行，其音若熙熙凄凄锵锵。帝颛顼好其音，乃令飞龙作，效八风之音，命之曰承云，以祭上帝。乃令鱓先为乐倡。鱓乃偃寝，以其尾鼓其腹，其音英英。"③ 在皇甫谧《帝王世纪·第二》中记载颛顼帝制作音乐时说："始都穷桑，后徙商丘。命飞龙效八风之音，作乐五音，以祭上帝。"④ 如果说帝喾是颂体的第一个提倡制作者，那么颛顼帝就是正风体裁的第一个提倡制作者，"八风之音"是其代表作品。他们为《诗经》"四始"体裁的首创，作出了最早的示范。

　　颛顼帝、帝喾的子孙后代中，除了著名的尧帝、舜帝之外，还有"八

① 杨明照：《增订文心雕龙校注》，第107—108页。
② 陈奇猷：《吕氏春秋新校释》，上海：上海古籍出版社2002年版，第288—289页。
③ 陈奇猷：《吕氏春秋新校释》，上海：上海古籍出版社2002年版，第288页。
④ （晋）皇甫谧撰：《帝王世纪》，第11页。

恺"与"八元"，在后来得到了舜帝的重用，他们为中原大一统的部落联盟做出了杰出贡献，《史记·五帝本纪》曰：

> 昔高阳氏有才子八人，世得其利，谓之"八恺"。高辛氏有才子八人，世谓之"八元"。此十六族者，世济其美，不陨其名。至于尧，尧未能举。舜举八恺，使主后土，以揆百事，莫不时序。举八元，使布五教于四方，父义，母慈，兄友，弟恭，子孝，内平外成。①

"尧未能举"的原因，其实很好理解："八恺""八元"都是他本族中的优秀人才，过度使用或任命之，对帝尧的政治声誉有影响，因为有滥用私人之嫌。舜帝作为尧帝的继承人，隔了一层，举贤才而任用之，"举八恺，使主后土""举八元，使布五教于四方"，"内平外成"，效果很好。

虽然《文心雕龙》书中对五帝的直接论述不多，间接论述却有很多。这些论述，虽然不是全书五十篇每篇都有，但根据笔者统计，与五帝有关的论述，有34篇出现过，主要集中于全书枢纽论、文体论和批评论部分，在风格论的《通变》篇、技法论的《丽辞》《练字》《养气》等篇章中也多次出现过，如《原道》篇"唐虞文章，则焕乎始盛。元首载歌，既发吟咏之志；益稷陈谟，亦垂敷奏之风"②、《征圣》篇"远称唐世，则焕乎为盛"、《宗经》篇"皇世《三坟》，帝代《五典》，重以《八索》，申以《九邱》；岁历绵暧，条流纷糅"、《明诗》篇："黄帝云门，理不空绮。至尧有大唐之歌，舜造南风之诗，观其二文，辞达而已"；《乐府》篇："钧天九奏，既其上帝"、《铭箴》篇："帝轩刻舆几以弼违"等。因例证太多，在此不赘。

《文心雕龙》对上古三皇、五帝、尧舜禹、夏商周的各类文学③有着崇高的赞美，特别对于五帝世系，是为重中之重，仅举数例简述之：

《原道》篇纵论上古文学从原初到商周时期数千年发展的简史，指出：

---

① （汉）司马迁：《史记》（影印本），1997，第35页。
② 杨明照：《增订文心雕龙校注》，第1页。
③ "文学"这一概念，在此主要指各类文章及其体裁。在上古时期，包含了比后代更为丰富多样的载体形式，民间口头文学等均属此类。所以，上古时期的文学、文学家等关键概念，与今天所说，有所区别。

　　自鸟迹代绳，文字始炳，炎皞遗事，纪在《三坟》，而年世渺邈，声采靡追。唐虞文章，则焕乎始盛。元首载歌，既发吟咏之志；益稷陈谟，亦垂敷奏之风。夏后氏兴，……逮及商周……文王患忧，……至若夫子继圣……爰自风姓，暨于孔氏……然后能经纬区宇，弥纶彝宪，发挥事业，彪炳辞义。故知道沿圣以垂文，圣因文而明道，旁通而无滞，日用而不匮。①

　　从上古伏羲到大禹建立夏朝，再到商周文学的发展，历时数千年，整体上是遵循"神理"，即"观天文以极变，察人文以成化"的自然之道的规律的，并在各个时期体现了不同的时代特色，而且产生了始祖伏羲始创文学、英才周公制礼作乐、素王孔子集其大成这样最杰出的文学大家和最伟大的文学实践。大禹时代，"唐虞文章，则焕乎始盛。元首载歌，既发吟咏之志；益稷陈谟，亦垂敷奏之风。"呈现出一派欣欣向荣的风貌，各类文体兴盛发展，政治教化美好顺利。文学的功能，主要是"经纬区宇，弥纶彝宪，发挥事业，彪炳辞义"，以政治、教化为主，以叙述、描写、赞美为辅。显示了上古文学几千年来淳朴为本质、原道而教化、逐渐趋繁盛、丰富而美化的发展特点，而尧舜时代是其中关键的发展时间段。

　　《时序》篇是中国古代文学发展到南朝时期的综述，相当于一篇文学史论。本篇指出：

　　时运交移，质文代变；古今情理，如可言乎？昔在陶唐，德盛化钧：野老吐"何力"之谈，郊童含"不识"之歌。有虞继作，政阜民暇："薰风"诗于元后，"烂云"歌于列臣。尽其美者何？乃心乐而声泰也。至大禹敷土，九序咏功；成汤圣敬，"猗钦"作颂。逮姬文之德盛，《周南》"勤而不怨"；太王之化淳，《邠风》"乐而不淫"。幽、厉昏而《板》《荡》怒，平王微而《黍离》哀。故知歌谣文理，与世推移；风动于上，而波震于下者也。②

　　相比于《原道》篇，本篇压缩了五帝时代及其以前的历史时期，仅从

────────────

①　杨明照：《增订文心雕龙校注》，第1—2页。
②　杨明照：《增订文心雕龙校注》，第539页。

陶唐时代起,列举了从尧、舜、禹到夏、商、周各个时代最有代表性的口语文学和文字文学,以诗歌为主要载体,并通过作品反观时代政教风貌,尧帝德盛,舜帝时代"心乐而声泰",于是得出"歌谣文理,与世推移;风动于上,而波震于下"的共时性文学发展规律,这一理论,经过当代写作学家的整合与建构,称之为"写作文化论"。① 以此为逻辑起点,本文成为《文心雕龙》中篇幅最长的专论,详述"蔚映十代,辞采九变"的文学史,为读者奉献了古代文论中文学史论的一篇经典之作。

《才略》篇在《原道》与《时序》篇纵论文学发展史的基础上,进行作家作品特点综述,开篇曰:

> 九代之文,富矣盛矣;其辞令华采,可略而详也。虞、夏文章,则有皋陶"六德",夔序"八音",益则有赞;五子作歌,辞义温雅,万代之仪表也。商周之世,则仲虺垂诰,伊尹敷训;吉甫之徒,并述《诗》《颂》:义固为经,文亦足师矣。②

本篇与《时序》相似,不论上古五帝及其以前的文学作品与代表作家,③ 而从唐尧时代开始,将尧、舜、禹至夏、商、周时期最著名的作家作品点评出来,从正反两个方面,对其"辞令华采"进行了客观的论述,这既是时代的特征,也是作品的风貌。以此为起点,全文畅谈"九代之文",评论有名有姓者凡70余人,后代研究者以"作家风格论"称谓之。④

《文心雕龙》书中,以《时序》《才略》为基础,对历代文学风格有极为精彩的归纳与总结,见于《通变》篇,其说曰:

> 是以九代咏歌,志合文则:黄歌"断竹",质之至也;唐歌在昔,则广于黄世;虞歌《卿云》,则文于唐时;夏歌"雕墙",缛于虞代;

---

① 写作文化理论的主要倡导者是当代写作学家马正平先生。相关理论学说及其发展变迁的论说,见于《写作文化论》(马正平著,西南师范大学出版社1995年版)、《高等写作学引论》(马正平著,中国人民大学出版社2002年版)等论著之中。

② 杨明照:《增订文心雕龙校注》,第573—574页。

③ 按:根据文学史,五帝及其以前时期的文学作品,主要属于口语文学形态,传播、保存不易,且缺少明确的文学作家与文字作品记载。《文心雕龙》直接从唐尧时代写起,是有道理的。

④ 作家风格论是文学风格研究中的一个分支,在《文心雕龙》研究史上,河北詹锳先生在风格论这一领域成论最早(詹锳:《文心雕龙》的风格学》,人民文学出版社1982年版),带动了后来一大批研究者踵事增华。

商周篇什，丽于夏年。至于序志述时，其揆一也。暨楚之骚文，矩式周人；汉之赋颂，影写楚世；魏之篇制，顾慕汉风；晋之辞章，瞻望魏采。榷而论之，则黄唐淳而质，虞夏质而辨，商周丽而雅，楚汉侈而艳，魏晋浅而绮，宋初讹而新：从质及讹，弥近弥淡。何则？竞今疏古，风末气衰也。①

从黄帝时代"断竹"之歌的"质之至也"起，历经唐歌、虞歌、夏歌的历史时期，一直到"宋初讹而新"的当代文学风貌，《文心雕龙》在短短的189个字中，就高度总结了超过三千年的古代文学风格史，得出"九代咏歌，志合文则"的基本规律，可称"时代风格论"。在历代文学风格中，既有对上一代风格的继承，即"通"的一面；更有属于自己时代的新的风格特色，即"变"的一面，这是整个文学发展史的基本特点。从古至今，还有一个显著特点是：文学发展越来越华丽，呈现出从上古质朴逐渐发展到当代讹滥的局面，这是因为华美的新变背离了质朴的上古文风，所以必须要回归儒家经典的文风，才能解弊之。历代以来，商周时期"丽而雅"的时代文风，上承古之质朴，下启今之华美，是折中九代的时代文风准则。

《原道》《时序》《才略》《通变》诸篇，主要是从整体角度来谈古代文学发展的专文，《文心雕龙》得出以上篇章内容与观点的基础和依据，是从《明诗》到《书记》多达二十篇的文体论专文，这些专文，从分体文学史的角度，将共计30余种主要文体、50余种次要文体的源起、流变、历史、代表作家作品、创作得失、创作要求、功能作用等详细论述出来，每一篇都可以看作非常精彩的文学分体综述。而所有的综述，莫不以上古圣贤为起点。

因为文体论部分篇目太多，不能一一详细展开，仅举《明诗》篇为例说明之。本篇实际上是第一篇中国诗歌发展简史，文章开篇就说道：

人禀七情，应物斯感，感物吟志，莫非自然。昔葛天乐辞，《玄鸟》在曲；黄帝《云门》，理不空弦。至尧有《大唐》之歌，舜造

---

① 杨明照：《增订文心雕龙校注》，第397页。

《南风》之诗，观其二文，"辞达而已"。及大禹成功，九序惟歌；太康败德，五子咸讽：顺美匡恶，其来久矣。自商暨周，《雅》《颂》圆备，四始彪炳，六义环深。子夏鉴绚素之章，子贡悟琢磨之句，故商、赐二子，可与言《诗》矣。①

本篇从葛天氏起，经黄帝、尧、舜、禹而至夏、商、周，有正有反，历代兼备。其余《乐府》《颂赞》《铭箴》《诏策》《奏启》《议对》等篇，莫不如此：论述均从古至今，开启每一种文体评论的，一定是上古圣贤，五帝世系的杰出人物，在其中占据着最重要的位置。

对于五帝世系，笔者主要要阐明的是：他们大多与巴蜀有关，从文学地理学角度入手研究《文心雕龙》，就不能回避这一问题。笔者学力有限，期待更多的研究者来深入研讨这一问题。

---

① 杨明照：《增订文心雕龙校注》，第64页。

第四章

大　禹

第一节　大禹简介

禹姓姒名文命，是黄帝的玄孙，由于治水立了大功，被尊称为大禹。他的父亲治水不成而被杀，禹接替其治水的工作，采取疏导的方法，经过十三年的努力，终于成功。后继舜为帝。称国号夏后，故称夏禹。他在涂山大会诸侯，建立了奴隶制国家的雏形。禹铸造九鼎，象征九州。在位45年死，葬于会稽山。

大禹是上古神话传说中的杰出圣人、卓越的政治家，对于他的籍贯、生卒年、活动区域等，实际上并没有准确的记载。笔者在此采用"禹出西羌"的说法，理由如下：

1. 古史传说。"禹出西羌"是目前学术界对大禹籍贯最确信的一种说法。①

2. 文献记载。扬雄《蜀王本纪》曰："禹本汶山郡广柔县人，生于石纽，其地名痢儿畔。禹母吞珠孕禹，坼副而生于县。涂山娶妻生子，名启。

---

① 关于这个问题，笔者电话采访了四川大学郭齐教授、彭邦本教授、杨世文教授，西南民族大学祁和晖教授，四川师范大学神话研究专家李诚教授，西华大学人文学院李钊副教授、吴会蓉副教授等学者，他们在谈了各自的意见之后，对大禹归于古蜀人持支持意见。四川大学杨世文教授认为，关于大禹的神话传说应该有一部分是后人加进去的，按照古代人的活动方式和实际条件，大禹不可能足迹踏遍东南西北，就算是治水，也有一个主要区域；这与传说中大禹"三过家门而不入"一样，其目的是美化大禹的形象。

于今涂山有禹庙，亦为其母立庙。"这是目前可知对大禹籍贯最早的记载。扬雄是西汉晚期人，比大禹晚了 2000 多年，而在扬雄之前，之所以没有巴蜀文献或古籍文献对大禹有所记载，一个非常重要的原因是公元前 316 年，秦将司马错与张仪灭巴蜀，其根本目的是开疆拓土，将巴蜀膏腴之地作为秦国攻伐天下的兵源、粮源、财源基地，因此，不仅屠杀蜀人、尽毁文献典籍，而且直接导致了古巴蜀文字与文化的灭绝与中断。也就是说，如果考古发现的疑似古巴蜀文字能够被后人识读的话，关于大禹的记载应该不是从扬雄才开始有的，比如岳麓山上著名的《禹王碑》，迄今无人能够识读，也许就是这个原因。对此，《华阳国志》早就说过："巴、蜀厥初开国，载在书籍，或因文纬，或见史记，久远隐没，实多疏略。及周之世，侯伯擅威，虽与牧野之师，希同盟要之会。而秦资其富，用兼天下；汉祖阶之，奄有四海。梁、益及晋，分益为宁。司马相如、严君平、杨子云、阳成子玄、郑伯邑、尹彭城、谯常侍、任给事等各集传记，以作《本纪》，略举其隅"①，这段话不仅将巴蜀历史在秦国侵略下被迫中断的事实述说了出来，也表明这样的观点：不仅扬雄，其他很多人都书写过蜀国的历史，"司马相如、严君平、杨子云、阳成子玄、郑伯邑、尹彭城、谯常侍、任给事等各集传记，以作《本纪》"，很遗憾，我们今天只能看到扬雄所写的《蜀王本纪》，而看不到司马相如、严君平、杨子云、谯周等人的巴、蜀历史著作，也就缺失了很多蜀人对先祖与大禹的文献记载；直到《华阳国志》中才有"上圣则大禹生其乡，媾姻则黄帝婚其族"（《蜀志第三》）、"芒芒禹迹，画为九州"这样的记载（《序志·述〈蜀志〉第三》），不能不说是让人遗憾的。

3. 考古发现。历史不能假设可以重来，文献不能假设不被毁灭，但新时期的考古发现，特别是四川广汉三星堆（1986）、新津宝墩龙马古城、都江堰芒城、郫都区古城、温江鱼凫城（1996）、温江金沙遗址（2001）等重大考古发现，初步勾勒出了古蜀文明大致的轮廓，从而揭示出它深邃而令人怦然心动的历史文化内涵，地下实物的出土，与众多的神话传说、文

---

① （晋）常璩撰，刘琳校注：《华阳国志新校注》，成都：四川大学出版社 2015 年版，第 519 页。

献记载相符合或大体一致，可以视之为"三重证据"，① 更多地支撑了"禹出西羌"的说法。

综上，笔者在本书中主张大禹为古蜀人。2016 年夏，四川省十大历史文化名人评选结果揭晓，大禹位居十大名人之首。②

在已知文献典籍中，记载大禹生平事迹最为详细、可信度最高的是司马迁的《史记·夏本纪》，因其重要性暂无其他文献可比，故摘录于下：

> 夏禹，名曰文命。禹之父曰鲧，鲧之父曰帝颛顼，颛顼之父曰昌意，昌意之父曰黄帝。禹者，黄帝之玄孙而帝颛顼之孙也。禹之曾大父昌意及父鲧皆不得在帝位，为人臣。当帝尧之时，鸿水滔天，浩浩怀山襄陵，下民其忧。尧求能治水者，群臣四岳皆曰鲧可。尧曰："鲧为人负命毁族，不可。"四岳曰："等之未有贤于鲧者，原帝试之。"于是尧听四岳，用鲧治水。九年而水不息，功用不成。于是帝尧乃求人，更得舜。舜登用，摄行天子之政，巡狩。行视鲧之治水无状，乃殛鲧于羽山以死。天下皆以舜之诛为是。于是舜举鲧子禹，而使续鲧之业。
>
> 尧崩，帝舜问四岳曰："有能成美尧之事者使居官？"皆曰："伯禹为司空，可成美尧之功。"舜曰："嗟，然！"命禹："女平水土，维是勉之。"禹拜稽首，让于契、后稷、皋陶。舜曰："女其往视尔事矣。"

① 参见彭邦本教授等专家的若干研究论文；三星堆、金沙遗址考古实物与成都市、四川省历年考古编年文献记载。另：李诚教授对此有一段非常精彩的论述：19 世纪后期德国人海因里希·谢里曼对传说中的特洛伊古城及其他古希腊文化遗址的发现，与荷马传唱的史诗《伊利亚特》交相辉映，印证了一段辉煌的古希腊历史；而 19 世纪前期法国学者让·弗朗索瓦·商博良对古埃及象形文字的破译，则架起了后人通向璀璨夺目的古埃及文化的又一道桥梁。考古发现与文献典籍中所载神话传说这两者，或许是研究任何一种古老的文明系统最基本的支撑点，而这两者在古蜀文明中都已具备。尤其是现存古代文献典籍有关古蜀文明的神话与传说更为丰富，而上述这一系列的考古发现，使我们对这些神话传说有了新的审视角度和思考，并进一步引发了对古蜀神话传说与古代中华文明之间关系的新思考。（李诚：《古蜀神话传说与中华文明建构》，《巴蜀文化研究》第 1 期。）

② 这十大名人分别是：大禹、李冰、落下闳、扬雄、诸葛亮、武则天、李白、杜甫、苏轼、杨慎。四川作为中华文明的重要发源地之一，诞生了无数人才！十位历史文化名人各具风骚，他们的名字熠熠生辉。他们积淀着多样、珍贵的精神财富，包括人与自然和谐相处的生存智慧，精益求精的工匠精神，富于理想的浪漫情怀，博学深思、明辨笃行的学术追求，巾帼不让须眉的豪迈气概等，滋养了独特丰富的文学艺术、科学技术、人文学术，至今仍然具有深刻影响。

109

禹为人敏给克勤；其德不违，其仁可亲，其言可信；声为律，身为度，称以出；亹亹穆穆，为纲为纪。

禹乃遂与益、后稷奉帝命，命诸侯百姓兴人徒以傅土，行山表木，定高山大川。禹伤先人父鲧功之不成受诛，乃劳身焦思，居外十三年，过家门不敢入。薄衣食，致孝于鬼神。卑宫室，致费于沟淢。陆行乘车，水行乘船，泥行乘橇，山行乘桥。左准绳，右规矩，载四时，以开九州，通九道，陂九泽，度九山。令益予众庶稻，可种卑湿。命后稷予众庶难得之食。食少，调有余相给，以均诸侯。禹乃行相地宜所有以贡，及山川之便利。

禹行自冀州始。……济、河维沇州……海岱维青州……海岱及淮维徐州……荆及衡阳维荆州……荆河惟豫州……华阳黑水惟梁州……黑水西河惟雍州……道九山……道九川……于是九州攸同，四奥既居，九山刊旅，九川涤原，九泽既陂，四海会同。六府甚脩，众土交正，致慎财赋，咸则三壤成赋。中国赐土姓："只台德先，不距朕行。"

令天子之国以外五百里甸服：百里赋纳总，二百里纳铚，三百里纳秸服，四百里粟，五百里米。甸服外五百里侯服：百里采，二百里任国，三百里诸侯。侯服外五百里绥服：三百里揆文教，二百里奋武卫。绥服外五百里要服：三百里夷，二百里蔡。要服外五百里荒服：三百里蛮，二百里流。

东渐于海，西被于流沙，朔、南暨：声教讫于四海。于是帝锡禹玄圭，以告成功于天下。天下于是太平治。

皋陶作士以理民。帝舜朝，禹、伯夷、皋陶相与语帝前。皋陶述其谋曰："信其道德，谋明辅和。"禹曰："然，如何？"皋陶曰："于！慎其身修，思长，敦序九族，众明高翼，近可远在已。"禹拜美言，曰："然。"皋陶曰："于！在知人，在安民。"禹曰："吁！皆若是，惟帝其难之。知人则智，能官人；能安民则惠，黎民怀之。能知能惠，何忧乎欢兜，何迁乎有苗，何畏乎巧言善色佞人？"皋陶曰："然，于！亦行有九德，亦言其有德。"乃言曰："始事事，宽而栗，柔而立，愿而共，治而敬，扰而毅，直而温，简而廉，刚而实，强而义，章其有常，吉哉。日宣三德，夙夜翊明有家。日严振敬六德，亮采有国。翕受普施，九德咸事，俊乂在官，百吏肃谨。毋教邪淫奇谋。非其人居其官，是谓乱天事。天讨有罪，五刑五用哉。吾言厎可行乎？"禹曰："女言致可绩行。"皋陶曰："余未有知，思赞道哉。"

帝舜谓禹曰："女亦昌言。"禹拜曰；"于，予何言！予思日孳孳。"皋陶难禹曰："何谓孳孳？"禹曰："鸿水滔天，浩浩怀山襄陵，下民皆服于水。予陆行乘车，水行乘舟，泥行乘橇，山行乘檋，行山刊木。与益予众庶稻鲜食。以决九川致四海，浚畎浍致之川。与稷予众庶难得之食。食少，调有余补不足，徙居。众民乃定，万国为治。"皋陶曰："然，此而美也。"

禹曰："于，帝！慎乃在位，安尔止。辅德，天下大应。清意以昭待上帝命，天其重命用休。"帝曰："吁，臣哉，臣哉！臣作朕股肱耳目。予欲左右有民，女辅之。余欲观古人之象。日月星辰，作文绣服色，女明之。予欲闻六律五声八音，来始滑，以出入五言，女听。予即辟，女匡拂予。女无面谀。退而谤予。敬四辅臣。诸众谗嬖臣，君德诚施皆清矣。"禹曰："然。帝即不时，布同善恶则毋功。"

帝曰："毋若丹朱傲，维慢游是好，毋水行舟，朋淫于家，用绝其世。予不能顺是。"禹曰："予娶涂山，癸甲，生启予不子，以故能成水土功。辅成五服，至于五千里，州十二师，外薄四海，咸建五长，各道有功。苗顽不即功，帝其念哉。"帝曰："道吾德，乃女功序之也。"

皋陶于是敬禹之德，令民皆则禹。不如言，刑从之。舜德大明。

于是夔行乐，祖考至，群后相让，鸟兽翔舞，箫韶九成，凤皇来仪，百兽率舞，百官信谐。帝用此作歌曰："陟天之命，维时维几。"乃歌曰："股肱喜哉，元首起哉，百工熙哉！"皋陶拜手稽首扬言曰："念哉，率为兴事，慎乃宪，敬哉！"乃更为歌曰："元首明哉，股肱良哉，庶事康哉！"又歌曰："元首丛脞哉，股肱惰哉，万事堕哉！"帝拜曰："然，往钦哉！"

于是天下皆宗禹之明度数声乐，为山川神主。

帝舜荐禹于天，为嗣。十七年而帝舜崩。三年丧毕，禹辞辟舜之子商均于阳城。天下诸侯皆去商均而朝禹。禹于是遂即天子位，南面朝天下，国号曰夏后，姓姒氏。

帝禹立而举皋陶荐之，且授政焉，而皋陶卒。封皋陶之后于英、六，或在许。而后举益，任之政。

十年，帝禹东巡狩，至于会稽而崩。以天下授益。三年之丧毕，益让帝禹之子启，而辟居箕山之阳。禹子启贤，天下属意焉。及禹崩，虽授益，益之佐禹日浅，天下未洽。故诸侯皆去益而朝启，曰"吾君帝禹之子也"。于是启遂即天子之位，是为夏后帝启。

夏后帝启，禹之子，其母涂山氏之女也。

有扈氏不服，启伐之，大战于甘。将战，作甘誓，乃召六卿申之。启曰："嗟！六事之人，予誓告女：有扈氏威侮五行，怠弃三正，天用剿绝其命。今予维共行天之罚。左不攻于左，右不攻于右，女不共命。御非其马之政，女不共命。用命，赏于祖；不用命，僇于社，予则帑僇女。"遂灭有扈氏。天下咸朝。

夏后帝启崩，子帝太康立。帝太康失国，昆弟五人，须于洛汭，作五子之歌。太康崩，弟中康立，是为帝中康。帝中康时，羲、和湎淫，废时乱日。胤往征之，作胤征。

中康崩，子帝相立。帝相崩，子帝少康立。帝少康崩，子帝予立。帝予崩，子帝槐立。帝槐崩，子帝芒立。帝芒崩，子帝泄立。帝泄崩，子帝不降立。帝不降崩，弟帝扃立。帝扃崩，子帝廑立。帝廑崩，立帝不降之子孔甲，是为帝孔甲。帝孔甲立，好方鬼神，事淫乱。夏后氏德衰，诸侯畔之。天降龙二，有雌雄，孔甲不能食，未得豢龙氏。陶唐既衰，其后有刘累，学扰龙于豢龙氏，以事孔甲。孔甲赐之姓曰御龙氏，受豕韦之后。龙一雌死，以食夏后。夏后使求，惧而迁去。

孔甲崩，子帝皋立。帝皋崩，子帝发立。帝发崩，子帝履癸立，是为桀。帝桀之时，自孔甲以来而诸侯多畔夏，桀不务德而武伤百姓，百姓弗堪。乃召汤而囚之夏台，已而释之。汤修德，诸侯皆归汤，汤遂率兵以伐夏桀。桀走鸣条，遂放而死。桀谓人曰："吾悔不遂杀汤于夏台，使至此。"汤乃践天子位，代夏朝天下。汤封夏之后，至周封于杞也。

太史公曰：禹为姒姓，其后分封，用国为姓，故有夏后氏、有扈氏、有男氏、斟寻氏、彤城氏、襄氏、费氏、杞氏、缯氏、辛氏、冥氏、斟戈氏。孔子正夏时，学者多传夏小正云。自虞、夏时，贡赋备矣。或言禹会诸侯江南，计功而崩，因葬焉，命曰会稽。会稽者，会计也。

尧遭鸿水，黎人阻饥。禹勤沟洫，手足胼胝。言乘四载，动履四时。娶妻有日，过门不私。九土既理，玄圭锡兹。帝启嗣立，有扈违命。五子作歌，太康失政。羿浞斯侮，夏室不竞。降于孔甲，扰龙乖性。嗟彼鸣条，其终不令！①

《竹书纪年》② 在实际内容上比本篇更为详细，但因其战国古文字本在宋代曾经失传，元明时期才出现今本刻本，比司马迁的记载晚了一千多年，多数人认为是伪作，故本研究主要采信司马迁之说。从中，我们可以得到以下明确信息：

禹，姓姒，名文命（也有禹便是名的说法），字（高）密，史称大禹、帝禹，为夏后氏首领、夏朝开国君王。禹是黄帝的玄孙、颛顼的孙子。③ 大禹出生在汶山石纽地区④，母亲是有莘氏之女，名叫女志，也叫脩己。禹幼年随父亲鲧东迁，来到中原。鲧被尧封于崇地（今河南登封附近），为伯爵，故称崇伯鲧或崇伯，约公元前 2037 年至公元前 2029 年在崇伯之位。帝尧时，中原洪水泛滥造成水患灾祸，百姓愁苦不堪。帝尧命令鲧治水，鲧受命治理洪水水患，鲧用障水法，也就是在岸边设置河堤，但水却越淹越高，历时九年未能平息洪水灾祸。鲧治水是中国著名的洪水神话，后因

---

① （汉）司马迁：《史记》（影印本），1997，第 49—89 页。按："尧遭鸿水，黎人阻饥"以下各句，是司马贞《索隐述赞》的话语。

② 《古本竹书纪年》又称《汲冢纪年》，是战国史官所作，有记载夏、商、周的历史文献十三篇，晋代时被不准盗掘魏王墓而出。其内容与正统儒家学说大相径庭，比如对三代仁政与禅让制度的描述，就根本不是仁人君子在位、有德者居之的民主禅让制度，而是新兴部落首领囚禁、流放上任部落首领的历史，这与韩非子所说的逼、放、伐一致。笔者以为，道德仁政是有的，但这才更符合历史的真实面貌。

③ 也有说法认为禹应为颛顼六世孙。古史传说中的人物，其寿命、称帝时间、世系传承等多有不同说法。

④ 此即"禹出西羌"之说。

治水失败，被刑罚致死。① 鲧与欢兜、三苗、共工并称"四罪"。

接着禹被任命为司空，继任治水之事。禹立即与益和后稷一起，召集百姓前来协助，他视察河道，并检讨鲧治水失败的原因。② 禹总结了父亲治水失败的教训，改革治水方法，以疏导河川为主导，利用水向低处流的自然趋势，疏通了九河。治水期间，禹翻山越岭，淌河过川，拿着测量仪器工具，从西向东，一路测度地形的高低，树立标杆，规划水道。他带领治水的民工，走遍各地，根据标杆，逢山开山，遇洼筑堤，以疏通水道，引洪水入海。禹为了治水，绞尽脑汁，不怕劳苦，也不敢休息。他亲自率领老百姓风餐露宿，三过家门而不入，整天在泥水里疏通河道，把平地的积水导入江河，再引入海洋。经过 13 年治理，终于取得成功，消除了中原洪水泛滥的灾祸。因为治洪水有功，人们为表达对禹的感激之情，尊称他为"大禹"，即"伟大的禹"。

在治水的过程中，禹走遍天下，对各地的地形、习俗、物产等皆了如指掌。帝舜在位三十三年时，正式把天子位禅让给禹。十七年以后，舜在南巡中逝世。三年治丧结束，禹避居夏地的一个小邑阳城，将帝位让给舜的儿子商均。但天下的诸侯都离开商均去朝见禹王。在诸侯的拥戴下，禹正式即王

① 《山海经》中就有"禹以息壤堙洪水"的记载。《山海经》记载："红水滔天，鲧窃帝之息壤以堙红水，不侍帝命，帝令祝融杀鲧于羽渊。女鲧腹生禹，帝乃命禹率布土以定九州。"晋郭璞《山海经注》："息壤者，言土自长息无限，故可以塞红水也。"用现代汉语翻译过来就是：大洪水泛上天际，鲧偷窃了帝尧的息壤用来堵塞洪水，却没有经过帝尧的同意。帝尧便让祝融在鱼渊处死鲧。鲧的遗腹子大禹长成人后，帝尧让禹治水并确定古代中国九州地界。

② 根据古典文献的记载，大禹不仅是在治水成功这件事情上超过了父亲，还在其他政治事件上表现出远超其父的谋略与远见。据《淮南子·原道训》的记载："昔者夏鲧作三仞之城，诸侯背之，海外有狡心。禹知天下之叛也，乃坏城平池，散财物，焚甲兵，施之以德，海外宾服，四夷纳职，合诸侯于涂山，执玉帛者万国。"这段话是说：从前夏部落的首领鲧建造了三仞（八尺为一仞）高的城池来保卫自己，大家都想离开他，别的部落对夏虎视眈眈。后来禹当了首领，发现这一情况，就拆毁了城墙，填平了护城河，把财产分给大家，毁掉了兵器，用道德来教导人民。于是大家都各尽其职，别的部落也愿意来归附。禹在涂山开首领大会时，来进献玉帛珍宝的首领上万。鲧的许多做法失败了，大禹能够吸取教训，从反面检讨之，成为一代明君，不是偶然的，大禹践行的凝聚民心、以民为本的民本思想，无疑是其中最重要的因素。

位，居住在阳城，① 国号夏。这就是中国称"华夏"的起始。②

夏禹分封丹朱于唐，分封商均于虞。推行了很多改革措施：改定历日称为夏历，以建寅之月为正月；重新将天下规划为九个州，并制定了各州的贡物品种；帝夏禹王还规定：天子帝畿以外五百里的地区叫甸服，再外五百里叫侯服，再外五百里叫绥服，再外五百里叫要服，最外五百里叫荒服。甸、侯、绥三服，进纳不同的物品或负担不同的劳务；要服，不纳物服役，只要求接受管教、遵守法制政令；荒服，则根据其习俗进行管理，不强制推行中央朝廷政教。这是明显中央集权的政治制度，也是中国数千年来华夏居中、中央为大、臣服四方的大一统思想的起始。

禹在位的第十年东行，到了会稽后去世。③ 禹去世后，其子启继夏朝天子位。夏禹死后，启通过武力征伐伯益，将其击败后继位，④ 成为中国历史

---

① 《孟子·万章上》载"禹避舜之子于阳城"，《古本竹书纪年》载"禹居阳城"，《世本·居篇》载"夏禹都阳城，避商均也，又都平阳，或在安邑，或在晋阳"，《史记·夏本纪》则说"禹辞避舜之子商均于阳城"。从有关文献来看，夏禹与阳城、平阳的关系是十分密切的。

② 华夏为古汉族的自称，在先秦典籍中多称为"夏"或"诸夏"，又称为"华"或"诸华"，用以区别四夷（东夷、南蛮、西戎、北狄）；后又代称中国。相传在大约五千年前，黄河流域中下游一带的华山与夏水之间分布着许多部落，比较重要的有后来的炎帝部落和黄帝部落等。炎、黄两部落融合成的"华夏民族"，即为"炎黄子孙"。据《史记·五帝本纪》载，五帝中的首位是黄帝，后来的人称黄帝为华夏族的始祖。黄帝之后，最著名的有唐尧、虞舜、夏禹等人。禹，姒姓，治水有功，继位于舜，当了中原各部落之共主，其子启建立了中国的第一个奴隶制王朝夏。夏朝在上古为中央大国，"夏人"即为"中国之人"，"华夏"即为中国的代名词。文化高的地区称为"夏"，把文明程度高的人或族叫"华"。"华夏"合起来就代表了中国是一个有高度文明和发达文化的中央大国，"华夏"久而久之便成了汉族的代名词。中国可信文献中，最早出现"华夏"二字并称的，是《尚书·武成》："华夏蛮貊，罔不率俾。"伪孔传将其解释为"冕服采装曰华，大国曰夏"。《左传·定公十年》："裔不谋夏，夷不乱华"。《春秋左传正义》："中国有礼仪之大，故称夏；有服章之美，谓之华。"意即因中国是礼仪之邦，故称"夏"，"夏"有高雅的意思。中国人的服饰很美，故作"华"。华夏族随着生存空间的扩张而繁衍壮大，到汉唐时期人口、文化、经济达到空前高度，到宋时人文各项领域达到顶峰，"汉人"这一词汇在汉朝之后成为华夏族的别名。及至后来又有"汉族"之称。

③ 《竹书纪年》载为在位四十五年，皇甫谧认为禹享年一百岁左右。

④ 司马迁则记载说："十年，帝禹东巡狩，至于会稽而崩。以天下授益。三年之丧毕，益让帝禹之子启，而辟居箕山之阳。禹子启贤，天下属意焉。及禹崩，虽授益，益之佐禹日浅，天下未洽。故诸侯皆去益而朝启，曰吾君帝禹之子也。于是启遂即天子之位，是为夏后帝启。"司马迁是从夏启"有德"的角度来说他得到了天下诸侯的拥戴，但夏启并不像他父亲那样立过大功劳，诸侯拥戴的实际上是夏禹而不是夏启，伯益"佐禹日浅，天下未洽"，这种动荡的局面给了接受父辈庇荫的夏启以良机，在伯益没有明确"禅让"帝位给夏启的情况下，"启遂即天子之位"，这是公然篡夺。所以，笔者更主张夏启以武力讨伐方式夺得帝位的意见。

上由"禅让制"变为"世袭制"的第一人，自此，宣告原始社会结束，开始了奴隶社会，启是传统上公认的中国第一个帝王。

为了将夏启继承大禹帝位的合法性塑造得更恰当，古籍文献中不乏对夏启的歌功颂德之词，比如《帝王世纪·第三》就说："启升后，十年，舞九韶。"启登上了帝位，表演了舜帝时代伟大的音乐《九韶》，暗示夏启敬奉大舜、继承大禹帝位的合法性是不容置疑的。同篇又说："帝启，一名建，一名余。德教施于四海，贵爵而尚齿。养国老于东序，养庶老于西序。"① 夏启施行仁德之政，尊老爱幼，确实是大禹仁政的理想继承者。

夏禹完成了国家的建立，用阶级代替原始社会，以文明社会代替野蛮社会，推动了中国帝王历史沿革发展。

禹是中国古代传说时代与尧、舜齐名的贤圣帝王，他最卓著的功绩，就是历来被传颂的治理滔天洪水，又划定中国版图为九州。后人称他为大禹。禹死后安葬于会稽山上（今浙江绍兴市南），现仍存禹庙、禹陵、禹祠。从夏启开始，历代帝王大都来禹陵祭祀他。

而在《尚书》《史记》等之外，流传于民间的神话传说中有部分讲禹是天帝派到下界来铺设土地的神，故称神禹。说土地上的山川都是他奠定的，故被奉为土地之神——社神。

远古时代各部落中特别杰出的首领往往以宗神的化身出现，而且往往袭用其名，所以华夏族的部落联盟中，曾有过杰出的首领黄帝、鲧、禹等。同盟部落中有炎帝，后来由东方融合来的又有颛顼、帝喾、尧、舜、皋陶等。有关他们先神的神话和其本人的传说完全净化为历史后，便被司马迁采录入本篇，禹被称为伯禹，禹就成了奉舜命治水成功，继舜为天子的夏代第一位君主夏后。

《夏本纪》根据《尚书》及有关历史传说，系统地叙述了由夏禹到夏桀四百多年的历史，向人们展示了由原始部落联盟向奴隶制社会过渡时期的政治、经济、军事、文化及人民生活等方面的概貌，尤其突出地描写了夏禹这样一个功绩卓著的远古部落首领和帝王的形象。司马迁以极其虔敬的心情，向人们叙说了夏禹治水的业绩：他怀着励精图治的决心，

---

① （晋）皇甫谧撰：《帝王世纪》，第23页。

新婚四天就离家赴任，行山表木，导九川，陂九泽，通九道，度九山，考察了九州的土地物产，规定了各地的贡品赋税，指给了各地朝贡的方便途径，并在此基础上，划定了五服界域，使得全国范围内形成了众河朝宗于大海，万方朝宗于天子的统一、安定和欣欣向荣的大好局面。在叙说夏禹的业绩的过程中，司马迁还插进了皋陶论"九德"以及舜和皋陶关于元首和股肱的歌词，这也反映了古人理想的天子及诸侯大臣的行为和道德规范。

与夏禹的形象相反，司马迁也用简约的笔触，勾画和鞭挞了孔甲的湎淫和夏桀的暴虐。《夏本纪》是一部夏王朝的兴衰史。夏禹的兴起，是由于他治理洪水救民于灾难，勤勤恳恳地做人民的公仆，人民拥护他。夏朝的衰亡，则是由于孔甲、夏桀这样的统治者败德、伤民，人民怨恨他们。

当然，夏禹还只是一个传说中的人物，这篇本纪的记载也未必完全真实，历史事实未必那么美好，但大禹治水的业绩却早已在中华民族的历史上，树起了一座永不磨灭的丰碑；他十三年于外，三过家门而不入的伟大奉献精神，也早已千古传颂，作为我们祖先一种美德的代表，将永远值得尊敬、学习和效法。

现将大禹开启的夏王朝世系表简述于下：

夏后世系①

夏禹

禹姓姒，名文命，是黄帝的玄孙。由于治水立了大功，被尊称为大禹。他的父亲治水不成而被杀，禹接替其治水的工作，采取疏导的方法，经过十三年的努力，终于成功。后继舜为帝。称国号夏后，故又称夏禹。他在涂山大会诸侯，建立了奴隶制国家的雏形。禹铸造九鼎，象征九州。在位

---

① 《史记》中所载的夏世系并未能在考古的角度上得以证实，因而有人根据西方关于这方面的认识对夏王朝相关记述提出质疑。但从另一个方面来讲，司马迁所处的汉代距离夏王朝的时代大约两千年，当时为他所掌握的史料是远远多于今天的。最重要的一点，是汉朝上承东周。而夏商周三代在传承方面环环相扣，因此从史料继承的角度来说，夏世系是具有其合理性的。而对于此言之凿凿曰其不实则显得有些武断。当然可以承认的一点是，由于种种原因，上古史录在口口相传的过程中，常把不同人、不同时期的事迹归集到少数被神话化了的人物身上；这一点，也是中国从古至今造神运动的一大传统。

45 年死，葬于会稽山。

启：姓姒，名启，大禹的儿子。即位后镇压有扈氏的反抗，巩固了政权，建立了中国历史上第一个奴隶制的国家。

太康：夏启的儿子，继启为王。他生活荒淫，朝政松弛。在他外出打猎时，有穷氏首领后羿乘机入侵，自己做了君长，史称"太康失国"。

仲康：太康的弟弟。即位后无力恢复夏的天下，这时后羿被他的亲信寒浞杀死。寒浞自立为王。

相：仲康的儿子。即位 28 年后，寒浞攻打他，相被杀。

少康：相的遗腹子。少康时终于推翻了入主夏国四十多年的有穷氏政权，史称"少康中兴"。少康是一位有作为的国王。

杼：少康的儿子。曾参加父亲领导的恢复夏国的战争，并立下许多战功。他发明了甲和矛，并大举征伐东夷，取得胜利。

槐：杼的儿子。他在位时社会经济有所发展。

芒：槐的儿子。他在位时，开始了延续数千年的沉祭。①

泄：芒的儿子，他在位时，正式赐封九夷各部诸侯爵位。

不降：泄的儿子。在位 59 年后，让位与其弟扃。

扃：不降的弟弟。

廑：扃的儿子。他在位时，夏国开始衰落。

孔甲：不降的儿子。司马迁说"帝孔甲立，好方鬼神，事淫乱"，可见孔甲是一位胡作非为的残暴昏君。

皋：孔甲的儿子。

发：皋的儿子。他在位时，各方诸侯已经不来朝贺了，夏进一步衰落。

桀：发的儿子。他是历史上有名的残暴之君。穷奢极欲，暴虐嗜杀，终于被商汤所灭，结束了长达近 500 年的夏朝。

根据《史记·夏本纪》记载："禹之父曰鲧，鲧之父曰帝颛顼，颛顼之父曰昌意，昌意之父曰黄帝。禹者，黄帝之玄孙而帝颛顼之孙也。"结合《大戴礼记·帝系》的记载，可知禹之前的世系传承为：

---

① 即将祭物沉入黄河企求河神的庇护。

118

黄帝→昌意→颛顼→鲧→禹

《史记》夏后氏的世系传承为：

禹→启→太康（失国，后羿篡位）→仲康→相→少康→予→槐→芒→泄→不降→扃→廑→孔甲→皋→发→履癸（桀）

《竹书纪年》中夏后氏的世系传承为：

禹→启→太康（失国，后羿篡位）→少康→予（伯杼）→芬（发）→荒（芒）→泄→不降→扃→胤甲→昊→发（敬，惠）→桀

再向上推，将五帝世系与三皇世系加入进来，则可见中华民族发展到夏代的文明传承顺序为：

燧人氏配华胥氏生伏羲、女娲。

伏羲配女娲，生少典。

少典生二子：长子炎帝、次子黄帝。

黄帝生二子：长子少昊（又名玄嚣）、次子昌意。

少昊生九子：蟜极、重（又名句芒）、该（又名蓐收）、穷奇、般、倍伐、昧祖、穷申、瞽目。

昌意生一子：颛顼，又名干荒。

颛顼生六子：鲧曾、古蜀王、称、魍魉、穷蝉、梼杌。

鲧曾生鲧祖。鲧祖生鲧父。鲧父生鲧。鲧生禹，即姒文命。禹生姒启。

姒启生五子：姒太康、姒元康、姒伯康、姒仲康、姒武观。仲康生相。相生少康。少康生杼（也作予）。杼生槐。槐生芒。芒生泄。泄生不降、扃。不降生孔甲。孔甲生皋。皋生发。发生桀。扃生廑。①

---

① 笔者认为，上述世系传承是根据神话传说和古籍记载推导出来的，实际情况当并非如此。暂备一说。

综上，禹因治水有功，取得了帝位，并传给其子启，从而建立了我国历史上第一个奴隶制王朝，夏王朝约存在于公元前 21 世纪至公元前 16 世纪，约 500 年。

夏禹是为中华民族的历史发展做出了巨大贡献的伟大历史人物。他的重大功绩不仅在于治理洪水、发展国家生产，使人民安居乐业，更重要的是结束中国原始社会部落联盟的社会组织形态，创造了"国家"这一新型的社会政治形态。后来，"大禹铸鼎于荆山"，即冀州鼎、兖州鼎、青州鼎、徐州鼎、扬州鼎、荆州鼎、豫州鼎、梁州鼎、雍州鼎，鼎上铸着各州的山川名物、珍禽异兽。九鼎象征着九州，其中豫州鼎为中央大鼎，豫州即为中央枢纽。九鼎集中到夏王朝都城阳城，借以显示夏王大禹成了九州之主，天下从此一统。九鼎继而成为"天命"之所在，是王权至高无上、国家统一昌盛的象征。夏禹完成了国家的建立，用阶级代替原始社会，以文明社会代替野蛮社会，推动了中国帝王历史沿革发展，被后人称为"立国之祖"。

大禹的陵寝位于浙江省绍兴市越城区禹陵乡禹陵村，是后人为颂扬和纪念中国古代第一位治水英雄和夏朝的奠基者大禹而修建的。主要包括禹陵、禹祠和禹庙三大部分。禹陵的建筑主要是明、清和民国重建之物。1995 年，江泽民同志来此谒陵，回京后专门为新建成不久的大禹陵牌坊题"大禹陵"三字。1996 年，大禹陵被国务院公布为全国重点文物保护单位。1997 年，大禹陵又被中宣部列为全国百家爱国主义教育示范基地。2006 年，大禹祭典被国务院列入国家级非物质文化遗产名录。

从古至今，纪念大禹形成了国家祭祀。在民间，禹王碑是最有名的祭祀遗迹之一。禹王碑位于岳麓山巅的苍紫色石壁上，在蟒蛇洞南面，面东而立。碑文记述和歌颂大禹治水的丰功伟绩。大禹继父治水，"七年闻乐不听，三过家门不入"的美谈，流传至今。岳麓禹王碑高 1.7 米，宽 1.4 米，碑文分 9 行，每行 9 字，共计 77 字，末行空四字。其文字形如蝌蚪，既不同于甲骨钟鼎，也不同于籀文蝌蚪，很难辨认，很可能是道家的一种符箓，也有说是道士们伪造的。但远在 1200 多年前，即为韩愈所闻及，还亲登南岳岣嵝峰寻访禹碑，并留有诗记。即使是唐宋时的赝品，作为纪念大禹治水之丰碑，也是十分珍贵的。全国有十几处镌立禹碑，据说皆由岳麓禹碑模本复刻。

第二节 《文心雕龙》的禹夏评论

《文心雕龙》将先秦最著名的蜀人大禹作为伟大的政治家来歌颂，尽管大禹不是文学家，本人也没有直接的署名作品传世，但他的治水功绩、建国贡献和美好品质，使之成为《文心雕龙》重点论述的先圣之一。普查全书，得到很多记述大禹和夏代政治、诗歌、音乐、文学的文字。对大禹的直接评价有以下十处：

1.《原道》：人文之元，肇自太极，幽赞神明，易象惟先。……若乃河图孕乎八卦，洛书韫乎九畴，玉版金镂之实，丹文绿牒之华，谁其尸之？亦神理而已。

2.《原道》：自鸟迹代绳，文字始炳，炎皞遗事，纪在《三坟》……益稷陈谟，亦垂敷奏之风。夏后氏兴，业峻鸿绩，九序惟歌，勋德弥缛。

3.《正纬》：夫神道阐幽，天命微显，马龙出而大《易》兴，神龟见而《洪范》耀，故《系辞》称："河出图，洛出书，圣人则之。"斯之谓也。

4.《辨骚》：昆仑流沙，则《禹贡》敷土。

5.《辨骚》：故其陈尧舜之耿介，称禹汤之只敬，典诰之体也。

6.《明诗》：人禀七情，应物斯感，感物吟志，莫非自然。……及大禹成功，九序惟歌；太康败德，五子咸讽：顺美匡恶，其来久矣。

7.《颂赞》：赞者，明也，助也。昔虞舜之祀，乐正重赞，盖唱发之辞也。及"益赞于禹"，"伊陟赞于巫咸"，并飏言以明事，嗟叹以助辞也。

8.《铭箴》：昔帝轩刻舆几以弼违，大禹勒笋虡而招谏。……列圣鉴戒，其来久矣。

9.《诏策》：戒者，慎也，禹称"戒之用休"。君父至尊，在三同极。

10.《时序》：时运交移，质文代变；古今情理，如可言乎？……

> 至大禹敷土，九序咏功；成汤圣敬，"猗欤"作颂。……故知歌谣文理，与世推移；风动于上，而波震于下者也。

与大禹儿子夏启有关的夏商周三代文学，比如《史传》《诏策》等篇，在此暂不纳入。

第三节　《文心雕龙》的禹夏文学综论

现根据《文心雕龙》从前到后对大禹、夏启及夏代文学的主要记载，依从分类论述的方式，将《文心雕龙》中的禹夏文学综论于下。

一、赞美大禹的伟大功绩

大禹治水和德政治国的功绩十分伟大，《文心雕龙》从不同的角度进行了多样化的褒赞。《原道》篇论述文学的起源和发展简史，将大禹及其功绩作为文学发展历史上承前启后的重要环节：

> 自鸟迹代绳，文字始炳。炎皞遗事，纪在《三坟》，而年世渺邈，声采靡追。唐虞文章，则焕乎始盛。元首载歌，既发吟咏之志；益稷陈谟，亦垂敷奏之风。夏后氏兴，业峻鸿绩，九序惟歌，勋德弥缛。①

夏后氏，指夏禹，后来成为我国第一个世袭王朝夏朝的氏称，夏朝王族以国为氏，为夏后氏，简称夏。先秦时代姓、氏含义不同，夏后氏为姒姓。中华民族最早的称呼——华夏，也是起源于夏后。另据《竹书纪年》载，夏代多位君主称呼前冠以"后"字，如后启、后相、后羿、后少康、后芬、后荒（芒）、后泄、后昊、后发、后桀，据此推断，此"后"字在夏代当与"君""王"同义。夏后氏即"夏王"之义。

刘勰赞美说："夏后氏兴，业峻鸿绩，九序惟歌，勋德弥缛。"据《尚书·大禹谟》记载：

---

① 杨明照：《增订文心雕龙校注》，第1页。按：黄侃《文心雕龙札记》论夏后"业峻鸿绩"时说："案业、绩同训功，峻、鸿皆训大，此句位字，殊违常轨。"按：全书还有很多这样的例子，如《征圣》篇"抑引随时，变通会适"、《铭箴》篇"铭实表器，箴惟德轨"等位字均与此同例，可能是一种表述上的习惯。

禹曰："于！帝念哉！德惟善政，政在养民。水、火、金、木、土、谷，惟修；正德、利用、厚生，惟和。九功惟叙，九叙惟歌。戒之用休，董之用威，劝之以九歌俾勿坏。"

帝曰："俞！地平天成，六府三事允治，万世永赖，时乃功。"①

禹说："啊！帝要深念呀！帝德应当使政治美好，政治在于养民。水、火、金、木、土、谷六种生活资料应当建立，正德、利用、厚生三件大事目的在使天下和谐，这九件事应当理顺，九件事理顺了应当歌颂。要用善言规劝臣民以警戒犯错，用威罚监督臣民，用九歌勉励臣民，使政事不会败坏。"舜帝说："对！水土平治，万物成长，六府和三事真实办好了，是万世永利的事业，这是您的功勋。"

何为九功？何为九叙？何为九歌？是否为文中"六府三事"的叠加？笔者以为：一则九是最大的数字，可以泛指最大、最高的功绩，值得给予最多的歌颂；二则从准确的含义上说，当有定论。据《左传·文公七年》记载：

晋郤缺言于赵宣子曰："日卫不睦，故取其地，今已睦矣，可以归之。叛而不讨，何以示威？服而不柔，何以示怀？非威非怀，何以示德？无德，何以主盟？子为正卿，以主诸侯，而不务德，将若之何？《夏书》曰：'戒之用休，董之用威，劝之以《九歌》，勿使坏。'九功之德皆可歌也，谓之九歌。六府、三事，谓之九功。水、火、金、木、土、谷，谓之六府。正德、利用、厚生，谓之三事。义而行之，谓之德、礼。无礼不乐，所由叛也。若吾子之德莫可歌也，其谁来之？盍使睦者歌吾子乎？"宣子说之。②

《尚书正义》卷四《大禹谟》孔颖达于"九叙惟叙，九叙惟歌"后正义曰："言六府三事之功有次叙，皆可歌乐，乃德政二政。"又据《汉书·礼乐志》载："国子者，卿大夫之子弟也，皆学歌九德，诵六诗，习六舞、

---

① （汉）孔安国传，（唐）孔颖达等正义：《尚书正义》，上海：上海古籍出版社1992年版，第135页。

② （汉）郑玄注，（唐）孔颖达等正义：《春秋左传正义》，上海：上海古籍出版社1990年版，第1846页。

五声、八音之和。"颜师古注曰:"水、火、金、木、土、谓之六府。正德、利用、厚生谓之三事。六府三事谓之九功。九功之德皆可歌也,故言九德也。"可见,大禹向帝舜提出来的"水、火、金、木、土、谷,惟修;正德、利用、厚生,惟和"就是九功、九叙,为文中"六府三事"的叠加,这些是与民生、德政最相关的重要事件,九歌则是显扬这些德政思想的传播手段。且不论屈原《九歌》与此是否有关联,后代有作为的帝王以此比拟大禹,彰显自己的政治成就,例子是不少的,比如唐玄宗《首夏花萼楼观群臣宴宁王山亭回楼下又申之以赏乐赋诗》:"九歌扬政要,六舞散朝衣。"其中的"九歌",即指此处之九歌;其中的"六舞",一说为六种乐舞:谓黄帝之《云门》、尧之《咸池》、舜之《大韶》、禹之《大夏》、汤之《大濩》、武王之《大武》,① 均与大禹直接相关。

"夏后氏兴,业峻鸿绩,九序惟歌,勋德弥缛"中的"勋德",即功德。杨明照先生《文心雕龙校注》:"《说苑·修文》篇:德弥盛者文弥缛。缛,繁采饰也。"《原道》:"文之为德也大矣。"《体性》篇论述八体风格,列有"繁缛"一体,解说曰:"繁缛者,博喻酿采,炜烨枝派者也。"这就是说,大禹以其盛德(主要是治水功绩与治国改革)为基础,为天下百姓立下了赫赫功勋,不仅他个人在历史上得到了很高的赞誉,夏代的文学也因此而留下极高的声誉。刘勰赞美大禹的"勋德"很多,是一种笼统的说法,在《尚书·皋陶谟》中,则有赞美大禹九德的明确记载:

> 皋陶曰:"都!亦行有九德。亦言,其人有德,乃言曰,载采采。"
>
> 禹曰:"何?"
>
> 皋陶曰:"宽而栗,柔而立,愿而恭,乱而敬,扰而毅,直而温,简而廉,刚而塞,强而义。彰厥有常,吉哉!日宣三德,夙夜浚明有家;日严祇敬六德,亮采有邦。翕受敷施,九德咸事,俊乂在官。百僚师师,百工惟时,抚于五辰,庶绩其凝。无教逸欲,有邦兢兢业业,一日二日万几。无旷庶官,天工,人其代之。天叙有典,敕我五典五惇哉!天秩有礼,自我五礼有庸哉!同寅协恭和衷哉!天命有德,五

---

① 另说据《周礼·春官·乐师》:凡舞有帗舞,有羽舞,有皇舞,有旄舞,有干舞,有人舞。谓之六舞。

服五章哉！天讨有罪，五刑五用哉！政事懋哉！懋哉！"　"天聪明，自
我民聪明。天明畏，自我民明威。达于上下，敬哉有土！"①

　　皋陶说："啊！检验人的行为大约有九种美德。检验了言论，如果那个
人有德，就告诉他说，可做点工作。"

　　禹问："什么叫九德呢？"

　　皋陶说："宽宏而又坚毅，柔顺而又卓立，谨厚而又严恭，多才而又敬
慎，驯服而又刚毅，正直而又温和，简易而又方正，刚正而又笃实，坚强
而又合宜，要明显地任用具有九德的好人啊！天天表现出三德，早晚认真
努力于家的人，天天庄严地重视六德，辅助政事于国的人，一同接受，普
遍任用，使具有九德的人都担任官职，那么在职的官员就都是才德出众的
人了。各位官员互相效法，他们都想处理好政务，而且顺从君王，这样，
各种工作都会办成。治理国家的人不要贪图安逸和私欲，要兢兢业业，因
为情况天天变化万端。不要虚设百官，上天命定的工作，人应当代替完成。
上天规定了人与人之间的常法，要告诫人们用父义、母慈、兄友、弟恭、
子孝的办法，把这五者敦厚起来啊！上天规定了人的尊卑等级，推行天子、
诸侯、卿大夫、士和庶人这五种礼制，要经常啊！君臣之间要同敬、同恭，
和善相处啊！上天任命有德的人，要用天子、诸侯、卿大夫、士、庶人五
等礼服表彰这五者啊！上天惩罚有罪的人，要用墨、劓、剕、宫、大辟五
种刑罚处治五者啊！政务要努力啊！要努力啊！"

　　据此可知，大禹之所以能够当好大舜的接班人、治理好中原各个部落，
成为大禹王，一个重要的原因是：他的身边有皋陶这样的好同事、好部属，
能够时时提醒他、劝谏他，使大禹能清醒认识天下大势，准确把握民心所

---

① （汉）孔安国传，（唐）孔颖达等正义：《尚书正义》，上海：上海古籍出版社 1992 年版，第
　　138—139 页。

向，采取恰当的治理措施，大禹因而能遵循"九德"，①建定天下。《尚书》中在《大禹谟》之后，专列《皋陶谟》一篇，记载皋陶这位大舜和大禹时代的著名臣子的言行功绩。

不仅皋陶，还有《原道》篇谈到的"益稷陈谟，亦垂敷奏之风"的两个人：皋陶的儿子伯益和后稷，既是大舜时代的大臣，更是大禹时代的名臣。比如伯益向大禹讨伐有苗部落久攻不下的局面进谏，建议采用文德美政，七十天后有苗就归顺了，事见《尚书·大禹谟》。伯益和后稷以其辅佐大舜与大禹的卓越的政治功勋，进入《尚书》之中，在《皋陶谟》之后，专列《益稷》谟一篇，来记述他们。伯益后来还被大禹选定为禅位的继承人，接受了大禹的帝位。

《文心雕龙》中赞颂大禹的九功、九叙、九歌还多次出现过。《明诗》篇："及大禹成功，九序惟歌。"又《时序》一篇，专论数千年文学发展史，并以上古文学为例证，阐述"时运交移，质文代变""歌谣文理，与世推移"的普适性规律，大禹治水的事迹及其德政美誉再次成为刘勰赞美的对象：

> 时运交移，质文代变；古今情理，如可言乎？……至大禹敷土，九序咏功；成汤圣敬，"猗欤"作颂。……故知歌谣文理，与世推移；风动于上，而波震于下者也。②

如此，从赞美文学的产生开始，到古代先王的崇高言行，再到文学发展的千年历史，乃至具体的作品品评，大禹都是其中最重要的歌颂对象之一。大禹为《文心雕龙》的成书提供了重要的素材。《正纬》篇在论述纬书的起源时，将伏羲与大禹并举之：

---

① 关于九德，在历史上主要有三种说法，除了本文采录的大禹九德，还有两种不同的意见存在：九德之二是指《左传·昭公二十八年》中的"心能制义曰度，德正应和曰莫，照临四方曰明，勤施无私曰类，教诲不倦曰长，赏庆刑威曰君，慈和徧服曰顺，择善而从之曰比，经纬天地曰文。九德不愆，作事无悔，故袭天禄，子孙赖之！"九德之三是指《逸周书·常训》中的"忠、信、敬、刚、柔、和、固、贞、顺"九种美德。笔者按：除了以上三种关于品质九德的意见之外，清人和素《琴谱合璧》还提出了古琴的九德说："蓄琴者，欲其九德具备，无收庸材。九德者：奇、古、透、润、静、匀、圆、清、芬也。"

② 杨明照：《增订文心雕龙校注》，第539页。

> 夫神道阐幽，天命微显，马龙出而大《易》兴，神龟见而《洪范》耀。故《系辞》称"河出图，洛出书，圣人则之"，斯之谓也。但世复文隐，好生矫诞，真虽存矣，伪亦凭焉。①

神道，即《原道》论述的自然之道。阐幽，与"微显"相对，即幽阐，深奥的要使它明显。天命，自然界的法规。马龙，像马的龙，相传马龙从黄河里负图而出，伏羲照着河图制成了八卦，后来周文王为八卦作爻辞而成《周易》。神龟，传说大禹时洛水中有龟负书进献。《洪范》，指《尚书·洪范》篇，说天赐给大禹洪范九畴。洪范，大法；九畴，各类。刘勰指出：根据自然之道阐明幽深的事理，上天的启示显现于微妙的事物。黄河里龙马出图而产生了《易》，神龟在洛水负书出献。所以《周易·系辞》里说："黄河出图，洛水出书，圣人效法它写作了经书。"讲的就是这些道理。但历时久远，文辞隐晦不清，容易产生不实的假托荒诞之事。因此这些东西里面，虽然保存有真实的东西，但假的也据此存留下来。

相传，上古伏羲氏时，洛阳东北孟津县境内的黄河中浮出龙马，背负"河图"，献给伏羲，伏羲依此而演成八卦，后为《周易》来源。又相传，大禹时，洛阳西洛宁县洛河中浮出神龟，背驮"洛书"，献给大禹。大禹依此治水成功，遂划天下为九州，又依此定九章大法，治理社会，流传下来收入《尚书》中，名《洪范》。《周易·系辞上》说："河出图，洛出书，圣人则之"，就是指这两件事。

伏羲据河图制作八卦，成为在蒙昧混沌中开辟认知自然的先哲。而大禹则根据洛书的启示，治水成功，划定九州，制作《洪范》，成为中国政治家中最早奠定疆域、规划国土、科学治理的政治家。

关于大禹洛书之说，除了上述"治水所得"说，还有另一种"大梦准备"说，皇甫谧《帝王世纪·第三》曰："禹未登用之时，父既降在匹庶，有圣德，梦自洗于河，观于河，始受图，括地象也。图言治水之意，四岳举之，舜进之尧，尧命为司空。"② 大禹的父亲鲧治水失败，被贬为庶民，大禹有圣德，做了一个非常美好的大梦，梦见自己在黄河中洗澡，观察河

---

① 杨明照：《增订文心雕龙校注》，第40页。
② （晋）皇甫谧撰：《帝王世纪》，第21页。

象，于是神奇地得到了洛书之图，"图言治水之意，四岳举之"，自带山水地理图示，且预言了大禹继承父亲未竟之事业，前往治水之事。这种附会的说法，鼓吹大禹治水的灵验，带有明显的神秘主义色彩，归之于谶纬之中，是实事求是的。

西汉刘歆以河图为八卦，以《尚书·洪范》为洛书。汉代纬书有《河图》九篇，《洛书》六篇。以九六附会河洛之数。宋初陈抟创"龙图易"，吸收汉唐九宫说与五行生成数，提出一个图式，名龙图，即河图。西蜀隐者则以陈抟之先天太极图为河图。刘牧将陈抟龙图发展为河图、洛书两种图式，将九宫图称为河图，五行生成图称为洛书。南宋朱震于《周易挂图》中载其图。南宋蔡元定认为刘牧将河图与洛书颠倒了，将九宫图称为洛书，五行生成图称为河图。朱熹《周易本义》卷首载其图。后世所称一般以蔡说为准。南宋薛季宣以九数河图、十数洛书为周王朝的地图、地理志图籍。清黄宗羲《易学象数论》、胡渭《易图明辨》亦认为河图洛书为四方所上图经一类。今人高亨认为河图洛书可能是古代地理书，另有人认为河图为上古气候图，洛书（见下图）为上古方位图，或以为河图为天河之图。众说不一，尚在继续探求中。

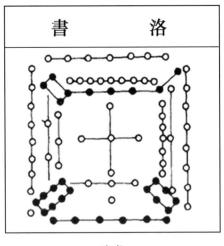

洛书

一般认为河图为体，洛书为用；河图主常，洛书主变；河图重合，洛书重分；方圆相藏，阴阳相抱，相互为用，不可分割。汉代刘歆认为："河图洛书相为经纬。"(《汉书·五行志》注)南宋朱熹、蔡元定："河图主全，故极于十；洛书主变，故极于九。""河图以五生数统五成数而同处于方，盖揭其全以示人而道其常，数之体也。洛书以五奇数统四偶数而各居其所，盖主于阳以统阴而肇其变，数之用也。"并认为河图象天圆，其数为三，为奇；洛书象地方，其数为二，为偶。(《易学启蒙》)蔡沉："河图体圆而用方，圣人以之而画卦；洛书体方而用圆，圣人以之而叙畴。"并认为河图主象、洛书主数；河图主偶、洛书主奇；河图主静、洛书主动。(《洪范皇极·内篇》)清万年淳以图之方圆论河洛关系，认为："河图外方而内圆"，"中十点作圆布"，"外四圈分布四方，为方形，十包五在内，仍然圆中藏方，方中藏圆，阴中有阳，阳中有阴之妙也。而十五居中，即洛书纵横皆十五之数，是又河图包裹洛书之象。河图点皆平铺，无两折，洛书亦然。""洛书外圆而内方，圆者黑白共四十数，圆布精其外，包裹河图之象。""河图已具洛书之体，洛书实有运用河图之妙，因将图书奇偶方圆交互表之以图。"(《易拇》)近代杭辛斋认为："河图为体而中有用，洛书为用而中有体。""有以图书配八卦者，多拘执而不能悉当，其实河图为体、洛书为用，河图即先天，洛书即后天。""故图与书，相互表里，不能分割。"(《易楔》)还有人认为河图重"合"，具有奇偶相配、阴阳互抱、生成相依的特点；洛书重"分"，具有奇偶分离，生成异位的特点，两者一分一合，体现对立统一、盛衰动静的辩证关系。《周易·系辞上》："是故天生神物，圣人则之；天地变化，圣人故之；天垂象见吉凶，圣人象之；河出《图》，洛出《书》，圣人则之。"孔子相信河图、洛书的存在，并以二者作为圣人作《易》的四条依据之一。

对于河图，现在的阐释主要有三种：

第一种是神话传说，即伏羲接受龙马背上托出的图示，创立八卦。西汉经学家孔安国解释《周易·系辞上》中的"河出图"说："河图者，伏羲氏王天下，龙马出河，遂则其文，以画八卦。"孔安国还对龙马负图做出了如亲临其境般的描述，说龙马为天地间的精灵，它的外形非常奇特，在马身上长有龙鳞，故称龙马。这匹龙马赤文绿色，高八尺五寸，似骆而有翅，踏水不没。伏羲在位，"龙马出于孟河"，所谓孟河就是黄河孟津段。除了伏羲氏时代外，传说这匹龙马还有另外几次负图而出。轩辕黄帝时、帝尧时，这种神迹都出现过。河图究竟是什么含义，它与八卦及文字究竟是什么关系，这些都是历代学者争论的话题。但相比而言，河图的来历更是千古之谜。虽然古人对龙马负图而出是深信不疑的，但我们对这个事迹仍只能当神话看待。

第二种归于原始先民的集体创造。真实的历史往往可能很简单，就是河图不是上帝遣龙马所赐，而是河洛先民的伟大创造。近年，有学者提出"河出图"的"河"不是黄河，而是活动于河洛地区的古老部族有河氏，"出"是"奉上、进献"的意思。意思是有河氏把这个部族创造的有着特殊含义的图献给了伏羲氏。这种观点的意义不在于结论是否成立，而是把河图请下了神坛。从考古发现看，原始的河图雏形出现得相当早。在陕西华县元君庙仰韶文化遗址出土的距今六千年左右的陶器上，有用锥刺成的五十五个小圆点组成的三角图案。据专家研究，这个图案与古代有关河图著作所载的有关河图推演图极为相似，这可能就是原始的河图。显然，先民集体创造说，这种意见是最符合历史事实的。

第三种则从天文学角度来解释这一现象。有人以为龙马为东方苍龙七宿的龙（包括角、亢、氐、房、心、尾、箕）与天马四，与《山海经》中的"马身而龙首"相符，当为上古龙马图腾的人在星空中找到的龙马。从贾湖文化来看，8000多年前有卜卦是事实，产生河图一类的图文是可能的。后来相传，成为"帝王受命之瑞"。中国社会科学院考古研究所研究员冯时教授指出："原始农业的出现必须以人们对于时间的掌握作为保证，没有理由相信，一个对时间茫然无知的民族可以创造出发达的农业文明！而要做到这一点，就必须进行天文观测。在这个意义上，天文学同样决定着原始农业的出现与人类的生存。"冯时教授以大量翔实的资料和图表深入浅出地诠释着河图洛书的丰富内涵。他说："'龙的传人'之'龙'，并非传说中的奇异动物，而是实实在在每日从人们头上掠过的星象。通过对'龙'等星象的观测，中华先人完成了时空定位，踏上数千年不间断的文明征程。"他指出，河图实为描绘东宫苍龙跃出银河回天运行的星象图，洛书实为

"四方五位图"与"八方九宫图",表现了先人以生成数、阴阳数配方位的思想。①

综上,今天,我们已经不可能知道河图、洛书的真伪了。我们这样来界定:河图与洛书是中国古代流传下来的两幅神秘图案,历来被认为是河洛文化的滥觞。河图洛书是阴阳五行术数之源,汉代儒士认为,河图就是八卦,而洛书就是《尚书》中的《洪范九畴》。

河图洛书最早记录在《尚书》之中,其次在《易传》之中,诸子百家多有记述。太极、八卦、周易、六甲、九星、风水等皆可追源至此。作为中国历史文化渊源的河图洛书,直接孕育了《周易》和《洪范》两书,在汉文化发展史上有着重要的地位,在哲学、政治学、军事学、伦理学、美学、文学诸领域产生了深远影响。

河图洛书的意义在于,第一,证实了《易》关于卜筮与天地相应的思想早在六七千年前就有了具体体现。第二,承认中国南方和东南亚的八角八芒图案和美洲太阳历石为历法,就应该承认6500年前的相似图案也是历法。第三,要用发展的眼光看历史,早期八卦无文字形式,良渚文化已有用数字记录的卦文,周原遗址则出土了用"☷"表示的卦象,但八卦在中华文化的漫长历史中至少八千年连续传承,并分布到环太平洋地区是不容忽视的事实。

关于《洪范》,记载在《尚书》之中,奇怪的是,本篇论述大禹治国的方针措施,却是在周武王时代展开的一次追溯历史、回顾历史的谈话记录:

> 武王胜殷,杀受,立武庚,以箕子归。作《洪范》。惟十有三祀,王访于箕子。
>
> 王乃言曰:"呜呼!箕子。惟天阴骘下民,相协厥居,我不知其彝伦攸叙。"
>
> 箕子乃言曰:"我闻在昔,鲧堙洪水,汩陈其五行。帝乃震怒,不畀'洪范'九畴,彝伦攸斁。鲧则殛死,禹乃嗣兴,天乃锡禹'洪范'九畴,彝伦攸叙。初一曰五行,次二曰敬用五事,次三曰农用八

① 冯时:《河图洛书解密暨华胥文化发微》学术演讲会,四川新闻网:http://nc.newssc.org/ system/20170113/002096830.html。

政，次四曰协用五纪，次五曰建用皇极，次六曰义用三德，次七曰明用稽疑，次八曰念用庶征，次九曰向用五福，威用六极。

一、五行。一曰水，二曰火，三曰木，四曰金，五曰土。水曰润下，火曰炎上，木曰曲直，金曰从革，土爰稼穑。润下作咸，炎上作苦，曲直作酸，从革作辛，稼穑作甘。

二、五事。一曰貌，二曰言，三曰视，四曰听，五曰思。貌曰恭，言曰从，视曰明，听曰聪，思曰睿。恭作肃，从作乂，明作哲，聪作谋，睿作圣。

三、八政。一曰食，二曰货，三曰祀，四曰司空，五曰司徒，六曰司寇，七曰宾，八曰师。

四、五祀。一曰岁，二曰月，三曰日，四曰星辰，五曰历数。

五、皇极。皇建其有极。敛时五福，用敷锡厥庶民。惟时厥庶民于汝极。锡汝保极：凡厥庶民，无有淫朋，人无有比德，惟皇作极。凡厥庶民，有猷有为有守，汝则念之。不协于极，不罹于咎，皇则受之。而康而色，曰：'予攸好德。'汝则锡之福。时人斯其惟皇之极。无虐茕独而畏高明，人之有能有为，使羞其行，而邦其昌。凡厥正人，既富方谷，汝弗能使有好于而家，时人斯其辜。于其无好德，汝虽锡之福，其作汝用咎。无偏无陂，遵王之义；无有作好，遵王之道；无有作恶，尊王之路。无偏无党，王道荡荡；无党无偏，王道平平；无反无侧，王道正直。会其有极，归其有极。曰：皇，极之敷言，是彝是训，于帝其训，凡厥庶民，极之敷言，是训是行，以近天子之光。曰：天子作民父母，以为天下王。

六、三德。一曰正直，二曰刚克，三曰柔克。平康，正直；强弗友，刚克；燮友，柔克。沈潜，刚克；高明，柔克。惟辟作福，惟辟作威，惟辟玉食。臣无有作福、作威、玉食。臣之有作福、作威、玉食，其害于而家，凶于而国。人用侧颇僻，民用僭忒。

七、稽疑。择建立卜筮人，乃命卜筮。曰雨，曰霁，曰蒙，曰驿，曰克，曰贞，曰悔，凡七。卜五，占用二，衍忒。立时人作卜筮，三人占，则从二人之言。汝则有大疑，谋及乃心，谋及卿士，谋及庶人，谋及卜筮。汝则从，龟从，筮从，卿士从，庶民从，是之谓大同。身其康强，子孙其逢，汝则从，龟从，筮从，卿士逆，庶民逆吉。卿士从，龟从，筮从，汝则逆，庶民逆，吉。庶民从，龟从，筮从，汝则逆，卿士逆，吉。汝则从，龟从，筮逆，卿士逆，庶民逆，作内吉，作外凶。龟筮共违于人，用静吉，用作凶。

八、庶征。曰雨，曰旸，曰燠，曰寒，曰风。曰时五者来备，各以其叙，庶草蕃庑。一极备，凶；一极无，凶。曰休征；曰肃、时雨若；曰乂，时旸若；曰晰，时燠若；曰谋，时寒若；曰圣，时风若。曰咎征：曰狂，恒雨若；曰僭，恒旸若；曰豫，恒燠若；曰急，恒寒若；曰蒙，恒风若。曰王省惟岁，卿士惟月，师尹惟日。岁月日时无易，百谷用成，乂用民，俊民用章，家用平康。日月岁时既易，百谷用不成，乂用昏不明，俊民用微，家用不宁。庶民惟星，星有好风，星有好雨。日月之行，则有冬有夏。月之从星，则以风雨。

九、五福。一曰寿，二曰富，三曰康宁，四曰攸好德，五曰考终命。六极：一曰凶、短、折，二曰疾，三曰忧，四曰贫，五曰恶，六曰弱。"[1]

周文王十三年，武王拜访箕子。武王说道："啊！箕子，上天庇护下民，帮助他们和睦地居住在一起，我不知道上天规定了哪些治国的常理。"箕子回答说："我听说从前鲧堵塞治理洪水，将水火木金土五行的排列扰乱了。天帝大怒，没有把九种治国大法给鲧。治国安邦的常理受到了破坏。鲧在流放中死去，禹起来继承父业，上天于是就把九种大法赐给了禹，治国安邦的常理因此确立起来。第一是五行；第二是慎重做好五件事；第三是努力办好八种政务；第四是合用五种计时方法；第五是建立最高法则；第六是用三种德行治理臣民；第七是明智地用卜筮来排除疑惑；第八是细致研究各种征兆；第九是用五福劝勉匝民、用六极惩戒罪恶。"

治国安邦要讲规则，正如游戏也要讲规则一样。规则来自哪里？按照《洪范》的说法，大禹的政治地位就是上天授与的，并且上天在授予规则时

---

[1] （汉）孔安国传，（唐）孔颖达等正义：《尚书正义》，上海：上海古籍出版社1992年版，第187—193页。

还要加以选择。不能按规则办事的人就不授予，比如鲧就是这样。这套说法对敬畏上天和天命的古人来说，是很有效的．暴君和开明君主的区别在于：暴君把个人意志看得高于一切，凌驾于规则之上，无法无天，为所欲为，比如商纣王；开明君主尊重规则，讲究按规则办事，用今天的话说就是依法办事，使自己的言行合于仪轨，比如周文王和周武王。箕子看中武王而授予洪范九畴，正是看中了他是个守规矩的人。

箕子所说的"最高法则"，就是家长制的典型法则。最后一句话已点出了这个法则的要害。天子只有成为臣民的父母，才会成为天下的君主。这就明白地告诉我们，我们都是最高统治者的儿女，是"父母"（家长）生养了我们（而不是相反），人从此要服从、尊敬、孝顺家长，不要犯上作乱。《尚书》认为：作威作福是天子的特权。这就从根本大法的角度，制定、维护了天子的最高权威，这就是儒家最根本的政治目的：为当代统治者寻找掌控政权、治理天下的合法性。

到周武王时代，夏朝统治近 500 年，商朝延续约 600 年，距离夏禹时代至少已经过去了 1100 年，然而大禹的威信仍然如此之高：箕子和武王，没有讨论伏羲、黄帝、尧舜，而是选择大禹为讨论对象，将大禹《洪范》作为最高治国方针，足见大禹在国家形成阶段的起始作用和榜样示范作用，大禹在历史上，是真正第一位影响后代的政治家。

二、作为辞赋批评的素材对象

按照《文心雕龙》全书写作脉络的发展，"文之枢纽"在《原道》篇礼赞大禹为文学发展史之重要代表任务之后，刘勰又在《辨骚》篇评论屈原楚辞与辞赋发展时，将大禹及其相关文献作为重要的征引对象，来提出自己对屈赋特点的独特看法：

> 王逸以为："诗人提耳，屈原婉顺。《离骚》之文，依《经》立义。驷虬乘鹥，则'时乘六龙'；昆仑流沙，则《禹贡》敷土。名儒辞赋，莫不拟其仪表，所谓'金相玉质，百世无匹'者也。"①

本则所引，是东汉王逸对屈赋思想"依《经》立义"的主张和阐发，

---

① 杨明照：《增订文心雕龙校注》，第 50 页。

他针对的对象是班固。为了弄清楚屈原其人其作在汉代的评论情况，我们有必要做一个简单的归纳：

战国时期的荀子，是较早对屈赋做出评论的人，他说："君子行不贵苟难，说不贵苟察，名不贵苟传，唯其当之为贵。故怀负石而投河，是行之难为者也，而申徒狄能之。然而君子不贵者，非礼义之中也。"荀子对屈原的死褒义赞美，但这虽然"是行之难为者"，却"非礼义之中也"，也有不满。

汉武帝是汉代第一个热爱屈原作品的皇帝，在他的喜好影响下，作赋达82篇之多的淮南王刘安，则是对《离骚》作了很高评价的第一位文学理论家。刘安称《离骚》兼有《国风》《小雅》之长，它体现了屈原"浮游尘埃之外"的人格风范，可"与日月争光"。其后，司马迁在《史记》中为屈原作传，不仅照录了刘安的这些警句，还进一步把《离骚》和孔子删定《春秋》相提并论。他盛赞前者"其文约，其辞微，其志洁，其行廉……虽与日月争光可也"，《离骚》是屈原伟大完美人格的写照。可见，司马迁乃是非常崇拜屈原的史学家。

发展到扬雄，他认为屈原的作品是很好的，"体同诗雅"，甚至自己也写了《反离骚》，投入岷江之中，用这种特殊方式来纪念屈原。但扬雄同时认为屈原的死非常不值得，君子得时则大行，不得时则龙蛇，何必湛身哉？想必扬雄一方面深明孔子以来儒家明哲保身的道理（扬雄的祖先就是因为躲避晋国内乱和仇家追杀逐步入蜀的），另一方面暗示着屈原不应该为楚国昏君的失策而去跳江自杀。

但是，后汉的历史学家班固却不尽以前人对屈原之评赞为然。他对屈原及《离骚》的思想倾向是有褒有贬的，甚至是以贬为主的。班固批评时，有意避开了司马迁，而径直把矛头指向刘安。他指出，称屈原和《离骚》可"与日月争光"云云，"斯论似过其真"。班固的人生观是"全命避害，不受世患"，这点与扬雄一致。他以为屈原应像《诗·大雅》所谓的"'即明且哲，以保其身'斯为贵矣！"他批评屈原不应"露才扬己，责数怀王，怨恶椒兰，愁神苦思，强非其人，忿怼不容，沉江而死"。他也不同意屈原把大量的神话传说融入作品中，多称昆仑、冥婚、宓妃虚无之语，皆非法度之正、经义所在。但班固也并不否认屈原的作品"弘博丽雅，为辞赋宗。

后世莫不斟酌其英华，则象其从空。"因此，他对屈原的评价是："虽非是明智之士，可谓妙才也。"

稍后的王逸则不满于班固这样的庸俗之见。他盛赞屈原"膺忠贞之质，体清洁之性，直如石砥，颜如丹青；进不隐其谋，退不顾其命，此诚绝世之行，俊彦之英也"。一方面，这是王逸自己的独立看法，但是也不能排除他是受到了儒学盛行、经典广布的时代风气的影响。

另外，汉代帝王中喜欢辞赋的人不在少数，除了汉武帝，汉宣帝也很喜欢屈赋，① 认为屈赋"皆合经术"，而且明确提出"辞赋大者与古诗同义，小者辩丽可喜"的观点，为辞赋的繁荣提出了论纲。至于梁代刘勰的《文心雕龙》，又概括班固、王逸、汉宣帝、扬雄等人的观点，写了《辨骚》一篇，除证明屈原作品有异于《风》《雅》的四点以外，也有同乎经典的四个方面。上文所引，既是此说之一。

由此观之，对屈原的评价有三种主要意见：一是以褒赞为主；二是以批评为主；三是折中意见：

班固——倒屈派
荀子、扬雄、刘勰——折中派
刘安、司马迁、王逸、汉宣帝——挺屈派

在褒赞屈原的挺屈派中，刘安、司马迁主要是从《离骚》的内容、思想与艺术成就来说的，针对作品来赞美屈原。汉宣帝明确认为屈赋与儒家经典思想一致。而王逸是走得最远的一位，王逸以为：屈原"膺忠贞之质，体清洁之性，直如石砥，颜如丹青；进不隐其谋，退不顾其命，此诚绝世之行，俊彦之英也"。评论的是屈原的人品和道德，以及忠心为国的壮举，

---

① 据《汉书·王褒传》：上令褒与张子侨等并待诏，数从褒等放猎，所幸宫馆，辄为歌颂，第其高下，以差赐帛。议者多以为淫靡不急，上曰："'不有博弈者乎，为之犹贤已！'辞赋大者与古诗同义，小者辩丽可喜。辟如女工有绮縠，音乐有郑、卫，今世俗犹皆以此虞说耳目，辞赋比之，尚有仁义风谕，鸟兽草木多闻之观，贤于倡优博弈远矣。"顷之，擢褒为谏大夫。其后太子体不安，苦忽忽善忘，不乐。诏使褒等皆之太子宫虞侍太子，朝夕诵读奇文及所自造作。疾平复，乃归。太子喜褒所为《甘泉》及《洞箫》颂，令后宫贵人左右皆诵读之。

从作品角度来谈问题反而不够。这样，屈原的为人、作品，两个方面都被赞美到了极致。

而《文心雕龙》显然不是这样对立起来谈问题的，这就是刘勰写作该书"及其品评成文，有同乎旧谈者，非雷同也，势自不可异也；有异乎前论者，非苟异也，理自不可同也。同之与异，不屑古今；擘肌分理，唯务折衷"思维方法论的胜利。今天，当我们以理性的态度来看待屈原及其作品的时候，会发现王逸大体上相当于文学愤青，他的话过于偏激了。其中，"《离骚》之文，依《经》立义。驷虬乘鹥，则'时乘六龙'；昆仑流沙，则《禹贡》敷土"，王逸认为《离骚》完全是符合儒家经典思想标准的，里面出现的乘龙引凤、昆仑流沙等神话传说中的故事或素材，都是符合上古儒家文献记载的，比如记载大禹事迹的《尚书·夏书·禹贡》篇：

> 禹别九州，随山浚川，任土作贡。禹敷土，随山刊木，奠高山大川。冀州……济河惟兖州。……海岱惟青州……海、岱及淮惟徐州……淮海惟扬州……荆及衡阳惟荆州……荆河惟豫州……华阳、黑水惟梁州……黑水、西河惟雍州……织皮昆仑……九州攸同……东渐于海，西被于流沙，朔南暨声教讫于四海。禹锡玄圭，告厥成功。①

根据《禹贡》的记载：禹别九州，随山浚川，治水成功，治国改革，其行踪不仅织皮昆仑，而且东渐于海，西被于流沙，声教讫于四海，告厥成功。这是对大禹伟大人生的总结性记载。王逸认为屈原《离骚》中的昆仑流沙等地点和意象，是出自《禹贡》记载的，这是不恰当的：

第一，屈原当时，有没有看过《尚书》这本书？是个问号。楚国居于南方，尽管祖先出自中土，但数百年来，文字、风俗与中原地区已经大不相同。《尚书》的成书时间和真伪问题本就有争议，屈原在世的时候，到底有没有看过《尚书》中的《禹贡》，还不一定。

第二，昆仑与流沙是神话传说中的地名，地处西域，楚国居于南方，屈原更多的是从口耳相传或者其他书籍中知道有这样的地名，这是可以肯定的。因为昆仑流沙在神话传说中地位极高，知道有这个地名是正常的。

---

① （汉）孔安国传，（唐）孔颖达等正义：《尚书正义》，第146—153页。

第三，屈原运用昆仑流沙这样的意象，是在彰显自己的想象力和理想追求的极致终点——飞仙而升，遨游四海。借此远离尘世，告别痛苦。这与《禹贡》记载大禹治水、归服四海的功绩与德政，完全是两码事。

所以，刘勰是冷静的、理性的，而且是有根有据地评论屈原作品，他和王逸的偏激不一样，更准确、客观的是刘勰。所以，《辨骚》篇才会全面地列出屈赋与儒家经典对比时产生的四同与四异，其中就有"陈尧舜之耿介，称禹汤之只敬，典诰之体也"的一面，屈赋赞美尧舜禹和商汤，这些都是古代最著名的贤君，这与《尚书》等典诰之体是一致的，都是对先王德政及美誉的记载，这一点上和儒家经典一致。刘勰能将屈赋与《尚书》等儒家经典相提并论，早已鲜明地表明了自己对屈赋的高度赞美的态度，但他尊重事实，能一分为二地看待屈赋与经典的异同，是准确的。

三、作为诗歌与音乐文学发展的经典代表

大禹接受大舜的选拔、考察和禅让，《墨子·尚贤上》："禹举益于阴方之中，授之政，九州成。"[1] 伯益成为中原部落共主。大禹子启篡夺伯益之位，正式建立夏朝[2]。大禹是中国社会从原始部落到奴隶制国家形态发展的关键人物，因此，将大禹、夏启及其后代文学纳入本文论述之中，是题中应有之义。

根据《文心雕龙》全书脉络的发展，来到《明诗》《乐府》等篇，夏代诗歌与音乐文学，成为《文心雕龙》论述这些体裁最为重要的素材来源，它们或者是最经典的诗歌作品，或者是中国音乐最早的起始源头，意义非凡。《明诗》篇说：

> 人禀七情，应物斯感，感物吟志，莫非自然。昔葛天氏乐辞云，玄鸟在曲；黄帝云门，理不空绮。至尧有大唐之歌，舜造南风之诗，观其二文，辞达而已。及大禹成功，九序惟歌；太康败德，五子咸讽：

---

[1] 辛志凤，蒋玉斌等：《墨子译注》，哈尔滨：黑龙江人民出版社2003年版，第32页。

[2] 《韩非子·外储说右下》以为："禹爱益而任天下于益，已而以启人为吏。及老，而以启为不足任天下，故传天下于益，而势重尽在启也。已而启与友党攻益而夺之天下，是禹名传天下子益，而实令启自取之也。此禹之不及尧、舜明矣。"在韩非子看来，大禹比不上尧舜二帝，表面上传位与伯益，实际上暗中命令儿子启夺取帝位。

顺美匡恶，其来久矣。①

刘勰指出：人具有各种各样的情感，受了外物的刺激，便产生一定的感应。心有所感，而发为吟咏，这是很自然的。从前葛天氏的时候，将《玄鸟歌》谱入歌曲；黄帝时的《云门舞》，按理是不会只配上管弦而无歌词的。到唐尧有《大唐歌》，虞舜有《南风诗》。这两首歌词，仅仅能做到达意的程度。后来夏禹治水成功，各项工作都上了轨道，受到了歌颂。夏帝太康道德败坏，他的兄弟五人便作《五子之歌》来表达自己的怨恨。由此可见，用诗歌来歌颂功德和讽刺过失，是很早就有的做法了。

"大禹成功，九序惟歌"句已在《原道》篇"夏后氏兴，业峻鸿绩，九序惟歌，勋德弥缛"中阐释过，这是对大禹正面的崇高褒赞。而"太康败德"句，则指的是大禹的孙子太康，治国无能，且自身修养很成问题；"五子咸讽"指的是夏帝太康道德败坏，他的兄弟五人便作《五子之歌》来表达自己的怨恨，是从反面来批评夏代帝王的案例。《五子之歌》以其讽谏之义，成为夏代诗歌最著名的代表作品之一，据《尚书·夏书·五子之歌第三》的记载：

> 太康失邦，昆弟五人须于洛汭，作《五子之歌》。太康尸位，以逸豫灭厥德，黎民咸二，乃盘游无度，畋于有洛之表，十旬弗反。有穷后羿因民弗忍，距于河，厥弟五人御其母以从，徯于洛之汭。五子咸怨，述大禹之戒以作歌。
>
> 其一曰："皇祖有训，民可近，不可下，民惟邦本，本固邦宁。予视天下，愚夫愚妇，一能胜予，一人三失，怨岂在明，不见是图。予临兆民，懔乎若朽索之驭六马，为人上者，奈何不敬？"
>
> 其二曰："训有之，内作色荒，外作禽荒。甘酒嗜音，峻宇雕墙。有一于此，未或不亡。"
>
> 其三曰："惟彼陶唐，有此冀方。今失厥道，乱其纪纲，乃底灭亡。"
>
> 其四曰："明明我祖，万邦之君。有典有则，贻厥子孙。关石和

① 杨明照：《增订文心雕龙校注》，第64页。

钧，王府则有。荒坠厥绪，覆宗绝祀！"

其五曰："呜呼曷归？予怀之悲。万姓仇予，予将畴依？郁陶乎予心，颜厚有忸怩。弗慎厥德，虽悔可追？"①

《尚书》是我国上古时期政治、经济、军事等方面的文件、文告汇编，其中也有部分篇章追述了当时的史实。由于《尚书》的内容偏重于政治生活、典章制度，因此它就不可避免地成为后世帝王治理朝政的常法大典。

《史记·夏本纪》记载："帝太康失国，昆弟五人须于洛汭，作《五子之歌》。"夏王朝时期，夏王启的儿子、大禹之孙太康在位时，不理朝政，引起了朝野上下的普遍不满。太康又喜好田猎，往往一去数月，这更增加了人民的反抗情绪。大臣羿趁机煽动朝中军政要员起来反对太康，羿带兵把守洛水北岸，不让太康回都，并且将他逐出国门。太康的五个弟弟保护着母亲，在洛水之曲苦苦等候太康一百多天。五位公子想起太康平时的所作所为，便作诗表达对哥哥的怨恨和指责，也追述了先祖大禹的告诫。五位公子所唱的诗歌便是《尚书》中的《五子之歌》。

《五子之歌》，是中国古籍中有所记载的最早的四言诗歌。其一曰："皇祖有训，民可近，不可下。民惟邦本，本固邦宁。予视天下，愚夫愚妇，一能胜予。一人三失，怨岂在明，不见是图。予临兆民，懔乎若朽索之驭六马。为人上者，奈何不敬！"这段歌词大意是说：祖先大禹在世时就有训诫，对于民众只可亲近，不能以为他们卑微而加以轻视。民众是国家的根本，只有根本牢固，国家才能安宁。我看天下的百姓，即使是愚夫愚妇，也一定有人能够超越我。一人之身，三次有失，百姓怎么能不产生埋怨情绪呢？对于这些埋怨，难道一定要等到明显激化时才采取措施吗？大过都是因小事而起，小事不防容易引起大过。因此，无论什么过失，都要在细小不见的时候去解决它。我治理天下亿万民众，常常害怕民众产生怨恨情绪，害怕得好像用腐朽的绳索来驾驭六匹大马，时刻有绳断马奔的危险。民众的可怕就是这样的。作为一个治理民众的人怎么能不谨慎呢？

《五子之歌》借太康兄弟之口述大禹训诫说："民为邦本，本固邦宁"，

---

① （汉）孔安国传，（唐）孔颖达等正义：《尚书正义》，第156—157页。

体现了中国最早、最原始的以人为本，而不是以神为本的政治思想，难能可贵。《尚书·皋陶谟》中记载舜帝与皋陶、大禹讨论政务，皋陶说："在知人，在安民。"大禹说："知人则哲，能官人；安民则惠，黎民怀之。"这里的"知人"是执政者要知人善任的意思，而"安民"则是为政的宗旨。由此可以看出，大禹"民为邦本，本固邦宁"之说是深思熟虑的。

　　然而太康却忘记了先祖的教训。大禹以民为本，亲身示范，治理了洪水，赢得天下百姓的衷心拥戴，大舜禅位与他。太康背离百姓之心，被后羿篡夺了帝位。刘勰指出，这首《五子之歌》"顺美匡恶，其来久矣"。由此可见，用诗歌来歌颂功德和讽刺过失，是很早就有的做法了。《文心雕龙》征引《五子之歌》的目的，是指出这样一个道理：诗歌实际上是感情的抒发，既包括个人感情，也包括社会民情，还包括政治世情。所以本篇开始就引用大舜的话说："大舜云：诗言志，歌永言。圣谟所析，义已明矣。是以在心为志，发言为诗；舒文载实，其在兹乎？诗者，持也，持人情性。三百之蔽，义归无邪；持之为训，有符焉尔。"① 其中，"诗者，持也，持人情性"一说，是本篇的中心所在，全篇可以看作一篇简明的古代诗歌发展史，上自大舜起，下达晋宋止，历时数千年，将各类诗歌体裁的发展历史和基本特点阐述出来，主要集中于四言诗和五言诗。《五子之歌》作为中国历史上第一篇四言诗歌，而且是记载在《尚书》之中，其讽喻功能，不言而喻。

　　汉代诗论的重要文献《毛诗大序》曰："诗者，志之所之也，在心为志，发言为诗，情动于中而形于言，言之不足，故嗟叹之，嗟叹之不足，故咏歌之，咏歌之不足，不知手之舞之足之蹈之也。"不仅将《尚书·舜典》"诗言志，歌永言"的基本特点阐释出来，还继承了夔"击石拊石，百兽率舞"所提出的诗、歌、舞三者合一的表现形式。而在诗歌功能的论述上，《毛诗序》直接提出"情发于声，声成文谓之音，治世之音安以乐，其政和；乱世之音怨以怒，其政乖；亡国之音哀以思，其民困。故正得失，动天地，感鬼神，莫近于诗。先王以是经夫妇，成孝敬，厚人伦，美教化，移风俗"的功能说：听音观政、政治教化。更早一些的《吕氏春秋·适

① 杨明照：《增订文心雕龙校注》，第64页。

音》则主张说："乐无太，平和者是也。故治世之音安以乐，其政平也；乱世之音怨以怒，其政乖也；亡国之音悲以哀，其政险也。凡音乐，通乎政而移风平俗者也。俗定而音乐化之矣。故有道之世，观其音而知其俗矣，观其政而知其主矣。故先王必托于音乐以论其教。"① 刘勰在齐梁年间写作《文心雕龙》，将《五子之歌》的讽喻之义与"乱世之音怨以怒，其政乖"的政治反观功能结合起来，将音乐"通乎政""论其教"与"移风平俗"的政治教化结合起来。在这种指导思想下，刘勰在《才略》篇中甚至提出了《五子之歌》"辞义温雅"，乃"万代之仪表"的说法：

> 九代之文，富矣盛矣；其辞令华采，可略而详也。虞、夏文章，则有皋陶六德，夔序八音，益则有赞；五子作歌，辞义温雅，万代之仪表也。②

本篇论述历代作家作品的特点和评论情况。一开头就指出：九代的文章作品，真是丰富繁盛极了。它们的语言文采，可以总括起来较仔细地谈一谈。虞、夏时代的文章，有皋陶谈论治理国家的六德、③ 夔主管的八音，伯益则有赞扬禹的赞辞，五子作了讽刺夏太康的《五子之歌》。这些作品，文辞温和，意义雅正，可以说是万代的标准。

《文心雕龙》这样说，主要是从政教功能的角度来看的，因为《五子之歌》本是怨刺诗歌，距离"辞义温雅"差距甚远，但因为对统治者有鞭策和警醒作用，所以这样说。

在《文心雕龙》的其他篇章之中，对《五子之歌》还有其他的称谓，比如《章句》篇即以《洛汭之歌》称之：

> 至于诗颂大体，以四言为正；唯《祈父》《肇禋》，以二言为句。寻二言肇于黄世，《竹弹》之谣是也；三言兴于虞时，《元首》之诗是也；四言广于夏年，《洛汭之歌》是也；五言见于周代，《行露》之章

---

① 陈奇猷：《吕氏春秋新校释》，第 276 页。
② 杨明照：《增订文心雕龙校注》，第 573 页。
③ 皋陶是大舜时的大臣。他曾经讲了"九德"，但未讲"六德"，即宽而栗（严肃）、柔而立、愿（朴实）而恭、乱（整治）而敬、扰（驯顺）而毅、直而温、简而廉、刚而塞（质实）、张而义，为"九德"。事见《尚书·皋陶谟》。

是也。六言、七言，杂出《诗》《骚》；两体之篇，成于西汉。情数运周，随时代用矣。①

刘勰指出：《诗经》中《雅》《颂》这一类郑重的体裁，以四言诗为正宗，唯有《小雅·祈父》《周颂·维清》，用了二言的句子。考查二言诗开始于黄帝时代，《竹弹谣》就是二言的歌谣；三言诗是从虞舜时代兴起的，《元首诗》就是三言的诗歌；四言诗在夏朝时候多用，《洛汭之歌》便是四言的诗歌；五言诗出现在周代，《行露》便是五言诗歌。六言诗和七言诗，夹杂在《诗经》和《楚辞》中，运用这两种句式的诗歌体裁，到西汉时才发展成为完整的诗篇。由于情势趋向于复杂，表达要求得更周详，随着时代的发展，复杂长句的运用就逐渐代替了简单的短句。

在刘勰看来，诗、颂大体，当以四言为正。诗歌和颂体文章，应当以四言诗歌和四言文句为正宗，而夏代正是四言诗歌"广"的时代，其中的《洛汭之歌》就是四言诗歌的典型代表。从这里的论述，我们可以窥探到如下几点信息：

第一，《诗经》三百零五篇，主要体裁是四言诗歌，那么，照此推论，夏代理当是四言诗歌"广"并大力发展，乃至大量被选入《诗经》的兴盛时期。

第二，《五子之歌》因其重大的影响，在历史上是无论如何必须谈到、绕不开的重要篇章：一则《五子之歌》是四言诗歌成熟的第一首代表作品，是历史上的第一首规范诗歌；二则其讽喻特色是《诗经》讽喻选诗的经典代表，完全称得上是中华民族的千古国训。

第三，《五子之歌》的传播是多形式的、广泛的。据《尚书》记载："太康失邦，昆弟五人须于洛汭，作《五子之歌》。太康尸位，以逸豫灭厥德，黎民咸二，乃盘游无度，畋于有洛之表，十旬弗反。有穷后羿因民弗忍，距于河，厥弟五人御其母以从，徯于洛之汭。五子咸怨，述大禹之戒以作歌。"《洛汭之歌》之所以被作为《五子之歌》的别称，除了因为是创作于洛汭这一明确的地点之外，刘勰这样写作的原因，应当还有深层的

① 杨明照：《增订文心雕龙校注》，第441页。

用意：

　　洛水，发源于今陕西洛南县西北，蜿蜒向东，流经河南洛宁、卢氏、洛阳，在偃师东部与伊水、罗水汇合，于巩义市东北的神都山畔注入黄河，古代史学家把神都山畔的洛水与黄河汇流之处称为"洛汭"，亦称"什谷""洛口"。"洛汭"一词，最早见于《尚书》，广义的洛汭地区，指洛水和黄河之间的广大区域，由于它在历史的长河中，长期居于中国政治、经济和文化的中心，所以洛汭文化在整个中华民族文化中具有举足轻重的影响。

　　首先就是伏羲八卦传说。伏羲是被神话了的部落首领，当年在此观察到"洛水流注河，青浊异流，激焉殊别"的情景，由此引起的灵感和启发，结合多年的"观象于天，观法于地，观鸟兽之纹与地之宜"的经验，根据河图推演了八卦，据《汉书·五行志》记载："伏羲氏继天而王，受河图，则而画之，八卦是也。"《周易·系辞上》说："河出《图》，洛出《书》，圣人则之。"晋代学者王嘉在《拾遗记》中说："伏羲为上古，观文于天，察理于地，是以图书著其迹，河洛表其文。"在今天的洛口村东有一空阔平整的台地，传说就是当年伏羲的化卦台。① 隋文帝开皇二年，曾在此建"羲皇祠"以作纪念。

　　其次是古代圣贤君王大多选择此处举行政权交接仪式或举行其他重大仪式。伏羲之后，黄帝、尧帝、舜帝、禹帝、汤王、周成王以及姜尚、周公旦等，都选择在神都山下的河洛汇流处，举行隆重的祭天活动，接受河图、洛书。此外，尧帝、舜帝和禹帝还选择接受"河图"和"洛书"的仪式活动，在此举行庄严的帝位禅让大典。

　　再次是《五子之歌》的重大政教价值。《五子之歌》是远古时代流传于神都山、洛汭地带最早的一篇诗歌，其后流传甚广，被后世称为"千古国训"，并相沿作为臣子对君主的"劝谏之辞"。关于《五子之歌》的记载，在《尚书》《史记》和《水经注》等文献中都有出现，只是文字表述略有不同，《尚书·序》："太康失邦，昆弟五人，须于洛汭，作《五子之歌》。"《尚书·夏书·五子之歌》："太康尸位以逸豫，灭厥德，黎民咸二。乃盘游无度，略有洛之表，十旬不返。有穷后羿，因民弗忍，距于河。厥

---

① 按：也写作"画卦台"。

弟五人，御其母以丛，俟于洛之汭，五子咸怨，述大禹之戒以作歌。"《史记·夏本纪》："夏后帝启崩，子弟太康立。帝太康失国，昆弟五人，须于洛汭，作《五子之歌》。"以上文字记载的综合意思是：昏庸的君主太康，不管政事，游手好闲，在洛水南岸打猎，一百天还不返，后羿乘机攻占夏都，太康的兄弟五人和母亲一起逃到洛水北岸等待太康，在等待时满怀悲愤、幽怨之情而创作了《五子之歌》。其内容主要是追忆大禹时代的治国方略，就太康失德丧邦的教训，论述君王的兴邦之道和亡国之鉴。特别是其中的"民可近，不可下，民为邦本，本固邦宁"的治国理念，对我们今天的国家建设和社会发展都有非常深刻的现实意义。唐代白居易在《白氏长庆集·二八·与元九书》中说："闻五子洛汭之歌，则知夏政之荒矣，言者无罪，闻者足诫。"可见《五子之歌》在中国的经典文化中具有深刻的影响力，尤其是对后代帝王励精图治、安邦治国具有重大的警世和参考作用。

因此，在《明诗》《才略》等篇章中被称为"五子咸怨""五子作歌"的《五子之歌》，才会在《章句》篇中被改称为《洛汭之歌》，盖因"洛汭"是上古圣地、中华民族的精神核心高地，以其命名，其价值与意义远胜于《五子之歌》这一名称。

而在《通变》篇论述文学数千年发展的时代文风与历史文风的变化时，又以"夏歌雕墙"称之：

> 是以九代咏歌，志合文则：黄歌"断竹"，质之至也；唐歌在昔，则广于黄世；虞歌《卿云》，则文于唐时；夏歌"雕墙"，缛于虞代；商周篇什，丽于夏年。至于序志述时，其揆一也。暨楚之骚文，矩式周人；汉之赋颂，影写楚世；魏之篇制，顾慕汉风；晋之辞章，瞻望魏采。榷而论之，则黄唐淳而质，虞夏质而辨，商周丽而雅，楚汉侈而艳，魏晋浅而绮，宋初讹而新：从质及讹，弥近弥淡。何则？竞今疏古，风末气衰也。[①]

杨明照先生《增订文心雕龙校注》"夏歌雕墙"曰："作'雕'与《书》伪《五子之歌》合。"《五子之歌》："内作色荒，外作禽荒；甘酒嗜

---

① 杨明照：《增订文心雕龙校注》，第397页。

音，峻宇雕墙；有一于此，未或不亡。"张立斋先生《文心雕龙注订》曰："'缛于虞代'，言'雕墙'之歌又繁缛于《卿云》之辞，世愈后文愈盛也。"范文澜先生注："《尚书大传》载舜《卿云歌》曰：'卿云烂兮，纠缦缦兮。日月光华，旦复旦兮。'"仅从文字内容上来看，《五子之歌》远比《卿云歌》为多，确实体现了夏代歌谣比前代歌谣渐渐繁缛的历史发展趋势。

刘勰指出：九代以来所咏唱的诗歌，在情志上都合乎创作发展的法则。黄帝时代的《断竹歌》，算是质朴到极点了；唐尧时代的《在昔歌》，就比黄帝时代的歌谣要丰富些；虞舜时代的《卿云歌》，就比唐尧时代的歌谣富于文采些；夏代的《雕墙歌》，比虞舜时代的歌更富辞采；商、周时代的诗歌，比夏代的歌谣更华丽。至于在表达思想感情、叙述时事方面，它们的原则都是一致的。到了战国末期，楚国的骚体诗，效法周代的一些诗歌；汉代的赋颂，是模仿楚国的作品；魏代作品，追随汉代的文风；晋代篇章的写作，是仰慕魏时的文采。约略说来，黄帝唐尧时代的作品淳厚而质朴，虞舜夏代的作品质朴而明晰，商周时代的作品华丽而典雅，楚汉时代的作品夸张而艳丽，魏晋时代的作品浅薄而绮丽，刘宋初期的作品讹诞而新奇。从质朴到讹诞，时代越近滋味越淡。为什么会这样？因为大家都竞相模仿近代的新奇而忽略借鉴古代的作品，这是造成文风暗淡、文气衰弱的原因。

整体来看，文学史的发展，在夏代及其以前，是本着自然而为、质朴纯粹的特点来发展的，以质朴、雅正为主；"商周丽而雅"之后，逐渐"文胜其质"，走向文饰过度"侈而艳，浅而绮"的不良道路。范文澜先生指出："商周以前之文，皆本自然之趋向，以序志述时为归。至楚汉以下，则谓之矩式，影写，顾慕，瞻望，而终之曰'竞今疏古，风味气衰，'据此以观，文章须顺自然，不可过重模拟。盖因袭之弊，必至躯壳仅存，真意丧失，后世一切虚伪涂饰之文，皆由此道而生者也。"

到刘勰写作《文心雕龙》时，已经讹滥丛生，必须要救弊当下了。如此，《文心雕龙》以其恢宏的历史视野和立体综合的叙述内容，在广阔的文学史背景下，准确地抓住了每一时代的断代文学特征，再进一步，又在时代个性的基础上，抽象出前后交织、通变发展的历史共性，将《文心雕龙》

的文学史大纲构建起来，并在《时序》篇中予以详细展开。在这个过程中，以《五子之歌》为代表的夏代文学，既是历史链条上不可缺少的重要一环，也是后代比前代逐渐繁缛、华美这一共性特征下的重要范例。夏代文学是文学发展史的重要部分。

《五子之歌》以不同的名称，在《文心雕龙》的多个篇章中得到不同角度的重要评论，在《乐府》这一专论音乐文学发展历史的篇章中，直接与大禹相关的音乐和夏代不同时期出现的音乐，是中国音乐发展史最早的成型音乐。本篇论述说：

> 乐府者，"声依永，律和声"也。钧天九奏，既其上帝；葛天八阕，爰乃皇时。自《咸》《英》以降，亦无得而论矣。至于涂山歌于候人，始为南音；有娀谣于飞燕，始为北声；夏甲叹于东阳，东音以发；殷整思于西河，西音以兴：音声推移，亦不一概矣。匹夫庶妇，讴吟土风，诗官采言，乐盲被律，志感丝篁，气变金石。是以师旷觇风于盛衰，季札鉴微于兴废，精之至也。夫乐本心术，故响浃肌髓，先王慎焉，务塞淫滥。敷训胄子，必歌九德，故能情感七始，化动八风。①

刘勰认为，所谓"乐府"，就是用"五声"来引申发挥诗意，又用"十二律"来和"五声"配合。不但传说天上常作《万舞》，而且上古葛天氏的时候也曾有过八首乐章。此外，从前黄帝时的《咸池》、帝喾时的《六英》现在都无从考证了。以后涂山氏之女等候夏禹所唱的"候人兮猗"之歌，是南方音乐的开始；有娀氏的两个女儿唱的"燕燕往飞"的歌谣，是北方的乐歌的开始；夏后氏孔甲在东阳作了《破斧歌》，是东方的乐歌的开始；殷帝王整甲作了怀念故乡的歌曲，是西方乐歌的开始。历代音律歌词的发展演变，是十分复杂的，庶民百姓一般唱本地的歌谣，诗官采集这些民歌的歌词，乐官记录并谱出它们的音乐，将人们的情志、气质通过各种乐器表达出来。因此，晋国的师旷从南方歌声里看到了楚国士气的衰弱，吴国公子季札也能从《诗经》的乐调里看出周朝和各诸侯国的兴起与亡废。

---

① 杨明照：《增订文心雕龙校注》，第82页。

真是精妙极了。音乐本来是表达人的思想感情的，所以它能透入人的心灵深处。古先圣王对此非常重视，坚决制止堵塞一切淫荡靡烂的音乐。教育贵族子弟时，一定要学习歌唱有利政教的音乐。因此，乐曲中所表达的情感能感动天、地、人和四时，它的教化作用能遍及四面八方。

刘勰说："涂山歌于候人，始为南音；有娀谣于飞燕，始为北声；夏甲叹于东阳，东音以发；殷整思于西河，西音以兴。"在这里，东南西北四个方向原初的音乐，都是在夏禹及其后代的贡献下出现的，为古代音乐的发展做出了开创性的贡献。其中：

涂山氏所唱《候人歌》，是南方乐歌的开端。《吕氏春秋·季夏纪第六·音初》记载，大禹南巡时分，涂山氏之女作歌曰"候人兮猗"，此为南音之始：

> 禹行功，见涂山之女，禹未之遇而巡省南土。涂山氏之女乃令其妾待禹于涂山之阳，女乃作歌，歌曰"候人兮猗"，实始作为南音。周公及召公取风焉，以为"周南""召南"。①

大禹的妻子涂山氏之女所作的歌谣，一直影响到了周代音乐，周公和召公时曾在那里采风，写作成为"周南""召南"，"周南""召南"是《诗经》中的正宗，可见，夏代音乐对后代音乐和文学的发展意义重大。

此外，夏代的孔甲在东阳作有《破斧歌》，东方乐歌便由此兴起。《音初》篇记载说：

> 夏后氏孔甲田于东阳萯山，天大风晦盲，孔甲迷惑，入于民室，主人方乳，或曰"后来是良日也，之子是必大吉"，或曰"不胜也，之子是必有殃"。后乃取其子以归，曰："以为余子，谁敢殃之？"子长成人，幕动坼橑，斧斫斩其足，遂为守门者。孔甲曰："呜呼！有疾，命矣夫！"乃作为破斧之歌，实始为东音。②

殷帝王整甲作了怀念故乡的歌曲，是西方乐歌的开始，并影响到了周代长公与秦国的音乐。《音初》篇：

---

① 陈奇猷：《吕氏春秋新校释》，第338页。
② 陈奇猷：《吕氏春秋新校释》，第337—338页。

> 殷整甲徙宅西河，犹思故处，实始作为西音。长公继是音以处西山，秦缪公取风焉，实始作为秦音。①

曾经救过周昭公性命的长公辛余靡封侯后住在西翟之山，继承了这一音乐。后来，秦穆公时曾在那里采风，开始把它作为秦国的音乐。

而有娀氏②的两个美丽的女儿所演唱"燕燕往飞"的歌谣，是北方的乐歌的开始。《音初》曰：

> 有娀氏有二佚女，为之九成之台，饮食必以鼓。帝令燕往视之，鸣若谥隘。二女爱而争搏之，覆以玉筐。少选，发而视之，燕遗二卵，北飞，遂不反。二女作歌，一终曰："燕燕往飞"，实始作为北音。③

在此基础上，《音初》篇指出："凡音者，产乎人心者也。感于心则荡乎音，音成于外而化乎内，是故闻其声而知其风，察其风而知其志，观其志而知其德。盛衰、贤不肖、君子小人皆形于乐，不可隐匿，故曰乐之为观也深矣。土弊则草木不长，水烦则鱼鳖不大，世浊则礼烦而乐淫。郑卫之声，桑间之音，此乱国之所好，衰德之所说。流辟佻越慆滥之音出，则滔荡之气、邪慢之心感矣；感则百奸众辟从此产矣。故君子反道以修德，正德以出乐，和乐以成顺。乐和而民乡方矣。"④ 大凡音乐，都是从人的内心产生出来的。心中有所感受，就会在音乐中表现出来，音乐表现于外而化育于内。因此，听到某一地区的音乐就可以了解它的风俗，考察它的风俗就可以知道它的志趣，观察它的志趣就可以知道它的德行。兴盛与衰亡、贤明与不肖、君子与小人都会在音乐中展现出来，不可隐藏。所以说音乐

① 陈奇猷：《吕氏春秋新校释》，第338页。
② 有娀，古国名，风姓，上古东夷大族太皞之后的四国之一，古书中或作有戎、有仍、有扔，周代称为任，在今山东济宁。相传帝喾之妃有娀氏女简狄生了商的祖先契（偰、卨），夏末时商汤伐夏在有娀之虚击败了夏桀的军队。《史记·殷本纪》："殷契，母曰简狄，有娀氏之女，为帝喾次妃。三人行浴，见玄鸟堕其卵，简狄取吞之，因孕生契。"顾颉刚在《有仍国考》一文中旁征博引，详加考证后认为，有娀即有戎、有仍，亦即周代的任国，是太皞之后的风姓国，娀、戎、仍、任古音相同或相近可通假，其地在今山东济宁；许全胜也认为有娀即有戎。说均可信。春秋时期的有娀部族可能已经不在济宁的任，而是西迁至戎州。有戎（娀）何时、何因西迁，史无记载，可能遭到鲁国的排挤而然。但无论如何，有娀氏生活在夏朝，其儿女之歌为夏音，是无疑的。
③ 陈奇猷：《吕氏春秋新校释》，第338页。
④ 陈奇猷：《吕氏春秋新校释》，第338页。

作为一种观察的对象，它所反映的是相当深刻的了。所以，君子以道为根本，进行品德修养，端正品德而创作音乐，音乐和谐而后通达理义。音乐和谐了，人民就向往道义了。

夏启作为大禹帝位的继承者，不管他是推翻伯益也好，接受伯益之禅让也好，夏启建立了夏朝，成为一位有作为的国家君主。夏启也曾制作过音乐，《帝王世纪·第三》："启升后，十年，舞九韶。"① 启登上了帝位，表演了舜帝时代伟大的音乐《九韶》，暗示夏启敬奉大舜、继承大禹帝位的合法性是不容置疑的。

那么，什么样的音乐才是和谐而后通达理义，并能使人民向往道义的呢？有的，这就是前文唐玄宗《首夏花萼楼观群臣宴宁王山亭回楼下又申之以赏乐赋诗》中"九歌扬政要，六舞散朝衣"所说的"九歌"与"六舞"。其中的九歌，指歌颂大禹的歌谣；其中的六舞，是从黄帝以来的六种乐舞：谓黄帝之《云门》、尧之《咸池》、舜之《大韶》、禹之《大夏》、汤之《大濩》、武王之《大武》，都是最贤明的帝王时代的音乐。《文心雕龙》中常常将舜之《大韶》、禹之《大夏》并称为《韶》《夏》，在全书中多次出现，比如：

> 1.《乐府》：自雅声浸微，溺音腾沸，秦燔《乐经》，汉初绍复，制氏纪其铿锵，叔孙定其容典，于是《武德》兴乎高祖，《四时》广于孝文；虽摹《韶》《夏》，而颇袭秦旧，中和之响，阒其不还。②
>
> 2.《乐府》：至于魏之三祖，气爽才丽，宰割辞调，音靡节平。观其《北上》众引，《秋风》列篇，或述酣宴，或伤羁戍，志不出于慆荡，辞不离于哀思。虽三调之正声，实《韶》《夏》之郑曲也。③
>
> 3.《情采》：故立文之道，其理有三：一曰形文，五色是也；二曰声文，五音是也；三曰情文，五性是也。五色杂而成黼黻，五音比而成《韶》《夏》，五性发而为辞章：神理之数也。④

---

① （晋）皇甫谧撰：《帝王世纪》，第23页。
② 杨明照：《增订文心雕龙校注》，第82页。
③ 杨明照：《增订文心雕龙校注》，第82—83页。
④ 杨明照：《增订文心雕龙校注》，第415页。

4.《事类》：凡用旧合机，不啻自其口出；引事乖谬，虽千载而为瑕。陈思，群才之英也，《报孔璋书》云："葛天氏之乐，千人唱，万人和，听者因以蔑《韶》《夏》矣。"此引事之实谬也。①

《文心雕龙》以大舜和大禹时代的《韶》《夏》为正宗，因为它们体现了先王之德政，"乃声乐而心泰也"（《时序》语），于是，《韶》《夏》成为后代《诗经》中雅乐的代称或艺术标准，刘勰以"雅声"目之。② 与之相对的，则是后代产生的"郑声"。郑声，原指春秋战国时郑国的音乐。因与孔子等提倡的雅乐不同，故受儒家排斥。此后，凡与雅乐相悖的音乐，甚至一般的民间音乐，均为崇"雅"黜"俗"者斥为"郑声"。《论语·卫灵公》："放郑声，远佞人。郑声淫，佞人殆。"刘宝楠正义："《五经异义·鲁论》说郑国之俗，有溱、洧之水，男女聚会，讴歌相感，故云郑声淫。"刘勰指出："《韶》响难追，郑声易启。"明杨慎《升庵经说·淫声》云："郑声淫者，郑国作乐之声过于淫，非谓郑诗皆淫也。"清陈廷焯《白雨斋词话》卷五曰："此《关雎》所以不作也，此郑声所以盈天下也。"

孔子曾说"郑声淫"，有关"郑声淫"的传统解释，多不离《诗经·郑风》，或认为"郑声"则《郑风》，或认为"郑声"乃《郑风》之音乐。前者与"思无邪"及《诗》之为经相抵牾，后者乐淫而诗不淫的观点有违"诗乐一致"的原则。事实上，"郑声"是产生于《诗经》之后的一种"新声"，与《郑风》无关。《郑风》与"郑声"虽然都不脱郑俗的影响，但由于文化背景的差异，前者虽难掩其浪漫与野性，但却自然、纯净，符合孔子时代的"无邪"标准；后者则以满足声色享受为目的而有涉于淫，故孔子称前者为"无邪"，而斥后者以"淫"。

孔子说到《诗经》的时候："《诗》三百，一言以蔽之，曰思无邪。""《诗》三百"可以用一句话来概括它，就是思想纯正，没有邪念。

《论语》中两处"郑声淫"分别出自的《卫灵公》和《阳货》。《卫灵

---

① 杨明照：《增订文心雕龙校注》，第 474 页。
② 因古代文献中有"夏"通"雅"的读法，故有学者认为《韶》《夏》当为《韶》《雅》，或者应该去掉书名号，合称为"韶雅"，指的是高雅、雅正的儒家音乐，与郑声（民间的、新出现的、流行的音乐）相对。在此，根据"六舞"内容的界定，笔者暂时不采纳这一说法。

公》主要是围绕为人处事、治理国家两大方面而整理孔子言论的。孔子的学生颜渊问怎样治理国家，于是孔子回答了这么一番话：子曰："行夏之时，乘殷之辂，服周之冕，乐则《韶》舞，放郑声，远佞人。郑声淫，佞人殆。"用现在的话说就是：实行夏朝的历法，乘坐殷朝的车子，戴周朝的帽子，演奏就用大舜时代的《韶》乐，抛开郑国的音乐，远离花言巧语的小人。郑国的音乐淫乱，奸邪的小人危险。在这里孔子把"夏时""殷辂""周冕""《韶》乐"看作治国之本，而把"郑声""佞人"当成了治国的大忌。显然，"郑声"是相对《韶》乐而言的。相传《韶》乐是舜时代的乐曲名，歌颂舜的功业。乐曲如黄钟大吕，击石明磬，格调庄严，舒缓悠扬。《韶》是孔子崇尚的正统音乐，也是孔子认为安邦治国的重要标志之一。"子谓《韶》：'尽美矣，又尽善也。'"（《论语·八佾》）"子在齐闻《韶》，三月不知肉味。曰：'不图为乐之至于斯也。'"（《论语·述而》）可见孔子对《韶》喜爱之深，推崇备至，因为这是周代礼乐制度下尚未被破坏的古代雅乐，有赞美、坚持，甚至作为音乐艺术标准的必要。

而郑声则是在王室衰微、礼崩乐坏、诸侯割据、天下无道的大背景下，在郑国民间流行的爱情歌曲。多为劳动着的乡民村女在田间地头或春游秋收时的应景之作，抒发青年男女的相思相爱之情。虽然今日之我们已无缘郑声，但就我们现在熟悉的情歌而言，多是节奏明快、曲调缠绵、爱也期期、怨也凄凄的抒情小调。这对于极崇《韶》乐，维护周礼的孔子来说，当然是不能容忍的。孔子要求人们的一言一行、一举一动都要合乎周礼。"非礼勿视，非礼勿听，非礼勿言，非礼勿动。"（《论语·颜渊》）明白了周礼在孔子心目中的重要地位，对孔子"恶郑声之乱雅乐也"（《论语·阳货》）的话就不难理解了。

司马迁《史记·孔子世家》说得更明白："三百零五篇孔子皆弦歌之，以求合韶、武、雅、颂之音。"是说，孔子给《诗经》三百零五篇都配了曲，弹琴歌唱它们，并让它们合乎如之韶武雅颂之类的正规音乐。原来，在孔子生活的时代，《诗经》就像我们现在的各类歌曲或戏曲一样，是有词有曲可以和琴而唱的。孔子爱《诗》、言《诗》、教《诗》，而且唱《诗》，可见这里唱的这 305 首诗中是包括 21 首《郑风》的。所以，孔子所言的

"郑声淫"就不会是"郑风"了。即使和《郑风》有关系，也应该是指"郑风"之曲，而绝非"郑风"之词，仅仅是说它的曲调不合《韶》乐罢了。

《文心雕龙》全面继承了孔子对于雅乐和俗乐的看法，认为古乐《韶》《夏》是"中和之响"，中断于秦国焚灭《乐经》，自此往后，雅声断绝。尽管后来汉代乐府制度建立，也创作了不少类似于模仿《韶》《夏》、具有雅正风格的音乐，但还是无法恢复；发展到曹魏三祖，他们的作品虽然音律和谐而完美，但是内容上却有问题："或述酣宴，或伤羁戍，志不出于慆荡，辞不离于哀思"，所以，是形式而神非的作品，"虽三调之正声，实《韶》《夏》之郑曲也"，并非雅正、中和的作品。

由此可见，刘勰抱有严格的儒家雅正思想，在音乐艺术标准上推崇《韶》《夏》"正声"，坚守孔子批判"郑曲"的态度，对于后代音乐、诗歌的发展，尚雅贬俗，排斥新声，具有复古、保守的特点。

四、作为赞体文章的首创对象

在诗歌、音乐文学等体裁之后，《文心雕龙》在《颂赞》篇中将大禹作为由伯益首创的赞体文章褒赞对象来论述：

> 赞者，明也，助也。昔虞舜之祀，乐正重赞，盖唱发之辞也。及"益赞于禹"，"伊陟赞于巫咸"，并顾言以明事，嗟叹以助辞也。故汉置鸿胪，以唱拜为赞，即古之遗语也。[1]

"赞"就是说明、帮助的意思。相传从前虞舜的祭祀，很重视乐官的赞语，因为它是唱颂歌之前作说明的词句。至于益帮助大禹时说的话，伊陟向巫咸作的说明，都是用强硬的措辞来说明事理，加强语气来帮助言词。所以，汉代设置了鸿胪官，他在各种典礼上大声传呼指挥人们歌唱行礼的话就是赞辞，这些都是古代遗留下来的口头赞语。

"益赞于禹"，指的是伯益帮助大禹的话。原文出于《史记·秦本纪》：

> 秦之先，帝颛顼之苗裔孙曰女脩。女脩织，玄鸟陨卵，女脩吞之，

---

① 杨明照：《增订文心雕龙校注》，第109页。

生子大业。大业取少典之子，曰女华。女华生大费，与禹平水土。已成，帝锡玄圭。禹受曰："非予能成，亦大费为辅。"帝舜曰："咨尔费，赞禹功，其赐尔皂游。尔后嗣将大出。"乃妻之姚姓之玉女。大费拜受，佐舜调驯鸟兽，鸟兽多驯服，是为柏翳。舜赐姓嬴氏。①

伯益是秦国最早的先祖。他的父亲是大业，指尧舜禹三王时代的大臣皋陶。文中的益，指伯益，《尚书》称益，《史记》称大费、柏翳，又称伯翳，《世本》《汉书》称化益、伯益，嬴姓，名益，又名大费，皋陶（大业）之子，舜帝时东夷部落首领，是高阳帝颛顼的苗裔，嬴姓诸国的受姓始祖。益善于畜牧和狩猎，助禹治水有功。在《史记·秦本纪》中，夏禹对舜说："非予能成，亦大费为辅。"舜对伯益说："咨尔费，赞禹功，其赐尔皂游。尔后嗣将大出。"但本段中伯益究竟是怎样"赞禹功"的，则并无细致的记载。回到《尚书》，伯益"赞禹"的记载，见于《大禹谟》：

三旬，苗民逆命。益赞于禹曰："惟德动天，无远弗届。满招损，谦受益，时乃天道。帝初于历山，往于田，日号泣于旻天，于父母，负罪引慝。只载见瞽瞍，夔夔斋栗，瞽亦允若。至诚感神，矧兹有苗。"

禹拜昌言曰："俞！"班师振旅。帝乃诞敷文德，舞干羽于两阶，七旬有苗格。②

按照对原文的理解：战事进行了三十天，苗民仍然负隅顽抗，不肯听命。益就向禹建议道："只有道德的力量才能感动天地，再远的地方也能达到。满招损，谦受益，常常就是天道。帝舜早年受父母虐待，一个人在历山耕田，苦不堪言。但他日日号哭涕泣，仍然呼喊苍天、呼喊父母，总是诚心自责，把罪错全部承担下来，从不怨天怨父母。有事去见瞽瞍的时候，总是端端正正、战战兢兢。在这种时候，连顽固的瞽瞍也真能通情达理了。常言至诚感神，何况有苗？"禹连忙下拜，接受了这个好意见，说："讲得对！"立即停战，整队班师而归。从此，帝舜也接受了益和禹的建议，大布

---

① （汉）司马迁：《史记》（影印本），第173页。
② （汉）孔安国传，（唐）孔颖达等正义：《尚书正义》，第137页。

文德，在朝堂两阶之间举行大规模的舞蹈，人们举着战争中用的盾牌和雉尾，载歌载舞，表示偃武修文。七十天之后，有苗终于自动前来归附了。

由此可知，在作为副帅辅佐大禹攻打三苗时，伯益认为只有以美德才能使人顺服，谦受益，满招损，精诚所至，金石为开，这对三苗也是可以起作用的。大禹接受了伯益的建议，撤退军队，实行文教德治，三苗族受到感化，终于归顺。

那么，大禹能最终以文教德治而不是靠武力攻伐征服有苗部落，伯益是立了大功的。

帝舜时，伯益与大禹同朝为官，因善于狩猎与畜牧，被佥推为九官之一的虞官，负责治理山泽，管理上下草木鸟兽，并佐舜调驯鸟兽。由于他在长期狩猎实践中积累了丰富的经验，熟悉鸟兽的语言和习性，鸟兽多被其驯服，因而在畜牧方面功绩卓著，又始食于嬴，被舜赐姓嬴氏，作为东夷少昊部落嬴姓的继承人，并赐给其封土。

大禹继承舜的王位之后，伯益又辅佐大禹治理水土、开垦荒地、种植水稻、凿挖水井。伯益的主要政见言论可见于《尚书·大禹谟》。伯益提倡德治，认为只要由衷地信奉帝尧所代表的仁德，治国之谋就会取得成功，群臣辅弼君王就会彼此和谐，方方面面的朝政就会相得益彰。

伯益认为治国要小心谨慎、忠于职守。强调未雨绸缪，这样遇到偶发事件时就不会毫无准备失了分寸。要有原则与法度，不能贪图享乐。不能以违背自然本性为代价，好大喜功，盲目冒进；也不要拂逆万民的心愿，来屈从强权者的一己之欲。这样一来，才能抚顺四夷。

伯益还将跟随大禹治水时所经历的地理山川、草木鸟兽、奇风异俗、逸闻趣事记录下来，成为《山海经》的素材。① 伯益是龙山文化后期中国由原始社会向奴隶社会转变时期的一个历史性人物。

---

① 我国最早的唯一记述东方帝后神系的《山海经》据传是伯益所作。西汉刘歆《山海经表》载："已定《山海经》者，出于唐虞之际……禹别九州，任土作贡，而益等类物善恶，著《山海经》。"东汉王充《论衡·别通篇》云："禹主行水，益主记异物，海外山表，无所不至，以所记闻作《山海经》。"东汉赵晔《越王无余外传》云："（禹）与益、夔共谋，行到名山大泽，召其神而问之，山川脉理、金玉所有、鸟兽昆虫之类，及八方之民俗、殊国异域、土地里数：使益疏而记之，故名之曰《山海经》。"

据史料记载，大禹有意禅位与伯益，但因禅让制度的社会背景发生变化而未能实现，大禹之子启夺取继承权。《史记·夏本纪》："益让帝禹之子启，而辟居箕山之阳。及禹崩，虽授益，益之佐禹日浅，天下未洽。故诸侯皆去益而朝启，曰'吾君帝禹之子也'。于是启遂即天子之位，是为夏后帝启"。战国《韩非子·外储说·右下》载："古者禹死，将传天下于益，启之人因相与攻益而立启"。《战国策·燕策一》曰："禹授益而以启为吏，及老而以启为不足任天下，传之益也。启与支党攻益而夺之天下，是禹名传天下于益，其实令启自取之"。《晋书·束皙传》引《竹书纪年》："益干启位，启杀之。"从此，原始社会进入奴隶社会，禅让制度亦被世袭制取代。

五、作为铭箴二体的创造对象和经典代表

大禹当上中原部落共主之后，勤政爱民、治国有方，深受百姓和四方诸侯拥戴。为了让自己不犯大的错误，大禹广求各方意见，并严格规范自己的言行，他的事迹，在铭体与箴体文学的发展史上得到了一笔重重的书写：

> 昔帝轩刻舆几以弼违，大禹勒笋虡而招谏。……列圣鉴戒，其来久矣。故铭者，名也。观器必名焉，正名审用，贵乎慎德。盖臧武仲之论铭也，曰："天子令德，诸侯计功，大夫称伐。"夏铸九牧之金鼎，周勒肃慎之楛矢，令德之事也。吕望铭功于昆吾，仲山镂绩于庸器，计功之义也；魏颗纪勋于景钟，孔悝表勤于卫鼎，称伐之类也。[①]

相传从前轩辕黄帝在车厢上、几案上刻下铭文，用以帮助自己警惕过错；夏禹曾在乐器架上刻勒铭文，表示希望听取他人的意见；商朝商汤在盘子上刻写了"一天要比一天新"的规劝话语；周武王的《户》和《席四端》写了必须警诫的训言；周公把"说话要谨慎"的告诫刻在金人的背上；孔子看到了"欹器"，脸色大变。可见，列位古先圣人重视诫语的作用，由来是很久远的。"铭"就是名称的意思，观看器物必须端正它的名称。正定它的名称，审明它的警戒作用，目的在于美好的德行。春秋时鲁国的大夫臧武仲在论"铭"的时候说："天子作铭是为了赞扬他们盛大的美德，诸侯作铭是为了计数他们的功勋，大夫作铭是为了称颂自己的劳

① 杨明照：《增订文心雕龙校注》，第139页。

绩。"夏禹把九州贡献的铜铸造成金鼎，周武王在肃慎氏上贡的楛箭上刻字，这就是属于天子颂扬美德的事情；吕望把功勋铭刻在冶匠昆吾铸造的金版上，仲山甫把他的大功刻在缴获的器物上，这就是属于诸侯计数他们的功勋；晋国的将领魏颗的功勋被记刻在晋景公的钟上，卫国的大夫孔悝的勋绩被铭表在卫鼎上，这就是属于大夫称颂自己劳绩的一类铭文。

《鬻子》曰："大禹为铭于笋簴曰：教寡人以道者击鼓，教以义者击钟，教以事者振铎，语以忧者击磬。"此即"大禹勒笋簴而招谏"之本源。又，《淮南子·泛论训》记载说："禹之时，以五音听治，悬钟鼓磬铎置鞀，以待四方之士，为号曰：教寡人以道者击鼓，谕寡人以义者击钟，告寡人以事者振铎，语寡人以忧者击磬，有狱讼者摇鞀。当此之时，一馈而十起，一沐而三捉发，以劳天下之民，此而不能达善效忠者，则才不足也。"表明了大禹忧勤政事、虚怀待下的处事作风。《吕氏春秋·求人》对此有更为细致的记载："禹东至榑木之地，日出九津，青羌之野，攒树之所，㩉天之山，鸟谷、青丘之乡，黑齿之国；南至交址、孙朴续樠之国，丹粟漆树沸水漂漂九阳之山，羽人、裸民之处，不死之乡；西至三危之国，巫山之下，饮露吸气之民，积金之山，其肱、一臂、三面之乡；北至人正之国，夏海之穷，衡山之上，太戎之国，夸父之野，禹强之所，积水、积石之山。不有懈堕，忧其黔首，颜色黎黑，窍藏不通，步不相过，以求贤人，欲尽地利：至劳也。得陶、化益、真窥、横革、之交五人佐禹，故功绩铭乎金石，著于盘盂。"本段详细记述了大禹治水的辛勤、艰苦与低调、扎实，大禹为整个民族和百姓立下了不朽功勋，故称"功绩铭乎金石，著于盘盂"，此乃铭体之本义也。

而"夏铸九牧之金鼎"一事，是一件重大历史事件。相传，夏朝初年，夏王大禹划分天下为九州，令九州州牧贡献青铜，铸造九鼎，象征九州，将全国九州的名山大川、奇异之物镌刻于九鼎之身，以一鼎象征一州，并将九鼎集中于夏王朝都城。因此，"鼎"成为国家拥有政权的象征，进而成为国家传国宝器。九鼎成为中国的代名词，以及王权至高无上、国家统一昌盛的象征。夏朝、商朝、周朝三代奉为象征国家政权的传国之宝。后世帝王非常看重九鼎的权利象征与意义，亦曾屡次重铸九鼎，武则天、宋徽宗也曾铸九鼎。此外，九鼎还是国民政府时期军队勋章的一种。

商代时，对表示王室贵族身份的鼎，曾有严格的规定：士用一鼎或三鼎，大夫用五鼎，而天子才能用九鼎，祭祀天地祖先时行九鼎大礼。战国时，秦、楚皆有兴师到周王城洛邑求鼎之事。周显王时，九鼎没于泗水彭城下。《史记·封禅书》："禹收九牧之金，铸九鼎。皆尝亨鬺上帝鬼神。遭圣则兴，鼎迁于夏商。周德衰，宋之社亡，鼎乃沦没，伏而不见。"

因此，铭体文学一开始就是先秦贵族的产物。《左传·襄公十九年》载臧武仲云："夫铭，天子令德，诸侯言时计功，大夫称伐。……且夫大伐小，取其所得，以作彝器，铭其功烈，以示子孙，昭明德而惩无礼也。"这里说天子铭德不铭功，诸侯举动得时而有功可以铭，大夫讨伐别人有功，也可以铭。总之，这种铭都是当时贵族纪念所谓"功德"的。《文章流别论》云："且上古之铭，铭于宗庙之碑。……后世以来之器铭之嘉者，……咸以表显功德。"另外有一种刻在器物上的铭，是以警戒为目的的。这种警戒，有的是自诫的，有的是警诫别人的。褒赞功德的铭有两种：一种是表扬生者的功德；另一种是表扬死者的功德。

在文字学上，大禹铭文具有重要的意义。据《书林纪事》记载：相传因九牧贡金，铸鼎象物，故作象形篆以铭钟鼎，一曰钟鼎书。或又传禹先得玄女之法，开凿洞天，尽立五岳名山形，撰灵宝文。如此，则将钟鼎文的出现时间，从夏商周上推到了大禹时代，这是古代成熟文字的精彩运用，也是大禹时期青铜铸造技艺高度发达的象征。

大禹治水青铜铭文

本篇名曰《铭箴》，除了上文讨论的铭体，至于箴，则完全以警诫为主，而且警诫的目的也有警诫别人和自诫两种：警诫别人的叫"官箴"，作自我警诫的叫"私箴"。箴的本义为针石之针，是医生治病的工具，因此把补缺防患的规诫之辞，就叫作箴。刘勰在《铭箴》篇中说道：

> 箴者，所以攻疾防患，喻针石也。斯文之兴，盛于三代。《夏》《商》二箴，馀句颇存。周之辛甲，百官箴阙，唯《虞箴》一篇，体义备焉。[①]

箴，就是针的意思，用它来针砭过失、防止后患，用治防疾病的石针来作比喻。这种文体的兴起，盛行于夏、商、周三代。夏、商两代的箴文还保存着少数残句。周的大史辛甲，他的《百官箴》散失了，只存有《虞人之箴》一篇，文体格式和针砭意义已经完备了。

胡广《百官箴叙》曰："箴谏之兴，所由尚矣。圣君求之于下，忠臣纳之于上。故《虞书》曰：'予违汝弼，汝无面从，退有后言。'墨子著书，称《夏箴》之辞。"《玉海》卷二百四《辞学指南》："《夏箴》见于《周书·文传》篇。"笔者在各类古籍文献中检索搜集，得到以下有关《夏箴》的信息：

> 1.《周书·文传解》第二十五：文王受命九年，时维暮春，在鄗召太子发曰：吾语女，所保所守，厚德广惠，忠信爱人，君子之行。《夏箴》曰："中不容利，民乃外次。"《开望》曰："土广无守，可袭伐；土狭无食，可围竭。"《夏箴》曰："小人无兼年之食，遇天饥，妻子非其有也。大夫无兼年之食，遇天饥，臣妾舆马非其有也。国君无兼年之食，遇天饥，百姓非其有也。戒之哉！弗思弗行，至无日矣。"
>
> 2.《文选》王元长《策秀才文》：《周书·夏箴》曰："小人无兼年之食，妻子非其妻子也。"
>
> 3.《北堂书钞》卷一〇二《周书·夏箴》：天有四殃，水旱饥荒；非务积聚，何以备粮？

[①] 杨明照：《增订文心雕龙校注》，第140页。

由此观之，《夏箴》在流传的过程中，已经残缺不全，我们现在只能看到有关《夏箴》的零散文句，已不得睹其全貌。

关于《虞箴》，这是一篇赞美大禹与夏代的文章，这是古代虞人为诫田猎而作的箴谏之辞，是中国最古老、有文字记载、垂训千古的官箴，大约出现于公元前一千年左右的春秋时期。据《左传·襄公四年》记载：

> 无终子嘉父使孟乐如晋……，魏绛曰："……《夏训》有之曰：'有穷后羿。'"公曰："后羿何如？"对曰："昔有夏之方衰也，后羿自鉏迁于穷石，因夏民以代夏政。恃其射也，不修民事，而淫于原兽。弃武罗、伯困、熊髡、龙圉而用寒浞。寒浞，伯明氏之谗子弟也。伯明后寒弃之，夷羿收之，信而使之，以为己相。浞行媚于内，而施赂于外，愚弄其民，而虞羿于田，树之诈慝，以取其国家，外内咸服。羿犹不悛，将归自田，家众杀而亨之，以食其子。其子不忍食诸，死于穷门。靡奔有鬲氏。浞因羿室，生浇及豷，恃其谗慝诈伪而不德于民。使浇用师，灭斟灌及斟寻氏。处浇于过，处豷于戈。靡自有鬲氏，收二国之烬，以灭浞而立少康。少康灭浇于过，后杼灭豷于戈。有穷由是遂亡，失人故也。昔周辛甲之为大史也，命百官，官箴王阙。于《虞人之箴》曰：'芒芒禹迹，画为九州，经启九道。民有寝庙，兽有茂草，各有攸处，德用不扰。在帝夷羿，冒于原兽，忘其国恤，而思其麀牡。武不可重，用不恢于夏家。兽臣司原，敢告仆夫。'《虞箴》如是，可不惩乎？"于是晋侯好田，故魏绛及之。①

根据魏绛对后羿代夏、少康复国、有穷灭亡的夏代历史的追述，以及周代辛甲组织百官写作各类"官箴"的记述可知：《虞人之箴》是由辛甲的推重而名著于世的。辛甲的身世难以追溯，但知他曾是商后期，也就是殷的亡国之君帝辛、人称纣王朝的史官。辛甲在西周任太史，人称辛尹。他在太史任内，创导百官"官箴王阙"，以针砭国君缺失为己任。他深感殷鉴不远，应以夏代历史的巨变为镜，以免历史悲剧之再演。百官都响应他

---

① （汉）郑玄注，（唐）孔颖达等正义：《春秋左传正义》，上海：上海古籍出版社 1992 年版，第 1933 页。

的召唤，递交官箴。辛甲最看重的，正是《虞人之箴》。虞者，指管理田猎的官员。《虞人之箴》不过六十余字，却道出了百姓的心声。这篇箴文写道："茫茫禹迹，画为九州。经启九道，民有寝庙，兽有茂草，各有攸处，德用不扰。在帝夷羿，冒于原兽，忘其国恤，而思其麀牡，武不可重，用不恢于夏家。兽臣司原，敢告仆夫。"大意是：大禹皇帝足迹所至，把辖地画为九州，又开启水陆通道，让百姓住有所居，还有祖庙供祭祀。牲畜兽禽，也有丰茂的草原生息繁殖，与百姓和谐相处，互不打扰。夷羿本是夏之部落首领，弑夏登上王位，贪恋渔猎，把国家忧患放在脑后，却迷恋捕杀公兽母兽。用武力过度杀生，会损害国家的元气。作为兽臣，斗胆劝诫国君不要这样。商纣王当时据说干了很多伟大的事业，人也长得高大帅气，但是，他自矜功伐，干了很多背离国政的意气之事，所以，辛甲这样规劝他，是希望他能向伟大的大禹学习，不要向后羿学习。

《虞人之箴》语言朴实，感人至深。微言大义，振聋发聩。在几千年以前，大禹就提出了人与自然、人与兽"各有攸处，德用不扰"的思想；其后，篡夺了夏代王位的后羿，却因贪恋渔猎，把国家忧患放在脑后。因此，本文意在劝谏天子不要因贪恋打猎而不务政事，后因以《虞人之箴》为谏猎之典。可见我们老祖宗的智慧，是何等的深邃超前！所以刘勰以"体义备焉"，给予了高度评价。

《虞人之箴》不仅是箴体文学的代表，对后代影响也很大。《汉书·扬雄传赞》曰："史篇莫善于《仓颉》，作《训纂》；箴莫善于《虞箴》，作《州箴》。"本书末尾附录了扬雄所作的部分《州箴》作品。《华阳国志·蜀志》直接以"茫茫禹迹，画为九州"开头，褒赞大禹是蜀人先祖。白居易《寄唐生》："功高虞人箴，痛甚骚人辞。"其他论赞，此不一一。

六、作为诰誓二体的主要创立元素

夏禹及其后代，在古史《尚书》《史记》等文献中有很多记载，其中，古代文体诰与誓的发展，离不开大禹讨伐有苗、夏启讨伐有扈、夏代发生的若干历史事件，以及由此而后的商、周传承。根据《文心雕龙》集中论述史传文学史的《史传》篇之记载：

> 开辟草昧，岁纪绵邈，居今识古，其载籍乎？轩辕之世，史有仓

颉，主文之职，其来久矣。曲礼曰："史载笔。"史者，使也；执笔左右，使之记也。古者，左史记事，右史书言。言经则《尚书》，事经则《春秋》也。唐虞流于"典""谟"，商夏被于"诰""誓"。①

　　自从开天辟地到未开化时代，年代非常久远，生活至今天要知道古代的事情，就靠历史书籍的记载吧！传说轩辕黄帝时代，已经有史官仓颉，主管记载历史的职务，可见史籍记载来源很久远啊！《礼记·曲礼》说："史官带着笔来记事。"史，就是使，史官在帝王左右拿着笔，记录他们的言语和行动。在古代，在国君左面的左史专门负责记载帝王所做的事，在国君右面的右史专门负责记载帝王所说的话。记言的经典就是《尚书》，记事的经典就是《春秋》。尧舜时代的历史靠《尚书》的《尧典》《皋陶谟》等流传下来，夏商的历史包括在《尚书》的《甘誓》《汤诰》等文献里。

　　范文澜注："谷梁隐八年传云'诰誓不及五帝。'谓典谟唐虞所传，诰誓三王始有也。尚书所载皆典谟训诰誓命之文，虽为古史，而体例未具，非史之正宗。至周公制春秋，编年之体，于是起也。"《文心雕龙疏证》曰："案《尚书序》《虞书·尧典、舜典、大禹谟》三篇，皆记尧舜二帝事，借以流传于后。故曰：'唐虞流于典谟。'然今文《尚书》二十八篇，以《舜典》合于《尧典》，无《大禹谟》。伪孔传本有《大禹谟》，则赝作也。又今文《尚书》，《商书》有《汤誓》一篇，《周书》有《牧誓》《大诰》《康诰》《酒诰》《召诰》《洛诰》《费誓》《秦誓》篇，而《书序》《商书》又有《汤诰》《仲虺之诰》，皆已久佚。伪孔本有之，亦赝作也。诰以告谕众民，如今公文之布告。誓以誓师，如今世之誓师文。《尧典》曰：'光被四表。'被谓被及。言如日光之充被四表也。夏商之事，借所撰诰誓而传之久矣。故曰：'商夏被于诰誓。'又《谷梁传》隐八年云：'诰誓不及五帝。'注谓：'五帝之世，治化淳备，不须诰誓。'此为刘勰所本。"

　　《辞学指南》"诰"类："诰，告也，其源起于《汤诰》。《周官》大祝六辞，三曰诰；士师五戒，二曰诰。成王封康叔、唐叔，命以《康诰》

---

① 杨明照：《增订文心雕龙校注》，第205页。

《唐诰》。汉元狩六年立三子为王，初作诰。"《文体明辨序说》"诰"类："按字书云：'诰者，告也，告上曰告，发下曰诰。'古者上下有诰，故下以告上，《仲虺之诰》是也；上以诰下，《大诰》《洛诰》之类是也。考于《书》可见矣。""诰"是对臣民训诫劝勉的文告。隋唐以后专用于赐爵授官，与制没有什么区别，所以主管起草这类文件的官员叫"知制诰"。《文章辨体序说》"制诰"类："按《周官》太祝六辞，二曰命，三曰诰，考之于《书》，命者以之命官，若《毕命》《冏命》是也。诰则以之播告四方，若《大诰》《洛诰》是也。汉承秦制，有曰策书，以封拜诸侯王公，有曰制书，用载制度之文。若命官，则各赐印绶而无命书也。"

《文体明辨序说》"誓"类："按誓者，誓众之词也。蔡沈云：'戒也。'军旅曰誓。古有誓师之词，如《书》称禹征有苗誓于师，以及《甘誓》《汤誓》《泰誓》《牧誓》《费誓》是也。又有誓告群臣之词，如《秦誓》是也。后世无《秦誓》之类，而誓师之词亦不多见，岂非放失之故欤?""诫戒"，警诫军旅之事。《说文》："誓，约束也。"《释名》："誓，制也。"要约之辞，拘制之义也。故王者或要约军旅，或誓告群臣曰誓。

《文心雕龙·檄移》篇记载了夏启"初誓于军"的历史事件：

> 震雷始于曜电，出师先乎威声。故观电而惧雷壮，听声而惧兵威。兵先乎声，其来已久。昔有虞始戒于国，夏后初誓于军，殷誓军门之外，周将交刃而誓之。[1]

"夏后初誓于军"，是指夏启在征伐有扈氏的战争之前，作有《甘誓》一篇，这是历史上正式记载的誓体文章首创之作。这篇誓文的原文还可以看到，据《尚书·夏书·甘誓第二》的记载：

> 启与有扈战于甘之野，作《甘誓》。
> 大战于甘，乃召六卿。
> 王曰："嗟! 六事之人，予誓告汝：有扈氏威侮五行，怠弃三正，天用剿绝其命，今予惟恭行天之罚。左不攻于左，汝不恭命；右不攻于右，汝不恭命；御非其马之正，汝不恭命。用命，赏于祖；弗用命，

---

[1] 杨明照：《增订文心雕龙校注》，第281页。

戮于社，予则孥戮汝。"①

夏启与有扈氏即将在甘进行一场大战，于是夏启召集了六军的将领。夏启王说："啊！六军的将士们，我要向你们宣告：有扈氏违背天意，轻视金木水火土这五行，怠慢甚至抛弃了我们颁布的历法。上天因此要断绝他们的国运，现在我只有奉行上天对他们的惩罚。战车左边的兵士如果不善于用箭射杀敌人，你们就是不奉行我的命令；战车右边的兵士如果不善于用矛刺杀敌人，你们也是不奉行我的命令；中间驾车的兵士如果不懂得驾车的技术，你们也是不奉行我的命令。服从命令的人，我就在先祖的神位前行赏；不服从命令的人，我就在社神的神位前惩罚。我将把你们降为奴隶，或者杀掉。"

根据内容可知：《甘誓》是一篇战争动员令，是这次战争前夏启告诫六军将士的言辞。《甘誓》的内容是后人根据传闻写成的。甘是地名，在有扈氏国都的南郊。誓是古时告诫将士的言辞。大禹死后，他的儿子夏启继承了帝位。启所确立的新制度，遭到了有扈氏的反对，启便发动了讨伐有扈氏的战争。结果"遂灭有扈氏，天下咸朝"。这次战争以有扈氏失败，夏启胜利而告终，天下诸侯都来朝拜夏启，夏启消灭了反对自己的势力，树立起了威信，并保持了对政权的大一统。

天子率领将士亲自出征，必定是一场关系到国家命运的决战，一定要使将士们明白为谁和为什么而战，否则不明不白上战场，多半要吃败仗。主帅是天子，由他来发布战争动员令，既有权威性，又有感召力，还可以证明出征打仗的正义。《甘誓》中没有豪言壮语和长篇大话，没有一个接一个地表态和表决心，最足以征服人心的理由就是奉行天命，简洁而震撼人心。

随着社会在不断前进，后来的檄讨文书越来越长，废话越来越多，理由列出了一大堆却难以震撼人心，成了空洞无物的东西，这在《文心雕龙·檄移》篇中有所介绍。这正好符合了《文心雕龙》纵观文学发展史所提出来的古今文学"从质及文"，不断繁缛的特点。

所以，夏代的《甘誓》等誓师之辞，为诰、誓文体发展的首创之作，文虽不多，其意义非凡。笔者认为：发布战争动员令，学学夏启是有益的。

---

① （汉）孔安国传，（唐）孔颖达等正义：《尚书正义》，第155页。

干脆果断，直来直去，表明了意图，就到战场上见分晓，看看到底谁是英雄谁是狗熊。好男儿志在疆场，骑马射箭打枪，不说废话空话。

《甘誓》有正式的命名，而且独立于《尚书》之中，自成一篇。但是，仔细阅读《尚书》可知，早在《甘誓》之前，夏启的父亲大禹，就曾率军讨伐不肯归顺大舜的"有苗"部落，在出征之前，大禹曾"会群后，誓于师"，《大禹谟》记载说：

> 帝曰："咨，禹！惟时有苗弗率，汝徂征。"
>
> 禹乃会群后，誓于师曰："济济有众，咸听朕命。蠢兹有苗，昏迷不恭，侮慢自贤，反道败德，君子在野，小人在位，民弃不保，天降之咎，肆予以尔众士，奉辞伐罪。尔尚一乃心力，其克有勋。"①

舜对禹说道："禹！跟你商量一下，现时只有三苗不遵从我们的教令了，你去征伐他们。"禹于是大会各邦群后及其率领的人众，宣誓于众道："整齐众多的勇士们！都来听我的命令：这无知盲动的三苗，执迷不悟，傲慢自大，违反正道，败坏常德。致使君子被遗弃在野，而小人却窃居高位，把人民抛弃不顾，因此，上天降灾于他们。我今天是用你们群后众士之力，奉天命去罚他们的罪。你们还须齐心合力，才能成就功勋。"

大禹组织了各路诸侯的联军，"会群后"，然后宣誓出征，"誓于师"，希望大家同心协力，取得成功，故曰："以尔众士，奉辞伐罪。尔尚一乃心力，其克有勋。"由此可知，大禹才是历史上第一篇誓文的创造者。

除了在《史传》中论述到诰、誓体裁外，《文心雕龙》还在《诏策》篇中叙述及此。其说曰：

> 皇帝御宇，其言也神。渊嘿黼扆，而响盈四表，其唯诏策乎！昔轩辕唐虞，同称为"命"。"命"之为义，制性之本也。其在三代，事兼诰誓；誓以训戎，诰以敷政。命喻自天，故授官锡胤。②

皇帝统治天下，他的话是神圣的。他静坐在御座上，而他的声音却可以传遍四方，就是因为诏书、策书的作用吧！从前轩辕黄帝和唐尧虞舜的

---

① （汉）孔安国传，（唐）孔颖达等正义：《尚书正义》，第137页。
② 杨明照：《增订文心雕龙校注》，第264页。

时代，作为天子的话都称为"命"。"命"本来的意义，就是古时帝王给有功德的人赐姓。在夏、商、周三代的时候，还兼有了"诰"和"誓"的作用。誓命是用来教训军队的，诰命是用来敷告政事的。命是从天命借用来的，所以用来给有功之人授予官爵和赐福后代。

张立斋先生《文心雕龙·注订》曰："《书》有六体，誓其一也。誓有讨叛伐罪之意，故曰戎也。"杨明照先生《增订文心雕龙校注》云："《文选》班固《典引》蔡邕注：'本事曰诰，戎事曰誓。'"查《尚书》中，收录有《大诰》《康诰》《酒诰》《召诰》《洛诰》《康王之诰》与《甘誓》《汤誓》《泰誓》《牧誓》《费誓》《秦誓》诸篇，所以诰、誓应当起源于夏，而盛行于商周二代。

诰、誓文体的一大作用是动员、训诫，因此，《诏策》篇在文末附带论述到了戒、教、效三体，对戒体文学的论述，直接从记录在《尚书》中的大禹名言开始：

> 戒者，慎也，禹称"戒之用休"。君、父至尊，在三同极。[①]

范文澜注："戒，教，命，虽皆尊长示卑下之辞，然不限之于君臣之际，故彦和于篇末附论之。孔传曰'休，美也。言善政之道，美以戒之。'"《正义》："大虽为善，或寡令终，故当戒敕之念用美道，使民慕美道行善。"在三，《国语·晋语一》："父生之，师教之，君食之。"称为在三。罔，无穷。因此，"戒"，就是谨慎的意思，夏禹说"用美好的话来警诫他"。君王、父亲和老师是最尊严的，这三者给人的恩德是无穷的。其中"戒之用休"，语出《尚书·大禹谟》文：

> 禹曰："于！帝念哉！德惟善政，政在养民。水、火、金、木、土、谷惟修，正德、利用、厚生惟和。九功惟叙，九叙惟歌。戒之用休，董之用威，劝之以九歌，俾勿坏。"[②]

禹说："啊！帝要深念呀！帝德应当使政治美好，政治在于养民。水、火、金、木、土、谷六种生活资料应当建立，正德、利用、厚生三件大事目

---

① 杨明照：《增订文心雕龙校注》，第266页。
② （汉）孔安国传，（唐）孔颖达等正义：《尚书正义》，第135页。

的在使天下和谐，这九件事应当理顺，九件事理顺了应当歌颂。要用善言规劝臣民以警诫犯错，用威罚监督臣民，用九歌勉励臣民，使政事不会败坏。"大禹"戒之用休"的思想，与伯益的劝谏有关，同篇记载伯益的话说：

> 益曰："吁！戒哉！儆戒无虞，罔失法度。罔游于逸，罔淫于乐。任贤勿二，去邪勿疑。疑谋勿成，百志惟熙。罔违道以干百姓之誉，罔咈百姓以从己之欲。无怠无荒，四夷来王。"

伯益说："啊！要诚慎呀！警诫不要失误，不要放弃法度，不要优游于逸豫，不要放恣于安乐。任用贤人不要怀疑，罢去邪人不要犹豫。可疑之谋不要实行，各种思虑应当广阔。不要违背治道来取得百姓的称赞，不要违背百姓来顺从自己的私心。对这些不要懈怠，不要荒忽，四方各民族的首领就会来朝见天子了。"这是有了伯益这样的好同事，大禹才会在治水与从政经历中严谨做事，事半功倍；而当时为王的大舜，才会放心让大禹和伯益搭档合作、共同工作，去完成治理天下的伟业。

七、作为论述文体风格论的对象材料

在上述评价大禹功绩（《原道》等）、分体论述禹夏对各体文学发展的贡献（《辨骚》《明诗》《乐府》《颂赞》《铭箴》《史传》《诏策》等）、综合概述禹夏文学在全书创作论（《通变》《情采》《章句》等）与文学批评论（《时序》《才略》等）中的重要地位之后，《文心雕龙》发展到审美批评部分，在文体风格的专篇《定势》中，以夏人为例，证明各种风格应该兼容并包、合理选择创造的道理：

> 渊乎文者，并总群势：奇正虽反，必兼解以俱通；刚柔虽殊，必随时而适用。若爱典而恶华，则兼通之理偏；似夏人争弓矢，执一不可以独射也。若雅郑而共篇，则总一之势离；是楚人鬻矛誉楯，两难得而俱售也。①

精于作文的人，都善于综合各种文章体势。新奇和雅正的体势虽然相反，却能融会贯通，刚健和婉柔的体势虽然不同，却能跟着时机加以适用。倘若只是爱好典雅的体势而厌恶华丽的体势，那就偏离了兼晓并通的道理；这好

---

① 杨明照：《增订文心雕龙校注》，第406页。

比夏人争弓好还是箭好，各执一端，可是光拿着其中的一样是不可能发射的。倘若典雅的体势和淫靡的体势统一在一篇作品里，那就破坏了统一的体势；这好比楚人卖矛和盾，既要夸矛好又要夸盾好，弄得两样东西都难以卖出去了。

"夏人争弓矢"句，语出《御览》三四七引《胡非子》："一人曰：'吾弓良，无所用矢。'一人曰：'吾矢善，无所用弓。'羿闻之曰：'非弓，何以往矢？非矢，何以中的？'令合弓矢而教之射。"羿，夏射官，故云"夏人"。夏代有个人夸自己的弓说："我的弓好，没有谁的箭能够配得上。"另一人夸自己的箭说："我的箭好，没有谁的弓能配得上。"夏朝的羿是掌管射箭的射官，听到他们的争论之后说："如果没有弓，怎能射箭？没有箭，怎能射中靶子？"

刘勰引用这个故事，意在告诉我们：一个作家的风格不应有所偏好，如果只喜欢典雅的风格，而厌恶华丽的风格，这就偏于一方，不合乎"兼通"之理。这是说只有一种单调的风格，或者只偏爱一种单调的风格，那必然有很大的片面性，而不能成为伟大的作家。法国自然科学家布封在《论风格》中就说："一个大作家绝不能只有一颗印章，在不同的作品上都带有同一的印章，这就暴露出天才的缺乏。"明屠隆《与王元美先生》云："文章大观，奇正、离合、瑰丽、尔雅、险壮、温夷，何所不有？"（《由拳集》卷十四）俞元桂《作家与风格》："对立的风格是不能在一篇作品里统一起来的，作品的风格要建立在统一的、协调的基础上。'若雅郑而共篇，则总一之势离。'破坏了统一和协调，风格就不存在了。但是一篇作品在统一、协调的前提下，可以兼有几种风格，可以是典雅的，同时又是精约的，只要它不是对立的风格。"（《热风》一九六二年第一期）不过在一篇文章里，既有典雅的风格，又有轻靡的风格，就失去了统一。这就是说一位作家可以有多样化的风格倾向，具体到一篇作品里，却不能两种对立的风格倾向同时存在。"多样化的统一"这一美学原理的提出，不能不说是《文心雕龙》的极大创见。

结　语

本章的研究，收获在以下几个方面：

第一，大禹籍贯的确定，笔者采信"禹出西羌"之说。

第二，大禹没有实际的署名作品，只有口耳相传的文字记载，研究大禹、研究《文心雕龙》，需要阅读很多文献和资料，同时得到锻炼，获得新的收获。比如大禹是誓体文学的首创者，在时间上比夏启《甘誓》更早，等等，这类收获，是其他"龙学"研究者未曾提出过的。

第三，要想研究《文心雕龙》，务必要成为一个文化学者、历史学者、哲学思辨者和理论建构者，务必在文史哲贯通融会的基础上进行，特别对于先秦文化和儒家经典，要高度重视。记载三皇、五帝、禹夏的正统文献，当以儒家经典著作为主，因为这是中国文化之根！

在本章结尾，摘录《大禹纪念歌》，作为对这位伟大先圣的永久怀念：

大禹纪念歌

第五章

司马相如

第一节　司马相如简介

司马相如（约公元前 179 年—约前 118 年），西汉辞赋家，汉代文化史、文学史的杰出代表，汉赋四大家之首，史称"赋圣"。司马相如的文学作品以辞赋创作和散文创作为主，代表作《子虚赋》等，带有明显的道家思想与神仙色彩。历史上有关司马相如生平最权威的记载是《史记》《汉书》等史书，根据二者的记载，可以将司马相如的生平简要梳理于下①：

司马相如者，蜀郡成都人也，字长卿。少时好读书，学击剑，故其亲名之曰犬子。相如既学，慕蔺相如之为人，更名相如。以赀为郎，事孝景帝，为武骑常侍，非其好也。会景帝不好辞赋，是时梁孝王来朝，从游说之士齐人邹阳、淮阴枚乘、吴庄忌夫子之徒，相如见而说之，因病免，客游梁。梁孝王令与诸生同舍，相如得与诸生游士居数岁，乃著子虚之赋。……（相如与文君于成都）居久之，蜀人杨得意为狗监，侍上。上读子虚赋而善之，曰："朕独不得与此人同时哉！"得意曰："臣邑人司马相如自言为此赋。"上惊，乃召问相如。相如曰："有是。然此乃诸侯之事，未足观也。请为天子游猎赋，赋成奏之。"上许，令尚书给笔札。相如以"子虚"，虚言也，为楚称；"乌有先

① 比较二者内容，实则班固全抄司马迁之说，故本章以司马迁《史记》所载为本。

171

生"者，乌有此事也，为齐难；"无是公"者，无是人也，明天子之义。故空借此三人为辞，以推天子诸侯之苑囿。其卒章归之于节俭，因以风谏。奏之天子，天子大说。……无是公言天子上林广大，山谷水泉万物，乃子虚言楚云梦所有甚众，侈靡过其实，且非义理所尚，故删取其要，归正道而论之。①

司马相如，字长卿，原名犬子，因仰慕战国时赵国名相蔺相如为人而改名。② 出生在今四川南充，成长于今四川成都，其先祖大约是公元前316年秦将司马错灭巴蜀时留在当地的一支，因此，司马相如是巴蜀文化结合产生的文学巨人。③ 他少年时代喜欢读书和练剑，是个文武双修的人，二十多岁时，父母用钱给他在宫廷内谋了个官职，做了汉景帝的武骑常侍，但这些并非相如所好，因而有不遇知音之叹。后来因病免职。

待梁孝王刘武来朝时，司马相如才得以结交邹阳、枚乘、庄忌等辞赋家。因病退职后，前往梁地与这些志趣相投的文士共事，就在此时，为梁王写了那篇著名的《子虚赋》。《子虚赋》的主题是这一时期以虚静为君的道家思想，但是并没有得到汉景帝的赏识，因为景帝不好辞赋。景帝去世后，汉武帝刘彻即位。刘彻看到《子虚赋》，非常喜欢，以为是古人之作，

---

① （汉）司马迁：《史记》（影印本），第 2999—3043 页。

② 司马相如生活在汉代初期走向鼎盛之时，这个时期的思想、世风也在转变之中。前代的诸侯王尚在，可是权势已经削弱。以前依附于诸侯王的士人，也无所用其才智，但是，这个时期成长起来的一代文人，仍然兼具纵横家的精神、气质。东方朔的高自称许，是这种精神的表现。司马相如身上的策士遗风更为明显，他对社会现实的关注，对君主的随时进谏，他事景帝时意不自得便免官他就，表现出很强的独立精神。他又不同于东方朔、枚皋。他谏说、论事，宗旨严正，具有较强烈的社会责任感，即使在极端铺张的文学创作中，也多贯穿一条鲜明的主线，即要有所讽喻，有所针砭，注重自己作品或言论的社会效果。正是基于这一点，他受到君主的信任，朝廷委以重任。而东方朔、枚皋，虽然自视甚高，天子却只俳优畜之，没有让他们承担过严肃的使命。

③ 关于司马相如的籍贯，历来有争议：《史记·司马相如列传》《汉书·司马相如传》皆载明司马相如为蜀郡成都人（司马相如字长卿，蜀郡成都人也），清代《四川通志》也记载："汉司马相如成都人，侨居蓬州。"但根据二十世纪楚辞学的相关研究成果与历史考证来看，司马相如应该是四川南充人，先祖随秦国大将司马错灭巴蜀时入蜀，居于南充市蓬安县。2003 年，司马相如研究学会成立，其后举行了多次学术研讨会，对这一问题有了更加明确的定论。现在比较一致的看法是：司马相如出生地是南充蓬安，七岁时跟随父辈迁居到成都，遂落籍成都。后来司马相如和卓文君成婚，曾在今邛崃县城短暂居住过，后来再次定居成都，故居在今成都市青羊区琴台路一带。

叹息不能与作者同时代。当时侍奉刘彻的狗监（主管皇帝的猎犬）杨得意是蜀人，对刘彻说："这是我的同乡司马相如所作。"刘彻惊喜之余马上召司马相如进京。司马相如向武帝表示说，"《子虚赋》写的只是诸侯王打猎的事，算不了什么，请允许我再作一篇天子打猎的赋"。这就是内容上与《子虚赋》相接的《上林赋》，不仅内容可以相衔接，且更有文采。此赋以"子虚""乌有先生""无是公"为假托人物，设为问答，放手谱写，以维护国家统一、反对帝王奢侈为主旨，歌颂了统一大帝国无可比拟的形象，又对统治者有所讽谏，开创了汉代大赋的一个基本主题。

此赋一出，司马相如深受汉武帝赏识，不仅在文学之路上肯定了他的创作才华和作品质量，更进一步，他被刘彻封为郎官，"赋奏，天子以为郎。"司马相如受到武帝重用，重新开启了他在汉景帝时代就已经准备好了的政治旅途，作为朝廷任命的中郎将回到蜀地，协调官民关系，开通西南边地交通，为国立功，实现了自己离开蜀郡赴汉武帝召见时许下的"高车驷马"还故乡之愿。[①]

《史记》司马相如本传记载此事说：

> 相如为郎数岁，会唐蒙使略通夜郎西僰中，发巴蜀吏卒千人，郡又多为发转漕万余人，用兴法诛其渠帅，巴蜀民大惊恐。上闻之，乃使相如责唐蒙，因喻告巴蜀民以非上意。……相如还报。唐蒙已略通夜郎，因通西南夷道，发巴、蜀、广汉卒，作者数万人。治道二岁，道不成，士卒多物故，费以巨万计。蜀民及汉用事者多言其不便。是时邛笮之君长闻南夷与汉通，得赏赐多，多欲原为内臣妾，请吏，比南夷。天子问相如，相如曰："邛、笮、冉、駹者近蜀，道亦易通，秦时尝通为郡县，至汉兴而罢。今诚复通，为置郡县，愈于南夷。"天子以为然，乃拜相如为中郎将，建节往使。副使王然于、壹充国、吕越人驰四乘之传，因巴蜀吏币物以赂西夷。至蜀，蜀太守以下郊迎，县

---

① 成都北门的驷马桥，原来叫升仙桥。据《华阳国志·蜀志》记载："（成都）城北十里有升仙桥，有送客观，司马相如初入长安，题市门曰：'不乘高车驷马，不过汝下。'"人们为了纪念胸怀大志的司马相如，将升仙桥改为驷马桥，此桥至今仍是成都北上的必经之地。古时一车套四马，故称驷马，是贵族身份的象征。司马相如后来被任命为中郎将，作为朝廷使者荣归故里，实现了自己出川时许下的承诺。

令负弩矢先驱，蜀人以为宠。于是卓王孙、临邛诸公皆因门下献牛酒以交欢。卓王孙喟然而叹，自以得使女尚司马长卿晚，而厚分与其女财，与男等同。司马长卿便略定西夷，邛、笮、冉、駹、斯榆之君皆请为内臣。除边关，关益斥，西至沫、若水，南至牂柯为徼，通零关道，桥孙水以通邛都。还报天子，天子大说。相如使时，蜀长老多言通西南夷不为用，唯大臣亦以为然。相如欲谏，业已建之，不敢，乃著书，籍以蜀父老为辞，而己诘难之，以风天子，且因宣其使指，令百姓知天子之意。①

汉武帝建元六年（公元前135年），相如担任郎官数年，正逢唐蒙受命掠取和开通夜郎及其西面的僰中，征发巴、蜀二郡的官吏士卒上千人，西郡又为唐蒙征调陆路及水上的运输人员一万多人。唐蒙又用战时法规杀了大帅，巴、蜀百姓大为震惊恐惧。皇上听到这种情况，就派相如去责备唐蒙，趁机告知巴、蜀百姓，唐蒙所为并非皇上的本意。司马相如在那儿发布了一张《喻巴蜀檄》的公告，并采取恩威并施的手段，收到了良好的效果。

相如出使完毕，回京向汉武帝汇报。唐蒙已掠取并开通了夜郎，趁机要开通西南夷的道路，征发巴、蜀、广汉郡的士卒，参加筑路的有数万人。修路二年，没有修成，士卒多死亡，钱财颇耗费，当权者多反对。这时，邛、笮的君长听说南夷已与汉朝交往，请求汉朝委任他们以官职。皇上任命相如为中郎将，令持节出使，笼络西南夷。相如等到达蜀郡，蜀人都以迎接相如为荣。司马相如顺利出使西南夷，邛、笮、冉、駹、斯榆的君长都请求成为汉王朝的臣子。于是拆除了旧有的关隘，使边关扩大，开通了零关道，在孙水上建桥，直通邛、笮。相如还京报告皇上，皇上特别高兴。司马相如运用高超的政治智慧，很有远见地看到了出使西南夷的不易，为此，他创作了一篇《难蜀父老》，以解答问题的形式，成功地说服了众人，使少数民族与汉廷合作，为开发西南边疆作出了贡献。

先秦至今，四川都是一个多民族区域。《战国策》说："蜀，西辟之国

---

① （汉）司马迁：《史记》（影印本），第3044—3048页。

也，戎狄之长也。"《华阳国志》等文献记载，先秦时，除巴蜀二族为主要部落外，巴地上还有板楯蛮、濮、賨、共、苴、奴、獽、夷等族群，蜀地周边还有夜郎、邛、筰、徙、氐、叟、筰、冉駹等族群。西汉时主要有濮人、氐人、冉駹夷、青衣羌、徙人、叟人、筰人、邛人和僰人等。秦灭巴蜀，设郡县，蜀人逐渐南迁以至消失，秦国迁徙人口充实之。秦灭六国后，将东方六国豪强三万余户迁徙到蜀地安置居住，一方面严格控制，一方面大大促使蜀地人口数量的增加和多民族文化的融合与繁荣。到汉武帝时代，司马迁在《史记·西南夷列传》中说：

> 西南夷君长以什数，夜郎最大。其西，靡莫之属以什数，滇最大；自滇以北君长以什数，邛都最大，此皆魋结好，耕田，有邑聚。其外，西自同师以东，北至楪榆，名为嶲、昆明，皆编发，随畜迁徙，毋常处，毋君长，地方可数千里。自嶲以东北，君长以什数，徙、筰都最大。自筰以东北，君长以什数，冉、駹最大。其俗或土箸，或移徙，在蜀之西。自冉駹以东北，君长以什数，白马最大，皆氐类也。此皆巴蜀西南外蛮夷也。[1]

巴蜀之外，西南"蛮夷"部落甚众，为了加强西南边陲的控制和统治，汉武帝大力开边，恩威并施，征抚并用，不断拓展汉帝国力量对西南边疆的统治力度，《汉书·地理志·下》说："巴、蜀、广汉……南贾滇、棘僰，西近邛、莋马旄牛……武都地杂氐、羌，及犍为、牂柯、越嶲，皆西南外夷，武帝初开置。"《史记》《汉书》对"西南夷""西南外夷"的界定，已经排除了巴蜀两地，或者是以巴蜀为界。因为巴蜀已汉化，未汉化的四周族群便仍被称为蛮夷。可见，一个新的以"巴蜀为界的华夷分野"在此形成。[2] 在这个宏大的历史时间段中，司马相如扮演了一个受命执节、开疆拓土的朝廷钦差形象。可以说，西汉王朝乃至今天中国西南边陲疆域的确立，司马相如为此立下了大功。

其后，司马相如在官场有所沉浮。又因为与卓文君结婚，老丈人给了

---

[1] （汉）司马迁：《史记》（影印本），第 2991 页。
[2] 徐新建：《西南研究论》，昆明：云南教育出版社 1992 年版，第 61 页。

好些钱财，成为富人，加上性格高傲，所以"其进仕宦，未尝肯与公卿国家之事，称病间居，不慕官爵"。日子过得悠闲自在。

在后来的岁月中，他曾多次以不同的文学体裁形式劝谏汉武帝：

第一次是陪同汉武帝在长杨打猎时，看到汉武帝爱好击杀熊罴，而且驰逐野兽，于是"上疏谏之"，体现了他为人臣尽职尽责的本分。这次进谏的结果是"上善之"。

第二次是打猎结束后，"还过宜春宫，相如奏赋以哀二世行失也。"写了《哀秦二世赋》，借古讽今，希望汉武帝严谨治国，从秦国的灭亡中看到汉帝国的潜在危机。

第三次是在看到汉武帝崇尚神仙道德、追求长生不死的迷恋状态："天子既美《子虚》之事，相如见上好仙道，因曰：'上林之事未足美也，尚有靡者。臣尝为大人赋，未就，请具而奏之。'相如以为列仙之传居山泽间，形容甚癯，此非帝王之仙意也，乃遂就《大人赋》。"然而，与初衷相违背的是，"相如既奏大人之颂，天子大说，飘飘有凌云之气，似游天地之间意"。让汉武帝差点飞起来了。

整体上看，司马相如以文学而不是章表等文体进谏的方式表明，他不是一个直接提意见的大臣，他甚至没有将自己想要表达的讽谏意思让汉武帝读懂！但是，作为一个辞赋作家，一个担任郎官、孝文园令这样的小官、闲官，他本来就因为出使西南夷的时候被人告发贪污受贿而丢过官，而且，文人的身份，使得他不可能像真正的政治家那样直接向武帝提建议。更何况，当时的汉武帝一心沉迷长生不老之术，不仅炼丹服药，铸建乘露仙人，甚至在"巫蛊之祸"中直接逼死了太子，将自己的儿孙辈基本上扫光了，连个继承人都没有留下来，弄得比秦始皇还厉害，面对这样性格和行事的汉武帝，司马相如也不敢去直接说了！

但是，在司马相如传奇的一生中，他临死都被汉武帝记挂着，天子知道他的卓绝才华，非常担心司马相如写出来的文章被他自己带进了棺材，从而留下遗憾：

> 相如既病免，家居茂陵。天子曰："司马相如病甚，可往从悉取其书；若不然，后失之矣。"使所忠往，而相如已死，家无书。问其妻，

对曰："长卿固未尝有书也。时时著书，人又取去，即空居。长卿未死时，为一卷书，曰有使者来求书，奏之。无他书。"其遗札书言封禅事，奏所忠。忠奏其书，天子异之。①

元狩五年（公元前 118 年），相如已因病免官，家住茂陵。天子说："司马相如病得很厉害，可派人去把他的书全部取回来；如果不这样做，以后就散失了。"派所忠前往茂陵，到达时相如已经死去，家中没有书。询问相如之妻，她回答说："长卿本来不曾有书。他时时写书，别人就时时取走，因而家中总是空空的。长卿还没死的时候，写过一卷书，他说如有使者来取，就把它献上。再没有别的书了。"他留下来的书上写的是有关封禅的事，交给了所忠。所忠把这一篇《封禅文》再进献给天子，天子惊异其书。这篇文章写到了刘彻的心里去了，因为他北击匈奴、开疆拓土、治国安邦、名垂青史，想的正是和秦始皇一样的要去泰山封禅的大事业，居然被司马相如提前洞察到并写了出来，不得不说，司马相如深具洞见之明、识人之能，确有过人之处。其后，"司马相如既卒五岁，天子始祭后土。八年而遂先礼中岳，封于太山，至梁父禅肃然"。汉武帝完成了封禅大业！

司马相如去世以后，其坟墓与卓文君墓一样由于年代久远，现在已经不可确证，不过后世多认为在成都。唐代《元和郡县志》载：司马相如葬于四川导江县东 20 里。清干隆《灌县志》云：司马相如墓在治东 12 里刘海坝。《都江堰市金石录》有清嘉庆四年灌县知事徐鼎立碑"汉中郎将文苑令司马相如墓道"，该碑于 1958 年被灌县文物管理所收藏（文物目录载：因碑损毁严重，埋于楠木树下）。司马相如葬于都江堰市境内是确信无疑的了。

汉代最重要的文学体裁是赋，而司马相如是公认的汉赋代表作家和赋论大师，也是一位文学大师和美学大家。《汉书·艺文志》著录"司马相如赋二十九篇"，是"赋二十五家"中的巨匠，现存《子虚赋》《上林赋》《大人赋》《长门赋》《美人赋》《哀秦二世赋》6 篇，另有《梨赋》《鱼苴赋》《梓山赋》3 篇存名。《隋书·经籍志》有《司马相如集》1 卷，已散

---

① （汉）司马迁：《史记》（影印本），第 3063 页。

佚。明人张溥辑有《司马文园集》，收入《汉魏六朝百三家集》。

司马相如还掌握了辞赋创作的审美规律，并通过自己的辞赋创作实践和有关辞赋创作的论述，对辞赋创作的审美创作与表现过程进行了不少探索，看似只言片语，但与其具体赋作中所表露出的美学思想相结合，仍可看出他对赋的不少见解。他已经比较完整地提出了自己的辞赋创作主张。从现代美学的领域，对其辞赋美学思想进行阐释，是有益的和必要的。由于受到道家思想的深刻影响，司马相如的辞赋呈现出了斑斓多姿的艺术风貌，特别是纵意夸张的想象力，从而获得了经久不息的艺术魅力。

两汉辞赋作家中，以司马相如成就最高，其大赋甚至成为汉大赋创作的范式，故研究司马相如辞赋创作的特点，对研究汉赋乃至整个汉代文学，都有着深远的意义。

司马相如还是汉代很有成就的散文名家，其散文流传至今的有《喻巴蜀檄》《难蜀父老》《上疏谏猎》《封禅文》等。整体上看，在语言艺术的运用和体裁形式的发展等方面，司马相如对汉代散文作出了重要的贡献。

两千多年来，司马相如在文学史上一直享有巨大的声望，产生了深远的影响。两汉作家，绝大多数对他十分佩服，其中最有代表性的是历史学家司马迁。在整个《史记》中，专为文学家立的传只有两篇：一篇是《屈原贾生列传》，另一篇就是《司马相如列传》，仅此即可看出相如在太史公心目中的重要地位。并且在《司马相如列传》中，司马迁全文收录了他的三篇赋、四篇散文，以致《司马相如列传》的篇幅大约相当于《屈原贾生列传》的六倍之多！这就表明，司马迁认为司马相如的文学成就是超过屈原和贾谊的。

司马相如辞赋作品辞藻富丽，结构宏大，以"巨丽"著称，为汉赋奠定了时代风格特点，其后，扬雄、班固、张衡等接触的汉赋作家，均深受他的影响，这些直接的和间接的贡献，使他成为汉赋体裁的著名代表作家，后人称之为"赋圣"，刘勰称之为"辞宗"。

司马相如作为汉赋的宗师，为他立传的司马迁作为汉代史书的巨匠，不仅是司马家族中最杰出的人才，而且成为中国文学史、文化史上最杰出的代表，后人常将二人相提并论，直到二十世纪，鲁迅的《汉文学史纲要》

中还把二人放在一个专节里加以评述，指出："武帝时文人，赋莫若司马相如，文莫若司马迁。"

司马相如是巴蜀文学为中国文学贡献出来的第一位断代大家，他卓越的想象力、语言传达力、艺术创造力、题材选取力，新奇斑斓，多姿多彩，奇思妙想，滔滔不绝。以他为起点，巴蜀文学历代都为中国文学贡献杰出作家，比如扬雄、李白、苏轼、杨慎、郭沫若、巴金等，他们身上，有鲜明的巴蜀地域文化特点。

司马相如还是一位杰出的文字学家，他精于辞赋创作，多用奇字，在文字学上有很深的造诣。他撰述的《凡将篇》，是汉代著名文字学专著，为后来扬雄整理、编撰文字学著作打下了坚实的基础。东汉的许慎，在他们的著作成果上，写出了《说文解字》。这在《文心雕龙》书中《练字》篇有记载。

千年以降，司马相如已成赋圣，壮美历史将他牢牢记住。本章的主要工作，就是将司马相如对《文心雕龙》成书所做的伟大贡献揭示出来。

第二节　《文心雕龙》的司马相如评论

成书于南朝齐梁之际的《文心雕龙》是我国古代写作学理论的巅峰之作。通观《文心雕龙》全书，在二十二个篇章中至少有三十一条材料直接谈到了司马相如，这些称呼整体上可以分为三种情况：

一、直接以"相如"论述者如下

1. 相如《上林》，繁类以成艳。（《诠赋》）

2. 相如之吊二世，全为赋体。桓谭以为其言恻怆，读者叹息；及卒章要切，断而能悲也。（《哀吊》）

3. 虞重纳言，周贵喉舌；故两汉诏诰，职在尚书。王言之大，动入史策，其出如綍，不反若汗。是以淮南有英才，武帝使相如视草；陇右多文士，光武加意于书辞：岂直取美当时，亦敬慎来叶矣。（《诏策》）

4. 移者，易也；移风易俗，令往而民随者也。相如之《难蜀老》，

文晓而喻博，有移檄之骨焉。（《檄移》）

5. 铺观两汉隆盛：孝武禅号于肃然，光武巡封于梁父；诵德铭勋，乃鸿笔耳。观相如《封禅》，蔚为唱首。尔其表权舆，序皇王，炳玄符，镜鸿业；驱前古于当今之下，腾休明于列圣之上；歌之以祯瑞，赞之以介丘：绝笔兹文，固维新之作也。（《封禅》）

6. 人之禀才，迟速异分；文之制体，大小殊功。相如含笔而腐毫……虽有巨文，亦思之缓也。（《神思》）

7. 昔潘勖《锡魏》，思摹经典，群才韬笔，乃其骨髓峻也；相如赋仙，气号"凌云"，"蔚为辞宗"，乃其风力遒也。（《风骨》）

8. 夫夸张声貌，则汉初已极。自兹厥后，循环相因，虽轩翥出辙，而终入笼内。……相如《上林》云："视之无端，察之无涯；日出东沼，入乎西陂。"……此并广寓极状，而五家如一。诸如此类，莫不相循。（《通变》）

9. 自宋玉、景差，夸饰始盛；相如凭风，诡滥愈甚。故上林之馆，奔星与宛虹入轩；从禽之盛，飞廉与鹪鹩俱获。（《夸饰》）

10. 观夫屈、宋属篇，号依《诗》人；虽引古事，而莫取旧辞。唯贾谊《鵩赋》，始用鹖冠之说；相如《上林》，撮引李斯之书：此万分之一会也。（《事类》）

11. 凡用旧合机，不啻自其口出；引事乖谬，虽千载而为瑕。陈思，群才之英也，《报孔璋书》云："葛天氏之乐，千人唱，万人和，听者因以蔑《韶》《夏》矣。"此引事之实谬也。按葛天之歌，唱和三人而已。相如《上林》云："奏陶唐之舞，听葛天之歌，千人唱，万人和。"唱和千万人，乃相如接入。然而滥侈葛天，推三成万者，信赋妄书，致斯谬也。（《事类》）

12. 汉初草律，明著厥法：太史学童，教试"六体"；又吏民上书，字谬辄劾。是以马字缺画，而石建惧死；虽云性慎，亦时重文也。至孝武之世，则相如撰《篇》……鸣笔之徒，莫不洞晓；且多赋京苑，假借形声。是以前汉小学，率多玮字；非独制异，乃共晓难也。（《练字》）

13. 逮孝武崇儒，润色鸿业；礼乐争辉，辞藻竞骛：……相如涤器而被绣……遗风余采，莫与比盛。（《时序》）

14. 相如好书，师范屈、宋，洞入夸艳，致名"辞宗"；然核取精意，理不胜辞，故扬子以为"文丽用寡者长卿"，诚哉是言也！（《才略》）

15. 桓谭著论，富号"猗顿"，宋弘称荐，爰比相如；而《集灵》诸赋，偏浅无才，故知长于讽谕，不及丽文也。（《才略》）

16. 略观文士之疵：相如窃妻而受金，……诸有此类，并文士之瑕累。（《程器》）

二、以"长卿"称呼者如下

1. 若能凭轼以倚《雅》《颂》，悬辔以驭楚篇，酌奇而不失其贞，玩华而不坠其实，则顾盼可以驱辞力，欬唾可以穷文致，亦不复乞灵于长卿，假宠于子渊矣。（《辨骚》）

2. 及扬雄《剧秦》，班固《典引》，事非镌石，而体因纪禅。观《剧秦》为文，影写长卿，诡言遁辞，故兼包神怪；然骨制靡密，辞贯圆通，自称"极思"，无遗力矣。《典引》所叙，雅有懿采，历鉴前作，能执厥中；其致义会文，斐然馀巧。故称"《封禅》靡而不典，《剧秦》典而不实"，岂非追观易为明，循势易为力欤？（《封禅》）

3. 是以……长卿傲诞，故理侈而辞溢；……触类以推，表里必符。岂非自然之恒资，才气之大略哉？（《体性》）

4. 故丽辞之体，凡有四对：言对为易，事对为难；反对为优，正对为劣。言对者，双比空辞者也；事对者，并举人验者也；反对者，理殊趣合者也；正对者，事异义同者也。长卿《上林》云："修容乎《礼》园，翱翔乎《书》圃。"此言对之类也。（《丽辞》）

5. 及《离骚》代兴，"触类而长"；物貌难尽，故重沓舒状：于是"嵯峨"之类聚，"葳蕤"之群积矣。及长卿之徒，诡势瑰声；模山范水，字必鱼贯：所谓诗人丽则而约言，辞人丽淫而繁句也。（《物色》）

三、称之为"马"者如下

1. 自《九怀》以下，遹躅其迹，而屈宋逸步，莫之能追。故其叙情怨，则郁伊而易感；述离居，则怆怏而难怀；论山水，则循声而得貌；言节侯，则披文而见时。是以枚贾追风以入丽，马扬沿波而得奇：其衣被词人，非一代也。（《辨骚》）

2. 汉初四言，韦孟首唱；匡谏之义，继轨周人。孝武爱文，《柏梁》列韵。严、马之徒，属辞无方。至成帝品录，三百余篇；朝章国采，亦云周备。（《明诗》）

3. 暨武帝崇礼，始立乐府，总赵代之音，撮齐楚之气，延年以曼声协律，朱、马以骚体制歌。（《乐府》）

4. 秦世不文，颇有杂赋。汉初词人，循流而作：陆贾扣其端，贾谊振其绪，枚马播其风，王扬骋其势……讨其源流，信兴楚而盛汉矣。（《诠赋》）

5. 自扬、马、张、蔡，崇盛丽辞：如"宋画吴冶，刻形镂法"，丽句与深采并流，偶意共逸韵俱发。（《丽辞》）

6. 然饰穷其要，则心声锋起；夸过其理，则名实两乖。若能酌《诗》《书》之旷旨，剪扬马之甚泰，使夸而有节，饰而不诬，亦可谓之懿也。（《夸饰》）

7. 及魏代缀藻，则字有常检；追观汉作，翻成阻奥。故陈思称："扬、马之作，趣幽旨深，读者非师传不能析其辞，非博学不能综其理。"岂直才悬，抑亦字隐。（《练字》）

8. 夫古来知音，多贱同而思古。所谓"日进前而不御，遥闻声而相思"也。昔《储说》始出，《子虚》初成，秦皇、汉武，恨不同时；既同时矣，则韩囚而马轻，岂不明鉴同时之贱哉？（《知音》）

9. 盖士之登庸，以成务为用。鲁之敬姜，妇人之聪明耳。然推其机综，以方治国；安有丈夫学文，而不达于政事哉？彼扬、马之徒，有文无质，所以终乎下位也。（《程器》）

这些论述每每出现于全书"文之枢纽""论文叙笔""剖情析采，笼圈条贯"的重要位置，司马相如作为《文心雕龙》全书作家作品、创作得失与理论批评的经典代表，其文学创作与辞赋理论是刘勰创作该书的重要取材对象。但在以往的"龙学"研究中，对司马相如的杰出贡献关注甚少，[1]故本部分内容对此略作探讨，以求抛砖引玉，将司马相如对《文心雕龙》成书所作出的巨大贡献揭示出来。

第三节 "文之枢纽"的经典作家代表

在《辨骚》篇中，刘勰总结"文之枢纽"，提出指导全书文体论、创作论、批评论的总原则是："若能凭轼以倚《雅》《颂》，悬辔以驭楚篇，酌奇而不失其贞，玩华而不坠其实，则顾盼可以驱辞力，欬唾可以穷文致，亦不复乞灵于长卿，假宠于子渊矣。"[2] 这一原则折中《诗》《骚》，推崇雅丽，坚守儒家经典准则，鼓励大胆创新，是《文心雕龙》"驱辞穷文"的指导思想和全书论述写作的"枢纽"所在。[3] 司马相如成为写作"枢纽"论中最重要的代表作家之一。

首先，在论述到屈原楚辞的重大影响时，刘勰指出："自《九怀》以下，遽蹑其迹，而屈宋逸步，莫之能追。故其叙情怨，则郁伊而易感；述离居，则怆怏而难怀；论山水，则循声而得貌；言节候，则披文而见时。是以枚贾追风以入丽，马扬沿波而得奇：其衣被词人，非一代也。"[4] 受屈原影响最深、学楚辞最成功的汉赋四家是枚乘、贾谊、司马相如和扬雄，蜀地作家占据两席；而且"马扬沿波而得奇"，体现了鲜明的巴蜀地域文化特征：奇思纵逸，精妙绝伦。[5]

其次，在阐释文章写作的"枢纽"论之后，刘勰认为只要注意到了雅

---

① 直接论述司马相如与《文心雕龙》的代表性论文有高林广先生《〈文心雕龙〉的司马相如辞赋批评》一文，载《内蒙古师范大学学报（哲社版）》2012 年 03 期。

② 杨明照：《增订文心雕龙校注》，第 51 页。

③ 王运熙先生称这一原则为创作论的总纲。从全书来看，这一原则可以归纳为雅丽文学思想，在文体论、创作论、批评论中均居于主导地位，是《文心雕龙》一以贯之的基本文学思想，即全书之"枢纽"。

④ 杨明照：《增订文心雕龙校注》，第 51 页。

⑤ 关于汉赋与巴蜀地域文化的关系，李天道先生的《司马相如赋的美学思想与地域文化心态》、毕庶春先生的《巴蜀与汉赋初探》、刘跃进先生的《秦汉时期巴蜀文学略论》等专著或论文已经做过探讨。本文限于论述主题，在此不再展开。

丽结合、奇正结合的折中原则，就可以很轻松地写作文章而不会出现差错，"若能凭轼以倚《雅》《颂》，悬辔以驭楚篇，酌奇而不失其贞，玩华而不坠其实，则顾盼可以驱辞力，欬唾可以穷文致，亦不复乞灵于长卿，假宠于子渊矣"，① 表面上是在说不需要向司马相如和王褒学习写作了，实际上是在间接地告诉读者：司马相如和王褒就是最优秀的作家，写东西就得向他们的作品学习，这是对巴蜀作家的最高赞美！司马相如于是成为《文心雕龙》在全书论文叙笔、剖情析采、笼圈条贯三部分展开论述后的经典楷模。其博通众体的文学创作、超越大众的写作技巧、在文学史上的杰出成就，是《文心雕龙》批评论述时取法的主要对象。

第四节　"论文叙笔"中博通众体的文学创作

司马相如在"论文叙笔"的二十篇文体论部分占据了非常重要的位置，在各类文体的创作上有突出的成就。

司马相如首先在《明诗》中出场：

> 汉初四言，韦孟首唱；匡谏之义，继轨周人。孝武爱文，《柏梁》列韵。严、马之徒，属辞无方。至成帝品录，三百余篇；朝章国采，亦云周备。②

汉武帝爱好文学，当时有严忌、司马相如等人，他们写诗没有一定的程式。司马相如在汉初的四言诗歌创作中很有代表性，尽管其诗作水平不算高，但能作为代表作家被列出来，也可反观他的诗歌水平绝不会低。

四言诗歌之外，司马相如的乐府声诗特色较为鲜明，《乐府》篇说：

> 暨武帝崇礼，始立乐府，总赵代之音，撮齐楚之气，延年以曼声协律，朱马以骚体制歌。《桂华》杂曲，丽而不经；《赤雁》群篇，靡而非典。河间荐雅而罕御，故汲黯致讥于《天马》也。至宣帝雅诗，

---

① 杨明照：《增订文心雕龙校注》，第51页。
② 杨明照：《增订文心雕龙校注》，第64页。

颇效《鹿鸣》；迄及元、成，稍广淫乐：正音乖俗，其难也如此。①

　　"朱马以骚体制歌"中的"朱"指朱买臣，以精通《楚辞》著称，《汉书·艺文志》说他有赋三篇。"马"则指司马相如，相传汉武帝时的《郊祀歌》中有一部分是他的作品。"骚体"即《离骚》体，此处代指楚辞。司马相如的乐府声诗是以楚辞体裁写出来的，整体上"丽而不经""靡而非典"，华丽过度，逾越雅正，不是经典之作，这与他的辞赋风格一脉相承。刘勰追求的是"靡丽而且经典"的雅丽之作，他认为楚辞体裁丽而不雅，需要批评对待。

　　在《哀吊》篇中，司马相如作为吊体文学的主要代表出场：

　　　及相如之吊二世，全为赋体。桓谭以为其言恻怆，读者叹息；及卒章要切，断而能悲也。②

　　司马相如《吊秦二世文》，虽名为"吊"，实际上"全为赋体"，具有赋体文学"卒章显志"的特点，所以该文"卒章要切"，写作目的是委婉地规讽汉武帝以秦二世政亡人息之败为戒，用心可谓良苦。所以，《吊秦二世文》一般称之为《哀秦二世赋》，其文曰：

　　　登陂陁之长阪兮，坌入曾宫之嵯峨。临曲江之隑州兮，望南山之参差。岩岩深山之谾谾兮，通谷豁乎谽谺。泪减踬以永逝兮，注平皋之广衍。观众树之蓊薆兮，览竹林之榛榛。东驰土山兮，北揭石濑。弭节容与兮，历吊二世。持身不谨兮，亡国失势；信谗不寤兮，宗庙灭绝。乌乎！操行之不得，墓芜秽而不修兮，魂亡归而不食。复邀绝而不齐兮，弥久远而愈休。精罔阆而飞扬兮，拾九天而永逝。呜呼哀哉！③

　　这是司马相如随汉武帝长杨打猎，归途经过宜春宫秦二世胡亥墓时，哀悼二世，委婉议政的文章。前半部分写景叙事，到宜春宫游览远眺，到秦二世坟前凭吊；后半部分抒情议论，借前车之鉴委婉讽谏汉武帝。

---

① 杨明照：《增订文心雕龙校注》，第82页。
② 杨明照：《增订文心雕龙校注》，第168页。
③ （汉）司马迁：《史记》（影印本），第3055页。

《子虚赋》《上林赋》等苑囿大赋是公认的司马相如留给后人的汉代长赋代表作品，实际上，司马相如的短赋也很出色，堪称绘景了然精当，抒情意蕴深长。比如这一篇《哀秦二世赋》，虽不及《子虚赋》《上林赋》两赋的名气大，却不能否认是汉赋中之精美而微者。由此可知，司马相如不仅擅长大赋写作，在抒情小赋上也有独创之处，为后来王褒抒情小赋登上历史舞台奠定了基础。

司马迁说，司马相如写这篇文章，"相如奏赋，以哀二世行失也"。写作的时间发生在汉武帝在长杨打猎结束后，"还过宜春宫"的时候。属于触景生情，意在讽谏武帝，显示了他通过委婉方式表达儒家君臣职分的心态。

这表明，司马相如的作品，始终是与政治活动密切相关的。除了这样的委婉方式，司马相如还曾经直接劝谏过汉武帝，事情是这样的：

（相如）常从上至长杨猎，是时天子方好自击熊罴，驰逐野兽，相如上疏谏之。其辞曰：

臣闻物有同类而殊能者，故力称乌获，捷言庆忌，勇期贲、育。臣之愚，窃以为人诚有之，兽亦宜然。今陛下好陵阻险，射猛兽，卒然遇轶材之兽，骇不存之地，犯属车之清尘，舆不及还辕，人不暇施巧，虽有乌获、逢蒙之伎，力不得用，枯木朽株尽为害矣。是胡越起于毂下，而羌夷接轸也，岂不殆哉！虽万全无患，然本非天子之所宜近也。

且夫清道而后行，中路而后驰，犹时有衔橛之变，而况涉乎蓬蒿，驰乎丘坟，前有利兽之乐而内无存变之意，其为祸也不亦难矣！夫轻万乘之重不以为安，而乐出于万有一危之涂以为娱，臣窃为陛下不取也。

盖明者远见于未萌而智者避危于无形，祸固多藏于隐微而发于人之所忽者也。故鄙谚曰"家累千金，坐不垂堂"。此言虽小，可以喻大。臣原陛下之留意幸察。①

这篇文章被称为《谏猎疏》，也叫作《上书谏猎》，是司马相如随从武

---

① （汉）司马迁：《史记》（影印本），第3053—3054页。

帝猎于长杨宫苑，见武帝好自击熊豕，驰逐野兽，而上的一篇奏疏。表现皇帝田猎，这是汉赋常见的题材，当时包括司马相如在内的几乎所有文学侍从都进行过创作，一般也都有讽谏之意旨，但又无不淹抑在颂圣的铺叙之中，文章美则美矣，讽喻则不可能很明显。而此篇奏疏作为公文，与赋体文学截然不同，朝臣戒谏的应用性极强，完全没有颂圣之辞，而是就事论事，直截了当。文章先指出：陛下陵阻险，射猛兽，是胡越起于毂下，而羌夷接轸也，岂不殆哉！虽万全无患，然本非天子所宜近也。然后再论夫轻万乘之重，不以为安，而乐出万有一危之涂以为娱，臣窃为陛下不取也。最后拳拳劝谏：盖明者远见于未萌而智者避危于无形，祸固多藏于隐微而发于人之所忽者也。文章语言朴素自然，并不借助富丽的藻饰，却将满腔忠悃强烈地寓于其中，而显出独特的审美价值，与雍容典雅的坐而论道不同。

汉武帝虽有雄才大略的一面，但在迷信神仙、奢靡侈费、贪恋女色、沉湎于游猎等方面，并不输于昏君。司马相如为郎官时，曾作为武帝的随从行猎长杨宫，武帝不仅迷恋驰逐野兽的游戏，还喜欢亲自搏击熊和野猪。司马相如写了这篇《谏猎疏》呈上，由于行文委婉，劝谏与奉承结合得相当得体。面对司马相如的文章，武帝认为还可以，"上善之"。身为人臣，司马相如是因为文章写得好被汉武帝赏识、召见、重用、提拔起来的，成功之后，司马相如始终不忘自己写文章、为人臣的本职工作，这样的忠言直谏，显示了他的耿直性格和深受儒家思想熏染的内在情操。而汉武帝能听得进去，表明他对司马相如的信任和重视。

《文心雕龙》继续发展，《诏策》篇记载了司马相如书写诏书之事：

> 是以淮南有英才，武帝使相如视草；陇右多文士，光武加意于书辞：岂直取美当时，亦敬慎来叶矣。[1]

司马相如有文采，是汉武帝"取美当时"所欣赏的文章妙手，委以制作诏书的重任。尽管现在我们看不到司马相如担任这一要职所撰写的诏文，但由此可见相如当时文才与地位之高，已经不是"辞赋小道"之属，而步

---

[1]　杨明照：《增订文心雕龙校注》，第265页。

入了"经国大业"的行列。

在《檄移》中对此有进一步地论述："移者,易也;移风易俗,令往而民随者也。相如之《难蜀老》,文晓而喻博,有移檄之骨焉。"① 司马相如作为朝廷安抚并聚集巴蜀大地人心的朝廷钦差,其《难蜀父老》言简意赅,深含大义,在历史上确实起到了"移风易俗,令往而民随"的政治功效,相如此作,是移体文学的经典。其文曰:

> 汉兴七十有八载,德茂存乎六世,威武纷纭,湛恩汪濊,群生澍濡,洋溢乎方外。于是乃命使西征,随流而攘,风之所被,罔不披靡。因朝冉从駹,定筰存邛,略斯榆,举苞满,结轨还辕,东乡将报,至于成都。

> 耆老大夫荐绅先生之徒二十有七人,俨然造焉。辞毕,因进曰:"盖闻天子之于夷狄也,其义羁縻勿绝而已。今罢三郡之士,通夜郎之途,三年于兹而功不竟,士卒劳倦,万民不赡;今又接以西夷,百姓力屈,恐不能卒业,此亦使者之累也,窃为左右患之。且夫邛、筰、西僰之与中国并也,历年兹多不可记已。仁者不以德来,强者不以力并,意者其殆不可乎! 今割齐民以附夷狄,弊所恃以事无用。鄙人固陋,不识所谓。"

> 使者曰:"乌谓此邪! 必若所云,则是蜀不变服而巴不化俗也。余尚恶闻若说。然斯事体大,固非观者之所觏也。余之行急,其详不可闻已。请为大夫粗陈其略:

> 盖世必有非常之人,然后有非常之事;有非常之事,然后有非常之功。非常者,固常人之所异也。故曰非常之原,黎民惧焉;及臻厥成,天下晏如也。昔者洪水沸出,泛滥衍溢,人民登降移徙,崎岖而不安。夏后氏戚之,乃堙洪水,决江疏河,洒沈赡菑,东归之于海,而天下永宁。当斯之勤,岂唯民哉? 心烦于虑而身亲其劳,躬腠无胈,肤不生毛,故休烈显乎无穷,声称浃乎于兹。

> 且夫贤君之践位也,岂特委琐握龊,拘文牵俗,循诵习传,当世

① 杨明照:《增订文心雕龙校注》,第 262 页。

取说云尔哉！必将崇论闳议，创业垂统，为万世规。故驰骛乎兼容并包，而勤思乎参天二地。且《诗》不云乎，'普天之下，莫非王土；率土之滨，莫非王臣'。是以六合之内，八方之外，浸浔衍溢，怀生之物有不浸润于泽者，贤君耻之。今封疆之内，冠带之伦，咸获嘉祉，靡有阙遗矣。而夷狄殊俗之国，辽接异党之地，舟舆不通，人迹罕至，政教未加，流风犹微。内之则犯义侵礼于边境，外之则邪行横作，放弑其上，君臣易位，尊卑失序，父兄不辜，幼孤为奴，系累号泣，内向而怨，曰：'盖闻中国有至仁焉，德洋而恩普，物靡不得其所，今独曷为遗己！'举踵思慕，若枯旱之望雨。鳌夫为之垂涕，况乎上圣，又恶能已？故北出师以讨强胡，南驰使以诮劲越。四面风德，二方之君鳞集仰流，愿得受号者以亿计。故乃关沫若，徼牂牁，镂灵山，梁孙原。创道德之涂，垂仁义之统。将博恩广施，远抚长驾，使疏逖不闭，阻深暗昧，得耀乎光明，以偃甲兵于此，而息诛伐于彼。遐迩一体，中外禔福，不亦康乎？夫拯民于沉溺，奉至尊之休德，反衰世之陵迟，继周氏之绝业，斯乃天子之急务也。百姓虽劳，又恶可以已哉？

且夫王事固未有不始于忧勤，而终于佚乐者也。然则受命之符合在于此矣。方将增泰山之封，加梁父之事，鸣和鸾，扬乐颂，上咸五，下登三。观者未睹指，闻者未闻音，犹鹪明已翔乎寥廓，而罗者犹视乎薮泽。悲夫！"

于是诸大夫芒然其所怀来，而失阙所以进，喟然并称曰："允哉汉德，此鄙人之所愿闻也。百姓虽怠，请以身先之。"敞罔靡徙，因迁延而辞避。①

《难蜀父老》第一句指明了本文的写作年代是"汉兴七十有八载"，但后世的理解出现三种歧说：元光五年（公元前130年）、元光六年（公元前129年）、元朔元年（公元前128年），武帝派司马相如出使巴蜀，他制定佑、邛、冉、吒，疏导交通，开拓疆土，为此遭到当地缙绅的反对，所以相如作此文，陈述开拓疆域、交好夷狄的必要性，也告诫百姓不要目光短

---

① （汉）司马迁：《史记》（影印本），第3049—3053页。

浅，畏苦畏劳。其间暗讽武帝要"博恩广施""拯民于沉溺"。

《难蜀父老》这篇名作及其事迹有一个背景，因司马相如以中郎将出使西南进行开发时，蜀地长父多言打通西南夷没有用处，朝中大臣也以为如此，他不敢直陈己见，所以假借驳诘蜀父老的形式，为朝廷已行政策辩护。文章采用赋体主客问答的方式展开，曲折进谏，表明"盖世必有非常之人，然后有非常之事；非常之事，然后有非常之功。非常者，固常人之所异也。"以突出蜀都"耆老大夫荐绅先生之徒"所发问疑不正确，"必若所云，则是蜀不变服而巴不化俗也"。反而造成咄咄逼人的艺术效果。

这一篇驳论文，托言难蜀父老，实际上驳朝廷重臣的错误认识，坚定武帝开发西南的信心。先概述凭强盛国力平定边境的胜利形势，是全文的背景。紧接着提出批驳的靶子：开发西南边境难成，损民，无用。主体和重心是批驳——先指出开发西南具有促进民族进化，事关统一大业的重大意义，是总批；接着指出并用大禹治水为例证明创大业、立殊功的普遍规律，驳"难成""损民"，劝武帝效禹立非常之功，永传之名；再通过颂扬武帝采纳远见卓识的议论（指自己的主张），开创大业，垂范万代，指出开发西南是当务之急，是消除混乱、和睦民族、拯救百姓、统一祖国的伟大事业，将使中外更加安乐，驳倒"损民""无用"；又用形象的比喻，批评死盯着创业开始时的忧患，看不到正迈向成功、享受安乐的趋势的短浅见识，驳倒"难成"；最后设蜀人诚服，表明自己主张正确。这篇文章高瞻远瞩，很有说服力；文中用边民的怨言和渴望作论据，动情入理，很有雄辩性和说服力；赞颂武帝采纳远见开创大业，促使武帝听取自己的意见，坚定开发的信心，委婉而有力。

司马相如以其卓越的远见，运用外交辞令和文学才华，为汉代江山开疆拓土、巩固西南边防作出了巨大的历史贡献。[1]

从文学角度看，《难蜀父老》是首篇论难文，开创了一种新文体。所谓

---

[1] 据史书记载：司马相如还是开边功臣，他两次奉命回巴蜀，第一次是因唐蒙强行筑道，引起各族叛离，巴蜀人惊恐，他来做安抚工作。回报汉武帝时他又提出了开边的意见，武帝再次派他出使西南。第一次是南边，这次的重点是西边。相如派出副使，说服夷人头目，拆除边关，拓宽道路，架设桥梁，置一都尉及十余县，属蜀郡。今天四川西南的边界，基本上是由司马相如固定下来的。

"难"，即《难蜀父老》中"而己诘难之"的"诘难"之意。"难"作为文章形式，由来已久。先秦西汉著作，多以虚设对问作结构，辞赋如楚辞之《卜居》《渔父》，文章如《孟子》诸篇、宋玉之《对楚王问》等，或本身就是对问、对策，如《二世、李斯责问书对》《公孙弘对天文、地理、人事之纪》等。就一个具体现实事件而虚设论难写成一篇完整文章，后代明确以"难"作篇名，《难蜀父老》还是第一篇，在文体发展史上意义重大。①

根据《史记》本传的记载，刘勰在写作本篇文章的时候，忽略了司马相如在"檄"体文学上的直接贡献。《史记》相如本传曰：

> 相如为郎数岁，会唐蒙使略通夜郎西僰中，发巴蜀吏卒千人，郡又多为发转漕万余人，用兴法诛其渠帅，巴蜀民大惊恐。上闻之，乃使相如责唐蒙，因喻告巴蜀民以非上意。檄曰：
>
> 告巴蜀太守：蛮夷自擅不讨之日久矣，时侵犯边境，劳士大夫。陛下即位，存抚天下，辑安中国。然后兴师出兵，北征匈奴，单于怖骇，交臂受事，屈膝请和。康居西域，重译请朝，稽首来享。移师东指，闽越相诛。右吊番禺，太子入朝。南夷之君，西僰之长，常效贡职，不敢怠堕，延颈举踵，喁喁然皆争归义，欲为臣妾，道里辽远，山川阻深，不能自致。夫不顺者已诛，而为善者未赏，故遣中郎将往宾之，发巴蜀士民各五百人，以奉币帛，卫使者不然，靡有兵革之事，战斗之患。今闻其乃发军兴制，
>
> 惊惧子弟，忧患长老，郡又擅为转粟运输，皆非陛下之意也。当行者或亡逃自贼杀，亦非人臣之节也。
>
> 夫边郡之士，闻烽举燧燔，皆摄弓而驰，荷兵而走，流汗相属，唯恐居后，触白刃，冒流矢，义不反顾，计不旋踵，人怀怒心，如报私雠。彼岂乐死恶生，非编列之民，而与巴蜀异主哉？计深虑远，急

---

① 刘勰之后，还有几家评论：明朝著名文学家王维桢说："先叙事起，而后诡为问答之词。其事虽非，而其文则腴。"明朝著名文学家林云铭说："是文谓宜其使指则可。若谓以风天子，其事已成，不便中绝；且词中劝百讽一。"明朝著名文学家金圣叹说："瞒折顿挫，极尽文态。"清朝著名文学家王文濡说："表面虽是难蜀父老，说得堂皇正大，而其讽天子，好大喜功之意，却以隐约出之，此文之所以名贵也。"

国家之难，而乐尽人臣之道也。故有剖符之封，析珪而爵，位为通侯，居列东第，终则遗显号于后世，传土地于子孙，行事甚忠敬，居位甚安佚，名声施于无穷，功烈著而不灭。是以贤人君子，肝脑涂中原，膏液润野草而不辞也。今奉币役至南夷，即自贼杀，或亡逃抵诛，身死无名，谥为至愚，耻及父母，为天下笑。人之度量相越，岂不远哉！然此非独行者之罪也，父兄之教不先，子弟之率不谨也；寡廉鲜耻，而俗不长厚也。其被刑戮，不亦宜乎！

陛下患使者有司之若彼，悼不肖愚民之如此，故遣信使晓喻百姓以发卒之事，因数之以不忠死亡之罪，让三老孝弟以不教诲之过。方今田时，重烦百姓，已亲见近县，恐远所溪谷山泽之民不遍闻，檄到，亟下县道，使咸知陛下之意，唯毋忽也。①

本文即著名的《喻巴蜀檄》②，是一篇政府文告，也是司马相如政治生涯的巅峰之作。文章的写作，源自使臣唐蒙出使西南夜郎僰中时，曾征发巴蜀吏卒扰民，引起当地百姓大惊恐，于是武帝派司马相如前往斥责唐蒙，并代表朝廷谕告巴蜀百姓唐蒙所为并非皇帝之意，以安定之。

檄是用于声讨的一种文体。这篇文章是斥责巴蜀吏民的"罪过"的。文章为稳定人心，先用对外征讨的声威和虽被征招而无隐患来震动和安抚人心，为皇帝本意辩解，并分析唐蒙和地方官吏的责任；再树边民为榜样，以当官享乐传名来规范和开导百姓，并在对比中寻过责怪巴蜀吏民；最后说明作意，要求及时传达。总之，维护皇帝，斥责官吏，开导百姓，扬威以慑之，示安以慰之，示范以规之，示利以导之，寻过以责之。纵横辩说，思维严密；策略周详，全盘平衡；运用权术，有礼有节，入情入理，语言晓畅，说服力强。

文章虽然短洁，但经过司马相如的精心酿制，却表现出赫赫煌煌的大汉声威：北征匈奴，单于怖骇，交臂受事，屈膝请和。康居西域，重译请朝，稽首来享。移师东指，闽越相诛。右吊番禺，太子入朝。南夷之君，西僰之长，常效贡职，不敢怠堕，延颈举踵，喁喁然皆争归义，欲为臣妾。

---

① （汉）司马迁：《史记》（影印本），第3044—3046页。
② 喻，《汉书》作"谕"。

有力地说明现在"靡有兵革之事，战斗之患"，虽行文不免虚夸，却有很强的感染力、说服力，文势气魄，显出赋家手笔。

最使司马相如在"以文干政"之路上名扬天下的是他为汉武帝封禅一事创作的《封禅文》，其文曰：

> 伊上古之初肇，自昊穹兮生民。历撰列辟，以迄于秦。率迩者踵武，逖听者风声。纷纶葳蕤，堙灭而不称者，不可胜数也。续《韶》《夏》，崇号谥，略可道者七十有二君。罔若淑而不昌，畴逆失而能存？

> 轩辕之前，遐哉邈乎，其详不可得闻也。五三《六经》载籍之传，维见可观也。《书》曰："元首明哉，股肱良哉。"因斯以谈，君莫盛于唐尧，臣莫贤于后稷。后稷创业于唐尧，公刘发迹于西戎，文王改制，爰周郅隆，大行越成，而后陵夷衰微，千载无声，岂不善始善终哉！然无异端，慎所由于前，谨遗教于后耳。故轨迹夷易，易遵也；湛恩蒙涌，易丰也；宪度著明，易则也；垂统理顺，易继也。是以业隆于襁褓而崇冠于二后。揆厥所元，终都攸卒，未有殊尤绝迹可考于今者也。然犹蹑梁父，登泰山，建显号，施尊名。大汉之德，烽涌原泉，沕潏漫衍，旁魄四塞，云尃雾散，上畅九垓，下泝八埏。怀生之类沾濡浸润，协气横流，武节飘逝，迩陕游原，迥阔泳沫，首恶湮没，暗昧昭晰，昆虫凯泽，回首面内。然后围驺虞之珍群，徼麋鹿之怪兽，道一茎六穗于庖，牺双觡共抵之兽，获周余珍，收龟于岐，招翠黄乘龙于沼。鬼神接灵圉，宾于闲馆。奇物谲诡，俶傥穷变。钦哉，符瑞臻兹，犹以为薄，不敢道封禅。盖周跃鱼陨杭，休之以燎，微夫斯之为符也，以登介丘，不亦恧乎！进让之道，其何爽与！

> 于是大司马进曰："陛下仁育群生，义征不憓，诸夏乐贡，百蛮执贽，德侔往初，功无与二，休烈浃洽，符瑞众变，期应绍至，不特创见，意者泰山、梁父设坛场望幸。盖号以况荣，上帝垂恩储祉，将以荐成。陛下谦让而弗发也，挈三神之欢，缺王道之仪，群臣恧焉。或谓且天为质暗，示珍符固不可辞；若然辞之，是泰山靡记而梁父靡几也。亦各并时而荣，咸济世而屈，说者尚何称于后，而云七十二君乎？夫修德以锡符，奉符以行事，不为进越。故圣王弗替，而修礼地只，

193

谒欸天神。勒功中岳，以彰至尊，舒盛德，发号荣，受厚福，以浸黎民也。皇皇哉斯事！天下之壮观，王者之丕业，不可贬也。愿陛下全之。而后因杂荐绅先生之略术，使获耀日月之末光绝炎，以展采错事；犹兼正列其义，校饬厥文，作《春秋》一艺，将袭旧六为七，摅之无穷，俾万世得激清流，扬微波，蜚英声，腾茂实。前圣之所以永保鸿名而常为称首者用此，宜命掌故悉奏其义而览焉。"

于是天子沛然改容，曰："愉乎，朕其试哉！"乃迁思回虑，总公卿之议，询封禅之事，诗大泽之博，广符瑞之富。乃作颂曰：

自我天覆，云之油油。甘露时雨，阙壤可游。滋液渗漉，何生不育；嘉谷六穗，我穑曷蓄。

非唯雨之，又润泽之；非唯濡之，泛尃护之。万物熙熙，怀而慕思。名山显位，望君之来。君乎君乎，侯不迈哉！

般般之兽，乐我君圃；白质黑章，其仪可嘉；旼旼睦睦，君子之能。盖闻其声，今观其来。厥途靡踪，天瑞之征。兹亦于舜，虞氏以兴。

濯濯之麟，游彼灵畤。孟冬十月，君徂郊祀。驰我君舆，帝以享祉。三代之前，未之尝有。

宛宛黄龙，兴德而升；采色炫耀，熿炳辉煌。正阳显见，觉寤黎烝。于传载之，云受命所乘。

厥之有章，不必谆谆。依类托寓，谕以封峦。

披艺观之，天人之际已交，上下相发允答。圣王之德，兢兢翼翼也。故曰："兴必虑衰，安必思危。"以汤武至尊严，不失肃只；舜在假典，顾省厥遗：此之谓也。①

　　此文是司马相如遗作，死后上奏给汉武帝，阐明了请求封禅的主张及意义。文章先概说自古以来历代封禅的君王，指出封禅无不昌盛；接着用略知的三皇五帝和可稽的周代封禅的盛事作对比反衬，指出大汉恩德和祥兆空前，武帝更应该封禅；又假托大司马上书，歌颂武帝功德、祥兆空前，

---

① （汉）司马迁：《史记》（影印本），第3063—3072页。此文又载《汉书》卷五七下。《文选》卷四八与《艺文类聚》卷一，题同作《封禅文》。

封禅是天意所示，圣君所宜，会给官吏和百姓带来好处；进而假设武帝同意封禅，而拟作颂功德赞祥瑞的刻石词。直陈其意，托人进言，拟作颂词，再三强调武帝最宜封禅，真可谓"一篇之中三致志焉"。最后还以天人感应为论，强调祭祀典仪可促进敬慎小心，居安思危，从更广意义上反复阐明应该封禅的主旨。

　　关于封禅，有必要做一个简单的介绍。所谓封禅，封为"祭天"（多指天子登上泰山筑坛祭天），禅为"祭地"（多指在泰山下的小丘除地祭地）；即古代帝王在太平盛世或天降祥瑞之时的祭祀天地的大型典礼。封禅，最早出现于《管子·封禅篇》，后太史公在《史记·封禅书》中曾引用《管子·封禅篇》中的内容，并对其内容加以演绎，唐代张守节解释《史记》时曾对"封禅"进行了释义，并指出了封禅的目的，大意是说，在泰山顶上筑圆坛以报天之功，在泰山脚下的小丘之上筑方坛以报地之功。即《史记·封禅书》中的"登封报天，降禅除地"。战国时齐鲁有些儒士认为五岳中泰山为最高，帝王应到泰山祭祀。历史上，秦始皇、汉武帝等都曾举行过封禅大典。《五经通义》云："易姓而王，致太平，必封泰山，禅梁父，天命以为王，使理群生，告太平于天，报群神之功。"所以封禅活动实质上是强调君权神授的手段。关于封禅还有另外一种解释，《白虎通》中说"或曰封者，金泥银绳，或曰石泥金绳，封之印玺也"，后世学者认为这是封禅过程中的仪式，是指将封禅所用的文书以"金泥银绳"或"石泥金绳"封之，埋于地下。太史公《史记·封禅书》也有"飞英腾实，金泥石记"之记。

　　因此，封禅是古代统治者举行的一种祭祀天地的礼仪。古人认为群山中泰山最高，为"天下第一山"，因此人间的帝王应到最高的泰山去祭过天帝，才算受命于天。远古暨夏商周三代，已有封禅的传说。《史记·封禅书》载有春秋时期齐相管仲论封禅一段话，说齐桓公称霸后想行封禅之祀，管仲反对，认为古代封泰山、禅梁父的有七十二代的帝王，著名的有无怀氏、伏羲、神农氏、炎帝、黄帝、颛顼、帝喾、尧、舜、禹、汤、周成王等十二个，都是受命之后才举行封禅仪式的。他们那时候封禅，有嘉禾生出，凤凰来仪，种种祥瑞不召而至。桓公自知没这么大的福气，只好放弃了封禅的妄想。不过先秦时代如何举行封禅之礼，由于缺乏史料，其具体情况已不得而知。《史记》所载，舜、禹以后举行过封禅的只有两个人，即秦始皇和汉武帝。

秦始皇统一中国之后，认为自己的统治得到上天的委命，第三年（公元前219年）就带了齐、鲁的儒生博士70人到泰山举行封禅活动。准备行封禅之礼时，儒生博士便议论纷纷，说古代天子封禅坐用蒲裹车轮的蒲车，以免损伤山上的草木土石；要扫地而祭，铺上用菹秸做的席。所说互相乖戾，难以做到，秦始皇一怒之下将他们全部斥退，自己乘车从山南登上泰山之顶去行封礼，并刻石歌功颂德，然后又从山北下来，到梁父山去行禅礼。他的礼节基本上是取自战国时祭天帝时所采用的一套仪式稍加改造而成。

西汉中叶，随着汉王朝在政治、经济领域的封建中央集权日益加强，汉家至尊的天帝神确立了之后，汉武帝决定按古礼举行封禅。但是，这封禅的礼仪，儒生与方士说的，各不相同。汉武帝便把封禅祭器拿给他们看，问古礼究竟怎么样，谁也说不出个所以然。汉武帝索性自定用祭太一神的礼仪。

公元前110年，汉武帝先到梁父山行禅礼祭地，然后到泰山下东方设坛，举行一次封礼祭天。坛宽1丈2尺，高9尺，下埋玉牒书之后，汉武帝与少数大臣登上泰山之巅，举行了第二次的封礼。武帝封禅，祭天采用祭太一神之礼，设坛三层，四周为青、赤、白、黑、黄五帝坛，杀白鹿、猪、白牦牛等作祭品，用江淮一带所产的一茅三脊草为神籍，以五色土益杂封，满山放置奇兽珍禽，以示祥瑞。汉武帝则身穿黄色衣服，在庄严的音乐声中跪拜行礼。为了纪念这次封禅典礼，武帝还特改年号为元封。

所以，封禅不是简单的祭祀天地的仪式，而是只有在历史上建立过重大功勋、享有极高威望的帝王才有资格进行的国家大事。西汉太史公在《史记·封禅书》中给出了帝王封禅所必需的条件：即太平盛世或天降祥瑞，帝王在当政期间，只要具备二者任何一个条件即可封禅，但二者之间有着某种隐秘的联系，帝王贤明、天下太平、天降祥瑞三者之间应该是一种相互依附的关系。《史记·封禅书》中记载"每世之隆，则封禅答焉，及衰而息"，也就是说，帝王当政期间要有一定的功绩，即使得天下太平，民生安康才可封禅、向天报功。汉武帝有这个资格，司马相如这篇文章，实际上顺应了汉武帝这种既要封禅祭祀天地、彰显治国政绩，又可以借此机会名垂青史并强调君权神授的内在心理。

刘勰对司马相如这篇文章有极高评价，《封禅》曰：

> 铺观两汉隆盛：孝武禅号于肃然，光武巡封于梁父；诵德铭勋，乃鸿笔耳。观相如《封禅》，蔚为唱首。尔其表权舆，序皇王，炳玄符，镜鸿业；驱前古于当今之下，腾休明于列圣之上；歌之以祯瑞，赞之以介丘：绝笔兹文，固维新之作也。……及扬雄《剧秦》，……影写长卿，诡言遁辞，故兼包神怪；然骨制靡密，辞贯圆通，自称"极思"，无遗力矣。……故称"《封禅》靡而不典，《剧秦》典而不实"，岂非追观易为明，循势易为力欤？①

"相如《封禅》，蔚为唱首"，司马相如是历代封禅文的首创者，此文"表权舆，序皇王，炳玄符，镜鸿业"，颂扬明君政教之功德，赞美汉武帝泰山封禅的伟绩，堪称"绝笔"；不仅如此，还是启发后代、垂范后世的"维新之作"，这是司马相如辞赋创作"劝而不止"、干政失效所无法起到的巨大政治作用。反观扬雄《剧秦美新》一文，尽管"影写长卿"，"骨制靡密，辞贯圆通"，但是名不正且言不顺，因此"典而不实"，内容被诟病。从封禅文体发展历史的角度看，汉代封禅文有相如、扬雄、班固三家，司马相如首创其例，为一代宗师。

第五节 "致名辞宗"的辞赋创作与批评理论

在上述博通众体的文学创作之外，司马相如作为汉赋四大家②之首，被尊称为"赋圣"，刘勰以"致名辞宗"（《才略》）称之，辞赋才是他名垂青史的最成功体裁。司马相如的辞赋创作成为刘勰征引论述、评价得失的第一选择，他的辞赋美学理论对刘勰有直接的影响。

---

① 杨明照：《增订文心雕龙校注》，第295—296页。
② 关于"汉赋四大家"，历来有两种说法：一是指司马相如、王褒、扬雄、班固，二是指司马相如、扬雄、班固、张衡。无论哪一种，均将司马相如视为汉赋第一作家。

《诠赋》篇认为辞赋"受命于《诗》人，而拓宇于《楚辞》"，是中和《诗》《骚》之后形成的文学新体裁，学者荀子是赋体文学的创造者。发展到西汉一朝时，赋体文学已有众多名家：

> 陆贾扣其端，贾谊振其绪，枚马播其风，王扬骋其势；皋朔已下，品物毕图。繁积于宣时，校阅于成世，进御之赋，千有余首。讨其源流，信兴楚而盛汉矣。[1]

具体而言，这八大名家是陆贾、贾谊、枚乘、司马相如、王褒、扬雄、枚皋、东方朔，司马相如赫然在列。而从"讨其源流"的结论来看，辞赋与《诗经》显然并无源流关系，楚辞才是汉赋真正的源头，因此，辞赋之丽与楚辞之丽具有前后相承的因果关系。[2]

在具体讨论了京苑大赋与抒情小赋两类辞赋作品及其特征之后，刘勰又对先秦两汉赋体文学史进行了一次大阅兵：

> 观夫荀结隐语，事数自环；宋发夸谈，实始淫丽。枚乘《菟园》，举要以会新；相如《上林》，繁类以成艳；贾谊《鵩鸟》，致辨于情理；子渊《洞箫》，穷变于声貌；孟坚《两都》，明绚以雅赡；张衡《二京》，迅发以宏富；子云《甘泉》，构深玮之风；延寿《灵光》，含飞动之势：凡此十家，并辞赋之英杰也。[3]

引文中一共列出了十位最著名的辞赋作家：荀况、宋玉、枚乘、司马相如、贾谊、王褒、班固、张衡、扬雄、王延寿，刘勰称之为"辞赋之英杰也"，司马相如继续位居其中。

如此，不论是前文断代为西汉的诸家，还是通观先秦两汉赋体文学史的十家，司马相如均名列其间。司马相如《上林赋》开启了苑囿大赋的创作先河，从题材开创之功与创作成就来看，司马相如是历代公认的"赋

---

[1] 杨明照：《增订文心雕龙校注》，第96页。

[2] 汉代辞赋与儒家经典的前后继承关系很不明显，更多的是对屈原楚辞的继承，这在《辨骚》篇中有清楚地论述："枚贾追风以入丽，马扬沿波而得奇：其衣被词人，非一代也。"刘勰以为汉赋受《诗》之影响，主要是因为《宗经》观念的支配，"赋颂歌赞，则《诗》立其本"，文出五经，势在必行，因此不免牵强附会。

[3] 杨明照：《增订文心雕龙校注》，第96页。

圣"，汉赋第一作家，刘勰之论当之无愧。

在刘勰看来，司马相如辞赋成就最高，因此，相如辞赋创作的成败得失，也成为刘勰论述文学创作与文学批评的第一人选。有成必有失，司马相如被高高挂起来，要挨批评，也是第一个跑不掉的人物。

《诠赋》总结出了"立赋之大体"：

> 原夫登高之旨，盖睹物兴情。情以物兴，故义必明雅；物以情睹，故词必巧丽。丽词雅义，符采相胜，如组织之品朱紫，画绘之差玄黄。文虽新而有质，色虽糅而有仪，此立赋之大体也。①

作赋最根本的要求就是"丽词雅义，符采相胜"，雅而且丽，文质彬彬，不能脱离"衔华佩实"的雅丽之风，这不仅是刘勰坚持的辞赋创作理论和鉴赏理论，也是《文心雕龙》全书对一切文章的最高审美要求，在文体论的其他篇章中反复提倡这一"丽词雅义"的原则，因此，单纯走向质朴或单纯追求华丽都是错误的。据此，刘勰针对文学发展由质趋文的靡丽繁缛趋势提出批评，在《情采》《比兴》《夸饰》《物色》等重要专题中均直接将诗骚对举，而把矛头对准辞赋"淫丽"之弊，意在回归雅丽之正采，不为讹滥之歪风，为当代文学的创作找到一条正确的发展途径。在这一过程中，司马相如赋作被指责甚多。

相如赋宏大巨丽，描写精彩生动，声色动人耳目，但弊在华丽过度，因此往往收不到想要的进谏结果。以《史记》本传全文抄录的《天子游猎赋》为例：②

> 相如以"子虚"，虚言也，为楚称；"乌有先生"者，乌有此事也，为齐难；"无是公"者，无是人也，明天子之义。故空借此三人为辞，以推天子诸侯之苑囿。其卒章归之于节俭，因以风谏。奏之天子，

---

① 杨明照：《增订文心雕龙校注》，第97页。
② 根据全文内容推断，本文实际上就是《子虚赋》《上林赋》二赋合成一篇的作品。《子虚赋》是西汉辞赋家司马相如早期客游梁孝王时所作。此赋通过楚国之子虚先生讲述随齐王出猎，齐王问及楚国，极力铺排楚国之广大丰饶，以至云梦不过是其后花园之小小一角。乌有先生不服，便以齐之大海名山、异方殊类，傲视子虚。总的来看都是张扬大国风采、帝王气象。此赋与《上林赋》构成姊妹篇，都是汉代文学正式确立的标志性作品。

《天子游猎赋》采用问答的体式，整齐排偶的句式，与屈原为代表的楚辞已经不甚相同，对楚国云梦和天子上林苑的辽阔，两处物产的丰富，特别是对天子畋猎的声势，作了极其夸张的描绘，使之超出事物的现实可能性。这样极度夸张的描写赋予作品以强烈的艺术感染力，使作品具有超乎寻常的巨丽之美。同时，在司马相如的笔下，夸张描绘的艺术渲染原则和严正的艺术旨趣紧密地结合在一起，对艺术巨丽之美的追求和对艺术社会意义即讽谏作用的依归，较好地融为一体。

在结构上，都是篇首几段用散文领起，中间若干段用韵文铺叙，篇末又用散文结尾。作品气势恢宏，波澜起伏，一转再转，而又气脉贯通，一泻千里。这两篇作品句法灵活，用了许多排比句，并间杂长短句。在对各种景物进行描写时，司马相如不是像枚乘那样多用长句，而是大量采用短句，描写山水用四字句，描写游猎主要用三言，音节短促，应接不暇，文采斑驳陆离。

司马相如把田猎作为主要描写对象，展开了全面的具体的描写，并通过对客观事实的具体描写，形象地表现了作品的主题。《子虚赋》和《上林赋》是歌颂的作品，作者所描写的是帝王贵族的生活，竭力宣扬的是汉天子的豪华和富有，这固然有揣摩帝王心理，投其所好的一面，但通过这些描写，可以使我们感受到统一的汉帝国在上升时期所具有的气象和面貌，其视野之恢宏、胸襟之开阔，是以前文学作品所没有的。

本文还是一篇讽喻性的作品，通过作品中三个人物一浪高过一浪的描写以及最后子虚、乌有先生俯首受教、态度的转变，表达了对诸侯的奢侈和僭越礼法行为的不满，以及维护中央王朝统一的政治态度，这与汉初政论家贾山、贾谊、晁错等人论政所表达的认识是一致的。至于赋末作者通过天子之口所发表的抑制奢侈、崇尚节俭的议论，因为已经有了太多内容上的虚辞滥说，其社会效果则是十分微弱的。

而更大的不同表现在：

---

① （汉）司马迁：《史记》（影印本），第3002页。

1. 它丧失了真情实感。这是它与楚辞本质的不同。

2. 空间的极度排比。《天子游猎赋》没有时间的纵向穿插，唯任空间的繁细铺排。

3. 以直接而单纯的铺叙摹绘为主要表现手法。繁细的铺叙、夸张的摹绘，是《天子游猎赋》最主要的表现手法。以宫殿苑猎、山水品物为主要描摹对象。

4. 遣词用语更加繁难僻涩。

《天子游猎赋》上述特点，表明它的根本特色不在抒情写志，而在于彰显作者的卓越文才和做繁杂艰深的文字游戏。

因此，司马相如本来想表达"其卒章归之于节俭，因以风谏"的写作目的并未达成，反而使得好神仙、喜玄幻的汉武帝"大说"，赏了相如一个郎官来当。

这就必然为主张雅丽兼备标准的刘勰所批评。刘勰的理论来源，是最初羡慕相如而写作辞赋的扬雄。《史记·司马相如列传》载：

> 天子既美子虚之事，相如见上好仙道，因曰："上林之事未足美也，尚有靡者。臣尝为大人赋，未就，请具而奏之。"相如以为列仙之传居山泽间，形容甚癯，此非帝王之仙意也，乃遂就大人赋。[1]

正是这篇赋，不仅没有收到良好的婉转进言的效果，还被扬雄作为"文丽用寡"的典型代表，遭到了批评。《汉书·扬雄传》：

> 雄以为赋者，将以风之也……既乃归之于正，然览者已过矣。往时武帝好神仙，相如上《大人赋》，欲以风，帝反缥缥有陵云之志。由是言之，赋劝而不止，明矣。[2]

赋的写作太过靡丽，[3] 语词虚诞，不着边际，美则美矣，主题被冲得很淡，到了"曲终奏雅"的时候，读者已经被那些奇思妙想与闳侈巨衍的夸饰描写完全吸引，不知道作者要说什么忠言建议了。司马相如苦心经营的

---

① （汉）司马迁：《史记》（影印本），第 3056 页。

② （东汉）班固：《汉书》（影印本），第 3575 页。

③ "赋"在此处主要指相如赋与扬雄诸赋。扬雄青壮年时仰慕相如，于是模拟相如赋作，声名鹊起。其后因仕途不畅，又见赋家地位低下，赋作功能有限，遂有此说。事见《汉书·扬雄传》。

《大人赋》，比《上林赋》更加绮靡虚诞，其用意本来是想借此提醒汉武帝不要铺张浪费，结果却适得其反。扬雄"文丽用寡"一说，真实地反映了相如赋巨丽而不实用的特点。从文学审美的角度看，相如赋最为壮丽；但从以文干政的角度看，扬雄也不无道理。

在《情采》篇中，刘勰指出："昔诗人什篇，为情而造文；辞人赋颂，为文而造情。……故为情者要约而写真，为文者淫丽而烦滥。而后之作者，采滥忽真，远弃《风》《雅》，近师辞赋：故体情之制日疏，逐文之篇愈盛。"[1] 辞赋淫丽，文采繁缛，后代作者应该向"要约写真"之途回归，否则就会越滑越远，讹滥丛生。《比兴》篇以为："炎汉虽盛，而辞人夸毗；诗刺道丧，故'兴'义销亡。于是赋颂先鸣，故'比'体云构，纷纭杂遝，倍旧章矣。"[2] 从比兴修辞手法兴废的角度讨论到汉代辞赋兴盛的原因和弊端，指出《雅》《颂》胜于辞赋，汉赋不如周《诗》，原因就在于夸饰过度。《夸饰》篇集中批评了辞赋创作华美伤质的弊端："自宋玉、景差，夸饰始盛；相如凭风，诡滥愈甚。……验理则理无可验，穷饰则饰犹未穷矣。……虚用滥形，不其疏乎？此欲夸其威，而其事义暌剌也。"[3] 辞赋夸张虚诞，言过其实，必须回归雅正之途。《物色》篇比较了《诗经》与楚辞汉赋在景物描写方面的异同，一针见血地指出"诗人丽则而约言，辞人丽淫而繁句"，欲以精约风格之利来纠正繁缛风格之弊。

从《诠赋》《情采》《比兴》《夸饰》《物色》等专门论述辞赋利弊、提倡"丽词雅义"的篇章中，我们可以非常清晰地看到扬雄"丽则丽淫"的辞赋评论贯通了《文心雕龙》全书。刘勰对待楚辞汉赋的基本态度是"丽以淫"，基本的解弊方法是"丽以则"，《诠赋》篇赞语提出"风归丽则"的辞赋风格标准，即是《征圣》篇"圣文雅丽"说的同义表述。因为圣文雅而不丽，辞赋丽而不雅，诗骚结合，方可真正做到"衔华佩实"之彬彬正采，实现"符采相胜"的审美目的。雅丽结合的原则适用于一切文章的创作、审美与鉴赏批评，成为贯通全书的基本文学美学思想。

---

① 杨明照：《增订文心雕龙校注》，第 416 页。
② 杨明照：《增订文心雕龙校注》，第 456—457 页。
③ 杨明照：《增订文心雕龙校注》，第 466 页。

难能可贵的是，司马相如不仅在辞赋创作上引领诸家，而且还有辞赋理论流传下来，对《文心雕龙》的辞赋美学理论和写作思维学理论产生了直接影响。据《西京杂记》卷二载：

> 司马相如为上林子虚赋。意思萧散，不复与外事相关。控引天地，错综古今，忽然如睡，焕然而兴，几百日而后成。其友人盛览字长通，牂牁名士，尝问以作赋。相如曰："合綦组以成文，列锦绣而为质；一经一纬，一宫一商，此赋之迹也。赋家之心，苞括宇宙，总览人物。斯乃得之于内。不可得而传览。"乃作《合组歌》《列锦赋》而退。终身不复敢言作赋之心矣。①

这段话包含的美学思想与创作思维原理甚为重要。对刘勰创作《文心雕龙》而言，可资借鉴的主要有以下两点：

首先，阐明了对辞赋华丽特点的准确认识。司马相如以"丝织经纬"说解释"作赋之迹"，取法自然事物，以比喻批评的形式论述辞赋文学尚丽的特性。他重视辞赋"文质交加"的特点，尤其强调其"锦绣之质，宫商之声"的形式美与声韵美，这在《文心雕龙》中有鲜明的体现，《原道》有言：

> 傍及万品，动植皆文：龙凤以藻绘呈瑞，虎豹以炳蔚凝姿；云霞雕色，有逾画工之妙；草木贲华，无待锦匠之奇。夫岂外饰，盖自然耳。至于林籁结响，调如竽瑟；泉石激韵，和若球锽：故形立则章成矣，声发则文生矣。夫以无识之物，郁然有采，有心之器，其无文欤？②

自然界的动植物天然地具有外在形式美与声律音韵美，文章源于自然之道，故而必然兼备形式之美与声律之美。这一思想在《情采》篇中也有所体现：

> 圣贤书辞，总称文章，非采而何？夫水性虚而沦漪结，木体实而花萼振，文附质也。虎豹无文，则鞟同犬羊，犀兕有皮，而色资丹漆，

① （晋）葛洪、成林、程章灿译注：《西京杂记全译》，贵州人民出版社 1993 年版，第 66—67 页。
② 杨明照：《增订文心雕龙校注》，第 1 页。

质待文也。若乃综述性灵，敷写器象，镂心鸟迹之中，织辞鱼网之上，其为彪炳缛采名矣。故立文之道，其理有三：一曰形文，五色是也；二曰声文，五音是也；三曰情文，五性是也。五色杂而成黼黻，五音比而成韶夏，五情发而为辞章，神理之数也。①

将文章本源归结到自然"神理之数"，要达到文采华丽、音韵和谐的审美之境。《原道》《情采》的论述，为《文心雕龙》主张文学尚丽找到了哲学依据，是为"五经含文"所做的积极铺垫，司马相如是这一依据之先导者。同时，"经纬锦绣"说也是《诠赋》篇"如组织之品朱紫，画绘之差玄黄"的"立赋之大体"在尚丽一面的直接理论来源。

其次，"控引天地，错综古今"一说，成为《神思》篇创作思维论的直接来源。《文心雕龙·神思》篇是古代文论史上最系统的写作思维专论。已有的研究成果指出：刘勰在继承庄子、陆机思维理论的基础上，系统地论述了文章写作思维的各方面问题。笔者认为：刘勰对"神思"的定义和特征描述，其核心观点来自司马相如。《神思》开篇指出："古人云：'形在江海之上，心存魏阙之下。'神思之谓也。文之思也，其神远矣。故寂然凝虑，思接千载；悄焉动容，视通万里；吟咏之间，吐纳珠玉之声；眉睫之前，卷舒风云之色；其思理之致乎！故思理为妙，神与物游。神居胸臆，而志气统其关键；物沿耳目，而辞令管其枢机。枢机方通，则物无隐貌；关键将塞，则神有遁心。"②指出创作思维变化多端、不可方物的特点与写作构思"物—意—文"的基本模式。《西京杂记》的记载表明相如作赋的思维有三个特点：一是"意思萧散，不复与外事相关"，此即刘勰"寂然凝虑""其神远矣"之谓；二是"控引天地，错综古今"，此即"思接千载""视通万里"者也；三是"忽然如睡，焕然而兴"，完全投入，神随思转，此即"神与物游"时或"枢机方通"，或"关键将塞"之谓。因此，从真实的状态来论述文学构思，司马相如是刘勰取法的第一人选。

司马相如辞赋创作"几百日而后成"，迟缓以极！《神思》顺此提出并讨论了文章体裁与思维速度对写作的影响问题。刘勰认为"人之禀才，迟

---

① 杨明照：《增订文心雕龙校注》，第415页。
② 杨明照：《增订文心雕龙校注》，第369页。

速异分；文之制体，大小殊功"，写文章不能只看快慢，因为人的思维速度本身就有快慢之分，所写文体不同，写作速度也会有差异。在《文心雕龙》中，司马相如与扬雄尽管创作上各体皆能，而且成就非凡，但"相如含笔而腐毫，扬雄辍翰而惊梦"，属于典型的慢节奏，所以"虽有巨文，亦思之缓也"。他们最后的成就与思维速度无关。《汉书·枚乘（附皋）传》："（皋）为文疾，受诏辄成，故所赋者多。司马相如善为文而迟，故所作少而善于皋。"清人王先谦补注引沈钦韩曰："《西京杂记》：'皋文章敏疾，长卿制作淹迟，皆尽一时之誉。'"古人写作前常以口润笔，兼行构思，《文赋》有"或操觚以率尔，或含毫而邈然"之说，"含笔腐毫"形容相如写作时构思时间之长，相如作赋"忽然如睡，焕然而兴，几百日而后成"，这就说明相如赋之鸿篇巨制、神奇高迈、华丽虚诞，如果没有殚精竭虑地苦思冥想，是不可能写得出来的。刘勰对扬、马思维迟缓的论述，讲到了构思的艰巨性和写作劳心费神、"为文伤命"（《养气》）的真实状态，所以《文心雕龙》将第四十二篇列为《养气》，专门讨论写作状态的养成与平时蓄养精神的问题。刘勰列举扬、马之例，是注意到了临案写作的真实思维状态，不是说有才就快，无才就慢。这种直面写作状态的讨论，才是最真实的写作研究。

第六节　"剖情析采"中突出的创作论贡献

《文心雕龙》下篇共二十五篇，从《神思》到《总术》的十九篇一般被称为创作论，这些专题又可以划分为思维论、风格论、修辞论等板块，涉及从前写作到后写作的方方面面。① 司马相如在创作论中作出了突出贡献，并成为刘勰论述创作得失的首选作家。

一、文学风格论

《神思》篇独论写作思维，司马相如的贡献已经在上一部分介绍过了。

---

① 当代写作学界将写作过程分为前写作、显写作与后写作三个大的阶段。前写作主要指构思立意、谋篇布局阶段，显写作主要指具体的行文操作阶段，后写作主要指修改定稿阶段。从大的环节与线性写作特点来看，三阶段的划分是合理的。详见马正平著《写作行为论》（重庆：西南师范大学出版社 1995 年版）一书。

自《体性》到《情采》的五篇，一般称之为风格论专题，是《文心雕龙》"剖情析采"的重要原理与范畴，司马相如在风格类型、"风骨"理想、文学"通变"三部分中出现，起到了重要的作用。

《体性》是文论史上第一篇风格论专篇，其理论迄今未被超越。刘勰在本篇中有一段话，专论作家情性风格，主张"文如其人"，以证明作品风格的多样丰富性根源于作家个性的差异不同：

> 若夫八体屡迁，功以学成，才力居中，肇自血气；气以实志，志以定言，吐纳英华，莫非情性。是以贾生俊发，故文洁而体清；长卿傲诞，故理侈而辞溢……触类以推，表里必符，岂非自然之恒资，才气之大略哉！[①]

引文中共论及汉魏文章十二名家，刘勰认为：文体风格的综合与变化，要依靠作者的学力。须知各人才力的不同，源于作者的不同血气。血气决定了情思的状态，情思决定了语言的风味，吐露文采，都是作者性情的表现。贾谊才思敏捷，所以他的文笔干净而文体清新。司马相如玩世不恭，所以他的文理枝蔓而文采横溢。扬雄沉思静虑，所以他的文思远奥而文味深湛。刘向朴素平易，所以他的文风明朗而事例广博。班固温柔敦厚，所以他的文意绵密而文情富丽。张衡淹博通达，所以他的文思周到而文辞精练。王粲恃才傲物，所以他的文锋外露而才气逼人。刘帧气度偏狭，所以他的文笔夸大而惊世骇俗。阮籍风流出众，所以他的文韵飘逸而文味深远。嵇康才情豪放，所以他的文旨高超而文采激烈。潘岳轻浮而聪敏，所以他的文笔锋利而韵调流畅。陆机矜持而庄重，所以他的文情繁缛而辞意隐伏。依此类推，文如其人。

对司马相如"傲诞"之说，《史记·司马相如列传》就有影子："相如口吃而善著书。常有消渴疾。与卓氏婚，饶于财。其进仕宦，未尝肯于公卿国家之事，称病闲居，不慕官爵。"司马相如口吃，富裕，有糖尿病，但这不成其为"未尝肯于公卿国家之事"的理由，根源还在于他的个性使然。又，《世说新语·品藻》注引嵇康《高士传·司马相如赞》："长卿慢世，

---

① 杨明照：《增订文心雕龙校注》，第380页。

越礼自放。犊鼻居市，不耻其状。托疾避官，蔑此卿相。乃赋《大人》，超然莫尚。"高傲的人总是倾向于夸诞，言过其实；司马相如的作品就是文理虚夸，而且辞采泛滥的。杨明照先生的《校注》提道："按《文选》班固《典引》：司马相如污行无节，但有浮华之辞。"因为他有这样逾越规矩的个性，故而自由旷达，无所顾忌，为文"理侈而辞溢"。《文心雕龙·才略》云："相如好书，师范屈、宋，洞入夸艳，致名辞宗。"《诠赋》篇："相如《上林》，繁类以成艳。"《物色》篇也说："及长卿之徒，诡势瑰声；模山范水，字必鱼贯：所谓诗人丽则而约言，辞人丽淫而繁句也。"《子虚赋》和《上林赋》就是过度夸张，"丽淫而繁句"的代表作。这就解释了相如赋夸张铺排、奇思纵逸、常人莫及的根本原因，是由他的性格和审美倾向决定的。①

司马相如等人对刘勰的启示在于：风格独特的文章背后，必定有一位个性鲜明的作家，文章风格是由作家情性所决定的。因此，刘勰认为：内在隐伏的作家情性，决定了外在显露的文章风格。《汉书·司马相如传赞》："《易》本隐以之显。"《文赋》："或本隐以之显。"王充《论衡·超奇》："有根株于下，有荣叶于上；有实核于内，有皮壳于外。文墨辞说，士之荣叶皮壳也。实诚在胸臆，文墨著竹帛，外内表里，自相副称。意奋而笔纵，故文见而实露也。"②刘勰认为，作家独特的情性并不仅指先天个性，它包含了才、气、学、习四个方面的内容，既与先天才气相关，又与后天习染有关，风格的本质是作家的创作个性。在齐梁时代，这样深入的文学风格阐释与原因探究是绝无仅有的。扬、马为刘勰提供了绝佳的论证案例。而在《体性》中提出己见，又在后文以《才略》对应拓展之，体现了《文心雕龙》在全书体例设计上的过人之处。

《风骨》篇紧接《体性》篇"风趣刚柔"的刚柔风格类型论与"数穷八体"的八体风格类型论，是熔铸二者、化合为一的集成之说，主要倡导的是文学风格的共时审美理想，主张文章不仅要有风格，更要有"风骨"。

---

① 李天道先生著《文心雕龙审美心理学》及《司马相如赋的美学思想和地域文化心态》，对此有深刻而细致的解说，可参。
② 黄晖撰：《论衡校释》（附刘盼遂集解），第609页。

司马相如《大人赋》文采过人，感染力极强，被刘勰征引在本篇之中，作为论述"风骨"感染力的唯一作品："昔潘勖《锡魏》，思摹经典，群才韬笔，乃其骨髓峻也；相如赋仙，气号'凌云'，'蔚为辞宗'，乃其风力遒也。"[①]《风骨》篇是四百年"龙学"研究史上最热门、最集中、最具争议的内容。[②] 借此机会，笔者想将自己的看法说明于下。

潘勖《册魏公九锡文》原文曰：

> 制诏：使持节丞相领冀州牧武平侯：
>
> 朕以不德，少遭愍凶，越在西土，迁于唐、卫。当此之时，若缀旒然，宗庙乏祀，社稷无位；群凶觊觎，分裂诸夏，率土之民，朕无获焉，即我高祖之命将坠于地。朕用夙兴假寐，震悼于厥心，曰"惟祖惟父，股肱先正，其孰能恤朕躬"？乃诱天衷，诞育丞相，保乂我皇家，弘济于艰难，朕实赖之。今将授君典礼，其敬听朕命。
>
> 昔者董卓初兴国难，群后释位以谋王室；君则摄进，首启戎行，此君之忠于本朝也。后及黄巾反易天常，侵我三州，延及平民，君又

---

① 潘勖《册魏公九锡文》是作为有"风骨"的文章应该具备言辞精约、摹写经典之特点而引用的，与相如赋功用不同。

② 据陈耀南先生统计，仅仅到1988年，关于"风骨"的理解就有六十多种，论文数百篇；经过二十多年的发展，又出现了更多的研究文章乃至研究专著，新说不少。回顾"风骨"研究史，论述"风骨"内涵的时候有两种主要的倾向：分论"风""骨"与合观"风骨"。将"风""骨"分论的意见主要有三种情况：一是"风即文意，骨即文辞"说（黄侃）；与之相反的意见是"风即文辞，骨即文意"说（刘永济）；还有一类意见是认为"风"与"骨"近义，均指内容与形式（张少康）。这三类意见中影响最大的是黄侃先生的"风意骨辞"说，后人无论是赞成，是反对，或是改动此说，都逃不开将"风"与"骨"割裂开来分析的路数。强调"风骨"合观的研究意见主要有如下五种：一是认为"风骨"是阳刚的风格类型（詹锳、王小盾等），这是当前最主要的意见；二是认为"风骨"是集合"典雅、精约、显附、壮丽"等优良文风的"雅丽"风格（刘禹昌）；三是认为"风骨"是文质彬彬的中和之美（牟世金）；四是认为"风骨"内涵与"建安风骨"或"建安风力"近似（王运熙等）；五是指出"风骨"是儒家刚健中正的人格修养的表现（李凯）。有的研究者还讨论了"风骨"与文采的关系问题，主要的意见有三类：一是"风、骨、采"三者并列，与《宗经》"六义"相互对应（易中天）；二是认为"风骨"与文采分属文章的内容和形式，二者是相互对立的关系（张少康）；三是指出"风骨"与文采是并列关系，而不是从属关系或因果关系（曹顺庆）。刘永济先生从《镕裁》"三准"说角度提出解析"风骨"为"风、骨、采、情、事、辞"等要素的意见，也可以归入此类。更进一步，有的研究者从魏晋时风与人物品藻、书画理论、文学理论、时代风气之弊与文学创作之弊等角度提出了刘勰论述风骨的背景与目的，其代表有王运熙、汪涌豪先生等。

翦之以宁东夏，此又君之功也。韩暹、杨奉专用威命，君则致讨，克黜其难，遂迁许都，造我京畿，设官兆祀，不失旧物，天地鬼神于是获乂，此又君之功也。袁术僭逆，肆于淮南，慑惮君灵，用丕显谋，蕲阳之役，桥蕤授首，棱威南迈，术以陨溃，此又君之功也。回戈东征，吕布就戮，乘辕将返，张杨殂毙，眭固伏罪，张绣稽服，此又君之功也。袁绍逆乱天常，谋危社稷，凭恃其众，称兵内侮，当此之时，王师寡弱，天下寒心，莫有固志，君执大节，精贯白日，奋其武怒，运其神策，致届官渡，大歼丑类，俾我国家拯于危坠，此又君之功也。济师洪河，拓定四州，袁谭、高干，咸枭其首，海盗奔迸，黑山顺轨，此又君之功也。乌丸三种，崇乱二世，袁尚因之，逼据塞北，束马县车，一征而灭，此又君之功也。刘表背诞，不供贡职，王师首路，威风先逝，百城八郡，交臂屈膝，此又君之功也。马超、成宜，同恶相济，滨据河、潼，求逞所欲，殄之渭南，献职万计，遂定边境，抚和戎狄，此又君之功也。鲜卑、丁零，重译而至，单于箪于、白屋，请吏率职，此又君之功也。君有定天下之功，重之以明德，班叙海内，宣美风俗，旁施勤教，恤慎刑狱，吏无苛政，民无怀慝；敦崇帝族，表继绝世，旧德前功，罔不咸秩；虽伊尹格于皇天，周公光于四海，方之蔑如也。

朕闻先王并建明德，胙之以土，分之以民，崇其宠章，备其礼物，所以藩卫王室，左右厥世也。其在周成，管、蔡不静，惩难念功，乃使邵康公赐齐太公履，东至于海，西至于河，南至于穆陵，北至于无棣，五侯九伯，实得征之，世祚太师，以表东海；爰及襄王，亦有楚人不供王职，又命晋文登为侯伯，锡以二辂、虎贲、铁钺、秬鬯、弓矢，大启南阳，世作盟主。故周室之不坏，繄二国是赖。今君称丕显德，明保朕躬，奉答天命，导扬弘烈，缓爰九域，莫不率俾，功高于伊、周，而赏卑于齐、晋，朕甚恧焉。朕以眇眇之身，讬于兆民之上，永思厥艰，若涉渊冰，非君攸济，朕无任焉。今以冀州之河东、河内、魏郡、赵国、中山、常山、钜鹿、安平、甘陵、平原凡十郡，封君为魏公。锡君玄土，苴以白茅；爰契尔龟，用建家社。昔在周室，毕公、毛公入为卿佐，周、邵师保出为二伯，外内之任，君实宜之，其以丞相领冀州牧如故。又加君九锡，其敬听朕命。以君经纬礼律，为民轨仪，使安职业，无或迁志，是用锡君大辂、戎辂各一，玄牡二驷。君劝分务本，穑人昏作，粟帛滞积，大业惟兴，是用锡君衮冕之服，赤舄副焉。君敦尚谦让，俾民兴行，少长有礼，上下咸和，是用锡君轩县之乐，六佾之舞。君翼宣风化，爰发四方，远人革面，华夏充实，是用锡君朱户以居。君研其明哲，思帝所难，官才任贤，群善必举，是用锡君纳陛以登。君秉国之钧，正色处中，纤毫之恶，靡不抑退，是用锡君虎贲之士三百人。君纠虔天刑，章厥有罪，犯关干纪，莫不诛殛，是用锡君铁钺各一。君龙骧虎视，旁眺八维，掩讨逆节，折冲四海，是用锡君彤弓一，彤矢百，玈弓十，玈矢千。君以温恭为基，孝友为德，明允笃诚，感于朕思，是用锡君秬鬯一卣，珪瓒副焉。魏国置丞相巳下群卿百寮，皆如汉初诸侯王之制。往钦哉，敬服朕命！简恤尔众，时亮庶功，用终尔显德，对扬我高祖之休命！[1]

刘勰以为："昔潘勖《锡魏》，思摹经典，群才韬笔，乃其骨髓峻也。"潘勖字元茂，建安十八年（公元213年）汉献帝策命曹操为魏公，加九锡，策文为潘勖所作，载《文选》三十五及《三国志·魏志·武帝纪》。

文中"思摹经典"一说，指的是潘勖这篇文章，是从正宗的儒家经典中模仿写作出来的。何义门评本文云："全仿《尚书》行文。"方伯海评云："褒辑《尚书》《左》《国》以成文，浑朴质穆。"

"韬笔"，指搁笔。群才搁笔，指压倒当时许多作者。《太平御览》卷五九三引《殷洪（应作芸）小说》："魏国初建，潘勖字元茂，为策命文，自汉武以来，未有此制，勖乃依商周宪章，唐虞辞义，温雅与典诰同风。于时朝士，皆莫能措一字。……及晋王为太傅，腊日大会宾客，勖子蒲时亦在焉。宣王谓之曰：尊君作《封魏君策》，高妙信不可及。吾曾闻仲宣亦以为不如。"

骨髓，是支撑人或动物身体骨架的内在支柱脊柱中的精华，作为人体

---

[1] 转引自（清）严可均辑《全后汉文》卷八十七。又载萧统《文选》，袁宏《后汉纪》卷三十，陈寿《三国志·魏志·武帝纪》。

内的造血组织，位于长骨的髓腔及所有骨松质内。峻，本义指山高而陡，引申为高大、严厉苛刻、深刻等义项，在这里用深刻义最佳。骨髓峻，是以比喻手法，点明本文思想很深刻、内容高大上的基本特点。王金凌："潘勖《册魏公九锡文》，今人多谓辞虽典雅，事不足录，但刘勰处齐梁之际，而六朝禅代，莫不如此。纵然刘勰不以为然，亦口不能言，而称其骨峻，是因为镕式经诰之故。"

因此，本文取法于儒家经典，雅正至极，但要说到文采之美，这篇文章是缺少的。

众所周知，《大人赋》又称《大人之颂》，是司马相如的代表作品之一，蕴含丰富的道家思想。其文曰：

世有大人兮，在乎中州。宅弥万里兮，曾不足以少留。悲世俗之迫隘兮，朅轻举而远游。乘绛幡之素蜺兮，载云气而上浮。建格泽之修竿兮，总光耀之采旄。垂旬始以为幓兮，曳慧星而为髾。掉指桥以偃蹇兮，又狷弛以招摇。揽欃枪以为旌兮，靡屈虹而为绸。红杳眇以玄湛兮，猋风涌而云浮。驾应龙象舆之蠖略委丽兮，骖赤螭青虬之蚴蟉宛蜒。低昂天蟜裾以骄骜兮，诎折隆穷躩以连卷。沛艾赳螑仡以佁儗兮，放散畔岸骧以孱颜。蛭蜩辍蠖容以骪丽兮，蜩蟉偃蹇怵兀以梁倚。纠蓼叫踏以艴路兮，蔑蒙踊跃腾而狂趡。莅飒傛戏焱至电过兮，焕然雾除，霍然云消。

邪绝少阳而登太阴兮，与真人乎相求。互折窈窕以右转兮，横厉飞泉以正东。悉征灵圉而选之兮，部署众神于摇光。使五帝先导兮，反大壹而从陵阳。左玄冥而右黔雷兮，前长离而后矞皇。厮征伯侨而役羡门兮，诏岐伯使尚方。祝融警而跸御兮，清气氛而后行。屯余车而万乘兮，绰云盖而树华旗。使句芒其将行兮，吾欲往乎南娭。

历唐尧于崇山兮，过虞舜于九疑。纷湛湛差差错兮，杂还胶辐以方驰。骚扰冲苁其纷挐兮，滂濞泱轧丽以林离。攒罗列聚丛以茏苁兮，衍曼流烂坛以陆离。径入雷室之砰磷郁律兮，洞出鬼谷之堀礨崴魁。遍览八纮而观四海兮，朅度九江越五河。经营炎火而浮弱水兮，杭绝浮渚涉流沙。奄息葱极泛滥水娭兮，使灵娲鼓琴而舞冯夷。时若暧暧将混浊兮，召屏翳诛风伯，刑雨师。西望昆仑之轧沕荒忽兮，直径驰乎三危。排阊阖而入帝宫兮，载玉女而与之归。登阆风而遥集兮，亢乌腾而壹止。低徊阴山翔以纡曲兮，吾乃今日睹西王母。暠然白首戴胜而穴处兮，亦幸有三足乌为之使。必长生若此而不死兮，虽济万世不足以喜。

回车朅来兮，绝道不周，会食幽都。呼吸沆瀣兮餐朝霞，咀噍芝英兮叽琼华。僷褹寻而高纵兮，纷鸿溶而上厉。贯列缺之倒景兮，涉丰隆之滂濞。骋游道而修降兮，骛遗雾而远逝。迫区中之隘陕兮，舒节出乎北垠。遗屯骑于玄阙兮，轶先驱于寒门。下峥嵘而无地兮，上嵺廓而无天。视眩泯而亡见兮，听敞恍而亡闻。乘虚亡而上遐兮，超无友而独存。①

文章以"大人"隐喻天子，赋中描写"大人"遨游天庭，与真人相周旋，以群仙为侍从，过访尧舜和西王母，乘风凌虚，长生不死，逍遥自在，是迎合汉武帝喜好神仙，求长生不死的心理，也是借此来讽劝汉武帝好神仙之道的不当。此赋想象丰富，文字靡丽，但是其内容和形式都是模仿《楚辞·远游》，文学价值稍逊《远游》。

《西京杂记》："相如将献赋，未知所为，梦一黄衣翁谓之曰：可谓《大人赋》。遂作《大人赋》，言神仙之事以献之，赐锦四疋。"实际上，《大人赋》本是司马相如伤时与自伤之作，是作者仕进与退隐，出世与入世矛盾心理的流露。这篇赋是因武帝喜好求仙而作的，也可能是迎合武帝心理的游仙文章，收到过让武帝读后非常高兴感到飘飘然乘云气遨游天地的效果。此赋用骚体赋形式，汉大赋的手法，虚构夸张地铺叙"大人"游仙，对跨乘的各种龙想象描写得尤其生动形象。先写"大人"不满人生短促，人世艰难，于是驾云乘龙遨游仙界；然后分东南西北四方写遨游盛况；文末归于超脱有无，独自长存。有人说是"归于无为"来"讽谏"，可能是超越人生，摆脱人世，融于自然造化，得到长生的意思。写游西方见"西王母"几句，就是所谓用仙人居住山谷形貌很瘦来劝诫求仙的。

---

① （汉）司马迁：《史记》（影印本），第3056—3063页。

相如《大人赋》所言神仙之事虽然虚诞，但汉武帝炼金丹、求长生、望不死，故而大受感染，盼望神仙的出现，所以，汉武帝读后"飘飘有凌云之意"，刘勰以为《大人赋》感染力巨大，生动之气充盈满篇，这就是风力遒劲的优秀作品。

刘勰称赞相如赋"气号'凌云'，蔚为辞宗，乃其风力遒也"，这里的"风力"不是指绝对力量，而是指文章对读者巨大的感染力、吸引力，是从读者阅读角度提出来的"风骨"要素之一。王运熙先生认为："《大人赋》述游仙之事，汉武帝读后飘飘有凌云之气。刘勰认为这种强大的艺术感染力，来自作品具有飞动的风骨，因为作品骨气端翔，所以读后使人气概凌云。"又说："《大人赋》文接近《楚辞》，较为简练，风貌较为清明爽朗，有飞动之致，故刘勰举以为作品有风力之范例。"所以，《风骨》所论之"风力遒也"，绝非劲健有力或刚健有力之意，主要是指文学作品的内容丰富、文气生动、感染力强的特征，故而"风骨"为阳刚风格之说不能成立。

刘勰引相如赋来论"风骨"，具有特殊的用意，这个用意在以往的"风骨"研究中被忽略了。① "风力"所指，有两个鲜明的特点：一是文学作品感染力的得来，需要作家具有相当丰富乃至神奇的想象力。以《大人赋》为例，本篇神奇巨丽，是司马相如丰富神奇的想象力的结果，② 用《文心雕龙》的话说，是作家"才、气、学、习"化合熔铸的结果。主体写作才华的高妙，是文章风格独特，吸引读者的第一要素。二是本篇闳侈巨衍，主旨不显，是典型的"文丽用寡"的讹滥之文，为什么刘勰会说这篇文章"风力遒也"呢？这就可见"风力"无关文章的思想倾向，而只关系到文章的内容丰富、技法高妙与语言精彩，文章的形式之美与内容之美

---

① 在"风骨"研究中谈到司马相如《大人赋》的时候，主要有两种意见，一是指责刘勰引用不当，将虚辞滥说的汉代辞赋用到这里来，是笔误；二是认为刘勰引用很好，司马相如作品文采出众，与潘勖作品刚好形成一对相反风格的组合。这样，"风"与"骨"各自就是对立矛盾的一组范畴，一为形式，一为内容，矛盾对立。笔者认为这两种说法都是可以再作讨论的。

② 本篇因为字数太多，在此不录。相如以"大人"隐喻天子，赋中描写"大人"遨游天庭，与真人相周旋，以群仙为侍从，过访尧舜和西王母，乘风凌虚，长生不死，逍遥自在，是迎合汉武帝喜好神仙，欲求长生不死的心理，而暗含规讽之旨，是"隐主旨，秀佳句"的典范作品。相如此赋想象丰富，文字靡丽，极尽夸饰之能事，但是其内容和形式都仿自屈原《远游》，故独创性稍逊。

触动了读者的心灵。因此，"风"的教化感染功能在脱离政教之后，"风力"即与雅正的思想无关，而成为文章内容与外在语言结合生成的巨大感染力。所以，"风骨"所论，核心在于文章的语言表达与审美效果。

在《通变》篇中，司马相如与扬雄被刘勰视为完美体现了文学发展继承规律与文学新变规律的典型。在"斟酌质文、隐括雅俗"之后，刘勰认为汉赋的创作不仅体现了文学新变的规律，还具有继承前代、一脉相承的特点：

> 夫夸张声貌，则汉初已极。自兹厥后，循环相因，虽轩翥出辙，而终入笼内。枚乘《七发》云："通望兮东海，虹洞兮苍天。"相如《上林》云："视之无端，察之无涯；日出东沼，月生西陂。"马融《广成》云："天地虹洞，固无端涯；大明出东，月生西陂"。扬雄《校猎》云："出入日月，天与地沓"。张衡《西京》云："日月于是乎出入，象扶桑于蒙汜。"此并广寓极状，而五家如一。诸如此类，莫不相循。①

关于本文所引相如原作，历代以来认为有歧义。杨明照先生《校注》云："按当依《上林赋》作'入乎西陂'。此盖写者涉下《广成颂》'月生西陂'而误。"《文选》李善注："张揖云：日朝出苑之东池，暮入于苑西陂中。善曰：《汉宫殿簿》曰：长安有西陂池、东陂池。"清孙志祖《文选考异》卷一"《上林赋》入乎西陂：按……与马融《广成颂》'大明出东，月生西陂'，辞旨自别"。汉赋五家描写海天日月的壮丽景象，尽管言辞有差异，但同时体现了"夸张声貌"的时代风气，"汉赋巨丽"的夸饰特点，被淋漓尽致地揭示出来。如此，文学需要继承前代因子，需要合理得法地创新变化——文学通变的共时规律就被揭示出来。司马相如在这一重要的篇章中再次共同出场，成为刘勰笔下的成功范例褒扬之。

詹锳先生《文心雕龙义证》在论述到这里的时候，有一段深刻的见解，摘引如下：

> 按：在艺术形式方面，刘勰对辞的夸张描写，举出汉朝五位赋家

---

① 杨明照：《增订文心雕龙校注》，第398页。

的描绘作为例证，说明描写方式大都是继承前人而又有所变化。就他所举的对于大海和天地日月的描写来看，变化是不大的，所以他才得出"五家如一""莫不相循"的结论。他也说"参伍因革，通变之数也"，就是说通变的方术是有因袭、有革新，继承与创造交替运用，但在他举出的"五家如一"的例子里，并没有把创造的因素显示出来。他指出"虽轩翥出辙，而终入笼内"，意思是说虽然想高飞远驰越出轨辙，始终离不开固定的圈子。这种说法，实质上是抹杀了创造性。像曹操的《观沧海》，虽然以同类的文辞来描写大海和天地日月，却用来象征他博大的胸怀，不是单纯的写景，岂不就越出圈子了吗！①

通，指继承，继承前人的写法；变，指创造，创造新的写法。二者的结合，是本文的核心观念。那么，怎样才能既继承前人，又能自我新变呢？刘勰实际上并没有告诉我们。司马相如等辞赋高手，主要是靠着自己的卓越才华在写作，写出来的日月景色也并非一致，只是在大体上有相似性而已。这本来就是有继承（日月等选材内容、景色特点、相似措辞）又有新变（措辞不同、具体景色不同、描述重点不同）的作品。

二、修辞技法论

从《镕裁》到《附会》的十二个专题主要论述修辞技法问题，属于微观层面的写作研究。司马相如在《丽辞》《夸饰》《事类》《练字》等篇章中继续扮演着经典作家的角色，其创作得失与文字小学水平，成为刘勰在这些篇章中立论或驳论的基本标准。

《丽辞》篇论述对偶修辞，诗赋皆用。"丽辞"技法是文学原道之"形文"的基本特点，刘勰从文学原道的哲学原理高度说："造化赋形，支体必双；神理为用，事不孤立。夫心生文辞，运裁百虑；高下相须，自然成对。"② 自然万物具有"支体必双""事不孤立"的特点，因此，"心生文辞"一定具有"自然成对"的基本属性。在诗歌、辞赋成就已经很高且骈文大兴的汉魏六朝时代，刘勰说这个话可谓是准确地把握住了文学发展的

① 詹锳：《文心雕龙义证》，上海：上海古籍出版社1989年版，第1101—1102页。
② 杨明照：《增订文心雕龙校注》，第447页。

时代脉搏，《文心雕龙》主张"新变""趋时"的文学发展观，"丽辞"理论就是一个显著成就。在刘勰看来，开启"丽辞"技法运用的是这样几个人："自扬、马、张、蔡，崇盛丽辞：如'宋画吴冶，刻形镂法'，丽句与深采并流，偶意共逸韵俱发。"① 范文澜先生注"宋画吴冶"曰："扬雄、司马相如、张衡、蔡邕，两汉文人之首。《庄子·田子方》篇：'宋元君将画图，众史皆至，受揖而立，舐笔和墨，在外者半。有一史后至者，儃儃然不趋，受揖不立，因之舍。公使人视之，则解衣般礴羸。君曰，可矣，是真画者也。'《吴越春秋·阖闾内传》：'干将作剑，采五山之铁精，六合之金英，候天伺地，阴阳同光，百神临观，天气下降。而金铁之精不销。……干将妻乃断发剪爪，投入炉中，使童女童男三百人鼓橐装炭，金铁乃濡，遂以成剑。'《淮南子·修务训》：'夫宋画吴冶，刻刑镂法，乱修曲出。其为微妙，尧舜之圣不能及。'高诱注：'宋人之画，吴人之冶，刻镂刑法，乱理之文，修饰之巧，曲出于不意也。'""刻形镂法"，刻画形貌、雕镂法式、图样。这里用画图和冶炼的加以修饰提炼来比喻写作。司马相如与扬雄在对偶修辞技法上引领了新变潮流。

刘勰归纳的"丽辞之体"，共有"言对、事对、反对、正对"四种，这四种对偶法中，"言对为易，事对为难；反对为优，正对为劣"，何出此言？因为"言对者，双比空辞者也"，其中"偶辞胸臆，言对所以为易也"，王力的《中国古典文论中谈到的语言形式美》说："拿今天的话来说，言对就是不用典故，事对就是用典故，反对就是反义词或意义不同的词相对，正对就是同义词或意义相近的词相对。刘勰轻视言对，这是跟骈体文的体裁有关的。从艺术观点说，这个作用不大。"也就是说，言对就是写作措辞不引用经典语句或典章故实，自创语句，显得没有学问，读书少，最多就是才气的显摆罢了——这是当时语境下的批判——但是"言对为美，贵在精巧"，要写好并非易事，并举司马相如为"言对"的代表："长卿《上林》云：'修容乎《礼》园，翱翔乎《书》圃。'此言对之类也。"②

《文选》李善注引郭璞曰："《礼》所以整威仪，自修饰也。……《尚

---

① 杨明照：《增订文心雕龙校注》，第447页。
② 杨明照：《增订文心雕龙校注》，第447页。

书》所以疏通知远者，故游涉之。"司马相如《上林赋》中的"修容"，指的是在《礼》的规定范围内修饰容貌礼仪，所说的"翱翔"，是在《尚书》的范围内自由飞翔。这两句说的是学习礼仪和讲究学问的事，都是在经典苑囿之下来学习或修饰。司马相如此句以儒家经典《仪礼》《尚书》为苑囿，表明学习感染儒家经典的惬意自由——既有经典基础，又有逍遥自由，是典型的"风力遒也"而深具感染力的作品——这就与他"双比空辞"的论断前后矛盾，截然不合。

发展到《夸饰》篇中，这种主张"丽则"而赞《诗》，反对"丽淫"而贬《骚》的观点特别明显。整体上看，《夸饰》篇的基本观点与《辨骚》《诠赋》《情采》《物色》等篇一脉相承，同时深含贯通《文心雕龙》全书的雅丽文学思想。在这一重要的篇章中，司马相如成为最主要的评论对象之一。刘勰在《宗经》《通变》等篇都谈到了"楚艳汉侈"的华丽之美与"夸张声貌"的夸饰技法，《丽辞》《比兴》篇也先后对辞赋夸饰过度进行了不同角度的分析，因此，《夸饰》就专为解决文学创作如何正确使用夸张手法而列，全文从哲学依据、诗骚创作、方法正误几个方面论述了这个意见。文章开篇就说："夫'形而上者谓之道，形而下者谓之器'。……故自天地以降，豫入声貌，文辞所被，夸饰恒存。"① 刘勰认为，"形而上者"的自然之"道"决定了自然万物文采艳丽的特点，作为"形而下者"的文章之"器"也应该是"文辞所被，夸饰恒存"的。夸饰手法出自天地自然之属性，这就为文学的美丽精神②找到了坚实可信的哲学基础。于是，儒家经典与辞赋都是文采绚丽、具有夸饰特点的，但对于经典以外的夸饰现象，刘勰主要持批评的态度。针对的靶子就是辞赋创作：

> 自宋玉、景差，夸饰始盛；相如凭风，诡滥愈甚。故上林之馆，奔星与宛虹入轩；从禽之盛，飞廉与鹪鹩俱获。……莫不因夸以成状，沿饰而得奇也。③

---

① 杨明照：《增订文心雕龙校注》，第465页。
② 文学的"美丽精神"一说，由王岳川先生"中国文化的美丽精神"一说演化而出。王先生是以汉字的书写之美看待中国文化（意蕴、视觉）之美；《文心雕龙》论述文学特质，重美尚丽，主张文学的美丽精神，这与当时"采丽竞繁"的齐梁时风也有密切的关联。
③ 杨明照：《增订文心雕龙校注》，第466页。

辞赋崇尚夸饰，从战国到两汉皆循流而作，"诡滥愈甚"。以司马相如为代表的两汉辞赋创作，呈现出越来越严重的夸饰过度现象。不仅如此，汉赋"事义睽刺"，言说迂回虚诞的弊端则越来越明显。以至于后世的模仿者与学习者误入歧途，"辞入炜烨"而"言在萎绝"。

刘勰所论，涉及战国楚辞到汉代大赋发展的数百年文学史，其中主要是针对写作对象、体裁特征与写作手法而言的。范先生注："扬雄《法言·吾子》篇：或问：'景差、唐勒、宋玉、枚乘之赋也益乎？'曰：'必也淫。''淫则奈何？'曰：'诗人之赋丽以则，辞人之赋丽以淫。'屈原，诗人之赋也，尚存比兴之义；宋玉以下，辞人之赋也，则夸饰弥盛矣。"据《史记·屈原列传》记载："屈原既死之后，楚有宋玉、唐勒、景差之徒者，皆好辞而以赋见称；然皆祖屈原之从容辞令，终莫敢直谏。"杨明照先生《校注》云："《文选》皇甫谧《三都赋序》：宋玉之徒，淫文放发，言过于实，夸竞之兴，体失之渐，风雅之则，于是乎乖。"屈原作品距离《诗三百》时代还比较近，所以尚存《诗经》比兴写法和现实主义色彩，有针对性；而从宋玉以下的辞赋作者，不敢面对现实，只能空谈或夸张写作，比兴色彩消失了，针砭时弊的现实主义色彩更是不见了，成了华丽而不实用的大赋。于是脱离政治和讽谏的纯文学作品产生了，审美色彩和写作手法上"夸饰弥盛"，这其实是楚辞传播的一大收获。

从宋玉《登徒子好色赋》原文来看："天下之佳人，莫若楚国。楚国之丽者，莫若臣里。臣里之美者，莫若臣东家之子。东家之子增之一分则太长，减之一分则太短，著粉则太白，施朱则太赤，眉如翠羽，肌如白雪，腰如束素，齿如含贝。嫣然一笑，惑阳城，迷下蔡。然此女登墙窥臣三年，至今未许也。登徒子则不然。其妻蓬头挛耳，龂（音砚）唇历齿，旁行踽偻，又疥且痔。登徒子悦之，使有五子。王孰察之，孰为好色者矣。"傅庚生的《中国文学欣赏举隅》中说："此言美丑皆似太夸，然愈夸乃愈见其文笔之可喜也。"黄春贵先生说："此言夸饰文学之盛行，始于宋玉、景差之徒，彼二人者，上承屈原之流沫，下启汉赋之先鞭，张皇铺陈，崇尚淫丽，渐失诗人比兴之义。"

发展到司马相如，身逢盛世，凭借武帝好文学、喜辞赋的政治背景和汉帝国盛大的国力与富强的政治局面，"凭风"依时，继承宋玉、景差之夸饰手法与瑰丽想象，自创雄文，吹嘘更甚。《史记·司马相如列传》中说："无是公言天子上林广大，山谷水泉万物，及子虚言楚云梦所有甚众，侈靡过其实。"然而，文学本就允许夸张，《诗经》《尚书》是正宗的儒家经典，有没有夸张？三皇五帝动辄活一两百岁、执政数十上百年，算不算夸张？孟子对牧野之战"流血漂杵"大大怀疑，算不算对夸张手法的质疑？更何况富强盛大的汉帝国时代，雄强博大的气象，本就需要远比屈原楚辞题材和宋玉美色内容更为博大的文体与手法来表达，夸张的本源，是有丰富的想象力和文字传达力，这一点，只有天赋出众的作家才能办得到。所以，梁玉绳《史记志疑》卷三十四就有不同的声音："余谓上林地本广大，且天子以天下为家，故所叙山谷水泉，统形胜而言之。至其罗陈万物，亦惟麟凤蛟龙一二语为增饰。观《西京杂记》《三辅黄图》，则奇禽异木，贡自远方，似不全妄。况相如明著其指，曰子虚、乌有、亡是，特主文谲谏之义尔。不必从地望所奠，土毛所产，而较有无也。"这是一种开明的态度：要是文学作品所写作的东西要一一与自然界实物相对应，那就显得不好玩儿了，属于吹毛求疵。

《文心雕龙》以宗经为第一要义，所以雅正为第一批评准则。刘勰对辞赋的整体评价并不高，往往以"楚艳汉侈，流弊不还"（《宗经》）、"楚汉侈而艳"（《通变》）指责之，又以为学习辞赋，并非习染雅制，故称"效《骚》命篇者，必归艳逸之华"（《定势》），认为辞赋的影响也是不好的。《定势》篇引用桓谭"文家各有所慕，或好浮华而不知实核，或美众多而不见要约"的话，暗中指向的批评目标，同为辞赋夸饰艳丽的创作。因此，刘勰尽管积极主张文学创作尚丽尚美，但更主张丽而有度，夸而有则，追求"风归丽则"的雅丽之美。刘勰据此开出药方，认为拯救汉赋夸饰巨丽之弊端，应该这样来做：

> 酌《诗》《书》之旷旨，剪扬马之甚泰，使夸而有节，饰而不诬，亦可谓之懿也。[1]

---

① 杨明照：《增订文心雕龙校注》，第466页。

《老子》第二十九章："是以圣人去甚、去奢、去泰。"《韩非子·扬权》："故去甚去泰，身乃无害。"泰，过甚。"《诗》《书》之旷旨"是要求雅正，"扬马之甚泰"是辞赋过于巨丽，要做到二者的结合，"使夸而有节，饰而不诬"，创作既雅且丽的作品，才是对夸饰手法的正确运用。纪昀评曰："文质相扶，点染在所不免，若字字撅实，有同史笔，实有难于措笔之时。彦和不废夸饰，但欲去泰去甚，持平之论也。"这一点，与《辨骚》篇主张的"凭轼以倚《雅》《颂》，悬辔以驭楚篇，酌奇而不失其贞，玩华而不坠其实"观点完全一致，都是在折中诗骚、取法中和的基础上提出来的新观点。

在《事类》篇中，刘勰讨论了引事用典的修辞方法，司马相如之作，在用典修辞上是最好的范例之一。本篇首先提出儒家经典有用典之举，继而将历代文学家对用典的态度和程度罗列出来：

> 观夫屈、宋属篇，号依《诗》人；虽引古事，而莫取旧辞。唯贾谊《鵩赋》，始用鹖冠之说；相如《上林》，撮引李斯之书：此万分之一会也。①

司马相如有《大人赋》，影写屈原《远游》，这是他辞赋创作模仿借鉴的一面。具体到《上林赋》中，有"建翠华之旗，树灵鼍之鼓"的句子，刘勰认为是从李斯《谏逐客书》中"建翠凤之旗，树灵鼍之鼓"征引而来的。成语"万分之一"，见于《战国策·韩策三》及《史记·张释之列传》等，指非常偶然的会合。司马相如《上林赋》开启了辞赋文学用典的先河，为后来扬雄、班固等人饱读诗书、引经据典写作辞赋运用这种手法做出了榜样示范，难能可贵。

但因为相如少年时好武，早岁为侍卫，课学不多，所以相如赋尽管才思纵逸，但在用典上却有错讹，刘勰举出了一个著名的例子：

> 凡用旧合机，不啻自其口出；引事乖谬，虽千载而为瑕。陈思，群才之英也，《报孔璋书》云："葛天氏之乐，千人唱，万人和，听者因以蔑《韶》《夏》矣。"此引事之实谬也。按葛天之歌，唱和三人而

① 杨明照：《增订文心雕龙校注》，第473页。

已。相如《上林》云："奏陶唐之舞，听葛天之歌，千人唱，万人和。"唱和千万人，乃相如接入。然而滥侈葛天，推三成万者，信赋妄书，致斯谬也。①

刘勰将曹植笔下"葛天氏之乐，千人唱，万人和"的引用错误归结于司马相如《上林赋》"葛天之歌，千人唱，万人和"之夸饰描写，因为据原书记载，"葛天之歌，唱和三人而已"，司马相如夸张为千万人唱和，以至于曹植将错就错，谬误千载。

《吕氏春秋·古乐》篇："昔葛天氏之乐，三人操牛尾，投足以歌八阙。"相如《上林赋》："奏陶唐之舞，听葛天之歌，千人唱，万人和，山陵为之震动，川谷为之荡波。"纪昀评论说："千人万人，自指汉时之歌舞者，不过借陶唐葛天点缀其事，非即指上二事也。子建固误，彦和亦未详考也。"这是说，司马相如的意思，是讲后世宫廷奏歌，有千万人唱和，并不是指原来的葛天氏歌的体制。

梁玉绳《史记志疑》卷三十四"《司马相如传》听葛天氏之歌，千人唱，万人和"条附案："余谓千唱万和，此赋乃总承上文，非专言葛天，谬在陈思，不在相如。"梁章钜《文选旁证》卷十一"千人唱万人和"条："按此赋千唱万和，乃总承上文，非专属葛天。当由陈思误用，不得以此讥相如矣。"牟世金先生注曰："这里，刘勰不论《上林赋》之误，而评曹植之论，当于文学描写与论述文不同有关。曹植的'信赋妄书'，正是忽略了这种区别。"

不管司马相如和陈思王曹植谁对谁错，笔者对此一分为二地看待之：一方面，儒家经典在刘勰笔下具有绝对崇高的地位，经典无误，引事就该实事求是，不得篡改；另一方面，汉赋本就以夸饰为基本手法而呈现巨丽的风格特征，没有夸饰，哪里来的汉赋？刘勰以经典之实，衡量汉赋之丽，当然会得出"辞赋丽淫，经典丽则"的结论。对文学创作而言，这种桎梏与自设之藩篱是错误的，与赞美楚辞"惊采绝艳"之说也前后矛盾，这是《文心雕龙》文学指导思想的一个缺陷，就是绝对宗经。

---

① 杨明照：《增订文心雕龙校注》，第 474 页。

《练字》篇论述到作家的文字小学功夫与写作中词语选择的问题，是一篇别开生面的专论。将写作措辞具体化到一个字词的选择运用，是写作进入微观操作层面最小的环节。据班固《汉书·艺文志》与许慎《说文解字序》等古籍记载，我们可以简略地知晓古代文字发展的基本线索，可以为本篇的解读打下一点基础：古代的人八岁进入小学，所以《周官》的保氏掌管着教养国君之子的事，教给他们六书，称象形、象事、象意、象声、转注、假借，它们是造字的根本所在。汉朝建立后，萧何创造了律令，也写了这样的条文，说："太史考试学童，能够背诵九千字以上书的人，才能当史。再用六体来考试，成绩最好的任命为尚书御史史书令史。官民上书，字有不端正的，就要揭发举报。"六体，就是古文、奇字、篆书、隶书、缪篆、虫书，都是用来认识古今文字，摹刻印章，书写幡作为信物的。依据古代制度，书一定要同文字，不知道的暂时空缺，然后来求教年老者，到了衰落的时代，是非没有正确答案，人们都根据自己的想法来造字。所以孔子说："我还赶上了史书中的缺疑不写的地方，现在连缺疑不写的地方也没有了！"大概是对字渐渐不正确而感到悲哀。《史籀篇》，是周朝时的史官用来教学童的书，字与孔氏壁中的古文字体相异。《仓颉》七章，是秦朝丞相李斯所作的；《爰历》六章，是车府令赵高所作；《博学》七章，是太史令胡毋敬所作；文字大多取自《史籀篇》，但篆体又差别很大，造就了所谓的秦篆。这时候已开始创造隶书，起源于官府中诉讼案件很多，为了方便省事，这种简便的文字首先用于处理徒隶事务的公文。汉朝建立后，乡间的教师就合集成《仓颉》《爰历》《博学》三篇，把六十字断为一章，共有五十五章，合并而成《仓颉篇》。武帝时司马相如作《凡将篇》，没有重字。元帝时黄门令史游作《急就篇》，成帝时将作大匠李长作《元尚篇》，都是《仓颉》中的正字。《凡将篇》则有很大的出入。《仓颉篇》中多古字，平庸的教师弄错了它的断句，宣帝时就征召齐国的能纠正断句的人，张敞去接受传授，传到他的外孙的儿子杜林时，他就做了解释，与《仓颉篇》并行。到元始年中，征召天下懂得文字的人以百计，各命他们在朝廷中记字。扬雄选取其中有用的来作《训纂篇》，顺着连接《仓颉篇》，又换了《仓颉篇》中重复的字，共成八十九章。许慎又继承扬雄的作了十三章，共成一百零二章的《说文解字》，没有重复的字，六艺和各书所记载的字大致都齐全了。

以上是古代文字演变的简略历史线索，截止东汉许慎止。蜀中名家司马相如之所以能在辞赋创作中引领风尚，成为一代俊杰，一个重要的原因是他是西汉著名的文字小学专家，在其辞赋创作中运用了大量的古文字或方言文字，具有第一流的学术水平，这种修养是东汉与魏晋作家群所不具备的。刘勰说：

> 汉初草律，明著厥法：太史学童，教试"六体"；又吏民上书，字谬辄劾。……至孝武之世，则相如撰《篇》。及宣、成二帝，征集小学：张敞以正读传业，扬雄以奇字纂《训》，并贯练《雅》《颂》，总阅音义。鸣笔之徒，莫不洞晓；且多赋京苑，假借形声。是以前汉小学，率多玮字；非独制异，乃共晓难也。暨乎后汉，小学转疏；复文隐训，臧否太半。及魏代缀藻，则字有常检；追观汉作，翻成阻奥。故陈思称："扬、马之作，趣幽旨深，读者非师传不能析其辞，非博学不能综其理。"岂直才悬，抑亦字隐。①

在汉武帝时代，司马相如编写了《凡将篇》，他精通《尔雅》《仓颉》等古文字书籍，全面掌握了文字的音义。当时的辞赋大家，无不通晓文字之学。加之他们的作品主要是描写京都范围的，常用假借字来状貌形声，因此，西汉时期擅长文字学的作家，大都好用奇文异字，这并非他们特意要标新立异，而是当时的作家都通晓难字，这其中，司马相如就是最著名的代表之一。随着社会的发展，后代文字学术水平不进反退，到魏晋时期，读者已经很难看懂扬、马之作了，因为汉赋的文字实在深奥，所以才有曹植的感叹。这其实怪不得扬、马二人。据史书记载，文翁石室兴学之后，蜀中子弟学术水平突然一进千里，很快就成为天下学术的重镇，蜀学之兴盛，可与齐鲁之学比肩抗衡。笔者对此颇为怀疑，因为学术发展是以积累为主而以突变为辅的，将功劳全部归结于文翁兴学，似乎有拔高之嫌。汉赋之所以重镇在蜀，与蜀人之奇思纵逸、蜀地之繁荣富庶、蜀学之深厚积

---

① 杨明照：《增订文心雕龙校注》，第484页。

累莫不相关。① 司马相如的学术学于蜀中，反推过来，蜀中学术水平（尤其易学与小学）当为天下之冠。没有这样的学术水平与地域文化背景，汉赋巅峰不可能出现在巴蜀大地，甚至能不能产生京苑大赋都是一个疑问。

骆鸿凯先生曾说："（相如赋）好用连语双声叠韵诸连绵字也。此盖因扬马之流，精通小学，故能撮字书之单词，缀为俪语，或本形声假借之法，自铸新词。"这就将汉赋大家的一个重要基本功——文字小学功夫的修为，指出来了，司马相如是汉代著名文字学家，他的大赋创作当然体现了他的学术修养，这是时代的必然，也是汉赋创作的一大特色。自相如始，扬雄、班固、张衡等著名汉赋大家，无一不是精通小学的高手。

简言之，在刘勰深入探讨文学作品的语言文字问题之时，司马相如又在小学水平与文献编纂成就上成为他取材立论的最重要对象。

第七节　"笼圈条贯"中的文学批评成就

从《时序》到《程器》这五篇一般称为批评论，主要是宏观地对文学发展史、文学鉴赏、作家才略、道德修养等问题进行整体探讨，巴蜀三杰在这部分内容中也有突出的贡献。

《时序》篇是我国第一篇文学史论，对先秦至齐梁"九代文学"的"文质之变"作出了从现象到本质的深度阐释。在汉代，司马相如引领时代风尚，成为著名的文学家：

> 逮孝武崇儒，润色鸿业；礼乐争辉，辞藻竞骛：柏梁展朝宴之诗，金堤制恤民之咏；征枚乘以蒲轮，申主父以鼎食；擢公孙之对策，叹倪宽之拟奏；买臣负薪而衣锦，相如涤器而被绣。于是史迁、寿王之徒，严、终、枚皋之属，应对固无方，篇章亦不匮：遗风馀采，莫与比盛。②

---

① 以司马相如赋作为代表的汉代大赋主要是苑囿题材，《上林赋》为苑囿题材之冠；以扬雄赋作为代表的汉代大赋主要是京都题材，《蜀都赋》开后世京都大赋之先河。今天我们所说的汉赋巨丽，主要就是指汉代京苑大赋闳侈巨衍的风格特点。

② 杨明照：《增订文心雕龙校注》，第539—540页。

西汉文学发展昌盛，作家作品灿如星汉，司马相如作为巴蜀文学的杰出代表，跻身于当时最著名的文学家之列。关于"相如涤器而被绣"之说，实际所指，当为司马相如与卓文君在临邛开酒店当服务员洗碗筷一事与二次出使巴蜀时衣锦还乡荣归故里一说。关于第一件事，《史记》本传有这样的记载：早年，司马相如因梁孝王病死而回到成都居住，在朋友帮助下，到临邛去见到了卓王孙的寡居女儿卓文君，相如抚名琴绿绮，奏名曲《凤求凰》，不料竟博得卓文君芳心暗许，二人竟至于私奔回了成都。其事曰：

> 相如归，而家贫，无以自业。素与临邛令王吉相善，吉曰："长卿久宦游不遂，而来过我。"于是相如往，舍都亭。临邛令缪为恭敬，日往朝相如。相如初尚见之，后称病，使从者谢吉，吉愈益谨肃。临邛中多富人，而卓王孙家僮八百人，程郑亦数百人，二人乃相谓曰："令有贵客，为具召之。"并召令。令既至，卓氏客以百数。至日中，谒司马长卿，长卿谢病不能往，临邛令不敢尝食，自往迎相如。相如不得已，强往，一坐尽倾。酒酣，临邛令前奏琴曰："窃闻长卿好之，愿以自娱。"相如辞谢，为鼓一再行。是时卓王孙有女文君新寡，好音，故相如缪与令相重，而以琴心挑之。相如之临邛，从车骑，雍容闲雅甚都；及饮卓氏，弄琴，文君窃从户窥之，心悦而好之，恐不得当也。既罢，相如乃使人重赐文君侍者通殷勤。①

从这件事来看，贫穷的司马相如对卓文君实际上思慕已久！不仅如此，他简直是挖空了心思，不惜与临邛令王吉合谋起来，用计挑逗、勾引卓文君。在文质彬彬的文学青年、音乐才子司马相如面前，寡居不久、年仅十七岁的青春少女卓文君，不禁芳心荡漾，爱慕之心不可抑制。

在文君侍者的帮助下，两人互通殷勤之意，竟然在没有征得父母同意的情况下，卓文君与司马相如二人私奔出走，一起到了成都。

当激情退去之后，没有生生之资的两个年轻人，面对贫困窘迫的现实，干了一件"名垂青史"的大事：不直接向父母要钱，而是跑回家乡去"创业"，开酒店：

---

① （汉）司马迁：《史记》（影印本），第3000—3001页。

文君夜亡奔相如，相如乃与驰归成都。家居徒四壁立。卓王孙大怒曰："女至不材，我不忍杀，不分一钱也。"人或谓王孙，王孙终不听。文君久之不乐，曰："长卿第俱如临邛，从昆弟假贷犹足为生，何至自苦如此！"相如与俱之临邛，尽卖其车骑，买一酒舍酤酒，而令文君当炉。相如身自著犊鼻裈，与保庸杂作，涤器于市中。卓王孙闻而耻之，为杜门不出。昆弟诸公更谓王孙曰："有一男两女，所不足者非财也。今文君已失身于司马长卿，长卿故倦游，虽贫，其人材足依也，且又令客，独奈何相辱如此！"卓王孙不得已，分予文君僮百人，钱百万，及其嫁时衣被财物。文君乃与相如归成都，买田宅，为富人。①

卓文君是一方富豪人家的女儿，习惯了富裕日子，与相如私奔到成都之后，家徒四壁，清贫度日，心有不甘。按照她的意思，我们一起回临邛去，就算是向我的几个兄弟借贷度日，也比在成都好得多。于是卖掉车马，将本钱拿来开了一家小酒馆，卓文君放下身段，亲自当炉卖酒；司马相如放下脸面，自己当服务员，当街洗碗筷。

其实，这两个眼里只有爱情、被迫挣钱糊口的年轻人并非想靠着自己的本事生存下去，跑到自己爹妈眼皮子底下做这个谋生的买卖，为的不是赚钱，是宣战：我们属于私奔，最多只算同居而不是结婚，现在就这样活了，你们看着办吧！丢脸是我们的，更是你老爹的，你不是有钱吗？咱俩过成这个样子，你就不丢脸吗？于是卓王孙深感耻辱，关上大门，气得想与女儿绝交。然而又放不下这个老脸，毕竟女儿是自己的，最终听从了旁人的劝告，忍气吞声，不得不接受"文君已失身于司马长卿"的事实，而且自己也只有一儿两女，缺的不是钱，是兴旺的人丁。卓王孙不得已，只好将卓文君当年的嫁妆、衣物全部给了出去，再把童仆百人、金钱百万分给女儿，让他们回到成都去生活，买田宅，为富人。

这就是典型的"干得好不如嫁得好"的例证！从这件事情来看，司马相如至少少奋斗了二三十年，仅凭婚姻就一跃成为大富豪。他的品德确实有亏！

---

① （汉）司马迁：《史记》（影印本），第3000—3001页。

司马相如老丈人有的是钱！卓文君这个苦肉计施展得很是到位！司马相如从此过上富裕生活，他得感谢遇到了一个有智慧的老婆！但是，卓王孙恨透了司马相如，则是肯定的：他的钱是给卓文君的，是因为疼爱自己的女儿才给出去的，不是给司马相如的，相如最多就是靠着女婿身份沾点光而已！恨死了这个家伙！

所以，传说成都驷马桥得名的由来，是这样的：司马相如受到老朋友杨得意的推荐，将北上京城，受汉武帝召见。临行到这座桥下的时候，赌咒发誓：我以后一定要乘坐高车驷马，衣锦还乡才行！其后不久，汉帝国向西南方向开疆拓土，与西南各少数民族建立外交关系，司马相如抓住了这个历史机遇，在为国家做贡献的时候，也顺便实现了自己内心隐忍很久的小目标：不仅自己要出人头地，像蔺相如那样建功立业，还做给老丈人看看，我是有智慧的，只是当年缺机遇缺人脉而已。据司马相如本传记载：

> 唐蒙已略通夜郎，因通西南夷道，发巴、蜀、广汉卒，作者数万人。治道二岁，道不成，士卒多物故，费以巨万计。蜀民及汉用事者多言其不便。是时邛笮之君长闻南夷与汉通，得赏赐多，多欲愿为内臣妾，请吏，比南夷。天子问相如，相如曰："邛、笮、冉、駹者近蜀，道亦易通，秦时尝通为郡县，至汉兴而罢。今诚复通，为置郡县，愈于南夷。"天子以为然，乃拜相如为中郎将，建节往使。副使王然于、壶充国、吕越人驰四乘之传，因巴蜀吏币物以赂西夷。至蜀，蜀太守以下郊迎，县令负弩矢先驱，蜀人以为宠。[①]

"邛笮之君长"在地理位置上属于西夷，看到南夷内附，赏赐很多，于是主动提出来想归附汉王朝。司马相如认为：这些边疆区域在秦朝的时候本就属于中央王朝版图，后来才割据出去的，现在可以收回来了，于是向汉武帝提出了切实可行的外交策略，对于汉王朝打通道路、建交西南、稳定边防、开疆拓土有着积极的建设性价值，汉武帝同意了他的建议。于是，"拜相如为中郎将，建节往使"。司马相如持着天子节杖，以中郎将身份，出使西南夷。到达成都的时候，太守以下官员到郊外迎接，县令亲自背负

---

① （汉）司马迁：《史记》（影印本），第3046—3047页。

弓箭作为先驱开道，司马相如实现了自己"高车驷马"还归故里的夙愿。其时，荣耀一时，"蜀人以为宠"。消息传到临邛，卓王孙知道女婿有出息之后，非常高兴，表示对司马相如喜爱有加：

> 于是卓王孙、临邛诸公皆因门下献牛酒以交驩。卓王孙喟然而叹，自以得使女尚司马长卿晚，而厚分与其女财，与男等同。①

卓王孙不仅随同临邛富豪来成都"献牛酒以交驩"，而且"喟然而叹"，认为将卓文君嫁给司马相如是太晚了，早就应该选定这个女婿了。同时，一高兴，估计也是为了消除当年对司马相如的愤恨和不满，想到用钱来做媒介，"厚分与其女财，与男等同"，将赶出去的卓文君地位大大提升到与自己唯一儿子同等的地位，分了很多钱财给她！这些钱财，主要是靠司马相如自己的本事大了，地位高了，自己挣来的，不是最初那样靠婚姻关系骗来的。

司马相如在家乡和婚姻关系里赢得了令名与实惠。在本职工作中也得到了好的结果：

> 司马长卿便略定西夷，邛、笮、冉、駹、斯榆之君皆请为内臣。除边关，关益斥，西至沫、若水，南至牂柯为徼，通零关道，桥孙水以通邛都。还报天子，天子大说。②

从这些记载来看，司马相如自小就有的治国安邦、建功立业的决心和抱负，在一定程度上得到了施展，得到了实现。他从小就仰慕战国时期赵国名臣蔺相如的事迹与才干，主动将自己"犬子"的小名儿改为"相如"，字长卿，长卿即上卿，是蔺相如在赵国担任过的一个显赫官职。而且他小时候就喜欢击剑练武，二十岁左右就在汉景帝身边担任了骑兵侍卫，证明他首先想做的不是一个文人。从这一点来看，尽管司马相如在历史上主要是以汉赋杰出名家的身份进入《史记》与中国文学史的，但是，不可否认的是，他的思想深处，是有着积极的儒家思想影响的，为国效命，是他的本然选择。所以，这次出使，为他带来了许多好处：从最底层来看，改善

---

① （汉）司马迁：《史记》（影印本），第 3047 页。
② （汉）司马迁：《史记》（影印本），第 3047 页。

了不良的婚姻关系；往中层来看，赢得了家乡父老的尊敬；最根本的是，实现了自己的政治理想，为国家做出了贡献，汉帝国的西南边疆与民族关系，基本上是司马相如时期稳定下来的。

整体上看，司马相如是凭借自己儒雅的外表和精湛的音乐修养赢得了卓文君的青睐，在历史上留下了一段姻缘佳话；又凭借卓越的辞赋创作赢得汉武帝的赏识，选拔他去做开疆拓土的政治使臣，借此机会，又写作了《喻巴蜀檄》等著名政治散文，为司马相如的文学创作带来了不同的体裁和时政背景，丰富、深化了他的文学创作。他是婚姻、政治、文学三赢的人物。

《物色》篇是《文心雕龙》的第四十六篇，就自然现象对文学创作的影响，来论述文学与现实的关系。全篇分三个部分。第一部分论自然景色对作者的影响作用。刘勰从四时的变化必然影响于万物的一般道理，进而说明物色对人的巨大感召力量；不同的季节也使作者产生不同的思想感情。根据这种现象，刘勰提炼出一条基本原理："岁有其物，物有其容；情以物迁，辞以情发。"相当精辟地概括了文学创作和自然景物的关系。第二部分论述怎样描写自然景物。必须对客观景物进行仔细的观察研究，再进而结合物象的特点来思考和描写。刘勰从《诗经》中描绘自然景色的具体经验中，概括出"以少总多"的原则，认为这是值得后人学习的。对汉代辞赋创作中堆砌辞藻的不良倾向，刘勰提出了批评，要让文学创作避免这种"繁而不珍"的罗列。第三部分总结了晋宋以来"文贵形似"的新趋向，提出一些具体的写作要求：首先是要密切结合物象，"体物为妙，功在密附"；其次强调"善于适要"，能抓住物色的要点；再次是要继承前人而加以革新，做到"物色尽而情有余"；最后强调"江山之助"，鼓励作者到取之不尽的大自然府库中去汲取营养。

在展开具体论述的时候，刘勰将《诗三百》与屈原的《离骚》对比论述：

> 《诗》人感物，联类不穷。流连万象之际，沉吟视听之区。写气图貌，既随物以宛转；属采附声，亦与心而徘徊。故"灼灼"状桃花之鲜，"依依"尽杨柳之貌，"杲杲"为出日之容，"漉漉"拟雨雪之状，

"喈喈"逐黄鸟之声，"喓喓"学草虫之韵。"皎日""嘒星"，一言穷理；"参差""沃若"，两字连形：并以少总多，情貌无遗矣。虽复思经千载，将何易夺？及《离骚》代兴，"触类而长"；物貌难尽，故重沓舒状：于是"嵯峨"之类聚，"葳蕤"之群积矣。①

很显然，刘勰以为：《诗三百》对自然景物的描写属于言简意赅的类型，使用不同的拟声词写声音、不同的形容词摹状貌，整体的特点是"以少总多，情貌无遗"，刘勰征引的大量例子都是以少量的文字来表达出丰富的内容，并把事物的神情形貌纤毫无遗地表现出来了，所以很精练。及至《楚辞》继《诗经》而起，所写事物触类旁通而有所发展，所以屈原楚辞最大的特点是"触类而长，物貌难尽"，反复描写，"重沓舒状"，因而词汇便复杂繁富起来。

《诗三百》言简意赅的精练描写是历代公认的，任举例证如下：

1. 写水中植物：蒹葭苍苍，白露为霜。

2. 写水中鸟儿：关关雎鸠，在河之洲。

3. 写路堤杨柳：昔我往矣，杨柳依依；今我来思，雨雪霏霏。

4. 写天气炎热：七月流火，九月授衣。

笔者以为：《诗三百》的景物描写以简约为主要特色，这是与它采用四言为主的句型和当时文学发生的质朴状态有很大关系的。如果将《诗三百》的内容用后来的辞赋手法或今天的白话文翻译渲染下来，必然不再简约若是。

而屈原《楚辞》中的景物描写比《诗三百》大大进了一步，体现在几个方面：一是景物描写的渲染、抒情功能增加了；二是隐喻、象征的含义增加了；三是情景交融的审美成分增加了。举证如下：

1.《离骚》写陆上草木的句子摘录：

余既滋兰之九畹兮，又树蕙之百亩。畦留夷与揭车兮，杂杜衡与芳芷。冀枝叶之峻茂兮，愿俟时乎吾将刈。虽萎绝其亦何伤兮，哀众芳之芜秽。

---

① 杨明照：《增订文心雕龙校注》，第 566 页。

这些植物、花卉的描写，表面上是在说屈原本人的生活状态与心情，实则含有隐喻及象征意义，这是《诗三百》写景起兴手法的大大拓展，文字内容的增多与景物名称的增加，必然带来反复描写，"重沓舒状"的感受。

2.《湘夫人》写水中草木的句子摘录：

> 帝子降兮北渚，目眇眇兮愁予。袅袅兮秋风，洞庭波兮木叶下。
> 登白薠兮骋望，与佳期兮夕张。鸟何萃兮苹中，罾何为兮木上？
> 沅有芷兮澧有兰，思公子兮未敢言。荒忽兮远望，观流水兮潺湲。
> 麋何食兮庭中？蛟何为兮水裔？朝驰余马兮江皋，夕济兮西澨。
> 闻佳人兮召予，将腾驾兮偕逝。筑室兮水中，葺之兮荷盖。
> 荪壁兮紫坛，播芳椒兮成堂。桂栋兮兰橑，辛夷楣兮药房。
> 罔薜荔兮为帷，擗蕙櫋兮既张。白玉兮为镇，疏石兰兮为芳。
> 芷葺兮荷屋，缭之兮杜衡。合百草兮实庭，建芳馨兮庑门。

其中的"帝子"，表面上是神话中的湘夫人，[①] 然而，实际上隐喻着屈原自己心中日夜关注着的楚国国君；自然地，湘君这一神话人物，象征的是身遭流放的屈原本人。湘君为了迎接湘夫人的降临所做的种种努力，预示着屈原为了重新见到楚国国君所做的种种事情，其间，多种多样的植物、花卉、江景、洲渚，一系列的迎神、降神、娱神行为与细腻而惶恐的心理描写，婉转曲致，言不由衷，想直接表达，又拉不下被流放的脸面与内心的愤恨，然而忠君报国的情怀与楚国日渐衰败的实情，又逼迫屈原不得不放下身段，期待乃至哀求楚王能够不计前嫌，重新召见自己，让自己能够再次为国出力。这样现实而残酷的背景，与瑰丽神奇的艺术传达，二者之间的共鸣，是一般读者体会不到的。因此，《楚辞》的艺术色彩，与直白朴实的《诗三百》整体上是相异的。

在以上描写陆地、水中草木的两则例证之外，屈原《楚辞》作品中还有大量描写山川、河流、风云、动物的例证，在此不一一列举。

---

① 《湘君》《湘夫人》分别以湘水男神和湘水女神为咏诵主体，互相表达思慕之情。王逸以为湘君是水神，湘夫人是舜之二妃。有学者认为湘夫人是娥皇、女英，湘君是舜帝。

综上，《楚辞》多是借景抒情，借物喻人，抒发志向，借现场身边之物以代其心意，所以求其真意，知其事实，知其人物，是读懂《楚辞》的关键。

因此，《诗三百》与《楚辞》，前者简约，后者繁缛，这是二者在景物描写方面最大的不同。

顺流而下，汉代大赋不仅吸收了《楚辞》写景的内容和繁缛的写法，还大大加入了作者主观的虚构、想象与夸张，不仅不再是《诗三百》精练准确的样子，甚至于不是《楚辞》从多角度反复描写景物的样子，而是走向了华丽过度、虚辞滥说的不当状态，刘勰说：

> 及长卿之徒，诡势瑰声；模山范水，字必鱼贯：所谓诗人丽则而约言，辞人丽淫而繁句也。①

"长卿之徒，诡势瑰声"，指的是以司马相如为代表的汉赋作家群体，写作中追求诡奇的声势。"模山范水，字必鱼贯"指的是对山水等自然景物的描写，犹如游鱼，有自然先后的顺序。这里实际上说的是汉赋大力使用铺排的写作手法，而且"繁类成艳"，以至于雄文滔滔，不可抑制。范文澜先生注："司马相如《上林赋》：荡荡乎八川分流，相背而异态。……汨乎混流，顺阿而下，赴隘狭之口。触穹石，激堆埼，沸乎暴怒，汹涌澎湃，滭弗宓汩，逼侧泌㵧，……于是乎崇山矗矗巃嵸崔巍，深林巨木，崭岩参差，……状貌山川，皆连接数十百字，汉赋此类极多，所谓字必鱼贯也。"②

骆鸿凯先生则从另一个角度指出："字必鱼贯者，谓好用连语双声叠韵诸连绵字也。此盖因扬马之流，精通小学，故能撮字书之单词，缀为俪语，或本形声假借之法，自铸新词。"这就将汉赋大家的一个重要基本功——文字小学功夫的修为指出来了，司马相如是汉代著名文字学家，他的大赋创作当然体现了他的学术修养，这是时代的必然，也是汉赋创作的一大特色。自相如始，扬雄、班固、张衡等著名汉赋大家，无一不是精通小学的高手。

---

① 杨明照：《增订文心雕龙校注》，第566—567页。
② 刘勰著，范文澜注：《文心雕龙注》，北京：人民文学出版社1958年版，第696页。

扬雄《法言·吾子》篇："诗人之赋丽以则，辞人之赋丽以淫。""丽以则"指美丽典雅，"丽以淫"指侈丽放荡。这是扬雄在反思自己早年追随相如赋作，大力创作辞赋，人到中年时分，终于感觉到辞赋虽美，但是讽谏功能相当有限，于是幡然悔悟，首先声明写作辞赋是"童子调查篆刻"一样的小把戏，不值得有追求的人大力投入精力，然后提出了上述著名的"丽则丽淫"说。一句话：《诗经》之丽，是简约而符合规范的，辞赋之丽，是繁缛而过度的。

班固《汉书·艺文志》记载说："大儒孙卿及楚臣屈原，离谗忧国，皆作赋以风，咸有恻隐古诗之义。其后，宋玉、唐勒；汉兴，枚乘、司马相如，下及杨子云，竞为侈俪闳衍之词，没其讽谕之义，是以杨子悔之，曰：'诗人之赋丽以则，辞人之赋丽以淫。'"对此，黄海章先生认为：从屈原《楚辞》开始，之所以要大力展开景物描写，主要的目标，还在曲尽事物的情态，用以寄托作者的心情。等到司马长卿一般辞赋家出来，便一味铺张扬厉，对事物作夸大的描写，而无真实的情感存乎其间，就不免"淫丽而繁滥"了。

所以，扬雄批判的，还不只是辞赋景物描写过度方面的问题，更在于其思想内容已经被冲淡到读者几乎无法觉察的地步，太过了，没有了讽谏乃至充实的思想内容，汉赋的政治功能几乎可以忽略不计。

《才略》篇既是对《体性》篇风格类型理论的补充，也是对历代著名作家的一次全面比较，司马相如在刘勰点评的七十多位"九代文学"作家中地位极为显赫：

> 相如好书，师范屈、宋，洞入夸艳，致名"辞宗"；然核取精意，理不胜辞，故扬子以为"文丽用寡者长卿"，诚哉是言也！[1]

司马相如以其开天下先的大赋创作，被尊称为"赋圣"，但是文采扬厉过度，有丽而不雅之嫌。在评论完两汉数十位著名作家之后，刘勰将相如进一步上升为两汉文学的断代标志：

> 然自卿、渊已前，多役才而不课学；雄、向以后，颇引书以助文：

---

[1] 杨明照：《增订文心雕龙校注》，第 574 页。

此取与之大际，其分不可乱者也。①

本句中论述到的"卿、渊、雄、向"，分别指的是长卿司马相如、子渊王褒、扬雄、刘向四人，刘勰以四人为两汉文学最重要的经典作家。在西汉，司马相如与王褒"多役才而不课学"，才华横溢，独步当世；在两汉之交，自扬雄与刘向"引书以助文"开始，汉代作家才逐渐改变了仗气使才而欠缺学习的不足。这既是巴蜀文学在汉代的前后变化，也是整个汉代文学在创作上的分水岭——司马相如、王褒、扬雄是两汉断代文学史上最优秀的代表。

《知音》篇是古代文论史上最出名的一篇文学鉴赏专文。扬、马二人各自以创作与理论成就位列其中。刘勰认为"知音"甚难，贵古贱今的现象很多，比如："昔《储说》始出，《子虚》初成，秦皇、汉武，恨不同时；既同时矣，则韩囚而马轻，岂不明鉴同时之贱哉？"②刘勰以司马相如为汉武帝贵古贱今的牺牲品，这个说法与事实不符。据《史记·司马相如列传》载：

> （相如初）事孝景帝，为武骑常侍，非其好也。会景帝不好辞赋，是时梁孝王来朝，从游说之士齐人邹阳、淮阴枚乘、吴庄忌夫子之徒，相如见而说之，因病免，客游梁。梁孝王令与诸生同舍，相如得与诸生游士居数岁，乃著子虚之赋。……蜀人杨得意为狗监，侍上。上读子虚赋而善之，曰："朕独不得与此人同时哉！"得意曰："臣邑人司马相如自言为此赋。"上惊，乃召问相如。相如曰："有是。然此乃诸侯之事，未足观也。请为天子游猎赋，赋成奏之。"上许，令尚书给笔札。③

这段记载清楚地表明汉武帝对相如赋"善之"的态度，也记载了相如借机再作大赋、取悦武帝之事实。《司马相如列传》在本段之后并未言及武帝轻慢相如之事。这是《文心雕龙》征引失误的瑕疵之一。刘勰深以为赏

---

① 杨明照：《增订文心雕龙校注》，第 575 页。
② 杨明照：《增订文心雕龙校注》，第 591 页。
③ （汉）司马迁：《史记》（影印本），第 2999—3002 页。

鉴之难，发出"见异，唯知音耳"的感叹，他认为鉴赏者必须要有主观的公正态度和具体可操作的方法，于是提出了客观公正的"六观"说①，作为文学鉴赏的客观标准，迄今仍然是文学评论的重要原则，司马相如为此作出了打基础的贡献。

《程器》篇论述历代作家的道德瑕疵，这些作家中有文士与武将之分，而且个个知名。刘勰先论著名文人十六人，打头阵的还是司马相如："略观文士之疵：相如窃妻而受金，……诸有此类，并文士之瑕累。"② 司马相如在穷困潦倒之中设计勾引了卓文君，最终凭婚姻关系而大富大贵；在为中郎将出使西南夷安抚边疆少数民族时又接受贿赂，以至于丢官赋闲，声名狼借。然后，刘勰又列著名武将十六人，证明文武均有瑕疵，不止文士一类。难能可贵的是，刘勰不只是简单地罗列现象，而是深入探寻了这些人名声不好、德行不高的原因：第一是"将相以位隆特达，文士以职卑多诮"，文人地位不如将相，所以被讥讽也就最多；第二是"士之登庸，以成务为用"，士人必须要有强烈的进取心，"安有丈夫学文，而不达于政事哉？"因此，文人要参政。如果只是立言而不能立德立功，是一定没有出路的，"彼扬、马之徒，有文无质，所以终乎下位也。"根本原因在于文以人传，名随位尊。据史书记载，司马相如个性孤傲，不好做官，所以尽管文才过人，但终因官位不显而声名毁誉参半。这一论述间接地将刘勰本人身为文士而地位不高、学成文术意欲树德建言的进取雄心彰显了出来。

合观本篇，与"论文"实无关联，而与论"文人之用"关联颇多，是刘勰创作《文心雕龙》一书内在动力的真实反映。③ 刘勰提出自己对文士

---

① 刘勰主张的"六观"说是："是以将阅文情，先标六观：一观位体，二观置辞，三观通变，四观奇正，五观事义，六观宫商。斯术既行，则优劣见矣。"

② 杨明照：《增订文心雕龙校注》，第598—599页。

③ 刘永济先生《文心雕龙校释》注解此篇，以为刘勰还有向时代等级门阀制度发难的用意，刘先生引用了《颜氏家训·涉务》等篇目中贬斥齐梁时风的一些论述，指出当时官僚无能、虚伪腐败、政治垄断的严重弊端，这些弊端为刘勰所深恶痛绝。类似的意见，曹顺庆先生的《中西比较诗学》则用于对刘勰提出文学"风骨"的论述中。齐梁时风屠弱，决定了文风不振，两位先生的意见很有可取之处。笔者认为，在上述意见基础上还可增加《文心雕龙》的"写作动力"一说：刘勰写这本书来干什么？仅仅论述写作吗？这些显然属于他写作此书的表层用意，其真实心意是借此留名求誉，借《文心》致用，结合《序志》《诸子》等文来看，"内在动力"一说可资成立。

修养与作用的看法，并在此基础上归纳出"摛文纬军国，负重任栋梁"的人生奋斗目标，照应"贵器用而兼文采"的中心观点，显示了他思想宗法《左传》"不朽"说与孔子"名德"论的痕迹。为文致用，这是《文心雕龙》全书反复主张的一个观点，这一观点集中地体现在《征圣》的"贵文"主张中。文能用，则为文之人也可得用，这是《文心雕龙》全书最深层的写作动力。雅丽思想之"雅"，除去雅正之思想与雅正之文采，还有"为文求用"的含义，本篇借批评扬、马诸家瑕疵的机会，表现的正是这个意思。①

结　语

综上所述，司马相如在《文心雕龙》中处于至关重要的地位，是刘勰极力标举的经典作家。他创作的个体作品是文体论部分的扛鼎之作；在创作论中，又成为创作思维论、风格论、风骨论、通变论、修辞技法、文字小学的典型代表，他创作的成败得失，是刘勰取法或扬弃的基本标准；在批评论部分，司马相如成为文学史论、知音鉴赏、作家品评、文章道德的核心论述对象。以其"锦绣宫商""控引天地"为代表的辞赋尚丽与思维理论，成为刘勰征引吸收的重要取材对象。司马相如对《文心雕龙》的成书有重大的影响。

---

① 早在《孟子》一书中论述圣人时即以"致用"为标准。《文心雕龙》受"为文致用"影响，大力主张"政化贵文""事迹贵文""修身贵文""摛文必在纬军国，负重必在任栋梁""五礼资之以成文，六典因之致用；君臣所以炳焕，军国所以昭明"等文学功用观念。据杨明照、张少康、王元化等先生考论，刘勰有借书晋身、以期入仕的目的。为此，他托身上定林寺，依附僧佑十余年，是想借用僧佑的宗教地位以及与王室宗亲的特殊关系来实现自己的政治理想。包括后来负书拦道、求誉沈约的行为；以及托身寺庙十几年不出家，而一旦出仕，就三十多年宦游官场不回寺庙的行为；如此等等。证明了刘勰本人所持的经世致用、建功立业的思想不仅非常浓厚，而且占据了他本人思想的主导地位。儒家思想不仅是《文心雕龙》文学思想的主导，更是他人生观、价值观的主导。

第六章

王 褒

第一节 王褒及其作品简介

王褒，字子渊，西汉辞赋家，蜀地资中（今四川省资阳市雁江区昆仑乡墨池坝）人，资阳三贤①之一，是我国历史上著名的辞赋家，官至谏大夫。生卒年不详，在巴蜀文学史上，王褒是继司马相如之后的又一位大家。他的生卒年失载，只知他的文学创作活动主要在汉宣帝（公元前73—前49年在位）时期，约卒于汉宣帝晚年。工歌诗，善辞赋。汉宣帝提倡歌诗音律，王褒受益州刺史王襄推荐，被召入朝。常从帝游猎。所幸宫馆，则令歌颂。不久，擢为谏议大夫。后方士言益州有金马碧鸡之宝，宣帝命他前往祭祀，病死道中。后葬于家乡，今资阳市雁江区墨池坝。虽为文物保护单位，实已破坏殆尽。

《汉书·艺文志》著录有王褒辞赋十六篇，今存《洞箫赋》《九怀》《圣主得贤臣颂》《甘泉宫颂》《碧鸡颂》《责须髯奴辞》等，另有《僮约》等名文。《隋书·经籍志》有《王褒集》5卷，已佚；明代张溥辑有《王谏议集》，收入《汉魏六朝百三家集》。

因为王褒在历史上的名声没有司马相如等人显赫，所以，为了更好地

---

① 资阳三贤：指孔子老师苌弘，资阳市忠义镇高岩山人、西汉著名辞赋大家王褒，资阳市雁江区昆仑乡墨池坝人、西汉经学大师董钧，资阳市雁江区保和镇东安乡桐子坝人。王褒、董钧故居与坟墓，隔沱江而望，可惜均已被毁，仅存残破墓碑而已。笔者老家就在邻近，尚能目睹之。

介绍他，且《汉书》所载王褒本传篇幅并不算长，故选择性地摘录于下：

王褒字子渊，蜀人也。宣帝时修武帝故事，讲论六艺群书，博尽奇异之好，征能为《楚辞》九江被公，召见诵读，益召高材刘向、张子侨、华龙、柳褒等侍诏金马门。神爵、五凤之间，天下殷富，数有嘉应。上颇作歌诗，欲兴协律之事，丞相魏相奏言知音善鼓雅琴者渤海赵定、梁国龚德，皆召见待诏。于是益州刺史王襄欲宣风化于众庶，闻王褒有俊材，请与相见，使褒作《中和》《乐职》《宣布》诗，选好事者令依《鹿鸣》之声习而歌之。时氾乡侯何武为僮子，选在歌中。久之，武等学长安，歌太学下，转而上闻。宣帝召见武等观之，皆赐帛，谓曰："此盛德之事，吾何足以当之！"

褒既为刺史作颂，又作其传，益州刺史因奏褒有轶材。上乃征褒。既至，诏褒为圣主得贤臣颂其意。褒对曰：……是时，上颇好神仙，故褒对及之。

上令褒与张子侨等并待诏，数从褒等放猎，所幸宫馆，辄为歌颂，第其高下，以差赐帛。议者多以为淫靡不急，上曰："'不有博弈者乎，为之犹贤乎已！'辞赋大者与古诗同义，小者辩丽可喜。辟如女工有绮縠，音乐有郑、卫，今世俗犹皆以此虞说耳目，辞赋比之，尚有仁义风谕，鸟兽草木多闻之观，贤于倡优博弈远矣。"顷之，擢褒为谏大夫。

其后太子体不安，苦忽忽善忘，不乐。诏使褒等皆之太子宫虞侍太子，朝夕诵读奇文及所自造作。疾平复，乃归。太子喜褒所为《甘泉》及《洞箫》颂，令后宫贵人左右皆诵读之。

后方士言益州有金马碧鸡之宝，可祭祀致也，宣帝使褒往祀焉。褒于道病死，上闵惜之。①

王褒少孤，家贫，事母至孝，以耕读为本。桑梓墨池就是他洗笔砚之处。县城南书台山，便是他另一个攻书的地方。他精通六艺，娴熟《楚辞》，崇敬屈原而作《九怀》，初露才华。尔后，他游历成都、湔上（今都

---

① （汉）班固：《汉书》（影印本），中华书局1997年版，第2821—2830页。

江堰市玉垒山）等地，博览风物，以文会友。王褒少年时期就善于写诗，工于作赋，对音乐也有较高的修养。汉宣帝时，益州刺史王襄得知王褒是位很有才学的人，就请他来到成都做客，在此期间，他写下了《中和》《乐职》《宣布诗》，主人将他写的诗配上音乐，命童子依古乐演唱，大为成功，由此声名四播。王褒又为王襄作传，故深得其赏识，上奏推荐王褒有过人之才。当时的汉宣帝是一个十分喜爱文学与音乐的皇帝，自己也会创作，因而经常征召各地在这方面有造诣的文士到长安。汉宣帝立即下令召见。在刺史的举荐下，他得到宣帝的召见，担任皇家的文学、音乐方面的"待诏"。旋擢谏大夫。

王褒进京之后，汉宣帝就出了个题目，要他写一篇《圣主得贤臣颂》。这篇文章怎么写，王褒是颇费了一番斟酌的。构思时他想到了马，所以文中便出现了马跑的"情景"，"纵驰骋骛，忽如景靡。过都越国，蹙如历块。追奔电，逐遗风，周流八极，万里壹息。何其辽哉，人马相得也！"王褒以写马写出善御者六辔在手，操纵自如，意在用良御骏马比喻圣主得贤臣，从一个侧面反映了汉宣帝励精图治的景象。这篇文章是王褒散文的代表作，描述十分生动，音乐也颇为急促，使人如见其马，如闻其声。这篇文章深得汉宣帝的好感，王褒得到了他的重视。

王褒主要的经历是在汉宣帝时，由于宣帝喜爱辞赋，先后征召文学之士刘向、张子侨、华尤、柳褒等待诏金马门。王褒也得到益州刺史王襄的推荐，被召入京，受诏作《圣主得贤臣颂》。宣帝令他与张子侨等一起待诏，多次带他们田猎，经过宫馆，便命他们写作辞赋以为歌颂。不久，将他提拔为谏议大夫（秩比八百石，低于县令）。后来，听说益州有金马碧鸡之神，宣帝命王褒前往祭祀，结果病死于途中。由此可见，王褒的仕宦经历比较简单，主要是充当皇帝的文学侍从，未见有大的政治作为。这种经历，使他很难具备司马相如那种独立不羁、超凡脱俗的胸襟和气魄；但他毕竟摆脱了据守一隅的局限，走出了巴山蜀水，因而眼界还是比较开阔的。

比较一下：司马相如能最终成名，是因为汉武帝赏识他的作品，在杨得意的推荐下，相如来到长安，可以直接见到皇帝，并随侍左右；王褒能最终成名，也是因为汉宣帝在益州刺史王襄的推荐下赏识王褒的文学才华，王褒进京之后，深受重视。由此可知，一个地方性的文人，本领再大，影响也有限；如果进京，得到皇帝赏识，身份、地位、影响等，立刻就大大提升了。司马相如和王褒都是如此。

王褒还写有《四子讲德论》，也是歌颂当时朝廷的作品，文采也很富丽，有"夫鸿均之世，何物不乐?"等句，意思即指天下太平。他写有《九怀》，这是王褒比较重要的作品，为追思屈原之辞。作者对伟大的爱国诗人屈原是崇敬的，对其不幸遭遇是同情的，所以《九怀》写得既有情感又有文藻，颇有《离骚》的风格。后来刘向编定《楚辞》、王逸作《楚辞章句》，都收录了此文，杨慎《全蜀艺文志》也著录了全文。

王褒在京中任职了一段时期后，汉宣帝听信方士之言，要他回益州去祭祀传闻之中的"金马碧鸡之宝"。不料竟在途中染病，未得医治即死于旅途之中。

王褒特别善于写咏物小赋，他是汉代写咏物小赋的代表作家，以《洞箫赋》最为著名。《洞箫赋》是第一篇专门描写乐器与音乐的赋，王褒首创，盖与西汉中期乐府音乐之盛有关，也与宣帝太子（即后来的汉元帝刘奭）喜欢洞箫有关，《文选·三都赋》刘楠林注："汉元帝能吹洞箫"。《洞箫赋》的取材深受《七发》第一段的影响，但王褒将之发展为全赋，这无疑扩大了汉赋的题材范围，开了后世的咏物赋和音乐赋的先河。《洞箫赋》中所描写的自然景色，与《七发》第一段的类似描写相比，是更为主观化和浪漫化的，因而也是一个进步。《洞箫赋》虽多用骚体句，但杂以骈偶句，这也是首开其端的。自此以后，辞赋中的骈偶句也像散文中一样，渐渐地多了起来。总之，这篇赋在各个方面都颇有独创性。

《洞箫赋》是王褒美赋的代表作，用笔精细，颇具诗情画意。凡此种种，都和司马相如所定型的散体大赋区别明显，表现了艺术上难能可贵的创新。咏物赋最早起于荀卿（荀子）的《云》《蚕》，但词既简略，又多隐语，只是初具雏形而已。晋代葛洪《西京杂记》虽说过景帝时梁孝王曾使枚乘作《柳赋》，路乔如作《鹤赋》，邹阳作《酒赋》，公孙乘作《月赋》，羊胜作《屏风赋》，而且其中《柳赋》《鹤赋》《月赋》《屏风赋》还载在《古文苑》中，但是历来都被怀疑为伪托，不足信。因此，《洞箫赋》实为当下所能见到继荀卿之后完成咏物赋体的第一篇。这不仅丰富了当时已露式微的大赋，而且对后世咏物文学也都影响深远。

正是因为《洞箫赋》卓越的艺术成就，及其在赋体文学发展史上的独特贡献，《文心雕龙》才将王褒作为汉赋划时代的杰出作家来看待和评论，给予王褒最崇高的礼赞，与司马相如、扬雄等大赋名手相提并论，等量齐观。

王褒又写有《僮约》，这是他的作品中最有特色的文章，记述他在四川时所亲身经历的事。神爵三年（公元前 59 年），王褒到"煎上"即渝上（今四川彭州市一带）时，遇见寡妇杨舍家发生主奴纠纷，他便为这家奴仆订立了一份契券，明确规定了奴仆必须从事的若干项劳役，以及若干项奴仆不准得到的生活待遇。这是一篇极其珍贵的历史资料，其价值远远超过了受到汉宣帝赞赏的《圣主得贤臣颂》之类的辞赋。在《僮约》中有这样的记载："脍鱼炮鳖，烹茶尽具"；"牵犬贩鹅，武阳买茶"。这是我国，也是全世界最早的关于饮茶、买茶和种茶的记载。由这一记载可以知道，四川地区是全世界最早种茶与饮茶的地区；武阳（今四川彭山）地区是当时茶叶主产区和著名的茶叶市场。此外，他所描述的当时奴仆们的劳动生活，奴伴关系，是研究汉代四川社会情况的极为重要的材料，可以使人从中了解到西汉社会生活的一个侧面。

王褒还创作有著名的楚辞组歌《九怀》，这是模拟屈原《九歌》《九章》的作品，带有强烈的追思屈原的意味；王褒与屈原，加上宋玉《九辩》、刘向《九叹》、王逸《九思》等杰出作品，共同组成了号称"九体"的系列楚辞作品①，是先秦两汉组诗歌词中的经典代表，王褒是西汉第一家。

韩国东国大学中文系白承锡先生发表论文《王褒〈四子讲德论〉之探讨》指出：王褒的散文名篇《四子讲德论》虽以"论"为名题，尤《文

① 四川师范大学辞赋研究名家熊良智教授指导说：在贾谊之后，出现了一系列以悼念屈原为主题的骚体赋，诸如严忌的《哀时命》，东方朔的《七谏》、王褒的《九怀》、刘向的《九叹》、王逸的《九思》等。尤其是《九怀》《九叹》《九思》等作品，一脉相承，九章成篇，体制固定，主题相类，作为骚体赋的一种体制，虽然规模未大，却具备了独有的格局，与大赋中枚乘开启的"七体"互相辉映，是为"九体"。

选》归入论类，但这篇是沿用楚辞司马相如的问答方式，且采用纵横家的口气而写作的典型赋作。王褒假设微斯文学，虚仪夫子，浮游先生，陈丘子等四人。王褒居于掌握全局的地位，充分运用四个虚构人物的讨论之妙，达到"宣风化于众庶"之效果。这篇虽然不能摆脱为禄而写的清客文学之讥，但是在修辞造句上，下了极大的功夫；内容上，于歌功颂德之中表现讽喻之义，可谓用心良苦。在当时是属于较少见的长篇说理赋。①

可惜《文心雕龙》中并未征引以上两篇名文，故不在本章中做专门研究。实为憾事！

总体上看，王褒的作品体裁和数量远不及司马相如和扬雄，也没有被刘勰直接征引的写作理论，但是，刘勰对王褒极为推崇，不仅在《才略》篇中将其视为汉代文学"役才而不课学"与"引书以助文"的前后分界的四位代表作家之一（按：这四位汉代文学分界标志的作家有三位出自蜀地），更在《辨骚》篇中将其与司马相如并列，作为整个文学史上最著名的代表作家看待。因此，王褒在《文心雕龙》中的地位甚高！

第二节　《文心雕龙》的王褒评论

王褒是汉代著名辞赋大家，他的写作风格与枚乘、司马相如等篇幅巨大、宏富巨丽的大赋作家不同，在秉持儒家正统诗赋的基础上，开启了历史上抒情小赋的滥觞，代表作是《洞箫赋》，具有很高的历史地位。曾有研究者将枚乘、司马相如、王褒、扬雄四人称为"西汉辞赋四大家"，巴蜀作家四占其三，成就很高。在《文心雕龙》中，刘勰在"文之枢纽""论文叙笔""剖情析采"三部分及《时序》《才略》等重要的批评论篇章中论及王褒，给予了很高的评价。特别在《才略》篇中，以司马相如、王褒、刘向、扬雄为汉赋前后风格变化的断代作家；而在《辨骚》篇中，则以司马相如和王褒为学习雅颂、写作辞赋的两大代表，是屈原之后写得最好的两位经典作家，荣耀至极！

---

① （韩）白承锡：《王褒〈四子讲德论〉之探讨》，《辽东学院学报：社会科学版》，2004 年第 3 期。

在《文心雕龙》一书中，对王褒的评价主要集中在以下内容上。

直接以"王褒"称之，凡四例：

1.《书记》：古有铁券，以坚信誓；王褒《髯奴》，则券之谐也。

2.《比兴》：夫比之为义，取类不常：或喻于声，或方于貌，或拟于心，或譬于事。……王褒《洞箫》云："优柔温润"，"如慈父之爱子也"，此以声比心者也。……若斯之类，辞赋所先；日用乎比，月忘乎兴：习小而弃大，所以文谢于周人也。

3.《时序》：越昭及宣，实继武绩：驰骋石渠，暇豫文会；集雕篆之轶材，发绮縠之高喻。于是王褒之伦，底禄待诏。

4.《才略》：王褒构采，以密巧为致，附声测貌，泠然可观。

以"子渊"或"渊"称之，有以下三处：

1.《辨骚》：故才高者苑其鸿裁，中巧者猎其艳辞，吟讽者衔其山川，童蒙者拾其香草。若能凭轼以倚《雅》《颂》，悬辔以驭楚篇，酌奇而不失其贞，玩华而不坠其实，则顾盼可以驱辞力，咳唾可以穷文致，亦不复乞灵于长卿，假宠于子渊矣。

2.《诠赋》：观夫荀结隐语，事数自环；宋发夸谈，实始淫丽。……子渊《洞箫》，穷变于声貌；……凡此十家，并辞赋之英杰也。

3.《才略》：然自卿、渊已前，多役才而不课学；雄、向以后，颇引书以助文：此取与之大际，其分不可乱者也。

整体上看，王褒出场的次数不如司马相如，更比不上扬雄。笔者认为：王褒除了文学创作，也就是作品之外，在文学思想、创作技法、儒学修养、理论创构、文字小学、作品影响等方面，确实比不上马、扬之全面、深刻、重要，但他仅凭诗赋散文，已经跻身《文心雕龙》最著名的文学家之列，是巴蜀文学的一位璀璨明星！

第三节 《文心雕龙》文学作家的经典代表

一、《时序》评历史，灿烂如星辰

《时序》篇是古代文论史上的第一篇文学史论，对先秦至齐梁"九代文学"的"文质之变"做出了从现象到本质的深度阐释。在汉代，王褒等蜀中三杰引领时代风尚，成为著名的文学家：

> 越昭及宣，实继武绩：驰骋石渠，暇豫文会；集雕篆之轶材，发绮縠之高喻。于是王褒之伦，底禄待诏。……亦已美矣。①

西汉一朝，文学发展昌盛，作家作品灿如星汉，王褒跻身于当时最著名的文学家之列，作为巴蜀文学的杰出代表，在全国居于第一流作家的行列。西汉文学的创作整体上以辞赋为主，包括王褒，根源主要是在《楚辞》，所以刘勰准确地指出："爰自汉室，迄至成、哀，虽世渐百龄，辞人九变，而大抵所归，祖述《楚辞》：灵均馀影，于是乎在。"文学发展有自身继承前代的规律性特征，汉赋对楚辞的继承就体现了这一特征。不同时代的文学体裁与创作时尚，又鲜明地体现当时代的社会风尚与哲学思潮，乃至与帝王政治关系密切，汉赋兴盛的背后，与汉王朝气象雄浑、富庶强盛、文治武功冠绝天下密切相关，与汉武帝尊崇儒术、好大喜功也有直接的关系。这又是汉赋予继承前代之外，当下新变的一面，所以刘勰说"质文沿时，崇替在选"，汉赋巨丽，因为时代气象之巨丽。

二、《才略》论文学，两汉之高标

《才略》篇既是对《体性》篇风格类型理论的补充，也是对历代著名作家的一次全面比较，王褒在刘勰点评的七十多位"九代文学"作家中地位极为显赫：

> 王褒构采，以密巧为致，附声测貌，泠然可观。②

---

① 杨明照：《增订文心雕龙校注》，第 540 页。
② 杨明照：《增订文心雕龙校注》，第 574 页。

王褒与司马相如铺张扬厉、才华横溢的大赋创作不同，他属于精美细腻、密巧为致的抒情小赋高手。其《洞箫赋》首开辞赋作品中的音乐赋先河，被称为历代音乐赋之祖。在评论完两汉数十位著名作家之后，刘勰将王褒进一步上升为两汉文学的断代标志：

> 然自卿、渊已前，多役才而不课学；雄、向以后，颇引书以助文，此取与之大际，其分不可乱者也。①

本句中论述到的"卿、渊、向、雄"，分别指的是长卿司马相如、子渊王褒、刘向、扬雄四人，刘勰以四人为两汉文学最重要的经典作家。在西汉，司马相如与王褒"多役才而不课学"，才华横溢，独步当世；在两汉之交，自刘向与扬雄"引书以助文"开始，汉代作家才逐渐改变了仗气使才而欠缺学习的不足。这既是巴蜀文学在汉代的前后变化，也是整个汉代文学在创作上的分水岭——司马相如、王褒、扬雄是两汉断代文学史上最优秀的代表。

三、《辨骚》论枢纽，王褒为代表

"文之枢纽"的五篇专论，以《宗经》为核心，确立了"道——圣——经"的文学发展脉络，提出了"正纬""辨骚"的辩证新变观念。五篇结束，必然有一个文学基本观念的总结，否则"枢纽"之说无法成立。笔者以为，具体到写作实践层面，"文之枢纽"在《辨骚》篇中总结提出。

刘勰在《辨骚》篇中极力赞美楚辞，指出："固知《楚辞》者，体宪于三代，而风杂于战国，乃《雅》《颂》之博徒，而词赋之英杰也。观其骨鲠所树，肌肤所附，虽取镕《经》旨，亦自铸伟辞。"② 楚辞是折衷诸家、正确新变的产物，其最大的特点是自成一体，伟辞惊艳，"故能气往轹古，辞来切今，惊采绝艳，难与并能矣。"因此，看《文心雕龙》论述文学的基本态度，应该特别注意《辨骚》。刘勰对楚辞的赞美有三：一是"取镕《经》旨"，以儒家经典为创作思想指导；二是"风杂于战国"，受

---

① 杨明照：《增订文心雕龙校注》，第575页。
② 杨明照：《增订文心雕龙校注》，第51页。

战国时代纵横家与阴阳家思想及其奇诡富丽之言说的影响，绝非儒家雅正之作；① 三是能够不受诸家限制，正确新变，从而"自铸伟辞"，"惊采绝艳"。刘勰在此表明了自己在雅正基础上的崇丽文学观念。在此基础上，他总结"文之枢纽"，提出指导全书文体论、创作论、批评论的总原则是："若能凭轼以倚《雅》《颂》，悬辔以驭楚篇，酌奇而不失其贞，玩华而不坠其实，则顾盼可以驱辞力，欬唾可以穷文致。"② 这一原则折衷《诗》《骚》，推崇雅丽，坚守思想准则，鼓励大胆创新。是《文心雕龙》"驱辞穷文"的指导思想，是全书的"枢纽"所在。③

王褒与司马相如、扬雄三位蜀地作家一起，成为"枢纽"论中举证的最重要的经典作家。首先，在论述到屈原楚辞的重大影响时，刘勰指出："枚贾追风以入丽，马扬沿波而得奇：其衣被词人，非一代也。"受屈原影响最深、学楚辞最成功的汉赋四家中，蜀占其二；而且"马扬沿波而得奇"，体现了鲜明的巴蜀地域文化特征：奇思纵逸，精妙绝伦。其次，在阐释完文章写作的"枢纽"论之后，刘勰认为只要注意到了雅丽结合、奇正结合的折衷原则，就可以很轻松地写作文章而不会出现差错，"亦不复乞灵于长卿，假宠于子渊矣"，表面上是在说不需要向司马相如和王褒学习写作了，实际上是在间接地告诉读者：司马相如和王褒就是历代最优秀的作家，写东西就得向他们的作品学习。

这是对王褒，也是对巴蜀作家的最高赞美！于是，王褒成为《文心雕龙》在全书展开论述后的标杆作家。

笔者以为：汉代辞赋主要有骚体赋和散体赋两大类，前者继承屈原作

---

① 《文心雕龙·才略》篇对此有较为细致地界说："春秋以后，角战英雄；六经泥蟠，百家飙骇。方是时也，韩魏力政，燕赵任权；五蠹、六虱，严于秦令；唯齐、楚两国，颇有文学。齐开庄衢之第，楚广兰台之宫；孟轲宾馆，荀卿宰邑：故稷下扇其清风，兰陵郁其茂俗。邹子以谈天飞誉，驺奭以雕龙驰响；屈平联藻于日月，宋玉交彩于风云：观其艳说，则笼罩《雅》《颂》。故知曜烨之奇意，出乎纵横之诡俗也。"笔者曾就此写作过长篇读书笔记，结论以为除刘勰所论，楚辞之奇诡与荆楚地域文化密不可分。汉代巴蜀辞赋创作领衔全国，与巴蜀地域文化奇思纵逸、巫道盛行同样密不可分。

② 杨明照：《增订文心雕龙校注》，第51页。

③ 王运熙先生称这一原则为创作论的总纲。从全书来看，这一原则可以归纳为雅丽文学思想，在文体论、创作论、批评论中均居于主导地位，是《文心雕龙》一以贯之的基本文学思想，即全书"文之枢纽"。

品而融入新意，后者则可分为大赋与小赋两类：大赋的成熟是以司马相如《子虚赋》为代表，小赋的成熟是以王褒《洞箫赋》为代表。所以说，刘勰的评价是极为准确的——整个汉赋，无论大赋还是小赋，最杰出的代表人物，都是巴蜀文学家。因此，他才会在《辨骚》篇总结性地提出"若能凭轼以倚雅颂，悬辔以驭楚篇，酌奇而不失其真，玩华而不坠其实，则顾盼可以驱辞力，欬唾可以穷文致，亦不复乞灵于长卿，假宠于子渊矣"这样的"创作论总纲"（王运熙先生语），因为在他看来，"长卿"（司马相如）和"子渊"（王褒）是整个汉赋创造的经典作家。

第四节　杰出的文学创作与文献价值

文体论部分从《明诗》到《书记》，共计二十篇，每一篇均按照"原始以表末，释名以章义，选文以定篇，敷理以举统"的结构原则为主要脉络构成。王褒在这一部分中占据了重要的位置，除了在《诠赋》篇中为刘勰的辞赋评论提供创作支持与理论支撑，在《书记》篇中的文体创造和文学理论也有精彩的表现，特别是《僮约》一文，对我国古代茶叶贸易的史学文献价值十分重要。

一、《诠赋》高峰，辞赋英杰

王褒与司马相如、扬雄三位蜀中辞赋名家在《诠赋》篇中联袂出场，星光灿烂，影响至今。

刘勰认为辞赋"受命于《诗》人，拓宇于《楚辞》"，是中和《诗》《骚》之后形成的文学新体裁，学者荀子是赋体文学的创造者。发展到西汉一朝时，赋体已有八大名家："陆贾扣其端，贾谊振其绪，枚马同其风，王扬骋其势；皋朔已下，品物毕图。繁积于宣时，校阅于成世，进御之赋，千有馀首。讨其源流，兴楚而盛汉矣。"[1] 具体而言，这八大名家是陆贾、贾谊、枚乘、司马相如、王褒、扬雄、枚皋、东方朔，蜀中三杰赫然在列。而从"讨其源流，兴楚而盛汉矣"的结论来看，辞赋与《诗经》显然并无

---

[1]　杨明照：《增订文心雕龙校注》，第 96 页。

源流关系，楚辞才是汉赋真正的源头，因此，辞赋之丽与楚辞之丽具有前后相承的因果关系。^① 在具体讨论了京苑大赋与抒情小赋两类辞赋作品及其特征之后，刘勰又对先秦两汉赋体文学史进行了一次大阅兵：

> 观夫荀结隐语，事数自环；宋发夸谈，实始淫丽。枚乘《菟园》，举要以会新；相如《上林》，繁类以成艳；贾谊《鵩鸟》，致辨于情理；子渊《洞箫》，穷变于声貌；孟坚《两都》，明绚以雅赡；张衡《二京》，迅拔以宏富；子云《甘泉》，构深伟之风；延寿《灵光》，含飞动之势：凡此十家，并辞赋之英杰也。^②

引文中一共列出了十位最著名的辞赋作家：荀况、宋玉、枚乘、司马相如、贾谊、王褒、班固、张衡、扬雄、王延寿，刘勰称之为"辞赋之英杰也"，蜀中三杰继续位居其中。如此，不论是前文断代为西汉的八家，还是通观赋体文学史的十家，三杰均名列其间，司马相如《子虚赋》《上林赋》开启了京苑大赋的创作，扬雄模仿学习之后，《蜀都赋》等名作继往开来，在这一题材上继续发扬光大；王褒作为上承司马相如、下接扬雄的名家，其代表作《洞箫赋》则开创了汉代抒情小赋的先河。从汉赋开创之功与创作成就来看，即使再将人数压缩一半，蜀中三杰也依然会稳居其中。

王褒与司马相如和扬雄的不同在于：除了辞赋的题材差异外，王褒没有留下辞赋理论，实为憾事。

二、《髯奴》《僮约》，文献经典

《书记》篇是《文心雕龙》文体论中的大杂烩，与其他篇章主要论述一种或两种文体及其变体不同，本篇涉及三十余种具体的应用文体裁。刘勰首先对其中主要的体裁进行了应用对象与体裁归属的分类说明：

> 夫书记广大，衣被事体；笔札杂名，古今多品。是以总领黎庶，则有谱、籍、簿、录；医历星筮，则有方、术、占、式；申宪述兵，

---

① 汉代辞赋与儒家经典的前后继承关系很不明显，更多的是对屈原楚辞地继承，这在《辨骚》篇中有清楚地论述："枚贾追风以入丽，马扬沿波而得奇：其衣被词人，非一代也。"刘勰以为汉赋受《诗》之影响，主要是因为《宗经》观念的支配，"赋颂歌赞，则《诗》立其本"，文出五经，势在必行，因此不免牵强附会。

② 杨明照：《增订文心雕龙校注》，第96页。

则有律、令、法、制；朝市征信，则有符、契、券、疏；百官询事，则有关、刺、解、牒；万民达志，则有状、列、辞、谚：并述理于心，著言于翰；虽艺文之末品，而政事之先务也。①

在具体展开对每一种文体的介绍和例证说明时，刘勰认为："券者，束也。明白约束，以备情伪，字形半分，故周称判书。古有铁券，以坚信誓；王褒《髯奴》，则券之楷也。"②他论述到王褒的《髯奴》一文，并以之为幽默谐趣的代表。《髯奴》，全称《责须髯奴辞》，其文曰：

> 我观人须，长而复黑，冉弱而调，离离若缘坡之竹，郁郁若春田之苗。因风披靡，随身飘飘。尔乃附以丰颐，表以蛾眉，发以素颜，呈以妍姿。约之以绁线，润之以芳脂。苹苹翼翼，靡靡绥绥，振之发曜，黝若玄珪之垂。于是摇鬓奋髭，则论说唐虞；鼓髯动鬚，则研核否臧。内育璚形，外阐宫商。相如以之闲都，颛孙以之堂堂。
>
> 岂若子髯，既乱且赭；枯槁秃瘁，劬劳辛苦，汗垢流离，污秽泥土，伧嗫穰攎，与尘为侣；无素颜可依，无丰颐可怙，动则困于惣灭，静则窘于囚虏。薄命为髭，正著子颐，为身不能庇其四体，为智不能御其形骸。癫须瘦面，常如死灰。曾不如犬羊之毛尾，狐狸之毫氂。为子须者，不亦难哉！③

《责须髯奴辞》首见于《古文苑》，本篇署名黄香。但为嘲谑俗赋，且嘲谑对象为髯奴，与《僮约》类似，则本篇亦出王褒无疑。《初学记》收载署"汉王褒"，故后人多从之，认为是同出于王褒的姊妹篇。《责须髯奴辞》，由《僮约》"买夫时户下髯奴便了"一语来看，本文"须髯奴"疑即髯奴便了。文分二段，先扬一般人须髯之美为反衬，再抑而消责须髯奴须髯之丑"曾不如犬羊之毛尾，狐狸之毫氂"，但同时认为这是"劬劳辛苦，污秽泥土"所致，故亦从侧面反映了奴隶的生活命运。结构上似受启发于

---

① 杨明照：《增订文心雕龙校注》，第 374 页。
② 杨明照：《增订文心雕龙校注》，第 374 页。
③ 转引自（清）严可均辑：《全汉文》（第 6 册），第 81—82 页。内收王褒传世作品十余篇。本文又载《古文苑》卷一七，《四部丛刊》本。学友梁启勇发表有《责须髯奴辞校注》一文，载《湖北成人教育学院学报》2010 年 04 期，可参。

宋玉《风赋》"雄风""雌风"之对比，修辞上善用比喻，描写时动静结合，虽亦谐谑之作，然文字较《僮约》文雅，清丽可诵。"王侯须若缘坡竹，哦诗清风起空谷"，黄庭坚不仅受《僮约》启发而为《跛奚移文》，又爱本文而用其典实。

王褒虽是宫廷赋家，但能注意到下层奴隶的生活，不仅在汉赋作家中仅见，即在所有古代赋家中也属少有，他的贡献是值得重视的。

但是，刘勰在这里犯了一个错误：《责须髯奴辞》不是"券"体，真正的"明白约束，以备情伪"的王褒著作，是"以坚信誓"的《僮约》。说到《僮约》，这可是一篇在历史上大大有名的应用文。现录其文曰：

蜀郡王子渊，以事到湔，止寡妇杨惠舍，惠有夫时奴名便了。子渊倩奴行酤酒，便了拽大杖上夫冢巅曰："大夫买便了时，但约守冢，不约为他家男子酤酒也！"子渊大怒曰："奴宁欲卖邪？"惠曰："奴大忤人，人无欲者。"子渊即决买，券之。奴复曰："欲使便了，皆当上券；不上券，便了不能为也！"子渊曰："诺。"

券文曰：神爵三年正月十五日，资中男子王子渊，从成都安志里之女子杨惠，买之夫时户下髯奴便了，决贾万五千。奴当从百役使，不得有二言。晨起洒归，食了洗涤。居当穿臼缚帚，裁盂凿斗。浚渠缚落，锄园斫陌。杜墼坯地，刻木为架。屈竹作把，削治鹿卢，出入不得骑马载车。蹲坐大呶。下床振头，捶钩刈刍，结苇躐纑。汲水酪，佐【酉且】【酉莫】。织履作粗，黏雀张乌；结网捕鱼，缴雁弹凫。登山射鹿，入水捕龟。后园纵养，雁鹜百余，驱逐鸱乌，持梢牧猪，种姜养芋，长育豚驹。粪除常庑，饭食马牛。鼓四起坐，夜半益刍。二月春分，被堤杜疆；落桑皮棕。种瓜作瓟，别茄披葱，焚槎发畴，垄集破封。日中早慧火。鸡鸣起春。调治马户，兼落三重。舍中有客，提壶行酤，汲水作哺。涤杯整案，园中拔蒜，斫苏切脯，筑肉臛芋，脍鱼炰鳖，烹茶尽具，已而盖藏。关门塞窦，饭猪纵犬，勿与邻里争斗。奴但当饭豆饮水，不得嗜酒。欲饮美酒，唯得染唇渍口，不得倾盂覆斗。不得晨出夜入，交关伴偶。舍后有树，当裁作船，下至江州上到煎，主为府掾求用钱。推纺恶，败棕索。绵亭买席，往来都雒，当为妇女求脂泽，贩于小市。归都担枲，转出旁蹉。牵犬贩鹅，武阳买茶。杨氏担荷，往来市聚，慎护奸偷。入市不得夷蹲旁卧，恶言丑詈。多作刀矛，持入益州，货易牛羊。奴自交精慧，不得痴愚。持斧入山，断轙裁辕，若有馀残，当作俎机木屐及彘盘。焚薪作炭，累石薄岸。治舍盖屋，书削代牍。日暮欲归，当送干薪二三束。四月当披，五月当获。十月收豆，抡麦窖芋。南安拾粟采橘，持车载辕。多取蒲芏，益作绳索。雨堕如注瓮，披薜戴子公。无所为当，编蒋织箔。植种桃李，梨柿柘桑，三丈一树，八赤为行；果类相从，纵横相当。果熟收敛，不得吮尝。犬吠当起，惊告邻里。枨门柱户，上楼击鼓；持盾曳矛，还落三周。勤心疾作，不得遨游。奴老力索，种莞织席。事讫欲休，当舂一石。夜半无事，浣衣当白。若有私敛，主给宾客。奴不得有奸私，事事当关白。奴不听教，当笞一百。

读券文适讫，词穷咋索，仡仡扣头，两手自搏，目泪下落，鼻涕长一尺："审如王大夫言，不如早归黄土陌，丘蚓钻额。早知当尔，为王大夫酤酒，真不敢作恶。"①

王褒的《僮约》虽是游戏性的文字，但由于它选材的独特，描写的生动形象，尤其是刻画奴仆形象非常成功，使它同当时其他文人的作品相比有着自身不可忽视的价值。茶为贡品、为祭品，已知在周武王伐纣时，或者在先秦时就已出现。而茶作为商品，则时下知道要在西汉时才出现。

从文辞的语气看来，《僮约》不过是作者的消遣之作，文中不乏揶揄、幽默之句。但王褒就在这不经意中，为中国茶史留下了非常重要的一笔。

《僮约》中有两处提到茶，即"脍鱼炰鳖，烹茶尽具"和"武阳买茶，杨氏担荷"。"烹茶尽具"意为煎好茶并备好洁净的茶具，"武阳买茶"就是说要赶到邻县的武阳（今成都以南彭山区双江镇）去买回茶叶。

结合《华阳国志·蜀志》"南安、武阳皆出名茶"的记载，则可知王褒为什么要便了去武阳买茶。从茶史研究而言，茶叶能够成为商品上市买卖，说明当时饮茶至少已开始在中产阶层流行，足见西汉时饮茶已相当

---

① 转引自（清）严可均辑：《全汉文》（第6册），第79—80页。唐欧阳询辑《艺文类聚》卷三十五录此文，文句多有不同之处。

盛行。

便了应该是史上最早具有维权意识的打工者，主动要求和雇主签下劳动合同。但是这个雇主比"周扒皮"还狠，他当下写下一份长约六百字的《僮约》，列出了名目繁多的劳役项目和干活时间的安排，对便了提出了十分严厉而苛刻的要求：从天不亮起床洒扫到半夜给牲口添饲料，从田间劳作、养猪喂牛到登山射鹿；从结网捕鱼、栽种果树到夜间防盗，从洗衣做饭烧茶到给客人沽酒，他承担了王褒所能想到的一切劳动，并且在生活上还设立了种种限制，不能骑马不能坐车不得嗜酒，果子熟了，不得品尝，不能藏私房钱，如果不听话，就打一百鞭子。

王褒在无意中为中国茶业和中国茶文化史留下了最早、最可靠的文字史料。《僮约》中有两处提到茶，即"脍鱼炰鳖，烹茶尽具"和"武阳买茶，杨氏担荷"。武阳，可能是中国历史上第一个被文字记载的买卖茶叶的市场。美国茶学权威威廉·乌克斯在其《茶叶全书》中说："5 世纪时，茶叶渐为商品"，但《僮约》的写作时间是在公元前 59 年，从"武阳买茶"可看出，那时候茶就是一种商品了，这比威廉·乌克斯的说法整整提前了五个世纪。[①]

王褒所作之《僮约》，记奴婢契约事，后以"僮约"泛称主奴契约或对奴仆的种种约束规定。《僮约》是王褒的作品中最有特色的文章之一，在烦琐冗杂的条款规定中颇具诙谐之趣，刘勰以之为信誓旦旦之铁券中的另类，"券之谐也"，在明文约束中不乏生动。他所描述的当时奴仆们的劳动生活，奴伴关系，是研究汉代四川社会情况的极为重要的材料，可以从中了解到西汉社会生活的一个侧面。但本文冗杂烦琐，非常死板，有冷幽默之谐趣在，故而清赵翼《僮约》诗曰："僮约虽颁十数条，守门奴已出游邀。"梁实秋先生《雅舍小品·仆人》也讽刺其烦琐古板所带来的反面幽默。

---

① 从零散的古籍文献注疏、特别是陆羽《茶经》的记载可知：司马相如文字学著作《凡将篇》中就有对于茶叶、制茶的记载，但毕竟该书已经不复存在，所以还是以王褒《僮约》为先。特作说明。

第五节　《洞箫》抒情，乐赋之祖

《文心雕龙》下篇共二十五篇，王褒在创作技法论中做出了突出的贡献，并成为刘勰论述创作得失的重要作家。《比兴》篇集中论述比喻和起兴的修辞方法，《文心雕龙》认为：

> 比者，附也；兴者，起也。附理者切类以指事，起情者依微以拟议。起情故"兴"体以立，附理故"比"例以生。"比"则畜愤以斥言，"兴"则环譬以托讽。观夫"兴"之托谕，婉而成章；"称名也小"，"取类也大"。何谓为"比"？盖写物以附意，飏言以切事者也。[①]

比、兴二法是《诗经》"六义"中最常用的两种句子写作手法。刘勰认为比喻方法共有四个大类："或喻于声，或方于貌，或拟于心，或譬于事。"具体到辞赋作品中，又可以分为"比声之类、比貌之类、以物比理、以声比心、以响比辩、以容比物"六个小类，其中，"王褒《洞箫》云：'优柔温润'，'如慈父之爱子也'，此以声比心者也"，是汉代抒情小赋的代表作。现录其文曰：

> 原夫箫干之所生兮，于江南之丘墟。洞条畅而罕节兮，标敷纷以扶疏。徒观其旁山侧兮，则岖嵚巋崎，倚巇迤，诚可悲乎其不安也。弥望傥莽，联延旷荡，又足乐乎其敞闲也。托身躯于后土兮，经万载而不迁。吸至精之滋熙兮，禀苍色之润坚。感阴阳之变化兮，附性命乎皇天。翔风萧萧而径其末兮，回江流川而溉其山。扬素波而挥连珠兮，声磕磕而澍渊。
>
> 朝露清冷而陨其侧兮，玉液浸润而承其根。孤雌寡鹤，娱优乎其下兮，春禽群嬉，翔翔乎其颠。秋蜩不食，抱朴而长吟兮，玄猿悲啸，搜索乎其间。处幽隐而奥屏兮，密漠泊以猭。惟详察其素体兮，宜清静而弗喧。幸得谥为洞箫兮，蒙圣主之渥恩。可谓惠而不费兮，因天

[①]　杨明照：《增订文心雕龙校注》，第456页。

性之自然。

于是般匠施巧，夔妃准法。带以象牙，其会合。镂锼里洒，绛唇
错杂；邻菌缭纠，罗鳞捷猎；胶致理比，挹抐撅。于是乃使夫性昧之
宕冥，生不睹天地之体势，闻于白黑之貌形；愤伊郁而酷，愍眸子之丧
精；寡所舒其思虑兮，专发愤乎音声。

故吻吮值夫宫商兮，和纷离其匹溢。形旖旎以顺吹兮，瞋以纡郁。
气旁迕以飞射兮，驰散涣以逴律。趣从容其勿述兮，骛合遝以诡谲。
或浑沌而潺湲兮，猎若枚折；或漫衍而络绎兮，沛焉竞溢。惏栗密率，
掩以绝灭，霵晔踕，跳然复出。

若乃徐听其曲度兮，廉察其赋歌。啾咇而将吟兮，行锴鉎以和啰。
风鸿洞而不绝兮，优娆娆以婆娑。翩绵连以牢落兮，漂乍弃而为他。
要复遮其蹊径兮，与讴谣乎相和。

故听其巨音，则周流汜滥，并包吐含，若慈父之畜子也。其妙声，
则清静厌瘱，顺叙卑达，若孝子之事父也。科条譬类，诚应义理，澎
濞慷慨，一何壮士，优柔温润，又似君子。

故其武声，则若雷霆輘輷，佚豫以沸。其仁声，则若飘风纷披，
容与而施惠。或杂遝以聚敛兮，或拔摵以奋弃。悲怆恍以恻悯兮，时
恬淡以绥肆。被淋洒其靡靡兮，时横溃以阳遂。哀悁悁之可怀兮，良
醰醰而有味。

故贪饕者听之而廉隅兮，狼戾者闻之而不恚。刚毅强暴反仁恩兮，
啴咺逸豫戒其失。钟期、牙、旷怅然而愕兮，杞梁之妻不能为其气。
师襄、严春不敢窜其巧兮，浸淫、叔子远其类。嚚、顽、朱、均惕复
惠兮，桀、跖、鬻、博儒以顿悴。吹参差而入道德兮，故永御而可贵。
时奏狡弄，则仿徨翱翔，或留而不行，或行而不留。愺悢澜漫，亡耦
失畴，薄索合沓，罔象相求。

故知音者乐而悲之，不知音者怪而伟之。故闻其悲声，则莫不怆
然累欷，撠涕抆泪；其奏欢娱，则莫不惮漫衍凯，阿那腲腇者已。是
以蟋蟀蝼蝈，蚑行喘息；蝼蚁螳蜋，蝇蝇栩栩。迁延徙迤，鱼瞰鸟睨，
垂喙转，瞪瞢忘食，况感阴阳之和，而化风俗之伦哉！

254

乱曰：状若捷武，超腾逾曳，迅漂巧兮。又似流波，泡溲泛，趋巇道兮。哮呷唤，跻踬连绝，涊殄沌兮。搅搜捎，逍遥踊跃，若坏颓兮。优游流离，踌躇稽诣，亦足耽兮。颓唐遂往，长辞远逝，漂不还兮。赖蒙圣化，从容中道，乐不淫兮。条畅洞达，中节操兮。终诗卒曲，尚馀音兮。吟气遗响，联绵漂撇，生微风兮。连延络绎，变无穷兮。①

《洞箫赋》对后来马融《长笛赋》、嵇康《琴赋》诸作均有一定的影响。马融在《长笛赋》序文中阐述其创作动机时说："追慕王子渊、枚乘、刘伯康、傅武仲等箫、琴、笙颂，唯笛独无，故聊复备数，作长笛赋。"由此可见其影响。谈到《洞箫赋》必然要提到枚乘，据《文选》记载枚乘应是最早写音乐赋的作者，但他的《笙赋》早已亡佚，所以无从考证。而他的《七发》第一部分就描写了音乐，结构上主要是从琴的取材、制器、乐声等方面来展开的。王褒的《洞箫赋》基本上可以看作是对《七发》中相关的片段的扩充，但《七发》并不以音乐命名，而且音乐也只是其一部分，所以《洞箫赋》应是现存最早的、以音乐为题材的作品。

《洞箫赋》的结构布局具有相对的完整性，作者详细地叙述了箫的制作材料的产地情况，然后写工匠的精工细作与调试，接着写乐师高超的演奏，随后写音乐的效果及其作用。基本上通过"生材、制器、发声、声之妙、声之感、总赞"的顺序来写洞箫这件乐器，这也成为后来音乐赋的一个固定模式。汉代以前，横吹、竖吹的管乐器统称为笛或邃，所称箫者应该是排箫，所以《洞箫赋》之箫应为排箫。从赋中"吹参差而入道德兮，故永御而可贵。"中的"参差"也可知此处洞箫为排箫，因为古时洞箫又有别称"参差"。排箫即洞箫或箫，据《尔雅·释乐》郭璞注曰大箫"编二十三管"，小箫"十六管"。下面以《洞箫赋》的结构顺序来对其进行全面的分析。

1. 生材。"原夫箫干之所生兮，于江南之丘墟。"此句指出了箫竹的产地，即江南的土山坡上。《丹阳记》曰："江宁县慈母山临江生箫管竹"，

---

① 转引自（清）严可均辑：《全汉文》（第6册），第58—61页。

由此其产地也得到了印证。再接下文，文章用大段的文字来描写箫竹所处的环境："徒观其旁山侧兮，则岖嶔岿崎，倚巇迤靡，诚可悲乎其不安也。弥望傥莽，联延旷汤，又足乐乎其敞闲也。托身躯于后土兮，经万载而不迁。吸至精之滋熙兮，禀苍色之润坚。感阴阳之变化兮，附性命乎皇天。翔风萧萧而径其末兮，回江流川而溉其山。扬素波而挥连珠兮，声礚礚而澍渊。朝露清冷而陨其侧兮，玉液浸润而承其根。孤雌寡鹤，娱优乎其下兮，春禽群嬉，翱翔乎其颠。秋蜩不食，抱朴而长吟兮，玄猿悲啸，搜索乎其闲。处幽隐而奥屏兮，密漠泊以猭。惟详察其素体兮，宜清静而弗喧。"此段写到了山、水、猿、禽，也只有这样的环境才会产出适合作箫的竹子，突出箫竹吸收天地之精华而成材的环境。

2. 制器。"于是般匠施巧，夔妃准法。带以象牙，其会合。镂锼里洒，绛唇错杂；邻菌缭纠，罗鳞捷猎；胶致理比，挹拊撇"此句主要描写了箫的制作，写到了巧匠鲁班制器，夔、妃来定律数，并镶嵌上象牙作为装饰，以及各种文饰，可见其制作的工序烦琐、细致，就其外形来说也会有很高的欣赏价值。

3. 发声。这一部分写到了盲者由于"寡所舒其思虑兮，专发愤乎音声"，所以才能做出"故吻吮值夫宫商兮，和纷离其匹溢"的音乐，这也是古代之所以有很多盲人乐师的主要原因。紧接着写到了吹奏者吹奏时的身体的动作（"形旖旎以顺吹兮"）以及面部的动作（"气旁迕以飞射兮"），这种面部脸颊和咽部"一鼓一缩"的技巧动作应该是古代的吹奏方法，在现在看来这种方法应该是不科学的。此部分还运用了比喻的手法来描写乐声的特点如"或浑沌而潺湲兮，猎若枚折"等。

4. 声之妙。这一部分主要描写了乐声的美妙效果，"要复遮其蹊径兮，与讴谣乎相和"写到了人声与箫声的和谐相伴所产生的艺术效果。以下几句"故听其巨音，则周流泛滥，并包吐含，若慈父之畜子也。其妙声则清静厌瘱，顺叙卑达，若孝子之事父也。科条譬类，诚应义理，澎濞慷慨，一何壮士，优柔温润，又似君子。故其武声，则若雷霆辚輷，佚豫以沸渭。其仁声，则若飘风纷披，容与而施惠。分别描写其巨声、妙声、武声、仁声的特点，并运用通感的描写方法来阐述不同"乐声"的特点，写到"巨声"以"慈父之畜子"这样的形象来描述其人声和箫声和谐的特点，用"孝子之事父"来形象地表述"妙声"清和流畅的特点。"武声"则已"雷霆輘輷"的意象来表述。至于"仁声"的特点就以"飘风纷披，容与而施惠"即以和缓的南风吹拂万物的景象来表现。

5. 声之感。这一部分主要描写听者的感受。"故贪饕者听之而廉隅兮，狼戾者闻之而不怼。刚毅强虣反仁恩兮，啴啴逸豫戒其失"写到不同的人听到这样的音乐后的反映，来说明此音乐的感化教化作用。"钟期、牙、旷怅然而愕兮，杞梁之妻不能为其气"的描写虽然有些夸张，但那也同样表现了音乐的美妙所达到的艺术感染力。"故知音者乐而悲之，不知音者，怪而伟之。故闻其悲声，则莫不怆然累欷，攣涕抆泪；其奏欢娱，则莫不惮漫衍凯，阿那腲腇者已"则从"知音"和"不知音"者内心的感受及"悲""欢"之音所造成的不同的情感冲击来描写不同的声音感受。再后来则通过描写"是以蟋蟀蠖蟆，蚑行喘息；蝼蚁蝘蜓，蝇蝇翙翙。迁延徙迤，鱼瞰鸟睨，垂喙转，瞪懵忘食"蟋蟀、蚗蟆、蝼蚁、蝘蜓等动物的表现从另外的角度写对乐声的不同感受和音乐引人入胜的效果。

6. 总赞。这一部分写到了箫声音色丰富的特点，描写声音强、弱、高、低不同的效果，并运用比喻的后发来进行描绘。

汉武帝在思想文化界首开"罢黜百家，独尊儒术"的政策，确立了儒家思想的正统与主导地位，使得专制"大一统"的思想作为一种主流意识形态成为定型。结合作者的生平来看，作者比较注重对儒家音乐思想的阐发，以儒家所推崇的君子仁人之德来比拟音声，展现了作者的儒家意识，这是对儒家音乐思想的发挥。从文章中读者时时能够感受到儒家文化对他的影响。

总的来说《洞箫赋》开音乐赋固定写作模式的先河，在他以后，其他赋家纷纷效仿，从而使这种模式的地位得以确立。从另一方面讲，《洞箫赋》的这种"取材、制器、发声……"的模式基本囊括了此乐器所能涉及的诸多方面，这与武帝确立的"大一统"的思想不无吻合之处，而从以下的细节方面，读者同样可以看到儒家思想的影响。

1. 取材方面：在描写这一部分时，作者强调了箫竹所处环境的险峻、凄寒，即"江南之丘墟""岖嵚岦崎"，同时写到了选材的要求，在文中则体现为"洞条畅而罕节兮"的描述，这些正与儒家推崇逆境造才、唯才是用的思想相吻合。当然作者也没有忘记"圣主"的作用，从而体现了阶级观念。

2. 制器方面：要求做到"挹拊撼"，即中制、符合礼制规格，这与礼乐制度的等级观念不无关系，而且从洞箫的外形来看，它也是非常符合礼制的。

3. 声音的描述方面：在描述不同的声音时，特别是描写巨声和妙声时，用"慈父畜子"和"孝子事父"的仁义道德表现来形象地展现其声音的特点。

4. 声音作用方面：这一部分集中地体现了儒家音乐思想中所推崇的教化作用。"嚚、顽、朱、均惕复惠兮，桀、跖、鬻、博儡以顿悴"此句说顽固凶残的丹朱、商均、夏桀、盗跖、夏育、申博听了以后都受到震惊而醒悟过来，改变自己的恶性而陷入自我反省之中。"吹参差而入道德兮，故永御而可贵"则说吹奏洞箫就能把人引入感化之道，所以长久地使用它的作用就很可贵了。所以说此部分所体现的儒家音乐思想的教化作用还是很明显的。

《洞箫赋》还很好地体现了汉代"以悲为美"的社会审美取向，"悲"据蔡仲德先生的论断来说汉代所说的悲应该是指"悲乐"，而不是说音乐感动人而使人产生撒泪流涕的表现。首先取材方面，通过"孤雌寡鹤""秋蜩不食""玄猿悲啸"这些物象以说明箫竹生长环境的悲，从而为箫的制作奠定了悲的基调。然后又提到了盲乐师因为生下来就不见光明，心中郁结了很多忧愁悲愤，只有通过音乐才能表现出来，所以才会有"寡所舒其思虑兮，专发愤乎音声"的表现。对于乐声的感受和作用，文中提到"故知音者乐而悲之，不知音者怪而伟之"，即认为只有那些体会到悲乐感情的人才能称之为"知音者"，说明作者以能欣赏悲乐为其音乐审美的标准，这也是汉代音乐审美的一大特色。

总之，《洞箫赋》为后来音乐赋的写作提供了一个很好的典范，在描写方面它运用多种手法，为读者展现了一幅色彩鲜艳的图画，其中既有高山流水，也有乐师尽情地表演，更有对于乐声的生动的描述，给读者以美的享受。音乐思想方面，此赋涉及很多儒家音乐思想的内容，这也是汉代"大一统"思想影响的表现，但是文中有很多内容涉及"声音"的描写，所以使音乐固有的娱乐性凸现出来，这一点也是他的赋作的一个很重要的特点。文中也很好地体现了汉代"以悲为美"的审美趋向，从而更加全面地展现了汉代大文化背景对作者的影响。

王褒和他的作品对后世有很大影响，最直接的表现就是马融《长笛赋》与嵇康《琴赋》，都是在音乐赋中开创新的描写对象的名作，它们的出现，直接受到王褒《洞箫赋》的影响。《长笛赋》序言说："（马）融既博览典雅，精核数术，又性好音，能鼓琴吹笛，而为督邮，无留事，独卧郿平阳邬中。有雒客舍逆旅，吹笛为气出精列相和。融去京师，逾年，暨闻，甚悲而乐之。追慕王子渊枚乘刘伯康傅武仲等箫琴笙颂，唯笛独无，故聊复备数，作《长笛赋》。"由此可知，没有王褒《洞箫赋》，就不可能有马融《长笛赋》的直接出现。

结　语

王褒的创作标志着汉赋由京苑大赋向抒情小赋的转变与过渡。因为辞赋"日用乎比，月忘乎兴"，崇盛铺排比喻，语言铺张扬厉，外向激荡之风远胜含蓄比兴之义，刘勰评论其"习小而弃大，所以文谢于周人也。"《骚》不如《诗》，后不及前，今不如古，这在《情采》《夸饰》《物色》等篇中有多层次、多角度的论述，比如《情采》认为"昔诗人什篇，为情而造文；辞人赋颂，为文而造情"，《物色》以为"诗人丽则而约言，辞人丽淫而繁句"，刘勰所持之论，是扬雄"丽淫丽则"说的反复体现。这既有《文心雕龙》以儒家思想为主导的指导思想限制，也有辞赋壮丽华美而雅正不足、规讽有限的功能限制。刘勰之论，应该说是比较公正的。

王褒是汉代最具有文学情趣的赋家。他的赋往往并不追求政治上的讽喻规诫，而是譬如"女工有绮縠，音乐有郑卫"，显现出唯美的"辩丽可喜"，娱悦耳目，有"鸟兽草木多闻之观"的纯文学属性，因此不符合当时儒家言志尚用的标准，但却更具作为语言艺术陶冶性情的审美价值。这从《汉书》本传所载"太子体不安，苦忽忽善忘，不乐。诏使褒等皆之太子宫虞侍太子，朝夕诵读奇文及所自造作。疾平复，乃归"可见一斑。随着社会文明的不断发展，人类的精神需求、美感享受也必定趋向更加丰富的多元化。其实，早在春秋后期，儒家学派的创始人孔子已经注意到了这一点。他的"《诗》，可以兴，可以观，可以群，可以怨"的著名论断就是证据。从这一意义上讲，王褒赋所自觉表现出的唯美意识，不仅在当时赋坛独树一帜，而且符合文学自身发展的客观规律。明代杨慎不仅在他编辑的《全蜀艺文志》里选有王褒的作品，还专门做了《王子渊祠》诗，诗云："玮晔灵芝发秀翘，子渊擒藻揽天朝。汉皇不赏《贤臣颂》，只教宫人咏《洞萧》。"该诗用比喻的手法，赞誉了王褒的才华：文采秀发，擅长辞赋，谈耀一代；全诗对王褒表示惋惜，对汉主予以讽刺。

总之，作为一个著名赋家，王褒没有司马相如那种磅礴的气势和批判精神，无法达到相如"广博宏丽，卓绝汉代"的巨大成就；但他善于观察生活，善于描写那些独具特色的事物。在汉赋的题材开拓、手法创新和语言锤炼等方面，都做出了自己的贡献，在巴蜀文学史上产生了不可忽视的影响。

第七章

扬　雄

第一节　扬雄生平简介

扬雄（公元前53年—公元18年），一作"杨雄"，本姓杨，扬雄好奇，特自标新，易姓为扬。字子云，汉族。西汉官吏、学者。西汉蜀郡成都（今四川成都郫都区友爱镇）人。扬雄少时好学，博览多识，酷好辞赋。口吃，不善言谈，而好深思。家贫，不慕富贵。博览群书，长于辞赋。年四十余，始游京师长安，大司马王音召为门下史，推荐为待诏。后经蜀人杨庄引荐，以文见召，奏《甘泉》《河东》等赋。被喜爱辞赋的成帝召入宫廷，侍从祭祀游猎，任给事黄门郎。其官职一直很低微，历成、哀、平"三世不徙官"。王莽称帝后，校书于天禄阁。后受他人牵累，即将被捕，于是坠阁自杀，未遂。后转大中大夫。天凤五年卒，年七十一。有《方言》十三卷，《训纂》一卷，《蜀王本纪》一卷，《法言》十三卷，《太玄经》九卷，《琴清英》一卷，集五卷。

扬雄是继司马相如之后西汉最著名的辞赋家。所谓"歇马独来寻故事，文章两汉愧杨雄"。在刘禹锡著名的《陋室铭》中"西蜀子云亭"的西蜀子云即为扬雄。扬雄曾撰《太玄》等，将源于老子之道的玄作为最高范畴，并在构筑宇宙生成图式、探索事物发展规律时，以玄为中心思想，是汉朝道家思想的继承和发展者，对后世意义可谓重大，特别是魏晋玄学，在儒道结合的基础上对道家经典进行新解新诠，即以扬雄为理论起始点。

扬雄逝世后，被安葬在故乡。据《扬雄家谍》记载：天凤五年（公元18年）扬雄去世，他的弟子侯芭为其负土起坟。千年以来，享受人们的追思和祭奠。扬雄墓在今郫都区①西南11千米三元场友爱镇。墓为圆形，高数米，直径10米，封土若小丘。墓地开旷，东西有农舍竹林环抱。墓前里许竹林间，为子云亭旧址。

扬雄是巴蜀英才在全国产生重大影响的第一人，也是迄今为止在历史上影响最大的四川思想家。他被后人尊称为西道孔子、汉代孔子，是汉代儒家最著名的思想家之一。扬雄积极批判神学经学，为的是能够恢复孔子的正统儒学。在扬雄看来，孔丘是最大的圣人，孔丘的经典是最主要的经典。他在《法言》中说："舍舟航而济乎渎者，末矣。舍五经而济乎道者，末矣。"又说："山之蹊，不可胜由矣；向墙之户，不可胜入矣。"曰："恶由入？"曰："孔氏。孔氏者，户也。"因此，"好书而不要诸仲尼，书肆也；好说而不要诸仲尼，说铃也，仲尼之道犹四渎也，经营中国，终入大海；他人之道者，西北之流也，纲纪夷貉，或入于沱，或沦于汉。"但是，扬雄认为自孔子死后，孔子圣道的发展与传播却由于"塞路者"的干扰而受到了阻碍。在"古时有杨墨塞路，当时孟子辞而辟之，廓如也。后之塞路者有矣，窃自比孟子。"这里所说的"后之塞路者"就是指汉代的"欲仇（售）伪而假真、羊质而五虎皮、学也为利"的虚伪、烦琐荒诞的官方正统经学。因此，扬雄要像孟子那样扫除"塞路者"，为孔子儒学能在汉代健康发展开辟道路。

扬雄曾撰《太玄》等，将源于老子之道的玄作为最高范畴，并在构筑宇宙生成图式、探索事物发展规律时，以"玄"范畴为中心思想，是汉朝道家思想的继承和发展者，《三字经》把他列为"五子"之一："五子者，有荀扬，文中子，及老庄"，对后世影响重大。魏晋玄学走儒道结合的发展之路，扬雄就是玄学在汉代的思想起源者。

扬雄是继司马相如之后西汉最著名的辞赋家。所谓"歇马独来寻故事，文章两汉愧杨雄"。在辞赋方面，他最服膺司马相如，"每作赋，常拟之以为式"（《汉书·扬雄传》）。他的《甘泉》《羽猎》诸赋，就是模拟司马

---

① 2016年秋，原成都市郫县更名为郫都区。

相如《子虚》《上林》而写的，其内容为谱写天子祭祀之隆、苑囿之大、田猎之盛，结尾兼寓讽谏之意。其用辞构思亦华丽壮阔，与司马相如赋相类，所以后世有"扬马"之称。

扬雄赋写得比较有特点的是他自述情怀的几篇作品，如《解嘲》《逐贫赋》和《酒箴》等。《解嘲》写他不愿趋炎附势去做官，而自甘淡泊来写他的《太玄》。文中揭露了当时朝廷擅权、倾轧的黑暗局面："当涂者升青云，失路者委沟渠；且握权则为卿相，夕失势则为匹夫"；并对庸夫充斥、而奇才异行之士不能见容的状况深表愤慨："当今县令不请士，郡守不迎赐，群卿不揖客，将相不俛眉。言奇者见疑，行殊者得辟。是以欲谈者卷舌而同声，欲步者拟足而投迹。"可见赋中寄寓了作者对社会现实的强烈不满。这篇赋虽受东方朔《答客难》的影响，但纵横驰说，辞锋锐利，在思想和艺术上仍表现出它的特点。《逐贫赋》是别具一格的小赋，写他惆怅失志，"呼贫与语"，质问贫何以老是跟着他。这篇赋发泄了他在贫困生活中的牢骚，多用四字句，构思新颖，笔调诙谐，却蕴含着一股深沉不平之气。《酒箴》是一篇咏物赋，内容是说水瓶朴质有用，反而易招损害；酒壶昏昏沉沉，倒"常为国器"，主旨也是抒发内心不平的。另外，还仿效屈原楚辞，写有《反离骚》《广骚》和《畔牢愁》等作品。《反离骚》为凭吊屈原而作，对诗人遭遇充满同情，但又用老、庄思想指责屈原"弃由、聃之所珍兮，摭彭咸之所遗"，反映了作者明哲保身的思想，而未能正确地评价屈原。《广骚》《畔牢愁》今仅存篇目。

扬雄早期以辞赋闻名，晚年对辞赋的看法却有所转变。他评论辞赋创作是欲讽反劝，认为作赋乃是"童子雕虫篆刻"，"壮夫不为"。另外还提出"诗人之赋丽以则，辞人之赋丽以淫"的看法，把楚辞和汉赋的优劣得失区别开来（《法言·吾子》）。扬雄关于赋的评论，对赋的发展和后世对赋的评价有一定影响。对于后来刘勰、韩愈的文论，颇有影响。

扬雄在散文方面也有一定的成就。例如，《谏不受单于朝书》便是一篇优秀的政论文，笔力遒劲、语言朴实、气势流畅、说理透辟。他的《法言》刻意模仿《论语》，在文学技巧上继承了先秦诸子的一些优点，语约义丰，对唐代古文家发生过积极影响，如韩愈"所敬者，司马迁、扬雄"（柳宗元《答韦珩示韩愈相推以文墨事书》）。此外，他是"连珠体"的创立人，自他之后，继作者甚多。

第二节 《文心雕龙》的扬雄评论

扬雄是汉赋"四大家"之一，又是西汉末年的一代大儒，身兼文学家、思想家两重身份。扬雄早期以辞赋闻名，晚年对辞赋的看法却有所转变。他评论辞赋创作是欲讽反劝，认为作赋乃是"童子雕虫篆刻"，"壮夫不为"。他在《法言》中还主张文学应当宗经、征圣，以儒家经书为典范。这些思想深刻地影响到了《文心雕龙》的成书。

扬雄思想丰富深刻，整体上呈现出儒家为主而儒道结合的特点。在他的辞赋创作实践与学术著作中，我们可以梳理出许多对《文心雕龙》产生了直接影响的哲学、文学、美学思想，这些思想集中在其代表作《法言》之中，并表现于《报刘歆书》《反离骚》《太玄经》《汉书·扬雄传》等文献之中。自孔子以后，对《文心雕龙》雅丽思想建构影响最大的就是扬雄，这可以从《文心雕龙》全书三十八次直接论述扬雄所出现的重要位置、若干次化用其"丽则丽淫"主张的运用情况清楚地看出来。这三十八次论述分别是：

1.《宗经》：扬子比雕玉以作器，谓"五经"之含文也。

2.《辨骚》：扬雄讽味，亦言"体同《诗》雅"。

3.《辨骚》：马、扬沿波而得奇。

4.《诠赋》：王、扬骋其势。

5.《诠赋》：子云《甘泉》，构深伟之风。

6.《诠赋》：扬子所以追悔于雕虫，贻诮于雾縠者也。

7.《颂赞》：子云之表充国，孟坚之序戴侯，武仲之美显宗，史岑之述熹后，或拟《清庙》，或范《駉》《那》，虽深浅不同，详略各异，其褒德显容，典章一也。

8.《铭箴》：至扬雄稽古，始范《虞箴》，作《卿尹》《州牧》二十五篇。

9.《诔碑》：扬雄之诔元后，文实烦秽。

10.《哀吊》：扬雄吊屈，思积功寡，意深反《骚》，故辞韵沈腴。

11.《杂文》：扬雄覃思文阁，业深综述，碎文琐语，肇为《连珠》。

12.《杂文》：扬雄《解嘲》，杂以谐谑，回环自释，颇亦为工。

13.《杂文》：子云所谓"犹骋郑卫之声，曲终而奏雅"者也。

14.《诸子》：扬雄《法言》，归乎诸子。

15.《封禅》：扬雄《剧秦》，班固《典引》，事非镌石，而体因纪禅。观《剧秦》为文，影写长卿，诡言遁辞，故兼包神怪；然骨制靡密，辞贯圆通，自称"极思"，无遗力矣。《典引》所叙，雅有懿采，历鉴前作，能执厥中；其致义会文，斐然馀巧。故称"《封禅》靡而不典，《剧秦》典而不实"，岂非追观易为明，循势易为力欤？

16.《书记》：扬雄曰："言，心声也；书，心画也。声画形，君子小人见矣。"

17.《书记》：史迁之《报任安》，东方之《谒公孙》，杨恽之《酬会宗》，子云之《答刘歆》：志气槃桓，各含殊采；并杼轴乎尺素，抑扬乎寸心。

18.《神思》：扬雄辍翰而惊梦……：虽有巨文，亦思之缓也。

19.《体性》：子云沈寂，故志隐而味深……触类以推，表里必符。

20.《通变》：桓君山云："予见新进丽文，美而无采；及见刘、扬言辞，常辄有得。"

21.《通变》：夫夸张声貌，则汉初已极。自兹厥后，循环相因，虽轩翥出辙，而终入笼内。……扬雄《校猎》云："出入日月，天与地沓"。……此并广寓极状，而五家如一。

22.《丽辞》：自扬马张蔡，崇盛丽辞。

23.《比兴》：至于扬班之伦，曹刘以下，图状山川，影写云物，莫不织综"比"义，以敷其华。

24.《夸饰》：及扬雄《甘泉》，酌其馀波。语瑰奇则假珍于玉树；言峻极则颠坠于鬼神。

25.《夸饰》：子云《羽猎》，鞭宓妃以饷屈原。

26. 《夸饰》：酌《诗》《书》之旷旨，翦扬、马之甚泰。

27. 《事类》：及扬雄《百官箴》，颇酌于《诗》《书》。

28. 《事类》：以子云之才，而自奏不学；及观书石室，乃成鸿采：表里相资，古今一也。

29. 《事类》：夫经典沉深，载籍浩瀚，实群言之奥区，而才思之神皋也。扬、班以下，莫不取资。

30. 《练字》：扬雄以奇字纂《训》。

31. 《练字》：陈思称："扬、马之作，趣幽旨深，读者非师传不能析其辞，非博学不能综其理。"

32. 《时序》：乐毅报书辨以义，范雎上书密而至，苏秦历说壮而中，李斯自奏丽而动：若在文世，则扬、班俦矣。

33. 《时序》：越昭及宣，实继武绩，驰骋石渠，暇豫文会；集雕篆之轶材，发绮縠之高喻。于是……子云锐思于千首，子政雠校于六艺：亦已美矣。

34. 《才略》：扬子以为"文丽用寡者长卿"，诚哉是言也！

35. 《才略》子云属意，辞人最深。观其涯度幽远，搜选诡丽，而竭才以钻思，故能理赡而辞坚矣。

36. 《知音》：扬雄自称："心好沉博绝丽之文。"其不事浮浅，亦可知矣。

37. 《程器》：扬雄嗜酒而少算。

38. 《程器》：彼扬马之徒，有文无质，所以终乎下位也。

上述论述全面、均衡地分布于《文心雕龙》从"文之枢纽"到"论文叙笔"再到"剖情析采，笼圈条贯"的前后始终，扬雄不仅是兼备众体的卓越作家，在各体文学创作中都占据了第一流大家的位置，贡献了许多著名的作品，创新了许多新兴的文体，而且是卓有建树的理论家，在辞赋理论、经学理论、创作评论、写作理论、审美批评等方面，都是《文心雕龙》极力推崇的第一流理论大家。因此，归纳上述论述，其重点有三：一是在《宗经》《事类》等篇目中论述扬雄的宗经观点；二是引用扬雄的文学理论见解，为论述作论据；三是以扬雄的作品为对象，进行审美与创作的评价。

整体上看，扬雄具有经学家、文学家、理论家的数重身份，刘勰论述扬雄，赞美非常之多。而对于扬雄辞赋评论"丽淫丽则"的借鉴运用，更是雅丽思想直接取法的对象，书中若干次运用或化用之。总而言之，扬雄是继孔子之后，对雅丽思想影响最大的儒家人物。

具体而言，扬雄对《文心雕龙》成书的影响体现在以下几个方面：第一是众体兼备的卓越文学创作，特别在论文叙笔部分占据了最主要的位置。第二是提倡明道、征圣、宗经的思想，这是对孔子、孟子、荀子一脉相传的儒家"德义雅正"正统思想的继续强调，而且有所发展新变，理论阐释更加深刻，提出了"在则人，亡则书""五经含文""自然之道"等主张，打通儒道，为刘勰直接所用；同时，扬雄受先秦儒家影响，贬斥诸子而独尊儒学，甚至对荀子也大加刁难，表现出绝对征圣的态度。第三是对儒家文艺美学思想的极大丰富，在"雅正"基础上大力提倡尚丽的文学主张，提出"丽则丽淫"的辞赋审美标准、"华实相副"的尚礼观念、"文质兼美"的圣人修养说、"心声心画"的表里合一的探讨、"弸中彪外"的修养观念等，这些观念成为《文心雕龙》雅丽思想的直接取法对象。第四是扬雄思想受《周易》阴阳刚柔、天地自然、日新变化、感物取材等理论学说影响很深，《法言》体现了许多这样的影响痕迹，这对《文心雕龙》的文学原道、物色理论、自然之道、文学尚丽等学术思想取法有着榜样示范的作用。

第三节　扬雄对《文心雕龙》成书的重大影响

一、序论：树德建言，取法扬雄

刘勰在《序志》篇中明确告诉读者，《文心雕龙》的写作动机有三：一是求得令名；二是选择"文章"而不再解经；三是写成写作理论著作，其根本目的是借文章而彰令名、求不朽。刘勰以为生命脆弱，为了"树德建言"，一定要写本书留下来，这是古人"名德"思想直接影响的结果，蜀中学者扬雄是刘勰取法的重要对象。

据《左传·襄公二十四年》记载：

> 二十四年春，穆叔如晋。范宣子逆之，问焉，曰："古人有言曰，'死而不朽'，何谓也？"穆叔未对。宣子曰："昔匄之祖，自虞以上，为陶唐氏，在夏为御龙氏，在商为豕韦氏，在周为唐杜氏，晋主夏盟为范氏，其是之谓乎？"穆叔曰："以豹所闻，此之谓世禄，非不朽也。鲁有先大夫曰臧文仲，既没，其言立。其是之谓乎！豹闻之，大上有立德，其次有立功，其次有立言，虽久不废，此之谓不朽。若夫保姓受氏，以守宗祊，世不绝祀，无国无之，禄之大者，不可谓不朽。"①

鲁国大夫叔孙豹到了晋国，范宣子"逆之"，和他讨论一个非常高大上的话题：什么叫作死而不朽？叔孙豹在回答中所提出的"大上有立德，其次有立功，其次有立言，虽久不废，此之谓不朽"的立德、立功、立言之"三不朽"说，这三者是虽久不废，流芳百世的。孔子则认为"君子疾没世而名不称焉"（《论语·卫灵公》），在立德立功不成的情况下，述而且作，编次《春秋》，删《诗》正乐，名德俱彰。司马迁身遭宫刑，因为《史记》未完而坚持"退而论书策"，他希望自己的著作能"藏之名山，传之其人"，"通邑大都"均有《史记》，"则仆偿前辱之责，虽万被戮，岂有悔哉？"司马迁认为，令名的追求是很困难的，一般人想的是如何享受富贵，轻身安乐，所以这种"发愤著书"以求令名的精神"可为智者道，难为俗人言"，一般人做不到。上述诸人之外，扬雄论"名"最多，集中体现在他的学术著作《法言》之中，对刘勰的影响也最大。扬雄在《法言》中认为，圣人之所以被后人尊敬，是因为德行政教样样兼备，因此留下来美好的名声。《重黎》篇提出"令名"一说，韩信、黥布因为叛逆汉室，名声虽有，但不足为法。《学行》论述学习，以为"名誉以崇之"是学者的必然追求。《孝至》篇则说："不为名之名，其至矣乎！为名之名，其次也。"要求在追求美名声誉的时候，不能一味只想着出名，而要有道义精神，扬雄主张通过德义精神的修养来完善自我，修得令名。《渊骞》篇对蜀中名家李仲元极为推崇，显示了扬雄征圣不仅崇古，也法则近代的新变意

---

① （汉）郑玄注，（唐）孔颖达等正义：《春秋左传正义》，第 1979 页。

识，其主要原因，就是李仲元名德昭彰，榜样感化力量十分巨大。同时，扬雄还主张以实际行动来彰显令名，《先知》篇论述"为政日新"的重要一环，就是"乐其义，厉之以名，引之以美，使之陶陶然"，重视美言美行，感化教育。《君子》篇提出实际行动对建立美名的重要作用："人必先作，然后人名之"，要求在行动上有过人之处，美名才会得到彰显。在此基础上，扬雄对君国将相、功臣名卿有自己辩证的看法，《渊骞》篇论述"近世名将""近世名卿"、外交大臣、著名作家几十人，在赞美他们功德的同时，批评他们不合儒家教义的地方。上述汉代名人大量出现于《文心雕龙》书中，对刘勰论述"文士将相"与"九代英才"有直接影响。扬雄不仅倡导名德思想，更在立言不朽方面做出了实践表率。《汉书·扬雄传》说他：

> 实好古而乐道，其意欲求文章成名于后世，以为经莫大于《易》，故作《太玄》；传莫大于《论语》，作《法言》；史篇莫善于《仓颉》，作《训纂》；箴莫善于《虞箴》，作《州箴》；赋莫深于《离骚》，反而广之；辞莫丽于相如，作四赋；皆斟酌其本，相与放依而驰骋云。①

诚然，没有写成那么多著名的京都大赋和学术著作，扬雄之名不可能如此卓著。而扬雄晚年轻鄙辞赋，转向学术研究，主要的用意，仍然是"意欲求文章成名于后世"，也就是立言不朽之心在推动他的著述研究工作，使他在哲学思想、文字小学、应用文体等方面取得了很高的成就。

刘勰重视名德，并且深感生命脆弱："形同草木之脆，名逾金石之坚，是以君子处世，树德建言。岂好辩哉？不得已也！"因此，《文心雕龙》根本的写作目的是"树德建言"，至于成书后所产生的巨大影响，以及当前"龙学"研究的学术热潮，并不在他预设的创作动机之内。刘勰不仅渴求令名，而且以此为本，作为《文心雕龙》品评作家作品的基本标准，并极力在书中树立儒家思想的主导地位，所以，在评论作家作品的时候，刘勰除了从文章体裁、写法技巧、风格特点、修辞技法、影响作用方面来论述写作，还往往以儒家经典的思想标准来衡量历代作家作品思想是否雅正，有

① （汉）班固：《汉书》（影印本），第3583页。

无违背经典、有无奇谈怪说。跳出《文心雕龙》，考察刘勰的生平可知，从他托身定林寺、博通经纶、写作《文心》、拦道沈约到出仕梁代、做官三十多年的大半生，都是在令名功德思想的支配下走过来的。刘勰毕生所坚持的令名功德心态，也是《文心雕龙》以儒家思想为主导的重要证据。

虽然《序志》篇中没有明确提到刘勰在"为文不朽"这方面师法的对象，但从《程器》等篇的专论及全书征引对象来看，除了周公、孔子这样的伟人，论述名德思想极为丰富的扬雄，必然也是刘勰重点采撷的对象之一。

二、文之枢纽：五经含文，扬雄首倡

在《文心雕龙》的序论中，扬雄立言不朽的理论与实践对刘勰产生了重要的影响。但《文心雕龙》的性质毕竟是写作理论著作而不是伦理学著作，因此，发展到"文之枢纽"的五篇专论时，就必须对写作的"枢纽"问题展开深入的讨论。这一部分最重要的问题有两个：一是树立儒家思想的思想指导地位和儒家经典的理论主导地位；二是从哲学高度提出人文尚丽的文学观念并在具体作家作品的比较中落实到具体的写作实践上来。在这两个问题中，扬雄均有重要的地位和影响。

（一）扬雄《法言》与"圣文雅丽"

《文心雕龙》的枢纽论部分共有五个专题：《原道》《征圣》《宗经》《正纬》与《辨骚》。《原道》篇从哲学高度阐释了自然之道的华丽特点、人文原道必定"郁然有采"的基本属性、儒家圣人与儒家经典在人文历史上的主导作用等问题，其核心是人文有采，为后两篇论述儒家经典的文采之美打下理论基础。《征圣》篇指出儒家圣人具有最高的美言美行，其政化、事迹、修身均以"贵文"为要，在这样的前提条件下，儒家经典就具有了"繁略殊形，隐显异术，抑引随时，变通适会"的特征与写作技法，是学习写作的最高范本，而且"圣文雅丽，衔华佩实"，具有雅而且丽的审美风格，笼罩或雅或丽的一切文章。《宗经》篇具体提出"文出五经"的观点，认为《诗》《书》《礼》《易》《春秋》衍生出了后代所有的文章体裁类型，事实上，从《明诗》到《书记》的二十篇文体论正是按照"五经发其源"的体例来设计安排的；同时，本篇指出五经有"一则情深而不诡，

二则风清而不杂，三则事信而不诞，四则义贞而不回，五则体约而不芜，六则文丽而不淫"的"六义"特点，学习五经，可以养成"六义"中正面的优良写作技能，改正不良写作弊端。①《正纬》篇通过比较指出纬书具有丽而不雅的特点，这个特点于解经无益，但"有助文章"，写作可以借鉴，刘勰开始承认文章写作与儒家经典的区别。《辨骚》篇详论了对楚辞的历代评价，提出自己独到的看法，刘勰认为楚辞和经典相比较具有"四同"与"四异"，屈原楚辞体现了最高的文采之美，是历代文学中最杰出的代表作品，影响后世，泽被千秋。②

通过上面的简单分析，我们可以发现，"枢纽论"的五篇专题以《宗经》为核心，确立了儒家思想和儒家经典在全书的理论与创作主导地位。③但这只是从指导思想角度来说的，落实到具体的写作问题上来，这五篇有一个共同的基本特点：极力主张文学尚丽。《原道》指出人文有采，这一基本属性为典而不美的儒家经典提供了具有文采之美的哲学依据，纬书与楚辞本就华美异常。这样，作为"人文"的经、纬、骚共有尚丽的属性，"文出五经"在审美特点上不会被动摇。但是儒家雅正的文学观念与文学尚丽的基本属性交汇融合，必然会激荡出两个相反方向的基本观念：尚雅贬丽与雅丽结合，这一对矛盾互现的基本文学观念贯通于《文心雕龙》全书

---

① 对于"六义"的研究意见颇多。易中天先生将"六义"与风、骨、采二合一地对接观照，得出"风骨"就是雅丽之文审美理想的看法；王志彬先生认为单看"六义"尚属片面，还应该结合《知音》篇"六观"说，二者的结合，才是《文心雕龙》批评论的整体意见；还有的研究者以为这是《文心雕龙》的创作论。实际上，"六义"的排列顺序是由情到文（采），转化来看，就是《情采》篇论述的文质关系说，以及如何正确创造彬彬"正采"的方法论。"雅丽"是一个整体的概念，分而为六是对雅丽的细化，合六为一是对雅丽的整合。雅丽即"六义"，不仅是创作原则，同时是审美原则与批评原则。

② 有的研究者认为《辨骚》篇应该归属于文体论部分，这是从文体归类的角度来看的，其说不妥：一则因为刘勰自述是将本篇列于"枢纽"论；二则《辨骚》篇在论述《离骚》特点的同时，还有一个重要的目的是总结"枢纽"论五篇的核心内容，即文学创作应该在经典雅正得法的基础上进一步突出华丽之美，雅丽结合。从这个角度讲，纬书与《离骚》在本质上都是"丽而不经"的作品，《辨骚》以归入"枢纽"论为宜。

③ "文之枢纽"以《宗经》篇为核心，这是近年来《文心雕龙》研究的一个新的探究发现。一般认为，枢纽论部分应该以《原道》篇为核心，詹福瑞、孙蓉蓉、李建中等研究者认为应该以《宗经》篇为核心，因为全书的指导思想是儒家文艺思想。笔者认同此说，同时认为《辨骚》篇专论文学创造的新变范例与诗骚结合、奇正结合的创作原则，这才是真正阐释文学写作之枢纽的篇目。

之中。

　　刘勰的主要选择是折衷经典之雅与纬骚之丽，走雅丽结合的路子。在《宗经》篇论述经典"六义"之后，刘勰引用扬雄的话来证明自己的论断："故扬子比雕玉以作器，谓五经之含文也。"据此可知，刘勰提出经典之"六义"，经典具有的文采之美，除了《原道》的哲学依据，在具体写作理论层面上的根源，正是扬雄"五经含文"的主张。

　　扬雄的《法言》一书折衷儒道，在坚持儒家思想的前提下，大力提倡"自然之道""日新"观念与物色美丽之说，是传统儒家向道家取材后新变的产物。曾有论者直接从道家思想入手探索《文心雕龙·原道》篇的论说，大多不得要领，而从扬雄《法言》入手，这个问题可迎刃而解。所以，扬雄的明道思想，是《文心雕龙》的《原道》《物色》、文学新变的重要渊源。《法言》中有丰富精彩的征圣美圣言论，提出"文质丹青""弸中彪外""如莹如玉""君子美玉"等一系列的歌颂言论，对圣人的美德令名、美言美行、内在修养、文采之美进行了崇高的赞美，从这个角度看，《文心雕龙》的征圣思想与作家修养理论，扬雄又是一个重要的渊源。从《宗经》篇尊奉五经与五经含文的论述来看，刘勰均直接取法于扬雄。

　　扬雄在《法言》中论述了精彩的宗经思想。一方面，儒家经典在扬雄这里不仅是"不刊之鸿教"，而且散发着迷人的文采之美，这与古板的传统看法截然不同。扬雄以其复古与新变交织的观念而辩证宗经，对于经典蕴含的华美之义进行了深刻的论证与阐释。扬雄关于"五经含文"的论述，成为刘勰直接采用"六义"说的证据，更是《文心雕龙》"圣文雅丽"思想的直接来源。扬雄对五经特点的理解超越了前人，其学说为《文心雕龙》所全盘继承。主要体现在以下几个方面：

第一，全面论述了"五经"在内容上的特点。《寡见》篇说：

> 或问："五经有辩乎？"曰："惟五经为辩。说天者莫辩乎《易》，说事者莫辩乎《书》，说体者莫辩乎《礼》，说志者莫辩乎《诗》，说理者莫辩乎《春秋》。舍斯，辩亦小矣。"①

扬雄所说到的"惟五经为辩"，全面涉及了五经"《易》说天""《书》说事""《礼》说体""《诗》说志""《春秋》说理"的内容特点。② 在扬雄看来，五经是最能够体现"辩"的特点的，据此，论辩之士，"伎数之子"，都应该归入儒家五经的统摄范围中来。这个思想包含的内容有以下几层：一是儒家最高；二是儒家统摄各家；三是五经内容丰富，囊括万有；四是五经各自特点不同，每一经都可以流出涉及自身领域内的新东西。《文心雕龙》的《宗经》篇全面继承了扬雄的说法，曰："象天地，效鬼神，参物序，制人纪，洞性灵之奥区，极文章之骨髓者也。"③ 经典在内容上极为丰富，是人情与文章的最高表现形式。在具体的各自特点上，《文心雕龙》关于"《易》惟谈天""《书》实记言""《诗》主言志""《礼》以立体""《春秋》辩理"的说法，与扬雄"《易》说天""《书》说事""《礼》

---

① 王以宪、张广保：《法言注释》，华夏出版社 2002 年版，第 56 页。

② 先秦道家《庄子》书中曾谈到儒家六经的特点，《天下》篇："古之人其备乎！配神明，醇天地，育万物，和天下，泽及百姓，明于本数，系于末度，六通四辟，小大精粗，其运无乎不在。其明而在数度者，旧法世传之史尚多有之。其在于《诗》《书》《礼》《乐》者，邹鲁之士搢绅先生多能明之。——《诗》以道志，《书》以道事，〈礼〉以道行，〈乐〉以道和，〈易〉以道阴阳，〈春秋〉以道名分。——其数散于天下而设于中国者，百家之学时或称而道之。"其后，儒家的荀子谈到过五经的特点，《儒效》篇说："诗言是其志也，书言是其事也，礼言是其行也，乐言是其和也，春秋言是其微也"；汉代司马迁在《史记·太史公自叙》中也曾评价六经："易著天地阴阳四时五行，故长于变；礼经纪人伦，故长于行；书记先王之事，故长于政；诗记山川谿谷禽兽草木牝牡雌雄，故长于风；乐所以立，故长于和；春秋辩是非，故长于治人。是故礼以节人，乐以发和，书以道事，诗以达意，易以道化，春秋以道义。"三家之中，荀子不曾谈《易》，而郭沫若先生以为《易传》最终成于荀子。扬雄对五经特点的理解，显然有上述诸子所发议论的铺垫。

③ 杨明照：《增订文心雕龙校注》，第 26 页。

说体"" 《诗》说志""《春秋》说理"的总结几乎完全一致。

第二，扬雄对"五经美玉"的论述，使刘勰建立起"五经含文"的尚丽主张。《寡见》篇以美玉为喻，认为经典应该是文采华丽的：

> 或曰："良玉不雕，美言不文，何谓也?"曰："玉不雕，玙璠不作器。言不文，典谟不作经。"①

"玉不琢，不成器"，表明了璞玉需要雕琢打磨，使之更美；"美言不文"的说法，则是《老子》"信言不美，美言不信"的同义命题。扬雄认为，语言不美则不能动人，不能显示经典的美好深刻，"典谟"也不能再作经书了，意在说明经典是文采华美的。推导此说，来自扬雄主张的圣人"文质彬彬"与"心声心画"二论，扬雄认为圣人君子的修养内外皆美，文质相符，依据他"言如其人"与"文如其人"的理论可知，经典本是记载圣人言行的"亡则书"的作品，是华实相符的，故而五经含文，自然华美。《君子》篇说：

> 或问："君子言则成文，动则成德，何以也?"曰："以其弸中而彪外也。般之挥斤，羿之激矢。君子不言，言必有中也；不行，行必有称也。"②

屈原在《离骚》中说自己兼有"内美与修能"，即文质皆备，扬雄在此也尚内美。"弸中彪外"的提出，指出了内在修养的充实对外在文采"辉光"之美的意义。因此，圣人之文一定是华实相符的。扬雄的这一说法，是《文心雕龙》论述"圣文雅丽，衔华佩实"的最直接理论依据。《征圣》篇认为圣人文章文采焕然："远称唐世，则焕乎为盛；近褒周代，则郁哉可从。""焕乎为盛"，用的是孔子赞美尧帝时代文学发展繁荣的话；"郁哉可从"则直接引用的是孔子论述周代文学"郁郁乎文哉"的评价与"吾从周"的史学主张。二者的核心意思，都是指向"圣文美丽"这一主导内容。又说，圣文是"志足而言文，情信而辞巧，乃含章之玉牒，秉文之金科矣"，是文采华美的作品。同篇还记载了一个"颜阖以为，仲

---

① 王以宪、张广保：《法言注释》，第57页。
② 王以宪、张广保：《法言注释》，第119页。

尼'饰羽而画',徒事华辞"的"訾圣弗得"的故事,这个故事的核心,也是指向圣人孔子的华丽言辞。作为最伟大经典作家的孔子,其言辞华丽,则其文章必然华丽。《征圣》篇赞语说:"精理为文,秀气成采。"圣文是精义坚深而且文采华美的作品。正是在这样的理论铺垫基础上,刘勰才在最后推出了"圣文之雅丽,固衔华而佩实者也"这一总结性的论述。《宗经》篇说:

> 故扬子比雕玉以作器,谓"五经"之含文也。①

比照扬雄《法言》,我们可以看到,扬雄是经典"雅丽"理论的第一发现者。《文心雕龙》的研究者普遍认为,五经之中,除了《诗经》,要说其他四经"含文",是不太对头的,其他四经主要是"含雅""含质""含理""含奥",而不是"含文"。为了解决这个难题,刘勰不仅站在哲学的高度提出"文源于道,郁然有采"的依据,从根本上阐述"五经含文"一说;还在实践理论中取法扬雄,指出"五经含文"的先行论述者的意见,来充实、支撑自己的雅丽理论主张。这就从原理上、论据上两个角度证明了五经为什么"含文"这一难题,使得雅丽思想逾越了五经"雅而不丽"的事实障碍,成为全书中贯穿前后的文学尚美、文学正采主张的理论红线,并为矫正魏晋齐梁文学新变不当的不良倾向服务。

第三,刘勰关于《宗经》"六义"的界说,在扬雄《法言》中可以找到直接的理论论据。《法言》是刘勰《宗经》篇提出"六义"说,得出"风清""文丽"等说法的直接来源,刘勰全盘继承了扬雄对经典与圣人的评价。所谓"六义",是指经典的六大写作特点:

> 一则情深而不诡,二则风清而不杂,三则事信而不诞,四则义贞而不回,五则体约而不芜,六则文丽而不淫。②

刘勰主张"情深、风清、事信、义贞、体约、文丽"的六条标准,可以简单地归入属于文学内容的"情、事、义"三体与属于形式的"风、体、文"三体。刘勰论述的意见,实际上是扬雄已经讲过的话。《学行》:

---

① 杨明照:《增订文心雕龙校注》,第27页。
② 杨明照:《增订文心雕龙校注》,第27页。

或曰："猗顿之富以为孝，不亦至乎？颜其馁矣。"曰："彼以其粗，颜以其精；彼以其回，颜以其贞。颜其劣乎？颜其劣乎？"①

"六义"说中的"义贞而不回"，就是出自这里的。《吾子》：

或问："君子尚辞乎？"曰："君子事之为尚。事胜辞则伉，辞胜事则赋，事、辞称则经。足言足容，德之藻矣！"②

扬雄认为君子尚辞好辩，"事胜辞则伉，辞胜事则赋，事、辞称则经"的说法，直指"六义"说中的"事信而不诞"。《问神》则说：

或曰："《玄》何为？"曰："为仁义。"曰："孰不为仁？孰不为义？"曰："勿杂也而已矣。"③

或曰："淮南、太史公者，其多知与？何其杂也。"曰："杂乎杂，人病以多知为杂。惟圣人为不杂。"④

对比可以发现，刘勰关于五经"风清而不杂"与"体约而不芜"的论述，取法扬雄"惟圣人为不杂"一说。因为圣人"文质皆美"，《先知》篇说："圣人，文质者也。车服以彰之，藻色以明之，声音以扬之，诗书以光之。"诗书对于圣人文质的彰显与修养濡染作用很大，圣人要穿着藻色华美的车服来彰显美德，是华实相符的，故而"风清而不杂"。《吾子》中关于"诗人之赋丽以则，辞人之赋丽以淫"的论述，则显然是最重要的"文丽而不淫"的理论渊源。至于"情深"一条，《法言》论情不多，论道德仁义美则不少，"心声心画"说重视"情动"，情动于中，归根结底，还是内在修养的德义精神在起支配作用，所以"情深而不诡"扬雄虽然没有明言，也能找到依据。

第四，具体评论五经，比如《诗》《书》《春秋》《仪礼》等。《孝至》：

或问"泰和"。曰："其在唐、虞、成周乎？观《书》及《诗》温

---

① 王以宪、张广保：《法言注释》，第15页。
② 王以宪、张广保：《法言注释》，第17页。
③ 王以宪、张广保：《法言注释》，第40页。
④ 王以宪、张广保：《法言注释》，第40页。

温乎，其和可知也。"①

"泰和"一说，与孔子"尽善尽美"大体一致，是一种充实愉悦的中和之美，含有道德政教的意味，这就是儒家经典的特点。扬雄以文观政，指出文学反映时代政治的面貌，这就是刘勰《时序》篇的基本观点。同时，儒家经典风格"泰和"，是其主张的中和美的最好载体。刘勰化用此说，在风格八体的"得其环中""雅丽黼黻""正采彬彬"等中和美上大力提倡这个说法。《修身》论《仪礼》则曰：

《礼》多仪。或曰："日昃不食肉，肉必干；日昃不饮酒，酒必酸。宾主百拜而酒三行，不已华乎？"曰："实无华则野，华无实则贾，华实副则礼。"②

有人问：敬酒的礼节是不是太过于烦琐了呢？"宾主百拜而酒三行"，酒肉都不能食用了。扬雄说出了"华实副则礼"的话，来告诉对方，礼仪就是有这么重要。其实不是礼仪重要，而是礼仪是经典规定了的，必须如此。"华实副则礼"一说，与孔子"质胜文则野，文胜质则史，文质彬彬，然后君子"一说极为相似。虽然扬雄与孔子论述的是礼仪问题、修养问题，但是在后来的发展变化中，文质彬彬与华实相符都指向了文学作品内在美与外在美的和谐统一。《文心雕龙》的雅丽文学思想，出自孔子文质观与扬雄华实论，是儒家文艺美学思想的直接产物。《问明》篇：

孟子疾过我门而不入我室。或曰："亦有疾乎？"曰："摭我华而不食我实。"③

扬雄的华实观念主张内外双修、文质皆备。对于"摭我华而不食我实"的形式主义者，扬雄"疾"之，看不起，讨厌。推论而下，写文章不能只是追求文采之美，还要追求内容之充实、思想之健康、主旨之积极，等等。做到形式美与内容美、思想美与艺术美的统一为最好，所以雅丽思想的提出，正是为主张丽而且雅的写作之美寻找到了文质皆备的操作原理。

---

① 王以宪、张广保：《法言注释》，第130页。
② 王以宪、张广保：《法言注释》，第26页。
③ 王以宪、张广保：《法言注释》，第47页。

依据经典为支撑，扬雄评价了不少的著名作家作品。《君子》：

> 淮南说之用，不如太史公之用也。太史公，圣人将有取焉；淮南、鲜取焉尔。①

史书实录，取法圣人；淮南之说，取法道家。暗含儒家胜过道家的意见。同篇又说：

> 必也儒乎！乍出乍入，淮南也；文丽用寡，长卿也；多爱不忍，子长也。仲尼多爱，爱义也；子长多爱，爱奇也。②

扬雄论述的司马相如、刘安、司马迁等著名作家，其点评都非常准确。《文心雕龙》的《才略》篇与《史传》篇直接运用到了"文丽用寡，长卿"与"子长多爱，爱奇"的说法。《风骨》篇主张"翔集子史之术"，文学写作要向史书取法；同时谈到司马相如《大人赋》，"乃其风力遒也"，仙道之说感染力巨大，但是讽谏之旨不达。《汉书·扬雄传》：

> 雄以为赋者，将以风之也，必推类而言，极丽靡之辞，闳侈巨衍，竞于使人不能加也，既乃归之于正，然览者已过矣。往时武帝好神仙，相如上《大人赋》，欲以风，帝反缥缥有陵云之志。由是言之，赋劝而不止，明矣。③

"文丽用寡"一说，即对此而发。"极丽靡之辞，闳侈巨衍，竞于使人不能加也"论说的是汉代辞赋"巨丽"之美，这个美有其时代背景的原因，更有司马相如树立榜样而扬雄"追风入丽"的创作实践作为实证。"赋劝而不止"的"用寡"说，就是由"丽靡之辞"的"文丽"原因造成的。赋的优点、特点，也成为其弱点、缺点。事物的发展真是奇妙，充满了辩证法的影子。由此，再拓展到具体地评论历代典籍。《重黎》：

> 或问"《周官》"？曰："立事。""《左氏》"？曰："品藻。""太史史迁"？曰："实录。"④

---

① 王以宪、张广保：《法言注释》，第 120 页。
② 王以宪、张广保：《法言注释》，第 120 页。
③ (汉) 班固：《汉书》(影印本)，第 3575 页。
④ 王以宪、张广保：《法言注释》，第 86 页。

扬雄对儒家经典与史书的评价言简意赅，非常准确。刘勰《风骨》篇主张写作之道应该"熔铸经典之范，翔集子史之术"，是向扬雄取法得来的经验之谈。经典为思想规范，子书与史书为操作技法，二者结合，可以囊括古代的重要典籍，尤其是百家争鸣环境下的子书，作为后代学术思想的渊源，文章写作的法与术均来自于此。

因此，《文心雕龙》在"文之枢纽"部分提出的"原道—征圣—宗经"的理论脉络，无一不受扬雄学术思想的影响。

（二）《辨骚》论枢纽，扬雄为模范

"文之枢纽"的五篇专论，以《宗经》为核心，确立了"道—圣—经"的文学发展脉络，提出了"正纬""辨骚"的辩证新变观念。五篇结束，必然有一个文学基本观念的总结，否则"枢纽"之说无法成立。笔者以为，具体到写作实践层面，"文之枢纽"在《辨骚》篇中总结提出。

《文心雕龙》专门列出《辨骚》篇，对历史上各家评论楚辞的意见进行了综述，罗列了汉武帝、淮南王刘安、王逸、汉宣帝、班固等人的不同批评意见。之后指出：扬雄讽味，亦言"体同《诗》雅"。将扬雄的评论意见与前述诸人相提并论，表明扬雄是汉代楚辞评论中的重要一员，他的意见是：楚辞同于《诗三百》，其手法与雅正的歌诗一致。这表明扬雄是站在儒家立场上进行楚辞评论的。

之后，刘勰在《辨骚》篇中指出了楚辞与经典比较的四同与四异，表明楚辞是有着独立文学审美特征的独创性作品，可以称之为"奇文"。

刘勰极力赞美楚辞，指出："固知《楚辞》者，体宪于三代，而风杂于战国，乃《雅》《颂》之博徒，而词赋之英杰也。观其骨鲠所树，肌肤所附，虽取镕《经》旨，亦自铸伟辞。"楚辞是折衷诸家、正确新变的产物，最大的特点是自成一体，伟辞惊艳，"故能气往轹古，辞来切今，惊采绝艳，难与并能矣。"因此，看《文心雕龙》论述文学的基本态度，应该特别注意《辨骚》。刘勰对楚辞的赞美有三：一是"取镕《经》旨"，以儒家经典为创作思想指导；二是"风杂于战国"，受战国时代纵横家与阴阳家思想及其奇诡富丽之言说的影响，绝非儒家雅正之作；第三，最重要的是，楚辞能够不受诸家限制，正确新变，从而"自铸伟辞"，"惊采绝艳"。刘勰在此表明了自己在雅正基础上的崇丽文学观念。在此基础上，他总结"文之枢纽"，提出指导全书文体论、创作论、批评论的总原则是：

> 若能凭轼以倚《雅》《颂》，悬辔以驭楚篇，酌奇而不失其贞，玩华而不坠其实，则顾盼可以驱辞力，欬唾可以穷文致。①

这一原则折衷《诗》《骚》，推崇雅丽，坚守思想准则，鼓励大胆创新。是《文心雕龙》"驱辞穷文"的指导思想，是全书的"枢纽"所在。②

扬雄成为"枢纽"论中最重要的典范作家之一。首先，在论述到屈原楚辞的重大影响时，刘勰指出："枚贾追风以入丽，马扬沿波而得奇。其衣被词人，非一代也。"受屈原影响最深、学楚辞最成功的汉赋四家中，蜀占其二；而且"马扬沿波而得奇"，扬雄辞赋体现了鲜明的巴蜀地域文化特征：奇思纵逸，精妙绝伦。其次，在阐释完文章写作的"枢纽"论之后，刘勰认为只要注意到了雅丽、奇正结合的折衷原则，就可以很轻松地写作文章而不会出现差错，实际上是在间接地告诉读者：司马相如和扬雄就是历代最优秀的作家，写东西就得向他们的作品学习。这是对巴蜀作家的最高赞美，也是《文心雕龙》在全书展开论述后的标杆人物。

三、论文叙笔：《文心雕龙》文体论的立论榜样

文体论部分从《明诗》到《书记》，共计二十篇，每一篇均按照"原始以表末，释名以章义，选文以定篇，敷理以举统"的结构原则为主要脉络构成。扬雄在这二十篇文体论中占据了非常重要的位置，除了在《诠赋》篇中为刘勰的辞赋评论提供创作支持与理论支撑，在其他十几个篇目的文体创造和文学理论中也有精彩的表现。

（一）《诠赋》高峰与"丽淫丽则"

蜀中三杰在《诠赋》篇中联袂出场，星光灿烂，影响至今，其中，分量最重的是集作家与理论家、批评家于一身的扬雄。

刘勰以为辞赋"受命于诗人，拓宇于《楚辞》"，是中和《诗》《骚》

---

① 杨明照：《增订文心雕龙校注》，第51页。

② 王运熙先生称这一原则为创作论的总纲。从全书来看，这一原则可以归纳为雅丽文学思想，在文体论、创作论、批评论中均居于主导地位，这是《文心雕龙》一以贯之的基本文学思想，即全书之"枢纽"。

之后形成的文学新体裁，学者荀子是赋体文学的创造者。发展到西汉一朝时，赋体已有八大名家：

> 陆贾扣其端，贾谊振其绪，枚马播其风，王扬骋其势；皋朔已下，品物毕图。繁积于宣时，校阅于成世，进御之赋，千有馀首。讨其源流，信兴楚而盛汉矣。[1]

具体而言，这八大名家是陆贾、贾谊、枚乘、司马相如、王褒、扬雄、枚皋、东方朔。而从"讨其源流，兴楚而盛汉矣"的结论来看，辞赋与《诗经》显然并无源流关系，楚辞才是汉赋真正的源头，因此，辞赋之丽与楚辞之丽具有前后相承的因果关系。[2] 在具体讨论了京苑大赋与抒情小赋两类辞赋作品及其特征之后，刘勰又对先秦两汉赋体文学史进行了一次大阅兵：

> 观夫荀结隐语，事数自环；宋发夸谈，实始淫丽。枚乘《菟园》，举要以会新；相如《上林》，繁类以成艳；贾谊《鵩鸟》，致辨于情理；子渊《洞箫》，穷变于声貌；孟坚《两都》，明绚以雅赡；张衡《二京》，迅发以宏富；子云《甘泉》，构深玮之风；延寿《灵光》，含飞动之势：凡此十家，并辞赋之英杰也。[3]

引文中一共列出了十位最著名的辞赋作家：荀况、宋玉、枚乘、司马相如、贾谊、王褒、班固、张衡、扬雄、王延寿，刘勰称之为"辞赋之英杰也"。如此，不论是前文断代为西汉的八家，还是通观赋体文学史的十家，扬雄均名列其间。其中，蜀地作家司马相如与扬雄开启了京苑大赋的创作，王褒则开创了抒情小赋的先河。从汉赋开创之功与创作成就来看，即使再将人数压缩一半，扬雄也依然会稳居其中。

难能可贵的是，扬雄不仅在辞赋创作上引领诸家，而且有辞赋理论，

---

① 杨明照：《增订文心雕龙校注》，第96页。
② 汉代辞赋与儒家经典的前后继承关系很不明显，更多的是对屈原楚辞地继承，这在《辨骚》篇中有清楚地论述："枚贾追风以入丽，马扬沿波而得奇：其衣被词人，非一代也。"刘勰以为汉赋受《诗》之影响，主要是因为《宗经》观念的支配，"赋颂歌赞，则《诗》立其本"，文出五经，势在必行，因此不免牵强附会。
③ 杨明照：《增订文心雕龙校注》，第96页。

并且对汉赋创作与《文心雕龙》的文学理论产生了直接影响。

扬雄有丰富的辞赋创作经验和辞赋理论，是刘勰辞赋理论的直接导源者。扬雄的辞赋理论与司马相如密切相关。相如赋宏大巨丽，描写精彩生动，声色动人耳目，但弊在华丽过度，因此往往收不到想要的进谏结果。《史记·司马相如列传》载：

> 天子既美子虚之事，相如见上好仙道，因曰："上林之事未足美也，尚有靡者。臣尝为大人赋，未就，请具而奏之。"相如以为列仙之传居山泽间，形容甚瘫，此非帝王之仙意也，乃遂就大人赋。①

正是这篇赋，不仅没有收到良好的婉转进言的效果，还被扬雄作为"文丽用寡"的典型代表，遭到了批评。《汉书·扬雄传》：

> 雄以为赋者，将以风之也……既乃归之于正，然览者已过矣。往时武帝好神仙，相如上《大人赋》，欲以风，帝反缥缥有陵云之志。由是言之，赋劝而不止，明矣。②

赋的写作太过靡丽，③ 语词虚诞，不着边际，美则美矣，主题被冲得很淡，到了"曲终奏雅"的时候，读者已经被那些奇思妙想与闳侈巨衍的夸饰描写完全吸引，不知道作者要说什么忠言建议了。司马相如苦心经营的《大人赋》，比《上林赋》更加绮靡虚诞，其用意本来是想借此提醒汉武帝不要铺张浪费，结果却适得其反。扬雄"文丽用寡"一说，真实地反映了相如赋巨丽而不实用的特点。从文学审美的角度看，相如赋最为壮丽；但从以文干政的角度看，扬雄也不无道理。

在《法言》一书中，伴随儒家经典华美思想的是扬雄的辞赋评论，我们可以从中看到晚年扬雄与青壮年时代扬雄的截然不同。扬雄早年追慕相如赋并写了许多模拟之作，还对屈原楚辞进行了若干仿作；晚年则因为政治失意，对辞赋功能产生了怀疑，对辞赋作家的低下地位心怀不满，因而对辞赋创作产生了不满，这种不满，集中表现在《吾子》篇"童子雕虫篆

---

① （汉）司马迁：《史记》（影印本），第3056页。
② （东汉）班固：《汉书》（影印本），第3575页。
③ "赋"在此处主要指相如赋与扬雄诸赋。扬雄青壮年时仰慕相如，于是模拟相如赋作，声名鹊起。其后因仕途不畅，又见赋家地位低下，赋作功能有限，遂有此说。事见《汉书·扬雄传》。

刻"，故而"壮夫不为"的论述中。然后，扬雄以纺织为喻，回答提问者对辞赋华美的赞誉：

> 或曰："雾縠之组丽。"曰："女工之蠹矣。"①

提问者说，丝织品像薄雾般的轻纱那样透明美丽，意在赞美辞赋文采华丽的特性。"雾縠"一词，主要指"薄雾般的轻纱"，宋玉《神女赋》、司马相如《子虚赋》均有使用，指向华丽之美。② 但是扬雄回答说这是纺织品中的蛀虫子。扬雄"女工之蠹"一说，显然是指辞赋的华丽并不好，这就指出了相如赋（按：实则包含他自己的赋作）"文丽用寡"的问题。扬雄论辞赋之丽，与司马相如立场不同：扬雄是站在辞赋讽谏功能之"用"的立场上来说的；司马相如是站在创作方法之"质"的角度来说的。一个讲究要致用，一个论述纯文学，两人的意见其实都是对的。扬雄这个意见，并非他的独创，他用的是刘向《说苑·反质》中的原话：

> 1. 宫墙文画，雕琢刻镂。③
> 2. 雕文刻镂，害农事者也。锦绣纂组，伤女工者也。④

刘向以"雕文刻镂"对言"锦绣纂组"，批评这些做法是饥寒之本原，扬雄则以"雕虫篆刻"对言"雾縠之组丽"。只不过刘向用的是本义，指建筑上的雕饰，而扬雄用的是引申义，特指对文章的雕饰。辞赋雕饰过多，文采过度，伤害了文义内质。扬雄的这个意见，集中体现在"丽淫丽则"说的提出，《吾子》：

---

① 王以宪、张广保：《法言注释》，第 17 页。
② 该词含义有二：一是指"薄雾般的轻纱"。《文选·〈神女赋〉》："动雾縠以徐步兮，拂墀声之珊珊。"李善注："縠，今之轻纱，薄如雾也。"《文选·〈子虚赋〉》："于是郑女曼姬，被阿緆，揄紵缟，杂纤罗，垂雾縠。"刘良注："雾縠，其细如雾，垂之为裳也。"前蜀魏承班《渔歌子》词："柳如眉，云似发，鲛绡雾縠笼香雪。"清郑爕《大中丞尹年伯赠帛》诗："忽惊雾縠来相赠，便剪春衫好出游。"朱自清《温州的踪迹》三："这也是个瀑布；但是太薄了，又太细了。有时闪着些须的白光；等你定睛看去，却又没有——只剩一片飞烟而已。从前有所谓'雾縠'，大概就是这样了。"二是指"像轻纱一样的烟云薄雾"。五代和凝《临江仙》词："海棠香老春江晚，小楼雾縠涳濛。"宋苏轼《龙尾石月砚铭》："婁婁兮雾縠，宛宛兮黑白。"这两种含义均指华美飘逸之美物美景，辞赋用此，以称其辞藻之华美。
③ 向宗鲁：《说苑校证》，中华书局 1987 年版，第 515 页。
④ 向宗鲁：《说苑校证》，第 519 页。

或问："景差、唐勒、宋玉、枚乘之赋也，益乎?"曰："必也淫。""淫则奈何?"曰："诗人之赋丽以则，辞人之赋丽以淫。如孔氏之门用赋也，则贾谊升堂，相如入室矣。如其不用何?"①

对扬雄的话，我们可以作这样的理解："诗人之赋丽以则"是指这一类的赋不失讽喻精神，虽"丽"而有法度；"辞人之赋丽以淫"则指这一类赋作在辞章手法上过分注重修饰，而失去了讽谏的意义。这里的"诗人之赋"，所指当是屈原的骚赋，刘安、王逸、汉宣帝，以及后来的刘勰等人均认为屈原的赋符合《诗经》的精神，所以称为"诗人之赋"；辞人之赋指的唐勒、景差、宋玉、枚乘之赋，其实就是指的汉代大赋。"淫"是过分的意思，辞赋"巨丽"，过分了。所以，这是扬雄滋生"文丽用寡，长卿也"一说的理论依据，也是他认为辞赋"劝而不止"的"无用"论的根本原因。从本段来看，扬雄对贾谊、相如的作品是很推崇的，可谓是孔氏之门登堂入室的好作品，但是，"如其不用何"，也就没有办法了。

依据对辞赋"丽则丽淫"的意见，扬雄顺带论述了他的正声雅乐观，提出"明视"以辨别"苍蝇红紫""聪听"以区分"郑卫之似"的主张；同时提出"中正"之说，论述了"中正则雅""中正以平"的"和乐"美；并对"女有色，书亦有色"的外在纹饰美再一次做了强调，指出"女恶华丹之乱窈窕也，书恶淫辞之淈法度也"的"正色正采"观，继续巩固他"丽则"一说的重要性。我们从这里既可以看到扬雄受孔子雅乐正色观的影响痕迹，也可以看到扬雄对刘勰《文心雕龙》的巨大影响，《诠赋》指出"立赋之大体"：

原夫登高之旨，盖睹物兴情。情以物兴，故义必明雅；物以情观，故词必巧丽。丽词雅义，符采相胜，如组织之品朱紫，画绘之差玄黄。文虽新而有质，色虽糅而有本，此立赋之大体也。②

最根本的要求就是"丽词雅义，符采相胜"，雅而且丽，文质彬彬，不能脱离"衔华佩实"的雅丽之风，这不仅是刘勰坚持的辞赋创作理论和鉴

---

① 王以宪、张广保：《法言注释》，第17页。
② 杨明照：《增订文心雕龙校注》，第97页。

赏理论，也是《文心雕龙》全书对一切文章的最高审美要求，在文体论的其他篇章中反复提倡折衷雅丽的原则。因此，单纯走向质朴或单纯追求华丽都是错误的。刘勰更多的是针对文学发展由质趋文的靡丽繁缛趋势提出批评，在《情采》《比兴》《夸饰》《物色》等重要专题中均直接将诗骚对举，而把矛头对准辞赋"淫丽"之弊，意在回归雅丽之正采，不为讹滥之歪风，为当代文学的创作找到一条正确的发展途径，可谓用心良苦。

在《情采》篇中，刘勰指出："昔诗人什篇，为情而造文；辞人赋颂，为文而造情。……故为情者要约而写真，为文者淫丽而烦滥。而后之作者，采滥忽真，远弃《风》《雅》，近师辞赋：故体情之制日疏，逐文之篇愈盛。"[1] 辞赋淫丽，文采繁缛，后代作者应该向"要约写真"之途回归，否则就会越滑越远，讹滥丛生。《比兴》篇以为："炎汉虽盛，而辞人夸毗；诗刺道丧，故'兴'义销亡。于是赋颂先鸣，故'比'体云构，纷纭杂遝，倍旧章矣。"[2] 从比兴修辞手法兴废的角度讨论到汉代辞赋兴盛的原因和弊端，指出《雅》《颂》胜于辞赋，汉赋不如周《诗》，原因就在于夸饰过度。《夸饰》篇集中批评了辞赋创作华美伤质的弊端："自宋玉、景差，夸饰始盛；相如凭风，诡滥愈甚。……验理则理无可验，穷饰则饰犹未穷矣。……虚用滥形，不其疏乎？此欲夸其威，而其事义睽刺也。"[3] 一句话，辞赋夸张虚诞，言过其实，必须回归雅正之途："若能酌《诗》《书》之旷旨，翦扬马之甚泰，使夸而有节，饰而不诬，亦可谓之懿也。"[4] 《物色》篇比较了《诗经》与楚辞汉赋在景物描写方面的异同，一针见血地指出"诗人丽则而约言，辞人丽淫而繁句"这一精约风格之利与繁缛风格之弊。

从《诠赋》《情采》《比兴》《夸饰》《物色》等专门论述辞赋利弊、提倡丽词雅义的篇章中，我们可以非常清晰地看到扬雄"丽则丽淫"的辞赋评论所产生的贯通作用。《文心雕龙》对待楚辞汉赋的基本态度就是"丽以淫"，基本的解救方法就是"丽以则"，主张折衷《诗》《骚》，"风

① 杨明照：《增订文心雕龙校注》，第 416 页。
② 杨明照：《增订文心雕龙校注》，第 456—457 页。
③ 杨明照：《增订文心雕龙校注》，第 466 页。
④ 杨明照：《增订文心雕龙校注》，第 466 页。

归丽则",形成"丽词雅义",与经典雅丽之美趋向一致。

所以,《诠赋》篇明确指出:"然逐末之俦,蔑弃其本,虽读千赋,愈惑体要。遂使繁华损枝,膏腴害骨,无贵风轨,莫益劝戒。此扬子所以追悔于雕虫,贻诮于雾縠者也。"① 将扬雄认为作赋属于"童子雕虫篆刻"系列的观点抬出来,认为这是"壮夫不为"的小事。因为华丽过度会走向反面,会令人生厌。而赞语提出"风归丽则"的辞赋创作风格标准,直接语出扬雄,实际上正是《征圣》篇"圣文雅丽"说的直接表述。因为圣文雅而不丽,辞赋丽而不雅,诗骚结合,方可真正做到"衔华佩实"之彬彬正采,实现符采相胜的审美目的。雅丽结合的原则适用于一切文章的创作、审美与鉴赏批评,成为贯通全书的基本文学美学思想。

可以说,扬雄"五经含文"的文艺思想与"丽则丽淫"的辞赋评论,是《文心雕龙》雅丽文学思想的直接理论渊源之一。

(二)"论文叙笔"与经典创作

除了人所熟知的辞赋创作与理论贡献,扬雄在各类文体的创作及理论上同样有突出的贡献。

在《颂赞》篇中,刘勰开篇指出:"颂者,容也,所以美盛德而述形容也。……夫化偃一国谓之风,风正四方谓之雅,雅容告神谓之颂。风雅序人,故事兼变正;颂主告神,故义必纯美。"扬雄作为汉代颂体文学的首席代表出场:"若夫子云之表充国,……其褒德显容,典章一也。"②《赵充国颂》是扬雄的著名散文之一,其文曰:

> 明灵惟宣,戎有先零,先零昌猖狂,侵汉西疆。汉命虎臣,惟后将军,整我六师,是讨是震。既临其域,谕以威德,有守矜功,谓之弗克。请奋其旅,于罕之羌,天子命我,从之鲜阳。营平守节,屡奏封章,料敌制胜,威谋靡亢。遂克西戎,还师于京,鬼方宾服,罔有不庭。昔周之宣,有方有虎,诗人歌功,乃列于《雅》。在汉中兴,充国作武,赳赳桓桓,亦绍阙后。③

---

① 杨明照:《增订文心雕龙校注》,第 97 页。
② 杨明照:《增订文心雕龙校注》,第 108 页。
③ 文见《汉书·赵充国传》及《文选》卷四十七。

赵充国（公元前 137 年—公元前 52 年），字翁孙，汉族，原为陇西上邽（今甘肃天水）人，后移居湟中（今青海西宁地区），西汉著名将领。为人有勇略，熟悉匈奴和氏羌的习性，汉武帝时，随贰师将军李广利出击匈奴，率领七百壮士突出匈奴的重围。被汉武帝拜为中郎，官居车骑将军长史。汉昭帝时，历任大将军（霍光）都尉、中郎将、水衡都尉、后将军，将军击败武都郡氏族的叛乱，出击匈奴，俘虏西祁王。汉昭帝死后，参与霍光尊立汉宣帝事，封营平侯。后任蒲类将军、后将军、少府，神爵元年（公元前 61 年），汉宣帝用他的计策，平定羌人的叛乱，并进行屯田。第二年，诸羌人投降，赵充国病逝后，谥号壮。汉成帝派人给他画像追颂。

在这篇颂体文章中，扬雄以精炼的语言概述了赵充国将军的行伍军功和生平事迹，高度赞美了赵将军保家卫国、开疆拓土、巩固边防、为国立功的英雄壮举和个人美德，其文受皇命而为，"义必纯美"，也是赵将军身为"在汉中兴"名臣赢得的身后令名。《左庵文论》曰："扬雄《赵充国颂》将充国一生战功皆括于内，最为切题。"

在《铭箴》篇中，扬雄模范儒家经典《尚书》之体例所创作的《百官箴》，则是历代箴体文学中最精彩的作品：

> 箴者，针也；所以攻疾防患，喻针石也。斯文之兴，盛于三代。《夏》《商》二箴，馀句颇存。周之辛甲，百官箴阙，唯《虞箴》一篇，体义备焉。
>
> 迨至春秋，微而未绝。故魏绛讽君于后羿，楚子训民于在勤。战代以来，弃德务功，铭辞代兴，箴文委绝。至扬雄稽古，始范《虞箴》，作《卿尹》《州牧》二十五篇。及崔、胡补缀，总称《百官》。指事配位，鬐鉴有征，可谓追清风于前古，攀辛甲于后代者也。①

扬雄继承古人，重兴箴文，《百官箴》继往开来，可称楷模。因其箴文篇目甚众，文字过多，在此不一一引征出来。而以附录形式列于书后，以飨读者。

扬雄有才，这是毫无疑问的事实，但在诔体文学的创作中，却脱离了

---

① 杨明照：《增订文心雕龙校注》，第 140 页。

拟古的范式，因而出现弊病，《诔碑》云："诔者，累也，累其德行，旌之不朽也。"是一种表彰死者功业德行，表达哀悼之情的文章，而且主要用于皇族、贵族、名臣、名将等高级别人物身后纪念之用，与颂体、铭文差不多。《汉书》卷九十八《元后传》记述了王莽姑姑王政君一生的主要经历和事迹，元后去世后，王莽召集扬雄，让他写了《元后诔》，其文曰：

> 新室文母太后崩，天下哀痛，号哭涕泗，思慕功德，咸上柩，诔之铭曰：
>
> 惟我有新室文母圣明皇太后，姓出黄帝，西陵昌意。实生高阳，纯德虞帝。孝闻四方，登陟帝位。禅受伊唐，爰初胙土。陈田至王，营相厥宇。度河济旁，沙麓之灵。太阴之精，天生圣姿。豫有祥祯，作合于汉。配元生成，孝顺皇姑。圣敬齐庄，内则纯备。后烈盃光，肇初配元。天命是将，兆征显见。新都黄龙，汉成既终。胤嗣匪生，哀帝承祚。惟离典经，尚进言异。大命俄颠，厥年夭陨。大终不盈，文母览之。千载不倾，博选大智。新都宰衡，明圣作佐。与图国艰，以度厄运。征立中山，庶其可济。博采淑女，备其侄娣。觐礼高禖，祈庙嗣继。靡格匪天，靡动匪地。穆穆明明，昭事上帝。弘汉祖考，夙夜匪懈。兴灭继绝，博立侯王。亲睦庶族，昭穆序明。帝致支属，靡有遗荒。咸被祚庆，冀以金火。赤仍有央，勉进大圣。上下兼该，群祥众瑞。正我黄来，火德将灭。惟后于斯，天之所坏。人不敢支，哀平夭折。百姓分离，祖宗之怨。终其不全，天命有托。谪在于前，属遭不造。荣极而迁，皇天眷命。黄虞之孙，历世运移。属在圣新，代于汉刘。受祈于天，汉祖受命。赤传于黄，摄帝受禅。立为真皇，允受厥中。以安黎众，汉祖黜废，移定安公。皇皇灵祖，惟若孔臧。降兹圭璧，命服有常。为新帝母，鸿德不忘。钦德伊何，奉命是行。菲薄服食，神祇是崇。尊不虚统，惟祇惟庸。隆循人敬，先民是从。承天祇家，允恭虔恪。丰阜庶卉，旅力不射。恤民于留，不皇诡作。别计千邑，国之是度。还奉于此，以处贫薄。罢苑置县，筑里作宅。以处贫穷，哀此嫠独，起常盈仓，五十万斛。为诸生储，以劝好学。志在黎元，是劳是勤。春巡灞沪，秋臻黄山。夏抚樗杜，冬恤湿樊。

大射飨饮，飞羽之门。绥宥耆幼，不拘妇人。刑女归家，以育贞信。
玄冥季冬，搜狩上兰。寅宾出日，东秩旸谷。鸣鸠拂羽，胜降桑木。
蚕于茧馆，躬执筐曲。帅导群妾，咸修蚕蔟。分茧理丝，女工是敕。
遐迩蒙祉，中外禔福。自京逮海，靡不仰德。成类存生，秉天地经。
无物不理，无人不宁。尊号文母，与新有成。世奉长寿，靡堕有倾。
著德太常，注诸疏旌。呜呼哀哉，以昭鸿名。享国六十，殂落而崩。
四海伤怀，擗踊拊心。若丧考妣，遏密入音。呜呼哀哉，万方不胜。
德被海表，弥流魂精。去此昭昭，就彼冥冥。忽兮不见，超兮西征。
既作下宫，不复故庭。爰缀伊铭，呜呼哀哉。

刘勰评论道："暨乎汉世，承流而作。扬雄之诔元后，文实烦秽。沙麓撮其要，而挚疑成篇；安有累德述尊，而阔略四句乎？"[1] "元后"指西汉元帝之皇后王政君。扬雄的《元后诔》在《艺文类聚》卷十五、《全汉文》卷五十四均有辑录，但在《汉书》卷九十八《元后传》中只引用了"太阴之精，沙麓之灵，作合于汉，配元生成"这四句，晋代文论家挚虞没有见到扬雄本文的全貌，所以在《文章流别论》中怀疑全文只有这四句。沙麓，山名，在河北省大名县东。《元后传》："昔《春秋》沙麓崩。"指的是《春秋》僖公十四年"沙麓崩"一事。《公羊传》曰："沙鹿者何？河上之邑也。"刘勰"沙麓撮其要"一说，指的就是《汉书》中记载的这四句，已撮举全文的要领。因沙麓，指元后生长的地方。刘勰认为"文实烦秽"，实际上上撮其要领，也不过是这四句话。

按刘勰之论，诔体文学需要"辞哀而韵长"，扬雄之文哀辞过度，太过繁杂，因而损伤了整体的效果。文体各有特点，创作时需要遵循该体的特殊要求，否则就会出现偏差，这种观点与《定势》篇"因情立体，即体成势"之说完全符合，可见《文心雕龙》上下篇之间衔接紧密，体系严谨。

但细读全文，《元后诔》绝不是上述四句即可概括要领的；再细读刘勰原话，他是针对挚虞的怀疑来说的：这篇文章"累德述尊"，怎么会只有这四句呢？

---

① 杨明照：《增订文心雕龙校注》，第154—155页。

在《哀吊》篇中，扬雄作为吊体文学的主要代表联袂出场："扬雄吊屈，思积功寡，意深反《骚》，故辞韵沈腴。"[1] 扬雄追悼屈原，仿屈原《离骚》体式作《反离骚》，《汉书·扬雄传》载有此事及此文：

先是时，蜀有司马相如，作赋甚弘丽温雅，雄心壮之，每作赋，常拟之以为式。又怪屈原文过相如，至不容，作《离骚》，自投江而死，悲其文，读之未尝不流涕也。以为君子得时则大行，不得时则龙蛇。遇不遇，命也。何必湛（沈）身哉！乃作书，往往摭《离骚》文而反之，自岷山投诸江流以吊屈原，名曰《反离骚》；又旁（傍）《离骚》作重一篇，名曰《广骚》，又旁（傍）《惜诵》以下至《怀沙》一卷，名曰《畔牢愁》。《畔牢愁》《广骚》文多不载，独载《反离骚》，其辞曰：

有周氏之蝉嫣兮，或鼻祖于汾隅，灵宗初谍伯侨兮，流于末之扬侯. 淑周楚之丰烈兮，超既离乎皇波，因江潭而记兮，钦吊楚之湘累，惟天轨之不辟兮，何纯絜而离纷！汉十世之阳朔兮，招摇纪于周正，正皇天之清则兮，度后土之方贞。图累承彼洪族兮，又览累之昌辞，带钩矩而佩衡兮，履欃枪以为綦。素初贮厥丽服兮，何文肆而质！资娵娃之珍髢兮，鬻九戎而索赖。凤皇翔于蓬陼兮，岂驾鹅之能捷！骋骅骝以曲艰兮，驴骡连蹇而齐足. 积棘之榛榛兮，蝯貁拟而不敢下，灵修既信椒、兰之唼佞兮，吾累忽焉而不蚤睹？衿芰茄之绿衣兮，被夫容之朱裳，芳酷烈而莫闻兮，（固）不如襞而幽之离房。闺中容竞淖约兮，相态以丽佳，知嫭嫭之嫉妒兮，何必扬累之蛾？懿神龙之渊潜，垠庆云而将举，亡春风之被离兮，孰焉知龙之所处？愍吾累之觿芬兮，扬之芳苓，遭季夏之凝霜兮，庆天鵙而丧荣. 横江、湘以南兮，云走乎彼苍吾，驰江潭之泛溢兮，将折衷虖重华。舒中情之烦或兮，恐重华之不累与，陵阳侯之素波兮，岂吾累之独见许？精琼靡与秋菊兮，将以延夫天年；临汨罗而自陨兮，恐日薄于西山。解扶桑之总辔兮，纵令之遂奔驰，鸾皇腾而不属兮，岂独飞廉与云师！卷薜芷与若蕙兮，

① 杨明照：《增订文心雕龙校注》，第168页。

临湘渊而投之；椓申椒与菌桂兮，赴江湖而沤之。费椒稰以要神兮，又勤索彼琼茅，违灵氛而不从兮，反湛身于江皋！累既夫傅说兮，奚不信而遂行？徒恐鹈鴂之将鸣兮，顾先百草为不芳！初累弃彼虑妃兮，更思瑶台之逸女，抒雄鸠以作媒兮，何百离而曾不壹耦！乘云霓之旖柅兮，望昆仑以樛流，览四荒而顾怀兮，奚必云女彼高丘？既亡鸾车之幽蔼兮，（焉）驾八龙之委蛇？临江濒而掩涕兮，何有九招与九歌？夫圣哲之（不）遭兮，固时命之所有；虽增欷以于邑兮，吾恐灵修之不累改．昔仲尼之去鲁兮，斐斐迟迟而周迈，终回复于旧都兮，何必湘渊与涛濑！溷渔父之啁歠兮，絜沐浴之振衣，弃由、聃之所珍兮，跖彭咸之所遗！①

扬雄之所以要写《反离骚》，是想借此表明自己对屈原沉江而死行为的不支持态度，命运在天，不必强求。这种委曲求全、明哲保身的态度从扬雄一生的命运遭际中可以找到范例，新莽政权建立之后，扬雄为存身保命，写了《剧秦美新》一文，为天下笑。不过文人之命运往往不在自己手上，不必苛求。

刘勰也主要是从音韵声律等形式方面入手来评价本文，他认为扬雄为哀吊屈原而写《反离骚》时思考虽多，但成就不大；其立意重在反诘《离骚》，所以文辞音韵很不流畅，有伤声韵之美。在《原道》篇中，刘勰认为："傍及万品，动植皆文：……至于林籁结响，调如竽瑟；泉石激韵，和若球锽：故形立则章成矣，声发则文生矣。夫以无识之物，郁然有采，有心之器，其无文欤？"② 自然界的动植物天然地具有外在形式美与声律音乐美，文章源于自然之道，故而必然兼备形式文采之美与音韵声律之美。这一思想在《情采》篇中也有所体现："圣贤书辞，总称文章，非采而何？……故立文之道，其理有三：……二曰声文，五音是也；……五音比而成《韶》《夏》，……神理之数也。"③ 将文章本源归结到自然"神理之数"，要达到文采华丽、音韵和谐的审美之境。专论音韵修辞的《声律》

---

① （汉）班固：《汉书》（影印本），第3515—3521。
② 杨明照：《增订文心雕龙校注》，第1页。
③ 杨明照：《增订文心雕龙校注》，第415页。

篇提出"声转于吻，玲玲如振玉；辞靡于耳，累累如贯珠"的"和韵"之说，作为衡量文章音韵美的标准。刘勰以为，屈原楚辞本就声韵不谐，"《楚辞》辞楚，故讹韵实繁"，扬雄反之，故韵律更为艰涩。可见刘勰论文既要文采雅丽，又要声律和谐，要求很高。

在论述精巧丽文的《杂文》篇中，扬雄独创了"连珠"这一文体：

> 宋玉含才，颇亦负俗，始造《对问》，以申其志，放怀寥廓，气实使文。及枚乘摛艳，首制《七发》，腴辞云构，夸丽风骇。盖七窍所发，发乎嗜欲，始邪末正，所以戒膏粱之子也。扬雄覃思文阁，业深综述，碎文琐语，肇为《连珠》；珠连其辞，虽小而明润矣。凡此三者，文章之枝派，暇豫之末造也。①

"连珠"之体"小而明润"，与"对问""七体"一道，是"文章之枝派，暇豫之末造"，属于把玩尚可而偏离正道的休闲文学，扬雄作为"连珠"体裁的创造者，显示了他过人的文体写作能力和独创精神。

连珠，谓辞句连续，互相发明，历历如贯珠，故谓。傅玄叙连珠，称这种文体的特点是义明而词净，事圆而音泽。此后这种文体在东汉章帝之世盛行一时，班固、贾逵、傅毅三人受诏而作，而蔡邕广连珠又踵事增华，班固喻美辞壮，贾逵儒而不艳，傅毅文而不典，蔡邕言质辞碎。

连珠体的起源，傅玄《连珠序》认为："兴于汉章之世，班固、贾逵、傅毅三子受诏作之。"刘勰《文心雕龙·杂文》指出："扬雄覃思文阁，业深综述，碎文琐语，肇为《连珠》。"大概是平时写好的片段，没有派上用场的，就集在一起，成了"连珠"。则连珠之作，始于扬雄。沈约《注制旨连珠表》也认为："连珠之作，始自子云。"从现存文献看，也以扬雄《连珠》为最早。

傅玄《连珠序》又曰："其文体辞丽而言约，不指说事情，必假喻以达其旨，而贤者微悟，合于古诗劝兴之义。欲使历历如贯珠，易睹而可悦，故谓之连珠也。班固喻美辞壮，文章弘丽，最得其体。蔡邕似论，言质而辞碎，然旨笃矣。贾逵儒而不艳。傅毅有文而不典。"对连珠的体裁风格作

---

① 杨明照：《增订文心雕龙校注》，第180页。

了准确的阐述，并论述了各家作品风格之得失。

扬雄创造的连珠体裁，产生了深远的创作影响，刘勰综述说："自《连珠》以下，拟者间出。杜笃、贾逵之曹，刘珍、潘勖之辈，欲穿明珠，多贯鱼目。可谓寿陵匍匐，非复邯郸之步；里丑捧心，不关西施之颦矣。唯士衡运思，理新文敏，而裁章置句，广于旧篇，岂慕朱仲四寸之珰乎！夫文小易周，思闲可赡，足使义明而词净，事圆而音泽，磊磊自转，可称珠耳。"[①] 东汉、三国、魏晋时期，模拟写作和以此闻名者层出不穷。在文学史上连珠体创作最有名的莫过于陆机《演连珠》五十首，见《文选》收录。此后谢灵运《连珠集》五卷、刘祥《连珠十五首》、陈证《连珠》十五卷、黄芳《连珠》一卷、梁武帝《连珠》一卷，和者数十人。

同时，扬雄在"对问"体裁的创作中也有佳作："自《对问》以后，东方朔效而广之，名为《客难》，托古慰志，疏而有辨。扬雄《解嘲》，杂以谐谑，回环自释，颇亦为工。……虽迭相祖述，然属篇之高者也。"[②] 扬雄《解嘲》采用主客互答的形式，内容上半是幽默诙谐，半是讽刺申辩，"回环自释，颇亦为工"，位居历代九家"对问"文学代表之一，成就引人瞩目。据班固《汉书》等文献记载，扬雄《解嘲》文曰：

> 哀帝时，丁傅董贤用事，诸附离之者，恨莳至二千石。时雄方草创太玄，有以自守，渭如也。人有嘲雄以玄之尚白，雄解之，号曰解嘲。其辞曰：
>
> 客嘲杨子曰："吾闻上世之士，人纲人纪，不生则已，生必上尊人君，下荣父母，析人之圭，儋人之爵，怀人之符，分人之禄，纡毂拖紫，朱丹其毂。今吾子幸得遭明盛之世，处不讳之朝，与群贤同行，历金门，上玉堂有日矣，曾不能画一奇，出一策，上说人主，下谈公卿。目如耀薛，舌如电光，一从一横，论者莫当，顾默而作太玄五千文，枝叶扶疏，独说数十蟫万言，深者入黄泉，高者出苍天，大者含元气，细者入无间。然而位不过侍郎，擢才给事黄门。苟者玄得无尚白乎？何为官之拓落也？"

---

① 杨明照：《增订文心雕龙校注》，第181—182页。
② 杨明照：《增订文心雕龙校注》，第181页。

293

杨子笑而应之曰："客徒朱丹吾毂，不知一跌将赤吾之族也。往昔周网解结，群鹿争逸，离为十二，合为六七，四分五剖，并为战国。士无常君，国无定臣，得士者富，失士者萝，矫翼毁翮，恣笪所存，故士或自盛以橐，或凿坏以掖。是故邹衍以颉颃而取世资；孟轲虽连蹇犹为万乘赐。

"今大汉左东海，右渠搜，前番禺，后椒涂。东南一尉，西北一候。徽以纠墨，制以钻咮，散以礼乐，风以诗书，旷以岁月，结以倚庐。天下之士，雷动云合，鱼鳞杂袭，咸营于八区。莉莉自以为椓契，人人自以为皋陶。戴继垂缨，而谈者皆拟于阿衡；五尺童子，羞比晏婴与夷吾。当涂者升毂云，失路者委沟渠。旦握权则为卿相，夕失势则为匹夫。譬若江湖之崖，渤澥之隐，乘雁集不为之多，双凫飞不为之少。昔三仁去而殷墟，二老归而周炽，子胥死而吴亡，种蠡存而越霸，五羖入而秦喜，乐毅出而福俱，范雎以折折而危穰潅，蔡泽以噤吟而笑唐举。故当其有事也，非萧曹子房平锤樊霍则不能安，当其无事也，章句之徒相与坐而守之，亦无所凌。故世乱则圣哲驰骛而不足；世治则庸夫高枕而有蜉。

"夫上世之士，或解缚而相，或释褐而傅；或倚夷门而笑，或横江潭而渔；或七十说而不遇；或立谈而封潅；或枉千乘于陋巷，或拥篲而先驱。是以士颇得恲其舌而奋其笔，室隙蹈瑕而无所诎也。当今县令不请士，郡守不迎赐，群卿不揖客，将相不偄眉；言奇者见疑，行殊者得辟。是以欲谈者卷舌而同声，欲步者拟足而投迹。向使上世之士，处乎今世，策非甲科，行非孝廉，举非方正，独可抗疏，时道是非，高得待诏，下触闻饼，又安得毂紫？

"且吾闻之，炎炎者灭，隆隆者绝；观雷观火，为盈为实；天收其声，地藏其热。高明之莉，鬼瞰其室。攫挐者亡，默默者存；位极者高危，自守者身全。是故知玄知默，守道之极；爰清爰诼，游神之庭；惟眹惟坏，守膣之宅。世异事变，人道不殊，彼我易时，未知何如。今子乃以鸱枭而笑凤皇，执蝘蜓而嘲蕤庄，不亦病乎！子之笑我玄之尚白，吾亦笑子病甚不遇俞跗与扁鹊也，悲夫！"

客曰："然则靡玄无所成名乎？范蔡以下，何必玄哉？"

杨子曰："范雎，魏之亡命也，折胁折髂，免于徽索，翕肩蹈跖，扶服入橐，激掉万乘之主，介泾阳，抵穰侯而代之，当也。蔡泽，山东之匹夫也，颣秵折頞，涕唾流沫，西揖强秦之相，搤其咽而亢其气，韬其眯而夺其位，时也。天下已定，金革已平，都于洛阳，娄敬委辂脱挽，掉三寸之舌，建不拔之策，举中国徙之长安，哿也。五帝垂典，三王传礼，百世不易，叔孙通恨于慑鼓之间，解甲投戈，遂作君臣之仪，得也。吕刑靡敝，秦法酷烈，圣汉权制，而萧何造律，宜也。故有造萧何之律于唐虞之世，则蜎矣。有作叔孙通仪于夏殷之时，则惑矣；有建娄敬之策于成周之世，则乖矣；有谈范蔡之说于金张许史之间，则狂矣。夫萧规曹随，吨潍画策，陈平出奇，功若泰山，响若坻隤，虽其人之砭智哉，亦会其时之可为也。故为可为于可为之时，则从；为不可为于不可为之时，则凶。若夫蔺生收功于章台，四皓采荣于南山，公孙创虹于金马，骠骑发迹于祁连，司马长卿窃赀于卓氏，东方朔割炙于细君。仆诚不能与此数子并，故默然独守吾太玄。"[1]

《解嘲》是扬雄于在西汉末年（公元 5 年）写的一篇赋文。《解嘲》立足汉代，对历史上的人物和事件进行审视，展开纵横捭阖的评说，从中抒发了作者的愤懑之情与落拓之志。文章通过抒情言志描写了汉代封建制度的部分弊端和当时社会的某些实情，表达了作者反对压抑人才、主张重用贤能的进步思想。

杨雄本身出身低微，家产"不过十金"，年四十余岁，才到京城游学，慢慢开始做一些小官，经历三代皇帝，而官位始终不高。直到王莽称帝，才做了大夫。扬雄主要的工作是搞学术研究，比如编纂小学辞典、校对古书，写作文章、辞赋、思想著作是他日常生活的主要内容。这就决定了扬雄的生活是比较困顿的。这篇文章，就是为自己的处境解嘲的辩护词。

作为通才，扬雄不仅创作出色，在文学评论方面也有独到的见解，汉魏六朝的"七体"文学的创作成果丰硕，而扬雄对"七体"的评价至关重

---

① （汉）班固：《汉书》（影印本），第 3566—3573。

要。刘勰论述说："自桓麟《七说》以下，左思《七讽》以上，枝附影从，十有馀家。或文丽而义暌，或理粹而辞驳。观其大抵所归，莫不高谈宫馆，壮语畋猎。穷瑰奇之服馔，极蛊媚之声色：甘意摇骨髓，艳词洞魂识。虽始之以淫侈，终之以居正，然讽一劝百，势不自反。子云所谓"犹骋郑卫之声，曲终而奏雅"者也。"① 扬雄"犹骋郑卫之声，曲终而奏雅"的评价本非针对"七体"文学而言，而是对司马相如赋作的评价，② 但"七体"特征与赋体极为相似，"始之以淫侈，终之以居正"，言辞华丽，思想中正，可惜艳丽文辞遮掩了雅正的思想，使之功用受限，类似辞赋之"劝百讽一"，讽谏效果不好，所以刘勰从史书中移用扬雄的话来作为对"七体"特征的评价。

在精通各体文学的基础上，扬雄还有独创的思想著作，是汉代子书的代表人物之一，《诸子》篇说：

> 若夫陆贾《新语》，贾谊《新书》，扬雄《法言》，刘向《说苑》，王符《潜夫》，崔寔《政论》，仲长《昌言》，杜夷《幽求》：或叙经典，或明政术，虽标论名，归乎诸子。何者？博明万事为子，适辨一理为论；彼皆蔓延杂说，故入诸子之流。③

本段罗列了两汉最著名的子书作家及其著作八人八书，扬雄《法言》是对儒家经典《论语》的模仿，采用语录体的形式，以儒家思想为主导，直接取法《荀子》融合诸家、为我所用的路子，对哲学、政治、经济、伦理、文学、艺术、科学、军事乃至历史上的人物、事件、学派、文献等都有所论述，因而出入百家，内容广泛。刘勰准确地把握住了《法言》"博、

---

① 杨明照：《增订文心雕龙校注》，第 181 页。
② 班固《汉书·司马相如列传·赞》曰："司马迁称《春秋》推见（现）至隐，《易》本隐以之显，《大雅》言王公大人，而德逮黎庶，《小雅》讥小己之得失，其流及上。所言虽殊，其合德一也。相如虽多虚辞滥说，然要其归引之于节俭，此亦《诗》之风（讽）谏何异？扬雄以为靡丽之赋，劝百而风（讽）一，犹骋郑卫之声，曲终而奏雅，不已戏乎！"扬雄这段评论又见于司马迁《史记·司马相如列传·赞》，从逻辑上说，班固在后，司马迁在前，这显然是不可能的。之所以出现这样颠倒时间的错误，估计与古书的传抄失误或后人增补有关。古代印刷术尚未兴起，史书等文献均由手工抄写传播，错漏在所难免。已故楚辞学家汤炳正先生曾考证《史记·屈原列传》中论述《离骚》的两段话位置不对，是后人传抄屡入的东西，并非史迁原文。此例似可与汤先生之说互证。
③ 杨明照：《增订文心雕龙校注》，第 230 页。

辨、蔓、杂"的特点，将其归入子书系列，扬雄也是蜀中三杰中唯一著有子书的作家。实际上，《法言》一书对《文心雕龙》全书文学理论之影响，在儒家诸子中仅次于孔子，是汉代诸家中影响最大的，本章开头部分后半部分，对《法言》所论，多有征引，做出了一些力所能及的论述。

最使司马相如在"以文干政"之路名扬天下的是他为汉武帝封禅之事创作的《封禅文》；相如之外，扬雄也有相同题材的创作。刘勰对此有公允的评价，《封禅》曰：

> 铺观两汉隆盛：孝武禅号于肃然，光武巡封于梁父；诵德铭勋，乃鸿笔耳。观相如《封禅》，蔚为唱首。尔其表权舆，序皇王，炳玄符，镜鸿业；驱前古于当今之下，腾休明于列圣之上；歌之以祯瑞，赞之以介丘：绝笔兹文，固维新之作也。……及扬雄《剧秦》，班固《典引》，事非镂石，而体因纪禅。观《剧秦》为文，影写长卿，诡言遁辞，故兼包神怪；然骨制靡密，辞贯圆通，自称"极思"，无遗力矣。《典引》所叙，雅有懿采，历鉴前作，能执厥中；其致义会文，斐然馀巧。故称"《封禅》靡而不典，《剧秦》典而不实"，岂非追观易为明，循势易为力欤？①

"相如《封禅》，蔚为唱首"，司马相如是历代封禅文的首创者，此文"表权舆，序皇王，炳玄符，镜鸿业"，颂扬明君政教之功德，堪称"绝笔"；不仅如此，还是启发后代、垂范后世的"维新之作"，这是司马相如辞赋创作"劝而不止"、干政失效所无法起到的巨大政治作用。反观扬雄《剧秦美新》一文，尽管"影写长卿"，"骨制靡密，辞贯圆通"，但是名不正且言不顺，因此"典而不实"，架势拉开了，但内容被诟病。这是扬雄被迫之作，为存身保命计，怨不得他。现录其文曰：

> 诸吏中散大夫臣雄稽首再拜。上封事皇帝陛下。臣雄经术浅薄。行能无异。数蒙渥恩。拔擢伦比。与群贤并。愧无以称职。臣伏惟陛下以至圣之德。龙兴登庸。钦明尚古。作民父母。为天下主。执粹清之道。镜照四海。听聆风俗。博览广包。参天贰地。兼并神明。配五

---

① 杨明照：《增订文心雕龙校注》，第295—296页。

帝。冠三王。开辟以来。未之闻也。臣诚乐昭著新德。光之罔极。往时司马相如作封禅一篇。以彰汉氏之休。臣常有颠眴病。恐一旦先犬马填沟壑。所怀不章。长恨黄泉。敢竭肝胆。写腹心。作剧秦美新一篇。虽未究万分之一。亦臣之极思也。臣雄稽首再拜以闻。曰。权舆天地未祛。睢睢盱盱。或玄而萌。或黄而牙。玄黄剖判。上下相呕。爰初生民。帝王始存。在乎混混茫茫之时。聊闻罕漫而不昭察。世莫得而云也。厥有云者。上罔显于羲皇。中莫盛于唐虞。迄靡著于成周。仲尼不遭用。春秋困斯发。言神明所祚。兆民所托。罔不云道德仁义礼智。独秦屈起西戎。邠荒岐雍之疆。因襄文宣灵之僭迹。立基孝公。茂惠文。奋昭庄。至政破纵擅衡。并吞六国。遂称乎始皇。盛从鞅仪韦斯之邪政。驰骛起剪恬贲之用兵。灭古文。刮语烧书弛礼崩乐。涂民耳目。遂欲流唐漂虞。涤殷荡周谯。除仲尼之篇籍。自勒功业。改制度轨量。咸稽之于秦纪。是以者儒硕老。抱其书而远逊。礼官博士。卷其舌而不谈。来仪之鸟。肉角之兽。狙犷而不臻。甘露嘉醴。景曜浸潭之瑞潜。大菶经贾。巨狄鬼信之妖发。神歇灵绎。海水群飞。二世而亡。何其剧与。帝王之道。兢兢乎不可离已。夫能贞而明之者穷详瑞。回而昧之者极妖忨。上览古在昔。有凭应而尚缺。焉壤彻而能全。故若古者称尧舜。威侮者陷桀纣。况尽泛扫前圣数千载功业。专用已之私。而能享祜者哉。会汉祖龙腾丰沛。奋迅宛叶。自武关与项羽戮力咸阳。创业蜀汉。发迹三秦。克项山东。而帝天下。摘秦政惨酷尤烦者。应时而蠲。如儒林刑辟历纪图典之用稍增焉。秦余制度。项氏爵号。虽违古而犹袭之。是以帝典阙而不补。王网弛而未张。道极数弹。暗忽不还。逮至大新受命。上帝还资。后土顾怀。玄符灵契。黄瑞涌出。滹浮汹濔。川流海亭。云动风偲。雾集雨散。诞弥八圻。上陈天庭。震声日景。炎光飞响。盈塞天渊之闲。必有不可辞让云尔。于是乃奉若天命。穷宠极崇。与天剖神符。地合灵契。创亿兆。规万世。奇伟倜傥诡谲。天祭地事。其异物殊怪。存乎五威将帅班乎天下者。四十有八章。登假皇穹。铺衍下土。非新家其畴离之。卓哉煌煌。真天子之表也。若夫白鸠丹乌。素鱼断蛇。方斯蔑矣。受命甚易。格来甚勤。昔帝缵皇。王缵帝。随前踵古。或无为而治。或损益而亡。岂知新室委心积意。储思垂务。旁作穆穆。明旦不寐。勤勤恳恳者。非秦之为与。夫不勤勤则前人不当。不恳恳则学德不恺。是以发秘府。览书林。遥集乎文雅之囿。翱翔乎礼乐之场。胤殷周之失业。绍唐虞之绝风。懿律嘉量。金科玉条。神卦灵兆。古文毕发。焕炳照曜。靡不宣臻。式翰轩旗旗以示之。扬和鸾肆夏以节之。施黼黻衮冕以昭之。正嫁娶送终以尊之。亲九族淑以穆之。夫改定神只。上仪也。钦修而祀。咸秩也。明堂雍台。壮观也。九庙长寿。极孝也。制成六经。洪业也。北怀单于。广德也。若复五爵。度三壤。经井田,免人役,方甫刑,匡马法。恢崇只庸烁德懿和之风。广彼搢绅讲习言谏箴诵之涂。振鹭之声充庭。鸿鸾之党渐阶。俾前圣之绪。布濩流衍而不韫韣。郁郁乎焕哉。天人之事盛矣。鬼神之望允塞。群公先正。莫不夷仪。奸宄寇贼。罔不振威。绍少典之苗。著黄虞之裔。帝典阙者已补。王纲弛者已张。炳炳麟麟。岂不懿哉。厥被风濡化者。京师沈潜。甸内洽。侯卫厉揭。要荒濯沐。而术前典。巡四民。迄四岳。增封泰山。禅梁父。斯受命者之典业也。盖受命日不暇给。或不受命。然犹有事矣。况堂堂有新。正丁厥时。崇岳渟海通渎之神。咸设坛场。望受命之臻焉。海外遐方。信延颈企踵。回面内向。喁喁如也。帝者虽勤。恶可以已乎。宜命贤哲作帝典一篇。旧三为一袭。以示来人。摛之罔极。令万世常戴巍巍。履栗栗。臭馨香。含甘实。镜纯粹之至精。聆清和之正声。则百工伊凝。庶积咸喜。荷天衢。提地厘。斯天下之上则已。庶可试哉。[1]

王莽篡汉自立,国号新。扬雄仿司马相如《封禅文》,上封事给王莽,指斥秦朝,美化新朝,故名《剧秦美新》。文中抨击秦始皇焚书、统一度量衡等措施,对王莽则歌功颂德。李充《翰林论》曰:"杨子论秦之剧,称新之美,此乃计其胜负,比其优劣之义。"此文曾被看作是扬雄的"白圭之玷"。因为王莽是逆臣,不该歌颂。不过也要看到,这也是因为王莽的新朝

---

[1] 转引自萧统《文选》卷四十八"符命·二"。严可均辑《全后汉文》扬雄各篇中不载本文。

一代而亡，继而代之者又是刘氏，于是王莽便算是逆臣，而扬雄便歌颂错了。假若新莽能够传宗接代，百年不绝，则其后代臣子不知将怎样歌功颂德。《剧秦美新》所歌颂者怕是远远不够的。

政治和帝王的成败已有定论。仅从封禅文体发展历史的角度看，汉代封禅文有相如、扬雄、班固三家，巴蜀作家首创其例，独占两席，成就不可谓不高。

在《书记》篇中，刘勰征引扬雄"心声心画"的著名论断，作为二十五类书体与记体文学的权威名称解释：

> 大舜云："书用识哉！"所以记时事也。盖圣贤言辞，总为之书；书之为体，主言者也。扬雄曰："言，心声也；书，心画也。声画形，君子小人见矣。"故书者，舒也。舒布其言，陈之简牍，取象于夬，贵在明决而已。①

"舒布其言，陈之简牍"，这是历代"文如其人"的情性风格论在《文心雕龙》中的首次运用，刘勰直接将扬雄提出的"人—言—书"的评价模式运用于二十多类文体之中，顺势开启了《体性》《才略》诸篇对作家作品风格理论的精深阐释。在理论支持之外，扬雄的书体创作也被刘勰视为代表之作，加以褒赞："及七国献书，诡丽辐辏；汉来笔札，辞气纷纭。观史迁之《报任安》，东方之《谒公孙》，杨恽之《酬会宗》，子云之《答刘歆》：志气槃桓，各含殊采；并杼轴乎尺素，抑扬乎寸心。"② 扬雄《答刘歆书》自言醉心学术，无意仕途，最爱"沉博绝丽之文"，也介绍了自己精深的小学造诣，可以视为扬雄生平与学术成就的自我简介。刘勰认为这封书信足以与司马迁《报任安书》等著名书信并称，"杼轴乎尺素，抑扬乎寸心"，是"汉来笔札"的经典。现录其文曰：

> 雄叩头，赐命谨至，又告以田仪事，事穷竟，白案显出，甚厚，甚厚。田仪与雄同乡里，幼稚为邻，长艾相更，视觊动精采，似不为非者，故举至日雄之任也。

---

① 杨明照：《增订文心雕龙校注》，第345—346页。
② 杨明照：《增订文心雕龙校注》，第346页。

不意淫迹暴于官朝，令举者怀报而低眉，任者含声而宛舌。知人之德，尧犹病诸，雄何惭焉？叩头叩头。又敕以《殊言》十五卷，君何由知之？谨归诚底里，不敢违信。雄少不师章句，亦于五经之训所不解。尝闻先代輶轩之使，奏籍之书，皆藏于周秦之室。及其破也，遗弃无见之者，独蜀人有严君平、临邛林闾翁孺者，深好训诂，犹见輶轩之使所奏言。翁孺与雄外家牵连之亲，又君平过误，有以私遇少而与雄也。君平财有千言耳，翁孺梗概之法略有。翁孺往数岁死，妇蜀郡掌氏子，无子而去。而雄始能草文，先作《县邸铭》《玉佴颂》《阶闼铭》，及《成都城四隅铭》。蜀人有杨庄者，为郎，诵之于成帝。成帝好之，以为似相如。雄遂以此得外见。（按：《文选·甘泉赋》注无"外"字。）此数者，皆都水君常见也，故不复奏。

雄为郎之岁，自奏少不得学，而心好沈博绝丽之文，愿不受三岁之奉，且休脱直事之縣，得肆心广意，以自克就，有诏可不夺奉。令尚书赐笔墨钱六万，得观书于石室，如是后一岁，作《绣补》《灵节》《龙骨》之铭诗三章。成帝好之，遂得尽意，故天下上计孝廉及内郡卫卒会者，雄常把三寸弱翰，赍油素四尺，以问其异语，归即以铅摘次之于椠，二十七岁于今矣，而语言或交错相反，方覆论思，详悉集之，燕其疑。张伯松不好雄赋颂之文，然亦有以奇之，常为雄道，言其父及其先君喜典训，属雄以此篇目，颇示其成者。伯松曰："是悬诸日月不刊之书也。"又言恐雄为《太玄经》，由鼠坻之与牛场也，如其用，则实五稼，饱邦民，否则，为牴粪，弃之于道矣。而雄般之，伯松与雄独何德慧，而君与雄独何谮隙，而当匿乎哉。其不劳戎马高车，令人君坐帷幕之中，知绝遐异俗之语，典流于昆嗣，言列于汉籍。诚雄心所绝极，至精之所想遘也。扶圣朝远照之明，使君寀此，如君之意，诚雄散之之会也，死之日，则今之荣也。不敢有贰，不敢有爱，少而不以行立于乡里，长而不以功显于县官，著训于帝籍，但言词博览，翰墨为事。诚欲崇而就之，不可以遗，不可以怠。即君必欲胁之以威，陵之以武，欲令入之于此，此又未定，未可以见。今君又终之，则缢死以从命矣。而可且宽假延期，必不敢有爱。雄之所为，得使君辅贡于明朝，则雄无恨，何敢有匿？唯执事图之，长监于规绣之，就死以为小，雄敢行之，谨因还使，雄叩头叩头。①

综上，扬雄以其独领风骚的辞赋成就和博通众体的创作实绩，为《文心雕龙》二十篇文体论提供了多达十余类文体的经典作品支持，更因为独创性的辞赋理论及其他文学理论，对《文心雕龙》的文体论、创作论、批评论的形成产生了重要影响。

四、剖情析采：在创作论中的突出贡献

《文心雕龙》下篇共二十五篇，从《神思》到《总术》的十九篇一般称为创作论，主要探讨文学写作的思维、风格、审美、通变、情采、修辞技法、主体修养等问题，这些专题又可以划分为思维论、风格论、修辞论等专题版块，涉及了从前写作到后写作的方方面面。② 扬雄在创作论中做出了突出的贡献，并成为刘勰论述创作得失的首选作家。

（一）创作思维论

《文心雕龙·神思》是古代文论史上最系统的写作思维专论，③ 刘勰认为"人之禀才，迟速异分；文之制体，大小殊功"，写文章不能只看快慢，因为人的思维速度本身就有快慢之分，所写文体不同，写作速度也会有差异。如前文所述，扬雄尽管创作上各体皆能，而且成就非凡，但"扬雄辍翰而惊梦"，属于典型的慢节奏，所以"虽有巨文，亦思之缓也"，但最后的成就与思维速度无关。据桓谭《新论·祛蔽》所载，扬雄写完了《甘泉赋》，因用心过度，困倦而卧，"梦其五脏出在地，以手收而内之"。《全后汉文》卷十四说此："余少时见扬子云之丽文高论，不自量年少新进，而猥欲逮及。尝激一事，而作小赋，用精思太剧，而立感动发病，弥日瘳。子云亦言，成帝时，赵昭仪方大幸，每上甘泉，诏令作赋，为之卒暴。思精

---

① 文见唐欧阳询辑《艺文类聚》卷八十五。
② 当代写作学界将写作过程分为前写作、显写作与后写作三个大的阶段。前写作主要指构思立意、谋篇布局阶段；显写作主要指具体的行文操作阶段；后写作主要指修改定稿阶段。从大的环节与线性写作特点来看，三阶段的划分是合理的。
③ 《庄子》书中有零散的思维理论，重自由、虚静与逍遥；陆机《文赋》是第一篇写作思维专论，但因其赋体形式与骈偶句法，许多人读不懂。刘勰在继承庄子、陆机等前人思维理论的基础上，系统地论述了文章写作思维的各个问题。是古代文论中最系统的思维论著。

苦，赋成，遂困倦小卧，梦其五藏出在地，以手收而内之。及觉，病喘悸，大少气，病一岁。① 由此言之，尽思虑，伤精神也。"扬雄思维迟缓的论述，讲到了构思的重要性和写作劳心费神、"为文伤命"的真实状态，所以《文心雕龙》第四十二篇列为《养气》，专门讨论写作状态的养成与平时蓄养精神的问题。刘勰列举扬雄之例，是注意到了临案写作的真实思维状态，不是说有才就快，无才就慢，这种直面真实写作状态的讨论，才是最好的写作研究。

（二）文学风格论

自《体性》到《情采》的五篇，一般称为风格论专题，是《文心雕龙》"剖情析采"的重要原理与范畴，司马相如与扬雄在风格类型、"风骨"范畴、文学"通变"三部分中出现，对刘勰上述理论范畴的产生有重要影响。

《体性》是文论史上第一篇风格论专篇，迄今没有风格理论能够超越之。刘勰在本篇中有一段话，专论作家情性风格，主张"文如其人"，以证明作品风格的多样丰富，根源于作家个性的差异不同：

> 吐纳英华，莫非情性。是以……子云沈寂，故志隐而味深；……触类以推，表里必符。岂非自然之恒资，才气之大略哉？②

引文中共论及汉魏十二位文章名家。"子云沈寂"则指扬雄性格沉静，《汉书·扬雄传》："雄少而好学，不为章句，训诂通而已。……口吃。不能剧谈，默而好深湛之思，清静亡为，少耆欲。"扬雄作品之"志隐而味深"，可以《才略》篇"子云属意，辞人最深。观其涯度幽远，搜选诡丽；而竭才以钻思，故能理赡而辞坚矣"解释之。扬雄对刘勰的启示在于：风格独特的文章背后，必定有一位个性鲜明的作家，文章风格是由作家情性所决定的。刘勰认为，作家独特的情性并不仅指先天个性，还包含了才、气、学、习四个方面的内容，既与先天才气相关，又与后天习染有关。风

---

① 《北堂书钞》作"病发一年而死"；《甘泉赋》注作"明日遂卒"；《御览》三百九十三作"一年卒"，三百九十九、七百三十九作"病一岁卒"，皆误。扬雄只是精力消耗太大，累病了，不是死掉了。

② 杨明照：《增订文心雕龙校注》，第380页。

格的本质是作家的创作个性。在齐梁时代，这样深入的文学风格阐释与原因探究是绝无仅有的。扬雄为刘勰提供了绝佳的论证案例。而在《体性》中提出己见，在后文以《才略》对应拓展之，又体现了《文心雕龙》在全书体例设计上的过人之处。

在《通变》篇中，扬雄被刘勰视为完美体现了文学发展继承规律与文学新变规律的典型。扬雄首先出场，占据了理论阐释的中心位置：

> 今才颖之士，刻意学文；多略汉篇，师范宋集：虽古今备阅，然近附而远疏矣。……桓君山云："予见新进丽文，美而无采；及见刘、扬言辞，常辄有得。"此其验也。故练青濯绛，必归蓝茜；矫讹翻浅，还宗经诰。斯斟酌乎质文之间，而隐括乎雅俗之际，可与言通变矣。①

齐梁时期的写作者学今而不学古，故而文章讹滥百出，刘勰认为他们不辨文质，不分雅俗，"竞今疏古"，走了弯路，故而举桓谭论扬雄的话来反对片面追求新奇靡丽的当下不正风气。学习写作宜复古，这是《文心雕龙》贯穿始终的一个基本观念，因为古文不仅尚丽——尚丽是天然特点，而且内容与语言都比当代文章雅正。扬雄的作品成了刘勰极力赞美的经典。

在"斟酌乎质文之间、隐括乎雅俗之际"之后，刘勰认为汉赋的创作不仅体现了文学新变的规律，还具有继承前代、一脉相承的特点，他写道：

> 夫夸张声貌，则汉初已极。自兹厥后，循环相因，虽轩翥出辙，而终入笼内。……扬雄《校猎》云："出入日月，天与地沓"。……诸如此类，莫不相循。②

汉赋五家描写海天日月的壮丽景象，尽管言辞有差异，但同时体现了"夸张声貌"的时代风气，"汉赋巨丽"的夸饰特点，被淋漓尽致地揭示出来。如此，文学需要继承前代因子，需要合理得法地创新变化——文学通变的共时规律就被揭示出来。扬雄在这一重要的篇章中再次出场，成为刘勰笔下的成功范例褒扬之。

在思维论与风格论的几个宏观专题中，刘勰不仅将扬雄视为最著名的

---

① 杨明照：《增订文心雕龙校注》，第397—398页。
② 杨明照：《增订文心雕龙校注》，第398页。

作家，还将他们作为论述写作基本问题的典型案例。没有天下知名的扬雄压阵，刘勰总结的这些写作理论将难以服众，因为很少再有扬雄这样创作、理论都有很高水平的超重量级选手。

（三）修辞技法论

从《镕裁》到《附会》的十二个专题，主要论述的是写作中的修辞技法问题，属于微观层面的写作研究。扬雄在这些篇章中继续扮演着经典作家角色，其创作得失与文字小学水平，成为刘勰在这些篇章中立论或驳论的基本标准。

《丽辞》篇论述对偶修辞，诗赋皆用。"丽辞"技法是文学原道之"形文"的基本特点，刘勰从哲学原理的高度说："造化赋形，支体必双。神理为用，事不孤立。夫心生文辞，运裁百虑；高下相须，自然成对。"① 自然万物具有"支体必双""事不孤立"的特点，因此，"心生文辞"一定具有"自然成对"的基本属性。在诗歌、辞赋成就已经很高且骈文大兴的汉魏六朝时代，刘勰准确地把握住了时代的文学发展脉搏，《文心雕龙》主张"新变""趋时"的文学发展观，"丽辞"理论就是一个显著成就。在刘勰看来，开启"丽辞"技法运用的是这样几个人："自扬、马、张、蔡，崇盛丽辞：如"宋画吴冶，刻形镂法"，丽句与深采并流，偶意共逸韵俱发。"② 扬雄在对偶修辞技法上引领了新变潮流。

《比兴》篇论述比喻和起兴两种修辞手法，主要体现了微观层面的句子的写作技巧。在详细列举了比喻手法"或喻于声，或方于貌，或拟于心，或譬于事"的四种类型之后，刘勰举出宋玉、枚乘、王褒、马融等人的辞赋创作，虽然继承了《诗经》的比喻手法，但是辞赋的创作"日用乎比，月忘乎兴：习小而弃大，所以文谢于周人也。"汉赋比不上《诗三百》。在这些人之后，刘勰继续举证说道：

> 至于扬、班之伦，曹、刘以下，图状山川，影写云物，莫不织综"比"义，以敷其华：惊听回视，资此效绩。又安仁《萤赋》云"流金在沙"，季鹰《杂诗》云"青条若总翠"，皆其义者也。故"比"类

---

① 杨明照：《增订文心雕龙校注》，第 447 页。

② 杨明照：《增订文心雕龙校注》，第 447 页。

虽繁，以切至为贵；若刻鹄类鹜，则无所取焉。①

扬雄、班固等著名辞赋家的作品，主要采用的都是比喻为主的写法，与上述人一样，轻视、忽略了起兴手法的运用，所以，使用比喻一定要注意：切至、准确、简约，否则就会比喻不当，文辞繁缛，刻鹄类鹜，很不好。简单地说：比喻形象生动，以直接描写为主；起兴含蓄委婉，具有多重义项的解读。所以，这实际上是汉赋与诗经写作手法上的一次大转变。

发展到《夸饰》篇中，刘勰继承扬雄"丽淫丽则"观念，主张"丽则"而赞《诗》，反对"丽淫"而贬《骚》的观点特别明显。整体上看，《夸饰》篇的基本观点与《辨骚》《诠赋》《情采》《物色》等篇一脉相承，而且更为具体，从夸张修辞的角度论述文体优劣与写作规范，同时深含贯通《文心雕龙》全书的雅丽文学思想。在这一重要的篇章中，扬雄成为最主要的评论对象。

《宗经》《通变》等篇都谈到了"楚艳汉侈"的华丽之美与"夸张声貌"的夸饰技法；《丽辞》《比兴》篇也都先后对辞赋夸饰过度进行了不同角度的分析。因此，《夸饰》一篇就专为解决文学创作如何正确使用夸张手法而列。值得注意的是，刘勰在本篇中指出了儒家经典的夸饰问题，对于宗经观念深入骨髓的刘勰来说，这显得难能可贵。刘勰采用了正视问题、绝对宗经的态度和折衷诗赋、标举雅丽的创作标准。《夸饰》篇从哲学依据、诗骚创作、方法正误几个方面论述了这个意见。文章开篇就说：

> 夫"形而上者谓之道，形而下者谓之器"。神道难摹，精言不能追其极；形器易写，壮辞可得喻其真；才非短长，理自难易耳。故自天地以降，豫入声貌，文辞所被，夸饰恒存。②

刘勰认为，"形而上者"的自然之"道"决定了自然万物文采艳丽的特点，作为"形而下者"的文章之"器"也应该是"文辞所被，夸饰恒存"的。夸饰手法，是出自天地自然的。这就为后世所有文章尚丽尚美的美丽精神找到了坚实可信的哲学基础。于是，不论是经典也好，辞赋也好，

---

① 杨明照：《增订文心雕龙校注》，第 457 页。
② 杨明照：《增订文心雕龙校注》，第 465 页。

都是文采绚丽、具有夸饰特点的。但对于经典以外的其他文体中的夸饰现象，是一定要狠狠地批评的。刘勰找的靶子主要是辞赋创作：

> 自宋玉景差，夸饰始盛；相如凭风，诡滥愈甚。故上林之馆，奔星与宛虹入轩；从禽之盛，飞廉与鹪鹩俱获。及扬雄《甘泉》，酌其余波：语瑰奇则假珍于玉树；言峻极则颠坠于鬼神。至《西都》之比目，《西京》之海若，验理则理无可验，穷饰则饰犹未穷矣。又子云《羽猎》，鞭宓妃以饷屈原；张衡《羽猎》，因玄冥于朔野。娈彼洛神，既非魁魁；惟此水师，亦非魑魅：而虚用滥形，不其疏乎？此欲夸其威，而饰其事、义睽刺也。至如气貌山海，体势宫殿，嵯峨揭业，熠耀焜煌之状，光采炜炜而欲然，声貌岌岌其将动矣。莫不因夸以成状，沿饰而得奇也。于是后进之才，奖气挟声；轩翥而欲奋飞，腾踯而羞局步。辞入炜烨，春藻不能程其艳；言在萎绝，寒谷未足成其凋；谈欢则字与笑并，论戚则声共泣偕：信可以发蕴而飞滞，披瞽而骇聋矣。①

辞赋崇尚夸饰，从战国到两汉，循流而作，"诡滥愈甚"。以司马相如和扬雄为代表的两汉辞赋的创作，呈现出越来越严重的夸饰过度的问题。不仅如此，赋"劝而不止"的讽谏功能越来越弱，"事义睽刺"，言说迂回虚诞的弊端则越来越明显。以至于后世的模仿者与学习者误入歧途，"辞入炜烨"而"言在萎绝"。刘勰对辞赋的整体评价并不高，往往以"楚艳汉侈，流弊不还""楚汉侈而艳"指责之，又以为学习辞赋，并非习染雅制，故称"效《骚》命篇者，必归艳逸之华"，认为辞赋的影响也是不好的。《定势》篇引用桓谭"文家各有所慕，或好浮华而不知实核，或美众多而不见要约"的话，暗中指向的目标，同为辞赋夸饰艳丽的创作。

对辞赋夸饰巨丽的批评贯通《文心雕龙》全书，《通变》篇就认为辞赋之艳丽与"夸张声貌"的写法，在两汉时代登峰造极，表现得尤为明显。因此，刘勰尽管积极主张文学创作尚丽尚美，但更主张丽而有度，夸而有则，应该是追求"风归丽则"的雅丽之美。刘勰据此开出药方，认为拯救汉赋夸饰巨丽之弊端，应该这样来做：

---

① 杨明照：《增订文心雕龙校注》，第466页。

酌《诗》《书》之旷旨，翦扬马之甚泰，使夸而有节，饰而不诬，亦可谓之懿也。①

"《诗》《书》之旷旨"是要求雅正，"扬马之甚泰"是辞赋的巨丽，要做到二者的结合，"使夸而有节，饰而不诬"，创作既雅且丽的作品，才是对夸饰手法的正确运用。这个思想，早在《辨骚》篇就提出来过：

若能凭轼以倚《雅》《颂》，悬辔以驭楚篇，酌奇而不失其贞，玩华而不坠其实，则顾盼可以驱辞力，欬唾可以穷文致，亦不复乞灵于长卿，假宠于子渊矣。②

"《雅》《颂》"指代"《诗》《书》雅言"，儒家经典；"楚篇"指代"奇文"楚辞，汉赋诸作。二者结合，"酌奇而不失其贞，玩华而不坠其实"，取"执正驭奇""衔华佩实"的雅丽文风为最高级，那么就可以轻易地写出好文章来了。

刘勰解蔽夸饰、正确对待夸饰手法的论述，明显地运用了"折衷诗骚"的方法论，是在极力主张其"雅丽"文学思想。雅丽文风不仅既雅且丽，符合"正采"文质彬彬的特点，而且占据了中和《诗》《骚》的审美特点，体现了"折衷"的思维方法理论，还是文学创作的典范原则，与尚丽尚美的自然之美和尚雅尚正的儒家思想相吻合，具有最大的包容性和可操作性。

在《事类》篇中，刘勰讨论了引事用典的修辞方法，扬、马之作，在用典修辞上是最好的范例。本篇首先提出儒家经典有用典之举，继而将历代文学家对用典的态度和程度罗列出来：

观夫屈宋属篇，号依《诗》人；虽引古事，而莫取旧辞。唯贾谊《鵩赋》，始用鹖冠之说；相如《上林》，撮引李斯之书：此万分之一会也。及扬雄《百官箴》，颇酌于《诗》《书》；刘歆《遂初赋》，历叙于纪传：渐渐综采矣。③

司马相如《上林赋》开启了辞赋文学用典的先河，难能可贵；扬雄

① 杨明照：《增订文心雕龙校注》，第 466 页。
② 杨明照：《增订文心雕龙校注》，第 51 页。
③ 杨明照：《增订文心雕龙校注》，第 473 页。

《百官箴》多次援引儒家经典《诗经》与《尚书》的故事，慢慢地将用典手法纯熟化、习惯化。由此可见，扬雄之前的作家主要凭借的是自身的才华来创作，引用极少；而扬雄与刘歆则将先天才气与后天学习积累运用到写作中去，使得文章内涵丰富，深度加强。这种观念与《体性》篇"才、气、学、习"四者结合、《才略》篇"卿、渊已前，多役才而不课学；向、雄以后，颇引书以助文"的观念一脉贯通。于此可见《文心雕龙》各个篇章或理论观念之间是前后呼应，论述谨严的。

刘勰认为，扬雄是古今作家中将先天才华与后天学习结合得最为成功的范例：

> 是以属意立文，心与笔谋：才为盟主，学为辅佐。主佐合德，文采必霸；才学褊狭，虽美少功。夫以子云之才，而自奏不学；及观书石室，乃成鸿采：表里相资，古今一也。[①]

扬雄早先的"自奏不学"，是追慕司马相如纵横驰骋的大赋写作，以绝妙之才思，为天下之丽文；其后观书课学，"乃成鸿采"——不仅包括辞赋作品，更指其文艺思想著作与学术理论著作，如《法言》《太玄》等，这类著作是司马相如所没有的。扬雄之所以在辞赋之外能够超越司马相如，主要原因就在于课学读书，出入经史百家，最后自成一家，著作子书传世。

《练字》篇论述的是作家的文字小学功夫与写作中词语运用的问题，是一篇别开生面的专论。蜀中名家扬雄之所以能在辞赋创作中引领风尚，成为一代俊杰，有一个重要的原因，他是汉代最著名的文字小学专家，在其辞赋创作中运用了大量的古文字或方言文字，具有第一流的学术水平，这种修养是东汉与魏晋作家群所不具备的。刘勰说：

> 汉初草律，明著厥法：太史学童，教试"六体"；又吏民上书，字谬辄劾。……至孝武之世，则相如撰《篇》。及宣、成二帝，征集小学：张敞以正读传业，扬雄以奇字纂《训》，并贯练《雅》《颉》，总阅音义。鸣笔之徒，莫不洞晓；且多赋京苑，假借形声。是以前汉小学，率多玮字；非独制异，乃共晓难也。暨乎后汉，小学转疏；复文

---

① 杨明照：《增订文心雕龙校注》，第473页。

隐训，臧否太半。及魏代缀藻，则字有常检；追观汉作，翻成阻奥。故陈思称："扬、马之作，趣幽旨深，读者非师传不能析其辞，非博学不能综其理。"岂直才悬，抑亦字隐。①

在汉武帝时期，司马相如编写了《凡将篇》，到宣帝和平帝时期，扬雄编辑了解释奇字的《训纂篇》。他们都精通《尔雅》《仓颉》等古文字书籍，全面掌握了文字的音义。当时的辞赋大家，无不通晓文字学。加之他们的作品大都是描写京都苑囿的，常用假借字来状貌形声，因此，西汉时期擅长文字学的作家，大都好用奇文异字。这并非他们特意要标新立异，而是当时的作家都通晓难字。这其中，扬雄是最著名的代表。随着社会的发展，后代文字学术水平不进反退，到魏晋时期，读者已经很难看懂扬、马之作了，所以曹植说："扬雄、司马相如的作品，意义幽深，读者未经老师传授就不能解释其辞句，没有广博的学识就难以理解它的内容。"这岂止是读者的才力不足，也由于它的文字实在深奥。

这其实怪不得扬、马二人，据史书记载，文翁石室兴学之后，蜀中子弟学术水平突然一进千里，几乎是一夜之间就成为天下学术的重镇，蜀学之兴盛，可与齐鲁之学比肩抗衡。《汉书·艺文志》说，西汉平帝"元始中，征天下通小学者以百数，各令记字于庭中。扬雄取其有用者，以作《训纂篇》。"这段话透露了一个惊人的信息：扬雄是当时天下小学成就最高的学者！天下通小学者以百数，汇集京都，最后做整理编辑工作的是扬雄。扬雄的学术学于蜀中，反推过来，蜀中学术水平（尤其易学与小学）为天下之冠。没有这样的学术水平与地域文化背景，汉赋巅峰不可能出现在巴蜀大地，甚至能不能产生汉代京苑大赋，都是一个疑问。② 简言之，在刘勰深入地讨论文学作品的语言文字问题时，扬雄又在小学水平与创作成就上，成为他取材立论的最重要对象。

五、笼圈条贯：文学批评论

从《时序》到《程器》这五篇一般称为批评论，主要是宏观地对文学

---

① 杨明照：《增订文心雕龙校注》，第484页。
② 关于汉赋与巴蜀地域文化的关系，李天道先生《司马相如赋的美学思想与地域文化心态》、毕庶春先生《巴蜀与汉赋初探》、刘跃进先生《秦汉时期巴蜀文学略论》等专著或论文已经作过先一步地探究。本文限于论述主题，在此不再展开。

发展史、文学鉴赏、作家才略、道德修养等文题进行整体探讨。创作论与批评论的二十四个专题，涉及从前写作到后写作的方方面面，扬雄在这一部分内容中有突出的贡献。

《时序》篇是古代文论史上的第一篇文学史论，对先秦至齐梁"九代文学"的"文质之变"做出了从现象到本质的深度阐释。在汉代，扬雄引领时代风尚，成为著名的文学家：

> 越昭及宣，实继武绩：驰骋石渠，暇豫文会；集雕篆之轶材，发绮縠之高喻。于是……子云锐思于千首，……亦已美矣。①

西汉一朝，文学发展昌盛，作家作品灿如星汉，扬雄跻身于最著名的文学家之列，作为巴蜀文学的杰出代表，在全国居于第一流作家的行列。西汉文学的创作整体上以辞赋为主，根源主要是在《楚辞》，所以刘勰准确地指出："爰自汉室，迄至成哀，虽世渐百龄，辞人九变，而大抵所归，祖述《楚辞》：灵均馀影，于是乎在。"文学发展有自身继承前代的规律性特征，汉赋对楚辞的继承就体现了这一特征。不同时代的文学体裁与创作时尚，又鲜明地体现当时的社会风尚与哲学思潮，乃至与帝王政治关系密切，汉赋兴盛的背后，与汉王朝气象雄浑、富庶强盛、文治武功冠绝天下密切相关，与汉武帝尊崇儒术、好大喜功也有直接的关系。这又是汉赋于继承前代之外，当下新变的一面，所以刘勰说"质文沿时，崇替在选"，汉赋巨丽，是因为时代气象之巨丽。

《才略》篇既是对《体性》篇风格理论的补充，也是对历代著名作家的一次全面比较，扬雄在刘勰点评的七十多位九代作家中地位极为显赫：

> 子云属意，辞人最深：观其涯度幽远，搜选诡丽，而竭才以钻思，故能理赡而辞坚矣。②

扬雄深厚博大，才思学识皆备，故而幽深瑰丽，莫与并能，是汉赋最优秀的代表。

在点评完两汉数十位著名作家之后，刘勰进一步将扬雄上升为两汉文

---

① 杨明照：《增订文心雕龙校注》，第540页。
② 杨明照：《增订文心雕龙校注》，第574页。

学的断代标志：

> 然自卿、渊已前，多役才而不课学；雄、向以后，颇引书以助文：此取与之大际，其分不可乱者也。①

司马相如与王褒"多役才而不课学"，才华横溢，独步当世；自刘向与扬雄"引书以助文"开始，汉代作家改变了仗气使才而欠缺学习的不足。这既是巴蜀文学在汉代的前后变化，也是整个汉代文学在创作上的分水岭。

在本篇中，扬雄不但是擅长各种文体的大作家，而且是汉代文学前后分界的屋脊，刘勰还将其作为整个文学史的经典作家。在论述到战国时期的各位名家的时候，刘勰说：

> 战代任武，而文士不绝。诸子以道术取资，屈、宋以《楚辞》发采。乐毅报书辨以义，范雎上书密而至，苏秦历说壮而中，李斯自奏丽而动：若在文世，则扬、班俦矣。②

名将乐毅、名臣范雎、纵横家苏秦、秦国丞相李斯等人，都是整个战国时期最著名的作家，他们流传下来的经典文章至今可以看得到。刘勰以为：上述作家如果出生在昌明的文世，就会是扬雄、班固这样的伟大作家。由此可见，扬雄在整个文学史上的地位有多么高，在刘勰心目中的分量是多么足。扬雄早已经超越了汉代这个断代文学的分界，是整个文学史上最著名的作家。

在作家评论之外，刘勰又以扬雄的理论见解来评价"辞宗"司马相如的创作，说道：

> 相如好书，师范屈、宋，洞入夸艳，致名"辞宗"；然核取精意，理不胜辞，故扬子以为"文丽用寡者长卿"，诚哉是言也！③

关于扬雄评价司马相如辞赋创作及其审美特点的论述，本书已多次提及，并展开过详细评论，这里就不再多说了。

《知音》篇是古代文论史上最出名的一篇文学鉴赏专文。扬雄以创作与

---

① 杨明照：《增订文心雕龙校注》，第 575 页。
② 杨明照：《增订文心雕龙校注》，第 574 页。
③ 杨明照：《增订文心雕龙校注》，第 574 页。

理论成就位列其中。刘勰以为赏鉴之难，发出"见异，唯知音耳"的感叹，他认为鉴赏者必须要有主观的公正态度和具体可操作的方法，因为"文如其人"之故，好的文章是一定会被赏识到的，比如扬雄诸作就是如此。刘勰赞美扬雄说：

> 扬雄自称："心好沉博绝丽之文。"其不事浮浅，亦可知矣。[1]

扬雄《答刘歆书》自言不善言辞，少年时代追慕司马相如大赋诸作，"心好沉博绝丽之文"，遂拟而作四赋。创作取法甚高，故而成就非凡。刘勰的用意是在告诫后代的作家，鉴赏虽难，但创作也不容易，自己就要有意识地主动取法乎上，写出好作品，不要一味诘责鉴赏者，那样就不公正。

《程器》篇论述历代作家的道德瑕疵，这些作家中有文士与武将之分，而且个个知名先论著名文人十六人，打头阵的还是扬雄：

> 略观文士之疵：扬雄嗜酒而少算；……诸有此类，并文士之瑕累。[2]

扬雄不善营生，不会计算着过日子，好喝酒，家贫，没有余粮，非常狼狈。像他这样的著名文学家在德操方面都是有严重问题的，文人无行，瑕累甚多。然后，刘勰又列著名武将十六人，证明文武均有瑕疵，不止文士一类。难能可贵的是，刘勰不只是简单罗列现象，而是深入探寻为什么这些人名声不好、德行不高？究其原因，第一是"将相以位隆特达，文士以职卑多诮"，文人地位不如将相，所以被讥讽也就最多；第二是"士之登庸，以成务为用"，人必须要有强烈的进取心，"安有丈夫学文，而不达于政事哉？"文人要参政，如果只是立言而不能立德立功，是一定没有出路的，所以说："彼扬、马之徒，有文无质，所以终乎下位也。"一句话，文以人传，名随位尊。据史书记载，扬雄原本家贫，做官后始终只是小官，又不敢展开手脚，所以小心谨慎，数十年不得晋升。尽管文才过人，但终因官位不显而声名毁誉参半。这一论述间接地将刘勰本人身为文士而地位

---

[1] 杨明照：《增订文心雕龙校注》，第 592 页。按：杨先生《校注》本句中没有"不"字。根据上下文推断，以及其他注本对本句的理解，在此确定加上"不"字。特作说明。

[2] 杨明照：《增订文心雕龙校注》，第 598—599 页。

不高、学成文术而欲树德建言的进取雄心彰显了出来。

合观本篇，与"论文"实无关联，而与论"文人"之用关联颇多，是刘勰创作《文心雕龙》一书内在动力的真实反映。刘勰提出自己对文士修养与作用的看法，并在此基础上归纳出"摛文必在纬军国，负重必在任栋梁"的人生奋斗目标，照应"贵器用而兼文采"的中心观点，显示了他思想宗法《左传》"不朽"说与孔子"疾名德之不彰"论深刻影响的痕迹。为文致用，这是《文心雕龙》全书反复主张的一个观点，这一观点集中地体现在《征圣》的"贵文"主张中。文能用，则为文之人也可得用，这就是《文心雕龙》全书最深层的写作动力。雅丽思想之"雅"，除去雅正之思想与雅正之文采，还有"为文求用"的含义，本篇表现的正是这个意思。①

第四节　折中儒道的明道思想

扬雄的"道"论思想以儒家政教之道、君子修身之道为核心，具体论述了儒家思想之正道、执中而行之中道、《周易》影响之"自然之道"三部分内容。为赞美圣人、褒美五经、点评辞赋、主张丽则、取法自然、论述新变等各种理论铺平了道路。《文心雕龙》的原道论、物色说、自然美丽、文质彬彬、文学新变等众多说法，都是直接从扬雄那里吸收而成的。因此，刘勰在论述文学产生的哲学依据、中道思维、美丽文采、经典意识等方面的取法，都有扬雄明道思想带来的天籁福音。最主要的是以下几点：

第一是自然之道。扬雄明道观念的重要一环，是主张"自然之道"，这

---

① 早在《孟子》一书中论述圣人时即以"致用"为标准。《文心雕龙》受"为文致用"影响，大力主张"政化贵文""事迹贵文""修身贵文""摛文必在纬军国，负重必在任栋梁""五礼资之以成文，六典因之致用；君臣所以炳焕，军国所以昭明"等文学功用观念。据杨明照、张少康、王元化等先生考论，刘勰有借书晋身、以期入仕的目的。为此，刘勰托身上定林寺，依附僧佑十余年，是想借用僧佑的宗教地位及与王室宗亲的特殊关系来实现自己的政治理想。包括后来负书拦道、求誉沈约的行为；以及托身寺庙十几年不出家，而一旦出仕，就三十多年宦游官场不回寺庙的行为，如此等等，证明了刘勰本人所持的经世致用、建功立业的思想，不仅非常浓厚，而且占据他本人思想的主导地位。儒家思想不仅是《文心雕龙》文学思想的主导，更是他人生观、价值观的主导。

与道家思想关系密切，又与《周易》相关联。因为对"自然之道"的推崇，扬雄以之阐释自己的"原道"哲学观与新变精神。《汉书·扬雄传》记载了扬雄对辞赋"辍不复为"之后，"作《太玄》"的过程：

> 而大潭思浑天，参摹而四分之，极于八十一。旁则三摹九据，极之七百二十九赞，亦自然之道也。[1]

班固简单介绍了扬雄遵循"自然之道"，模拟《周易》作《太玄》的经过、内容与特点。所谓"自然之道"，即天地万物运行、生长、变化的自然规律，这个概念是源自道家的。在取法道家与《周易》卦象之后，扬雄折衷儒道，使形而上的"自然之道"与形而下的儒家"五经"结合起来，《太玄》于是成为集深奥的哲学原理与经世致用的操作法则于一体的新著作。《太玄》一书是"自然之道"的产物，《法言》继续保持了这个特点，向天道自然取法，向《周易》理论取法，来论述诸如文质、修养、新变、文采美等若干问题。

《文心雕龙》文学的"原道"思想由此而生。[2]《寡见》篇说："雷震乎天，风薄乎山，云徂乎方，雨流乎渊，其事矣乎？"[3] 天地自然的雷风云雨等"物色"之动，成为感召作家为文之情的外在因素，《文心雕龙·物色》篇"自然感物"说论述的就是这个道理。扬雄同时认为，天地之间最优秀的是圣人，圣人将自然规律参悟透彻之后，用来教化人民、经纬家国，《五百》篇指出："圣人有以拟天地而参诸身乎！"[4]《周易》与《文心雕龙·原道》篇都大力提倡这种取法自然的"仰观俯察"之说，主张"观天文以极变，察人文以成化"，然后能够"经纬区宇，弥纶彝宪，发辉事业，彪炳辞义。"那么，圣人是如何进行这一仰观俯察活动的呢？《五百》篇说：

> 圣人之材，天地也；次，山陵川泉也；次，鸟兽草木也。[5]

---

[1] （汉）班固：《汉书》（影印本），第3575页。
[2] 曾有研究者认为"原道"产生于《淮南子》的"原道"论，经详细比对，笔者认为：从观念或术语上来说，这个说法有道理；但是从理论主张和基本内容来说，《文心雕龙》的"原道"论和《淮南子》的"原道"论关系不大。
[3] 王以宪、张广保：《法言注释》，第57页。
[4] 王以宪、张广保：《法言注释》，第64页。
[5] 王以宪、张广保：《法言注释》，第71页。

"圣人之材"，指的是圣人的取材，从文学发生的角度来看，指的是写文章的取材，扬雄的这些说法，是《文心雕龙·原道》篇的思想源泉。早在刘勰之前，扬雄就已经打通了儒道两家，合而论之、各取其长。扬雄大力伸张《论语》中孔子的"鸟兽草木"等言行思想，得出上述意见。综合言之，就是取法外物、得其内心，化成"物色感人""情动于中""理发而文见"之说，《文心雕龙》专列《原道》《物色》两篇论述之。这是写作的发生原理与内容取材，更因为物色之丽，感人至深，故而天地万物之丽最终通过人的写作这个操作中介，实现了文章之丽。《文心雕龙》文学尚丽之论，于是首尾圆满。扬雄首先实践了写作取法自然之道，尊重自然规律的探索；刘勰则从自然本源的角度提出文学的起源依据，论述写作的发生、发展到文体风格的形成——二人所论，都是写作的"自然之道"。很明显，扬雄充当了"自然之道"与儒家文论结合的先行者，是"自然之道"与《文心雕龙》的中介者。

第二是新变意识。伴随扬雄明道思想与自然之道理论的是他的新变精神。自然之道循环相因，新变无穷，所以《法言》非常重视新变的问题，包括儒家五经的损益新变、圣人之道多变、天道常变等儒家前贤未曾涉及的问题，扬雄也以新变观念解释之。《问道》篇首先提出了对待新旧的基本观点：

> 或问"新敝"。曰："新则袭之，敝则益损之。"[1]

扬雄对"新敝"的回答，是他新变精神的基本原则。在新旧之间，扬雄以趋新为主，《先知》：

> 为政日新。或问："敢问日新。"曰："使之利其仁，乐其义，厉之以名，引之以美，使之陶陶然之谓日新。"[2]

"日新其业"本是《大学》里面的话，之所以称其为新，是与后来混乱狡诈的政治之道相对立的，于求新中看复古，这是儒道政教的影响所致。日新观念既可用于为政之法，也可用于为文之法。这个观念，是《文心雕

---

① 王以宪、张广保：《法言注释》，第35页。
② 王以宪、张广保：《法言注释》，第74页。

龙》文学新变的思想基础。《原道》篇论述文源于道，就几次谈到了文学新变的问题，主张文质相符，精义坚深，文王、周公、孔子三圣为之。《君子》认为"圣人之道"有常，而"圣人之变"也多：

> 或曰："圣人之道若天，天则有常矣，奚圣人之多变也？"曰："圣人固多变。子游、子夏得其书矣，未得其所以书也；宰我、子贡得其言矣，未得其所以言也；颜渊、闵子骞得其行矣，未得其所以行也。圣人之书、言、行，天也。天其少变乎？"①

"天则有常"与"人之多变"，是对立统一起来的。扬雄认为天多变，圣人则之，因此"圣人之书、言、行，天也"，也多变；刘勰认为文源于道，于是文多变，多新变。文学新变有或正或误两种趋向，《文心雕龙》要将文学的新变拉到正途上来。因为有了新变的理论基础，因此，对于"不刊之鸿教"的儒家五经，《问神》篇认为也是可以"损益"的：

> 或曰："经可损益与？"曰："《易》始八卦，而文王六十四，其益可知也。《诗》《书》《礼》《春秋》，或因或作而成于仲尼，其益可知也。故夫道非天然，应时而造者，损益可知也。"②

经书是最高的法则，也是可以损益的，那么，儒家思想，包括经书，都是可以损益、可以新变的。《文心雕龙》认为文学各体源于经书，也具有新变的精神。因此，《文心雕龙》的"文源于道"与文学新变观念，是扬雄从道家和《周易》哲学思想中转化之后，刘勰主要向扬雄取法得来的。或者说，在道家、《周易》与《文心雕龙》之间，扬雄是一个最重要的理论转化的中介环节。

第五节　征圣美圣的儒家思想

扬雄有着极为浓厚的征圣思想。在创新意义上，扬雄从修养品德、内外皆美、硼内彪外、文质相符、华实相符等角度论述圣人的优点，这对

---

① 王以宪、张广保：《法言注释》，第120页。
② 王以宪、张广保：《法言注释》，第39页。

《文心雕龙》的文质论、作家修养、文如其人、文学尚丽等理论寻找到了更加具体的论据；同时，这些理论的提出，也与批判汉代经学的神秘化倾向有密切的关系，《文心雕龙》批判纬书，与此义同。在《法言》中，扬雄所阐述的征圣思想主要表现在以下几个方面：

第一是在人在书。扬雄提出"在则人，亡则书"，为因征圣而宗经找到了理论依据。《吾子》：

> 或曰："人各是其所是而非其所非，将谁使正之？"曰："万物纷错则悬诸天，众言淆乱则折诸圣。"或曰："恶睹乎圣而折诸？"曰："在则人，亡则书，其统一也。"①

圣人像天，圣人就是日月，这是《法言》一书多次说到的圣人伟大论。但是，生命有尽头，圣人死了又该怎么办呢？扬雄回答说："在则人，亡则书，其统一也。"圣人在世，就以他的言行为准则；圣人死了，就以他留下来的经书为准则。效法圣人，这本是儒家的千年传统，但是效法经书一说，则是扬雄的个人创见，这不仅使得征圣得以延续，而且树立了经书正统的地位，暗中批评乱解经书的错误行为。《文心雕龙》全书的理论渊源与作家作品案例分析，全部是"在则人，亡则书"的具体实践，并且认为经书功能巨大，囊括百家，显然是在扬雄宗经思想直接影响下产生的。

第二是文质皆美。扬雄论圣人，是文质皆美的新论，这与扬雄"五经含文"的思想是结合在一起的，同时与他学习修养理论文质相谐、华实相符的主张也是密切关联的。扬雄经常运用比喻的方法来论说，比如用"玉"之文质，《君子》篇说：

> 或问："君子似玉。"曰："纯沦温润，柔而坚，玩而廉，队乎其不可形也。"②

"君子似玉"，珍贵难得；"纯沦温润"，文质皆美；"柔而坚，玩而廉"，刚柔相济，品德高尚。相对而言，扬雄更重视美玉之质，《学行》：

---

① 王以宪、张广保：《法言注释》，第19页。
② 王以宪、张广保：《法言注释》，第120页。

"或曰：'学无益也，如质何？'曰：'未之思矣。夫有刀者砻诸，有玉者错诸，不砻不错，焉攸用？砻而错诸，质在其中矣。否则辍。'"① 《论语》中子贡曾引用《诗》来论说学习需要"如切如磋，如琢如磨"，扬雄"砻而错诸，质在其中"的比喻说法，是对磨刀错玉、学习打磨的重视，也是对内在美的重视，与孔子师徒"切磋琢磨"的说法异曲同工。《五百》篇又认为圣人之言语远大：

> 圣人之言远如天，贤人之言近如地。珑玲其声者，其质玉乎？②

圣人的言语声响之美珑玲盈耳，内涵之美其质似玉，是音乐声响美与内容道理美的完美结合。《重黎》篇说到圣人的内外修养："或问'圣人表里'。曰：'威仪文辞，表也；德行忠信，里也。'"③ 圣人表文里质，内外双修。因此值得学习尊重。《吾子》篇评价屈原，以为屈原丹青其采，玉莹其质：

> 或问："屈原智乎？"曰："如玉如莹，爰变丹青。如其智！如其智！"④

扬雄将屈原比喻为"如玉如莹，爰变丹青"，是文质美的极佳代表，这与"龙蛇命运"说完全不一样。⑤ 正确的理解应该是，扬雄是站在不同的立场上来看待屈原的：当站在明哲保身的存身立场上时，屈原就是知伸而不知屈的化身；当站在文学创作的修养角度看待屈原时，屈原就是最美文学家。班固评屈，矛盾互见，原因同样如此。李诚先生《论班固评屈》一

---

① 王以宪、张广保：《法言注释》，第9页。
② 王以宪、张广保：《法言注释》，第68页。
③ 王以宪、张广保：《法言注释》，第84页。
④ 王以宪、张广保：《法言注释》，第17页。
⑤ 据《汉书·扬雄传》载，扬雄思慕辞赋，评价屈原："先是时，蜀有司马相如，作赋甚弘丽温雅，雄心壮之，每作赋，常拟之以为式。又怪屈原文过相如，至不容，作《离骚》，自投江而死，悲其文，读之未尝不流涕也。以为君子得时则大行，不得时则龙蛇，遇不遇命也，何必湛身哉！乃作书，往往摭《离骚》文而反之，自岷山投诸江流以吊屈原，名曰《反离骚》；又旁《离骚》作重一篇，名曰《广骚》；又旁《惜诵》以下至《怀沙》一卷，名曰《畔牢愁》。"自孔子以来，儒家一向讲究"明哲保身"的处世存身之道，唯有孟子是个例外；扬雄有这样的思想，原因有二：一是受传统儒家思想的影响，二是对屈原投江的悲恸，感叹其不值得。扬雄的一生，正是在存身保命一途以"龙蛇命运"为思想基础的反应。

文阐述甚详，可参。①

《法言》书中，还经常以"丹青"、朱红之"色"为喻，来论述圣人的美好形象或语言、修养。《君子》篇说：

> 或问："圣人之言，炳若丹青，有诸？"曰："吁！是何言与？丹青初则炳，久则渝。渝乎哉？"②

"丹青彪炳"之语，意在说明圣人之言语久而不渝，是不变的法则，这就为"圣—言—文"的宗经思想铺平了道路。而"丹青""彪炳"的话，《文心雕龙》常常用之。《吾子》又说：

> 多闻则守之以约，多见则守之以卓。寡闻则无约也，寡见则无卓也。绿衣三百，色如之何矣！纻絮三千，寒如之何矣！③

"多闻则守之以约，多见则守之以卓"，实则《文心雕龙》"博而能一""博观精约"说的原意。扬雄以为，"绿衣三百，纻絮三千"是正确的做法，见多识广以后，对于颜色的辨析与寒冷的抵御就都不成问题了。《吾子》篇则直接由孔子"文质彬彬"说入手，来批评那些"披着虎皮的羊"，即淆乱经学的神秘主义者与解经乱道者：

> 或曰："有人焉，曰云姓孔而字仲尼，入其门，升其堂，伏其几，袭其裳，则可谓仲尼乎？"曰："其文是也，其质非也。""敢问质。"曰："羊质而虎皮，见草而说，见豺而战，忘其皮之虎矣。"④

扬雄"文质"是指形式与内容，即内外之别；孔子论"文质"是指人的修养问题，主张内外和谐之美。⑤ 所以扬雄接着说：

---

① 李诚：《论班固评屈》，《四川师范大学学报（社会科学版）》，1992 年 02 期。
② 王以宪、张广保：《法言注释》，第 120 页。
③ 王以宪、张广保：《法言注释》，第 18—19 页。
④ 王以宪、张广保：《法言注释》，第 18 页。
⑤ 除去孔子"文质彬彬"的直接论述外，《论语》还记录了孔门弟子的文质观念，比较著名的是《颜渊》中的一段对话："棘子成曰：'君子质而已矣，何以文为？'子贡曰：'惜乎，夫子之说君子也！驷不及舌。文犹质也，质犹文也。虎豹之鞟犹犬羊之鞟。'"这一章的意思是说良好的本质应当有适当的表现形式，否则，本质再好，也无法显现出来。这里所讨论的表里一致的问题，棘子成认为作为君子只要有好的品质就可以了，文采并不是必须的，子贡反对这种说法。

> 圣人虎别，其文炳也。君子豹别，其文蔚也。辩人狸别，其文萃也。狸变则豹，豹变则虎。①

驰骋论辩之人像狸猫，"文萃"而体小；君子像豹子，"文蔚"而个大；圣人像斑斓猛虎，"文炳"而质美。虽然都是猫科动物，但是从狸猫变成老虎，需要经过"君子"修养这一关。扬雄以之为比喻，暗含小纵横辩士而崇儒家圣人的尊卑观念，而猛虎的文采炳蔚一说，暗合汉代壮美博大的时代审美风气与大国气象，被《文心雕龙》多次运用，以壮丽华美的色彩论述写作的文采之美。②

《先知》篇集中论述了圣人文质之美与修养文质之美的具体方法：

> 圣人，文质者也。车服以彰之，藻色以明之，声音以扬之，诗书以光之。笾豆不陈，玉帛不分，琴瑟不铿，钟鼓不拉，则吾无以见圣人矣。③

扬雄以为，圣人之外在形式美与内在本质美都应该是文采华丽的，圣人的文章也是如此。《文心雕龙》推而论之，认为源自圣人经典的后世文章也是尚丽尚美的。这就在文学"原道"美与圣人文章美之间再次细化，寻找到了圣人文质美这一中介；《文心雕龙》"五经含文"的雅丽思想，完全是对扬雄文质、华实思想的翻版运用。如此，雅丽文学思想的两个主要取法对象可以确立：一个是孔子，另一个是扬雄；一方面是从孔子"郁郁乎文"到扬雄"圣人文质""华实相符"的尚丽思想，另一方面是雅乐、正声、正色、正采、内质、明道、征圣、宗经的雅正思想，二者相结合，就是文学的雅丽思想。

---

① 王以宪、张广保：《法言注释》，第18页。
② 《文心雕龙》对于文采"彪炳"或"炳蔚"的运用主要用以下数例：《原道》：龙凤以藻绘呈瑞，虎豹以炳蔚凝姿。《原道》：发挥事业，彪炳辞义。《正纬》：六经彪炳，而纬候稠叠。《明诗》："四始"彪炳，"六义"环深。《情采》：其为彪炳，缛采名矣。《章句》：篇之彪炳，章无疵也。主要所指，是在赞美文学作品的华丽文采。
③ 王以宪、张广保：《法言注释》，第74页。

第六节　宗经尚美的经典意识

　　明道、征圣之外，《法言》中论述了精彩的宗经思想。一方面，儒家经典在扬雄这里不仅是"不刊之鸿教"，而且散发着迷人的文采之美，这与古板的传统看法截然不同。扬雄以其复古与新变交织的观念而辩证宗经，对于经典蕴含的华美之义进行了深刻的论证与阐释。扬雄关于"五经含文"的论述，成为刘勰直接采用的"六义"说的证据，更是《文心雕龙》"圣文雅丽"思想的直接来源。扬雄对五经特点的理解超越了前人，其学说为《文心雕龙》所全盘继承。①

　　依据经典为支撑，扬雄评价了不少的著名作家作品。《君子》：

> 淮南说之用，不如太史公之用也。太史公，圣人将有取焉；淮南、鲜取焉尔。②

　　史书实录，取法圣人；淮南之说，取法道家。暗含儒家胜过道家的意见。同篇又说：

> 必也儒乎！乍出乍入，淮南也；文丽用寡，长卿也；多爱不忍，子长也。仲尼多爱，爱义也；子长多爱，爱奇也。③

　　扬雄论述的司马相如、刘安、司马迁等著名作家，其点评都非常准确。《文心雕龙》的《才略》篇与《史传》篇直接运用到了"文丽用寡，长卿"与"子长多爱，爱奇"的说法。《风骨》篇主张"翔集子史之术"，文学写作要向史书取法；同时谈到司马相如《大人赋》，"乃其风力遒也"，仙道之说感染力巨大，但是讽谏之旨不达。《汉书·扬雄传》：

> 雄以为赋者，将以风之也，必推类而言，极丽靡之辞，闳侈巨衍，竞于使人不能加也，既乃归之于正，然览者已过矣。往时武帝好神仙，相如上《大人赋》，欲以风，帝反缥缥有陵云之志。由是言之，赋劝而

---

① 具体对五经特点与评论的意见，见本章"五经含文，圣文雅丽"部分。
② 王以宪、张广保：《法言注释》，第120页。
③ 王以宪、张广保：《法言注释》，第120页。

不止，明矣。①

"文丽用寡"一说，即对此而发。"极丽靡之辞，闳侈巨衍，竞于使人不能加也"论说的是汉代辞赋"巨丽"之美，这个美有其时代背景的原因，更有司马相如树立榜样而扬雄"追风入丽"的创作实践作为实证。"赋劝而不止"的"用寡"说，就是由"丽靡之辞"的"文丽"原因造成的。赋的优点、特点，也成为其弱点、缺点。事物的发展真是奇妙，充满了辩证法的影子。由此，再拓展到具体地评论历代典籍。《重黎》篇说：

> 或问："《周官》?"曰："立事。""《左氏》"? 曰："品藻。""太史史迁"? 曰："实录。"②

扬雄对古代文献，主要是儒家经典与史书的评价，言简意赅，非常准确。刘勰《风骨》篇主张写作之道应该"熔铸经典之范，翔集子史之术"，是有原因的。经典为思想规范，子书与史书为操作技法，二者结合，可以囊括古代的重要典籍，尤其是百家争鸣环境下的子书，作为后代学术思想的渊源，文章写作的法与术均来自于此。

第七节　丽淫丽则的审美批评

伴随经典华美思想的是扬雄的辞赋评论，在辞赋评论中，我们可以看到晚年扬雄与青壮年时代扬雄的截然不同。扬雄早年追摩司马相如的辞赋创作并写了许多模拟之作，还模仿屈原辞赋进行了若干创作。晚年，因为政治失意，扬雄对辞赋的功能产生了怀疑，对辞赋作家的低下地位心怀不满，因而对辞赋创作产生了不满，这种不满，集中地表现在《吾子》篇中：

> 或问："吾子少而好赋。"曰："然。童子雕虫篆刻。"俄而曰："壮夫不为也。"或曰："赋可以讽乎?"曰："讽乎! 讽则已，不已，吾恐不免于劝也。"③

---

① （汉）班固：《汉书》（影印本），第3575页。
② 王以宪、张广保：《法言注释》，第86页。
③ 王以宪、张广保：《法言注释》，第16—17页。

前引《汉书·扬雄传》所述，是扬雄认为辞赋只是"童子雕虫篆刻"，故而"壮夫不为"的根本原因。辞赋难以实现其讽谏功能，达不到为文致用的干政效果，这样，美则美矣，用处有限，那么，还写它干什么呢？反过来看，这其实是扬雄政治情结的愤懑表达，是他功名思想的抑郁不满。扬雄讽刺他早年的偶像司马相如是"文丽用寡"，因为"赋劝而不止"，作用有限。扬雄弃赋，除了真如其言外，还与他的遭遇远逊司马相如有关。尽管相如赋有"文丽用寡"之弊，但是相如出名，靠的正是赋作被汉武帝赏识这个原因。《史记》载，其时蜀人杨得意为狗监，向汉武帝推荐了同乡司马相如，相如由是而显，其后曾以御史身份出使西南夷，为武帝朝开疆拓土做出过贡献；相如《难蜀父老》《喻巴蜀檄》又为稳定蜀中政治局面起了很大的作用；《封禅文》一篇，赞颂敬天法地的巍巍汉德。也就是说，扬雄的少年偶像相如先生，不仅文章漂亮，是辞赋名家，而且政治有为，事载史书，名垂青史。扬雄崇拜他，应当是这两个原因俱在的，不只是口头上说的仅"好其辞赋"而已。辞赋写来干什么？是用来美教化、进忠言的，不是仅玩体物写情、闳侈巨衍的文字游戏的。当辞赋大量发展，天下人竞相追摩以后，皇帝也就看得多了，辞赋的写法内容，确实远不如章表奏议这些应用文体在干政进谏方面有效。因为辞赋首先是美文，一定要加上讽谏的功能，是勉为其难的事情。扬雄看到这条路走不通，于是很生气，说自己不再写了。当然，辞赋体裁与其功能是一个不利方面，扬雄的自尊心又是另一个原因。据《扬雄传》载，辞赋作家地位低下："颇似俳优淳于髡、优孟之徒，非法度所存，贤人君子诗赋之正也，于是辍不复为。"也就是说，如果扬雄政治地位再高一些，比如得到较大的升迁，估计他是不会这么说的。班固《扬雄传》曰：

> 初，雄年四十余，自蜀来至游京师，大司马车骑将军王音奇其文雅，召以为门下史，荐雄待诏，岁余，奏《羽猎赋》，除为郎，给事黄门，与王莽、刘歆并。哀帝之初，又与董贤同官。当成、哀、平间，莽、贤皆为三公，权倾人主，所荐莫不拔擢，而雄三世不徙官。及莽篡位，谈说之士用符命称功德获封爵者甚众，雄复不侯，以耆老久次

转为大夫，恬于势利乃如是。①

　　扬雄在汉时，四十余岁才出仕为官，颇有一鸣惊人的味道；但是后来历久不见升迁，"三世不徙官"；直到当年的同事王莽已经当上了皇帝，他还是没有机会，仅仅"以耆老久次转为大夫"，班固说他"恬于势利"，不一定是真的。因此，扬雄早年虽以辞赋知名于世，而在此以后，"辍不复为"。从这个经历与评价我们可以看到，文学创作的发展、文学批评的发展，根本上说，无法逃开政治干预这个宿命。尽管文学确实存在自身内在的规律性，确实存在与政治保持距离的本质特性，但是，尤其在中国士大夫"好做官"思想的内驱之下，文学不过是从政入世的表达载体之一，文学要受到政治的影响，当为不刊之论。《文心雕龙》特列《时序》篇来论述这个问题；而在《征圣》《宗经》《正纬》等篇中大谈特谈的"政化贵文"、周公孔子、"朱紫乱矣"等说，为的就是在儒家政教思想的指导下确立宗经的文学艺术标准，直接将文学拉到政治功能的范围中来，有用为文，无用弃文，成为《文心雕龙》的一大主张。其上篇文体论的体裁排列顺序，主要就是根据文体历史与功能大小来安排的。扬雄的这个意见，集中体现在"丽淫丽则"说的提出，《吾子》：

　　　　或问："景差、唐勒、宋玉、枚乘之赋也，益乎?"曰："必也淫。""淫则奈何?"曰："诗人之赋丽以则，辞人之赋丽以淫。如孔氏之门用赋也，则贾谊升堂，相如入室矣。如其不用何?"②

　　对扬雄的话，我们可以做这样的理解："诗人之赋丽以则"是指这一类的赋不失讽喻精神，虽"丽"而有法度；"辞人之赋丽以淫"则指这一类赋作在辞章手法上过分注重修饰，而失去了讽谏的意义。这里的"诗人之赋"，所指当是屈原的骚赋，刘安、王逸、汉宣帝，以及后来的刘勰等人均认为屈原的赋符合《诗经》的精神，所以称为"诗人之赋"；辞人之赋指的是唐勒、景差、宋玉、枚乘之赋，其实就是指汉代大赋。"淫"是过分的意思，辞赋"巨丽"，过分了。所以，这是扬雄滋生"文丽用寡，长卿"

---

① （汉）班固：《汉书》（影印本），第3583页。
② 王以宪、张广保：《法言注释》，第17页。

一说的理论依据，也是他认为辞赋"劝而不止"的"无用"论的根本原因。从本段来看，扬雄对贾谊、相如的作品是很推崇的，可谓是孔氏之门登堂入室的好作品，但是，"如其不用何"，也就没有办法了。

依据对辞赋"丽则丽淫"的意见，扬雄顺带论述了他的正声雅乐观，提出"明视"以辨别"苍蝇红紫""聪听"以区分"郑卫之似"的主张；同时提出"中正"之说，论述了"中正则雅""中正以平"的"和乐"美；并对"女有色，书亦有色"的外在纹饰美再一次做了强调，指出"女恶华丹之乱窈窕也，书恶淫辞之淈法度也"的"正色正采"观，继续巩固他"丽则"一说的重要性。我们从这里既可以看到扬雄受孔子雅乐正色观的影响痕迹，也可以看到扬雄对刘勰《文心雕龙》的巨大影响。《文心雕龙》对待楚辞汉赋的基本态度就是"丽以淫"，基本的解救方法就是"丽以则"，主张折衷《诗》《骚》，"风归丽则"，形成"丽词雅义"，与经典雅丽之美趋向一致。

结　语

综上所述，扬雄对《文心雕龙》雅丽思想有直接影响。扬雄不仅阐释了许多为《文心雕龙》所直接接受的文论主张，同时，他的辞赋创作与学术著作，为《文心雕龙》的作家作品批评提供了极好的实践对象。上述明道、征圣、宗经、辞赋评论所论述的若干思想标准、创作理论、鉴赏理论，归纳起来，主要有以下两点：

第一，主张"丽则"。扬雄评价辞赋尚丽尚美的文学思想，是文论史上第一次明确地自觉探寻文学本质的追求，这是建立在儒家与道家美丽思想基础上的集合产物。自此，沿着扬雄、王充、曹丕、陆机而下，文学尚美尚丽之势锐不可当；文学理论的自觉、创作的兴盛、学术思潮的自觉意识不断加强。因此，扬雄在这个"自觉"的萌芽、发展、兴盛的历史脉络中扮演了一个重要的中介角色，承上启下、继往开来。刘勰《文心雕龙》一方面肯定了文学尚丽尚美的本质与文学由质趋文的发展趋势，高赞文学的美丽精神；同时看到了尚丽主张、创作、批评的不良动向，提出雅丽的古今折衷的新标准，对魏晋文学的自觉，进行了反思与规范的再次自觉。这个思想，是得益于杨雄的。

第二，扬雄具体提出的文质论、华实说、修养论、新变论、自然之道、五经含文、辞赋致用等，在继承了先秦儒家"文质彬彬""尽善尽美"的论人论诗之说，而直接用于评价文学内容与形式、文学内外发展因素、作家修养、审美评价的基础上，还重视探索文学丽淫丽则的审美特点、臧否历代名人名家、提出五经新变损益的主张、取法自然的创作感物说等，这些新变理论的提出，是刘勰"圣文雅丽，衔华佩实"的雅丽思想的哲学依据、美丽精神、文学新变、独尊儒家等内涵的直接来源。扬雄著名的"心声心画"说，为刘勰"文如其人"的风格论奠定了理论基础；"弸中彪外"说，为《文心雕龙》作家修养论做出了示范；"尚中执中"的中道的思想，为刘勰尚雅贬俗、中和之美的理论主张与折衷方法论的运用提供了成功的示范；求实疾虚、求真疾伪的态度，上承孟子、下启王充，为《文心雕龙》主张情深、义贞、事信、批判纬书奠定了理论基础；而对于来自荀子尚法论术的思想，扬雄对其进行了拓展论术，使得刘勰为文之道尚法论术的思想基础更为牢靠。

第八章

李 尤

第一节 李尤生平简介

李尤，约生于东汉光武帝建武二十年（公元44年），卒于顺帝永建元年（公元126年），字伯仁，广汉雒（今四川广汉雒城）人。年少时以能文著称，曾撰《蜀记》。汉和帝时，侍中贾逵推荐他的文章有司马相如、扬雄的风格，召至京城洛阳撰《函谷关》《辟雍》《德阳殿》《平乐观》《东观》诸观赋、铭，拜为兰台令史，主管国家藏书、校书之事。网罗儒生如刘珍、马融、刘騊駼等人，在东观校订编正五经、诸子传记、文艺百家等典籍，整齐脱误，是正文字，对东汉的官府藏书整理，有突出贡献。

安帝时为谏议大夫，受诏与谒者仆射刘珍等共撰《东观汉记》，与刘騊駼合修有《建武以来名臣传》。后帝废太子为济阴王，尤上书谏争。顺帝即位，迁乐安相，年八十三，卒。生平最喜爱"铭"这种文体，著有一百二十首铭，时称"门阶户席，莫不有铭。"另有《果赋》《政事论》七篇、《和帝哀策》等，唯《九曲歌》残句较为有名："年岁晚暮时已斜，安得壮（一作力）士翻日车？"文集已轶，梅鼎祚《东汉文纪》，张溥《汉魏六朝百三家集》，严可均《全上古三代秦汉三国六朝文》辑有其作品。

李尤的著作表达的是正统儒家思想，缺乏创建且文采平平，故成就不高，《文心雕龙》评为"李尤赋铭，志慕鸿裁，而才力沈膇，垂翼不飞"。在严可均辑录的《全后汉文》中，我们还可以看到李尤的几十篇文章，以铭文为主，刘勰以"李尤积篇，义俭辞碎"评论之，指的是李尤创作成果虽多，但与西汉三杰相比，独创性、开拓性、影响力等都有所不足，整体质量不够高，仔细阅读李尤的作品，也确实是这样的。

李尤文学作品以赋和铭为主，其《函谷关赋》是中国古代第一篇描写关塞的赋作，被誉为"关塞赋之祖"；其铭文数量最多，创作成就也最为突出，主要可以分为山川赋、居室赋、器物赋三类，极大地拓展了铭文的题材和表现范围，形成了短小精悍、分组连章的铭文格局和语言简练、文风质朴的铭文风格，并时常在铭文中寄予自己的政治思想和处世法则，在东汉乃至整个铭文发展史上都具有重要的历史意义。范晔《后汉书·文苑列传》对李尤有专门记载：

> 李尤字伯仁，广汉雒人也。少以文章显。和帝时，侍中贾逵荐尤有相如、杨雄之风，召诣东观，受诏作赋，拜兰台令史。稍迁，安帝时为谏议大夫，受诏与谒者仆射刘珍等俱撰《汉记》。后帝废太子为济阴王，尤上书谏争。顺帝立，迁乐安相。年八十三，卒。所著诗、赋、铭、诔、颂、《七叹》《哀典》，凡二十八篇。
>
> 尤同郡李胜，亦有文才，为东观郎，著赋、诔、颂、论数十篇。①

清严可均在《全后汉文》卷五十中写作按语说：《华阳国志》十中，和帝召作《东观》《辟雍》《德阳》诸观赋，铭《怀戎颂》百二十铭，著《政事论》七篇，帝善之。今搜辑群书，得八十四铭，其余三十七铭亡。所以，《后汉书》记载李尤的作品"凡二十八篇"，是严重失实的。

根据范晔《后汉书》的记载：巴蜀文学家进入其中的，就只有李尤和同乡李胜二人。这和西汉时期巴蜀文学的鼎盛发展，在全国占据最高峰的形势相比，已经无法相提并论了。西汉一朝，司马相如被誉为赋圣、辞宗，鲁迅称赞他和司马迁可以相提并论，是汉代文学双峰并峙的骄傲，司马迁写作《史记》，单独为司马相如一个人列出一个专门篇章，详细介绍他的生平事迹和文学作品及其贡献，是全书篇幅最长、用力最勤的名人传记，开创了汉代文学作家单独列传的传统；其后，班固《汉书》全部抄录《史

---

① （南朝宋）范晔撰：《后汉书》（影印本），第 2616 页。

记》，为司马相如列传。扬雄在《汉书》中享有更高的地位，班固为他单独列传不说，一篇写不下，分为上篇和下篇，详细记述了扬雄的生平事迹、文学作品、思想成就、学术著作、时风评价与矛盾处境，这是整个《汉书》中最长的传记，也是唯一一篇单独人物分上下篇的优待。王褒虽然没有取得上述二人的文学高度，但在《汉书》中传记篇幅也是很长的，所列作品多样，政治地位和文学成就很高。以上三人，是整个汉代文学的最杰出代表作家，更是巴蜀文学在汉代的顶峰作家。

发展到东汉，正如本书第一章第三节所说：汉代文翁兴学之后，巴蜀地区接收到中央政府正统儒学的教化，儒风渐盛，人才辈出，在学术上、整体文化教育上，已经具有了与齐鲁、京师比肩的盛况；但在文学创作上，人才反而逐渐凋零下来，整个东汉一朝，只有李尤、李胜进入了正史记载之中，不仅没有获得司马相如、扬雄等大家单独列传的优遇，和王褒在正史中被突出记载的待遇也无法相比，前面的引文，只有区区一二百字，就很能说明问题。

但是，这不是说李尤的文学成就不高，而是说在开创性上、独特性上、历史地位上，他比不上西汉三杰。但在东汉整体文学水平都不如西汉的时代背景之下，李尤是有着相当突出的文学成就的作家：

第一，是史学与经学。李尤年少时以能文著称，曾撰《蜀记》；到京都之后，拜兰台令史，这是班固等著名史学家曾经担任过的官职；安帝时为谏议大夫，受诏与谒者仆射刘珍等俱撰《汉记》；其后，再次受命组织人手撰写《东观汉记》，成员之一就有后来的大儒、大文豪马融。由此可见，李尤不是那种纯粹的文学家，而是一个饱学的学者型作家，他继承了扬雄等人的蜀地文学家特色：经学、文学、史学兼备，才华、学术、思想兼备，是一个不可多得的综合性人才。

第二，是文学与铭赋。范晔记载其"所著诗、赋、铭、诔、颂、《七叹》《哀典》，凡二十八篇"，严可均《全后汉文》著录为八十四篇，其中最主要的体裁，是赋体与铭体。仅从数量上说，这是一个了不起的成就；从开创性上说，他是第一个大力写作铭体作品并以之名家的汉代作家。尽管在赋体创作上数量不多、篇幅不长，与司马相如等大赋不同，但他首开中国边塞关隘辞赋先河，《函谷关赋》等名作，奠定了李尤东汉名家的地位，被誉为"历代关塞赋之祖"。

随着东汉国力的逐渐衰弱，以及东汉帝王普遍短命的现实，东汉王朝无论在气象上还是开拓性上，均无法与西汉相比；随着经学传统的从上到下网络、控制全国人才，学者精深地研究经学著作越来越多，他们的理性思维得到长足发展，但在感性思维上，在走出书斋感悟山川自然的灵气上，在胸怀博大与独特的语言原创上，东汉作家更多是对西汉作家的模仿，东汉文学，已经不能和西汉文学那样具有生命活力与创造性了。

李尤生在这样一个环境中，是他的幸福：前有乡人司马相如等作为榜样，汉和帝时，侍中贾逵推荐他的文章有司马相如、扬雄的风格，召至京城洛阳撰《函谷关》《辟雍》《德阳殿》《平乐观》《东观》诸观赋、铭，拜为兰台令史。这使得他的学习、成长道路十分顺利，在以文章显名的同时，轻而易举就到了中央政府，这是扬雄等人难以企及的；其次，李尤官运亨通，汉和帝时，拜兰台令史；后来，官拜谏议大夫；汉顺帝时，拜乐安相。皇帝废立太子，他可以上书进谏；组织编写《东观汉记》，他是主要作家之一。这些都表明李尤的政治生涯很顺利。

文学之路与政治之路都很顺利，加上八十三岁的罕见高寿，李尤是人生大赢家。

《文心雕龙》全面采集了上古伏羲到齐梁年间最杰出的作家作品，李尤在综合论述九代文学名家及其批评的《才略》篇中被提及，在最能体现他文学成就的《铭箴》篇中作为主要作家出场——这表明，李尤在汉代文学作家中是具有鲜明特色的名家。现录刘勰所论于下：

> 1.《铭箴》：至如敬通杂器，准矱武铭，而事非其物，繁略违中。崔骃品物，赞多戒少；李尤积篇，义俭辞碎。著龟神物，而居博奕之中；衡斛嘉量，而在臼杵之末：曾名品之未暇，何理之能闲哉！①
>
> 2.《才略》：李尤赋铭，志慕鸿裁，而才力沉膇，垂翼不飞。②

---

① 杨明照：《增订文心雕龙校注》，第139—140页。
② 杨明照：《增订文心雕龙校注》，第575页。

刘勰以为：李尤的作品，最大的特点是多，最大的缺点是不够精彩。虽然他模仿前代之"鸿裁"，但毕竟时代不一样了，加上个人文学才华与前辈名家有差距，就显得像胖胖的鸟儿一样，体重大了，力量不够，飞不起来了，作品特色不够鲜明突出。但这是东汉经学氛围下整体作品的共同特色，毕竟，像班固、张衡、马融等大赋作家，也就那么几个而已。

近年来，对李尤的研究越来越多，不仅《巴蜀文学史》等专著中提到李尤，单篇论文、硕士论文、研究课题中也越来越多地开始了对李尤的研究，以下成果是其中的代表：

高英《李尤及其铭文浅论》指出：李尤是东汉时期的著名作家，他也是第一个以铭文为主要写作文体的作家，他的文学作品既有以大一统的铺张大气为特征的赋的特色，又有儒家正统和积极入世的精神兼济道家学说的个人色彩，使他众多的文学作品在文学史上别具风采。[①] 在赋体之外，李尤最擅长的就是铭体，大约有八十来篇，本文专论铭体，将李尤在这一体裁上的杰出贡献揭示了出来。

《汉代作家李尤初探》指出：后汉文家李尤在铭体上做过许多尝试。他的生平、作品除前人所辑，还可以收集到一些断片，其作品以"存雅却郑"的正统儒家思想为主题，但词采匮乏却使他达不到"文质彬彬"的高度，因此成就不高。其主要成就在于开拓了铭的范围，使铭成为一种普遍的文学体裁。[②] 本文从若干角度综合论述了李尤文学作品及其思想价值、时代背景、历史成就等问题，是一篇很好的论文。

在上述单篇论文之外，还有几篇硕士论文也比较有特色：

郭晓瑜《论李尤赋、铭的继承与创新》指出：李尤作为东汉中期作家，一生著述颇多，尤以赋、铭为最，虽对其文学创作历史评价不一，却也不能忽视李尤在铭文文体发展上所做出的文学努力和贡献。李尤处在一个上承下继的时代，其作品主要有歌功颂德与立德修身两大主题，体现出尊崇礼制、积极入世的儒家思想和谨守阴阳，顺应四时的道家思想两者互渗的

---

① 高英：《李尤及其铭文浅论》，《文教资料》，2010 年 18 期。

② 千里马论文网：http://www.133229.com/shx/sn/124918.html。本文是不多见的研究李尤及其作品的文章，笔者辑录在此，以膳读者。

思想特点，更在铭文创作方面不断耕拓尝试，扩展了铭文的题材范围，极大地提高了铭文的文学表现力，推动了汉代铭文的发展。目前，学界对李尤赋铭的研究较少，留有很大的探讨空间。本文旨在从整体上以李尤赋铭内容为研究对象，对其作品进行系统整理，立足作品来分析李尤创作的思想来源、写作特征及文学成就，结合其艺术和史料价值，从而正确认识李尤在中国古代文学和文化中的地位。①

许玲《李尤赋铭与东汉建筑制度》指出：近年来，从文化层面来挖掘汉代赋铭的研究价值逐渐成为文学作品研究的一种新思路。本论文即以东汉文人李尤的赋铭为切入点，研究其与东汉建筑制度之间的联系，深化汉代赋铭与汉代建筑制度层面的研究，力求正确认识李尤赋铭在古典文学和文化中的地位，并从中探寻其艺术意义和史料价值。② 该文进行跨学科的比较研究，将文学实录化，学术交叉化，是很有新意的交叉研究。

王彦龙《李尤研究及〈李尤集〉校注》指出：李尤是东汉中期一位颇有成就的作家，但由于历来评论家对其作品评价不高，导致学界对其关注和研究不够。本文上篇主要通过对其生平、著述、文学作品等方面的研究，重新认识李尤及其作品的文学史意义；下篇是对李尤现存所有作品的校勘和注释，以期有补于相关方面的研究。李尤著述颇丰，除现存的九十多篇文学作品以外，他还曾参与撰修史学巨著《东观汉记》；另外，地理学著作《蜀记》很可能也出自其之手。李尤文学作品以赋和铭为主，其《函谷关赋》是中国古代第一篇描写关塞的赋作，被誉为"关塞赋之祖"；其铭文数量最多，创作成就也最为突出，主要可以分为山川赋、居室赋、器物赋三类，极大地拓展了铭文的题材和表现范围，形成了短小精悍、分组连章的铭文格局和语言简练、文风质朴的铭文风格，并时常在铭文中寄予自己的政治思想和处世法则，在东汉乃至整个铭文发展史上都具有重要的历史意义。李尤先是担任兰台令史之职，后又受命参与撰修《东观汉记》，成为东汉中期兰台文人向东观文人过渡的代表作家之一，在东汉文学中心的转移、文学风气的转变中都发挥了一定作用。总之，承认其贡献、正视其不

① 郭晓瑜：《论李尤赋、铭的继承与创新》［D］，西北师范大学，2016 年。
② 许玲：《李尤赋铭与东汉建筑制度》［D］，东北师范大学，2014 年。

足，才是对李尤比较公允的评价。① 该文从文献实证与历史梳理的角度，实事求是地将李尤文学成就与作品集的整理研究梳理了出来。

第二节　吟咏《函谷关》，边塞赋之祖

最使李尤在辞赋园林中独具特色的名作，是他的《函谷关赋》，其文曰：

> 惟皇汉之休烈兮，包八极以据中。混无外之荡荡兮，惟唐典之极崇。万国喜而洞洽兮，何天衢以流通。襟要约之险固兮，制关楗以擒非。其南则有苍梧荔浦，离水谢沫，汇浦零中，以穷海陆。于北则有萧居天井，壶口石陉，贯越代朔，以临胡庭。缘边邪指，阳会玉门，凌测龙堆，或置以□。于西则有随陇武夷，白水江零中沔汉阻曲，路由山泉。奋水辽溢，连潞是经，尔乃周览以泛观兮，历众关以游目。惟夸阔之显丽兮，羌莫盛乎函谷。施雕砮以作好，建峻敞之坚重。殊中外以隔别，翼巍巍之高崇。命尉臣以执钥，统群类之所从。严固守之猛厉，操戈铖而产为聪。蕃镇造而惕息，侯伯过而震忡。惟函谷之初设险，前有姬之苗流。嘉尹喜之望气，知真人之西游。爰物色以庶道，为著书而肯留。自这东迁，秦虎视乎中州文驰齐而惧追，谲鸡鸣于狗偷。睢背魏而西逝，托袤衣以免搜。大汉承弊以建德，革厥旧而运修准令宜以就制，因兹势以立基。盖可以诘非司邪，括执喉咽。季末荒戌，堕阙有年。天闵群黎，命我圣君。稽符皇干，孔适河文。中兴再受，二祖同勋。永平承绪，钦明奉循。上罗三关，下列九门。会万国之玉帛，徕百蛮之贡琛。冠盖纷其云合，车马动而雷奔。察言服以有讥，捐麓而勿论。于以廓襟度于神圣，法易简于干坤。②

章沧授《自古天险函谷关——读李尤〈函谷关赋〉》指出：函谷关自古以天险著称于世，历代诗文为之咏颂不绝，东汉李尤的《函谷关赋》是

---

① 王彦龙：《李尤研究及〈李尤集〉校注》[D]，西北大学，2015 年。
② （清）严可均辑：《全后汉文》（第 7 册），北京：商务印书馆 1999 年版，第 50—51 页。

最早描写函谷关险要峻雄之势的杰作。李尤这篇赋所写的函谷关为古关，是战国时秦国设立的，在今河南灵宝县西南。关前为弘农涧水，河岸峻峭，谷中东西十几里，绝崖壁立，道路仅容一车通过，深险如函，故名函谷。西汉末年的隗嚣曾"请以一丸泥东封函谷关，图王不成，其弊足霸矣"。可以想见其万夫莫开之势。汉武帝元鼎三年（前114年）移至河南新安县境内，距离古关三百里，称新函谷关。这篇赋文可分四段。首段"控引天地"，一笔宕开，从大汉帝国四方的关塞写起。"包八极以据中"的大汉帝国所设立的险关要塞，星罗棋布于天下：南方有苍梧、荔浦、离水、谢沐、汇浦、零中；北方有萧居、天井、壶口、石陉、贯越、代朔；西北边界有阳关、玉门、凌测、龙堆；西边有随陇、武夷、白水、江零。正是凭借这些险要的关塞，汉王朝方可"襟要约之险固兮，制关键以擒非"，拥有博大的地域，享有统摄万国的威势，可见，险关的自然屏障对巩固帝国起到了巨大的作用。① 文学功能之中，与政治、军事、国家局势密切相关本就是其中一环，李尤盛赞函谷关的险峻，是对当时国防军事、山川伟岸的高度赞美与评价。可见，他的作品是务实质朴的作品，而不是汉大赋那样务虚巨丽的作品。

与之相对应，李尤还有一篇铭文，也是赞颂函谷关的：

函谷关铭

函谷险要，襟带喉咽。尹从李老，留作二篇。孟尝离秦，奔骛东征。夜造稽疑，谲以鸡鸣。范雎将入，自盛以囊。元鼎革移，错之新安。舍彼西阻，东即高原。长墉重关，疠固不逾。简易易从，与干合符。②

与之相类似，李尤在许多的铭赋体裁作品创作中，都会将之对应写作，比如观、阙、宫、殿、台等，这些题材，无一不是汉帝国建筑的宏大精品，是国力、物力、人力的综合成就，是建筑、艺术、文学的综合成就。因此，李尤文学作品的价值，最主要的就是汉帝国的政治、军事、文化、建筑事

---

① 章沧授：《自古天险函谷关——读李尤〈函谷关赋〉》，《古典文学知识》，1998年03期。
② （清）严可均辑：《全后汉文》（第7册），北京：商务印书馆1999年版，第56—57页。

业歌功颂德、赞美刻镂、粉饰太平。其思想性、艺术性，确实要差一点。

李尤《函谷关赋》是中国文学史上第一篇描写边塞关隘的赋体作品，而且特色鲜明，描写精妙，享有"边塞赋之祖"的美誉。自此以后，从古至今，历代模拟之作层出不穷，比较著名的作品有：

1.《函谷关赋》

西晋·江统

登彼函谷，爰览丘陵，地险逶迤，山冈相承，深壑累降，修岭重升，下杳冥而幽暧，上穹崇而高兴，带以河洛，重以崤阻，经略封畿，因固设险，异服则呵，奇言必捡，遏奸宄于未芽，殿邪伪于萌渐，及文仲之斯废，乃违仁而受贬，圣王制典，盖以防淫，万里顺轨，疆场不侵，抚四夷而守境，岂恃阻于高岑？彼桀纣以颠坠，非山河而不深，顾晋平之爰险，获汝叔之忠箴，鄙魏武之坠志，嘉吴起之弘心，末代陵迟，恶嬴氏之叛涣，乃因兹而自增，下凌上替，山冢卒崩，览孟尝之获免，赖博爱而多宠，惟七国之西征，仰斯阻而震恐，岂？奥险之难犯？将群帅之无勇，咨汉祖之绝关，又见败于？项，尹喜爰处，观妙研精，李老西徂，五千遗声，张禄既入，穰侯乃倾，营陵之出，禀筑田生，卫鞅及商，丧宗摧名，终军弃？，拥节飞荣，睹浮伪于末俗，思玄真乎大庭。

2. 函谷关赋

阎伯璵

函谷天险，弘农邦镇。南据二虢，北荒三晋。洞开一轨，壁立千仞。迳荟双合，梯苔孤峻。世浊先封，道康后顺。远秦塞，近崤陵。幽泉脉脉，断峰棱棱。增埤雾杳，聚堁烟凝。高卑异级，坻崿相承。靡届靡究，不骞不崩；实隄防之枢辖，为造化之缄滕。齐之以权衡，危不可得；约之以符玺，信而有征。昏主既废，圣人以兴。慎终于始，欲罢不能。观夫憧憧往来，骖驻成雾。据于石东西十里，临其深前后咫步。建瓴百二之国，扼喉三七之路。幅员既长，城小而固。恃元化之阴骘，望彝伦之攸序。于是敕用传，禁弃繻。商君本魏之公子，柱史乃周之臣符。知结草之可守，故习坎以无虞。原夫阻河称深，因山为卫。背宇宙之冲，连阡陌之势。万方纳款，百工献艺。四旁磔攘，诸侯之政典；一九成功，陪臣之邪说。直指天符，变稊葽之末；横分地维，弛旂旒之赘。聿修纲纪，以遏丑庶。或悬门而不发，殊勇夫之重闭。怀德维宁，将镇其细。既皇汉之辟国，实扃镝于新安。固之胡易，舍之则难。复襟带于故道，徒颓壤而未干。善孟子之禁暴，恶臧孙之谬官。存古训以是式，庶斯文之不刊。

3. 汉函谷关赋①

秦有雄关，巍然傲立百年。如狼卧巅，仰天长嗥诸侯颤。闭，百万雄师无策；开，势如破竹一剑。凌逼六国，熊黑顿作鸟兽散。豺旗东顾，函关以东无宫殿。

汉武胸襟，收南山之马以固中原，敛万方之粟以拓天山。君不见，李广鸣镝，卫青扩边，去病万里，杨朴定南。大漠狼烟，长安之风吹熄；汉家公主，辞别以泪洗面。赫赫之功，秦皇亦当谦逊；煌煌之名，一扫先祖羞惭。遂嫌阙下促狭，难以舒足；楼船觅侯，请移函关。当是时，驱辚辚兵车，策萧萧甲马，督十万民夫，移秦关柱石，依龙凤而起汉关。秦时明月，千年垂泪；汉家名城，轮回新安。

嗟夫！雄关巍峨，储长安、洛阳之王气；漫漫古道，接千里崤函之商旅；滔滔水险，荡一涧湍流之豪气；茫茫山峦，举如波如涛之剑戟。锁，闭豫陕之要道，启，开京师之通衢。

汉武驾幸，紫霞苑中飘龙旗；光武赏关，大驾宫前设丹陛；炀帝出巡，龙凤嬉戏醉"显仁"。高宗登临，则天消暑畅"合璧"。紫气蒸腾，天子驻跸耀锦绣；角声笙歌，肃穆铁甲舞羽衣。

汉关城下，九门洞开。浩浩荡荡，漫过帝王华盖；恣肆张扬，碾过贵族车马；凛凛杀气，趟过将士战靴；熙熙攘攘，涌过商人珍奇；踢踏有声，走过农夫草履；长歌过市，游过文士蹇驴。噫！驼铃声声，西方珠宝来矣；马声萧萧，中原丝茶往矣。夜光之杯，斟上异域之酒；

① 转引自 http://blog. sina. com. cn/tingxiangzhaizhu.

八方之语，尽见万邦来仪。仰望关阙，睹皇权之赫赫；俯视过客，为名利而期期。

文人学士，际会名城，登临眺望，关山留情。孟迟题咏，希将军能有来者；胡曾怀古，叹田文出关之窘；昌龄击镫，慨唱出塞之曲；严武有诗，犹忆昨夜秋风。李白道中，喻比嵩岳燕山；工部大作，世传《新安吏》名；清人细描，函谷晓月丽景；南海题额，至今高挂西城。嗟夫！吟不完长歌短调，唱不尽汉风唐风。宋人词，明人诗，清人文，今人歌，古今皆曰：汉关最堪唱大风。

狼烟起，鲜血滴，金戈铁马催交替。赤眉悍勇，难移阴识雄关；孙郎霸气，迫走董卓西去；宇文争城，将军亦被夺命；闯王入豫，斩杀皇叔无忌；倭寇命短，落日已近西山；陈谢渡黄，尽扫蒋家王气；星转斗移，盛衰交替，弹洞城壁，汉关默默无有语，但凭风流存史记。

民族复兴，汉关复兴，雄关金鸡将复鸣。待功成之日，登楼祝庆。登斯楼也，难述心旷神怡；万山接广宇，雁阵军伍齐。画阁飞丹，映黄河之波光，檐牙高啄，扬大国之雄奇；城垣漫漫，接散关而去远。涧水清清，传长歌而风靡。刻贤人之诗词，彰今日之朝气，给自然以和谐，煌文化与天齐。日月照福祉，青史记新意。

除《函谷关赋》外，李尤还写有一系列的汉代建筑赋，主要有以下作品：

德阳殿赋

日若炎唐，稽古作先。开三阶而参会，错金银于两楹，入青阳而窥总章，历户牖之所经，连璧组之润漫，杂虬文之蜿蜒，尔乃周阁回匝，峻楼临门，朱阙岩岩，嵯峨概云，青琐禁门，廊庑翼翼，华虫诡异，密采珍缛，达兰林以西通，中方池而特立，果竹郁茂以蓁蓁，鸿雁沛裔而来集，德阳之北，斯曰濯龙，蒲萄安石，蔓延蒙笼，橘柚含桃，甘果成丛，文梫曜水，光映煌煌。[1]

德阳殿是汉代洛阳北宫的宫殿名。德阳殿是北宫最大的宫殿，高大雄

---

[1] （清）严可均辑：《全后汉文》（第7册），北京：商务印书馆1999年版，第51—52页。

伟，据称离洛阳四十三里的偃师城，可望见德阳殿及朱雀阙郁郁与天相连。《后汉书》中说德阳殿"可容万人，周旋容万人。陛高二丈，皆文石作坛，激沼水于殿下，画屋朱梁，玉阶金柱，刻缕作宫掖之好，厕以青翁翠。"可见德阳殿是多么宏伟。李尤《德阳殿赋》是历史上对这一宏伟建筑进行歌颂的第一篇作品。与之对应的有《德阳殿铭》，文曰：

> 皇穹垂象，以示帝王，紫微之侧，弘诞弥光。大汉体天，承以德阳，崇弘高丽，苞受万方。内综朝贡，外俟遐荒，陈徐陵太极殿铭曰：夫紫盖黄旗，扬都之王气长久，虎踞龙蟠，金陵之地体贞固，天居爽垲，大寝尊严，高应瑞门，仰模营室，归于有德，譬彼河图，传我休明，义同商鼎，太极殿者，法互象冗①，王者之位以尊，左平右城，天子之堂为贵，往朝煨烬，多历年所，世道隆平，宜其休复，监军邹子度启称，即日忽有一大梓柱，从流来泊，在后渚岸，嵯峨容与，若汉水之仙槎，摇漾波涛，似新亭之龙刹，孤拔灵山，允彰天贶，昔梁氏承圣，将图缮修，东房窥江，西胡犯毕，定之方中，亟兴师旅，揆之以日，辄有灾故，是知秦人所止，实汉祖而为宫，吴都佳气，乃元皇而斯宅，千栌赫弈，万栱峻层，植绿芰而动微风，舒丹莲而制流火，甘泉远望，睹正殿之峥嵘，函谷遥看，美皇居之佳丽，信可以齐三光而示宇宙，会万国而朝诸侯，爰命微臣，乃为铭曰：雍畤相望，参差未央，偃师回顾，崔嵬德阳，高扪太一，正睹瑶光，瓘瓘灵柱，赫赫流樟，美矣宫室，嘉哉令日，御宸垂旒，当朝靖晔，乐备韶夏，礼兼文质，帝旅无喧，王旗斯谧，肃肃卿士，邕邕承弼，汉座雕屏，周人槛櫺，城隅有勒，殿省皆铭，况复皇寝，宜昭国经，方流典训，永树天廷。②

李尤曾作为主要成员，参加集体撰述《东观汉记》的写作，他曾写下《东观赋》这篇名文，其文曰：

---

① 互，《初学记》卷二十四作氏。冗，《初学记》作亢。
② （清）严可均辑：《全后汉文》（第7册），北京：商务印书馆1999年版，第58页。按：本文在严氏辑本中有脱漏。

臣虽顽卤，慕《小雅·斯干》叹咏之美。敷华实于雍堂，集干质于东观。东观之艺，䕃䕃洋洋。上承重阁，下属周廊。步西蕃以徙倚座，好绿树之成行。历东崖之敞座，庇蔽芾之甘棠。前望云台，后匝德阳。道无隐而不显，书无阙而不陈。览三代而采宜，包郁郁之周文。①

与赋文相对应，李尤《东观铭》也很出名。于此不赘。西汉前期，受南方文化的影响，黄老之学、屈宋之赋促成西汉浪漫文风的形成，在文学艺术的各个领域均有不同程度的反映。东京以下，文人学士逐渐集中到京城洛阳，集中到东观。他们以按实而录的修史传统从事着文学创作，逐渐将文学兴趣转移到以征实为主的"京殿苑猎、述行序志"的辞赋创作中，体国经野、义尚光大。而高门望族的身世背景，奉诏创作的特殊场合，又使得他们的创作表现出一种繁缛、壮丽的文学风貌，博喻酿采，高论卓烁。从这个意义上说，考察东汉的学术文化背景，进而探讨东观著作的学术活动及其对东汉文学创作的深刻影响，对于我们全面认识东汉文学创作倾向的形成，确有其独特的认识价值。

东观是中国东汉宫廷中贮藏档案、典籍和从事校书、著述的处所。位于洛阳南宫，修造年代不可考。建筑高大华丽，最上层高阁十二间，四周殿阁相望、绿树成荫、环境幽雅。章帝、和帝以后，为宫廷收藏图籍档案及修撰史书的主要处所。汉代诸帝十分重视东观所藏典籍、档案的校阅和整理。永元十三年（公元101）春，和帝刘肇往东观"览书林，阅篇籍"，并"博选术艺之士以充其官"。此后，邓康、马融、李胜等人，先后以校书郎、校书郎中、东观郎等职多次值东观"典校秘书"。其中，规模最大的一次是安帝永初四年（公元110），诏令谒者刘珍及五经博士校定东观所藏五经、诸子、传记、百家艺术，整齐脱误，是正文字。后又辟为近臣习读经传的地方。东观的丰富收藏，为汉代史的修撰创造了极其有利的条件。自和帝时起（公元92），班昭、刘珍、李尤、刘毅、边韶、崔寔、伏无忌、蔡邕等名儒硕学，先后奉诏于东观撰修国史，历时百余年，广泛采用本朝

① （清）严可均辑：《全后汉文》（第7册），北京：商务印书馆1999年版，第54页。

档案典籍，陆续撰成《汉记》143 篇（因修撰于东观，世称《东观汉记》）。后遭董卓之乱，破坏严重。

在文学、史学著述与歌功颂德之外，李尤的作品中有一篇很有特色的文字，写的是汉代的官学制度，其文为《辟雍赋》：

> 辟雍岩岩，规矩圆方。阶序牖闼，双观四张。流水汤汤，造舟为梁。神圣班德，由斯以匡。王公群后，卿士具集。攒罗鳞次，差池杂遝。延忠信之纯一兮，列左右之貂珰。三后八蕃，师尹群卿，加休庆德，称寿上觞。戴甫垂毕，其仪跄跄，是以干坤所周，八极所要，夷戎蛮羌，儋耳哀牢，重译响应，抱珍来朝，南金大路，玉象犀龟。①

与赋文相对应，李尤《辟雍铭》也很出名。于此不赘。辟雍，亦作"璧雍"，本为西周天子为教育贵族子弟设立的大学。取四周有水，形如璧环为名。其学有五，南为成均、北为上庠，东为东序，西为瞽宗，中为辟雍。其中以辟雍为最尊，故统称之。在金文中已见记载。据后人考释，明堂与辟雍实为一事而异名。东汉以后，历代皆有辟雍，除北宋末年作为太学之预备学校外，多为祭祀用。今北京国子监内辟雍，干隆时造，为皇帝讲学之所。《麦尊》铭文："在辟雍，王乘于舟为大丰。王射击大龚禽，侯乘于赤旗舟从。"《礼记·王制》："大学在郊，天子曰辟雍，诸侯曰泮宫。"汉班固《白虎·通辟雍》："辟者，璧也。象璧圆又以法天，于雍水侧，象教化流行也。"《五经通义》："天子立辟雍者何？所以行礼乐，宣教化，教导天下之人，使为士君子，养三老，事五更，与诸侯行礼之处也。"东汉李尤《辟雍赋》："辟雍岩岩，规矩圆方。阶序牖闼，双观四张。流水汤汤，造舟为梁。神圣班德，由斯以匡。"参见"明堂"。

"辟雍"是古代的一种学宫，男性贵族子弟在里面学习作为一个贵族所需要的各种技艺，如礼仪、音乐、舞蹈、诵诗、写作、射箭、骑马、驾车等，在课程中还有性教育。贵族子弟从 10 岁开始就要寄宿于城内的"小学"，至 15 岁时进入郊外的"辟雍"，换言之，他们从 10 岁"出就外傅"至 20 岁行冠礼表示成年，中间要有 10 年离家在外过集体生活。

---

① （清）严可均辑：《全后汉文》（第 7 册），北京：商务印书馆 1999 年版，第 52 页。

在上述赋体作品之外，李尤还写了很多赋体文章和铭体作品，如《平乐观赋》《果赋》，以及《政事论》七篇、《和帝哀策》等著名政论文，还有残缺的《九曲歌》等名篇流传。从数量上来说，李尤是一个创作成果极为丰富的作家，在文学、史学、经学、辞赋、名文、政论、散文等方面都有较多贡献。限于本书"辞赋研究"的主题，在此不做更多展开。

结 语

总体来看，李尤在辞赋题材的开拓上是有突出贡献的大作家，铭体文章就更不用说了。不足之处在于题材开拓的特殊性不够，辞赋创作的模拟性较多而独创性较少。另外，他不具有前代名家那种卓然独立的语言艺术魅力和丰富独特的艺术想象力，他的作品，也没有奇思纵意的构思和虚辞滥说的巨丽之美，不属于汉代大赋的范围，更多的属于抒情小赋的范围。

作为东汉经学体系逐渐固化背景下培养出来的著名辞赋家，李尤早年仰慕司马相如的辞赋创作和从政壮举，极力模仿之；在进京做官以后，逐渐改变了早期的壮志。整体上看，他表达的是正统的儒家思想，但与司马相如等绝顶高手相比，缺乏创造力，且文采相对平淡，故在本书的巴蜀文学作家群体队伍中，成就不高；不过，放在东汉的整体范围来看，在铭体、赋体两类文体的创作中，李尤是当时的第一流高手，尽管和班固、张衡、蔡邕等大家相比欠缺了一点儿，也能占据一席之地。

附　录

《文心雕龙》评论、征引巴蜀名家名作选①

　　附录的编写体例，按照一名家、二评论、三文章的结构，地域上先辑巴蜀本土名家名作，后录入蜀名家名作。上古传说中的伏羲、大禹，因有生与巴蜀的古文献记载，此处纳入；五帝暂不纳入。文章太多且《文心雕龙》没有注明篇名者，根据文体酌情选录。

一、伏羲

（一）《文心雕龙》评论

见第二章所述。

（二）主要征引作品

伏羲没有明确的署名作品，相传伏羲创画先天八卦，开启了人文滥觞。

二、大禹

（一）《文心雕龙》评论

见第四章所述。

（二）主要征引作品

大禹没有明确的署名作品，现将《尚书》等古文献中的相关记载附录于后。

---

① 以下两种情况只存目，不录文：一是本书写作过程中已经录出的文章，以免重复；二是文章在流传过程中只存目录，而不见原文者，以免妄言。

皋陶矢厥谟，禹成厥功，帝舜申之。作《大禹》《皋陶谟》《益稷》。

曰若稽古大禹，曰文命敷于四海，只承于帝。曰："后克艰厥后，臣克艰厥臣，政乃义，黎民敏德。"

帝曰："俞！允若兹，嘉言罔攸伏，野无遗贤，万邦咸宁。稽于众，舍己从人，不虐无告，不废困穷，惟帝时克。"

益曰："都，帝德广运，乃圣乃神，乃武乃文。皇天眷命，奄有四海为天下君。"

禹曰："惠迪吉，从逆凶，惟影响。"

益曰："吁！戒哉！儆戒无虞，罔失法度。罔游于逸，罔淫于乐。任贤勿贰，去邪勿疑。疑谋勿成，百志惟熙。罔违道以干百姓之誉，罔咈百姓以从己之欲。无怠无荒，四夷来王。"

禹曰："于！帝念哉！德惟善政，政在养民。水、火、金、木、土、谷，惟修；正德、利用、厚生、惟和。九功惟叙，九叙惟歌。戒之用休，董之用威，劝之以九歌俾勿坏。"

帝曰："俞！地平天成，六府三事允治，万世永赖，时乃功。"

帝曰："格，汝禹！朕宅帝位三十有三载，耄期倦于勤。汝惟不怠，总朕师。"

禹曰："朕德罔克，民不依。皋陶迈种德，德乃降，黎民怀之。帝念哉！念兹在兹，释兹在兹，名言兹在兹，允出兹在兹，惟帝念功。"

帝曰："皋陶，惟兹臣庶，罔或干予正。汝作士，明于五刑，以弼五教。期于予治，刑期于无刑，民协于中，时乃功，懋哉。"

皋陶曰："帝德罔愆，临下以简，御众以宽；罚弗及嗣，赏延于世。宥过无大，刑故无小；罪疑惟轻，功疑惟重；与其杀不辜，宁失不经；好生之德，洽于民心，兹用不犯于有司。"

帝曰："俾予从欲以治，四方风动，惟乃之休。"

帝曰："来，禹！降水儆予，成允成功，惟汝贤。克勤于邦，克俭

---

① 《尚书》中的大禹、皋陶、益稷、禹贡、洪范等篇，从不同角度记载了大禹治水、立德立功的事迹和政治措施，是古籍中记载大禹相对较为集中的文献，故选录在此。

于家，不自满假，惟汝贤。汝惟不矜，天下莫与汝争能。汝惟不伐，天下莫与汝争功。予懋乃德，嘉乃丕绩，天之历数在汝躬，汝终陟元后。人心惟危，道心惟微，惟精惟一，允执厥中。无稽之言勿听，弗询之谋勿庸。可爱非君？可畏非民？众非元后，何戴？后非众，罔与守邦？钦哉！慎乃有位，敬修其可愿，四海困穷，天禄永终。惟口出好兴戎，朕言不再。"

禹曰："枚卜功臣，惟吉之从。"

帝曰："禹！官占惟先蔽志，昆命于元龟。朕志先定，询谋佥同，鬼神其依，龟筮协从，卜不习吉。"禹拜稽首，固辞。

帝曰："毋！惟汝谐。"

正月朔旦，受命于神宗，率百官若帝之初。

帝曰："咨，禹！惟时有苗弗率，汝徂征。"

禹乃会群后，誓于师曰："济济有众，咸听朕命。蠢兹有苗，昏迷不恭，侮慢自贤，反道败德，君子在野，小人在位，民弃不保，天降之咎，肆予以尔众士，奉辞伐罪。尔尚一乃心力，其克有勋。"

三旬，苗民逆命。益赞于禹曰："惟德动天，无远弗届。满招损，谦受益，时乃天道。帝初于历山，往于田，日号泣于旻天，于父母，负罪引慝。只载见瞽瞍，夔夔斋栗，瞽亦允若。至诚感神，矧兹有苗。"

禹拜昌言曰："俞！"班师振旅。帝乃诞敷文德，舞干羽于两阶，七旬有苗格。

尚书·虞书·皋陶谟第四

曰若稽古皋陶曰："允迪厥德，谟明弼谐。"禹曰："俞，如何？"皋陶曰："都！慎厥身，修思永。惇叙九族，庶明励翼，迩可远在兹。"禹拜昌言曰："俞！"

皋陶曰："都！在知人，在安民。"禹曰："吁！咸若时，惟帝其难之。知人则哲，能官人。安民则惠，黎民怀之。能哲而惠，何忧乎欢兜？何迁乎有苗？何畏乎巧言令色孔壬？"

皋陶曰："都！亦行有九德。亦言，其人有德，乃言曰，载采采。"禹曰："何？"

皋陶曰："宽而栗，柔而立，愿而恭，乱而敬，扰而毅，直而温，简而廉，刚而塞，强而义。彰厥有常，吉哉！日宣三德，夙夜浚明有家；日严只敬六德，亮采有邦。翕受敷施，九德咸事，俊义在官。百僚师师，百工惟时，抚于五辰，庶绩其凝。无教逸欲，有邦兢兢业业，一日二日万几。无旷庶官，天工，人其代之。天叙有典，敕我五典五惇哉！天秩有礼，自我五礼有庸哉！同寅协恭和衷哉！天命有德，五服五章哉！天讨有罪，五刑五用哉！政事懋哉懋哉！""天聪明，自我民聪明。天明畏，自我民明威。达于上下，敬哉有土！"

皋陶曰："朕言惠可厎行？"禹曰："俞！乃言厎可绩。"皋陶曰："予未有知，思曰赞赞襄哉！"

尚书·虞书·益稷第五

帝曰："来，禹！汝亦昌言。"禹拜曰："都！帝，予何言？予思日孜孜。"皋陶曰："吁！如何？"禹曰："洪水滔天，浩浩怀山襄陵，下民昏垫。予乘四载，随山刊木，暨益奏庶鲜食。予决九川，距四海，浚畎浍距川；暨稷播，奏庶艰食鲜食。懋迁有无，化居。烝民乃粒，万邦作义。"皋陶曰："俞！师汝昌言。"

禹曰："都！帝，慎乃在位。"帝曰："俞！禹曰："安汝止，惟几惟康。其弼直，惟动丕应。徯志以昭受上帝，天其申命用休。"

帝曰："吁！臣哉邻哉！邻哉臣哉！"禹曰："俞！"

帝曰："臣作朕股肱耳目。予欲左右有民，汝翼。予欲宣力四方，汝为。予欲观古人之象，日、月、星辰、山、龙、华虫，作会；宗彝、藻、火、粉米、黼、黻、絺绣，以五采彰施于五色，作服，汝明。予欲闻六律五声八音，在治忽，以出纳五言，汝听。予违，汝弼，汝无面从，退有后言。钦四邻！庶顽谗说，若不在时，侯以明之，挞以记之，书用识哉，欲并生哉！工以纳言，时而飏之，格则承之庸之，否则威之。"

禹曰："俞哉！帝光天之下，至于海隅苍生，万邦黎献，共惟帝臣，惟帝时举。敷纳以言，明庶以功，车服以庸。谁敢不让，敢不敬应？帝不时敷，同，日奏，罔功。无若丹朱傲，惟慢游是好，傲虐是作。罔昼夜额额，罔水行舟。朋淫于家，用殄厥世。予创若时，娶于涂山，辛壬癸甲。启呱呱而泣，予弗子，惟荒度土功。弼成五服，至于五千。州十有二师，外薄四海，咸建五长，各迪有功，苗顽弗即工，帝其念哉！"帝曰："迪朕德，时乃功，惟叙。"

皋陶方只厥叙，方施象刑，惟明。

夔曰："戛击鸣球、搏拊、琴、瑟、以咏。"祖考来格，虞宾在位，群后德让。下管鼗鼓，合止柷敔，笙镛以间。鸟兽跄跄；箫韶九成，凤皇来仪。夔曰："于！予击石拊石，百兽率舞。"

庶尹允谐，帝庸作歌。曰："敕天之命，惟时惟几。"乃歌曰："股肱喜哉！元首起哉！百工熙哉！"皋陶拜手稽首飏言曰："念哉！率作兴事，慎乃宪，钦哉！屡省乃成，钦哉！"乃赓载歌曰："元首明哉，股肱良哉，庶事康哉！"又歌曰："元首丛脞哉，股肱惰哉，万事堕哉！"帝拜曰："俞，往钦哉！"

尚书·夏书·禹贡第一

禹别九州，随山浚川，任土作贡。禹敷土，随山刊木，奠高山大川。

冀州：既载壶口，治梁及岐。既修太原，至于岳阳；覃怀底绩，至于衡漳。厥土惟白壤，厥赋惟上上错，厥田惟中中。恒、卫既从，大陆既作。岛夷皮服，夹右碣石入于河。

济河惟兖州。九河既道，雷夏既泽，滩、沮会同。桑土既蚕，是降丘宅土。厥土黑坟，厥草惟繇，厥木惟条。厥田惟中下，厥赋贞，作十有三载乃同。厥贡漆丝，厥篚织文。浮于济、漯，达于河。

海岱惟青州。嵎夷既略，潍、淄其道。厥土白坟，海滨广斥。厥田惟上下，厥赋中上。厥贡盐绣，海物惟错。岱畎丝、枲、铅、松、怪石。莱夷作牧。厥篚檿丝。浮于汶，达于济。

349

　　海、岱及淮惟徐州。淮、沂其乂，蒙、羽其艺，大野既猪，东原底平。厥土赤埴坟，草木渐包。厥田惟上中，厥赋中中。厥贡惟土五色，羽畎夏翟，峄阳孤桐，泗滨浮磬，淮夷蠙珠暨鱼。厥篚玄纤、缟。浮于淮、泗，达于河。

　　淮海惟扬州。彭蠡既猪，阳鸟攸居。三江既入，震泽底定。筱簜既敷，厥草惟夭，厥木惟乔。厥土惟涂泥。厥田唯下下，厥赋下上，上错。厥贡惟金三品，瑶、琨筱、簜、齿、革、羽、毛惟木。鸟夷卉服。厥篚织贝，厥包桔柚，锡贡。沿于江、海，达于淮、泗。

　　荆及衡阳惟荆州。江、汉朝宗于海，九江孔殷，沱、潜既道，云土、梦作乂。厥土惟涂泥，厥田惟下中，厥赋上下。厥贡羽、毛、齿、革惟金三品，杶、干、栝、柏，砺、砥、砮、丹惟菌簵、楛，三邦底贡厥名。包匦菁茅，厥篚玄纁玑组，九江纳锡大龟。浮于江、沱、潜、汉，逾于洛，至于南河。

　　荆河惟豫州。伊、洛、瀍、涧既入于河，荥波既猪。导菏泽，被孟猪。厥土惟壤，下土坟垆。厥田惟中上，厥赋错上中。厥贡漆、枲，𫄧、纻，厥篚纤、纩，锡贡磬错。浮于洛，达于河。

　　华阳、黑水惟梁州。岷、嶓既艺，沱、潜既道。蔡、蒙旅平，和夷底绩。厥土青黎，厥田惟下上，厥赋下中，三错。厥贡璆、铁、银、镂、砮磬、熊、黑、狐、狸、织皮，西倾因桓是来，浮于潜，逾于沔，入于渭，乱于河。

　　黑水、西河惟雍州。弱水既西，泾属渭汭，漆沮既从，沣水攸同。荆、岐既旅，终南、惇物，至于鸟鼠。原隰底绩，至于猪野。三危既宅，三苗丕叙。厥土惟黄壤，厥田惟上上，厥赋中下。厥贡惟球、琳、琅玕。浮于积石，至于龙门、西河，会于渭汭。织皮昆仑、析支、渠搜，西戎即叙。

　　导岍及岐，至于荆山，逾于河；壶口、雷首至于太岳；底柱、析城至于王屋；太行、恒山至于碣石，入于海。

　　西倾、朱圉、鸟鼠至于太华；熊耳、外方、桐柏至于陪尾。

　　导嶓冢，至于荆山；内方，至于大别。

岷山之阳，至于衡山，过九江，至于敷浅原。

导弱水，至于合黎，馀波入于流沙。

导黑水，至于三危，入于南海。

导河、积石，至于龙门；南至于华阴，东至于厎柱，又东至于孟津，东过洛汭，至于大伾；北过降水，至于大陆；又北，播为九河，同为逆河，入于海。

嶓冢导漾，东流为汉，又东，为沧浪之水，过三澨，至于大别，南入于江。东，汇泽为彭蠡，东，为北江，入于海。

岷山导江，东别为沱，又东至于澧；过九江，至于东陵，东迆北，会于汇；东为中江，入于海。

导沇水，东流为济，入于河，溢为荥；东出于陶丘北，又东至于菏，又东北，会于汶，又北，东入于海。

导淮自桐柏，东会于泗、沂，东入于海。

导渭自鸟鼠同穴，东会于沣，又东会于泾，又东过漆沮，入于河。

导洛自熊耳，东北，会于涧、瀍；又东，会于伊，又东北，入于河。

九州攸同，四隩既宅，九山刊旅，九川涤源，九泽既陂，四海会同。六府孔修，庶土交正，厎慎财赋，咸则三壤成赋。中邦锡土、姓，只台德先，不距朕行。

五百里甸服：百里赋纳总，二百里纳铚，三百里纳秸服，四百里粟，五百里米。

五百里侯服：百里采，二百里男邦，三百里诸侯。

五百里绥服：三百里揆文教，二百里奋武卫。

五百里要服：三百里夷，二百里蔡。

五百里荒服：三百里蛮，二百里流。

东渐于海，西被于流沙，朔南暨声教讫于四海。禹锡玄圭，告厥成功。

武王胜殷，杀受，立武庚，以箕子归。作《洪范》。

惟十有三祀，王访于箕子。王乃言曰："呜呼！箕子。惟天阴骘下民，相协厥居，我不知其彝伦攸叙。"

箕子乃言曰："我闻在昔，鲧堙洪水，汨陈其五行。帝乃震怒，不畀'洪范'九畴，彝伦攸斁。鲧则殛死，禹乃嗣兴，天乃锡禹'洪范'九畴，彝伦攸叙。

初一曰五行，次二曰敬用五事，次三曰农用八政，次四曰协用五纪，次五曰建用皇极，次六曰乂用三德，次七曰明用稽疑，次八曰念用庶征，次九曰向用五福，威用六极。

一、五行：一曰水，二曰火，三曰木，四曰金，五曰土。水曰润下，火曰炎上，木曰曲直，金曰从革，土爰稼穑。润下作咸，炎上作苦，曲直作酸，从革作辛，稼穑作甘。

二、五事：一曰貌，二曰言，三曰视，四曰听，五曰思。貌曰恭，言曰从，视曰明，听曰聪，思曰睿。恭作肃，从作乂，明作哲，聪作谋，睿作圣。

三、八政：一曰食，二曰货，三曰祀，四曰司空，五曰司徒，六曰司寇，七曰宾，八曰师。

四、五祀：一曰岁，二曰月，三曰日，四曰星辰，五曰历数。

五、皇极：皇建其有极。敛时五福，用敷锡厥庶民。惟时厥庶民于汝极。锡汝保极：凡厥庶民，无有淫朋，人无有比德，惟皇作极。凡厥庶民，有猷有为有守，汝则念之。不协于极，不罹于咎，皇则受之。而康而色，曰：'予攸好德。'汝则锡之福。时人斯其惟皇之极。无虐茕独而畏高明，人之有能有为，使羞其行，而邦其昌。凡厥正人，既富方谷，汝弗能使有好于而家，时人斯其辜。于其无好德，汝虽锡之福，其作汝用咎。无偏无陂，遵王之义；无有作好，遵王之道；无有作恶，尊王之路。无偏无党，王道荡荡；无党无偏，王道平平；无反无侧，王道正直。会其有极，归其有极。曰：皇，极之敷言，是彝是训，于帝其训，凡厥庶民，极之敷言，是训是行，以近天子之光。

曰：天子作民父母，以为天下王。

六、三德：一曰正直，二曰刚克，三曰柔克。平康，正直；强弗友，刚克；燮友，柔克。沈潜，刚克；高明，柔克。惟辟作福，惟辟作威，惟辟玉食。臣无有作福、作威、玉食。臣之有作福、作威、玉食，其害于而家，凶于而国。人用侧颇僻，民用僭忒。

七、稽疑：择建立卜筮人，乃命卜筮。曰雨，曰霁，曰蒙，曰驿，曰克，曰贞，曰悔，凡七。卜五，占用二，衍忒。立时人作卜筮，三人占，则从二人之言。汝则有大疑，谋及乃心，谋及卿士，谋及庶人，谋及卜筮。汝则从，龟从，筮从，卿士从，庶民从，是之谓大同。身其康强，子孙其逢，汝则从，龟从，筮从，卿士逆，庶民逆吉。卿士从，龟从，筮从，汝则逆，庶民逆，吉。庶民从，龟从，筮从，汝则逆，卿士逆，吉。汝则从，龟从，筮逆，卿士逆，庶民逆，作内吉，作外凶。龟筮共违于人，用静吉，用作凶。

八、庶征：曰雨，曰旸，曰燠，曰寒，曰风。曰时五者来备，各以其叙，庶草蕃庑。一极备，凶；一极无，凶。曰休征：曰肃，时雨若；曰乂，时旸若；曰晰，时燠若；曰谋，时寒若；曰圣，时风若。曰咎征：曰狂，恒雨若；曰僭，恒旸若；曰豫，恒燠若；曰急，恒寒若；曰蒙，恒风若。曰王省惟岁，卿士惟月，师尹惟日。岁月日时无易，百谷用成，乂用民，俊民用章，家用平康。日月岁时既易，百谷用不成，乂用昏不明，俊民用微，家用不宁。庶民惟星，星有好风，星有好雨。日月之行，则有冬有夏。月之从星，则以风雨。

九、五福：一曰寿，二曰富，三曰康宁，四曰攸好德，五曰考终命。六极：一曰凶、短、折，二曰疾，三曰忧，四曰贫，五曰恶，六曰弱。

三、司马相如

（一）《文心雕龙》评论

见第五章所述。

(二) 主要征引作品

子虚赋

楚使子虚使于齐，王悉发车骑，与使者出田。田罢，子虚过姹乌有先生，亡是公在焉。坐定，乌有先生问曰："今日田乐乎？"子虚曰："乐。""获多乎？"曰："少。""然则何乐？"对曰："仆乐王之欲夸仆以车骑之众，而仆对以云梦之事也。"曰："可得闻乎？"

子虚曰："可。王车驾千乘，选徒万骑，田于海滨。列卒满泽，罘罔弥山，掩兔辚鹿，射麇脚麟。骛于盐浦，割鲜染轮。射中获多，矜而自功。顾谓仆曰：'楚亦有平原广泽游猎之地饶乐若此者乎？楚王之猎孰与寡人？'仆下车对曰：'臣，楚国之鄙人也，幸得宿卫十有余年，时从出游，游于后园，览于有无，然犹未能遍睹也；又焉足以言其外泽者乎？'齐王曰：'虽然，略以子之所闻见言之。'

"仆对曰：'唯唯。臣闻楚有七泽，尝见其一，未睹其余也。臣之所见，盖特其小小者耳，名曰云梦。云梦者，方九百里，其中有山焉。其山则盘纡弗郁，隆崇律崒，岑岩参差，日月蔽亏，交错纠纷，上干青云；罢池陂陀，下属江河。其土则丹青赭垩，雌黄白坿，锡碧金银；众色炫耀，照烂龙鳞。其石则赤玉玫瑰，琳珉琨珸，瑊玏玄厉，碔石碔砆。其东则有蕙圃：衡兰芷若，芎藭昌蒲，茳蓠麋芜，诸柘巴苴。其南则有平原广泽，登降陁靡，案衍坛曼，缘以大江，限以巫山。其高燥则生葳菥苞荔，薛莎青薠。其卑湿则生藏茛蒹葭，东蘠雕胡，莲藕觚卢，菴闾轩于。众物居之，不可胜图。其西则有涌泉清池，激水推移。外发芙蓉菱华，内隐钜石白沙。其中则有神龟蛟鼍，瑇瑁鳖鼋。其北则有阴林：其树楩枬豫章，桂椒木兰，檗离朱杨，樝梨楟栗，橘柚芬芳；其上则有鹓雏孔鸾，腾远射干；其下则有白虎玄豹，蟃蜒貙犴。'

'于是乃使专诸之伦，手格此兽。楚王乃驾驯驳之驷，乘雕玉之舆，靡鱼须之桡旃，曳明月之珠旗，建干将之雄戟，左乌号之雕弓，右夏服之劲箭。阳子骖乘，纤阿为御，案节未舒，即陵狡兽。蹴蛩蛩，辚距虚，轶野马，辖陶駼，乘遗风，射游骐，倏眒倩浰，雷动焱至，星流霆击，弓不虚发，中必决眦，洞胸达腋，绝乎心系。获若雨兽，揜中蔽地。于是楚王乃弭节徘徊，翱翔容与，览乎阴林，观壮士之暴怒，与猛兽之恐惧，徼郄受诎，殚睹众物之变态。'

'于是郑女曼姬，被阿锡，揄纻缟，杂纤罗，垂雾縠，襞积褰绉，郁桡溪谷；扮扮裶裶，扬袘戍削，蜚纤垂髾。扶与猗靡，噏呷萃蔡，下摩兰蕙，上拂羽盖，错翡翠之威蕤，缪绕玉绥，眇眇忽忽，若神之仿佛。

'于是乃相与獠于蕙圃，媻珊勃窣，上乎金堤，揜翡翠，射鵕䴔。微矰出，纤缴施。弋白鹄，连驾鹅。双鸧下，玄鹤加。怠而后发，游于清池，浮文鹢，扬旌栧。张翠帷，建羽盖，罔瑇瑁，钓紫贝。摐金鼓，吹鸣籁。榜人歌，声流喝。水虫骇，波鸿沸。涌泉起，奔扬会。礧石相击，硠硠礚礚，若雷霆之声，闻乎数百里之外。

'将息獠者，击灵鼓，起烽燧，车按行，骑就队，纚乎淫淫，般乎裔裔。于是楚王乃登阳云之台，泊乎无为，淡乎自持，勺药之和，具而后御之。不若大王终日驰骋，曾不下舆，脟割轮淬，自以为娱。臣窃观之，齐殆不如。'于是王无以应仆也。"

乌有先生曰："是何言之过也！足下不远千里，来贶齐国，王悉发境内之士，备车骑之众，与使者出畋，乃欲戮力致获，以娱左右也，何名为夸哉！问楚地之有无者，愿闻大国之风烈，先生之余论也。今足下不称楚王之德厚，而盛推云梦以为高，奢言淫乐而显侈靡，窃为足下不取也。必若所言，固非楚国之美也。无而言之，是害足下之信也。彰君恶，伤私义，二者无一可，而先生行之，必且轻于齐而累于楚矣。且齐东陼钜海，南有琅邪，观乎成山，射乎之罘；浮勃澥，游孟诸。邪与肃慎为邻，右以汤谷为界。秋田乎青丘，傍偟乎海外，吞若云梦者八九于其胸中曾不蒂芥。若乃俶傥瑰伟，异方殊类，珍怪鸟兽，万端鳞崒充牣其中，不可胜记，禹不能名，高不能计。然在诸侯之位，不敢言游戏之乐，苑囿之大；先生又见客，是以王辞不复，何为无以应哉！"

上林赋

亡是公听然而笑曰："楚则失矣，齐亦未为得也。夫使诸侯纳贡者，非为财币，所以述职也；封疆画界者，非为守御，所以禁淫也。今齐列为东藩，而外私肃慎，捐国逾限，越海而田，其于义故未可也。且二君之论，不务明君臣之义而正诸侯之礼，徒事争游戏之乐，苑囿之大，欲以奢侈相胜，荒淫相越，此不可以扬名发誉，而适足以贬君自损也。"且夫齐楚之事，又乌足道乎！君未睹夫巨丽也，独不闻天子之上林乎？左苍梧，右西极，丹水更其南，紫渊径其北；终始灞浐，出入泾渭；酆镐潦潏，纡馀委蛇，经营乎其内。荡荡乎八川分流，相背而异态。东西南北，驰骛往来，出乎椒丘之阙，行乎洲淤之浦，径乎桂林之中，过乎泱莽之野。汩乎混流，顺阿而下，赴隘陕之口。触穹石，激堆埼，沸乎暴怒，汹涌澎湃，滭弗宓汩，逼侧泌瀄，横流逆折，转腾潎洌，澎濞沆溉，穹隆云桡，蜿胶戾，逾波趋浥，莅莅下濑，批岩冲壅，奔扬滞沛，临坻注壑，瀺灂霣坠，湛湛隐隐，砰磅訇礚，潏潏淈淈，湁潗鼎沸，驰波跳沫，汩漂疾，悠远长怀，寂漻无声，肆乎永归。然后灏溔潢漾，安翔徐徊，翯乎滈滈，东注大湖，衍溢陂池。于是乎蛟龙赤螭，䲡䲛鳃离，鰅鳙鳍鮀，禺禺魼鳎，捷鳍擢尾，振鳞奋翼，潜处乎深岩；鱼鳖欢声，万物众伙，明月珠子，玓瓅江靡，蜀石黄碝，水玉磊砢，磷磷烂烂，采色澔旰，丛积乎其中。鸿鹄鹔鸨，鵁鹅鸁鸀，鵁鸬鸨目，烦鹜鸀䴔，鸀鶔鵁鸧，群浮乎其上。汎淫泛滥，随风淡淡，与波摇荡，掩薄草渚，唼喋菁藻，咀嚼菱藕。

"于是乎崇山矗嵸，崔巍嵯峨，深林钜木，崭岩参嵯，九嵏、嶻，南山峨峨，岩𡾦甗锜，摧崣崛崎，振谿通谷，寒产沟渎，谽呀豁閜，輵陵别岛，嵚魁礨瑰，丘虚崛巁，隐辚郁𡾴，登降施靡，陂池貏豸，沇溶淫鬻，散涣夷陆，亭皋千里，靡不被筑。掩以绿蕙，被以江离，糅以蘼芜，杂以流夷。尃结缕，攒戾莎，揭车衡兰，稾本射干，茈姜蘘荷，葴橙若荪，鲜枝黄砾，蒋芧青薠，布濩闳泽，延曼太原，丽靡广衍，应风披靡，吐芳扬烈，郁郁斐斐，众香发越，肸蚃布写，暗薆咇茀。

"于是乎周览泛观，嗔盼轧沕，芒芒恍忽，视之无端，察之无崖。日出东沼，入乎西陂。其南则隆冬生长，踊水跃波；兽则㺎旄貘犛，沈牛麈麋，赤首圜题，穷奇象犀。其北则盛夏含冻裂地，涉冰揭河；兽则麒麟角𪊽，䮝騨橐駞，蛩蛩驒騱，駃騠驴骡。

"于是乎离宫别馆，弥山跨谷，高廊四注，重坐曲阁，华榱璧珰，辇道纚属，步㟽周流，长途中宿。夷嵕筑堂，累台增成，岩突洞房，俯杳眇而无见，仰攀橑而扪天，奔星更于闺闼，宛虹拖于楯轩。青虬蚴蟉于东箱，象舆婉蝉于西清，灵圉燕于间观，偓佺之伦暴于南荣，醴泉涌于清室，通川过乎中庭。槃石裖崖，嵚岩倚倾，嵯峨磼礏，刻削峥嵘，玫瑰碧琳，珊瑚丛生，瑉玉旁唐，璸斒文鳞，赤瑕驳荦，杂臿其间，垂绥琬琰，和氏出焉。

"于是乎卢橘夏孰，黄甘橙楱，枇杷橪柿，樗柰厚朴，枣杨梅，樱桃蒲陶，隐夫郁棣，荅遝荔枝，罗乎后宫，列乎北园。崒丘陵，下平原，扬翠叶，杌紫茎，发红华，秀朱荣，煌煌扈扈，照曜钜野。沙棠栎槠，华枫枰栌，留落胥馀，仁频并闾，欃檀木兰，豫章女贞，长千仞，大连抱，夸条直畅，实叶葰茂，攒立丛倚，连卷累佹，崔错癹骫，坑衡閜砢，垂条扶于，落英幡纚，纷溶萷蔘，猗柅从风，浏莅吸，盖象金石之声，管籥之音。柴池茈虒，旋环后宫，杂遝累辑，被山缘谷，循阪下隰，视之无端，究之无穷。

"于是玄猿素雌，蜼玃飞鼺，蛭蜩蠼蝚，螹胡㺜，栖息乎其间；长啸哀鸣，翩幡互经，夭蟜枝格，偃蹇杪颠。于是乎隃绝梁，腾殊榛，捷垂条，踔稀间，牢落陆离，烂曼远迁。

"若此辈者，数千百处。嬉游往来，宫宿馆舍，庖厨不徙，后宫不移，百官备具。

"于是乎背秋涉冬，天子校猎。乘镂象，六玉虬，拖蜺旌，靡云旗，前皮轩，后道游；孙叔奉辔，卫公骖乘，扈从横行，出乎四校之中。鼓严簿，纵猎者，江河为陆，泰山为橹，车骑雷起，隐天动地，先后陆离，离散别追，淫淫裔裔，缘陵流泽，云布雨施。"

"生貔豹，搏豺狼，手熊罴，足野羊，蒙鹖苏，绔白虎，被豳文，跨野马。陵三嵕之危，下碛历之坻；俚鹜赴险，越壑厉水。推蜚廉，弄解豸，格瑕蛤，铤猛氏，胃骟裹，射封豕。箭不苟害，解脰陷脑；弓不虚发，应声而倒。于是乎乘舆弥节裴回，翱翔往来，睨部曲之进退，览将率之变态。然后浸潭促节，儵夐远去，流离轻禽，蹍履狡兽，轊白鹿，捷狡兔，轶赤电，遗光燿，追怪物，出宇宙，弯繁弱，满白羽，射游枭，栎蜚虡，择肉后发，先中命处，弦矢分，艺殪仆。

"然后扬节而上浮，陵惊风，历骇猋，乘虚无，与神俱，轔玄鹤，乱昆鸡。道孔鸾，促鵕鸃，拂翳鸟，捎凤皇，捷鸳雏，掩焦明。

"道尽涂殚，回车而还。招摇乎襄羊，降集乎北纮，率乎直指，暗乎反乡。"道尽涂殚，回车而还。招摇乎襄羊，降集乎北纮，率乎直指，暗乎反乡。蹴石，历封峦，过义鹊，望露寒，下棠梨，息宜春，西驰宣曲，濯鹢牛首，登龙台，掩细柳，观士大夫之勤略，钧猎者之所得获。徒车之所辚轹，乘骑之所蹂若，人民之所蹈躔，与其穷极倦，惊惮慑伏，不被创刃而死者，佗佗籍籍，填阬满谷，揜平弥泽。

"于是乎游戏懈怠，置酒乎昊天之台，张乐乎轇輵之宇；撞千石之钟，立万石之钜；建翠华之旗，树灵鼍之鼓。奏陶唐氏之舞，听葛天氏之歌，千人唱，万人和，山陵为之震动，川谷为之荡波。巴俞宋蔡，淮南于遮，文成颠歌，族举递奏，金鼓迭起，铿鎗铛鞈，洞心骇耳。荆吴郑卫之声，韶濩武象之乐，阴淫案衍之音，鄢郢缤纷，激楚结风，俳优侏儒，狄鞮之倡，所以娱耳目而乐心意者，丽靡烂漫于前，靡曼美色于后。

"若夫青琴宓妃之徒，绝殊离俗，姣冶娴都，靓庄刻饬，便嬛绰约，柔桡嬛嬛，妩媚姌弱；柂独茧之褕袘，眇阎易以戌削，编姺徶徆，与世殊服；芬香沤郁，酷烈淑郁；皓齿粲烂，宜笑旳皪；长眉连娟，微睇緜藐；色授魂与，心愉于侧。

"于是酒中乐酣，天子芒然而思，似若有亡。曰：'嗟乎，此泰奢侈！朕以览听馀"于是酒中乐酣，天子芒然而思，似若有亡。曰：'嗟乎，此泰奢侈！朕以览听馀间，无事弃日，顺天道以杀伐，时休息于此，恐后世靡丽，遂往而不反，非所以为继嗣创业垂统也。'于是乃解酒罢猎，而命有司曰：'地可以垦辟，悉为农郊，以赡萌隶；隳墙填堑，使山泽之民得至焉。实陂池而勿禁，虚宫观而勿仞。发仓廪以振贫穷，补不足，恤鳏寡，存孤独。出德号，省刑罚，改制度，易服色，更正朔，与天下为始。'

"于是历吉日以齐戒，袭朝衣，乘法驾，建华旗，鸣玉鸾，游乎六艺之囿，骛乎仁义之涂，览观春秋之林，射狸首，兼驺虞，弋玄鹤，建干戚，载云䍐，揜群雅，悲伐檀，乐乐胥，修容乎礼园，翱翔乎书圃，述易道，放怪兽，登明堂，坐清庙，恣群臣，奏得失，四海之内，靡不受获。于斯之时，天下大说，乡风而听，随流而化，喟然兴道而迁义，刑错而不用，德隆乎三皇，功美于五帝。若此，故猎乃可喜也。

"若夫终日暴露驰骋，劳神苦形，罢车马之用，抏士卒之精，费府库之财，而无德厚之恩，务在独乐，不顾众庶，忘国家之政，而贪雉兔之获，则仁者不由也。从此观之，齐楚之事，岂不哀哉！地方不过千里，而囿居九百，是草木不得垦辟，而民无所食也。夫以诸侯之细，而乐万乘之所侈，仆恐百姓之被其尤也。"

于是二子愀然改容，超若自失，逡巡避席曰："鄙人固陋，不知忌讳，乃今日见教，谨闻命矣。"

此外，《天子游猎赋》（存目）作品的存亡有争议；《大人赋》《哀秦二世赋》《上书谏猎》《喻巴蜀檄》《难蜀父老》《封禅文》见本书第五章；司马相如作文字学著作《凡将篇》（存目）原文早已散失，刘勰在《练字》篇中曾经论及，该文仅在《艺文类聚》《文选注》等古籍中零星存在数十字，且不符合原著"无重字"的特点，怀疑有后人伪造的痕迹。

四、王褒

（一）《文心雕龙》评论

见本书第六章所述。

（二）主要征引作品

《洞箫赋》《责须髯奴辞》《僮约》均见本书第六章。

五、扬雄

（一）《文心雕龙》评论

见本书第七章所述。

（二）主要征引作品

甘泉赋

孝成帝时，客有荐雄文似相如者，上方郊祀甘泉泰畤、汾阴后土，以求继嗣，召雄待诏承明之庭。正月，从上甘泉还，奏甘泉赋以风。其辞曰：

惟汉十世，将郊上玄，定泰畤，雍神休，尊明号，同符三皇，录功五帝，恤胤锡美，拓迹开统。于是乃命群僚，历吉日，协灵辰，星陈而天行。诏招摇与太阴兮，伏钩陈使当兵。属堪舆以壁垒兮，捎夔魖而抶獝狂。八神奔而警跸兮，振殷辚而军装。蚩尤之伦带干将而秉玉戚兮，飞蒙茸而走陆梁。齐总总以撙撙，其相胶轕兮，猋骇云迅，奋以方攘。骈罗列布，鳞以杂沓兮，柴虒参差，鱼颉而鸟鼢。翕赫曶霍，雾集而蒙合兮，半散昭烂，粲以成章。

于是乘舆乃登夫凤皇兮而翳华芝，驷苍螭兮六素虬，蠖略蕤绥，漓蓰糁纚。帅尔阴闭，霅然阳开，腾清霄而轶浮景兮，夫何旟旐郅偈之旖旎也！流星旄以电爥兮，咸翠盖而鸾旗。敦万骑于中营兮，方玉车之千乘。声駍隐以陆离兮，轻先疾雷而驱遗风。凌高衍之嵱嵸兮，超纡谲之清澄。登椽栾而羾天门兮，驰阊阖而入凌兢。

是时未轖夫甘泉也，乃望通天之绎绎。下阴潜以惨廪兮，上洪纷而相错。直嶢嶢以造天兮，厥高庆而不可乎弥度。平原唐其坛曼兮，列新雉于林薄。攒并闾与茇葀兮，纷被丽其亡鄂。崇丘陵之駊騀兮，深沟嵚岩而为谷。往往离宫般以相爥兮，封峦石关施靡乎延属。

于是大厦云谲波诡，摧唯而成观。仰挢首以高视兮，目冥眴而亡见。正浏溁以弘惝兮，指东西之漫漫。徒徊徊以徨徨兮，魂眇眇而昏乱。据軨轩而周流兮，忽埌圠而亡垠。翠玉树之青葱兮，璧马犀之瞵瑌。金人仡仡其承锺虡兮，嵌岩岩其龙鳞。扬光曜之燎爥兮，垂景炎之炘炘。配帝居之县圃兮，象泰壹之威神。洪台崛其独出兮，橛北极之嶙嶙。列宿乃施于上荣兮，日月才经于椽桯。雷郁律于岩窔兮，电儵忽于墙藩。鬼魅不能自逮兮，半长途而下颠。历倒景而绝飞梁兮，浮蠛蠓而撇天。

左欃枪而右玄冥兮，前熛阙而后应门。荫西海与幽都兮，涌醴汨以生川。蛟龙连蜷于东厓兮，白虎敦圉乎昆仑。览穆流于高光兮，溶方皇于西清。前殿崔巍兮，和氏玲珑。炕浮柱之飞榱兮，神莫莫而扶倾。闶阆阆其寥廓兮，似紫宫之峥嵘。骈交错而曼衍兮，峣嶵乎其相婴。乘云阁而上下兮。纷蒙笼以棍成。曳红采之流离兮，扬翠气之宛延。袭琁室与倾宫兮，若登高眇远，亡国肃乎临渊。

回猋肆其砀骇兮，瞰桂椒而郁杅杨。香芬茀以穹隆兮，击薄栌而将荣。芗呋肸以棍批兮，声驿隐而历钟。排玉户而扬金铺兮，发兰蕙与蘼芜。帷弸彋其拂汨兮，稍暗暗而靓深。阴阳清浊穆羽相和兮，若夔牙之调琴。般倕弃其剞劂兮，王尔投其钩绳。虽方征侨与偓佺兮，犹仿佛其若梦。

于是事变物化，目骇耳回，盖天子穆然，珍台闲馆，璇题玉英，蜵蜎蠖濩之中。惟夫所以澄心清魂，储精垂恩，感动天地，逆厘三神者；乃搜逑索偶皋伊之徒，冠伦魁能，函甘棠之惠，挟东征之意，相与齐乎阳灵之宫。靡薛荔而为席兮，折琼枝以为芳。吸清云之流瑕兮，饮若木之露英。集乎礼神之囿，登乎颂只之堂。建光耀之长旒兮，昭华覆之威威。攀琁玑而下视兮，行游目乎三危。陈众车于东坑兮，肆玉軑而下驰。漂龙渊而还九垠兮，窥地底而上回。风淫淫而扶辖兮，鸾凤纷其衔蕤。梁弱水之濎溁兮，蹑不周之逶蛇。想西王母欣然而上寿兮，屏玉女而却宓妃。玉女亡所眺其清卢兮，宓妃曾不得施其蛾眉。方揽道德之精刚兮，侔神明与之为资。

于是钦柴宗祈，燎薰皇天，皋摇泰壹。举洪颐，树灵旗。樵蒸昆上，配藜四施。东烛沧海，西耀流沙。北焕幽都，南炀丹厓。玄瓒觩䚏，秬鬯泔淡。肸蚃丰融，懿懿芬芬。炎感黄龙兮，熛讹硕麟。选巫咸兮叫帝阍，开天庭兮延群神。傧暗蔼兮降清坛，瑞穰穰兮委如山。

于是事毕功弘，回车而归，度三峦兮偈棠黎。天闉决兮地垠开，八荒协兮万国谐。登长平兮雷鼓磕，天声起兮勇士厉。云飞扬兮雨滂沛，于胥德兮丽万世。

乱曰：崇崇圜丘，隆隐天兮。登降峛崺，单埢垣兮。增宫嵾差，骈嵯峨兮。岭嶒嶙峋，洞无厓兮。上天之缤，杳旭卉兮。圣皇穆穆，信厥对兮。徕只郊禋，神所依兮，徘徊招摇，灵迟迟兮。光辉眩耀，降厥福兮。子子孙孙，长无极兮。

羽猎赋 并序①

孝成帝时羽猎，雄从。以为昔在二帝三王，宫馆台榭沼池苑囿林麓薮泽财足以奉郊庙，御宾客，充庖厨而已，不夺百姓膏腴谷土桑柘之地。女有馀布，男有馀粟，国家殷富，上下交足，故甘露零其庭，醴泉流其唐，凤凰巢其树，黄龙游其沼，麒麟臻其囿，神爵栖其林。昔者禹任益虞而上下和，草木茂；成汤好田而天下用足；文王囿百里，民以为尚小；齐宣王囿四十里，民以为大：裕民之与夺民也。武帝广开上林，南至宜春、鼎胡、御宿、昆吾，旁南山西，至长杨、五柞，北绕黄山，濒渭而东，周袤数百里。穿昆明池象滇河，营建章、凤阙、神明、驱娑，渐台、泰液象海水周流方丈、瀛洲、蓬莱。游观侈靡，穷妙极丽。虽颇割其三垂以赡齐民，然至羽猎田车戎马器械储偫禁御所营，尚泰奢丽夸诩，非尧、舜、成汤、文王三驱之意也。又恐后世复修前好，不折中以泉台，故聊因《校猎赋》以风之，其辞曰：

或称羲农，岂或帝王之弥文哉？论者云否，各亦并时而得宜，奚必同条而共贯？则泰山之封，焉得七十而有二仪？是以创业垂统者，俱不见其爽，遐迹五三，孰知其是非？遂作颂曰：丽哉神圣，处于玄宫。富既与地乎侔訾，贵正与天乎比崇。齐桓曾不足使扶毂，楚严未足以为骖乘；狭三王之厄薜，峤高举而大兴；历五帝之寥廓，涉三皇之登闳；建道德以为师，友仁义与为朋。于是玄冬季月，天地隆烈，万物权舆于内，徂落于外，帝将惟田于灵之囿，开北垠，受不周之制，

---

① 《文心雕龙·诠赋》称之为《校猎》。

以奉终始颛顼、玄冥之统。乃诏虞人典泽，东延昆邻，西驰阊阖，储积共偫，戍卒夹道，斩丛棘，夷野草，御自汧、渭，经营酆、镐，章皇周流，出入日月，天与地沓。尔乃虎路三嵏以为司马，围经百里而为殿门。外则正南极海，邪界虞渊，鸿蒙沆茫，揭以崇山。营合围会，然后先置乎白杨之南，昆明灵沼之东。贲育之伦，蒙盾负羽，杖镆邪而罗者以万计。其馀荷垂天之罼，张竟野之罘。靡日月之朱竿，曳彗星之飞旗。青云为纷，红蜺为缳，属之乎昆仑之虚，涣若天星之罗，浩如涛水之波，淫淫与与，前后要遮。欃枪为閞，明月为候，荧惑司命，天弧发射，鲜扁陆离，骈衍佀路。徽车轻武，鸿絧緁猎，殷殷轸轸，被陵缘阪，穷夐极远者，相与列乎高原之上；羽骑营营，昈分殊事，缤纷往来，轠轳不绝，若光若灭者，布乎青林之下。

于是天子乃以阳晁始出乎玄宫，撞鸿钟，建九旒，六白虎，载灵舆，蚩尤并毂，蒙公先驱。立历天之旗，曳捎星之旃，霹雳列缺，吐火施鞭。荤儵沈溶，淋离廓落，戏八镇而开关；飞廉、云师，吸嚊潚率，鳞罗布列，攒以龙翰。啾啾跄跄，入西园，切神光；望平乐，径竹林，蹂蕙圃，践兰唐。举烽烈火，嚠者施披，方驰千驷，校骑万师，虓虎之陈，从横胶葛，猋泣雷厉，骙骙駓駓，汹汹旭旭，天动地岋。羡漫半散，萧条数千万里外。

若夫壮士慷慨，殊乡别趣，东西南北，骋耆奔欲。拖苍豨，跋犀牦，蹶浮麋。斫巨狿，搏玄猿，腾空虚，距连卷。踔夭蟜，娭涧闲，莫莫纷纷，山谷为之风猋，林丛为之生尘。及至获夷之徒，蹶松柏，掌蒺藜，猎蒙茏，辚轻飞；履般首，带修蛇，钩赤豹，摼象犀；跇峦坑，超唐陂。车骑云会，登降暗蔼，泰华为旅，熊耳为缀。木仆山还，漫若天外，储与乎大浦，聊浪乎宇内。

于是天清日晏，逢蒙列眦，羿氏控弦。皇车幽辒，光纯天地，望舒弥辔，翼乎徐至于上兰。移围徙陈，浸淫蹵部，曲队坚重，各按行伍。壁垒天旋，神抶电击，逢之则碎，近之则破。鸟不及飞，兽不得过。军惊师骇，刮野扫地。及至罕车飞扬，武骑聿皇；蹈飞豹，绢嗛阳；追天宝，出一方；应駍声，击流光。野尽山穷，囊括其雌雄，沈

363

沈溶溶，遥噱乎纮中。三军芒然，穷阕与，亶观夫剽禽之绁逾，犀兕之抵触，熊黑之攫，虎豹之凌遽，徒角抢题注，咸竦摄怖，魂亡魄失，触辐关胠。妄发期中，进退履获。创淫轮夷，丘累陵聚。

于是禽殚中衰，相与集于靖冥之馆，以临珍池。灌以岐梁，溢以江河，东瞰目尽，西畅无崖，随珠和氏，焯烁其陂。玉石嶜崟，眩耀青荧。汉女水潜，怪物暗冥，不可殚形。玄鸾孔雀，翡翠乘荣。王雎关关，鸿雁嘤嘤。群娱乎其中，噍噍昆鸣；兔振鬐，上下砰磕，声若雷霆。乃使文身之技，水格鳞虫，凌坚冰，犯严渊，探岩排碕，薄索蛟螭，蹈獱獭，据鼋鼍，拮灵蠵，入洞穴，出苍梧，乘巨鳞，骑京鱼。浮彭蠡，目有虞。方椎夜光之流离，剖明月之珠胎，鞭洛水之宓妃，饷屈原与彭胥。

于兹乎鸿生巨儒，俄轩冕，杂衣裳，修唐典，匡《雅》《颂》，揖让于前。昭光振耀，蚃忽如神。仁声惠于北狄，武谊动于南邻。是以辬裘之王，胡貉之长，移珍来享，抗手称臣。前入围口，后陈卢山。群公常伯阳朱、墨翟之徒嗒然并称曰："崇哉乎德，虽有唐、虞、大夏、成周之隆，何以侈兹！夫古之观东岳，禅梁基，舍此世也，其谁与哉？"

上犹谦让而未俞也，方将上猎三灵之流，下决醴泉之滋，发黄龙之穴，窥凤凰之巢，临麒麟之囿，幸神雀之林，奢云梦，侈孟诸，非章华，是灵台，罕徂离宫而辍观游，土事不饰，木功不雕，承民乎农桑，劝之以弗怠，侪男女，使莫违，恐贫穷者不遍被洋溢之饶，开禁苑，散公储，创道德之囿，弘仁惠之虞，驰弋乎神明之囿，览观乎群臣之有亡；放雉兔，收罝罘，麋鹿刍荛，与百姓共之，盖所以臻兹也。于是醇洪鬯之德，丰茂世之规，加劳三皇，勴勤五帝，不亦至乎！乃只庄雍穆之徒，立君臣之节，崇贤圣之业，未遑苑囿之丽，游猎之靡也，因回轸还衡，背阿房，反未央。

《反离骚》《解嘲》见本书第七章。

解难

客难扬子曰："凡著书者，为众人之所好也，美味期乎合口，工声调于比耳。今吾子乃抗辞幽说，闳意眇指，独驰骋于有亡之际，而陶冶大炉，旁薄群生，历览者兹年矣，而殊不寤。宣费精神于此，而烦学者于彼，譬画者画于无形，弦者放于无声，殆不可乎？"

扬子曰："俞。若夫闳言崇议，幽微之涂，盖难与览者同也。昔人有观象于天，视度于地，察法于人者，天丽且弥，地普而深，昔人之辞，乃玉乃金。彼岂好为艰难哉？势不得已也。独不见夫翠虬绛螭之将登乎天，必耸身于仓梧之渊；不阶浮云，翼疾风，虚举而上升，则不能撠胶葛，腾九闳。日月不经不千里，则不能烛六合，耀八纮；泰山之高不嶕峣，则不能浡滃云而散歊烝。是以伏羲氏之作《易》也，绵络天地，经以八卦，文王附六爻，孔子错其象而象其辞，然后发天地之藏，定万物之基。《典》《谟》之篇，《雅》《颂》之声，不温纯深润，则不足以扬鸿烈而章缉熙。盖胥靡为宰，寂寞为尸；大味必淡，大音必希；大语叫叫，大道低回。是以声之眇者不可同于众人之耳，形之美者不可混于世俗之目，辞之衍者不可齐于庸人之听。今夫弦者，高张急徽，追趋逐嗜，则坐者不期而附矣；试为之施《咸池》，揄六茎，发《萧韶》，咏九成，则莫有和也。是故钟期死，伯牙绝弦破琴而不肯与众鼓；獂人亡，则匠石辍斤而不敢妄斫。师旷之调钟，俟知音者之在后也；孔子作《春秋》，冀君子之前睹也。老聃有遗言，贵知我者希，此非其操与！"

《赵充国颂》《元后诔》《剧秦美新文》《答刘歆书》见本书第七章。

箴文①

汉杨雄益州箴曰：岩岩岷山，古曰梁州，华阳西极，黑水南流，秦作无道，三方溃叛，义兵征暴，遂国于汉，拓开疆宇，恢梁之野，列为十二，光美虞夏，牧臣司梁，是职是图，经营盛衰，敢告士夫。

《太玄经》文多，不录。选录其序言于下：

---

① 《艺文类聚》卷六载扬雄州箴十二篇，限于篇幅，这里选录一篇，窥斑见豹，以见扬雄箴文创作的优秀。

玄首序

驯乎玄，浑行无穷正象天。阴阳（土比），以一阳乘一统，万物资形。方州部家，三位疏成。日陈其九九，以为数生，赞上群纲，乃综乎名。八十一首，岁事咸贞。

玄测序

盛哉日乎，炳明离章，五色淳光。夜则测阴，昼则测阳。昼夜之测，或否或臧。阳推五福以类升，阴幽六极以类降。升降相关，大贞乃通。经则有南有北，纬则有西有东。巡乘六甲，舆斗相逢。历以记岁，而百谷时雍。

《法言》文多，不录。今据班固《汉书》扬雄本传所载，录《法言》目次及内容提要于下：

天降生民，倥侗颛蒙，恣于情性，聪明不开，训诸理。撰《学行》第一。

降周迄孔，成于王道，终后诞章乖离，诸子图微。撰《吾子》第二。

事有本真，陈施于亿，动不克咸，本诸身。撰《修身》第三。

芒芒天道，在昔圣考，过则失中，不及则不至，不可奸罔。撰《问道》第四。

神心忽恍，经纬万方，事系诸道德仁谊礼。撰《问神》第五。

明哲煌煌，旁烛亡疆，逊于不虞，以保天命。撰《问明》第六。

假言周于天地，赞于神明，幽弘横广，绝于迩言。撰《寡见》第七。

圣人聪明渊懿，继天测灵，冠于群伦，经诸范。撰《五百》第八。

立政鼓众，动化天下，莫上于中和，中和之发，在于哲民情。撰《先知》第九。

仲尼以来，国君、将相、卿士、名臣参差不齐，一概诸圣。撰《重黎》第十。

仲尼之后，讫于汉道，德行颜、闵、股肱萧、曹，爰及名将尊卑之条，称述品藻。撰《渊骞》第十一。

君子纯终领闻，蠢迪检押，旁开圣则。撰《君子》第十二。

孝莫大于宁亲，宁亲莫大于宁神，宁神莫大于四表之欢心。撰《孝至》第十三。

按：《文心雕龙》对《法言》的征引甚多，吸收其理论见解的地方有很多，诸如"五经含文"、丽淫丽则、司马相如"文丽用寡""童子雕虫篆刻，壮夫不为"，等等，已在本书第四章、第六章中略有论及。

六、李尤

（一）《文心雕龙》评

见本书第八章所述。

（二）主要征引作品（均见本书第八章）①

《函谷关赋》《函谷关铭》均见本书第八章。

七、陈寿

（一）《文心雕龙》评论

按：本书不论陈寿，故不录评论。

（二）主要征引作品

《三国志》（存目）文多，不录。《三国志》不仅是刘勰在《史传》中重要的评论对象，更主要的价值在于：它为《文心雕龙》的成书提供了许多第一手的重要写作材料。

八、入蜀名家名作

（一）诸葛亮

1.《文心雕龙》评论（略）

2. 主要征引作品（存目）

---

① 李尤作品今存者绝大多数为铭文，四言短篇，十六字至数十字不等，凡八十四铭。考虑到李尤在《文心雕龙》书中的分量不足，以及本书篇幅有限等原因，所以只在清严可均辑《全后汉文·卷五十·李尤》中选录了一篇赋文和一篇铭文，以应证"李尤赋铭"一说。

《教文》①《前出师表》②《后出师表》。

（二）张载

1. 《文心雕龙》评论（略）

2. 主要征引作品（存目）

《剑阁铭》。

按：张载字孟阳，安平人。父亲张收，任蜀郡太守。张载天性闲雅，博学并有文采辞章。太康初年（280），到蜀地看望父亲，取道经过剑阁。张载因有感于剑阁地势险要，风光独特，便写下了《剑阁铭》。铭文先写剑阁形势的险要，次引古史指出国之存亡，在德不在险的道理，被后人誉为"文章典则"（张溥《张孟阳景阳集题辞》）。实际上，本铭实因蜀地人倚仗险阻，喜好作乱，张载便写《剑阁铭》以为告诫。益州刺史张敏见此铭，认为张载是奇才，便把此文上奏，晋武帝派使臣刻在剑阁山上。

---

① 转引自清严可均辑《全三国文·蜀二·诸葛亮》。因《文心雕龙》没有列出诸葛亮教文的名称，故根据刘勰"诸葛孔明之详约"这一论断，以大类文体存类于此，而对诸葛亮撰写的众多教文，并不选录。特作说明。

② 《太平御览》二十一作《出军表》。

/ 参考文献 /

一、《文心雕龙》专著

[1] 范文澜. 文心雕龙注 [M]. 北京：人民文学出版社，1958.

[2] 黄霖. 文心雕龙汇评 [M]. 上海：上海古籍出版社，2005.

[3] (清)黄叔琳辑注，纪昀评. 文心雕龙辑注 [M]. 北京：中华书局，1957.

[4] (日)户田浩晓. 文心雕龙研究 [M]. 曹旭，译. 上海：上海古籍出版社，1992.

[5] 李建中. 文心雕龙讲演录（附光盘） [M]. 桂林：广西师范大学出版社，2008.

[6] 李天道. 文心雕龙审美心理学 [M]. 成都：电子科技大学出版社，1996.

[7] 林杉. 文心雕龙文体论今疏 [M]. 呼和浩特：内蒙古教育出版社，2000.

[8] 林杉. 文心雕龙批评论新诠 [M]. 呼和浩特：内蒙古教育出版社，2002.

[9] 刘永济. 文心雕龙校释 [M]. 北京：中华书局，1962.

[10] 陆侃如，牟世金. 文心雕龙译注 [M]. 济南：齐鲁书社，1995.

[11] 戚良德. 文心雕龙校注通译 [M]. 上海：上海古籍出版社，2008.

[12] 王利器. 文心雕龙校证 [M]. 上海：上海古籍出版社，1980.

[13] 王运熙. 文心雕龙探索（增补本） [M]. 上海：上海古籍出版社，2005.

［14］吴林伯. 文心雕龙义疏. 武汉 ［M］. 武汉大学出版社，2002.

［15］杨明照. 增订文心雕龙校注（上下）［M］. 北京：中华书局，2000.

［16］詹锳. 文心雕龙义证（上中下）［M］. 上海：上海古籍出版社，1989.

［17］祖保泉. 文心雕龙解说 ［M］. 合肥：安徽教育出版社，1993.

二、其他著作

［1］（汉）孔安国传，（唐）孔颖达等正义. 尚书正义 ［M］. 上海：上海古籍出版社，1992.

［2］（汉）郑玄等笺，（唐）孔颖达等正义. 毛诗正义 ［M］. 上海：上海古籍出版社，1992.

［3］（汉）郑玄注，（唐）贾公彦疏. 周礼注疏 ［M］. 上海：上海古籍出版社，1992.

［4］（汉）郑玄注，（唐）贾公彦疏. 仪礼注疏 ［M］. 上海：上海古籍出版社，1992.

［5］（汉）郑玄注，（唐）贾公彦疏. 礼记正义 ［M］. 上海：上海古籍出版社，1992.

［6］（汉）赵岐注，（宋）孙奭疏. 孟子注疏 ［M］. 上海：上海古籍出版社，1992.

［7］（魏）王弼等注，（唐）孔颖达等正义. 周易正义 ［M］. 上海：上海古籍出版社，1992.

［8］（魏）何晏等注，（宋）邢昺疏. 论语注疏 ［M］. 上海：上海古籍出版社，1992.

［9］（晋）杜预注，（唐）孔颖达等正义. 春秋左传正义 ［M］. 上海：上海古籍出版社，1992.

［10］（前汉）司马迁. 史记（影印本）［M］. 北京：中华书局，1997.

［11］（后汉）班固. 汉书（影印本）［M］. 北京：中华书局，1997.

［12］（西晋）陈寿. 三国志（影印本）［M］. 北京：中华书局，1997.

［13］（南朝·宋）范晔. 后汉书（影印本）［M］. 北京：中华书局，1997.

［14］（唐）房玄龄等. 晋书（影印本）［M］. 北京：中华书局，1997.

［15］（南朝·梁）沈约. 宋书（影印本）［M］. 北京：中华书局，1997.

［16］（南朝·梁）萧子显. 南齐书（影印本）［M］. 北京：中华书局，1997.

［17］（唐）姚思廉. 梁书（影印本）［M］. 北京：中华书局，1997.

［18］（唐）姚思廉. 陈书（影印本）［M］. 北京：中华书局，1997.

［19］（北齐）魏收. 魏书（影印本）［M］. 北京：中华书局，1997.

［20］（唐）李百药. 北齐书（影印本）［M］. 北京：中华书局，1997.

［21］（唐）令狐德棻等. 周书（影印本）［M］. 北京：中华书局，1997.

［22］（唐）李延寿. 北史（影印本）［M］. 北京：中华书局，1997.

［23］（唐）李延寿. 南史（影印本）［M］. 北京：中华书局，1997.

［24］（唐）魏征等. 隋书（影印本）［M］. 北京：中华书局，1997.

［25］（晋）常璩撰，刘琳校注. 华阳国志校注［M］. 成都：巴蜀书社，1984.

［26］（晋）常璩撰，刘琳校注. 华阳国志新校注［M］. 成都：四川大学出版社，2015.

［27］（明）曹学佺. 蜀中名胜记［M］. 重庆：重庆出版社，1984.

［28］（明）冯任修，张世雍等纂. （天启）新修成都府志［M］. 成都：巴蜀书社，1992.

［29］四川省《阆中县志》编纂委员会编. 阆中县志［M］. 成都：四川人民出版社，1993.

［30］四川省《北川县志》编纂委员会编. 北川县志［M］. 北京：方志出版社，1996.

［31］四川省《苍溪县志》编纂委员会编. 苍溪县志［M］. 成都：四川人民出版社，1993.

［32］（清）姜炳璋纂修. 石泉县志（四卷）［M］. 干隆三十三年（1768年）刻本.

［33］四川省大禹研究会编. 大禹及夏文化研究［M］. 成都：巴蜀书社，1993.

［34］四川省大禹研究会编. 海峡两岸大禹文化研究会论文集［C］. 成都：四川省大禹研究会，2000.

［35］钟利戡，王清贵辑编. 大禹史料汇集［M］. 成都：巴蜀书社，1991.

［36］［美］M. H. 艾布拉姆斯著，郦稚牛等译. 镜与灯：浪漫主义文论及

批评传统［M］. 北京：北京大学出版社，1989 年.

［37］柴剑虹，李肇翔主编. 说文解字（上下）［M］. 北京：九州出版社，2001.

［38］（清）陈寿祺撰，曹建墩点校. 五经异义疏证［M］. 上海：上海古籍出版社，2012.

［39］成林、程章灿. 西京杂记全译［M］. 贵阳：贵州人民出版社，1993.

［40］陈奇猷. 吕氏春秋新校释［M］. 上海：上海古籍出版社，2002.

［41］陈奇猷. 韩非子新校注［M］. 上海：上海古籍出版社，2000.

［42］（唐）杜佑撰，王文锦等点校. 通典［M］. 北京：中华书局，1988.

［43］郭绍虞. 中国文学批评史［M］. 天津：百花文艺出版社，1999.

［44］何建章. 战国策注释［M］. 北京：中华书局，1990.

［45］黄晖. 论衡校释（附刘盼遂集解）［M］. 北京：中华书局，1990.

［46］金春峰. 汉代思想史［M］. 北京：中国社会科学出版社，1997.

［47］（北魏）郦道元著. 水经注［M］. 长春：时代文艺出版社，2001.

［48］李民，杨择令，孙顺林，孙道祥. 古本竹书纪年译注［M］. 郑州：中州古籍出版社，1996.

［49］（宋）李昉等撰. 太平御览［M］. 北京：中华书局，1960.

［50］李泽厚，刘纲纪. 中国美学史（第一卷）［M］. 北京：中国社会科学出版社，1984.

［51］刘干先，韩建立，张国昉，刘坤. 韩非子译注［M］. 哈尔滨：黑龙江人民出版社，2003.

［52］（汉）刘熙撰. 释名［M］. 北京：中华书局，2016.

［53］刘文典. 淮南鸿烈集解［M］. 北京：中华书局，1989.

［54］逯钦立. 先秦汉魏晋南北朝诗［M］. 北京：中华书局，1983.

［55］（宋）罗泌撰. 路史（缩微制品）［M］. 北京：全国图书馆文献缩微中心，2003.

［56］马正平. 写作行为论（《写的智慧》第二卷）［M］. 重庆：西南大学出版社，1995.

［57］梅新林. 中国古代文学地理形态与演变（上下）［M］. 上海：复旦大

学出版社，2006.

[58] 潘运告. 中国历代书论选 [M]. 长沙：湖南美术出版社，2007.

[59] 舒大刚. 四川大学古籍整理研究所建所三十周年纪念文集 [M]. 成都：四川大学出版社，2013.

[60] （汉）宋衷注，（清）秦嘉谟辑. 世本八种 [M]. 北京：国家图书馆出版社，2008.

[61] 童恩正. 古代的巴蜀 [M]. 重庆：重庆出版社，1998.

[62] 童庆炳. 文学理论教程（修订二版） [M]. 北京：高等教育出版社，2004.

[63] （清）王聘珍，王文锦点校. 大戴礼记解诂 [M]. 北京：中华书局，1983.

[64] 王以宪、张广宝. 法言注释 [M]. 北京：华夏出版社，2002.

[65] （宋）王应麟. 玉海（附辞学指南外五种）全六册 [M]. 上海：上海古籍出版社，1992.

[66] 汪荣宝. 法言义疏 [M]. 北京：中华书局，1987.

[67] 闻一多. 伏羲考 [M]. 上海：上海古籍出版社，2009.

[68] （明）吴纳. 文章辨体序说·文体明辨序说 [M]. 北京：人民文学出版社，1962.

[69] （梁）萧统，（唐）李善注. 文选 [M]. 北京：中华书局，1989.

[70] 向宗鲁. 说苑校证 [M]. 北京：中华书局，1987.

[71] 辛志凤，蒋玉斌等. 墨子译注 [M]. 哈尔滨：黑龙江人民出版社，2003.

[72] （宋）许月卿. 百官箴六卷 [M]. 民国十一年（1922）无锡许氏简素堂刊.

[73] 徐复观. 中国文学精神 [M]. 上海：上海世纪出版社，2006.

[74] 徐元诰撰，王树民，沈长云点校. 国语集解 [M]. 北京：中华书局，2002.

[75] 萧涤非. 汉魏六朝乐府文学史 [M]. 北京：人民文学出版社，1984.

[76] （清）严可均. 全上古三代秦汉三国六朝文 [M]. 北京：商务印书

馆，1999.

[77]（汉）扬雄撰，张震泽校注. 扬雄集校注［M］. 上海：上海古籍出版社，1993.

[78]（明）杨慎撰. 升庵经说［M］. 北京：中华书局，1985.

[79] 殷孟伦. 汉魏六朝百三家集题辞注［M］. 北京：中华书局，2007.

[80]（唐）虞世南编纂. 北堂书钞［M］. 北京：学苑出版社，2002.

[81] 余嘉锡. 世说新语笺疏［M］. 北京：中华书局，1983.

[82] 袁珂. 山海经校注［M］. 上海：上海古籍出版社，1980.

[83] 曾大兴. 文学地理学研究［M］. 北京：商务印书馆，2012.

[84] 杨义. 文学地理学会通［M］. 北京：中国社会科学出版社，2013.

[85]（清）章学诚. 文史通义（附校雠通义）［M］. 北京：中华书局，1994.

[86] 张法. 中国美学史［M］. 成都：四川人民出版社，2008.

[87] 中国《文心雕龙》学会编.《文心雕龙》研究（第一辑）［M］. 北京：北京大学出版社，1995.

[88] 钟肇鹏. 鹖子校理［M］. 北京：中华书局，2010.

[89] 周积寅. 中国历代画论（上下册）［M］. 南京：江苏美术出版社，2007.

[90] 朱汉民. 湖湘文化与巴蜀文化［M］. 长沙：湖南大学出版社，2013.

三、研究论文

[1] 常金仓. 伏羲女娲神话的历史考察［J］. 陕西师范大学学报（哲学社会科学版），2002（11）.

[2] 伏俊琏. 伏羲氏的历史贡献及伏羲文化研究的启示［J］. 甘肃社会科学，2014（1）.

[3] 过文英. 论汉墓绘画中的伏羲女娲神话［D］. 浙江大学，2007（4）.

[4] 李丹阳. 伏羲女娲形象流变考［J］. 故宫博物院院刊，2011.

[5] 余粮才，芦兰花. 二十世纪以来伏羲研究概述［J］. 西北民族研究，2012（2）.

[6] 谢增虎，胡政平. 伏羲画八卦：中国根文化的产生到文化形态的定型［J］. 甘肃社会科学，2009（5）.

［7］ 何佩东. 伏羲文化与巴蜀文明［N］. 中国商报，2006（8）.

［8］ 袁有根. 云台山与《画云台山记》［J］. 文艺研究，1997（3）.

［9］ 何炳武，王晓琴. 黄帝的妃嫔及子孙［J］. 西安航空技术高等专科学校学报，2000（11）.

［10］ 桂珍明.《史记·五帝本纪》五帝世系与先秦时期民族融合的关系［J］. 剑南文学（经典教苑），2012（10）.

［11］ 王文光，翟国强. "五帝"世系与秦汉时期"华夷共祖"思想［J］. 中国边疆史地研究，2005（9）.

［12］ 孙锡芳.《史记·五帝本纪》五帝谱系合理性探究［J］. 云南民族大学学报（哲学社会科学版），2006（3）.

［13］ 甄英军. 关于"降居""辨秩"与"五帝"—《史记·五帝本纪》的研究［D］. 广西师范大学硕士学位论文，2013（4）.

［14］ 耿俪洳. 川西羌族大禹文化研究——以北川大禹故里的文化建构为例［D］. 华东师范大学，2009（5）.

［15］ 林有盛，加毛太. 大禹故里新说［J］. 青海民族学院学报，2008（1）.

［16］ 李岩. 大禹治水与中国国家起源［J］. 学术论坛，2011（10）.

［17］ 胡金星. 从大禹治水精神浅谈水文化与民族精神和时代精神［C］. 首届中国水文化论坛优秀论文集，2009（11）.

［18］ 张泽洪. 岷江上游羌族的大禹崇拜——以禹生石纽说为中心［J］. 黑龙江民族丛刊，2003（8）.

［19］ 鲍义志. 再说大禹故里［J］. 中国土族，2007（2）.

［20］ 唐世贵. 大禹神话与巴蜀文化之渊源新探［J］. 攀枝花学院学报，2006（2）.

［21］ 祁和晖. 华夏儿女的人文故乡："江源"胜地历史回顾——并说大禹开启古代中国人的"小康梦"［J］. 地方文化研究，第8辑.

［22］ 张伦敦. 试论禹与蜀地之渊源关系——边缘视野下"禹兴西羌"考辨［C］. 长江流域区域文化的交融与发展——第二届巴蜀·湖湘文化论坛论文集，四川大学出版社，2010.

［23］ 邓经武. 巴蜀文化的肇始：神话和上古传说［J］. 西华大学学报（哲

学社会科学版），2004（5）.

[24] 邓经武. 中国文化源头中的巴蜀神话 [J]. 文史杂志，2016（3）.

[25] 谭继和. 巴蜀文化共同体的形成与发展 [J]. 西华大学学报（哲学社会科学版），2009（6）.

[26] 谭继和. 巴蜀文化对中华核心价值观的贡献 [J]. 四川党的建设（城市版），2014（6）.

[27] 徐中舒. 巴蜀文化初论 [J]. 四川大学学报（社会科学版），1959（5）.

[28] 徐中舒. 巴蜀文化续论 [J]. 四川大学学报（社会科学版），1960（3）.

[29] 张天恩. 巴蜀文化与中原文化的关系试探 [J]. 考古与文物，1998（9）.

[30] 周群华. 从考古和文献资料看巴蜀文化的内聚和外衍 [J]. 四川文物，1993（3）.

[31] 周群华. 从考古和文献资料看巴蜀文化与周边区域文化的交流 [J]. 社会科学研究，1992（12）.

[32] 段渝. 三星堆与巴蜀文化研究七十年 [J]. 中华文化论坛，2003（7）.

[33] 杜平原. 试论水文化与民族精神和时代精神 [C]. 首届中国水文化论坛优秀论文集，2009（11）.

[34] 高林广. 文心雕龙的司马相如辞赋批评 [N]. 内蒙古师范大学学报（哲社版），2012（3）.

[35] 何志国. 三星堆文化与巴蜀文化的关系 [J]. 四川文物，1997（8）.

[36] 李炳海.《山海经》江汉沿岸的冢陵传说及楚族的自川入鄂——兼论楚文化与巴蜀文化的关联 [J]. 江汉论坛，2011（7）.

[37] 李诚. 古蜀神话传说与中华文明建构 [J]. 巴蜀文化研究，2004（1）.

[38] 李诚. 论班固评屈 [J]. 四川师范大学学报（社会科学版），1992（2）.

［39］李凯. 司马相如与巴蜀文学范式［J］. 四川师范大学学报（社会科学版），2005（2）.

［40］李凯. 司马相如与儒学［J］. 四川师范大学学报（社会科学版），2008（3）.

［41］李凯. 司马相如文艺思想与儒家文艺思想大相径庭吗？［J］. 重庆师范大学学报（哲学社会科学版），2012（1）.

［42］李天道. "中和"原则与"和雅"精神［J］. 西南民族大学学报（哲社版），2004（1）.

［43］戚良德. 《周易》：《文心雕龙》的思想之本［J］. 周易研究，2004（4）.

［44］乔守春. 刘勰二梦析论［J］. 北京青年政治学院学报，2008（2）.

［45］陶礼天. 文化传统与《文心雕龙》之性质略论［J］. 学术前沿，2008（1）.

［46］陶礼天. 文心雕龙文学地理批评思想研究（上篇）［C］. 中国文心雕龙学会第十四次年会论文集，2017（8）.

参考文献

/ 后 记 /

本书是四川大学古籍整理研究所舒大刚教授主持的国家社科基金重大招标项目、四川省重大文化工程《巴蜀全书》后期资助项目《巴蜀思想家与〈文心雕龙〉》系列成果，是教育部人文社科重点基地四川师范大学巴蜀文化研究中心重点资助项目《巴蜀学者与〈文心雕龙〉》与四川省哲学社会科学重点研究基地四川思想家研究中心重点资助项目《四川思想家与〈文心雕龙〉》系列成果，以及四川省 2021-2023 年高等教育人才培养质量和教学改革项目："推动中华优秀 传统文化创造性转化创新性发展" 国家一流专业汉语言文学人才培养体系探索与实践（项目号：JG2021-917）。我们三位作者以有限的学力与笔力，集中于先秦、两汉段，对源出巴蜀的上古传说人物伏羲与八卦、大禹与夏代文学展开深入研究，对与巴蜀文学区系有密切关系的黄帝世系相关人物也做出了力所能及的论述与研究，并对两汉最著名的文学大家司马相如、王褒、扬雄、（李尤）做了较为细致地探究，取得了这本小书目前的研究成果，其中：

吴恙博士、周姝博士撰写绪论、第一章、第二章、第三章、第五章的部分内容和第四章、第八章全部内容，吴恙博士完成 100 千字，周姝博士完成 100 千字；王万洪完成其余内容。

本书的三位作者都是四川大学培养的学生，在感谢母校培养之余，我们深知川大的历史文献学居于全国第一、文新学院《文心雕龙》研究世界驰名的荣誉来之不易。目前，我们的学力有限，研究能力有限，所以本书存在的问题一定不会少，盼望各位读者朋友不吝指教，指出我们的错误与问题所在，帮助我们修改和成长，谢谢你们！

著　者

2021 年 5 月 1 日